JOAN WOLF

Die Tochter des Hirsch-Clans

Buch

14 000 Jahre vor unserer Zeit, in einem Tal des heutigen Frankreich. Alin, die »Auserwählte«, Tochter der Herrin und obersten Priesterin des Hirsch-Clans, wird mit einigen anderen Mädchen ihres Stammes entführt. Mar, der Anführer der jungen Krieger des Pferde-Clans, hat die Frauen in seine Gewalt gebracht, weil er seine Sippe vor dem Aussterben retten will. In der fremden Welt erwarten die jungen Frauen des Hirsch-Clans Erniedrigung und Verachtung, denn am Fuße der nebelverhangenen Pyrenäen prallen Kulturen, Religionen, Generationen und Geschlechter erbittert aufeinander – Konflikte, die unseren heutigen sehr verwandt sind. Doch die Frauen des Hirsch-Clans lernen, sich zu behaupten und einen neuen Geist zu ihren anfänglichen Feinden zu bringen ...

Autorin

Joan Wolf widmet sich unter größter Begeisterung ihres Lesepublikums einer längst vergangenen Zeit. Sie läßt die Menschen dieser Epoche wieder lebendig werden, vereint Phantasie und ausführliche Recherchen zu dramatischen Geschichten. Neben ihren prähistorischen Romanen ist sie darüber hinaus auch mit ihren Romanen aus der Zeit König Arturs und mit historischen Liebesromanen aus dem England der Regency-Zeit sehr erfolgreich.

Joan Wolf lebt mit ihrem Mann und ihren beiden Kindern in Milford, Connecticut.

Von Joan Wolf ist bereits erschienen

Unter dem Rentier-Mond. Ein prähistorischer Roman (41579)
Herrin der Pferde. Roman (42478)
Tochter der Kelten (42476)
Der Weg nach Avalon (42382)
Prinzessin des Lichts (35016)
Entscheidung des Herzens (43980)
Was der Sturm verspricht (35031)

JOAN WOLF

Die Tochter des Hirsch-Clans

Roman

Aus dem Amerikanischen
von Charlotte Franke

BLANVALET

Die Originalausgabe erschien unter dem Titel
»Daughter of the Red Deer« bei Dutton, New York,
an imprint of New American Library,
a division of Penguin Books, USA Inc.

Umwelthinweis:
Alle bedruckten Materialien dieses Taschenbuches
sind chlorfrei und umweltschonend.
Das Papier enthält Recycling-Anteile.

Blanvalet Taschenbücher erscheinen im Goldmann Verlag,
einem Unternehmen der Verlagsgruppe Bertelsmann.

Taschenbuchausgabe April 1999

Umschlaggestaltung: Design Team München
Umschlagillustration: F. Regös
Druck: Elsnerdruck, Berlin
Verlagsnummer: 35083
Lektorat: Ulrike Kloepfer
Redaktion: Irene Nießen
MD · Herstellung: Heidrun Nawrot
Made in Germany
ISBN 3-442-35083-2

1 3 5 7 9 10 8 6 4 2

Für meine braunäugigen Kinder
Jay und Pam

Danksagung

Dank schulde ich vor allem meiner langjährigen Lektorin Hilary Ross, denn sie hat mich auf den Gedanken gebracht, ein Buch über die prähistorische Geschichte zu schreiben, und sie war es auch, die an dieser Idee festgehalten hat. Ohne sie wäre dieser Roman nie zustande gekommen.

Mein Dank gilt ebenfalls meiner Agentin Olga Wieser für ihre treue Unterstützung all meiner Projekte.

Und zuletzt, aber gewiß nicht weniger, danke ich meiner Freundin Edith Layton Felber, deren einfühlsames Ohr und deren unfehlbaren Ratschläge für eine gequälte Schriftstellerin ein großer Trost sind.

Die Tochter des Hirsch-Clans ist eine Fabel, die davon erzählt, wie die Menschen vor vierzehntausend Jahren im Tal von Vézère in Frankreich gelebt haben könnten. Diese Menschen gehören der Cró-Magnon-Kultur an, die von den Wissenschaftlern auch das Magdalénien genannt wird und während des Jungpaläolithikums, dem letzten Eiszeitalter, von der Dordogne bis zu den Pyrenäen vorgeherrscht hat.

Die Skulpturen, Gravierungen und Malereien, die von den Menschen des Magdalénien angefertigt wurden, stammen von außerordentlich talentierten Künstlern, die eine scharfe Beobachtungsgabe besaßen. Der handwerkliche Entwicklungsgrad des Magdalénien war ebenfalls erstaunlich. Aus Stein, Knochen und Geweihen als Rohmaterial stellten die Menschen alle Werkzeuge her, die sie in dem kalten, unwirtlichen Klima zum Überleben brauchten. Und um ihr Leben zu verschönern, fertigten sie Schmuckstücke und Verzierungen an.

Was in der Geschichte von der *Tochter des Hirsch-Clans* ist Wahrheit und was Fiktion?

Alle Bilder, Werkzeuge und Waffen, die im Buch beschrieben sind, gehen auf Artefakte zurück, die von den ersten Menschen erhalten geblieben sind. Insbesondere gilt dies für die heilige Höhle des Hirsch-Clans, die sich an der Höhle von Le Tuc d'Audoubert bei Montesquieu-Avantes in den Pyrenäen orientiert. Allerdings stellen die berühmten Skulpturen in der heiligen Stätte von Le Tuc d'Audoubert den Wisent dar, nicht den

Hirsch. Und die heilige Höhle vom Stamm des Pferdes ist natürlich die berühmte Höhle Lascaux im Tal von Vézère in der Dordogne.

Außer den Dingen, die die Menschen des Magdalénien in Form von Farbe, Stein, Knochen und Geweihen zurückgelassen haben, ist fast alles, was von Wissenschaftlern wie auch von Romanciers über ihre Art zu leben behauptet wird, reine Spekulation.

Es besteht ziemlich große Übereinstimmung darüber, daß die Menschen des Magdalénien eine klar verständliche Sprache besessen haben müssen, die aber verlorengegangen ist. Als ich dieses Buch schrieb, habe ich beschlossen, mich einer relativ gebildeten Sprache zu bedienen und mir keine allzu großen Sorgen zu machen, ob es »realistisch« ist oder nicht.

Eine der strittigen Fragen ist, ob die Menschen des Magdalénien den Zusammenhang zwischen Kopulation und Schwangerschaft kannten oder nicht. Obwohl es viele primitive Völker gibt, die ihn nicht erkannt haben, war ich der Meinung, daß man deshalb nicht unbedingt auch bei den Menschen des Magdalénien zum gleichen Schluß kommen muß. Sie besaßen eine außerordentlich differenzierte Beobachtungsgabe, die ganz auf die Tierwelt abgestellt war – die Höhlenbilder gehören zu den ausdrucksvollsten Kunstwerken, die die Menschheit hervorgebracht hat.

Selbst wenn die Menschen des Magdalénien die Tiere nicht in Herden gehalten und gezüchtet haben, so waren sie doch die ganze Zeit von wilden Tieren umgeben, deren Verhalten sie aus nächster Nähe beobachtet haben müssen. In den Höhlen und Behausungen sind viele Zeichen an die Wände gemalt, die als Fruchtbarkeitssymbole gedeutet werden können: zum Beispiel Dreiecke für die Vulva, Schleifen für den Phallus. Aus diesem Grund halte ich es durchaus für wahrscheinlich, daß die Menschen des Magdalénien diese grundsätzliche Tatsache des Lebens verstanden haben.

Uneinigkeit besteht auch darüber, ob die Menschen des Magdalénien die Kunst des Töpferns gekannt haben. Wahrscheinlich wußten sie nicht, wie Töpfe gebrannt werden (es sind keine erhalten), aber es wäre nicht abwegig, anzunehmen, daß ein so vielseitig begabtes Volk Töpfe aus Lehm herstellte, die an der Sonne gebrannt wurden.

Bei meinen umfassenden Recherchen über die Menschen des Magdalénien und ihre Artefakten hat mir Alexander Marshacks Buch *The Roots of Civilization* am meisten geholfen. Ich empfehle es jedem, der sich für dieses Thema interessiert.

Teil Eins

Herbst

Prolog

Die Jäger kamen leise unter den Bäumen hervor und liefen über den schmalen Pfad, der neben dem Ufer der kleinen Gebirgsquelle entlangführte. Sie bewegten sich leichtfüßig und lautlos, mit langen federnden Schritten, den Speer in der rechten Hand und den Bogen über der linken Schulter.

Es waren nicht nur ihre Waffen, die diese zehn als Jäger auszeichneten. Sie hatten ihre Gesichter mit rotem Ocker angemalt, in den Mustern der Jäger, und sie waren in Hemden und Hosen aus schmucklosen Hirschhäuten gekleidet, der traditionellen Jagdkleidung des Hirsch-Clans. Ihnen folgten zwei große Jagdhunde, genauso lautlos und leichtfüßig wie die Jungen, die sie beschatteten.

Diese zehn Jäger konnten nur Jungen sein, denn die Körper unter den Hirschhautkleidern waren viel zu zierlich, um erwachsenen Männern zu gehören. Vielleicht war es eine Jagdgruppe, die losgezogen war, um einen großen Hirsch zu erlegen und dem Stamm damit zu beweisen, daß sie reif genug war, um die Jünglingsweihe zu erhalten und in die Reihen der Männer aufgenommen zu werden.

Erst als die Gruppe stehenblieb und sich der Anführer nach vorne beugte, um die Fährte auf dem Weg zu untersuchen, veränderte sich das Bild. Eine glockenhelle Stimme sagte: »Sie sind direkt vor uns.« Der Anführer richtete sich auf, und unter dem Hemd aus Hirschhautleder zeichnete sich die Rundung von Brüsten ab.

Die Jäger stimmten das traditionelle Lied an: »Laß uns mit den Hirschen laufen! Der Hirsch ist im Wald, der Hirsch ist auf dem Berg, laß uns mit ihm laufen, o Mutter! Schnell und stark, laß uns mit den Hirschen laufen!«

Die Stimmen waren hell und klar und unmißverständlich weiblich.

Dann verschwanden die Jäger so schnell und lautlos, wie sie gekommen waren, wieder im Wald.

Es dauerte eine Weile, bis die beiden jungen Männer, die die Gruppe beobachtet hatten, aus ihrem Versteck hervorkamen. Lange standen sie schweigend da und sahen zu dem Pfad, auf dem die Mädchen verschwunden waren.

Dann sagte der kleinere dunkelhaarige Mann leise zu seinem Gefährten: »Denkst du dasselbe wie ich?«

»Ja«, erwiderte dieser genauso leise. In dem von der Sommersonne gebräunten Gesicht blitzten weiße Zähne. »Tane! Ich glaube, wir haben Glück.«

Der dunkelhaarige Mann stieß in einem langen, ehrfürchtigen Seufzer den Atem aus. »So viele Mädchen«, sagte er. »Und ganz allein im Wald!«

»Leichte Beute bei einem Überfall.« Der große blonde Mann warf lächelnd den Kopf zurück, und seine blauen Augen strahlten. »Ich fühle es tief in mir, daß die Männer vom Stamme des Pferdes nicht mehr viele Monde allein schlafen werden.«

Die beiden jungen Männer sahen noch einmal den Wildpfad hinauf. Ein braunes Kaninchen kam aus dem Wald gehoppelt, sprang mit einem Satz über den Pfad und verschwand auf der anderen Seite zwischen den Bäumen.

»Wir werden uns eine Weile hier in dieser Gegend aufhalten«, sagte der Blonde schließlich. »Um mehr über ihre Gewohnheiten zu erfahren. Und wenn wir mit den anderen Männern zurückkommen, werden wir wissen, was wir zu tun haben.«

»Ja.« Der Mann, der Tane hieß, nickte zustimmend. Dann drehten sich die beiden Männer um und entfernten sich in entgegengesetzter Richtung auf dem Pfad, den die Mädchen gegangen waren, mit dem langen lockeren Schritt des Jägers.

1

»Ich habe dich gesucht, Alin.«

Das Mädchen legte den Kopf auf die Seite, blieb aber sonst völlig still stehen und starrte auf einen Felsblock im Fluß, während der Mann über die Lichtung zu ihr kam.

»Die Herrin möchte dich sehen«, sagte er, als er bei ihr war. Auch er starrte in den Fluß, und seine Lippen kräuselten sich zu einem kleinen Lächeln. »Sie ist schon ärgerlich, und so habe ich mir gedacht, daß es vielleicht an der Zeit wäre, dich zu suchen.«

Alin ließ ihren Blick über das Gesicht des Mannes gleiten und starrte dann wieder auf den großen Felsblock, der in der Mitte des Gebirgsflusses aufragte. »Woher wußtest du, daß ich hier bin?« fragte sie.

»Als ich noch ein Junge war, bin ich immer hierhergekommen, wenn ich allein sein wollte«, erwiderte er. Erneut verzog er das Gesicht zu einem kleinen Lächeln.

Alin antwortete nicht, aber ihre braunen Augen, die die gleiche Farbe und Form hatten wie die des Mannes, sahen nachdenklich aus.

»Bald wird es Zeit für die Winterfeuer«, sagte der Mann. Er blickte zu den kahlen Birkenbäumen, die den Fluß säumten. »Bald kommt die Brunst der Hirsche, und die Blätter fallen ab. Bald wird es schneien.«

»Ja«, entgegnete das Mädchen und verschränkte die Arme vor der Brust, als wäre mit seinen Worten die Winterkälte hereingeweht.

»Wird Lana in diesem Jahr bei den Winterfeuern die heilige Hochzeit vollziehen?« fragte der Mann.

Ein langes Schweigen trat ein. Das Mädchen wirkte sehr nachdenklich, sehr einsam. Schließlich sagte es: »In diesem Jahr werde ich es tun. Die Herrin hat die Zeit überschritten, um Kinder auszutragen. Ich werde die heilige Hochzeit für das Fortbestehen des Stammes vollziehen.«

Er hob die schmale starke Hand und sah sie nachdenklich an. »Es ist also wahr, was man sich erzählt?«

»Was erzählt man sich denn?« Ihr Kopf fuhr mit einem Ruck herum, ihre klare glockenhelle Stimme bekam plötzlich einen harten Klang.

Der Mann zuckte mit den Schultern, seine Augen waren noch auf seine Hand gerichtet. »Sogar in der Höhle der Männer hört man Gerüchte. Man redet davon, das ist alles.« Er ließ die Hand sinken, und seine großen dunklen Augen betrachteten ihr Gesicht. »Schließlich wird es Zeit. Die Herrin ist nicht mehr die Jüngste.«

Alins braune Augen musterten den Mann, der ihr Vater war. »Tor...« Sie dehnte das Wort, und es hörte sich fremd an.

»Ja?«

Einen Augenblick lang zögerte sie. »Ich habe mir überlegt, wen ich nehmen soll.«

Er nickte, seine Augen waren noch immer auf ihr Gesicht gerichtet. »Ich habe es gefühlt, daß du vielleicht deshalb hierhergekommen bist.« Er streckte die Hand nach ihr aus, hielt dann inne. »Wen möchte Lana für dich haben?« fragte er leise.

»Jus.«

Tor wandte den Blick von ihr ab und sah zu dem Felsen in der Mitte des Stroms. »Nein«, sagte er. Es klang bestimmt, endgültig, obwohl er noch immer ganz leise sprach. »Nicht Jus.«

»Warum nicht?« fragte Alin.

»Jus ist Lanas Mann. Er wird immer Lanas Mann bleiben, Alin. Nimm einen Mann, der dir treu ist.«

»Zwischen mir und meiner Mutter gibt es keine Rivalität, Tor!« Ihre Worte klangen scharf, fast erschreckend.

»Das weiß ich«, sagte er und blickte sie ernst an. Er war ein hochgewachsener Mann, und er hatte ihr seine Größe und auch seine Augen mitgegeben. »Nimm einen Jüngeren«, fuhr er fort. »Einen von den Jungen, einen, den du kennst und magst.«

Sie antwortete nicht.

»Ban ist ein netter Bursche«, schlug er vor.

Noch immer sagte sie nichts.

Er seufzte. »Die Herrin regiert den Stamm, Alin. Vielleicht ist sie zu alt, um Kinder zu gebären, aber sie ist noch nicht zu alt, um zu herrschen. Sie wird von ihrer Macht nichts an dich abgeben. Nimm also einen Jungen, den du gern hast. Lanas Mann wird der Häuptling der Männer sein, egal, wen du wählst. Überlaß ihr Jus. Nimm einen von den jungen Männern.«

Alin holte tief Luft. »Das habe ich mir auch gedacht. Deshalb bin ich hierhergekommen«, antwortete sie mit ausdrucksloser Stimme.

Er nickte, als würde er sie gut verstehen.

»Tor«, sagte sie und runzelte die Stirn, »wir haben uns so selten gesehen. Woher wußtest du, was ich fühle?«

Er wandte den Blick von ihr ab. »Du bist die Tochter der Herrin, Alin«, sagte er. »Du gehörst ihr. Ohne sie gäbe es für den Stamm keine Kinder, keinen Dank an den Hirsch.« Er zuckte die Achseln. »Ich bin nur ein Mann. Es steht mir nicht zu, mich in das einzumischen, was ihr gehört.« Bei diesen Worten streckte er die Hand aus und berührte Alins Kinn. »Aber ich mache mir deinetwegen Sorgen, meine Tochter«, sagte er. »Und ich sage dir: Nimm nicht Jus.«

Alin versuchte nicht, sich ihm zu entziehen. Die beiden braunen Augenpaare begegneten sich und hielten einander fest. »Hast du mich heute nur gesucht, um mir das zu sagen?« fragte Alin schließlich.

»Ja«, sagte er. »Das habe ich.«

Es herrschte nachdenkliches Schweigen. Dann sagte Alin: »Ich glaube, es wird Ban sein.«

Tor nickte und löste seine Hand von ihrem Kinn. Er drehte sich um und blickte zu dem Pfad, auf dem er gekommen war. »Komm jetzt, bevor die Herrin ärgerlich wird.«

Schweigend gingen Vater und Tochter, ohne sich zu berühren, durch den Wald zurück.

Die Höhlen, die dem Hirsch-Clan gehörten, lagen in der Gebirgskette, die später einmal Pyrenäen genannt werden würde. Es gab noch eine ganze Reihe anderer Stämme, die in dieser Gegend wohnten, da die Berge von Höhlen durchzogen waren, die den Menschen Tausende von Jahren als Behausungen und religiöse Heiligtümer gedient hatten. Es waren Jägerstämme, und da es gewöhnlich reichlich Wild zu jagen gab, lebten sie die meiste Zeit in Frieden miteinander.

Der Hirsch-Clan war Teil der Sippe, deren einzelne Stämme zwischen den Bergen bis hin zum Meer im Westen und den großen Flußtälern im Norden über das ganze Land verteilt waren. Die Stämme der Sippe sprachen dieselbe Sprache, lebten vorwiegend in Höhlen oder Felsunterkünften, von denen es viele gab, und kamen in jedem Frühjahr und in jedem Herbst zum Stammestreffen zusammen, um Waren und Frauen auszutauschen.

Der Hirsch-Clan unterschied sich von den meisten anderen Stämmen der Sippe auf eine ganz wesentliche Art: Das Volk des Hirschs folgte noch immer dem Weg der Mutter, während die benachbarten Stämme schon vor langer Zeit dazu übergegangen waren, dem männlichen Gott des Himmels zu folgen.

Der Hirsch-Clan war im Tal des Großfischflusses beheimatet, und das Bild, das sich Alin und Tor bot, als sie in die Ansiedlung kamen, war ein friedfertiges und angenehm heimeliges. Die beiden großen Höhlen, die vom Stamm als gemeinsame Behausungen benutzt wurden, lagen am Talboden. Darüber erhob sich das dunkle Gestein der Berge und der kristallblaue Himmel. Durch die Mitte des Tals wand sich der Großfischfluß, der zwar zu dieser Jahreszeit niedriger war und nicht so schnell floß wie im Frühjahr, aber noch immer reichlich Fische und klares Wasser führte.

Der Talboden war von den Hütten bedeckt, in denen die meisten Mitglieder des Stammes lebten. Diese Hütten hatten eine runde Form, und die Hauptstütze jeder Hütte war ein Baumstamm in der Mitte; gegen diesen Baum in der Mitte lehnten junge Bäume, die in den Boden gegraben waren, und bildeten so einen Rahmen. Zwischen den einzelnen Bäumen waren kleinere Zweige miteinander verflochten, und die ganze Konstruktion war mit Tierhäuten bespannt.

In diesen Hütten wohnten die verheirateten Paare des Stammes mit ihren kleinen Kindern. Die unverheirateten Mädchen und Frauen wohnten in der Frauenhöhle und standen unter der Herrschaft der Gebieterin. Die unverheirateten Jungen und Männer lebten in der Männerhöhle. Sie unterstanden der Herrschaft des Mannes, den die Gebieterin in diesem Jahr zu ihrem Gefährten gemacht hatte.

Denn in diesem Stamm, der die Große Erdmutter anbetete, war es die oberste Priesterin, die Gebieterin und Mutter, die herrschte, während in den Stämmen, die den Himmelsgott anbeteten, der Mann die Herrschaft ausübte, der zum Häuptling gewählt worden war. Da sich der Hirsch-Clan in dieser Hinsicht von den meisten seiner Nachbarn unterschied, hielt er sich abseits, besuchte selten die jahreszeitlichen Treffen und zog es vor, innerhalb des Stammes zu heiraten oder sich seine Gefährten in den umliegenden Stämmen zu suchen, zu denen er gute Beziehungen unterhielt. Ansonsten beschränkte sich der Handel auf die fahrenden Händler, die gelegentlich vorbeikamen, um ihre Muscheln und Pelze gegen die wunderbaren weichen Hirschfelle einzutauschen, die der Hirsch-Clan vor allem anderen anzubieten hatte.

Als Alin und Tor in das Tal zurückkamen, sahen sie aus den Dachlöchern der Hütten von den Kochstellen den Rauch aufsteigen. Auch in den beiden Wohnhöhlen brannte Feuer. Alin und Tor trennten sich wortlos. Tor ging zu der Hütte, die er mit seiner Frau und seinen jüngeren Kindern teilte, und Alin ging zur Frauenhöhle, die am weitesten vom Fluß entfernt lag und vor der eine einzelne Hütte aufgestellt war. Direkt vor dem Höhleneingang standen drei Mädchen, die aus Stöcken das Kochfeuer für den Abend legten. Sie blickten auf, als Alin näher kam.

»Alin«, sagte eines der Mädchen und runzelte die Stirn, »wo warst du denn? Die Herrin hat dich gesucht.«

»Das wußte ich nicht«, erwiderte Alin. Aber anstatt wegzugehen, blieb sie noch einen Augenblick stehen und sah einem Mädchen zu, das einen geschnittenen Zweig hochhob und in das große Feuer warf, das am Höhleneingang angezündet war, um Wärme zu spenden.

Das Mädchen, das zuerst gesprochen hatte, sagte wieder: »Die Herrin hat dich gesucht.«

Alin begegnete dem Blick ihrer besten Freundin. Sie lächelte leicht ironisch, ein Lächeln, das sie plötzlich aussehen ließ wie ihr Vater, und erwiderte: »Schon gut, Jes. Ich bin ja schon da.«

In dem Kreis aus Steinen, die den Feuerplatz in der großen Hütte der Herrin bildeten, loderte ein Feuer, und der Rauch stach Alin in die Augen, als sie durch die Tür aus Häuten hereinkam. Sie blinzelte, und dann entdeckte sie Lana, die halb zurückgelehnt auf einem Stoß von Hirschfellen lag. Die Luft in der Hütte war dick und warm. »Du wolltest mich sprechen, Mutter?« sagte Alin.

»Ja.« Die Frau auf den Fellen bewegte sich nicht, aber auch so vermittelte sie den Eindruck von Aufmerksamkeit. »Wo warst du?« fragte sie ihre Tochter ruhig. »Ich warte schon seit dem Mittag auf dich.«

»Das tut mir leid«, sagte Alin. »Das habe ich nicht gewußt.« Sie kniete sich auf den Rand der Häute und setzte sich nach hinten auf die Fersen, so daß sie ihrer Mutter direkt ins Gesicht sah. »Wie kann ich dir dienen, Herrin?« fragte sie, ihre Mutter mit ihrem formellen Titel anredend.

Ein kurzes Schweigen breitete sich aus, während die beiden Frauen sich musterten. Lanas hellblondes Haar war mit Haarnadeln zu einem verschlungenen Knoten in ihrem Nacken zusammengefaßt. Seine helle Farbe verbarg die grauen Strähnen darin. Ihre Augen waren langgezogen, ein wenig schräggestellt und hatten eine blaugraue Farbe. Sie war keine große Frau, aber die Macht, die ihre kleine, fast plumpe Gestalt ausstrahlte, war eines der erstaunlichsten Dinge an ihr. Sie trug eine Halskette aus goldenen Muschelschalen um den noch immer straffen Hals, und ihre Handgelenke und Arme waren mit Elfenbeinreifen geschmückt.

Sie lächelte ihre Tochter an und streckte die Hand aus. »Ich möchte die letzten Vorbereitungen für die Winterfeuer treffen«, sagte sie. »Der Mond der fallenden Blätter hat schon das dritte Viertel überschritten.«

Alin war besorgt. Sie wußte, daß es ihrer Mutter nicht gefallen würde, wenn sie Ban wählte. »Wie du willst, Herrin«, entgegnete sie mit völlig gefaßter Miene und legte ihre Hand auf die ihrer Mutter.

Lana seufzte. »Wie gut ich mich noch an das erste Mal erinnere, als ich die heilige Hochzeit vollzogen habe«, sagte sie. »Ich habe den ganzen Tag daran denken müssen und mich dabei alt gefühlt.«

Alin drückte die kleine tüchtige Hand. »Du wirst niemals alt sein«, sagte sie.

Lana lächelte. Dann stieß sie wieder einen Seufzer aus. »Aber ich kann jetzt keine Kinder mehr bekommen. Im vergangenen Jahr, bei den Frühlingsfeuern, war ich mir nicht sicher. Aber jetzt weiß ich es.« Sie biß sich auf die Lippen. »All die Söhne! So viele Jahre, und ich habe nur eine Tochter, die ich der Göttin überbringen kann. Und jetzt, nachdem ich Gewißheit habe, keine weiteren Kinder mehr zu bekommen...« Ihre Lippen preßten sich noch fester zusammen.

Alin schwieg und hielt die Hand ihrer Mutter. Sie betrachtete ihr Gesicht. Es war noch immer bemerkenswert jugendlich, an der Stirn und den Augen breiter als von den Augenbrauen bis zum Kinn lang. Ein Katzengesicht, hatte Alin oft gedacht. Ein Katzengesicht mit Katzenaugen. Ein beeindruckendes Gesicht. Fast ein schönes Gesicht.

Lana hatte seit über sieben Jahren kein Kind mehr geboren.

Lana, die die Gedanken ihrer Tochter ahnte, drückte den Rücken durch und entzog Alin schnell ihre Hand. »Deine Hände haben Schwielen«, klagte sie. »Ich kann nicht verstehen, warum du immer darauf bestehst, auf die Jagd zu gehen. Die Männer sind durchaus fähig, das Jagen allein zu besorgen. Du bist die einzige Tochter, die die Mutter dem Stamm geschenkt hat. Was sollen wir tun, wenn du getötet wirst?«

»Die Mutter hält alle Dinge in ihren Händen, Herrin«, erwiderte Alin mit ruhiger, aber fester Stimme. »Was sie geschehen lassen will, wird geschehen. Nichts, was ich tue, wird ihren Willen ändern. Wenn ich zum Sterben ausersehen bin, wird es auf die eine oder andere Art geschehen.«

»Du bist nicht ausersehen, zu sterben, meine Tochter.« Lana starrte jetzt ins Feuer. »Du bist ausersehen, die Herrin des Stammes zu sein, wenn ich von euch gegangen bin. Das habe ich dir schon angesehen, als du noch klein warst. Die Mutter liebt dich.« Sie lächelte wehmütig. »Schon in der Nacht, in der ich dich empfangen habe, habe ich es gewußt.«

Es entstand eine Pause. »Trotzdem –« Alin zögerte und stellte dann die Frage, die sie sich seit Jahren nicht zu stellen getraut hatte. »Du hast Tor nie wieder zu deinem Gefährten gemacht, Mutter. Und doch hat er dir als einziger eine Tochter geschenkt.«

Lanas Augen wendeten sich wieder dem Gesicht ihrer Tochter zu. »Hör jetzt zu, was ich dir sage, Alin. Wähle nie einen Mann, den du nicht beherrschst. Auf diese Weise ist es der Himmelskönigin gelungen, sich so viele Stämme der Sippe untertan zu machen. Waren die Gebieterinnen schwach, haben sie die Kontrolle verloren. Die meisten Männer sind vertrauensvoll, respektvoll, sie verschütten ihren Saft und verehren die Mutter, die Leben daraus hervorbringt. Aber immer wieder kommt es vor, daß ein Mann das System in Frage stellt...«

»Aber nicht Tor, Mutter, Tor tut das nicht!« protestierte Alin, noch bevor sie Zeit hatte, zu überlegen, ob ihre Worte weise waren.

Lana runzelte die Stirn und beugte sich nach vorn, um Alin durch den Rauch, der ihre Gesichter verhüllte, besser sehen zu können. »Es gibt Männer, deren bloße Existenz schon eine Herausforderung für die Mutter ist«, sagte sie mit harter Stimme. »Tor gehört zu diesen Männern, meine Tochter.« Lanas Augen hatten jetzt die gleiche Farbe wie der Rauch, dachte Alin, als sie den schrägen Katzenblick sah, den die Herrin ihr zuwarf. Lana lehnte sich wieder zurück, und ihre Stimme wurde weicher. »Er hat seinen Zweck erfüllt«, sagte sie. »Er hat dem

Stamm eine Tochter gegeben. Es wäre gefährlich gewesen, ihm zu erlauben, länger als ein Jahr Häuptling zu sein. Unter ihm waren die Männer – anders.«

Alin antwortete nicht. Ihre Mutter starrte sie an.

»Verstehst du, was ich dir sagen will?« fragte Lana leise.

»Ja«, antwortete Alin und erwiderte den Blick ihrer Mutter. »Ich verstehe es.«

»Paß auf, daß du es nicht vergißt.« Und Lana lehnte sich auf ihren Fellen zurück und löste den Blick von Alins Augen. »Ich weiß, daß du für ein Mädchen schon alt bist, meine Tochter. Fünfzehn Winter zu warten ist eine lange Zeit. Ich weiß, daß es für dich schwer gewesen sein muß, den anderen Mädchen bei den Frühlings- und Winterfeuern zuzusehen, aber es war richtig, daß du deine Jungfräulichkeit für deine erste heilige Hochzeit bewahrt hast. So wird sie mehr Kraft besitzen, eine mächtigere Paarung für unseren Stamm sein.«

Alin nickte.

»War es schwer für dich, meine Tochter – so lange zu warten?«

Es ist schon ein bißchen spät, mich das zu fragen, Mutter, dachte Alin und senkte den Blick.

»Alin.« Es war die Stimme der Autorität, die Stimme, der niemand im Stamm jemals den Gehorsam verweigerte. »Ich frage dich, ob dir das Warten schwergefallen ist.«

»Nein«, erwiderte Alin wahrheitsgemäß. Sie sah auf. »Es ist wahr, daß ich den anderen Mädchen bei den Feuern zugesehen habe und mir Gedanken gemacht habe. Aber ich habe den Ruf noch nicht vernommen, Mutter. Ich glaube, die Erdmutter hat auch gewartet.«

Lanas Katzenaugen betrachteten Alins ernstes Gesicht. Dann sagte sie leise: »Wenn die Zeit gekommen ist und der Geist der Erdmutter deinen Leib erfüllt, wirst du den Ruf verspüren.«

Alin nickte ernst. »Ja«, sagte sie. »So wird es sein.«

Lana seufzte. »Es wird weh tun«, warnte sie. »Das tut es das erste Mal immer. Die Schranke muß durchbrochen werden. Und ein Mann ist nicht zart, wenn sein Blut mit den Trommeln des Feuers in Wallung gerät.«

»Ich fürchte mich nicht«, erwiderte Alin.

»Du wirst mir eine angemessene Nachfolgerin sein, meine Tochter. Also gut, dann werde ich jetzt Jus holen.«

»Nein«, sagte Alin hastig. Sie bemerkte die Überraschung in Lanas Augen und wandte schnell den Blick ab, bevor sie auch den Zorn sah, der bestimmt gleich folgen würde. »Jus ist *dein* Gefährte, Mutter. Er wird auch in Zukunft der Häuptling der Männer sein, egal, wen ich wähle. Das ist mir klar. Und die Männerhöhle wird es verstehen. Ich brauche ihn nicht zu meinem Gefährten zu machen, damit er seinen Platz behalten kann.«

»Aber ich verstehe nicht, Alin.« Lanas Stimme klang jetzt hart. »Natürlich muß es Jus sein«, beharrte sie. »Der Gefährte der Mutter ist der Häuptling der Männer. So will es das Gesetz.«

»Du bist die Erdmutter, Herrin«, sagte Alin. »Wenn ich die heilige Hochzeit vollziehe, wird sich nichts daran ändern.«

»Natürlich wird es nichts ändern«, fuhr Lana sie an. »Trotzdem, der Mann, der die heilige Hochzeit vollzieht, ist der Häuptling der Männer. So ist es immer gewesen.«

Alin spürte, wie ihr das Herz in der Brust klopfte, und sie holte tief Luft. »Aber bis jetzt war es immer die Herrin, die die heilige Hochzeit vollzogen hat«, sagte sie. »Diesmal wird es anders sein. Ich weiß, und der ganze Stamm weiß es, daß du die Herrin bist und daß dein Gemahl auch künftig der Häuptling der Männer sein wird. Mein Gefährte wird nur – der Gott der Winterfeuer sein.«

»Und wen willst du zu deinem Gefährten machen?« fragte Lana mit eisiger Stimme. »Wer gefällt dir besser als Jus?«

Alin schluckte. »Ban«, antwortete sie.

Die hellen grauen Augenbrauen zogen sich in die Höhe. »Ban? Ban ist doch noch ein Junge.«

»Und ich bin noch ein Mädchen, Mutter. Ich werde Ban nehmen.«

Lana stützte sich nach hinten auf die Ellbogen. Nachdenklich sagte sie: »Hast du Angst vor Jus, Alin?«

Nein, dachte Alin. Angst habe ich nicht vor ihm. Aber Tor hat recht. Ich möchte einen Mann, der mir treu ist. Doch das konnte sie ihrer Mutter nicht sagen.

»Du kannst ihn beherrschen«, sagte Lana. »Er ist wie ein Bulle: stark und erdverbunden. Er gehört nicht zu den Männern, vor denen ich dich gewarnt habe.«

»Ich weiß«, erwiderte Alin. »Das ist es nicht.«

»Was ist es dann?«

Was sollte sie sagen? Alin dachte über Lanas Worte nach. »Ich glaube, daß er vielleicht doch zu sehr wie ein Bulle ist, Mutter. Vielleicht habe ich ein bißchen Angst vor ihm.«

In Lanas Mundwinkeln erschien ein kleines verstohlenes Lächeln. »Wenn du erst das Feuer der Erdmutter in deinen Leisten gespürt hast, wird dir ein Mann wie Jus keine Angst mehr machen«, sagte sie. »Aber du bist noch keine Frau, vielleicht hast du recht, Alin. Vielleicht eignet sich Ban für das erste Mal besser. Er ist noch ein Junge, aber schon alt genug, um die heilige Hochzeit mit dir zu vollziehen. Vielleicht gibt er dir sogar ein Kind. Manchmal können das die Jungen besser als die Alten.«

Alin senkte den Kopf und schwieg.

»Also gut«, sagte Lana mit plötzlicher Entschlossenheit. »Dann lasse ich jetzt Ban holen.«

»Winterfeuer! Winterfeuer!« schallte es durch den Stamm. »Die Herrin hat nach den Winterfeuern verlangt!«

Wieder und wieder erklang dieselbe Frage, während sich die

Nachricht in den Höhlen der Männer und Frauen verbreitete: »Wer wird in diesem Jahr die heilige Hochzeit vollziehen?«

Und die Antwort, die mit erregter Stimme gegeben wurde, lautete: »Alin. Alin wird in diesem Jahr die Göttin sein. Und sie hat Ban zum Gott gewählt!«

Zwanzig Jahre lang war es Lana gewesen, und jedesmal hatte der Stamm gesungen und getanzt, während Lana und ihr auserwählter Gefährte die heilige Hochzeit vollzogen, um die Fruchtbarkeit des Stammes und der Herden zu gewährleisten. Während der letzten drei Jahre, seit Alin eine Frau geworden war, hatten alle im Stamm erwartet, daß Lana ihre Rolle an die jüngere Frau abgeben würde. Doch sie waren enttäuscht worden.

»Es ist Zeit«, sagten die Stammesmitglieder rund um die Wärmefeuer, während die Nacht hereinfiel und die Kälte des nahenden Winters in ihre Hütten kroch und über die Steinböden ihrer Höhlen strich. »Es gehört Jugend und Feuer dazu, wenn die Tiere austragen sollen. Lana wird auch weiter die Herrin sein, aber Alin sollte jetzt die heilige Hochzeit vollziehen.«

In der Männerhöhle gratulierten die Jäger dem jungen dunkelhaarigen Mann, der von der Erdmutter für die rituelle Paarung auserwählt war.

Ban lachte, seine dunklen Augen leuchteten vor Freude, und sein Blut geriet schon bei dem Gedanken daran, was geschehen würde, in Wallung. Er und Alin waren gleich alt, und sie hatten unter der Anleitung des alten Lar zusammen jagen gelernt. Zwischen ihnen hatte immer eine Distanz bestanden, denn schließlich war er nur ein Junge, und sie war die Auserwählte der Mutter. Aber auf eine unausgesprochene Art waren sie Freunde gewesen. Deshalb hatte sie ihn gewählt, dachte er, als er sich schließlich in der Männerhöhle auf die Felle an seinem Schlafplatz legte.

Sonst schlief er immer ein, sobald sein Kopf die warmen Felle berührt hatte, aber an diesem Abend lag er noch lange wach, nachdem die schweren Atemzüge der älteren Männer ihm sagten, daß sie eingeschlafen waren. Wie in einer Trance sah er Alin vor sich, sah ihren geschmeidigen schlanken Körper, die süßen Kurven ihrer Brüste und Hüften, ihr braunes Haar, das mit Strähnen aus Gold durchzogen war, die großen braunen Augen mit den langen Wimpern. Er fühlte, wie sich sein Glied regte und aufrichtete.

Die Mutter würde es gutheißen, dachte er, während seine Männlichkeit immer härter wurde. Die Mutter würde sagen, daß Alin die richtige Wahl getroffen hatte.

Alin war wunderschön. Das hatte er schon immer gedacht. Und bald – bald würden die Trommeln und die Flöten und der Tanz der paarenden Tiere beginnen. Bald würde er der Erdmutter bis tief in die hintersten Winkel ihrer geheimen Höhle folgen. Bei diesem Gedanken stellten sich seine Nackenhaare so steil auf wie sein Glied.

Tief, ganz tief hinein würde er gehen, in die Becken der Erde, und sie würden die heilige Hochzeit vollziehen, sein Körpersaft würde ihre Gebärmutter mit Leben für den Stamm erfüllen, mit Leben für die Herden, mit Leben für die Welt der Menschen.

Er zitterte am ganzen Körper. Dieses Geheimnis, dieses Gefühl, war fast zuviel für ihn.

Der Mann, der während der Nacht das Feuer bewachte, stand auf, um ein Holzscheit nachzulegen. Diese Bewegung riß Ban aus seiner Betäubung. Er blinzelte, drehte sich auf die andere Seite und bemühte sich einzuschlafen.

2

Die jungen Männer, die am Ufer des kleinen Flusses lagerten, aßen das geräucherte Büffelfleisch, das sie mitgebracht hatten, und sahen zu den Bergen im Süden.

»Was schätzt du, Mar, wie lange es noch dauern wird?« fragte einer, während er ein Stück von dem geräucherten Fleisch abbiß und darauf herumzukauen begann.

»Noch zwei Tage«, erwiderte der Mann mit dem goldenen Haar und hielt zwei Finger in die Höhe. Er zählte: »Zwei Tage, um Stammesboden zu erreichen, und zwei oder drei Tage, um die Falle zu stellen.« Weitere Finger fuhren in die Höhe. »Und dann zwei Handvoll Tage für den Rückweg. In einem halben Mond, von jetzt an gezählt, sind wir wieder zu Hause.«

»Mit den Frauen!« Bei diesen Worten erhob sich leises und aufgeregtes Gemurmel rund um die Lagerfeuer.

»Was glaubst du, wie viele können wir mitnehmen?« Diesmal kam die Frage von der gegenüberliegenden Seite des zweiten Feuers.

Der Mann, der Mar hieß, zuckte die Achseln. »Wenn wir die ganze Jagdgruppe fangen, werden es zwei Handvoll sein.«

»Ich kann es noch immer kaum glauben, daß Frauen auf die Jagd gehen«, sagte ein anderer. »Die Männer dieses Stammes müssen blutlose Schwächlinge sein, sonst würden sie ihren Frauen nicht gestatten, sich den Gefahren der Jagd auszusetzen.«

»Die Männer jagen auch«, entgegnete Mar. »Tane und ich haben sie gesehen, als wir im Sommer hier waren. Aber sie jagen nicht mit den Mädchen zusammen. Wenn die Mädchen auf die Jagd gehen, dann gehen sie allein.« In der zunehmenden Dunkelheit war das Aufblitzen weißer Zähne zu sehen. »Das kommt uns zugute. Wie ich euch schon gesagt habe: Wenn sie auf der

Jagd sind, können wir sie ohne große Mühe überwältigen. Und bis der restliche Stamm merkt, daß sie verschwunden sind, werden wir längst wieder weg sein.«

»Es wäre gut, wenn wir mehr als zwei Handvoll kriegen könnten«, sagte ein Junge mit braunem Haar.

»Wir werden uns nehmen, was leicht zu haben ist, Melior«, antwortete Mar. »Ich will keinen Kampf.«

»Wir Männer vom Stamm des Pferdes sind gute Kämpfer«, erwiderte Melior und hob das Kinn. »Wir fürchten uns nicht vor einem Kampf.«

»Wir sind nur drei Handvoll«, sagte Mar. »Im Hirsch-Clan gibt es viel mehr Männer.« Mar blickte in die Gesichter rund um das Feuer. »In meinem Innersten weiß ich, daß Altan und die Nirum nichts mehr freuen würde, als zu erfahren, daß die jungen Männer von der Höhle der Eingeführten bei diesem Unternehmen getötet wurden«, sagte er.

Erschrockenes Schweigen machte sich breit.

»Glaubst du das wirklich, Mar?« fragte ein hellblonder Junge.

Mar zuckte mit seinen breiten Schultern. »Warum wohl hat mir der Häuptling erlaubt, junge Männer aus der Gruppe der Eingeführten mitzunehmen?«

Der blonde Junge, der Dale genannt wurde, sah seine Kameraden an. »Darüber habe ich mir noch gar keine Gedanken gemacht«, gestand er.

Mar grinste. »Ich muß zugeben, daß ich Altan vielleicht – ein wenig in die Irre geführt habe, was die Schwierigkeiten dieses Streifzuges betrifft.«

Anerkennendes Gelächter erhob sich rund um das Feuer.

Mar wurde wieder sachlich. »Ich glaube nicht, daß es sehr schwer sein wird, diese Mädchen einzufangen«, sagte er zu seinen Kameraden. »Tane und ich haben sie während des ganzen letzten Mondes beobachtet. Wir kennen ihre Jagdwege. Wir wissen, wo wir die Falle stellen müssen. Aber wir dürfen nicht zu gierig sein. Wir müssen uns nehmen, was wir schnell kriegen können, und dann nichts wie weg von hier.«

»Ja, ja«, stimmten die Männer zu. »Wir verstehen, Mar.«

Mar nickte. »Es wird Zeit, ein bißchen zu schlafen. Morgen brechen wir gleich in der Dämmerung auf.«

Als die blasse schmale Sichel des Mondes der Winterfeuer am Himmel aufging, wußten die Frauen vom Hirsch-Clan, daß es Zeit war, zur heiligen Höhle zu gehen, um sich auf das große Fruchtbarkeitsritual des Stammes vorzubereiten, das zweimal im Jahr stattfand.

Am anderen Morgen machten sich dreißig junge und alte Frauen – die Mütter und die unverheirateten Mädchen des Stammes – über den gewundenen Pfad am Hügel auf den Weg zur heiligen Höhle der Mutter. Den ganzen Tag lang feierten sie die vorgeschriebenen Zeremonien zur Vorbereitung des heiligen Akts.

Die Frauen, die ein Kind erwarteten oder kleine Kinder hatten, würden erst am nächsten Tag zusammen mit den Männern kommen. Dann würde die offizielle Zeremonie der Winterfeuer beginnen.

In den höheren Lagen der Berge gab es Schnee, aber unten auf den Hängen, über die die Frauen des Hirsch-Clans kletterten, war es kühl und sonnig und trocken. Nach zwei Stunden hatte die Prozession den Volp erreicht, einen Fluß, der schnell durch sein felsiges Bett floß. Die Mädchen und Frauen folgten dem Strom, der sie zur Felsklippe des Berghangs führte und der dann plötzlich im Berg verschwand.

Der Höhleneingang war ein breiter niedriger Felsbogen. In den vergangenen Jahren hatte der Stamm des Hirsches den

Boden davor geglättet, und auf diesem Platz legten die Frauen ihre Schlafrollen aus und knieten sich hin, um flache Steinschalen auszupacken, die mit Tierfett gefüllt waren. Mit diesen versammelten sich die Frauen um Lana, ihre Herrin, die dicht beim Höhleneingang auf sie wartete.

Dort nahm Lana das Kohlestückchen, das sie zu diesem Zweck mitgebracht hatte, und zündete den Moosdocht in den Schalen an. Die Gänge der heiligen Höhle führten bis tief in den Berg, und es würde kein natürliches Licht geben, wenn sie bis hinter die Eingangshalle gelangt waren.

Am Eingang zur Höhle war der Fluß wach, aber in seinem unterirdischen Lauf wurde er allmählich immer tiefer. Da er aber zu dieser Jahreszeit relativ wenig Wasser führte, konnte man bis in die erste Halle der Höhle zu Fuß gelangen.

Die dreißig Frauen folgten mit ihren Steinlampen dem Flußlauf in die Dunkelheit der Höhle. Vorsichtig gingen sie über den schmalen Pfad, der zwischen der Höhlenwand und dem dunklen dahinströmenden Wasser entlangführte. Nach einer Weile wichen die Felswände der Höhle zurück, und der Strom floß in eine große Halle, deren Wände mit Bildern von Tieren geschmückt waren: Büffel, Rens und Pferde. Es gab auch Schamanen, Männer, die Tiermasken trugen. Und, was am wichtigsten war, das Zeichen der Mutter, das P, tanzte vor ihnen in dem dämmrigflackernden Licht auf und ab.

Der Fluß strömte durch diese Halle und verschwand dann in einem dunklen Loch, das ihn immer tiefer in den Berg hineinführte.

Aber diese geschmückte Halle war noch lange nicht das Ziel der Frauen. Sie entfernten sich vom Flußlauf und bogen nach links in einen schmalen Gang, der sie in eine weitere Halle führte; diese war groß und weiß und an der Decke und den Wänden mit herrlichen milchigweißen Stalaktiten und Stalagmiten überzogen. Es war absolut still, nur ganz in der Ferne war das gespenstische Tropfen unterirdischen Wassers zu hören.

Lana, die die Prozession der Frauen anführte, hielt sich nicht auf, um die erstaunliche Pracht der weißen Halle zu betrachten, sondern schritt zielbewußt über den glitzernden Boden bis zum anderen Ende zu einer Öffnung im Felsen, die zu einem kaminähnlichen Schacht führte. Seitwärts schlüpfte sie durch die Öffnung. Die anderen Frauen folgten ihr, eine nach der anderen, und kletterten dann auf einer Leiter aus geflochtenen Sehnen, die immer dort hing, in das kleine Loch in der Decke.

Oben an der Leiter, in einem dunklen schmalen Gang, stand Alin und beobachtete, wie die glühenden Steinlampen nacheinander im Kamin auftauchten. Als alle Frauen im Gang versammelt waren, wandte sich Lana nach links und hielt ihre Steinlampe hoch. Und auch Alin hob in der gleichen zeremoniellen Geste wie ihre Mutter ihre Lampe, so daß alle deutlich das Bild sehen konnten, das in die Wand geritzt war: zwei groteske phantastische Tiere, die im glühenden Schein der Lampen zum Leben erwachten. Es waren die Wächter des Heiligtums der Höhle, die vor einer unbekannten Anzahl von Jahren von unbekannter Hand in die Wand geritzt worden waren. Das obere Tier hatte einen furchterregenden Kopf mit einem einzelnen kurzen Horn und einem großen Ohr. Er saß auf einem dünnen Hals. Das vorstehende Maul war rund, und die Kieferknochen klafften auseinander. Der Widerrist war eingesunken, Kopf und Leib waren mit vertikalen gestrichelten Linien gezeichnet, und die schlanken langen Vorderläufe endeten in Klauen. Das Tier darunter war, genauso wie das erste, auf einen grotesken Kopf reduziert, den zwei kleine Ohren krönten.

Die Frauen betrachteten die Tiere eingehend. *Laßt keine ungeweihte Seele hier vorbei,* mahnten die Phantasietiere, die an der Wand des Ganges Wache hielten.

Feierlich folgten die Frauen Lana hinein in andere Gänge, die so niedrig waren, daß sie kriechen mußten, vorbei an einem stillen unterirdischen See, an schwarzen, unbeweglichen Gewässern, bis sie, nachdem sie über eine Stunde unter der Erde gewandert waren, zu dem Ort kamen, der das Herz des heiligen Mysteriums bildete.

Es war eine lange niedrige Halle, und in der Mitte standen, aus goldenem Lehm geformt und gegen einen natürlichen Felsblock gelehnt, die Statuen zweier Hirsche, ein männlicher und ein weiblicher, so wunderbar modelliert, daß sie fast echt aussahen.

Das weibliche Tier, das schmaler gebaut war, hatte den Hals nach vorn gestreckt und den Schwanz erhoben: die Stellung der Damhirschkuh, die den Hirsch erwartet. Das männliche Tier, robuster und nicht so fein gebaut, stand direkt hinter ihr und war im Begriff, das weibliche Tier zu besteigen. Es hatte sich auf die Hinterläufe erhoben, den Schwanz fest zwischen die Schenkel geklemmt.

Ein lauter Seufzer entrang sich den Kehlen der Frauen.

Das war also der Zweck der heiligen Höhle: die Kopulation, die Erhaltung des Lebens des Hirschs und des Lebens desjenigen Stammes, der seinen Namen trug.

Seit Alin zum ersten Mal hierhergekommen war, um in die Reihen der Frauen aufgenommen zu werden, hatte sie die Macht der Erdmutter in der stillen kalten Luft des Heiligtums gefühlt. Morgen, dachte sie, den Blick auf die Skulpturen gerichtet, morgen würde sie von dieser Macht erfüllt werden. Sie würde das Instrument sein. Endlich würde sie ihr Erbe antreten.

Der Lehmboden des Heiligtums enthielt die Fußabdrücke aller früheren Tänzer, die an diesem heiligen Ort den Fruchtbarkeitstanz vollzogen hatten. An den Wänden waren die Zeichen des Phallus, dem männlichen Symbol der Fruchtbarkeit und dem Beginn des Lebens, eingraviert.

Alin fühlte, wie es in ihren Leisten zu pochen begann. Drei Jahre lang hatte sie diese Symbole der Zeugung betrachtet und gewußt, daß ihre Zeit noch nicht gekommen war. Das Zittern, das sie plötzlich erfaßte, hatte nichts mit der feuchten Kälte der heiligen Stätte zu tun.

Wirklich, dachte Alin verwundert und frohlockend, es ist genauso, wie es die Herrin gesagt hat: Wenn der Geist der Erdmutter deinen Leib erfüllt, wirst du den Ruf hören.

Die Frauen streiften ihre Kleider ab und bereiteten sich auf die Zeremonie der Reinigung vor. Dieser Teil der Höhle gehörte nur ihnen. Der einzige Mann, dem es erlaubt war, in die tiefen Hallen der heiligen Höhle vorzudringen, war der Mann, der dazu auserwählt war, die heilige Hochzeit zu vollziehen. Er würde hierhergebracht werden, damit er das Rotwild sah, er würde sehen, was nur wenige andere seiner Art gesehen hatten, er würde mit der Mutter auf einem Lager aus weichen Fellen liegen und ihr dienen, und indem er den Akt vollzog, würde er die Fruchtbarkeit des Stammes und auch der Tiere gewährleisten, die den Stamm ernährten.

Alin trommelte mit den Fersen auf den Boden und stimmte in den Gesang ihrer Schwestern ein, während die Trommeln aus Häuten im selben Rhythmus schlugen. Sie fühlte, wie ihr Blut kräftig und stetig durch ihre Adern rann. Ich bin bereit, Mutter, dachte sie.

In jener Nacht schliefen sie vor der Höhle, unter den Herbststernen. Die Nacht war kühl, aber trocken, und die Sterne über ihren Köpfen funkelten, noch ungetrübt von der blassen Sichel des neuen Mondes. Nachdem die Frauen ihre Röcke für den nächsten Tag auf die Seite gelegt hatten, gingen sie, in langärmlige Hemden und weiche Hosen aus Rotwildhäuten gekleidet, zur Ruhe.

Alin konnte nicht gleich einschlafen. Sie lag auf dem Rücken unter ihren warmen Häuten und starrte mit großen Augen hinauf zu den Sternen. Überall um sie herum war Dunkelheit, aber dort oben am Himmel funkelten hell die Sterne. Sie fühlte sich offen für sie, fühlte ihr helles Licht in sich hineinfließen, fühlte, wie es ihr Kraft gab.

Morgen abend würde sie tief im Herzen der heiligen Höhle liegen, dachte sie, und Ban neben ihr. Aber es würde die Macht der Sterne sein, die in das fruchtbare Dunkel ihrer Gebärmutter fließen würde. Nicht ein einzelner Mann, sondern die ganze Natur würde sie umfangen, wenn sie morgen nacht mit Ban zusammen war.

Schließlich fiel Alin in einen tiefen und traumlosen Schlaf, und als sie aufwachte, waren die Sterne verblaßt, und durch die Dunkelheit der Nacht brach sich das Licht des Morgens. Vom Fluß herauf wehte ein leichter Wind.

Die Sonne ging auf. Das rötliche Leuchten veränderte sich zu einem gelben Schein, und es schob sich der junge funkelnde Ball der Sonne hervor, um seine tägliche Reise am Himmel anzutreten.

Alins Seele zitterte vor Wonne.

Im selben Augenblick kamen sie. War eben noch alles hell und vollkommen gewesen, so wurde im nächsten Moment der Tag von dem aggressiven Lärm der Männer und Hunde erfüllt. Alin setzte sich auf. Sie griff nach ihrem Speer und dem Speerwerfer, aber sie waren nicht da. Sie bog den Kopf zurück, und da, weniger als drei Fuß von ihr entfernt, sah sie die Waffe. Sie erstarrte. Dann, ganz langsam, hob sie den Blick. Ein Mann hielt den großen Speer auf sie gerichtet und sah sie an. Selbst in ihrem Schreck und ihrer Verwirrung bemerkte Alin seine blauen Augen.

Überall um sie herum erhoben sich die Frauen, und ihre Stimmen murmelten Proteste. Auch Alin stand auf und löste ihren Blick von diesen blauen starrenden Augen.

Der Überfall ist gut gelungen, dachte sie in bitterer Erkenntnis. Die Frauen waren ringsherum dicht von Männern mit Speeren und Hunden umstellt. Ihre Waffen befanden sich außer Reichweite. Sie waren über die Nacht an einem Platz dicht beim Feuer aufgestapelt worden.

Plötzlich drehte sich eine der älteren Frauen um und begann auf die Bäume zuzulaufen, die direkt hinter ihnen waren. Eine tiefe Stimme rief ein einziges Wort, und schon verstellte ein Hund ihr den Weg. Das Tier zog die Lippen über den Zähnen zurück und stieß ein leises und bösartiges Knurren aus. Die Frau blieb wie angewurzelt stehen.

Es herrschte tiefes Schweigen. Dann sagte eine andere männliche Stimme etwas, das sich wie »Wir haben sie!« anhörte.

Bei diesen Worten öffnete sich der dichte Kreis der Frauen, und Lana trat heraus. »Wer seid ihr, und was wollt ihr hier?« Ihre Stimme war kühl und scharf wie ein Eiszapfen, jeder Zoll ihres kleinen Körpers strahlte Autorität aus. Sie klang wütend und überhaupt nicht ängstlich. Alin verspürte Stolz auf ihre Mutter.

Der Mann mit den blauen Augen antwortete ihr. Er redete in der Sprache der Sippe, wenn auch mit einem fremden Akzent. »Wir sind gekommen, eure Mädchen zu holen«, sagte er. »Wir benötigen Frauen in unserem Stamm.« Einen Herzschlag lang herrschte entsetztes Schweigen. Dann fügte er hinzu: »Wir wollen nur die jungen, die alten und die Mütter können bleiben.«

Ein Chor weiblicher Stimmen stieß einen Schrei aus, der bis hoch in den Himmel aufstieg.

»*Ruhe!*« Lana sah nun nicht mehr klein und untersetzt aus, sie schien gewachsen zu sein, seit der Mann zu sprechen begonnen hatte. Mit kaltem Blick starrte sie auf den blauäugigen Riesen, der mit ihr gesprochen hatte. Ihre Worte waren klar und betont, damit er auch ja jede Silbe verstand. »Wißt ihr eigentlich, mit wem ihr es zu tun habt? Wir verrichten hier Dinge der Mutter, und ihr verletzt ihr Heiligtum. Wenn ihr sofort wieder geht, wird euch wegen dieser Gotteslästerung vielleicht nicht allzuviel passieren. Aber wenn ihr versuchen solltet, die Mädchen mitzunehmen, wird euch der Fluch der Mutter ereilen.«

Alin spürte ein Zittern entlang der Wirbelsäule. Lanas Stimme klang böse! Alin beobachtete den Mann, dem ihre Mutter gedroht hatte, um zu sehen, wie er zurückwich. In all den Jahren, die sie auf dieser Erde weilte, hatte Alin noch nie erlebt, daß sich ein Mann den Befehlen der Herrin widersetzte, wenn sie so mit ihm sprach.

Dieser Mann lachte. Keine Worte hätten seine Antwort deutlicher ausdrücken können. Er warf dem schlanken schwarzhaarigen Mann neben sich einen kurzen Blick zu und sagte: »Sucht die Mädchen heraus, Tane. Ich will mich nicht noch länger aufhalten. Wir wissen nicht, wann ihre Männer kommen.«

Wer waren diese Fremden? Alin starrte schockiert und ungläubig auf die Eindringlinge, die jetzt mit ihren Hunden auf die Frauen zugingen, die in dem Kreis aus Speeren gefangen waren.

»Nehmt eure Schlafrollen mit«, befahl der blauäugige Mann, der offenbar ihr Anführer war. »Wir haben eine lange Reise vor uns, und es wird kalt und hart sein beim Schlafen, wenn ihr auf dem nackten Boden liegen müßt.« Die Wörter, die er benutzte, waren ihnen vertraut; aber die Art, wie er sie aussprach, ließen sie fremdartig klingen. Manche Laute zog er in die Länge, andere verschluckte er fast.

Woher kamen diese Männer? dachte Alin mit einer Mischung aus Furcht und Staunen.

Jetzt stand der schlanke schwarzhaarige Mann neben ihr. »Du«, sagte er. »Nimm deine Felle und komm mit.«

»Nein!« Lanas Stimme klang gebieterisch, aber auch gequält. »Ihr könnt sie nicht mitnehmen! Sie ist die Auserwählte, die Tochter der Mutter! Ihr werdet für immer verflucht sein, wenn ihr sie zwingt, diesen Platz an der Seite der Mutter zu verlassen.«

Der Mann hielt inne. Er drehte sich um und sah fragend zu dem Anführer. Alin wagte nicht zu atmen.

»Keine Angst«, sagte der Blauäugige zu Lana. Er schien belustigt. »Eure Auserwählte wird die Geschäfte der Mutter schon erledigen können. Dafür werden wir sorgen.«

Die anderen Männer lachten, und derjenige, der neben Alin stand, legte seine Hand auf ihren Arm. »Komm«, sagte er. »Da hinüber.«

Sie spannte ihre Muskeln an, um sich zu widersetzen. Der Mann war nicht viel größer als sie, und sie war stark, vom Jagen durchtrainiert. Der Mann mußte ihre Gedanken gelesen haben, denn er sprach mit leiser und ganz ruhiger Stimme: »Du wirst dir nur weh tun, wenn du wegzulaufen versuchst. Sei vernünftig, Mädchen, und komm mit.«

Alin wandte sich um und blickte in zwei grüne Augen mit schwarzen Wimpern. »Wir werden euch nichts tun«, sagte er.

Alin sah über seine Schulter zu Lana. »Es bleibt uns nichts anderes übrig, Mutter«, sagte sie.

Das Gesicht der Herrin war eine Maske. »Du bist das Leben des Stammes, meine Tochter«, erwiderte sie. »Vergiß das nicht und paß auf dich auf.« Für einen kurzen Augenblick war es still. Lana blickte den Anführer der Männer durch schmale Augen an und sagte dann zu Alin: »Ich werde euch finden. Darauf kannst du dich verlassen.«

Alin nickte. Dann bückte sie sich, um ihre Felle aufzuheben, und ging hinüber zu den Männern, die die Mädchen festhielten, die sie von den anderen getrennt hatten.

Sechzehn Mädchen im Alter von zwölf bis fünfzehn wurden an jenem vollkommenen Herbstmorgen mit Speeren von der heiligen Höhle vertrieben. Die anderen Frauen, die Mütter des Stammes, hatte man, an Händen und Füßen mit Lederriemen gefesselt, zurückgelassen. Sie mußten auf die Rettung durch ihre Männer warten, die am Mittag zur Höhle kommen würden.

Die eine Hälfte der Entführer ging vor den Mädchen, die andere Hälfte hinter ihnen, und dazwischen liefen die Hunde vor und zurück. Alin befand sich in der Mitte neben ihrer besten Freundin. Sie bemerkte, daß sie nach Osten gingen, auf einem Pfad, den sie von ihren Jagdausflügen kannte. Neben ihr sprach Jes die Gedanken, die allen Mädchen durch den Kopf gingen, laut aus: »Wer *sind* diese Männer? Wo kommen sie her?«

Die Mädchen sahen Alin fragend an. »Sie sprechen die Sprache der Sippe. Also können sie keine Rentierjäger aus dem Norden und auch keine Mammutjäger aus den Steppen im Osten sein«, folgerte sie.

Die Mädchen nickten. »Ja. Ja. Das stimmt«.

»Wenn sie zur Sippe gehören«, sagte Elen, »dann werden sie nicht außerhalb des Machtbereichs der Herrin leben.«

In diesem Augenblick lief ein Hund am Wegrand an ihnen vorbei. Alin blickte ihm nach und sagte dann leise: »Der Hirsch-Clan hat auch Hunde.«

Die Mädchen um sie herum begannen zu lächeln.

»Hast du gezählt, wie viele es sind?« fragte Elen als nächstes.

»Ja. Nicht ganz vier Handvoll«, erwiderte Alin.

»Die Herrin wird den ganzen Stamm zusammenrufen«, sagte Jes. »Alle Männer und Jungen. Die Hunde werden uns finden, und dann werden die da«, sie machte eine verächtliche Handbewegung in Richtung der Männer, die vor ihnen gingen, »wie Jagdbeute unter dem fliegenden Speer zu Boden stürzen.«

»Liniut findet jede Spur«, sagte Elen.

Die Mädchen stellten sich in Gedanken den großen Wolfshund vor, der Tor gehörte. Sie wechselten Blicke und nickten zufrieden.

»Die Männer werden Ban am Mittag zur heiligen Höhle bringen«, sagte Alin. »Dann werden sie nach Hause gehen und die Hunde holen.«

»Es wird heute abend keine Winterfeuer geben«, sagte Elen bedauernd.

»Nein«, sagte Sana. »Aber vielleicht morgen.«

»Geht langsamer«, riet Alin. »Wir wollen alles tun, um das Vorankommen zu verzögern.«

Alin war über die Leichtigkeit, mit der sich die Fremden im Zickzack durch die Hügel bewegten, überrascht. Wie lange hatten sie diesen Überfall schon geplant? überlegte sie.

Während der ersten beiden Stunden ihres Marschs waren die Mädchen noch voller Zuversicht. Aber dann kamen sie zu einem Fluß, der den Pfad querte, und der Mann mit den blauen Augen forderte sie auf, hineinzugehen und im Wasser zu waten.

Die Mädchen sahen sich an.

»Warum?« wollte Alin wissen. »Ich kenne einen Jagdpfad, den wir nehmen können, wenn das die Richtung ist, in die ihr gehen wollt. Wir werden uns unsere Mokassins und Hosen naß machen, wenn wir durch den Fluß waten, und hinterher wird es kalt und ungemütlich sein.«

»Ich habe dich nicht gefragt, Mädchen«, kam die täuschend freundliche Antwort. »Ich habe es euch befohlen. Alle gehen ins Wasser. Wir werden dem Fluß für eine Weile folgen.«

Alin sah an dem Mann hoch, der an ihre Seite gekommen war. Er war einen ganzen Kopf größer als sie, und unter seiner Weste aus Büffelhaut zeichneten sich breite Schultern ab. Sein Haar hatte die Farbe der Sonne. Er hielt einen Speer in der Hand und wurde von einem großen muskulösen Hund begleitet.

»Ich werde nicht gern naß. Ich gehe am Rand des Flusses«, sagte Alin.

Die Augen des Mannes, blauer als alle Augen, die sie je gesehen hatte, funkelten sie an. »Ich schätze, ich könnte dich tragen«, sagte er, »aber ich habe nicht vor, es zu tun.« Er reichte seinen Speer dem schwarzhaarigen Mann, der meistens neben ihm ging, hob Alin an den Ellbogen hoch, ging zum Fluß und ließ sie ins Wasser fallen. »Und jetzt laufe weiter«, befahl er und kehrte um, um seinen Speer zu holen.

Das Wasser war eiskalt. Die Männer drängten die Mädchen in den Fluß. Ein Hund schnappte nach ihren Fersen, und ein Mädchen schrie auf.

Möge sein Speer zerbrechen, wenn er ihn am nötigsten braucht, dachte Alin böse, während das eisige Wasser gegen ihre Waden schwappte und sich die harten Felssteine des Flußbetts durch die Sohlen ihrer Mokassins bohrten.

Macht nichts, dachte sie, während sie trübsinnig mit den anderen Mädchen durch das eisige Wasser watete. Die Männer des Hirsch-Clans würden wissen, was geschehen war, wenn die Hunde am Fluß ihre Spur verloren. Sie würden einfach dem Fluß folgen und den Geruch wiederaufnehmen, wo sie den Fluß verließen. Der blauäugige Sohn einer Hyäne konnte sie schließlich nicht ewig im Fluß gehen lassen.

Aber er ließ sie viel weiter gehen, als den Mädchen angenehm war. Sie hielten die Köpfe gesenkt und hatten die Zähne zusammengebissen, damit sie nicht vor Kälte zu klappern begannen. Nach einer Weile waren Alins Füße völlig taub von der Kälte, und sie stolperte über Steine, die sie kaum fühlte. Sie kannte den Weg, den sie gingen, und so blickte sie erst wieder auf, als die Männer vor ihr endlich aus dem Wasser kletterten.

Dann schaute sie Jes an, die neben ihr ging. Keine von ihnen sagte etwas, als sie den Männern auf das Steinufer folgten.

Eine Weile gingen sie auf einem von Wildschweinen ausgetretenen Pfad. Die Mädchen bewegten sich jetzt mit erhobenem Kopf und bemühten sich, hier und da einen Baum zu streifen, um ihren Geruch zu hinterlassen. Plötzlich blieben die Männer an der Spitze stehen.

»Und jetzt kehren wir um«, sagte die tiefe befehlerische Stimme, die Alin allmählich haßte.

Alin und Jes sahen sich an. »Umkehren?« fragte Alin herausfordernd. »Was soll das heißen – umkehren?«

Der Anführer trat neben sie. »Du bist ein Jäger, Mädchen«, erklärte er. »Ich habe dich und deine Gruppe gesehen, wie ihr Rotwild gejagt habt. Ich glaube, du verstehst ganz genau, was ich vorhabe. Wenn irgend jemand, der euch sucht, so schlau ist, diesem Fluß zu folgen, werden die Hunde euren Geruch an der Stelle aufnehmen, an der wir den Fluß verlassen haben, und der Spur folgen, die ihr so sorgfältig gelegt habt. Und dann werden sie bis zu dieser Stelle kommen, wo sie aufhört. Weil wir nämlich zurückgehen, Mädchen, und dann gehen wir wieder ins Wasser.« Alin rührte sich nicht vom Fleck. »Dreh dich um«, sagte er leise. »Wir gehen zurück.«

Alin spürte, wie sich ihre Hände zu Fäusten ballten. Der Hund, der dem Mann auf den Fersen folgte, knurrte. Alin drehte sich um und ging zurück. Sie war so wütend, daß sie die Mädchen mit ihren entsetzten Gesichtern kaum wahrnahm, die ihr hastig Platz machten, um sie vorbeizulassen.

Sie wateten eine weitere Stunde lang durch den eiskalten Fluß, bevor sie schließlich einen Wildpfad einschlugen, der nach Norden führte. Sie folgten diesem Pfad, bis der Himmel dunkel zu werden begann. Den Mädchen wurde immer kälter und sie hatten Hunger. Ihr Mut war gesunken. Schließlich erblickten sie in der Ferne das Licht von mehreren Feuern. In dem Lager bellten Hunde.

Jäger! dachte Alin, und ihr Herz machte einen hoffnungsvollen Sprung. Vielleicht würden sie am Ende doch noch Hilfe bekommen.

»Das ist Mar!« hörte sie eine männliche Stimme vom Lager her rufen. »Und er hat die Mädchen!«

Die Hoffnung in Alins Herz erlosch. Noch mehr von ihnen, dachte sie verzweifelt.

Die Hunde, die sie gehört hatte, brachen aus dem Wald hervor und bellten die eintreffende Gruppe zur Begrüßung an. Der Mann mit den blauen Augen, dessen Name Mar zu sein schien, rief dem Mann, der vor ihnen auf dem Weg auftauchte, zu: »Wir haben sie, Bror, und sie sind müde und hungrig, so wie wir. Ich hoffe, ihr habt etwas zu essen vorbereitet.«

»Haben wir, Mar«, erwiderte der andere fröhlich. »Das Fleisch ist so gut wie fertig.«

Mar brummte zufrieden und schaute über die Schulter nach hinten. Seine Augen suchten Alin. »Da gibt es etwas zu essen«, sagte er zu ihr. »Und Feuer. Wir werden euch schon bald wieder warm und trocken und satt haben.«

Alin wollte ihm gerade erwidern, daß sie an dem Essen, das er ihr gab, ersticken würde, als ihr der kräftige Geruch von gebratenem Bärenfleisch in die Nase stieg. Das Wasser lief ihr im Mund zusammen. Keine von ihnen hatte seit dem vergangenen Abend etwas zu essen bekommen. Es würde leichter sein, sich dem Feind mit vollem Magen zu widersetzen als mit einem leeren, entschied sie. »Sehr gut«, antwortete sie deshalb. Gebieterisch schritt sie weiter und winkte den anderen Mädchen, ihr zu folgen.

Das Lager sah einladend aus, und es roch köstlich. Die neu Eingetroffenen drängten sich um das Feuer und streckten ihre nassen und vor Kälte tauben Beine und Füße dicht an die wärmenden Flammen. Die Männer, die offenbar dazu ausersehen worden waren, auf die Jagd zu gehen und das Essen zu kochen, reichten ihnen geröstete Fleischstücke. Während sich alle dem Essen hingaben, breitete sich Schweigen aus.

»Gut«, sagte Mar ein wenig später, als sie mit dem Essen fertig waren. Er warf den Knochen, den er abgenagt hatte, ins Feuer, wischte sich mit dem Handrücken den Mund ab und stand leichtfüßig auf. Seine Stimme war so laut, daß sie genau bis an das entfernteste gelegene Feuer drang. »Ich will versuchen, euch zu erklären, warum wir das getan haben«, sagte er.

Es herrschte tiefes Schweigen. Alin sah von der Spitze ihrer allmählich trockener werdenden Mokassins zu dem Mann, den sie Mar nannten. Er stand vor dem größten Feuer, hatte den Rücken gestreckt und den Kopf nach hinten geworfen. Hinter ihm tanzten die Flammen und tauchten sein sonnenfarbenes Haar in glühendes Kupfer. Er trug das Haar viel kürzer als die Männer vom Hirsch-Clan. Bei keinem seiner Männer war das Haar lang genug, um es zu flechten, dachte Alin, während sie einen Blick in die Runde warf und darauf wartete, daß Mar zu sprechen begann. Und Bärte trugen sie auch nicht. Das konnte aber auch daran liegen, daß sie alle noch sehr jung zu sein schienen. Dieser Mar jedoch war kein Junge mehr. Ihre Augen taxierten die hohe gebieterische Gestalt vor dem Feuer. Diese hatte den Bart eines Mannes. Offenbar war es in dem Stamm der Brauch, keinen zu tragen.

Alin wurde aufmerksam, als Mar zu sprechen begann. Er blickte von einem Gesicht zum anderen, während er seine Geschichte erzählte.

»Wir gehören zu einem Stamm, den ihr nicht kennt«, hub er an. »Unser Wohnort ist eine lange Reise von hier entfernt.« Er machte eine Pause, als ein bekümmertes Gemurmel durch die Reihen der Mädchen lief, die rund um das Feuer saßen. Alin runzelte die Stirn. Sie war genauso betrübt wie alle anderen, aber sie durften vor diesen Männern keine Schwäche zeigen. Sie warf tadelnde Blicke nach links und nach rechts, bevor sie ihre Aufmerksamkeit wieder Mar zuwandte.

»Letztes Jahr«, fuhr er fort, »beim Mond der fallenden Blätter, besuchten die Männer meines Stammes ein Treffen der Stämme, um Waren und Frauen einzutauschen. Wir ließen alle unsere Frauen zurück, außer denen, die wir mit anderen Stämmen verheiraten wollten, und nur die Kinder blieben bei ihnen und eine Handvoll Männer, um sie zu beschützen. Sie waren gut versorgt und in Sicherheit, und wir würden nur einen halben Kreis des Mondes weg sein. Wir dachten uns nichts dabei.«

Mar hielt inne. Seine Hände, die vorher entspannt am Körper gelegen hatten, begannen sich langsam zu schließen und wieder zu öffnen. Er starrte vor sich hin, als hätte er ein Bild im Kopf. Sein Gesicht lag im Schatten, da das Feuer hinter ihm war, und Alin konnte seine Mimik nicht erkennen. Aber die Bewegung seiner Hände verriet ihr, daß das, was er im Geiste vor sich sah, nicht schön war.

»Ich weiß nicht, wie es passiert ist«, fuhr er fort. »Niemand von uns weiß, wie es passiert ist. Aber während wir weg waren, wurde eine der Stellen, von denen wir unser Wasser holten, schlecht. Unsere Leute merkten es nicht und tranken von dem Wasser.«

Alin starrte ihn jetzt erschreckt an. Sie hatte zwar von solchen Dingen schon gehört, aber diese Erzählungen immer für Gruselgeschichten gehalten. »Zwei mal zwei Handvoll unserer Frauen starben«, ertönte die tiefe, so seltsam pointierte Stimme durch die Nacht. »Und fast genauso viele unserer Kinder. Die Zukunft unseres Stammes war mit ihnen gestorben.« Er blinzelte, und die blauen Augen schienen wach zu werden und sich wieder auf die Szene vor ihm zu konzentrieren. »Männer können keine Kinder bekommen«, wandte er sich den Mädchen zu, die um das Feuer saßen. »Ihr, die ihr die Mutter anbetet, wißt nur zu gut, daß dazu Frauen nötig sind.«

In der Ferne schrie ein Tier, und die Gestalten rund um die Feuer verharrten in angespanntem Schweigen. Der Schrei wurde mit einem Brüllen beantwortet, und dann herrschte Stille. Es war ein Löwe gewesen. Dann begann ein Mädchen zu sprechen. Alin erkannte die Stimme von Jes.

»Willst du damit sagen, daß wir die Frauen ersetzen sollen, die ihr verloren habt?«

»Ja«, erwiderte der Mann, der Mar genannt wurde. »Das will ich sagen.«

Alin schnappte nach Luft. Sie beugte sich ein wenig nach vorn. »Und was ist mit den Frauen, wegen denen ihr zu dem Treffen gegangen seid?« fragte sie. »Seid ihr zu geizig, um für eure Frauen zu bezahlen? Müßt ihr sie aus den Händen der Göttin stehlen?«

Sie sah, wie sein Kopf in ihre Richtung fuhr. Seine Augen entdeckten sie schnell zwischen den anderen Mädchen, die neben ihr am Boden kauerten. »Es ist nicht möglich, einfach Frauen zu kaufen«, sagte er. »Die Männer der anderen Stämme wollen die Mädchen, die zu eng mit ihrem Blut verwandt sind, um innerhalb ihres eigenen Stammes heiraten zu können, gegen andere eintauschen.« Er zuckte die Achseln. »Es tut mir leid, aber wir haben keine andere Wahl. Das ist eine Frage von Leben und Tod für mein Volk.« Er wandte den Blick von Alins blitzenden Augen ab, um die Gesichter der anderen Mädchen zu erforschen. »Wir werden gut zu euch sein. Wir wollen euch nicht weh tun. Wir hoffen, daß ihr euch bei uns zu Hause fühlt. Aber ihr werdet mit uns leben und uns Kinder gebären. Eine andere Möglichkeit habt ihr nicht.«

»Ihr wißt nicht, mit wem ihr es zu tun habt«, erwiderte Alin mit kühler Stimme. »Du hast recht, wenn du sagst, daß wir der

Erdmutter dienen. Wir sind ihre Dienerinnen, und wir dienen keinem Mann, außer dem Mann, den wir uns selbst aussuchen. Ihr werdet keine Kinder von uns bekommen, Fremder. Höchstens den Fluch der Mutter.«

Mars Gesicht war düster, als er sie wieder anschaute. Leise, aber sehr bestimmt sagte er: »Dieses Risiko müssen wir auf uns nehmen, denn der einzige andere Weg bedeutet die Auslöschung unseres Stammes.« Wieder wandte er den Blick von Alin ab, um die anderen Mädchen anzusehen, deren Gesichter im flackernden Schein des Feuers zu ihm erhoben waren. »Und jetzt legt euch schlafen«, sagte er. »Im Morgengrauen brechen wir auf.«

3

Alin zitterte, als sie aus der Schlafrolle aus Hirschhäuten kroch und die frostige Kälte der Morgenluft spürte. In einem Mond würde es für eine solche Reise, die sie jetzt zurücklegten, zu kalt sein. In einem Mond würde sich der Hirsch-Clan ans Feuer kauern und auf das konzentrieren, was das Wichtigste im Winter war: sich zu wärmen.

Alin blies sich eine Haarsträhne aus den Augen, die sich aus ihrem Zopf gelöst hatte. Sie verschränkte die Arme vor der Brust und schaute hinauf in den heller werdenden Himmel. Wenn ihr Volk nicht schnellstens ihre Spur aufnahm, würden sie wahrscheinlich nicht mehr vor dem Winter gefunden werden. Schon bald würden alle Jagdwege mit Schnee bedeckt sein. Mar hatte für seinen Überfall genau die richtige Jahreszeit gewählt. Möge die Mutter ihn verfluchen, dachte sie.

»Alin, die Blase an meinem Fuß ist über Nacht nicht besser geworden.«

Als sie die leise Stimme von Dara, einem der jüngsten Mädchen, hörte, zwang sich Alin, ihre Gedanken zu verdrängen. »Laß mal sehen«, sagte sie und hockte sich nach hinten auf die Fersen, um den stark geschwollenen Fuß des Mädchens genauer betrachten zu können. Daras Füße hatten sich an ihren nassen Mokassins wundgerieben, so daß sich an der Ferse eine häßliche Blase gebildet und unter der geschwollenen Haut Blut angesammelt hatte. Der kleine nackte Fuß war eiskalt.

»Ich kann ihn mit einem Stückchen Fell polstern«, sagte Alin und sah Dara an.

Daras graue Augen blickten ernst. Sie hatte schon ihre Initiationsrituale hinter sich und mußte auch schon ihre monatlichen Blutungen bekommen haben, aber für Alin war sie noch immer ein Kind. Dara hatte dunkle Haare und war klein, mit leicht zerbrechlichen Knochen und zarter Haut. Sie war drei Jahre jünger als Alin, und sie hatten noch nicht oft miteinander zu tun gehabt. »Also gut«, sagte Dara mit ihrer leisen Stimme. »Vielleicht hilft es ja.«

Wieder sah sich Alin die Blase an. Unter angehaltenem Atem stieß sie eine Verwünschung aus.

»Was gibt es hier?« ertönte die arrogante männliche Stimme, die Alin mit jedem Mal weniger mochte.

Sie starrte weiter auf Daras Blase. »Das Kind hat eine Blase am Fuß«, erwiderte sie zwischen zusammengebissenen Zähnen. »Ich brauche ein Stück Fell, um sie zu verbinden.«

Bevor sie sich's versah, hatte sich Mar neben sie gesetzt. »Laß sehen«, sagte er und nahm den Fuß in seine große Hand. Dara legte eine Hand auf seine Schulter, um nicht das Gleichgewicht zu verlieren. Er schaute zu ihr hoch. »Damit solltest du nicht weitergehen«, sagte er.

»Man wird ihr wohl kaum Gelegenheit geben, etwas anderes zu tun«, entgegnete Alin mit knirschenden Zähnen.

Er beachtete sie nicht, sondern hielt seinen Blick unverwandt auf Dara gerichtet. Ihre großen grauen Augen sahen ihn unerschrocken an. »Du hättest es mir sagen sollen«, sagte er zu ihr. Seine Stimme war erstaunlich weich.

»Ich habe es Alin gesagt«, erwiderte Dara.

Bei diesen Worten drehte er sich zu Alin hin, die noch immer neben ihm am Boden hockte. »Dann hätte Alin es mir sagen sollen«, fuhr er fort und legte dabei die Betonung auf die zweite Silbe ihres Namens, wodurch dieser plötzlich fremd und ungewöhnlich klang.

Sie starrte in ein Paar wütende Augen. Er saß so dicht neben ihr, daß sie ihn mit dem Ellbogen streifte, als sie aufstand. »Warum hätte ich es dir sagen sollen?« fragte sie ebenso wütend. »Schließlich bist du der Grund für dieses Mißgeschick.«

»Wasch die Blase gut aus, Kleine, und dann zieh deine Mokassins wieder an«, wies er Dara an, und zu Alin gerichtet sagte er: »Wir werden sie die nächsten Tage tragen. Ich will nicht, daß die Blase schlimmer wird.« Seine durch und durch blauen Augen hielten ihren Blick unnachsichtig fest. Die Tatsache, daß er einen ganzen Kopf größer war als sie, trug nur noch mehr zu ihrer schlechten Laune bei. »Versuch nicht noch mal, so etwas vor mir geheimzuhalten«, warnte er sie. Dann drehte er sich um und ging weg.

»Möge die Mutter deine Genitalien verdorren lassen, du Sohn einer Hyäne«, preßte Alin unter angehaltenem Atem hervor.

»Alin!« Dara sah sie mit großen Augen an.

Alin funkelte sie an. »Du hast gehört, was er gesagt hat«, sagte sie. »Geh und wasch dir den Fuß.«

Sie waren schon drei Tage gegangen, und noch immer war keine Rettung in Sicht. Zögernd war Alin zu dem Schluß gelangt, daß ihr Stamm die Spur der verschleppten Mädchen verloren hatte. Mar hatte sie durch mehrere Flüsse geführt, zweimal mußten sie in ihrer eigenen Spur zurückgehen, und Alin glaubte, daß nicht einmal Liniut ihre Fährte wiederaufnehmen könnte.

Das bedeutete, daß sie nur auf Rettung hoffen konnten, wenn einer von ihnen die Flucht gelang.

Mar hatte sich bemüht, die Tatsache zu verbergen, daß sie fast die ganze Zeit nach Norden zogen, aber Alin hatte ein gutes Gespür für Richtungen. Es war ihr sogar gelungen, einen der Männer dazu zu bewegen, ihr zu verraten, daß die Reise an die zwei Handvoll Tage dauern würde. Dadurch konnte sie ihr Ziel ziemlich genau bestimmen, falls sie ihren Stamm zu ihrer Rettung holte.

Die Frage, die sie am meisten beschäftigte, war, wie sie die Flucht selbst bewerkstelligen sollte. Wenn sie Erfolg haben wollte, dachte sie, dann würde sie sofort aufbrechen müssen. Sie würde drei Tage lang schnell genug gehen können, um ihre Verfolger abzuschütteln. Sie konnte sich von Nüssen und Beeren ernähren. Das einzige, was ihr Sorgen bereitete, war die Erinnerung an das Löwengebrüll, das sie gehört hatten.

Sie besaß keine Waffe. Und es war auch unwahrscheinlich, daß sie eine bekommen würde.

Aber das ließ sich nicht ändern. Wenn sie gehen wollte, mußte sie sich noch in dieser Nacht auf den Weg machen.

Immer wenn die Männer an der Spitze Dara von dem Rücken des einen auf den eines anderen Mannes hoben, verlangsamte sich für einen Augenblick das Tempo. Sie hatten das Mädchen schon den ganzen Tag getragen und waren in außerordentlich guter Stimmung. Alin hatte gehört, wie Dara über einige Dinge lachte, die die Männer zu ihr sagten.

»Vielleicht sollten wir alle so tun, als hätten wir uns den Knöchel verstaucht«, murmelte Jes. »Dann müßten sie uns alle tragen, und wir kämen nicht so schnell voran.«

Alin drehte sich um und blickte ihre beste Freundin an. »Ich glaube nicht, daß es viel ändern würde«, meinte sie. »Ich fürchte, er hat unsere Spur völlig verwischt.«

Jes' blaugraue Augen flackerten. Und Alin sah, daß sie zu dem gleichen Schluß gekommen war.

Alin senkte die Stimme, daß sie nur noch ein Hauch war. »Ich versuche heute nacht, von hier wegzukommen«, flüsterte sie.

Jes starrte sie an. »Das kannst du nicht tun«, widersprach sie. »Es ist zu gefährlich. Wir sind schon drei Tage von zu Hause entfernt, Alin. Und du hast keine Waffe. Laß mich an deiner Stelle gehen.«

»Ja«, sagte Alin ironisch. »Weil es für mich zu gefährlich ist, sollte ich dich losschicken.«

»Du bist die Auserwählte«, erinnerte Jes sie. »Wir dürfen dich nicht verlieren.«

»Gerade weil ich die Auserwählte bin, muß ich es tun«, erwiderte Alin. »Das weißt du.«

Es entstand eine kurze Pause, und dann sagte Jes resigniert: »Ja, ich glaube, das weiß ich.«

Für die Nacht schlugen sie am Ufer eines kleinen Flusses ihr Lager auf. Es gab Wildbret zu essen, wie gewöhnlich an Stöcken über dem offenen Feuer gebraten. Alin überlegte, ob die Frauen dieses Stammes, der sie verschleppt hatte, mehr vom Kochen verstanden als die Männer, denn jeden Abend geröstetes Fleisch zu essen, war auf die Dauer ziemlich eintönig. Trotzdem griff sie kräftig zu. Wenn ihr Fluchtversuch gelang, würde sie viele Tage lang kein Fleisch bekommen.

Sie bereitete ihre Flucht vor, indem sie mehrere Male zur Grube ging, bevor sie sich in ihre Schlafrolle legte.

»Ich habe Bauchschmerzen«, sagte sie zu Mar, als er sie fragte, was das zu bedeuten hätte. »Ich kann nichts dagegen tun.«

»Versuch es gar nicht erst«, riet er ihr. »In einem solchen Fall ist es immer das beste, loszuwerden, was dich krank macht.«

»Das hat meine Mutter auch immer gesagt«, erwiderte sie. Sie kniff die Stirn zwischen den Augenbrauen zusammen. »Ich glaube, ich gehe besser gleich noch einmal«, murmelte sie und machte sich wieder auf den Weg zu den Gruben, die beim Fluß waren.

Während der Nacht stattete sie ihnen noch drei weitere Besuche ab, und beim dritten Mal wurde sie von Jes begleitet. Als Jes zu ihrem Schlafplatz zurückkehrte, flüsterte sie in der Dunkelheit mit Alin. Die anderen Mädchen rührten sich nicht. Die Männer, die Wache hielten, beachteten sie nicht. Erst am nächsten Morgen entdeckten sie, daß Alin verschwunden war.

Mar war wütend. Er rief Jes zu sich, die von der Wut, die in seinen Augen glitzerte, eingeschüchtert war. »Wo ist sie?« fragte er.

Jes hatte den Blick gesenkt und starrte auf seine Weste aus Büffelhaut. »Was glaubst du, wo sie ist, Fremder?« sagte sie und gab sich Mühe, so kühl und arrogant zu klingen wie Alin, wenn sie mit diesem Mann sprach.

»Da draußen sind Löwen«, rief Mar. »Und sie hat nicht mal einen Speer!«

Jes hob den Blick und sah ihm in die Augen. »Und wessen Schuld ist das wohl?« fragte sie. Und dann wich sie zwei Schritte vor ihm zurück, als sie seinen Gesichtsausdruck sah.

Mar drehte sich zu dem schwarzhaarigen Mann um, den sie Tane nannten und der sein Stellvertreter war. »Ich werde ihr folgen«, sagte Mar. »Du gehst mit den anderen weiter.«

»Laß mich mitkommen«, erbot sich der andere Mann sofort.

»Nein. Ich habe Lugh.« Mar legte seine große Hand auf den Hund an seiner Seite. »Und ich nehme noch einen von den anderen Hunden mit«, fügte er hinzu. »Sie wird, so schnell sie kann, nach Süden gehen. Ich werde sie einholen.« Und dann warf er Jes einen wütenden Blick zu und fügte hinzu: »Falls dann noch etwas von ihr einzuholen ist.«

Tane nickte mit grimmiger Miene. »Wir werden noch ein paar Stunden hier warten«, sagte er. »Und dann wieder an der nächsten Flußüberquerung.«

»Gut«, entgegnete Mar. »Wenn ich in zwei Tagen nicht zurück bin, geht ihr im gewohnten Tempo weiter.«

Tane sah ihn einen Augenblick an und nickte dann. Mar ging seine Speere und seine Speerschleuder und seinen Bogen und seine Flintmesser holen.

Da Alin keine Waffe besaß, durfte sie keine Zeit damit verlieren, ihre Spuren durch irgendwelche Ausweichmanöver zu verwischen. Unter den gegebenen Umständen bestand ihre einzige Chance darin, nach Hause zu kommen, bevor Mar sie eingeholt hatte.

Bis zum Morgengrauen waren es noch drei Stunden, als sich Alin aus dem feindlichen Lager neben dem Fluß schlich. Während sie den gewohnten ausholenden federnden Gang der Jäger annahm, fuhr ihre Hand zu dem kleinen Elfenbeinanhänger, der an einem Lederriemen um ihren Hals hing. In die glatte Oberfläche war die Gestalt einer Frau eingraviert – mit schmaler Taille, vollen Brüsten und einem glockenförmigen Rock, der ihr bis zu den Knien reichte. Ihr Gesicht war leer.

Alin hatte nie einen Zweifel daran gehabt, wie das Gesicht der Mutter aussah. Es würde so wie Lanas aussehen.

Die Dämmerung zog herauf, und obwohl Alin wußte, daß ihre Abwesenheit jetzt im Lager entdeckt wurde, war sie froh über das Licht. Die Kreaturen des Tages waren weidende wilde Tiere; und wenn sie ihnen aus dem Weg ging, würden sie auch ihr aus dem Weg gehen. Es waren die Räuber der Nacht, die Raubtiere, deren unsichtbare Gegenwart ihr in den vergangenen Stunden eine Gänsehaut über Rücken und Hals gejagt hatte.

Alin glaubte, daß der Wildpfad, dem sie folgte, ein Pfad war, den die Rotwildherden ausgetreten hatten, als sie im Winter in dieses Land gekommen waren. Der Pfad verlief fast direkt von Norden nach Süden. Er durchquerte das Tal auf seinem Weg zu ihren Heimatbergen. Während des ganzen Winters, wenn die hohen Bergwiesen mit Schnee bedeckt waren, war hier ein guter Weidegrund für das Rotwild.

Mar mußte diesen Pfad kennen, dachte sie. Er kannte all die anderen Wege in dieser Gegend nur zu gut, um diesen übersehen zu haben. Wahrscheinlich hatte er sie nur nicht über diesen Pfad geführt, weil er nicht wollte, daß seine Gefangenen bemerkten, daß sie direkt nach Norden zogen.

Aber jetzt würde er ihm folgen, dachte Alin grimmig, während sie über eine Wiese aus wogendem Gras blickte, auf der kleine Herden Wildpferde und Büffel weideten. Nicht alle Raubtiere hatten sich für den Tag schlafen gelegt: das zweibeinige, das gefährlichste von allen, würde ihrer Spur folgen. Dessen war sie sich ganz sicher.

Alin war nur einen kurzen Augenblick stehengeblieben, um einen Schluck Wasser zu trinken und ein paar Beeren und Nüsse zu pflücken und zu essen. Sie war von ihrer Mutter darin geübt worden, ohne Essen auszukommen, aber sie wußte auch, daß es lebenswichtig war, um bei Kräften zu bleiben. Wenn sie das Tempo, das sie eingeschlagen hatte, beibehielt, glaubte sie nicht, daß man sie einholen würde. Sie war schon immer eine der schnellsten Läuferinnen in ihrem Stamm gewesen, und sie hatte mehrere Stunden Vorsprung.

Die Sonne erreichte ihren höchsten Punkt am Himmel und begann nach Westen unterzugehen. Alin lief weiter und bemühte sich, nicht an die kommende Nacht zu denken.

Lugh fand den Rotwildpfad und Alins Geruch fast auf der Stelle. Mar rechnete sich aus, daß er ungefähr vier Stunden hinter ihr war, und er wußte, daß das Mädchen schnell und kräftig war. Er hatte viele Wochen damit verbracht, die Mädchen vom Hirsch-Clan zu beobachten, um herauszufinden, wann der geeignetste Augenblick war, möglichst viele von ihnen einzufangen. Er hatte Alin auf dem Jagdpfad gesehen. Sie bewegte sich genauso schnell wie die meisten Männer.

Aber er besaß einen entscheidenden Vorteil. Das Mädchen würde schlafen müssen, während er ohne weiteres zwei Tage ohne Schlaf auskam, wenn es sein mußte.

Er machte sich keine Sorgen, daß er sie nicht einholen würde, bevor sie ihrem Volk die Nachricht von der Richtung überbrachte, die sie eingeschlagen hatten. Aber er hatte Angst, daß ihr etwas zustoßen könnte, bevor er sie eingeholt hatte.

Die Löwen. Er hatte sie in der vorletzten Nacht in dem Gebiet gehört, durch das sie sich jetzt bewegte. Ein einzelnes Mädchen, ohne auch nur einen Hund zur Begleitung, würde für eine Höhlenlöwin mit hungrigen Jungen eine willkommene Beute sein.

Mar wollte dieses Mädchen nicht verlieren. Es besaß Feuer und Mut. Sie würde dem Stamm des Pferdes gute Kinder gebären. Der Stamm hatte bessere Verwendung für sie als die Löwen, dachte Mar grimmig, und er beschleunigte seinen Schritt noch ein wenig, als der Pfad vor ihm den Birkenwald verließ und über eine Wiese führte.

Es wurde dunkel. Und die weidenden Tiere des Tages, die Büffel und Auerochsen, die Wildpferde und das Rotwild, sahen sich nach einem Platz für die Nacht um, einem anderen als den, an dem sie in der vergangenen Nacht Rast gemacht hatten und der ihnen möglichst guten Schutz vor ihren schlimmsten Feinden bot: dem Höhlenlöwen, dem Höhlenpanther, der Höhlenhyäne und den Aasfressern, die ihnen folgten.

Eine Stunde bevor das letzte Licht am Himmel verblaßte, blieb Alin stehen. Sie war erschöpft, ihre Beine zitterten, ihre Lungen rasten. Sie wußte, daß sie in dieser Nacht schlafen mußte, wenn sie am nächsten Tag das Tempo halten wollte.

Als erstes sammelte sie Holz, Reisig und Blätter, um ein Feuer zu machen. Sie hatte einen Feuerstab in ihrem Gürtel, den sie von den Dingen, die in ihr Schlaffell eingerollt gewesen waren, mitgenommen hatte. Sie steckte den Holzstab in das Loch in dem kleinen Holzbrett und begann ihn schnell zwischen ihren Handballen zu drehen.

Sie war müde, und es kam ihr wie eine Ewigkeit vor, bis sie die ersten Spuren von Rauch sah. Nicht lange danach fingen die Blätter Feuer und anschließend auch die Stöcke.

Das Feuer würde die wilden Tiere fernhalten, dachte Alin. Und seine Wärme tat gut. Den ganzen Tag war ihr nicht kalt gewesen, im Gegenteil, die Anstrengung hatte sie in Schweiß gebadet. Aber nachdem sie einmal angehalten hatte, begann sich die Kälte in ihr auszubreiten. Und sie hatte auch nicht ihre Schlafrolle aus Tierhäuten bei sich; sie mußte sich, so wie sie war, nur in den Kleidern, die sie anhatte, zusammenrollen und darauf vertrauen, daß das Feuer sie warm hielt.

Sie war sehr müde, aber sie legte sich nicht sofort schlafen. Das Rascheln und Knistern in dem hohen Gras hielt sie wach. Plötzlich hörte sie in der Ferne einen Löwen brüllen. Mit klopfendem Herzen richtete sie sich auf. Dann ein Kreischen. Eine Eule schrie, und Alin hörte das Geräusch von Flügeln, die ganz dicht an ihr vorbeiflogen. Alins Hand ballte sich zur Faust, die ihre Halskette umklammerte, und auf der Stirn und zwischen den Schulterblättern brach sie wieder in Schweiß aus.

In ihrem ganzen Leben hatte sie sich noch nie so allein gefühlt.

Schließlich schlief sie vor Erschöpfung ein.

Sie wachte auf, als ein Hund an ihrem Gesicht schnüffelte. Sie unterdrückte einen Schrei und zwang sich, völlig still zu liegen.

»Guter Junge, Lugh. Komm her.« Sie erkannte die Stimme sofort und machte die Augen wieder zu, um die verräterischen Tränen zu verbergen, die ihr Schande zu machen drohten.

»Ich hasse dich«, fluchte sie mit zusammengebissenen Zähnen. Langsam richtete sie sich auf.

»Davon bin ich überzeugt«, kam die ungerührte Antwort. Er trat in den kleinen Lichtkreis, den das verlöschende Feuer warf. »Du hast es weiter geschafft, als ich für möglich gehalten hätte«, sagte er bewundernd.

Sie starrte zu ihm hoch, als er im Schein des Feuers über ihr aufragte. In der einen Hand hielt er einen schweren Speer und in der anderen einen leichteren Wurfspieß, der in eine Speerschleuder gespannt war. Über der einen Schulter hing ein Bogen, über der anderen ein Köcher mit Pfeilen. Unter seiner Weste aus Büffelhaut trug er einen Gürtel, in dem drei Messer mit Knochengriffen steckten. Aus der Dunkelheit war noch ein weiterer Hund aufgetaucht und hatte sich zu Lugh gesellt, und Alin hörte, wie sie ihr kleines Lager beschnüffelten.

Sie weigerte sich sogar, sich einzugestehen, wie sehr sie der Anblick der vielen Waffen und der Hunde erleichterte.

»Wenigstens hattest du so viel Verstand, ein Feuer zu machen«, sagte er. »Hier gibt es Löwen.«

Als Antwort ertönte aus der Nacht ein mächtiges Gebrüll. Alin konnte nicht verhindern, daß sie zusammenzuckte.

Das Brüllen kam ganz aus der Nähe. Alins Augen weiteten

sich vor Schreck. Dann, ohne ein weiteres Wort, begann Mar das Feuer zu schüren, das schon fast ausgegangen war, während sie geschlafen hatte. Nach einer Weile stand Alin auf und ging zu ihm, um ihm zu helfen. Wieder ertönte ein Brüllen durch die Nacht, diesmal aus einer anderen Richtung. Es hörte sich sehr nah an.

»Es sind zwei«, sagte Mar und bückte sich, um noch einen Zweig ins Feuer zu legen.

Als das Feuer wieder hell flackerte, sah Mar Alin an, zögerte, zuckte dann die Achseln. Sie war verblüfft, als er ihr seine Speerschleuder und den Speer reichte. »Stell dich dorthin«, sagte er, nachdem sie die Waffen genommen hatte. »Hinter mich. Ich werde versuchen, den einen mit dem großen Speer niederzustrecken. Wenn ich ihn aufhalten kann, solltest du ihn mit dem Speer erlegen können.«

Alin gab keine Antwort, sondern stellte sich an die Stelle, auf die er gezeigt hatte, zwischen ihn und die Flammen. Die beiden Hunde kamen und nahmen ihre Plätze neben Mar ein. Sie saßen bewegungslos da wie Statuen, abgesehen von dem Zittern, das sie von den aufgestellten Ohren bis zu den angespannten Schwänzen erfaßt hatte.

Alin hielt die Speerschleuder fest und schaute auf den breiten Rücken direkt vor ihr. Er bot ein einladendes Ziel. Ein Stoß mit dem Speer, und sie würde frei sein und könnte ihre Reise nach Hause fortsetzen.

Alins Knöchel waren weiß vor Anspannung.

Warum hatte er ihr den Wurfspieß gegeben? Wie konnte er so ungerührt vor ihr stehen, obwohl er wußte, was sie in den Händen hielt? Traute er ihr so wenig zu, daß er nicht fürchtete, von seiner eigenen Waffe niedergestreckt zu werden?

Sie erinnerte sich an den Augenblick des Zögerns, an das Schulterzucken, bevor er ihr den Speer gereicht hatte.

Er war sich nicht sicher, wie sie sich verhalten würde, dachte sie. Aber er hatte ihr trotzdem den Speer gegeben.

Wütend runzelte Alin die Stirn. Niemals würde sie einem Mann einen Speer in den Rücken stoßen, der ihr vertraute. Im übrigen waren sie in dieser Nacht aufeinander angewiesen. Wenn die Bedrohung durch die Löwen erst vorbei war, dann – dann würde sie schon sehen, wie sie den Speer zu ihrem Vorteil nutzen konnte.

Die Nacht schritt weiter voran. Das Gebrüll der Löwen kam immer näher. Ihr scharfer, fleischiger Geruch erfüllte die Luft. Die Löwen befanden sich zwischen dem hohen Gras und den Bäumen auf der Westseite des Wildpfads, und Alin wußte, daß sie über ihnen sein würden, noch ehe sie und Mar auch nur gemerkt hätten, daß sie angegriffen wurden.

Alin packte die Speerschleuder fest mit den Händen, hielt sie so, daß sie sie schnell benutzen konnte, und bemühte sich, ihre Lage zu durchdenken.

Wenn die beiden Löwen angriffen und wenn Mar den einen Löwen mit dem großen Speer erwischte, hatte sie vielleicht Gelegenheit zum Wurf, wenn der zweite dem ersten folgte. Aber wenn sie es tat, dachte sie, dann mußte es ein tödlicher Wurf sein. Ein verwundeter Höhlenlöwe war eines der gefährlichsten Lebewesen in der Natur.

Die Raubtiere waren jetzt so nah, daß ihr Gebrüll ohrenbetäubende Ausmaße annahm. Sie hören sich an, dachte Alin in einem unterdrückten, fast hysterischen Lachanfall, wie ein Mann und seine Frau, die sich streiten.

Eine Stunde verging. Das Brüllen setzte sich fort, kam aber nicht näher. Es schien sich sogar ein wenig zu entfernen.

Eine weitere halbe Stunde verstrich. Jetzt war es sicher, daß sich die Löwen entfernten. In den Bäumen begannen die Vögel zu zwitschern. Der große Mann, der fast drei Stunden lang zwischen ihr und den Löwen gestanden hatte, legte seinen Speer aus der Hand. Dann drehte er sich um, sah hinunter in ihr Gesicht, strich sich mit der Hand durch das helle Haar, das ihm in die Stirn gefallen war, und sagte: »Ich glaube, sie haben sich gestritten.«

Selbst in dem fahlen grauen Licht des frühen Morgens sahen seine Augen blau aus. Alin stieß die Luft aus. »Das habe ich mir auch gedacht.«

Wieder fuhr er sich mit der Hand durch das Haar. »Ich möchte diese Nacht nicht noch einmal erleben.« Er schüttelte den Kopf. »Himmel, waren die laut!«

Sie lachte mit zittriger Stimme, dankbar, daß er seine eigene Angst eingestand.

»Du mußt hungrig sein«, meinte er. »Bestimmt hast du gestern nicht sehr viel gegessen. Ich werde sehen, was ich für dich finde.« Er streckte die Hand nach seinem Wurfspieß aus.

Alin starrte auf seine gebieterische Hand. Angesichts der Gefahr, die die Löwen dargestellt hatten, hatte sie für einen Augenblick den entscheidenden Vorteil vergessen, den sie durch den Wurfspieß besessen hatte. Und jetzt war es zu spät. Sie kniff die Lippen zusammen, ihre Hand umklammerte die Waffe fester.

Seine Augen glitzerten, und er zog die ausdrucksvollen blonden Augenbrauen hoch. »Ich habe auch einen Speer«, sagte er. »Und ich habe die Hunde.«

Langsam, würdevoll, legte sie den Speer und die Speerschleuder in seine ausgestreckte Hand. Er blickte den großen silbergrauen Hund an, der ihm überallhin folgte, und befahl: »Lugh, du bleibst hier.«

Der Hund jaulte und legte die Ohren an. Es war offensichtlich, daß er seinen Herrn begleiten wollte.

»Nimm ihn mit«, sagte Alin.

Er deutete auf den Boden neben ihren Füßen. »Nein. Er wird bei dir bleiben.«

»Du hattest Vertrauen zu mir, als du mir den Speer gegeben hast«, protestierte sie.

»Was hätte ich denn tun sollen? Wenn die Löwen an mir vorbeigekommen wären, hättest du ihnen ohne Waffen gegenübergestanden. Aber jetzt wird Lugh bei dir bleiben.«

Alin zog die Stirn in Falten und murmelte etwas unter angehaltenem Atem.

Seine Zähne blitzten, als er gutmütig lächelte. »Wenn du erst gegessen hast, wird dir wieder wohler sein.« Dann pfiff er nach dem anderen Hund und ging durch das hohe Gras davon, um für ihr Frühstück zu sorgen.

4

Mar schoß mit seinem Bogen ein Kaninchen, und Alin beschwerte sich nicht über den eintönigen Geschmack des über dem Feuer gerösteten Fleisches. Danach gingen sie denselben Weg, den sie gekommen waren, zurück.

Sie kamen an diesem Tag langsamer voran als am Tag zuvor. Alin hatte nur wenige Stunden Schlaf gehabt, und Mar hatte gar nicht geschlafen. »Kein Grund zur Eile«, sagte er zu ihr, als sie am Mittag Rast machten, um sich auszuruhen und ein paar Fische mit dem Speer zu fangen. »Morgen werden wir die anderen eingeholt haben. Tane wartet an der nächsten Überquerung des Flusses auf mich.«

Alin kaute langsam auf ihrem Fischbrocken, während sie den

Mann, der mit gekreuzten Beinen vor dem Feuer saß, betrachtete. Dann sagte sie: »Du warst dir ziemlich sicher, daß du mich einholen würdest, nicht wahr, Fremder?«

Er bedachte sie mit einem leisen, trägen Lächeln. »Du läufst schnell, Mädchen, daran besteht kein Zweifel. Aber ich bin noch schneller.«

Alins Nasenlöcher blähten sich bei seinen selbstsicheren Worten auf. Eingebildeter Sohn einer Hyäne, dachte sie. Sie wandte den Blick von ihm ab und nahm das kleine Lager in Augenschein, das er für die Rast hergerichtet hatte. Die Hunde lagen zusammengerollt in der Sonne. Sie schienen zu schlafen, aber Alin wußte, daß sie sofort hinter ihr her sein würden, wenn sie auch nur die kleinste Bewegung machte, um wegzulaufen.

Sonne und Mond, sie *mußte* eine Möglichkeit finden, zu fliehen!

»Du solltest dich mit der Tatsache abfinden, daß du mit mir nach Norden kommst«, sagte die verhaßte Stimme von der anderen Seite des kleinen Kochfeuers. »Es wird gar nicht so schlecht sein. Du und deine Freundinnen, ihr werdet wie Göttinnen behandelt werden. Wir brauchen dringend Frauen in unserem Stamm! Ihr alle werdet Männer bekommen, die für eure Unterkunft sorgen, für euer Essen – die alles für euch tun. Was könnte sich eine Frau mehr wünschen?«

»Freiheit«, erwiderte Alin mit zusammengebissenen Zähnen.

»Freiheit? Was wissen Frauen von Freiheit?« kam die unverschämte Antwort.

Alin fauchte wie eine wütende Katze. Sie beugte sich zu ihm und spie ihm ihre Worte ins Gesicht: »Hör zu, Fremder. In meinem Stamm ›bekommen‹ wir keine Männer. Wenn uns ein Mann gefällt, dann nehmen wir ihn uns. Und wenn er uns nicht mehr gefällt, dann trennen wir uns wieder von ihm. Die Frauen vom Hirsch-Clan brauchen keinen Mann, der sie ernährt oder ihnen Unterkunft gewährt. Wir sind durchaus fähig, für uns selbst zu sorgen.«

Er hob die Fischknochen auf und warf sie ins Feuer. Seine breiten Schultern deuteten ein leichtes Zucken an. »Die Männer eures Stammes müssen ein kläglicher Haufen sein«, sagte er. Er rieb die Hände aneinander, um den Staub abzuwischen. »Ich glaube, ihr werdet angenehm überrascht sein, wenn ihr mit uns zusammenlebt.«

»Sohn einer Hyäne«, sagte Alin verächtlich. »Die Berührung deiner Hand würde mir eine Gänsehaut über den Rücken jagen.«

Er warf den Kopf mit der gleichen Bewegung zurück, wie sie Alin schon bei Hengsten gesehen hatte, wenn sie überrascht wurden. Er blickte sie an. Es war das erste Mal, daß sie ihn zornig sah. Ihr Herz begann schneller zu schlagen, aber sie zwang sich, ohne Furcht in diese plötzlich so eiskalten Augen zu schauen.

»Hör auf, mich so zu nennen«, sagte er mit leiser Stimme.

Ihr Herz pochte. Dann zuckte sie die Achseln und stand auf. »Bist du fertig, können wir weitergehen?« fragte sie. »Oder mußt du dich noch ausruhen?«

Er antwortete nicht, stand aber ebenfalls auf. Sie sah ihm zu, wie er schweigend das Feuer löschte. Er war sehr groß, mit breiter Brust und breiten Schultern, schmaler Taille und schlanken Hüften, und er hatte sehr lange Beine. Sie fand ihn so schön und so fremd wie die Löwen, denen sie in der vergangenen Nacht zugehört hatten.

»Ich brauche mich nicht auszuruhen«, erwiderte er schließlich, als das Feuer ausgegangen war. Er pfiff die Hunde zu sich. »Und jetzt laß uns gehen.«

Den ganzen Nachmittag über kamen sie schnell voran, liefen die meiste Zeit, anstatt zu gehen, und sie hielten kein einziges

Mal an, um sich auszuruhen. Alin war sehr müde und konnte kaum noch mit ihm Schritt halten. Aber sie biß die Zähne zusammen. Sie achtete nicht auf ihre Muskelschmerzen und zwang ihre Füße, weiterzugehen. Sie wußte, daß dies seine Rache für ihre provozierenden Worte waren, aber sie würde ihm nicht zeigen, wie schwer es ihr fiel, mit ihm Schritt zu halten.

Die Sonne ging schon unter, als Mar seine Schritte schließlich verlangsamte. Auf der Wiese links vom Pfad sah Alin eine Wildschweinfamilie, die gerade beim Abendessen war. Der große Eber mußte sie bemerkt haben, denn er hielt zwischen dem Pfad und seiner Familie Wache, während die Sau und ihre rosigen braunen Frischlinge schnüffelnd die Nasen in den Boden stießen und auf das bewaldete Tal zugingen. Mar drehte den Kopf nach ihnen um, um sie zu beobachten, und sagte dann über die Schulter zu Alin: »Direkt vor uns im Wald ist ein Fluß. Dort werden wir die Nacht über bleiben.«

Alin nickte. Sie brachte nicht mehr die Kraft auf, ihm zu antworten.

Es war schon dunkel im Wald, als Mar und Alin auf dem Pfad zwischen den dicken Tannen entlanggingen. Als sie schließlich den Fluß erreichten, erblickten sie im Abendglühen ein kleines Rudel Rotwild, das von dem klaren Wasser trank: ein Hirsch mit einem großen Geweih und vier Damhirschkühe. Innerhalb der nächsten Sekunden waren die Damhirschkühe im Wald verschwunden. Und der Hirsch, der sich beim Geruch der Menschen umgedreht hatte, folgte ihnen nur den Bruchteil einer Sekunde später. Mars Speer blitzte auf, vollzog einen Bogen in dem rosafarbenen Licht, und dann stürzte der Hirsch, von der harten Flintspitze getroffen, die sich tief in sein Herz gebohrt hatte, zu Boden. Mar lächelte zufrieden. »Abendessen«, sagte er zu Alin, als sie zu dem erlegten Hirsch gingen.

Er nahm eines der Flintmesser aus seinem Gürtel und gab es

ihr, und nachdem Mar dem Gott der Hirsche seinen Dank überbracht hatte, weil er seine Kreaturen mit ihnen teilte, half sie ihm, den Hirsch zu häuten. Zuerst fütterten sie die Hunde mit den Eingeweiden und ein paar Fleischbrocken, die sie von den Lenden schnitten. Anschließend machte Mar ein Feuer, damit sie ihr eigenes Essen kochen konnten.

Es war schon völlig dunkel, als sie mit dem Essen fertig waren. Mar hatte den Hirschkadaver ein ganzes Stück vom Fluß weggeschafft, damit die Hyänen, die er anziehen würde, nicht zu dicht an ihr Lager kamen. Dann brachte er einen ganzen Arm voll geschnittenem Gras, das er dicht neben dem Feuer auf einen Haufen legte. »Ein Lager für dich«, sagte er. »Ich habe deine Schlafrolle nicht mitgebracht.«

Alin, die mit untergeschlagenen Beinen neben dem Feuer saß, blickte auf. Er betrachtete sie mit einem Ausdruck in den Augen, den sie kannte, obwohl es noch nie zuvor ein Mann gewagt hatte, sie auf diese Weise anzusehen. Ein Gefühl der Erregung breitete sich in ihren Adern aus. Erst dann war Alin klar, daß es Angst war.

Sie hatte sich kein bißchen davor gefürchtet, mit Ban bei den Winterfeuern zusammenzusein. Das war ein heiliges Ritual, geheimnisvoll und von Kraft erfüllt. Aber dies – sie zitterte bei dem Gedanken –, dies würde eine Entweihung sein. Sie konnte nicht zulassen, daß dieser Mann sie berührte. Sie war die Auserwählte der Mutter. Sie war heilig. Es wäre besser gewesen, wenn sie in der vergangenen Nacht den Löwen zum Opfer gefallen wäre als jetzt diesem Mann.

Sonne und Mond, dachte sie verzweifelt, wie groß er war! Und sie besaß keine Waffen.

Vorsichtig, ohne ihn auch nur einen Augenblick aus den Augen zu lassen, stand sie auf und stellte sich neben das Feuer. Sie wippte leicht auf den Fersen vor und zurück. Nur einmal, ganz kurz, wandte sie den Blick von ihm ab, um sich umzusehen. Wenn sie laufen mußte, würde sie es tun. Immer noch besser, den Hunden ausgeliefert zu sein, als sich ihm kampflos zu überlassen.

»Ich werde dir nichts tun, Mädchen.« Merkwürdigerweise klang er verwirrt.

»Ich mag nicht, wie du mich angesehen hast«, sagte Alin, die noch immer auf der Hut war.

Es entstand ein kurzes Schweigen, während sie sich gegenseitig musterten. »Du bist ein schöner Anblick«, sagte er schließlich. »Viele Männer müssen dich schon so angesehen haben.«

»Nein.« Sie schüttelte so heftig den Kopf, daß ihr langer Zopf hin und her schwang. »Ich bin die Auserwählte der Mutter«, erklärte sie ihm. »Kein Mann darf mich so ansehen.«

Seine Augenbrauen zogen sich zusammen. »Du bist zur Jungfräulichkeit bestimmt?« fragte er ungläubig.

Ihre Augen wurden groß, als er diese seltsame Vermutung aussprach. »Natürlich nicht. Ich bin das Leben des Stammes. Wen ich wähle, muß –« Sie runzelte die Stirn und suchte nach den passenden Worten. »Es muß richtig getan werden, nach dem Ritual der Mutter«, sagte sie schließlich. »Denn wenn das nicht geschieht, werden sich die Herden nicht vermehren, und der Stamm wird sterben.«

Sie sah ein verständnisvolles Flackern in seinen Augen. »Ah«, sagte er. »Davon habe ich schon gehört.«

Die Anspannung in ihrem Körper ließ ein wenig nach. Sie atmete wieder ruhiger.

»War das deine Mutter?« fragte er mit offener Neugier. »Die Frau, die wollte, daß wir dich zurücklassen?«

»Ja.«

»Und wer ist deine Mutter?«

»Sie ist die Herrin, sie führt unseren Stamm.« Er sah sie

lange an. Dann fragte er: »Wenn das so ist, warum ist *sie* dann nicht die Auserwählte?«

»Das war sie. Viele Jahre lang hat die Herrin die heilige Hochzeit für das Leben des Stammes vollzogen. Aber dieses Jahr –« Alin wandte den Blick von ihm ab und starrte in das knisternde Feuer. Sie sprach mit leiser Stimme. »Die Herrin ist über die Jahre hinaus, in denen sie Kinder gebären kann. Deshalb sollte ich in diesem Jahr die heilige Hochzeit vollziehen und dem Stamm Leben bringen.« Ihr Blick glitt zurück zu seinem Gesicht. In ihren Augen spiegelte sich eine Mischung aus Kummer und Zorn. »Ihr habt mich ihnen weggenommen, bevor ich es tun konnte«, sagte sie. »Ihr habt mein Volk beraubt, ihm das Leben genommen, Fremder.«

»War das die Zeremonie, auf die ihr euch gerade vorbereitet habt, als wir kamen?« fragte er langsam. Seine Augen waren auf einen Punkt hinter ihrer Schulter gerichtet, als würde er in Gedanken ein Bild vor sich sehen. »Diese heilige Hochzeit? Ihr wolltet gerade ein Ritual abhalten, das der Fruchtbarkeit des Stammes dient?«

»Ja.«

Er gab keine Antwort. An seinem Gesichtsausdruck war nicht zu erkennen, was er dachte. »Wenn das, was du mir erzählt hast, tatsächlich stimmt, dann habe ich gut daran getan, dich mitzunehmen, Auserwählte der Mutter«, sagte er schließlich. »Denn mein Stamm braucht solche wie dich. Das Leben meines Stammes ist mit unseren Frauen gestorben. Du wirst uns dieses Leben zurückbringen, du und die anderen Mädchen.«

»Ihr tötet mein Volk, um eurem eigenen Leben zu geben!« rief Alin heftig.

»Das ist nicht wahr.« Im Licht der aufflackernden Flammen wurde sein Gesicht starr. »Die jungen Mütter aus eurem Stamm haben wir nicht mitgenommen. Und auch keine weiblichen

Kinder. Ihr habt viele Frauen in eurem Stamm, Auserwählte. Glaub mir, wenn ich dir sage, wir brauchen euch nötiger als euer eigenes Volk.«

Alin starrte unbeweglich in das plötzlich harte, gnadenlose Gesicht. »Wir haben viele Frauen«, sagte sie, »aber nur eine Auserwählte.« Ihr Gesicht war nun genauso unerbittlich wie seins. »Eure Art ist nicht unsere Art«, fuhr sie fort. »Was für uns heilig ist, ist für euch nicht heilig. Es ist nicht das Leben, das ich eurem Volk bringen werde, sondern der Tod.«

»Das glaube ich nicht«, erwiderte er.

Sie überlegte, was sie ihm noch sagen konnte, um ihn zu überzeugen. Und wußte, daß es nichts gab. Wenn die Lage seines Volkes tatsächlich so ausweglos war, wie er gesagt hatte, dann würde er sie behalten, egal, was sie sagte. Ihm blieb gar keine andere Wahl.

»Geh schlafen«, sagte er plötzlich. »Du bist müde. Ich werde beim Feuer Wache halten.«

Auf jeden Fall hatte sie sich in einer Hinsicht durchgesetzt, dachte sie müde. Er schien es nicht länger darauf abgesehen zu haben, mit ihr das Lager zu teilen.

Sie war tatsächlich völlig erschöpft, und gleich nachdem er zur anderen Seite des Feuers gegangen war, legte sie sich auf ihr Lager aus Gras. Sie schob die Hand unter ihre Wange, rollte sich auf die Seite und sah schläfrig in die züngelnden Flammen.

»Heute nacht kommen keine Löwen«, murmelte sie.

Seine Stimme drang leise zu ihr. »Ich habe sie nicht gehört. Ich glaube, wir haben ihre Jagdgründe verlassen.«

Schweigen breitete sich zwischen ihnen aus. Alins Augen begannen sich zu schließen. Sie hörte ihn etwas zu den Hunden sagen. Dann vernahm sie ihre eigene Stimme: »Wieso habt ihr euch gerade meinen Stamm ausgesucht? Ihr lebt weit im Norden von uns. Woher habt ihr von uns gewußt?«

Irgendwo in der Nähe schrie eine Hyäne. »Sie haben den Kadaver des Hirschs gefunden«, murmelte Mar, ehe er ihr antwortete: »Ich war in diesem Jahr auf einem anderen Frühjahrstreffen als sonst, das an der Gabel des großen Flusses abgehalten wird. Dort habe ich von euch erfahren. Ein Stamm, der von Frauen geführt wird, hieß es. Ein Stamm, der noch immer dem alten Weg folgt, dem Weg der Mutter. Damals wußte ich schon, daß wir nicht genügend Frauen kaufen konnten, um unseren Stamm zusammenzuhalten. Ich mußte etwas unternehmen. Und so bin ich in den Süden gegangen, um zu sehen, ob die Geschichten stimmten. Und da habe ich euch gefunden.«

»Im Frühjahr?«

»Im Sommer, während des Antilopenmonds. Ich war den halben Mond lang in euren Jagdgründen, habe euch beobachtet, Dinge über euch gelernt. Dann bin ich nach Hause gegangen und habe die Männer und die Hunde geholt, die ich brauchte, um die Aufgabe durchzuführen.«

»Aber warum gerade wir?« fragte sie. »Es hat doch bestimmt noch andere Stämme mit Frauen gegeben, die ihr hättet überfallen können?«

»Die anderen Stämme haben Männer, die Vergeltung geübt hätten«, erwiderte er einfach. »Die Männer in eurem Stamm sind unterwürfige Kreaturen, keine richtigen Männer. Sie werden nicht versuchen, euch zu folgen und für euch zu kämpfen.« Er schien bestürzt. »Ich frage mich, ob alle Männer so waren, bevor der Himmelsgott die Herrschaft über die Stämme übernahm.«

»Unsere Männer sind keine Kreaturen!« fauchte Alin zornig. Sie richtete sich auf und starrte zu der dunklen Gestalt auf der anderen Seite des Feuers hinüber.

»Es sind keine Männer«, gab er unerbittlich zur Antwort. »Männer lassen sich nicht von Frauen beherrschen.«

»Männer sind dazu geboren, von Frauen beherrscht zu werden«, widersprach Alin im gleichen Ton wie er. »Was ist schließlich schon ein Mann?« fragte sie. »Er spielt nur eine kleine Rolle in dem Geheimnis des Lebens. Er dient der Frau, er gibt seinen Strahl, und dann hat er ausgespielt. Es ist die Frau, die das Kind in ihrer Gebärmutter ernährt, die Frau, die Leben hervorbringt, die Frau, die das Geheimnis der Erdmutter in ihrem Wesen birgt. Was ist schon ein Mann im Vergleich dazu?«

Lange Zeit herrschte Schweigen. Sie wußte nicht, ob sie ihn mit ihren Worten verärgert hatte oder nicht. Er schaute hinunter auf seine Knie, so daß sie von ihm nicht mehr zu sehen bekam als die Spitze seines Kopfs. Schließlich sagte er: »Ich glaube, daß das Leben in der nächsten Zeit für uns alle sehr interessant sein wird.« Und sie hörte keinen Zorn in seiner Stimme, sondern Belustigung.

Überheblicher Sohn einer Hyäne, dachte Alin wütend. Aber diesmal sagte sie es nicht laut.

Einer der beiden Hunde begann zu schnarchen. »Schlaf jetzt, Auserwählte«, sagte Mar. »Wir müssen uns morgen wieder auf den Weg machen.«

Ohne eine Antwort zu geben, streckte sich Alin auf ihrem Graslager aus. Fünf Minuten später war sie eingeschlafen.

In der Nacht wurde Alin von den Schreien eines Büffels geweckt. Verschlafen öffnete sie die Augen und sah Mar, der Holz auf das Feuer legte. »Schläfst du denn gar nicht?« fragte sie müde.

»Ich schlafe morgen«, erwiderte er. »Wenn wir bei den anderen am Fluß sind.«

Das Feuer flackerte auf. Die Nacht war kalt geworden, und die Wärme tat ihnen gut. Alin rückte ein Stück näher ans Feuer und schlief sofort wieder ein.

Im Morgengrauen standen sie auf und aßen noch etwas von dem Rothirschfleisch, ehe sie sich wieder auf den Weg machten und dem Jägerpfad im Wald folgten. Tief zwischen den Bäumen konnte Alin die brünstigen Hirsche hören, die sich mit ihren Rivalen herausfordernd anschrien. Und danach, wenn sie miteinander zu kämpfen begannen, erscholl das Aufeinanderkrachen von Geweihen.

Alin mußte daran denken, wie Mar sie in der letzten Nacht angesehen hatte, und ihr Magen zog sich zusammen.

Im Verlauf des Vormittags erreichten sie Tanes Lager am Fluß. Mar wurde von seinen Kameraden mit lautem Beifall begrüßt. Die Mädchen empfingen Alin voller Enttäuschung und Mitgefühl.

»Er muß ein Schamane sein«, sagte Alin später zu Jes, als sie nebeneinander auf einem Felsblock saßen, der von der Sonne erwärmt war. »Er braucht keinen Schlaf!«

»Er schläft jetzt«, erwiderte Jes. »Deshalb gehen wir heute nicht weiter. Dara hat den Männern beim Reden zugehört. Wir bleiben bis morgen früh in diesem Lager.«

Langsam machte Alin ihren Zopf auf. »Ich glaube nicht, daß es uns gelingen wird, vor ihnen zu fliehen, Jes«, sagte sie verbittert. »Es ist bald Winter. Du weißt, wie die Pfade dann sind. Niemand kommt im Schnee weiter. Vielleicht kann der Stamm im Frühjahr die Verfolgung aufnehmen, aber bis dahin –«

»Ja. Bis dahin –«

Die beiden Mädchen schwiegen und sahen trübsinnig vor sich hin. Alin hatte ihren Zopf gelöst. »Ich werde ihn dir kämmen«, sagte Jes und zog einen kleinen Kamm, der aus einem Knochen geschnitzt war, aus ihrem Gürtel. »Du hast so schöne Haare«, murmelte sie, während sie vorsichtig einen Knoten herauskämmte. »So weich und glänzend und hell, mit kleinen Goldsträhnen darin.«

»Ich habe es für die Winterfeuer gewaschen«, erwiderte Alin. Sie seufzte. »Das kommt mir alles schon so weit weg vor.«

»Ich weiß.«

Alin machte die Augen zu. Geübt begann Jes, das lange braune Haar zu einem Zopf zu flechten, der so dick war wie ihr Handgelenk. Als sie fertig war und den Lederriemen herumband, der das Ende zusammenhielt, sagte Alin: »Wir müssen uns irgendwie mit ihnen einigen. Es hat keinen Sinn, zu glauben, daß wir fliehen können.«

Jes ließ den Zopf über Alins Schultern nach hinten fallen. Er reichte ihr bis hinunter zur Taille. »Wie meinst du das?«

Alin legte ihr Kinn auf die Knie. Zwischen ihren schön geschwungenen Augenbrauen hatte sich eine tiefe Falte gebildet. »Ich habe den ganzen Morgen darüber nachgedacht, während wir zurückgegangen sind«, sagte sie. »Dieser Mar ist ihr Anführer – er ist ein überheblicher, widerlicher Kerl, aber er ist nicht dumm. Ich glaube, er wird einsehen, daß es besser ist, gefügige Frauen zu haben als Frauen, denen er nie trauen kann.«

»Was willst du damit sagen?« fragte Jes. Ihr eigenes Haar, das von einem viel blasseren Braun war als das von Alin, glitzerte im Sonnenlicht, als sie den Kopf beugte, um ihre Freundin anzusehen.

»Vielleicht kann ich ihn davon überzeugen, uns etwas Zeit zu lassen, um das Leben in ihrem Stamm kennenzulernen. Sie wissen, daß wir der Mutter dienen, daß unsere Wege nicht ihre Wege sind. Vielleicht kann ich damit etwas Zeit für uns gewinnen. Wenn wir bis zum Frühjahr durchhalten – findet uns die Herrin vielleicht.«

Jes kaute auf den Lippen. »Aber wie sollen sie unsere Spur entdecken, Alin? Bis zum Frühjahr wird es nirgends mehr eine Spur von uns geben.«

»Ich denke an die Geschichte, die uns Mar erzählt hat, wie das Trinkwasser schlecht wurde und wie so viele Frauen seines Stammes gestorben sind. Das ist keine schöne Geschichte, Jes.«

Jes zitterte. »Ich verstehe nicht, wieso sie nicht gemerkt haben, daß das Wasser schlecht war. Haben sie es nicht geschmeckt?«

»Ich habe schon ähnliche Dinge gehört – und daß man manchmal gar nichts schmeckt.«

»Ich hoffe, sie haben jetzt einen neuen Wasservorrat«, sagte Jes und verzog das Gesicht.

»Eine solche Geschichte«, fuhr Alin fort, »wird bestimmt bei allen Treffen der Sippe weitererzählt. Und wenn sie dem Hirsch-Clan zu Ohren kommt, dann wird unser Volk sicher eine Verbindung zwischen dem Tod der Frauen und unserer Entführung herstellen.«

Jes machte den Mund auf und stieß langsam die Luft aus. »Ich glaube, ich verstehe, was du meinst.«

»Die Herrin schickt gewiß jemanden zu den Frühlingstreffen«, sagte Alin.

»Trotzdem«, erwiderte Jes, »das bedeutet, daß wir bis zum Frühling warten müssen.«

»Ich denke, das müssen wir.«

»Das ist eine lange Zeit, um – alles hinauszuzögern.«

»Das weiß ich, Jes. Das weiß ich.«

Lange schwiegen sie. Dann sagte Jes verbittert: »Mir gefällt es nicht, für einen Mann und einen Stamm ein Kind auszutragen, die mich gewaltsam entführt haben.« Ihre blaugrauen Augen sahen Alin an. »Und für die jüngeren Mädchen wird es noch viel schlimmer sein, für die, die noch nie mit einem Mann zusammen waren.«

»Wir müssen mit ihnen irgendeine Abmachung treffen«, sagte Alin mit unterdrückter Heftigkeit in der Stimme. Sie ballte die Fäuste, und ihre großen braunen Augen funkelten. »Ich kann nicht zulassen, daß uns dieser Mar einfach wie ein paar Fleischbrocken verteilt, die er einem Rudel Hunde vorwirft!«

Jes blickte Alin an. »Wie war er, als er dich gefunden hat?« fragte sie neugierig.

»Was meinst du, wie soll er gewesen sein?«

»Hat er versucht, bei dir zu liegen?«

»Nein.«

»Er ist ein sehr gutaussehender Mann«, sagte Jes. »Ich verstehe nicht, wieso er keine Frau finden konnte und erst eine entführen muß.«

»Er ist der Anführer«, erwiderte Alin kurz. »Er muß über seine eigenen Bedürfnisse hinaus die Bedürfnisse des Stammes berücksichtigen. Er sagte, sie hätten viele Frauen verloren. Zwei mal zwei Handvoll. Eine Frau für ihn allein würde die Bedürfnisse des Stammes nicht befriedigen.« Verstimmt blickte sie auf die Spitzen ihrer Mokassins und war gar nicht verwundert, wieso sie die Gedanken ihres Feindes so gut verstand.

Jes starrte ebenfalls auf Alins Mokassins. »Keiner von ihnen hat versucht, mit einer von uns zu schlafen. Wenn man die Umstände bedenkt und warum sie uns geholt haben, ist das ziemlich ungewöhnlich.«

Alin lehnte die Stirn gegen ihre Knie und schloß die Augen. »Ich weiß nicht«, murmelte sie. »Ich weiß nicht, wie das Leben dieses Stammes ist. Ich weiß nicht, wie diese Männer mit Frauen umgehen.«

»Ich glaube, das werden wir noch früh genug erfahren«, meinte Jes nach einer Weile etwas säuerlich.

»Ja«, pflichtete Alin ihr bei. »Ich schätze, das werden wir.«

Es war spät am Nachmittag, und die Kochfeuer wurden angezündet, als Alin wie zufällig an dem Platz vorbeiging, an dem Mar schlief. Der große silbergraue Hund, der ihm überallhin folgte, bewachte seinen Schlaf. Aber als Alin näher kam, wedelte der Hund mit dem Schwanz.

»Sei gegrüßt, Lugh«, sagte sie leise und rief seinen Namen. Der Hund wedelte noch kräftiger mit dem Schwanz, obwohl er sich nicht von seinem Platz wegbewegte. Alin blickte von dem Hund zu dem Mann, der in der Schlafrolle aus Büffelhaut lag. Mar lag da wie ein Kind, sein Gesicht ruhte auf einer Rolle aus Fellen, und seine große Hand, die zur Faust geballt war, ruhte neben seinem Kopf mit dem zerzausten blonden Haar. Die goldenen Stoppeln in seiner Haut bewiesen, daß ihm tatsächlich schon ein Bart wuchs. Gleichwohl war Alin überrascht, wie jung und sanft sein schlafendes Gesicht aussah.

Langsam glitt ihr Blick von seinem Antlitz herab zu seinem Körper, der sich unter der Büffelhaut abzeichnete. Das Band, das sein Hemd aus Rotwildhaut vorn zusammenhielt, hatte sich gelockert, und das Hemd stand offen. Alin betrachtete den kräftigen Hals, an dem eine Kette aus durchbohrten Rotwildzähnen hing, und verfolgte die Linie des Muskels, der an der Seite bis hinunter zur Schulter verlief.

Wahrscheinlich hätte er den Löwen mit dem Speer hochheben können, dachte sie.

Er ist ein sehr gutaussehender Mann, hatte Jes gesagt.

Mar hatte sich kein einziges Mal unter ihren neugierigen Blicken gerührt. Offenbar besaß er die Gabe, den Schlaf fernzuhalten, wenn er ihn nicht wollte, und ihn zu rufen, wenn er ihn brauchte.

Lugh gähnte und legte das Kinn auf die Schlafrolle. Alin verzog das Gesicht. Offenbar hatte sogar der Hund bemerkt, daß sie keine Gefahr darstellte.

Was für ein Mann ist dieser Mar? überlegte sie. Welche Götter verehrt er? Welche Wege erträumt er sich? Wie konnte sie ihn dazu bringen, daß sie und die Mädchen bis zum Frühling unberührt blieben?

Sie konnte ihn nicht überreden, sie freizulassen und zurückzuschicken. Diese Tatsache akzeptierte sie. Aber sie mußte erreichen, daß er ihnen Zeit ließ.

Sie verehrten die Mutter nicht, wie sie es sollten, aber sie mußten sie auf irgendeine Weise verehren. Alle Männer verehrten auf irgendeine Weise die Erdmutter. Täten sie es nicht, würden sich die wilden Tiere nicht vermehren und der Stamm sich nicht fortpflanzen.

Plötzlich, wie ein Blitz, schoß ihr eine Idee durch den Kopf. Das könnte es sein, dachte sie. Das war der wunde Punkt dieses Stammes. Und Mar hatte erwähnt, daß ihm der Gedanke einer heiligen Hochzeit vertraut sei.

Es würde sich lohnen, es wenigstens zu versuchen. Nachdem sie noch eine Weile darüber nachgedacht hatte, lächelte sie Lugh zu, drehte sich um und ging davon.

5

Mar wachte im Morgengrauen auf. Er blieb einen Augenblick still liegen, hörte den Vögeln zu, die in den Bäumen sangen, und atmete tief die kalte feuchte Luft des Morgens ein. Es roch, als würde es Regen geben. Oder vielleicht sogar Schnee. Die Zeit dafür war bald gekommen. Sie würden die Mädchen gerade noch rechtzeitig nach Hause bringen.

Er richtete sich auf und fuhr sich mit den Fingern durch das Haar, das ihm in die Stirn gefallen war. Sie sollten den Aufbruch heute morgen nicht verzögern. Sie hatten schon den gestrigen Tag und einen Teil des Tags davor verloren, weil Alin zu fliehen versucht hatte.

Mit einer einzigen fließenden Bewegung stand Mar auf, stellte sich auf die Zehen und streckte sich. Seine Muskeln fühlten sich steif an von dem langen Schlaf. Er war sehr müde gewesen, als sie gestern im Lager angekommen waren, aber der Schlaf und die frische Morgenluft gaben ihm neue Kraft. Lugh wurde ebenfalls munter. Er streckte zuerst seine Hinterläufe, dann seine Vorderläufe und kam herübergestapft, um seinen Kopf gegen Mars Knie zu drücken. Mar streichelte Lughs Ohren und rief dann mit seiner tiefen, aber klaren Stimme: »Alle aufstehen! Wir brechen bald auf!« Er wartete noch einen Augenblick, bis die Köpfe aus den Schlafrollen auftauchten, und ging dann zum Fluß, um sich kaltes Wasser ins Gesicht zu spritzen.

An diesem Tag wählte er einen Wildpfad, der direkt nach Norden führte. Die Mädchen wußten ja sowieso, in welche Richtung er sie führte. Er glaubte nicht, daß es jetzt noch einmal einen Fluchtversuch geben würde, nachdem sie schon mehr als zwei Tage vom Stamm der Mädchen entfernt waren. Trotzdem hatte er angeordnet, Alin genau im Auge zu behalten. Er wollte sie nicht noch einmal verlieren.

Puh! Diese Löwen! Noch nie hatte er ein solches Gebrüll gehört wie in jener Nacht. Er mußte Alins Mut bewundern. Während der ganzen Zeit, als sie neben dem Feuer standen, war sie kein einziges Mal zusammengezuckt oder hatte auch nur einen einzigen Ton von sich gegeben. Und sie hatte auch nicht versucht, den Speer gegen ihn zu richten. Ob sie es wagen würde, darüber war er sich nicht sicher gewesen. Wenn es nur ein einziger Löwe gewesen wäre, hätte er ihr die Waffe nicht gegeben.

Alin. Die Auserwählte der Mutter. Sie würde nicht nur von der Erdmutter gewählt werden, sondern auch von einer ganzen Reihe anderer, wenn die Zeit gekommen war, die Frauen unter den Männern zu verteilen, dachte Mar.

Das Gesicht von Altan, dem Häuptling vom Stamm des Pferdes, erschien vor Mars geistigem Auge. Sein Mund zog sich zu einer schmalen Linie zusammen.

Jemand kam an seine Seite. »Der Ruhetag hat der Blase der Kleinen gutgetan«, sagte eine Stimme, die Mar als die seines Pflegebruders erkannte.

»Das ist beruhigend«, erwiderte er.

»Mar –«, sagte Tane. »Was wirst du wegen Altan unternehmen?«

»Ich habe mit Altan einen Handel abgeschlossen«, erwiderte Mar. »Das weißt du. Er bekommt die eine Hälfte der Mädchen und ich die andere.«

»Altan hat niemals damit gerechnet, daß wir mit unserem Überfall Erfolg haben würden«, fuhr Tane fort. »Wenn er an einen Erfolg geglaubt hätte, hätte er eine Gruppe Nirum geschickt, um die Mädchen zu fangen. Du hast ihn in dem Glauben gelassen, daß dieses Unternehmen eine gefährliche Sache wäre.«

Mar zuckte die Achseln. »Trotzdem hat er mit mir einen Handel abgeschlossen.«

»Aber mein Gefühl sagt mir, daß Altan nicht gerade jemand ist, der sich an einen Handel hält, der ihm nicht gefällt.«

Für einen Augenblick herrschte Schweigen.

»Er haßt dich«, sagte Tane. »Er haßt dich, und er fürchtet dich.«

»Ich habe auch nicht gerade viel für ihn übrig«, brummte Mar grimmig.

»Wenn er versucht, den Jungen die Mädchen wegzunehmen, wird es Ärger geben«, warnte Tane. »Wir könnten sie an andere Stämme verlieren, und du hast selbst gesagt, daß diese Jägerinnen zu gut sind, um sie zu verlieren.«

»Die Jungen können nicht erwarten, alle Mädchen zu behalten«, entgegnete Mar. »Die Nirum müssen ihren Anteil bekommen.«

»Ihren Anteil«, sagte Tane. »Aber nicht alle.«

Mar zog die Stirn in Falten, und dann hob er den Kopf und sog die Luft ein wie ein Hengst. »Ich glaube, es gibt Schnee.«

Tane brummte, aber er verstand den Wink und ließ das Thema Mädchen fallen. Schweigend gingen die beiden Männer weiter. Die beiden Pflegebrüder waren ein Musterbeispiel für Gegensätze: Mar, mit hellem Haar und blauen Augen, groß und breit gebaut, Tane, mit dunklem Haar und grünen Augen, so schlank, daß er fast zerbrechlich wirkte. Sie waren seit ihrer Kindheit unzertrennlich, als Mars Mutter gestorben war und sein Vater, der Häuptling, ihn Tanes Mutter zum Stillen gegeben hatte und damit sie ihn mit ihrem eigenen Sohn aufzog.

»Du warst ziemlich schnell wieder zurück«, stellte Tane fest. »Ist das Mädchen nicht weit gekommen?«

»Sie ist ziemlich weit gekommen«, erwiderte Mar. »Aber ich habe sie beim Rückweg angetrieben, damit wir die Zeit wieder aufholen konnten.«

»Sie ist ihre Anführerin«, sagte Tane.

»Ja. Ihre Mutter ist Häuptling des Stammes. Sie ist die ›Auserwählte‹, wie sie sagt, die die Nachfolge ihrer Mutter antreten soll.« Mar sah hinauf in den grauen Himmel. Dann sagte er leise: »Erinnerst du dich an die Zeremonie, die sie gerade abhielten, als wir kamen?«

»Ja. Ich erinnere mich daran.«

Mar zog die Augen zusammen. »Sie bereiteten sich gerade auf ihr Fruchtbarkeitsritual vor. Und sie war diejenige, die sich mit dem Gott paaren sollte.«

Mar senkte den Blick und schaute wieder nach vorn. Beide Männer waren von Tanes Vater, dem Schamanen des Stammes, aufgezogen worden. Sie achteten religiöse Rituale, selbst wenn ihnen dieses Ritual fremd war. Schließlich sagte Tane: »Ich hoffe, das bringt kein Unglück.«

Mar zuckte die Achseln. »Das können wir jetzt auch nicht mehr ändern, fürchte ich.«

»Wahrscheinlich nicht.«

»Dieses Mädchen –« Mar verstummte.

Tane sah ihn an.

»Sie ist anders als die Frauen in unserem Stamm, Tane.«

»Wie anders?« fragte Tane und zog seine schwarzen Augenbrauen hoch.

»Du bist der einzige Mann, dem ich davon erzählen kann, ohne daß eine obszöne Bemerkung fällt«, sagte Mar.

Tane grinste. »Mein Vater mag keine obszönen Bemerkungen.«

»Das weiß ich nur zu gut«, erwiderte Mar, und die beiden brachen in schallendes Gelächter aus.

»Nun«, begann Mar, »diese Frauen sind es gewöhnt, zu herrschen. Und nicht beherrscht zu werden. Nach dem, was mir dieses Mädchen, diese Alin, gesagt hat, scheinen es in ihrem Stamm die Frauen und nicht die Männer zu sein, die sich ihre Partner aussuchen.«

Tane machte ein ungläubiges Gesicht.

»Ja. Und sie sind sehr zäh, Tane. Sieh dir nur mal an, wie sie all die Tage gegangen sind. Ohne sich je zu beklagen. Selbst die Kleine mit der Blase – hat nichts zu uns gesagt, nur zu ihrer Anführerin.«

»Das hört sich alles gut an«, frohlockte Tane. »Diese Mädchen werden gutes kräftiges Blut in den Stamm bringen.«

»Das ist wahr. Aber es wird nicht leicht sein, sie zu beherrschen. Und trauen wird man ihnen auch nicht gut können. Sie waren zusammen auf der Jagd. Sie haben eine viel festere Bindung untereinander als die Frauen unseres Stammes.«

Wieder breitete sich nachdenkliches Schweigen aus. Nach einer Weile sagte Tane: »Mir wäre es lieber, wenn wir irgendein anderes religiöses Ritual gestört hätten als ausgerechnet dieses.«

»Ich weiß«, erwiderte Mar. »Das habe ich mir auch schon gedacht.« Er warf einen Blick über die Schultern zu den jungen Männern, die ein Stück hinter ihnen gingen. »Sag den anderen nichts davon«, bat er. »Es hat keinen Sinn, Ängste zu wecken, die vielleicht unbegründet sind.«

»Wir werden es meinem Vater sagen«, sagte Tane.

»Ja. Ich glaube, das sollten wir tun. Er wird wissen, ob es irgendeine Art Wiedergutmachung gibt, die wir der Mutter angedeihen lassen können.«

»Und Altan?«

»Zuerst reden wir mit deinem Vater. Wenn Huth entscheidet, was geschehen soll, wird ihm Altan nicht widersprechen können.«

»So ist es«, bestätigte Tane. Er runzelte nachdenklich die Stirn.

Mar sah wieder hinauf in den Himmel. »Es gibt Schnee.« Wie als Antwort auf seine Worte schwebte zwischen den beiden jungen Männern eine einzelne Schneeflocke durch die Luft.

»Ich glaube, du solltest die Kleine jetzt wieder tragen«, sagte Mar zu Tane. »Ich werde ein bißchen Tempo machen.«

Mehrere Stunden lang fiel feiner Schnee. Dann begann es plötzlich zu regnen. Mar fand eine überhängende Felswand, die ihnen Schutz gewährte. Dort machten sie Rast.

Die Mädchen rückten dicht an die Wand und drängten sich zusammen. Als nächstes kamen die Männer und die Hunde. Wer ganz außen stand, wurde völlig durchnäßt.

Es blieb ihnen nichts anderes zu tun, als darauf zu warten, daß das Wetter besser wurde. Einige Männer zogen Spiele aus Knöchelbeinen aus ihrem Gepäck und fingen an, flache Löcher in den Boden zu graben, um »Jagt den Büffel« zu spielen.

»Was ist das?« fragte eine leise Stimme. Mar drehte sich um und erblickte die kleine Dara, die beobachtete, wie die Männer die Knochen warfen.

»Das ist ein Spiel, meine Kleine«, sagte er. »Habt ihr denn keine Spiele in eurem Stamm?«

»Nicht solche Spiele.« Er rückte ein wenig auf die Seite, damit sie näher kommen konnte, und Dara schob sich furchtlos bis an den Rand des Kreises, der in den Sand gezogen war. Die Männer waren sich ihrer ernsten, aufmerksamen Blicke bewußt und wurden lebhafter. Nach kurzer Zeit bot ihr Bror, einer der Mitspieler, an, ihr das Spiel beizubringen. Bereitwillig hockte sich Dara neben ihn auf den Boden und hörte sich geduldig seine Erklärungen an.

»Die hat keine Angst vor uns«, sagte Mar zu Tane, der sich neben ihn gestellt hatte.

»Sie erinnert mich an Tosa«, erwiderte Tane.

»Hmm.« Mar betrachtete interessiert das Mädchen, das vor ihm am Boden hockte. Tosa war ein junges Rehkitz, das er und Tane gefunden hatten, als sie noch klein waren. Sie hatten das halbverhungerte Tier mit nach Hause genommen, und Tanes Mutter hatte es mit zu Schleim zerkochten Körnern gefüttert. Es hatte überlebt und war zu einem wunderschönen Reh herangewachsen, so zierlich und weiblich, daß es eine Freude gewesen war, es anzusehen.

Mar betrachtete Dara und lächelte. »Ja«, nickte er. »Sie sind sich ähnlich.«

Nach einer Weile verließ Mar das Spiel und ging weiter nach hinten unter den Felsen, wo die anderen Mädchen auf ihren Schlafrollen saßen. Alin hatte sich gegen die Felswand gelehnt und ihre langen, mit Rehhaut umwickelten Beine ausgestreckt.

Das ist kein schüchternes kleines Reh, dachte Mar und betrachtete Alins selbstvergessenes Gesicht. Während die Mädchen um sie herum redeten und gestikulierten, saß sie ganz still da. In der kurzen Zeit, die sie zusammen waren, hatte er gemerkt, wie ruhig sie sein konnte.

Dieses Mädchen war eine Kraft, mit der man rechnen mußte. Er kannte sie gut, diese Kraft. Gleichgesinnte erkennen sich.

Und sie war eine Schönheit. Die Farbe ihres Haars, mit Gold vermischtes Braun, war unbeschreiblich schön. Ihr Gesicht war oval, ihre Züge klargeschnitten, mit einer schmalen geraden Nase und fein geschwungenen Augenbrauen. Am auffälligsten aber waren die Augen: große klare braune Augen mit sehr langen Wimpern.

»Ich mag nicht, wie du mich ansiehst«, hatte sie zu ihm gesagt.

Wie er sie ansah! Puh! Sie konnte froh sein, daß das alles war, was er getan hatte.

Er hatte seit langem keine Frau mehr gehabt, und er vermißte es. Es war gut, eine Frau bei der Hand zu haben, wenn man eine brauchte.

Plötzlich hob Alin den Kopf und blickte ihn an. Er bemerkte, wie sich ihre schmalen, fein geformten Nasenlöcher aufblähten, als ihr klarwurde, daß er sie angestarrt hatte. Sie funkelte ihn mit zornigen Augen an und wandte dann den Kopf von ihm weg, ganz so, als würde sie dem Mädchen zuhören, das neben ihr saß. Eine stolze Bewegung, dachte Mar. Was für eine Verschwendung, ein solches Mädchen Altan zu überlassen!

»Mar.« Melior mußte ihn dreimal rufen, bevor Mar ihn hörte. »Was sollen wir mit dem Essen machen?« fragte Melior, als Mar sich schließlich nach ihm umdrehte.

»Essen.« Mar versuchte seine Gedanken auf diese Frage zu konzentrieren. »Ihr könnt das geräucherte Büffelfleisch verteilen«, sagte er dann. »Es ist genug für alle da. Morgen gehen wir auf die Jagd.«

»Gut«, sagte Melior. »Ich sage es den anderen.«

Zwei Tage später sahen sie die Rens.

»Die ersten Rens des Jahres«, flüsterte Jes, während sie der kleinen Herde zusahen, die im Fluß trank. Sie hatten ihr Nachtlager aufgeschlagen, und das Essen briet über den Feuern. Jes und Alin hatten sich, dicht am Wasser, von den anderen abgesondert und sprachen leise miteinander.

Während sie die Rens beobachteten, kam Tane auf sie zu. Alin und Jes erstarrten in Feindseligkeit, aber der Mann schien sie kaum zu bemerken, so aufmerksam betrachtete er die Tierherde. Er nickte ihnen mit abwesender Miene zu und ließ sich dann, als er schon ein Stückchen an ihnen vorbei war, auf dem Boden nieder. Sodann legte er einen glatten flachen Stein auf seine angezogenen Knie und begann mit einem Meißel an ihm herumzuschaben.

Es war völlig still. Das einzige Geräusch war das Schaben des scharfen Flints an dem Stein. Alin wollte sich gerade abwenden, als Jes ihr zuvorkam und auf Tane zuging. Sie trat hinter ihn und starrte auf den Stein, der auf seinen Knien lag.

»Was tust du da?« fragte sie mit merkwürdig weicher Stimme.

»Ich zeichne die Rens«, antwortete er abwesend.

Ganz langsam beugte sich Jes über ihn. Alin konnte hören, wie sie die Luft anhielt. »Du malst«, stellte sie erstaunt fest, »du malst die Rens.«

Der Ton ihrer Stimme ließ Tane aufhorchen. Er hob den Kopf und sah in ihr Gesicht. Dann nahm er den Stein und zeigte ihn Jes. »Möchtest du ihn dir ansehen?«

Sie starrte auf die Linien, die er gezeichnet hatte.

»Aber wie machst du das?« fragte sie erstaunt. »So wenig Linien, und trotzdem – sind sie da.«

»Ich bin ein Künstler«, erwiderte Tane. »Ich mache die Bilder für den Jagdzauber in unserem Stamm.«

Jes blickte von dem Stein zu dem Mann. »Ein Künstler«, wiederholte sie leise. »Das ist – wunderbar.«

»Ja«, erwiderte er ernst. »Das finde ich auch.«

»Ich habe auch schon manchmal versucht, etwas zu malen«, sagte Jes verlegen und schaute wieder auf den Stein. »Aber so wie du kann ich nicht malen.«

Alin starrte ihre Freundin verblüfft an. Sie hatte nicht gewußt, daß Jes malte.

»Zu Hause«, fuhr Jes fort, »in der heiligen Höhle, da sind Bilder –«

»In unserer heiligen Höhle sind auch Bilder«, unterbrach Tane sie schwärmerisch. »Gemälde. Große Gemälde – Pferde und Büffel und Auerochsen und Hirsche und Steinböcke – all die Tiere, die wir jagen.«

»Malst du die Bilder?« fragte Jes.

»Ja, ich male sie. Eine Handvoll von uns kann malen. Das hat uns mein Vater beigebracht. Er ist unser Schamane.«

»Ein Mallehrer!« Jes hielt die Luft an.

Tane runzelte erstaunt die Stirn. »Habt ihr denn in eurem Stamm keinen Mallehrer?«

Jes schüttelte den Kopf. »Bei uns – in unserem Stamm – wird nicht mehr gemalt«, sagte sie. »Die Bilder in unserer Höhle sind schon viele Jahre alt. Wir haben verlernt, wie man malt.«

Einen Augenblick lang herrschte Schweigen. Dann reichte ihr Tane den Meißel. »Hier«, forderte er sie auf. »Zeichne die Rens.«

»Das kann ich nicht«, widersprach Jes. Aber als er ihr den flachen Stein hinhielt, setzte sie sich neben ihn und nahm ihn aus seiner Hand.

Alin ging leise davon.

In dieser Jahreszeit wurde es schnell dunkel, und bis sie mit dem Abendessen fertig waren und die Schlafrollen ausgebreitet hatten, war der Mond aufgegangen. Alin wollte gerade in ihre Felle kriechen, als sie sah, wie sich eine hochgewachsene Gestalt von der Gruppe Männer am Feuer löste und zum Fluß ging. Nach einem Augenblick des Zögerns stand sie auf und folgte ihr.

Mar starrte, halb sitzend, halb gegen einen Felsen gelehnt, zum Fluß, in dem sich das Licht des Mondes widerspiegelte. Sein weißer Schein ließ sein Haar noch heller wirken als sonst, und aus irgendeinem unerklärlichen Grund unterstrich seine lässige, entspannte Haltung seine Macht nur noch mehr. Wie ein Löwe, der sich faul auf einem Fels räkelt und an seine Beute denkt, schoß es Alin durch den Kopf.

»Ich möchte mit dir reden«, sagte sie und verschränkte die Arme vor der Brust.

»Gewiß«, erwiderte er. Seine Augen betrachteten sie gleichgültig. »Rede.«

»Was passiert, wenn wir zu eurer Siedlung kommen?« fragte sie.

Er zog die ausdrucksvollen Augenbrauen hoch. »Was passiert? Wir werden essen und uns ausruhen und –«

»Das meine ich nicht«, unterbrach Alin ihn etwas atemlos. »Ich meine, was passiert mit uns?«

»Ah.« Er lächelte, ein süßes, entspanntes Lächeln, wie sie es noch nie an ihm gesehen hatte. Er antwortete nicht.

Alin bekam Herzklopfen. Die mondhelle Nacht, der fremde Ort, der Mann – das alles kam ihr plötzlich unwirklich vor. Das kann nicht sein, dachte sie.

»Also Vergewaltigung«, brachte sie schließlich heraus.

Die breiten Schultern unter der Büffelhautweste deuteten eine zuckende Bewegung an. »Das liegt ganz bei euch«, erwiderte er. »Das muß nicht sein.« Seine blauen Augen glitzerten im Mondlicht. »Wir wollen Frauen. Kinder. Wir werden für euch sorgen, für euch jagen, euch Unterkunft gewähren, für euch kämpfen. Das ist doch gar kein so schlechtes Leben für eine Frau.«

»Es ist kein Leben für uns«, widersprach sie.

Wieder zuckte er mit den Schultern. »Das wird es sein müssen.«

Alin schluckte. Dieses Gespräch verlief nicht so, wie sie es sich vorgestellt hatte. Es fiel ihr schwer, Worte zu finden. »Ich will wissen, wie ihr uns verteilen werdet.«

Sie spürte, daß in ihm eine Veränderung vorging. Sie beobachtete ihn genau, als er antwortete. »Das wird der Häuptling bestimmen.«

Seine Worte jagten ihr einen Schreck ein. »Ich dachte, du wärst der Häuptling«, sagte sie scharf.

»Nein.« Seine Stimme klang schroff. »Ich bin der Anführer dieser – Expedition. Aber ich bin nicht der Häuptling des Stammes.«

»Aber ihr müßt doch irgendwelche Abmachungen getroffen haben«, rief sie mit schriller Stimme.

»Das haben wir.« Der Mond fiel glitzernd auf seine weißen Zähne, die bei dem ausgesprochen häßlichen Lächeln, das er aufgesetzt hatte, freigelegt wurden. »Altan und ich sollen uns die Frauen teilen. Die eine Hälfte für seine Männer und die andere Hälfte für meine.«

Die Worte dröhnten in ihrem Kopf. Die Frauen teilen! Die eine Hälfte für ihn, die andere Hälfte für mich. Alin mußte an die Mädchen denken, die im Lager schliefen. An die zwölfjährige Fali, an Dara. Ihre Kehle schnürte sich zusammen. Auf keinen Fall werde ich vor diesem Mann weinen, dachte sie verzweifelt. Ich werde nicht weinen!

Statt dessen erklärte sie ihm, weswegen sie gekommen war. »Die Frauen meines Stammes sind Dienerinnen der Mutter. Wir können uns erst einen Mann nehmen, wenn die Zeit dafür gekommen ist und die Rituale vollzogen werden. Es ist uns verboten, mit einem Mann zusammenzusein, wenn wir ihn nicht auf die richtige Art genommen haben. Wenn ihr uns gegen unsere heiligen Schwüre zwingt, euch zu nehmen, wird sich die Mutter rächen. Dann werden wir keine Kinder bekommen, und eure ganze Mühe wird umsonst gewesen sein.«

Mar beugte seinen blonden Kopf nach vorn, und in seinen Mundwinkeln erschien ein kleines, rätselhaftes Lächeln. Seine Augen waren unter den halbgeschlossenen Lidern verborgen. »Und wann ist die richtige Zeit?« fragte er.

»Sie wäre zu Beginn des Mondes des kämpfenden Hirschen gewesen, aber dieser Zeitpunkt ist jetzt verstrichen. Nun können wir uns erst wieder bei den Frühlingsfeuern einen Mann nehmen, die zu Beginn des Mondes des Steinbocks angezündet werden.«

Mar rückte ein Stückchen vom Felsen ab. »Interessant«, sagte er.

Noch nie hatte Alin so stark den Wunsch verspürt, jemanden zu schlagen. Ihre Angst war völlig verflogen, sie fühlte nur noch wilden Zorn.

»Was meinst du mit interessant?« fuhr sie ihn an, weil er ihre Geschichte mit Skepsis aufzunehmen schien. Sie hatte völlig vergessen, daß diese Geschichte ja tatsächlich von ihr erfunden war.

»Ich meine es so, wie ich es gesagt habe: daß es interessant ist.« Wieder dieses Lächeln in den Mundwinkeln. »Und auch nützlich.«

Es entstand eine angespannte Pause. Dann sagte Alin: »Eure Wege sind nicht unsere Wege –«

»Ja«, unterbrach er sie. »Das hast du mir schon mal gesagt. Aber jetzt sag mir doch mal folgendes, Auserwählte der Mutter:

Wenn wir euch die Zeit geben, die Zeit bis zu den Frühlingsfeuern – werden uns dann eure Mädchen heiraten und sich damit zufriedengeben, in unserem Stamm zu leben?«

Alins Herz wurde von einer wilden Hoffnung erfüllt. »Ja«, sagte sie eifrig. »Das werden wir.«

Er nickte. »Wir würden euch lieber freiwillig bekommen. Das wäre für alle – angenehmer.«

Sohn einer Hyäne, dachte Alin. Eher würde ich mich umbringen, als mich freiwillig zu dir zu legen.

Sie lächelte. »Das finde ich auch.«

»Ich kann dir nichts versprechen«, sagte er. »Ich muß mich zuerst mit dem Häuptling beraten.«

»Ich bin sicher, Mar«, sagte Alin mit zuckersüßer Stimme und nannte ihn zum ersten Mal bei seinem Namen, »daß du euren Häuptling beeinflussen kannst.«

Über sein Gesicht huschte ein Ausdruck, den sie nicht zu deuten wußte und der gleich wieder verschwand. Er sagte nichts, sondern stieß sich vom Felsen ab und legte die kurze Entfernung zurück, die sie voneinander trennte. Bevor Alin sich's versah, streckte er den Arm aus, packte den dicken Zopf, der zwischen ihren Schulterblättern herunterhing, und zog ihren Kopf nach hinten, so daß sie ihn ansehen mußte. Mit wütenden Augen starrte sie in sein Gesicht. »Das ist keine schlechte Geschichte, Mädchen«, sagte er. »Ich werde sie Altan erzählen.«

Einen Herzschlag lang hielten sich ihre Blicke fest. Dann ließ er ihren Zopf los, und sie fuhr entsetzt vor ihm zurück, ohne sich noch um ihren Stolz zu kümmern.

Er lächelte. Nicht höhnisch, wie sie es erwartet hatte, sondern mit dieser merkwürdigen Zärtlichkeit, die sie schon einmal so überrascht hatte.

»Du bist ein guter Häuptling, Auserwählte«, sagte er. »Und jetzt geh zurück ins Lager.«

6

Tane betrachtete das Bild, das Jes angefertigt hatte. Der Umriß eines Pferdekopfs war nur in gestrichelten Linien gezeichnet, die Unterseite des Kopfes nur angedeutet – mit wenigen, anscheinend schnell hingeworfenen Strichen. Das Auge war ein Punkt. Die aufgestellte Mähne war mit flüchtigen, aber sicheren Bewegungen eingraviert.

Es war lediglich eine Skizze, aber sie drückte Verständnis für Bewegung aus und vermittelte einen lebendigen Eindruck vom Leben des Tieres.

»Das ist sehr schön«, sagte Tane langsam, während sein Blick noch auf dem kleinen glatten Stein ruhte.

Jes wurde vor Freude rot. »Natürlich bin ich nicht so gut wie du«, erwiderte sie schroff.

»Du bist nur nicht so geübt wie ich«, sagte Tane, während er noch immer die Zeichnung betrachtete. »Aber du siehst mit den Augen eines Künstlers. Mein Vater sagt immer, das Auge ist eines der wichtigsten Dinge.«

Jes wurde noch röter. Sie brachte kein Wort heraus.

Tane umschloß den Stein mit seiner Hand und drehte sich um, um Jes anzusehen. Sie saßen zusammen auf einer kleinen Anhöhe, ein Stückchen von den anderen entfernt, die das Abendessen vorbereiteten. Die Sonne ging in hellen roten Farben unter. »Wer macht den Jagdzauber in eurem Stamm?« fragte Tane.

Jes schaute ihn verständnislos an. »Jagdzauber?«

»Ja. Den Jagdzauber. Das Heraufbeschwören der Geister der Tiere. In meinem Stamm machen wir das mit Bildern.«

»Wir haben in meinem Stamm keinen Jagdzauber«, erklärte Jes.

Tane sah schockiert aus.

»Wir haben Lieder«, sagte Jes verteidigend.

»Lieder.« Tanes Achselzucken drückte Verachtung aus. »Alle Jäger haben Lieder. Aber was ist mit den anderen Zeremonien? Habt ihr keinen Jagdtanz?«

Jes schüttelte den Kopf.

»Und keine Bilder?«

Wieder schüttelte sie den Kopf. Ihr langer Zopf schwang hin und her. »Die einzigen Bilder, die wir haben, sind in der heiligen Höhle, und niemand denkt groß über sie nach. Sie sind sehr alt«, fügte sie hinzu. »Ich habe sie kopiert –« Sie stockte. Ihre Wangen röteten sich. Sie biß sich auf die Lippen. »Das habe ich noch niemandem erzählt«, gestand sie nervös.

Er runzelte die Stirn. Seine schwarzen Augenbrauen berührten sich fast über der gewölbten Brücke seiner Nase. »Ist denn das Malen in deinem Stamm tabu?«

»Natürlich nicht. Es ist nur – niemand tut es. Und – und ich mußte in die Höhle gehen, als nicht die richtige Zeit war –« Plötzlich sah sie bleich und ängstlich aus. Sie konnte es gar nicht fassen, daß sie ihm davon erzählte. Von ihren heimlichen Besuchen in der heiligen Höhle hatte sie nicht einmal Alin erzählt. Sie starrte auf das trockene Gras am Boden und preßte die Lippen zusammen.

»Ist es denn so wichtig?« fragte er mit merkwürdig weicher Stimme.

Seine Worte und auch der Ton seiner Stimme überraschten sie. »Ja«, sagte sie nach einer Weile aufrichtig.

Als sie dem Blick aus seinen grünen Augen mit den dunklen Wimpern begegnete, dachte sie erstaunt: Er versteht es.

»Du malst sehr gut, Jes«, sagte er, noch immer mit dieser merkwürdig weichen Stimme. Wieder betrachtete er den Stein in seiner Hand. »Sehr gut.«

Sie holte tief und zitternd Luft. »Was für Bilder malt ihr in eurer heiligen Höhle?«

»Solche, die das Leben der wilden Tiere einfangen«, erwiderte er. »Wenn sie es nicht tun, ist der Geist des Tieres nicht da, und der Jagdzauber kann nichts ausrichten. Deshalb ist es so wichtig, gute Bilder zu malen. Jedes Bild wirklich erscheinen zu lassen. Es ist das Bild, das den Geist herbeiruft.«

»Ich möchte sie sehen«, sagte Jes heftig.

»Die Höhle ist heilig. Genauso wie bei euch kann man nur zu den festgelegten Zeiten hineingehen.«

»Aber die Künstler«, sagte Jes. »Sie müssen öfter dorthin gehen. Um die Bilder zu malen.«

»Ja.«

Sie starrte ihn mit verlangendem Blick an. Er seufzte. »Ich werde mit meinem Vater reden«, sagte er. »Die Frauen in meinem Stamm malen nicht. Aber du – du malst sehr gut«, sagte er nun schon zum dritten Mal.

»Ist dein Vater der Schamane?« fragte Jes. »Der Lehrer der Malerei?«

»Ja. Er ist derjenige, der den Jagdzauber macht.«

»Dann ist also dein Vater der Häuptling? Alin sagte mir, daß Mar nicht der Häuptling eures Stammes ist, wie wir geglaubt hatten, sondern jemand anders.«

Das schmale dunkle Gesicht verdüsterte sich. »Mein Vater ist der Schamane, nicht der Häuptling. Der Schamane leitet die Stammesrituale. Der Häuptling führt den Stamm und ist für alles andere zuständig.«

»Und wer ist der Häuptling von eurem Stamm?«

»Sein Name ist Altan.« Tane sprach den Namen aus, als hinterließe er einen schlechten Geschmack in seinem Mund. »Vor Altan war Mars Vater Tardith der Häuptling, aber als Tardith starb, war Mar noch zu jung, um selbst Häuptling zu werden. Und so wählte der Stamm Altan.«

»Du magst diesen Altan nicht?« fragte Jes.

Er blickte sie erstaunt an. »Für ein Mädchen stellst du eine Menge Fragen.«

Sie reckte hochmütig das Kinn. »Ich weiß nicht, mit was für Frauen du es sonst zu tun hast, Fremder, aber in meinem Stamm ist es üblich, daß die Frauen Fragen stellen. Das haben sie schon immer getan.«

Er grinste. »Wie wir gerade erfahren.«

Seine offensichtlich gute Laune verunsicherte sie. »Wenn ihr loszieht und Frauen verschleppt«, fuhr sie ihn an, »dann müßt ihr schon mit dem zufrieden sein, was ihr bekommt.«

Darüber mußte er lachen. Er nahm den kleinen runden Stein mit ihrem Bild von dem Pferdekopf und schob ihn in seinen Gürtel. Dann holte er drei weitere Steine hervor und gab sie ihr. »Male auf ihnen«, sagte er. »Und wenn wir zu Hause sind, zeige ich die Bilder meinem Vater.«

Als sie die Hand ausstreckte, um die Steine zu nehmen, berührten sich ihre Hände. Die Hand eines Künstlers, dachte sie. Sie blickte von den Steinen in sein dunkles Gesicht. Er sieht gut aus, dachte sie. Außerordentlich gut.

»Dein Name ist Jes?« fragte er leise.

Sie nickte.

»Und du bist die Freundin eurer Anführerin?«

»Ja.«

Er nickte. »Komm«, sagte er. »Es ist Zeit zum Essen.«

Am neunten Tag ihrer Reise kamen sie zu einem Fluß, den die Männer das Schlangenwasser nannten.

»Gibt es hier so viele Schlangen?« fragte Fali mit großen Augen, als sie den Namen zum ersten Mal hörte.

»Nein«, war die lachende Antwort gewesen. »Das kommt, weil sich der Fluß schlängelt und schlängelt, genauso wie es eine Schlange tut.«

Während Alin etwas abseits stand und in das Flußtal starrte, kam Mar zu ihr. »In zwei Tagen werden wir zu Hause sein«, sagte er.

»Liegt euer Zuhause an diesem Fluß?« fragte sie, ohne ihn anzublicken.

»Dieser Fluß vereint sich da drüben mit einem anderen Fluß«, sagte er und deutete nach Westen, zu den Hügeln. »Das ist der Fluß, an dem wir leben. Es gibt dort viele Höhlen und Felswohnungen. Und dort haben seit dem Anbeginn der Zeit schon immer Menschen gelebt, und wir sind auch nicht der einzige Stamm.« Er sah auf sie hinunter. »Aber wir sind am stärksten.«

Sie fühlte sich immer so klein, wenn sie neben ihm stand. Und dieses Gefühl gefiel ihr gar nicht. »Wie heißt euer Stamm?« fragte sie. »Das hast du mir noch nicht gesagt.«

»Unser Totem ist das Pferd«, erwiderte er.

Vom Fluß her wehte ein kühler Wind zu ihnen herauf, und Alin steckte ihre kalten Hände unter ihre Weste aus Renfell, um sie zu wärmen. Sie warf ihm einen schnellen Blick zu. »Wir haben keine Wintersachen mitgebracht, und es hat schon geschneit.«

»Wir haben genug Felle, um euch zu wärmen«, erwiderte Mar. Er hatte ihren Blick nicht bemerkt, denn er sah den Fluß hinauf und kniff die Augen zusammen.

Alin schaute ihn verärgert von der Seite an. Sein dichtes helles Haar wehte ihm ins Gesicht, rahmte es ein. »Wie schön, die Sachen von toten Frauen zu tragen«, sagte sie.

»Besser, die Sachen toter Frauen zu tragen, als zu frieren«, entgegnete er gelassen.

»Das mag vielleicht deine Meinung sein, Fremder.«

»Es ist die einzig vernünftige Meinung.«

Ihre Nasenflügel zitterten. Schon zum hundertsten Mal fragte sich Alin, wie wohl ihre Mutter mit diesem Mann umgehen würde. Alin selbst fand ihn absolut zornerregend. Aber wenn sie wütend wurde, wäre das zu ihrem Nachteil. Das wußte sie. Sie wußte nur nicht, wie sie sich dagegen wehren sollte.

»Hör mir zu, Alin«, sagte er jetzt und betonte ihren Namen wieder auf der zweiten Silbe, so daß er ihr fremd vorkam. »Wenn wir zu unserem Stamm kommen, werde ich Huth, unserem Schamanen, von eurem Tabu erzählen. Er wird mit dir reden wollen, um die genauen Gründe für diese Regel zu erfahren. Ich sage es dir schon jetzt, damit du dich darauf vorbereiten kannst. Huth ist ein sehr großer Schamane. Es ist nicht leicht, ihm etwas vorzumachen.«

»Ich will ihm ja gar nichts vormachen«, erwiderte Alin sofort.

»Das sagst du jetzt. Ich wollte dich nur warnen.«

Sie betrachteten sich gegenseitig mit lauernden Blicken. Alin dachte: Er glaubt mir nicht, aber er will, daß ich diesen Huth überzeuge. Sie sagte: »Warum solltet ihr bis zu den Frühlingsfeuern warten, bevor ihr euch eine Frau nehmt?«

Seine blauen Augen glitzerten, und um seinen Mund erschien ein träges Lächeln. »Der Stamm des Pferdes hat noch ein paar Frauen übrig«, antwortete er mit fast sanfter Stimme. »Ich werde nicht unbedingt dazu verdammt sein, bis zu den Frühlingsfeuern allein zu schlafen.«

Ihre großen braunen Augen blickten ihn erstaunt an. »Du bist schon verheiratet?«

Sein Lächeln verschwand. »Ich war es. Meine Frau hat zu denen gehört, die an dem vergifteten Wasser gestorben sind.«

»Oh.« Alins Hand unter der Weste öffnete und schloß sich wieder. »Das tut mir leid«, sagte sie leise.

Er verdiente ihr Mitgefühl nicht, sagte sich Alin. Sie zwang sich, an andere Dinge zu denken. Es gab noch sehr vieles, das sie in Erfahrung bringen mußte, und jetzt war eine gute Gelegenheit, sich danach zu erkundigen. »Wie viele Frauen habt ihr denn noch in eurem Stamm?« fragte sie.

»Drei Handvoll«, antwortete er, ohne sie anzusehen.

»Und sind sie alle verheiratet?«

»Alle außer denen, die noch nicht im Frauenalter sind. Und eine der Frauen.« Er schnaubte durch die Nase. »Das Mißverhältnis von Männern und Frauen in meinem Stamm war eine ungesunde Situation. Im Sommer hat es einen Mord gegeben. Das hat mich in meinem Entschluß bestärkt, in den Süden zu gehen, um Frauen zu holen.«

»Mord?« fragte Alin mit großen Augen.

»Ja.« Sein Mund wurde hart. Schließlich sah er zu ihr hinunter. »Wenn Männer eine Frau brauchen, können sie gefährlich sein.«

Alin war es nicht gewöhnt, Männer als gefährliche Wesen zu betrachten. Sie runzelte die Stirn. »Was ist denn passiert?«

»Zwei Männer wollten ein und dieselbe Frau. Und da hat der eine dem anderen seinen Speer ins Herz gestoßen«, sagte Mar.

Alin schaute ihn ungläubig an. »Meine Mutter würde niemals zulassen, daß es zu einer solchen Situation kommt«, sagte sie. »Was ist mit eurem Häuptling, warum hat er so etwas Dummes nicht verhindert?«

Mar kniff die Lippen zusammen. »Die Frau hat sie dazu getrieben«, sagte er. »Sie hat jedem der beiden Männer das Gefühl vermittelt, daß sie ihn wollte und nicht den anderen.«

»Also, wenn sie beide wollte, hätte sie sich ja beide nehmen können«, erwiderte Alin ungeduldig. »Aber wenn sie nur einen wollte, dann hätte sie sich nur den nehmen sollen. Wenn euer Häuptling ihr selbst die Wahl überlassen hätte, wäre so etwas nicht passiert.«

Er blickte auf sie herunter. »Eine Frau kann nicht zwei Männer haben!«

Alin kräuselte die Lippen und sagte ironisch: »Kann sie nicht, Fremder?«

Einen kurzen Augenblick lang hätte sie schwören können, daß er schockiert war. Dann senkten sich die Lider über seine Augen und verbargen, was er dachte. Mit kühler Stimme antwortete er: »Ich dachte, es wäre den Mädchen eures Stammes verboten, vor den Frühlingsfeuern mit einem Mann zusammenzusein, Auserwählte der Mutter!«

Es entstand eine spannungsgeladene Pause. »Beim ersten Mal«, entgegnete Alin schließlich.

»Oh. Ich verstehe.« Sowohl sein Gesicht als auch seine Stimme ließen Skepsis erkennen. »Beim ersten Mal.« Er betrachtete sie schweigend mit einem Blick, der sie wieder in Zorn brachte. »Und wie viele Männer hattest du selbst schon, Alin?«

Alin fühlte, wie sie rot wurde, und ärgerte sich darüber, weil sie ihm dadurch verriet, daß er sie mit seinen Worten getroffen hatte. In ihrem Stamm wußte jeder, warum sie noch Jungfrau war, aber dieser überhebliche Fremde – »Das habe ich dir doch schon erklärt«, antwortete sie mit eisiger Stimme. »Ich sollte gerade zum ersten Mal die heilige Hochzeit vollziehen, als ihr Banditen gekommen seid und uns weggeschleppt habt.«

Bei ihren Worten veränderte sich sein Blick. »Du warst noch nie mit einem Mann zusammen?« fragte er.

Die verhaßte Farbe in ihren Wangen vertiefte sich noch, während sie ihn schweigend anstarrte.

Sein Gesicht nahm plötzlich einen wachsamen Ausdruck an. »Das mußt du Huth sagen«, erklärte er. »Sag Huth, daß du bei den Frühlingsfeuern die heilige Hochzeit vollziehen wirst, um dem Stamm des Pferdes Fruchtbarkeit zu bringen. Ich glaube, wenn du das tust, wird er euch soviel Zeit geben, wie ihr haben wollt.«

Sie starrte ihn an, ihre Gedanken waren in Aufruhr. Denk

nach, Alin. Soll das vielleicht eine Falle sein? »Du hast mir noch gar nicht gesagt, warum dir so viel daran liegt, daß wir bis zu den Frühlingsfeuern Zeit bekommen.«

Er setzte ein einnehmendes Lächeln auf, das ihn jungenhaft aussehen ließ. »Es ist, wie du schon selber gesagt hast: Wenn wir euch Zeit lassen, werdet ihr am Ende freiwillig bei uns bleiben wollen. Und mir tun die ganz jungen Mädchen leid, Fali und Dara. Sie brauchen noch etwas Zeit, um uns kennenzulernen.«

Alin glaubte ihm kein Wort. Sie warf ihm einen zornigen Blick zu, drehte sich abrupt um und ging weg.

Während Alin auf der Felsklippe über dem Schlangenwasser stand und mit Mar sprach, kehrten die letzten Jäger vom Hirsch-Clan zurück, um Lana von ihrem Mißerfolg zu berichten.

Tor hatte die Gruppe angeführt, die am längsten weggewesen war. »Es gibt keine Spur«, sagte er zur Herrin, als er vor ihrem Sitz in der Frauenhöhle stand. »Wer immer sie mitgenommen hat, wußte ganz genau, wie er ihre Spuren verwischen und ihren Geruch auslöschen mußte. Die Hunde haben keine Spur aufgenommen, und auf irgendeine andere Art haben wir auch nicht herausgefunden, wohin sie gegangen sind.«

Lana blickte von den Renhäuten auf, durch die ihr Sitzplatz weicher und wärmer wurde. Ihr Gesicht war von Kummer gezeichnet, aber trotzdem entschlossen. »Tor«, sagte sie mit gebieterischer Stimme, »wir müssen sie zurückholen.«

»Ich weiß.«

»Sie haben mit fremder Zunge gesprochen«, fuhr Lana fort, »aber es war die Sprache der Sippe. Sie können nicht allzu weit entfernt leben.«

»Ja«, stimmte ihr Tor zu. »Wenn sie von sehr weit her kämen, wären sie schon früher im Jahr aufgetaucht. Bestimmt wollen sie die Mädchen noch vor dem Winter zu sich nach Hause bringen.« Sein Kinn wurde hart und reckte sich nach vorn. »Es wäre sinnlos, sich die Mühe zu machen, die Mädchen zu entführen, um sie dann erfrieren zu lassen.«

»Wozu sie sie haben wollen, ist doch klar«, fuhr ihn Lana an. »Wahrscheinlich haben sie nicht genügend Frauen in ihrem Stamm. Warum sonst sollten sie so etwas Abscheuliches tun und die Mädchen gewaltsam verschleppen?«

»Ich kann mir auch keinen anderen Grund vorstellen«, erwiderte Tor niedergeschlagen.

Lanas wohlgeformte Augenbrauen zogen sich dicht zusammen. Sie blickte zu dem Mann hoch, der vor ihr stand. »Haben wir eine Chance, sie noch vor dem Frühjahr zu finden?«

Er schüttelte langsam den Kopf. »Ich glaube nicht, Herrin. Wir haben unsere Kundschafter in alle Richtungen zu unseren unmittelbaren Nachbarn geschickt, und keiner der Stämme wußte davon. Um sie zu finden, müßten wir noch weiter entfernt suchen. Im Westen, in den Bergen bei der großen See, gibt es viele Stämme. Ich glaube, dort müssen wir zuerst suchen.« Seine braunen Augen, die ihr so schmerzhaft vertraut waren, blickten Lana ernst an. »Aber damit müssen wir bis zum Frühlingswetter warten.«

»Wir können nicht warten. Der Stamm braucht Alin.« Lanas Augen waren wie grauer Rauch in der weißen Maske ihres Gesichts. »Denn wer soll jetzt die heilige Hochzeit vollziehen?«

»Du, Herrin«, antwortete er mit fester Stimme. »Du hast die heilige Hochzeit für uns schon zwei mal zwei Handvoll Jahre vollzogen, und unsere Frauen haben immer Kinder geboren, und die Tiere haben sich vermehrt. Du mußt es noch einmal tun.«

»Ich kann nicht«, sagte Lana mit Bitterkeit in der Stimme. »Verstehst du denn nicht, Tor? Ich kann keine Kinder mehr bekommen.«

»Das spielt keine Rolle.« Seine dunklen Augen waren merkwürdig zwingend. *Er* war so zwingend. »Du stehst der Erdmutter am nächsten, Lana«, sagte er. »Ihre Macht fließt in deinem Blut. Alle, die dir nahekommen, können es fühlen. Diese Macht ist nicht vergangen. Sie ist noch immer da, Lana, sie ruht in dir.« Seine Stimme war tief, unerbittlich. »Rufe sie aus der Dunkelheit ans Licht, Herrin. Nimm einen Gefährten und vollziehe die heilige Hochzeit für deinen Stamm. Es gibt niemand Besseren dafür, jetzt, nachdem Alin weg ist.«

Sie starrte in seine dunklen Augen, deren Blick ihr Blut in Wallung brachte. Er hat recht, dachte sie. Sie spürte die Macht in ihrer Gebärmutter, spürte, wie sie wie eine heiße Flamme durch ihre Leisten und ihren Unterleib schoß. Sie sah den Mann an. Ich werde ihn nehmen, dachte sie. Sie hatten schon einmal eine Tochter für den Stamm gezeugt. Jetzt war die Zeit gekommen, wieder zusammenzusein. Sie würden die heilige Hochzeit vollziehen, und die Macht, die kein neues Kind mehr hervorbringen würde, würde statt dessen dazu dienen, das Leben der Lebenden zu stärken.

Und dann, im Frühjahr, würden sie Alin suchen und nach Hause zurückholen.

7

Es war schon fast Nacht, als Mar mit seiner hungrigen und müden Gefolgschaft den Pfad erreichte, der sie endlich zu den Behausungen des Pferdestammes bringen würde. Sie waren am Morgen durch das Schlangenwasser gewatet und seither wieder nach Norden gezogen. In den vergangenen Stunden hatte sie der Weg fast ständig durch Hügelgelände geführt – bergauf und bergab.

»Fast bin ich froh, daß wir endlich zu den Höhlen dieses Stamms kommen«, sagte Alin verdrossen zu Jes. »Ich habe es satt, ständig herumzuziehen.«

»Ja«, erwiderte Jes. »Wir haben schon alle wunde Füße, und müde sind wir auch.«

»Und hungrig.« Alin verzog das Gesicht. »Heute hat er noch nicht mal angehalten, damit wir Beeren pflücken können!«

Jes wollte gerade antworten, als die Männer vorne plötzlich laut zu rufen begannen. Die beiden Mädchen hoben die Köpfe und blinzelten in die untergehende Sonne.

»Sind wir da?« fragte Jes.

»Scheint so.« Alin hielt die Hand über die Augen. »Ich sehe Wasser. Das muß der Fluß sein, von dem Mar gesprochen hat.«

Sie folgten jetzt einem gut ausgetretenen Pfad, der zwischen zwei hohen Kalkfelsen hindurchführte.

Vor ihnen lag der Fluß, schmal, gewunden und in den bunten Farben des Sonnenuntergangs. Auf der gegenüberliegenden Seite wurde das Ufer von sanften Hügeln eingerahmt, die Bäume fast farblos so spät im Jahr. Auf ihrer Seite des Flusses, hoch aufragend über dem schimmernden Wasser, befand sich eine überhängende Felsklippe. Erstaunt blickte Alin hinauf. An ihrer Vorderseite waren auf mindestens fünf verschiedenen Ebenen mehr als ein Dutzend Höhlen und mindestens genauso viele Felsbehausungen zu erkennen. Vor den Höhleneingängen hingen Tierhäute; sie mußten demnach bewohnt sein.

Plötzlich wurde die Haut, die vor dem Eingang einer Höhle in der Mitte der Klippe hing, auf die Seite geschoben, und ein Mann trat heraus auf den Felsvorsprung. Er sah nach unten aufs Ufer und begann dann an der steilen Vorderseite der Klippe herunterzuklettern. Alin hielt entsetzt die Luft an, aber dann sah sie, daß er auf einer Leiter herabstieg.

Inzwischen waren auch die anderen Mädchen bis ans Ufer gekommen. Alle starrten gebannt nach oben. Es dauerte einen Augenblick, bis Alin bemerkte, daß Mar neben ihr stand.

»Ist das euer Zuhause?« fragte sie. »Dieser – Adlerhorst?«

»Ja.« Er lächelte. »Du kommst aus den Bergen. Du wirst dich daran gewöhnen. Die Höhlen und Schutzräume nehmen fast den ganzen Tag die Wintersonne auf und sind warm und trokken. Hier haben schon seit langer Zeit Menschen gelebt. Es ist ein guter Ort für ein Zuhause.«

Er sah hinüber zu dem Mann, der am Fuß der Leiter angekommen war. »Das ist unser Häuptling«, sagte er mit ausdrucksloser Stimme. »Altan.«

Schweigend beobachteten sie den Mann, der über das Ufer auf sie zukam. Alin fühlte, wie sich ihre Bauchmuskeln anspannten. Plötzlich und verzweifelt wünschte sie, Mar wäre der Häuptling. Mar kannte sie. Dieser Mann war ein Unbekannter.

Der Häuptling war ein hochgewachsener Mann mit breiten Schultern, wenn auch nicht so groß wie Mar. Sein Haar hatte die Farbe von nasser Erde, war sehr dunkel, aber nicht schwarz, und um die Stirn trug er ein Kopfband aus Leder, das ovale Knochenscheiben verzierten. Er war vielleicht zwei Handvoll Jahre älter als Mar. Beim Gehen stieß er den Kopf nach vorn. Wie ein Büffel beim Angriff, dachte Alin. Dieser Eindruck blieb auch erhalten, als er vor ihr stehenblieb und den Kopf senkte, wie ein Büffel im letzten Augenblick seine Hörner senkt, um den Todesstoß zu versetzen.

»Ihr seid also zurück«, sagte er zu Mar. Er hörte sich nicht gerade begeistert an.

»Ja, wie du siehst, Altan«, erwiderte Mar mit ausdrucksloser Stimme. »Und wir haben die Frauen mitgebracht.«

Der Büffelkopf schwenkte hin und her, als er die Zahl der Mädchen am Ufer abschätzte. »Sie sind noch jung«, sagte er. Er sah Alin an. »Und hübsch.«

»Du bist der Häuptling dieses Stammes?« fragte Alin in kühlem Ton.

Er blickte sie erstaunt an. Seine Augen waren braun, aber heller als die von Alin, und sie waren klein und mandelförmig.

»Ja«, antwortete er. »Ich bin der Häuptling.«

»Wir sind müde und haben Hunger«, sagte Alin. »Wir wollen etwas zu essen und eine Unterkunft. Und dann muß ich mit eurem Schamanen reden.«

Altans Kopf schoß überrascht in die Höhe. »Wer ist dieses Mädchen?« fragte er Mar.

»Sie ist ihre Anführerin«, erwiderte Mar. »Diese Mädchen sind nicht wie unsere Frauen, Altan. Sie sind Dienerinnen der Erdmutter. Ich glaube, es wäre klug, sie mit Huth reden zu lassen. Wir müssen uns vorsehen, damit wir die Mutter nicht beleidigen.«

Altans Blick wanderte von Alin zu den anderen Mädchen. »Sie sind alle Dienerinnen der Mutter?«

»Ja. Das ist die Art ihres Stammes.«

Altan hob die linke Hand, um sich an der Schulter zu kratzen, und Alin bemerkte, daß ihm der Daumen fehlte. Der Häuptling betrachtete die Mädchen eingehend. »Wieviel hast du uns mitgebracht?« fragte er Mar.

»Drei Handvoll und eine«, erwiderte Mar.

Die Augen des Häuptlings fixierten das Ufer. »Habt ihr Männer verloren?« Zu Alins Verwunderung klang er hoffnungsvoll.

»Nein«, antwortete Mar knapp.

Der Häuptling sah ihn an. »Anscheinend war das Unternehmen nicht so schwierig, wie du geglaubt hattest«, stellte er fest. Seine Stimme klang genauso hart wie die von Mar.

»Wir hatten Glück und konnten die Mädchen mitnehmen, als ihre Männer nicht da waren«, erwiderte Mar. »Sie waren gerade mit einem religiösen Ritual beschäftigt. Deshalb brauchen wir Huth.«

Altan grunzte. »Steckt sie in die Höhle der Fische«, befahl er. Alin bemerkte, daß er einen kleinen Lederbeutel um den Hals trug. Ob das der Medizinbeutel des Häuptlings war? »Ich werde anordnen, daß sie zu essen bekommen. Mit Huth kann sie morgen reden«, fuhr Altan fort.

Mar nickte. »Komm mit«, sagte er zu Alin. »Ich zeige dir, wo ihr hin sollt.«

Alin aß von dem geräucherten Büffelfleisch, das man ihnen gegeben hatte, und betrachtete dabei die anderen Mädchen in der Höhle. Die meisten von ihnen waren noch immer dabei, ihren Hunger zu stillen. Dicht beim Höhleneingang brannte ein rauchendes Feuer, das eine gleichmäßige Wärme abgab. Die Büffelhäute, die vor dem Eingang hingen, waren geteilt, damit der Rauch abziehen konnte.

Während sie noch aßen, war es dunkel geworden. Alin mußte an die steile Felswand draußen vor der Höhle denken und zitterte. Sie war zwar ein Mädchen aus den Bergen, wie Mar gesagt hatte, aber kein Steinbock! Sie bezweifelte sehr, daß sie sich je daran gewöhnen würde, am Rande eines Abgrunds zu wohnen.

Jes war aufgestanden, um das Wandbild am Höhleneingang zu betrachten, auf dem ein Lachs zu sehen war. Sie hatten es alle bemerkt, als sie in die Höhle gekommen waren. Anscheinend hatte es dieser Behausung ihren Namen gegeben.

Alin erhob sich ebenfalls und ging zu ihrer Freundin. »Gefällt es dir?« fragte sie, nachdem sie eine Weile stumm neben ihr gestanden hatte.

Jes nickte mit abwesender Miene. »Ich glaube, es ist sehr alt«, erwiderte sie. »Noch älter als die Bilder in unserer heiligen Höhle.«

»Mar sagt, daß hier schon seit ewigen Zeiten Menschen gelebt haben«, warf Alin ein.

Wieder nickte Jes mit abwesendem Gesichtsausdruck. »Sieh mal.« Sie deutete mit dem Finger auf das Bild. »Da ist ganz schwach die Spur von einem anderen Bild.«

Alin kniff die Augen zusammen. »Das ist bei diesem Licht nicht genau zu erkennen.«

Jes fuhr mit dem Finger über die Wand. »Ja«, sagte sie bedauernd. »Ich werde bis morgen warten müssen.«

Der Gedanke an den nächsten Tag ließ Alin erzittern. Sie drehte sich um und betrachtete noch einmal das Bild.

Die Mädchen nahmen mit ihrer Habe fast jeden Fußbreit des Bodens ein. Mar hatte sie gefragt, ob sie noch eine andere Höhle haben wollten, um sich besser ausbreiten zu können, aber sie hatten gesagt, daß sie lieber alle zusammenbleiben wollten. Jetzt, nachdem sie fertig gegessen hatten, saßen sie still da. Alin konnte nur zu gut verstehen, daß sie sich fürchteten.

Unterwegs, auf dem Weg hierher, hatten sie keine Angst gehabt. Aus welchem Grund auch immer hatten die Männer, die bei Mar gewesen waren, sie in Ruhe gelassen. Es hatte sich sogar zwischen den Mädchen vom Hirsch-Clan und den jungen Männern vom Stamm des Pferdes eine Art Kameradschaft gebildet. Alin hatte es beobachtet, es hatte ihr nicht gefallen, aber sie hatte auch nichts unternommen, um es zu vereiteln.

Lana hätte es verhindert. Lana hätte die Mädchen zusammengehalten, hätte ihre Feindseligkeit und ihren Zorn geschürt. Alin wußte, daß sie den Mädchen eigentlich nicht erlauben dürfte, mit den Männern zu sprechen und zu scherzen. Doch die Tage waren so lang, die Reise so ermüdend, daß es ihr herzlos vorgekommen wäre, ihnen diesen kleinen Spaß zu nehmen. Und außerdem hatten sich die Männer trotz allem als harmlos erwiesen.

Aber jetzt waren sie hier, und es galten andere Regeln. Das wußten sie alle. Ihnen war klar, warum man sie entführt hatte. Die freundlichen, scherzenden jungen Männer, die sie von ihrer Reise kannten, gab es nicht mehr. Jetzt gab es nur noch die Frauen vom Hirsch-Clan und ihre Feinde.

Alin ging zum Feuer. Sie wartete, bis alle sie ansahen, ehe sie anhub: »Hört mich an, meine Schwestern. Morgen werde ich mit dem Schamanen dieses Stammes reden. Ich werde ihm sagen, daß es uns verboten ist, mit einem neuen Mann zusammenzusein, solange diese Vereinigung nicht von der Mutter der Frühlingsfeuer abgesegnet ist. Ich werde ihm sagen, daß die Mutter uns nicht freundlich gesonnen sein wird, wenn sich die Männer nicht an unsere Gesetze halten, und daß wir ihnen keine Kinder gebären werden.«

In der Höhle herrschte absolute Stille. Alin schaute von einem Gesicht zum anderen. »Ich versuche, ein bißchen Zeit für uns zu gewinnen«, sagte sie. »Wenn das Frühlingswetter kommt, wird die Herrin wieder nach uns suchen.« Sie machte eine Pause und ließ ihren Blick erneut durch die Runde gleiten. »Versteht ihr das?«

»Ja«, kam die leise Antwort von den Mädchen. »Das verstehen wir, Alin.«

»Mach dir keine Sorgen, Alin«, sagte Sana. »Wenn man uns fragt, werden wir uns daran erinnern. Es ist ein Tabu, vor den Frühlingsfeuern mit einem neuen Mann zusammenzusein.«

Elen lachte und warf ihren hübschen Kopf zurück. »Das ist eine gute Geschichte, Alin. Sollen diese Männer nur lernen, sich vor der Mutter zu fürchten. Das wird ihnen guttun.«

Alin lächelte nicht. »Ich weiß nicht, ob ich damit durchkomme«, sagte sie. »Ich muß zuerst den Schamanen überzeugen. Es wird uns helfen, wenn wir die Mutter um Erfolg bitten.«

Das leichte Lächeln, das auf den Gesichtern der Mädchen gelegen hatte, verschwand wieder.

»Laßt uns den Lobgesang singen«, sagte Dara und stimmte mit ihrer reinen jungen Stimme die älteste aller Hymnen an die Mutter an. Nach kurzem Zögern fielen die anderen Mädchen mit ein, und die Höhle hallte von dem Gesang der Mädchen wider.

In der Höhle des Häuptlings, auf der dritten Terrasse, war in dieser Nacht eine viel kleinere Gruppe versammelt. Die Höhle der Nirum war für dieses Treffen, das Altan einberufen hatte, nicht geeignet, da sie auch von einer größeren Anzahl unverheirateter Männer des Stammes bewohnt wurde, die nicht alle zu Altans Anhängern zählten.

Im Stamm des Pferdes bekam ein Junge im Alter von dreizehn Jahren die Jünglingsweihe. Anschließend lebte er fünf Jahre lang mit den anderen Jungen seines Alters in der Höhle der Eingeführten und übte sich in der Jagd. Am Ende dieser Phase, wenn er alle Prüfungen bestanden hatte, wurde er ein vollwertiger Jäger des Stammes: ein Nirum. Wenn er bis dahin noch nicht verheiratet war, zog er in die Höhle der Nirum und wohnte dort, bis er sich eine Frau nahm. Erst wenn man ein Nirum war, konnte man Häuptling des Stammes werden. Das war auch der Grund, warum Mar nicht zum Nachfolger seines Vaters ernannt worden war, als dieser kurz nach Mars Jünglingsweihe gestorben war.

Altan, der Mann, der statt dessen Tardiths Nachfolge angetreten hatte, saß in dieser Nacht mit vier seiner engsten Gefährten um das Feuer und besprach mit ihnen die neue Situation. Sie waren allein. Altan hatte seine schwangere junge Frau an diesem Abend zu einem Nachbarn geschickt.

»Mar hat uns angelogen«, sprach Sauk, der Mann, der immer

rechts vom Häuptling saß, in die rauchige Dämmerung. »Er wußte, daß es leicht sein würde, die Mädchen zu bekommen. Er hat gelogen, um die Nirum auszuschalten.«

Die anderen Männer murmelten zustimmend.

»Jetzt ist er ein Held«, sagte Tod, der Mann, der an Altans linker Seite saß. »Sogar die jüngeren Nirum bewundern ihn. Die drei Frauen, die wir bei den Herbsttreffen bekommen haben, sind nichts im Vergleich zu diesen Exemplaren, die Mar mitgebracht hat.«

»Die jüngeren Nirum haben keine der drei Frauen bekommen«, meldete sich ein anderer zu Wort. »Aber sie machen sich große Hoffnungen auf Mars Beute.«

Altan schlug sich mit der Hand auf die Schenkel. »Die Eingeführten machen sich ebenfalls große Hoffnungen auf diese Mädchen«, sagte er und legte mit einem Lächeln, das einer Grimasse gleichkam, seine kräftigen verbogenen Zähne bloß.

»Er hat bei seinem Überfall keinen einzigen Mann verloren. Nicht einen einzigen«, setzte Sauk verbittert nach. Er drehte sich zu Altan. »Er hat uns zum Narren gehalten.«

Der vierte Mann, dessen Name Heno war, warf beschwichtigend ein: »Er hat uns drei Handvoll und eine Frau gebracht. Das dürfen wir nicht vergessen.«

»Das ist wahr«, sagte Eoto, der Mann, der Sauk gegenübersaß. Er grinste. »Die Jungen haben die ganze Arbeit allein gemacht. Was gibt es daran zu beklagen?«

»Die Jungen werden erwarten, für ihre Arbeit belohnt zu werden«, erklärte Tod ruhig. »Das ist zu beklagen.«

»Ein eingeführter Junge kann nicht erwarten, vor einem Nirum eine Frau zu bekommen«, sagte Sauk. Er war einer der großen Jäger des Stammes, ein Mann in Altans Alter, mit einer großen Nase, einem breiten Kinn und dickem schwarzem Haar. »Oder was sagst du, Altan?«

»Ich habe Mar die Hälfte der Mädchen versprochen«, erwiderte der Häuptling säuerlich. »Bevor er sich auf den Weg machte, haben wir eine Abmachung getroffen. Die eine Hälfte für ihn und die Eingeführten und die andere Hälfte für mich.«

»Das hast du mir aber nicht gesagt!« bemerkte Sauk.

Altan zuckte ungeduldig die Achseln. »Ich habe nicht geglaubt, daß das Unternehmen erfolgreich sein würde. Ein paar junge Kerle, die noch nicht mal richtige Jäger sind, ziehen los – gegen einen ganzen Stamm!« Altan warf einen Knochen ins Feuer. »Keiner von uns hat geglaubt, daß etwas dabei herauskommt.«

»Er hat uns angelogen«, wiederholte Sauk.

»Ja. Das hat er.« Tod betrachtete Altan nachdenklich von der Seite. »Hast du Mar dieses Versprechen vor Zeugen gegeben?«

Altans Kopf fuhr herum. »Nein«, sagte er. »Das habe ich nicht.«

»Mar ist nicht der einzige, der lügen kann«, bemerkte Tod und lächelte. Einen Augenblick lang herrschte Schweigen.

»Es steht sein Wort gegen deins«, sagte Heno.

»So ist es«, stimmte Eoto zu. »Er hat dich angelogen. Er verdient die gleiche Behandlung.«

»Streite doch einfach ab, daß du ihm die Frauen versprochen hast«, schlug Sauk mit fester Stimme vor. »Dagegen kann er nichts tun.«

»Ja«, pflichtete ihm Tod bei. »Und dann wird sich Mar bei den Eingeführten ziemlich unbeliebt machen, wenn er ihnen keine von den Frauen geben kann, die sie so mühsam hierhergeschafft haben.«

»Ich könnte ein paar von den Jungen sogar selbst eine Frau geben«, sagte Altan langsam. »Es gefällt mir nicht, wie sehr sich die Eingeführten an Mar gebunden fühlen. Das ist – gefährlich.«

»Gib ihnen aber nicht zu viele von den Frauen!« warnte Sauk.

»Du kannst nicht noch eine Frau kriegen, Sauk.« Es war Tod, der jetzt sprach. Er lehnte sich ein wenig nach vorn, um über das Feuer zu der muskulösen Gestalt des Häuptlings zu sehen. »Es herrschte ein ziemlicher Zorn im ganzen Stamm, als dir Altan eins der drei Mädchen gegeben hat, die wir beim Herbsttreffen bekommen haben. Jetzt hast du zwei Frauen, aber die meisten Männer im Stamm haben gar keine.«

»Meine Frau war alt!« erwiderte Sauk wütend. »Ich bin der oberste Jäger des Stammes. Es war richtig, daß ich eine neue junge Frau bekommen habe.«

»Ja, aber noch mehr bekommst du nicht«, sagte Altan. Er hob seine verstümmelte Hand und betastete den Lederbeutel, den er am Hals trug. »Tod hat recht. Wir alle haben neue junge Frauen, und wir müssen mit ihnen zufrieden sein. Ich kann keinem Mann eine zweite Frau geben, bevor nicht die anderen Männer wenigstens eine bekommen haben.«

Drei Männer nickten zustimmend. Sauk starrte mit gerunzelter Stirn ins Feuer.

»Ich werde morgen mit Mar reden«, sagte Altan. »Um ihn zu ermahnen, daß er diesen Überfall zum Wohle des ganzen Stammes gemacht hat. Und ich werde mich an keinen Handel erinnern, den wir beide abgeschlossen haben sollen.« Seine Lippen zogen sich zurück und legten seine krummen Zähne frei.

Es ist ein merkwürdiges Gefühl, aus dem Eingang einer Höhle zu treten und sich am Rand einer Klippe wiederzufinden, dachte Alin. Direkt unter ihr war das Ufer und das blaue Band des Flusses, das in der frühen Morgensonne glitzerte. Dabei lag die Fischhöhle nur auf halber Höhe des Felsens. Es gab Höhlen und Behausungen, die noch viel höher lagen! Alin blickte sich langsam um und nahm sorgfältig auf, was sie gestern in dem verblassenden Licht nur schemenhaft bemerkt hatte.

Fast alle Ebenen der Felsklippe hatten eine Terrasse oder einen Weg, die ein natürlicher Teil des Felsens zu sein schienen. Die meisten Höhlen und Behausungen führten nach vorne auf diese Terrassen heraus. Die vom Menschen geschaffenen, an der Oberfläche des Felsens angebrachten Dinge waren die Leitern aus Tiersehnen, die die verschiedenen Ebenen miteinander verbanden, und die Tierhäute und Zweige, aus denen die Vorderseiten und Seitenwände der Unterkünfte gemacht waren und die die Eingänge zu den Höhlen verkleideten. Die Terrasse, auf der Alin stand, war ausgesprochen schmal, und Alin hätte sich weitaus wohler gefühlt, wenn es zwischen ihr und dem Kiesufer, zu dem es senkrecht hinabging, eine Barriere gegeben hätte.

Während sie dort stand und ihre Umgebung betrachtete, teilten sich die Häute vor einer Höhle zu ihrer Linken, und eine Frau kam heraus. Sie war jung, hatte ein herzförmiges Gesicht und weit auseinanderliegende grüne Augen. Alin beäugte diese Frau vom Stamm des Pferdes mit heimlicher Neugier. Ihr Haar war hellgelb, und sie trug es in mehreren Zöpfen, die um ihren Kopf geschlungen waren. Sie war in ein langärmliges Hemd und einen langen Fellrock gekleidet, und an ihrem Hals hing eine fein gearbeitete Doppelkette aus Muschelschalen und Pferdezähnen. Als sie Alin erblickte, blieb sie stehen und starrte sie mit unverhohlener Neugier an.

»Sei gegrüßt«, sagte Alin freundlich und sah über die Terrasse zu ihrer Nachbarin.

Die Augen des Mädchens weiteten sich. »Du sprichst unsere Sprache!« sagte sie erstaunt. Ihre Stimme hatte den gleichen Klang wie die der Männer und war merkwürdig rauh.

»Ja. Unser Stamm gehört der Sippe an.«

»Mar hat uns erzählt, daß ihr wie Männer seid.« Die hellen Augen des Mädchens musterten Alin von oben bis unten. »Aber du bist hübsch.« Sie schien nicht gerade erfreut darüber.

»Du bist eine Frau vom Stamm des Pferdes?« fragte Alin nun weniger freundlich.

»Ja.« Das Mädchen tat ein paar Schritte in Alins Richtung. »Wir haben euch gestern mit Mar kommen sehen. Hat er euch wirklich entführt?«

»Ja.«

»Wie aufregend«, sagte das Mädchen. Es hörte sich an, als ob sie neidisch wäre.

Alin starrte sie erstaunt an. War das Mädchen von irgendeinem bösen Geist besessen? Aufregend? »So würde ich es nicht gerade nennen«, erwiderte Alin kühl.

Das Mädchen seufzte. »Ich würde mich gern von Mar entführen lassen.«

Jetzt war sich Alin ganz sicher, daß dieses Mädchen nicht normal war. Sie setzte ein freundliches Lächeln auf. Im Hirsch-Clan hatte es einen Jungen gegeben, der sich genauso benommen hatte. Er hatte niemandem Böses zugefügt, er verstand die Dinge nur nicht so wie die anderen. »Weiß deine Mutter, daß du aus deiner Höhle gekommen bist?« fragte sie mit weicher Stimme.

Das Mädchen starrte Alin an, als wäre sie es, die von einem bösen Geist besessen war. »Warum sollte meine Mutter das wissen müssen?« fragte sie. Dann fügte sie mit flacher Stimme hinzu: »Meine Mutter ist tot. Sie hat von dem giftigen Wasser getrunken. Ihr habt doch bestimmt schon von dieser Geschichte gehört. Deshalb seid ihr ja auch entführt worden.«

Alin war über ihre eigene Unbeholfenheit erschrocken. »Es tut mir leid«, brachte sie nach einer Weile heraus. »Ja, ich habe von dieser Geschichte gehört. Sie ist – schrecklich.«

»Ich war sehr krank«, sagte das Mädchen. »Aber ich bin eine der wenigen, die wieder gesund geworden sind.«

Vielleicht ist das der Grund, dachte Alin. Das Gift hat den Geist des Mädchens zerstört.

Der Blick der jungen Frau richtete sich auf etwas, das hinter Alins Schulter war, und ihr hübsches herzförmiges Gesicht erhellte sich in einem Lächeln. »Sei gegrüßt, Mar«, sagte sie, und ihre Stimme war noch ein wenig rauher als vorher, als sie mit Alin gesprochen hatte. »Wir haben dich vermißt.«

»Sei gegrüßt, Lian«, ertönte Mars Stimme hinter Alin. »Wie ich sehe, habt ihr beiden euch schon bekannt gemacht.«

Alin drehte sich um und drückte ihren Rücken gegen die Felswand, um die beiden, die rechts und links von ihr standen, besser sehen zu können. Das Mädchen, das anscheinend Lian hieß, war über die Terrasse an Alins Seite getreten. Sie lächelte Mar unaufhörlich an. Er nickte ihr kurz zu und wandte sich an Alin: »Ich bin gekommen, um dich zu Huth zu bringen.«

Alins Lippen öffneten sich. »Jetzt gleich?«

»Ja, jetzt gleich. Hast du schon gegessen?«

»Ja. Bror und Melior haben uns einen Salbeitee gebracht und ein paar Äpfel und Nüsse.«

»Huth hat gesagt, daß er dich sehen will.«

»In Ordnung«, erwiderte Alin. Sie löste sich von der Felswand. »Wo ist er?«

»Komm mit«, sagte Mar und drehte sich um, um denselben Weg zurückzugehen, den er gekommen war.

»Aber Mar!« ertönte Lians Stimme hinter ihnen. »Ich hatte ja noch gar keine Gelegenheit, mit dir zu sprechen.«

»Später, Lian«, vertröstete er sie.

Alin folgte ihm ohne Widerrede zur Leiter. Lian rief ihnen ungehalten etwas nach, doch Mar kümmerte sich nicht darum. Alin fand es unfreundlich von ihm, zu einem geistig behinderten Mädchen so kurz angebunden zu sein.

Sie kletterten auf die darunterliegende Ebene. Am Fuß der Leiter war eine große Terrasse mit reichlich Platz für ein Dutzend Leute. Mar blieb dort stehen und drehte sich zu Alin um.

»Du tätest gut daran, dem Schamanen mit Achtung zu begegnen«, sagte er. »Er ist ein großer Mann in diesem Stamm.«

Alin fühlte sich beleidigt. »Ich weiß schon, wie man sich einem Schamanen gegenüber benimmt«, fuhr sie ihn an.

Er blickte sie an. Alin blickte furchtlos zurück. Er hatte jetzt andere Kleider an und kam ihr irgendwie verändert vor. Plötzlich merkte sie, daß Lugh nicht an seiner Seite war.

»Wo ist der Hund?« fragte sie. »Es ist seltsam, dich ohne ihn zu sehen.«

»Ich habe ihn in meiner Behausung gelassen«, erwiderte Mar. »Er schafft es nicht über die Felswand hier herauf.«

»Ach so«, sagte Alin. Er sah sie weiter an. Seine Augen sind blauer als der Morgenhimmel, schoß es ihr durch den Kopf. Schließlich sagte er: »Ich wollte dich nicht ärgern. Ich will nicht, daß du zornig bist, wenn du mit Huth redest. Wenn du zornig bist, bist du so anmaßend.«

Alin blieb vor Staunen der Mund offenstehen. Anmaßend! Dieser Mann war wirklich nicht ganz bei Sinnen. Das erinnerte sie wieder an das Mädchen: »Ist dieses Mädchen, diese Lian, etwas einfältig?« fragte sie.

»Einfältig? Wie kommst du denn darauf?« fragte er verblüfft.

»Nun –« Alin biß sich auf die Lippen. Sie kam sich plötzlich lächerlich vor. »Sie hat so komische Dinge zu mir gesagt.«

»Was hat sie denn gesagt?«

»Sie sagte, sie fände es aufregend, entführt zu werden.« In ihren braunen Augen spiegelte sich Ungläubigkeit. »Jemand, der so etwas sagt, muß schon ziemlich einfältig sein!«

Mar war sowohl aufgebracht als auch amüsiert. »Lian mag vielleicht einfältig sein, aber bestimmt nicht so, wie du glaubst. Sie ist –« Er zögerte, schien sich zu überlegen, wie er seine Gedanken ausdrücken sollte. »Sie ist das Mädchen, wegen dem im letzten Sommer der Mord verübt wurde.«

Das also war das Mädchen, um das sich zwei Männer geschlagen hatten. Alin runzelte nachdenklich die Stirn. »Und was ist mit dem Mann geschehen, der dem anderen seinen Speer ins Herz gestoßen hat?« fragte sie. »Ist er jetzt Lians Mann?«

»Lian hat keinen Mann«, erwiderte er kurz angebunden. »Sie muß ein Jahr warten, bis sie wieder rein ist und heiraten kann.«

»Aber sie hat den Mord doch gar nicht verübt«, erklärte Alin.

»Sie hat ihn aber angestiftet.«

Alin zuckte die Achseln. »Ich kenne nicht die ganze Geschichte, daher kann ich nichts dazu sagen. Aber du hast mir noch immer nicht erzählt, was aus dem Mann geworden ist, der dem anderen den Speer ins Herz gebohrt hat.«

»Er ist tot«, sagte Mar gereizt. Seine Stimme klang so, als ob er sie warnen wollte, keine weiteren Fragen zu stellen.

Alin betrachtete nachdenklich den Mann, der wie ein goldener Löwe neben ihr stand. Irgendwie konnte sie es nicht glauben, daß Mar wegen einer Frau einen anderen Mann umbrachte.

»Alin«, befahl er, »denk daran, was du zu Huth sagen sollst. Daß du die heilige Hochzeit für den Stamm des Pferdes vollziehen wirst, wenn wir euer Tabu respektieren und bis zu den Frühlingsfeuern warten, um eure Mädchen zu unseren Frauen zu machen.«

Alin starrte in sein arrogantes Gesicht. »Aber warum sollte sich Huth von einem solchen Versprechen überzeugen lassen?« fragte sie zögernd. »Die heilige Hochzeit ist kein Ritual des Himmelsgottes. Warum sollte ein Schamane des Himmelsgottes soviel Achtung vor einem Ritual der Mutter haben?«

»Es stimmt, daß es kein Ritual unseres Stammes ist, aber es ist ein mächtiges Fruchtbarkeitsritual, nicht wahr?«

»Ja.«

»Also.« Er zuckte mit den breiten Schultern. »Fruchtbarkeit ist etwas, das wir in unserem Stamm mehr als alles andere benötigen. Und Huth ist ein Mann, der alle Götter achtet. Er ist ein großer Schamane, Alin, ein Mann, mit dem die Götter reden werden.«

»Das ist meine Mutter auch«, erwiderte Alin. »Ich weiß, wie man mit einem solchen Mann sprechen muß.«

Mar schien seine Zweifel zu haben, aber er behielt sie für sich.

Als er sich umdrehte, um weiterzugehen, sagte Alin schroff: »Und was ist mit eurem Häuptling? Muß ich auch ihn überzeugen?«

»Huth ist derjenige, der das letzte Wort hat. Wenn er sagt, daß wir warten müssen, kann Altan nichts dagegen tun.« Alin glaubte, aus Mars Stimme eine gewisse Befriedigung herauszuhören.

Es hat also etwas mit Altan zu tun, dachte sie.

»Was ist mit Altans Daumen passiert?« fragte sie neugierig. »Das ist eine häßliche Narbe.«

»Er hat ihn an einen Höhlenbär verloren«, erwiderte Mar. Er schien nicht geneigt, fortzufahren. Aber als sie die Augenbrauen hochzog, erzählte er nach einer kurzen Pause die Geschichte weiter. »Altan hat den Bären mit seinem großen Speer verwundet, und als das Tier auf ihn losging, mußte er ihn mit einem Wurfspieß töten, den er in der Hand hielt. Der Daumen war der Preis dieser Begegnung. Er trägt ihn in einem Lederbeutel um den Hals, damit niemand jemals auch nur für einen einzigen Augenblick vergißt, was für ein großer Jäger unser Häuptling ist.«

»Willst du damit sagen, daß er seinen *Daumen* in dem Beutel an seinem Hals mit sich herumträgt?«

»Ja.«

Alin sah Mars verdrossene Miene und zuckte die Achseln. Ihr konnte es doch schließlich egal sein, ob Mar Altans Autorität zu untergraben versuchte, indem er die Hochzeiten bis zu den

Frühlingsfeuern verschob. Für sie zählte nur, daß sie damit ihre eigenen Ziele verfolgte.

»Also gut«, erklärte sie. »Ich werde Huth sagen, daß ich die heilige Hochzeit für euren Stamm vollziehen werde, wenn er uns bis zu den Frühlingsfeuern Zeit läßt.«

Mar bedachte sie mit einem wohlwollenden Lächeln. »Braves Mädchen«, sagte er. Und Alin ärgerte sich, weil sie merkte, daß sie sich über sein Lob freute.

Die Behausung des Schamanen befand sich auf der untersten Terrasse der Felsklippe. Dicht beim Höhleneingang flackerte ein kleines Feuer. Auf den Herdsteinen stand eine Schale mit einer Flüssigkeit. Als Alin und Mar in die Höhle kamen, erhob sich der blonde Junge, der auf das Feuer aufgepaßt hatte, und ging hinaus. Alin blinzelte, bis sich ihre Augen an die Dunkelheit gewöhnt hatten.

»Huth, mein Vater«, hörte sie Mar neben sich sagen. »Ich bringe dir die Anführerin der Frauen, die gekommen sind, um bei uns zu leben. Ihr Name ist Alin, und sie möchte mit dir sprechen.«

Ein Mann trat aus dem Schatten an der Seite der Höhle. Bevor sich Alin zu ihm umdrehte, warf sie Mar aus den Augenwinkeln einen Blick zu. Die Frauen, die gekommen sind, um bei uns zu leben? dachte sie ironisch. Die Frauen, die ihr verschleppt habt, meinst du wohl.

Eine sanfte, aber gebieterische Stimme sagte: »Ich freue mich, daß du gesund zurückgekehrt bist, mein Sohn.«

Alin nahm an, daß die Anrede Vater und Sohn reine Höflichkeitsbezeichnungen waren. Dieser dunkelhäutige Mann, der vor ihr stand, konnte unmöglich Mars leiblicher Vater sein. Huth war nicht größer als sie, und er war so schlank, daß er geradezu zerbrechlich wirkte. Er trug keine Schamanenkleider, sondern ein einfaches Hemd und Hosen wie Mar. »Komm her, mein Kind, und setz dich zu mir ans Feuer«, sagte er.

Huth deutete auf eine Büffelhautdecke, die auf dem Steinboden lag, und Alin ließ sich anmutig mit gekreuzten Beinen darauf nieder. Aus der Knochenschale auf den Herdsteinen stieg ein angenehmer Geruch auf. Alin schnupperte und merkte, daß es ein heißes Salbeigetränk war, wie es die Mädchen zum Frühstück bekommen hatten.

Bevor sich Mar hinsetzen konnte, sagte Huth: »Ich werde allein mit Alin reden, Mar. Du kannst später zurückkommen.«

»In Ordnung, Huth.« Mar machte einen Schritt in Richtung des Höhleneingangs. »Hast du schon mit Tane gesprochen?«

»Ja. Gestern abend.« Die Stimme des Schamanen verriet nichts von dem, was er dachte, und Alin war hoch erfreut, als sie Mar besorgt sah. Er warf ihr einen schnellen, warnenden Blick zu. Aber sie behandelte ihn wie Luft. Er kniff die Lippen zusammen und verließ nach einem weiteren Blick auf Huth die Höhle. Die Büffelhäute vor dem Eingang, die er auf die Seite geschoben hatte, fielen wieder an ihren Platz.

Huth saß neben Alin am Feuer. Im Licht des flackernden Feuerscheins konnte sie endlich sein Gesicht sehen.

Er war ein Mann, der die Mitte des Lebens überschritten hatte. Sein glattes schwarzes Haar, das länger war als das der jüngeren Männer, war mit grauen Strähnen durchzogen, und um Augen und Mund zeichneten sich feine Fältchen ab. Seine Augen waren von einer erstaunlichen hellgrauen Farbe und sahen Alin jetzt fest und ruhig an. Alin holte zitternd und tief Luft, ehe sie zu sprechen begann.

»Mar hat mit seinen Worten ein hübsches Bild gezeichnet, Schamane. Er sagte: ›Die Frauen, die gekommen sind, um bei uns zu leben.‹ Doch in Wirklichkeit sind wir die Frauen, die er gewaltsam verschleppt hat.«

Die grauen Augen sahen sie unbeweglich an. »Ja«, erwiderte Huth. »Ich weiß.«

»Weißt du, was für Frauen wir sind?« fragte Alin. Sie bemühte sich, mit ruhiger Stimme zu sprechen. Irgend etwas an diesem Schamanen verriet ihr, daß er wirklich die Götter kannte. Sie mußte ihm mit Achtung begegnen. Für diesen Stamm war er dasselbe wie die Herrin in ihrem Stamm.

»Erzähle, meine Tochter«, forderte Huth sie auf.

Was sie schon so viele Male zu Mar gesagt hatte, sagte sie jetzt zu Huth: »Wir sind Dienerinnen der Mutter. Unser Stamm folgt dem alten Weg, Schamane. Eure Wege sind die neuen Wege, die Wege des Himmelsgottes, aber unsere Wege sind anders. Wir waren gerade dabei, uns auf unsere heiligsten Rituale vorzubereiten, als eure Männer über uns herfielen und uns fortschleppten.«

Huth zog die Stirn in Falten. »Sie haben euch bei einem heiligen Ritual gestört?«

»Ja.«

»Das war nicht richtig.«

Alin fügte noch eine Entgegnung hinzu, die Mar bestimmt als unverschämt angesehen hätte. »Bei unserem Fruchtbarkeitsritual.«

Der Schamane hob den Kopf. Er blickte sie an, sagte aber nichts.

»In unserem Stamm paart sich die Mutter bei den Ritualen der Frühlings- und Winterfeuer mit dem Gott«, erklärte Alin. »Das bringt dem Stamm Kinder und dem Rotwild Junge.«

Sie machte eine Pause. Der klare, ruhige Blick des Schamanen erinnerte sie plötzlich an Lana. Mutter, dachte Alin, gib mir deine Kraft.

Alin machte die Augen zu, sperrte den alles sehenden grauen Blick aus, holte lange und tief Luft und spürte, wie Kraft durch ihr Blut rann, spürte die Stärke, die Klarheit, die Autorität dieser Kraft. Sie konnte diesen Mann ihrem Willen unterwerfen. Sie wußte es. Sie saß mit durchgedrücktem Rücken an seinem Feuer, öffnete die Augen und ließ die Kraft sprechen.

»Es war ein Sakrileg, unsere Rituale zu stören. Es war ein Sakrileg, die Dienerinnen der Mutter gegen ihren Willen mitzunehmen. Die Mutter ist zornig, Huth. Ich fühle es. Hier«, und sie legte die Hand auf ihre Brust. »Ich bin die Auserwählte der Mutter. Ich bin ihre Stimme. Und ich sage dir, sie ist sehr zornig.«

Der Schamane bewegte sich nicht. Nach einer Weile sprach er: »Ich sage nicht, daß Mar recht getan hat, dich mitzunehmen. Er ist ein junger Mann, und er ist mit den Wegen des Himmelsgottes aufgewachsen. Er weiß wenig von den Wegen der Mutter. Aber du sollst den Grund wissen, warum er dich mitgenommen hat. Das ist auch der Grund, warum ich dich nicht zu deinem Stamm zurückschicken kann.«

»Was ihr getan habt, wird euch nichts Gutes bringen«, entgegnete Alin mit kühler Stimme. »Die Mutter wird sich rächen. Wir werden dem Stamm des Pferdes keine Kinder gebären, Huth. Das schwöre ich.«

In dem folgenden Schweigen hatte Alin keine Mühe, dem Blick des Schamanen standzuhalten. Sie fühlte die Kraft ihrer Mutter durch ihr Blut rinnen.

»Was können wir tun, um es wiedergutzumachen?« fragte Huth schließlich.

»Du wirst uns nicht nach Hause schicken?«

»Das kann ich nicht«, erwiderte Huth, und Alin sah, daß er die Wahrheit sprach.

»Dann müßt ihr, wenn wir hierbleiben, unsere Wege achten.«

»Was sind das für Wege, meine Tochter?«

»Die Frauen vom Hirsch-Clan sind nicht wie eure Frauen«, erklärte Alin stolz. »Wir dienen der Mutter. Wir wählen uns unsere Gefährten selbst aus, Huth. Und nicht umgekehrt. Und wir legen uns auch nicht zu einem neuen Gefährten, bevor nicht die Mutter bei der Zeremonie der Feuer mit dem Gott zusammen war.«

Zum ersten Mal verriet Huths starrer Blick Unsicherheit. Er rieb sich die Nase. »Du sagst, daß ihr euch eure Männer selbst aussucht?« fragte er leise.

»Wir suchen uns unsere Männer immer selbst aus.«

Alins Stimme klang wütend.

Huth machte mit seiner schlanken, eleganten Hand eine Bewegung. »Wir folgen dem Himmelsgott, meine Tochter. Unsere Männer sind Jäger. Unsere Wege sind anders.«

»Das weiß ich. Ich weiß, daß eure Wege nicht unsere Wege sind. Aber ihr habt uns hierhergebracht, Schamane. Und ihr habt die Mutter erzürnt. Ich glaube, selbst der Himmelsgott ist darum bemüht, die Mutter nicht zu erzürnen.« Sie machte eine Pause, um ihre Worte wirken zu lassen. »Ihr könnt bei der Mutter Abbitte leisten, indem ihr die Wege ihrer Dienerinnen achtet. Es ist mir egal, wie ihr die Frauen eures eigenen Stammes behandelt.« Mit einem Schulterzucken deutete sie an, wie sehr sie diese bemitleidenswerten Kreaturen verachtete. »Aber wir sind anders.«

Er antwortete nicht, sondern blickte ins Feuer. Alin spürte, daß er noch immer nicht überzeugt war. Sie dachte daran, was Mar ihr geraten hatte, und sagte: »Ich bin die Tochter der Herrin meines Stamms, Huth. Ich bin die Auserwählte. Ich bereitete mich gerade darauf vor, für mein Volk die heilige Hochzeit zu vollziehen, als eure Männer unsere Zeremonie unterbrachen.« Sie starrte ihn an, zwang ihn, ihr zu glauben. »Es ist ein sehr mächtiges Ritual, Huth. Durch mich paart sich die

Mutter mit dem Gott und erzeugt das Leben des Stammes. Ich glaube, der Stamm des Pferdes braucht ein solches Ritual.«

Er sah vom Feuer auf. »Das Leben des Stammes«, sagte er langsam. »Ja. Das ist der Grund für den Raub, Alin.«

Sie beugte den Kopf, als wollte sie andeuten, daß sie verstand.

»Wenn du bei dieser Zeremonie die Göttin bist«, fragte er, »wer ist dann der Gott?«

»Der Anführer der Männer«, antwortete sie ehrlich.

Es herrschte nachdenkliches Schweigen.

»Der Himmelsgott ist der Mann der Mutter. Und beide zusammen erzeugen das Leben der Welt. Und es waren der Pferdegott und die Mutter, die für den Stamm des Pferdes die ersten Menschen gezeugt haben.«

Alin nickte zustimmend. »Laß den Pferdegott und die Muttergöttin bei den Frühlingsfeuern zusammensein, Huth«, drängte sie. »Laß sie das Leben des Stammes erzeugen und das Leben der Herden auch, Huth. Dafür ist die heilige Hochzeit ebenfalls.«

Er schaute sie nachdenklich an. »Das würdest du für uns tun, Auserwählte der Mutter? Du willst für das Leben unseres Volkes die heilige Hochzeit vollziehen?«

»Das werde ich«, erwiderte Alin, »aber nur, wenn ihr unsere Wege achtet.«

Er nahm den Blick von ihren großen Augen und sah ins Feuer. »Dann verstehe ich dich also so: Ihr wollt warten, bis diese Zeremonie der Feuer zu Ende ist, bevor ihr heiratet, und ihr wollt euch eure Gefährten selbst aussuchen?«

»Ja.«

»Und wann wird die Zeremonie der Feuer sein?«

»Für die Winterfeuer ist es schon zu spät«, sprach Alin mit fester Stimme. »Es kann erst im Frühling sein.«

»Wann genau im Frühling?«

»Beim ersten Mond des Frühlings. In meinem Stamm nennen wir ihn den Mond des Steinbocks. Es ist der Mond, wenn der Steinbock von den Bergen herunterkommt, der Lachs durch die Flüsse schwimmt und das Rotwild seine Jungen wirft.«

Er nickte langsam mit dem Kopf. »Das wäre in unserem Stamm der Lachsmond. Das ist der Mond nach der Zeremonie des Großen Pferdes. Eine gute Zeit.« Er nahm den Blick vom Feuer. »Ich bin kein junger Mann wie Mar«, sagte er. »Ich weiß, wie mächtig die Mutter ist, und ich achte ihre Wege. Aber bevor ich einen Entschluß fasse, Alin, muß ich erst die Götter anhören. Ich muß ihnen zuhören und nachdenken.«

»Wann wirst du das tun?« fragte sie gespannt.

»Bald«, antwortete er und stand auf. Er ging zum Eingang der Höhle, und während er die Häute auf die Seite stieß, rief er Arn. Der Junge mit dem blonden Haar, der neben dem Feuer gesessen hatte, kam herein. »Such Tane und sag ihm, er soll Alin holen«, sagte Huth. »Und dann haben wir beide etwas zu erledigen.«

Der Junge nickte kurz und verschwand. Bald darauf kam er mit Tane zurück. Der nahm Alin mit und ließ den Schamanen und seinen Lehrling allein zurück, damit sie mit ihrer Zeremonie, der Beratung mit den Göttern, beginnen konnten.

8

Es dauerte mehrere Stunden, bis Huth aus seiner Höhle kam, um mit Altan zu sprechen. Am späten Nachmittag machte die Nachricht von Huths Entscheidung die Runde im Stamm.

Die jungen Männer, die den Überfall mit Mar durchgeführt

hatten, waren begeistert, als sie erfuhren, was Huth und Alin vereinbart hatten. Als Bror am Ende des Tages in die Höhle der Eingeführten kam und ihnen die Neuigkeit überbrachte, gab es viel Gelächter und gegenseitiges Schulterklopfen.

»Sie hat Huth tatsächlich dazu gebracht, zuzustimmen, daß sich die Mädchen ihren Mann selbst aussuchen können?« fragte Melior ungläubig, als sich Bror zu den Männern ans Feuer setzte.

»Ja. Das hat mir Tane gerade gesagt. Sie haben bis zum Frühjahr Zeit, und dann sollen sie ihren Gefährten selbst wählen.« Ein breites Grinsen machte sich auf Brors braunhäutigem Gesicht Platz. »Altan wurde kreidebleich. Er wußte, daß ihn Mar überlistet hatte.«

»Ich kann mir gut vorstellen, daß der Häuptling wütend war«, sagte Dale. Seine hellblauen Augen funkelten wie Kristalle. »Die Mädchen sind so alt wie wir. Ein Mann wie Altan würde ihnen vorkommen wie ihr eigener Vater.«

Cort johlte vor Vergnügen.

»Von den Nirum sind auch noch welche jung«, warnte Bror. »Vielleicht suchen sich die Mädchen ein paar von ihnen aus.«

»Trotzdem, Altan hätte doch alle Mädchen den Nirum gegeben«, entgegnete Melior. »Und wir hätten überhaupt keine bekommen. Das ist doch der Grund, warum sie ihn zum Häuptling wollten.« Meliors Stimme klang hart und verbittert. »Sie kriegen von ihm, was sie wollen. Alle anderen im Stamm sind ihm egal, die können sehen, wo sie bleiben.«

Es wurde still in der Höhle. Sie kannten den Grund für Meliors Verbitterung. Die Frau, die ihm versprochen gewesen war, gehörte zu den wenigen, die das Gift überlebt hatten, aber Altan hatte sie Melior weggenommen und einem der älteren Nirum gegeben.

»Was Melior sagt, stimmt«, meinte Dale nach einer Weile.

»Seht euch die drei Frauen an, die Altan beim Herbsttreffen bekommen hat. Er hat sie verteilt, während wir weg waren. Wir hatten überhaupt keine Chance.« Er streckte die Hand aus, um einen Zweig tiefer ins Feuer zu schieben.

»Eine hat er Sauk gegeben!« schimpfte Melior. »Dabei hat Sauk schon eine Frau.«

»Sauk verschlingt die Frauen wie ein hungriger Hund frisches Fleisch«, sagte Cort angewidert.

»Sauk und Altan.« Melior verzog das Gesicht. »Ein schönes Paar – unser Häuptling und sein Berater!«

»Vielleicht nicht mehr lange«, sagte Bror. »In diesem Jahr wird Mar bei der Zeremonie des Großen Pferdes zum Nirum gemacht.«

In der Höhle breitete sich tiefes Schweigen aus.

»Dann ist es also sicher, daß ihn Mar herausfordern wird?« fragte Dale. »Wenn Mar zum Nirum gemacht wird, will er an Altans Stelle treten und Häuptling werden?«

Die jungen Männer blickten sich an.

»Er hat es nie ausgesprochen«, sagte Bror schließlich. »Aber wie ich Mar kenne, wird er es tun.«

»Eine solche Herausforderung ist eine gefährliche Sache«, warnte Dale.

»Aber es ist möglich«, beruhigte Melior schnell.

»Wenn Mar Häuptling wäre, würde er für den ganzen Stamm sorgen«, sagte Cort nüchtern. »Mar ist immer gerecht gewesen.«

Die Männer am Feuer nickten zustimmend.

»Mar weiß, daß wir für ihn da sind, wenn er uns braucht«, sagte Bror schließlich. »In unseren Herzen war er schon immer unser Häuptling.«

»Ja, ja, ja«, ertönte es rings um das Feuer.

Dann breitete sich nachdenkliches Schweigen aus.

Schließlich stieß jemand einen Seufzer aus und sagte sehnsüchtig: »Es wäre schön, im Winter ein Mädchen zu haben, mit dem man die Schlafrolle teilen kann.«

Die Stimmung in der Höhle veränderte sich abrupt. »Es wird keine Mädchen geben. Deshalb brauchst du gar nicht erst darüber nachzudenken«, knurrte Bror. »Aber du hast eine gute Chance, im kommenden Frühjahr ein Mädchen zu bekommen, und das ist mehr, als wir uns im letzten Jahr um diese Zeit erhoffen konnten.«

Die jungen Männer erinnerten sich alle noch lebhaft an den schrecklichen Anblick, der sich ihren Augen geboten hatte, als sie im vergangenen Jahr vom Herbsttreffen zurückgekehrt waren und ihre Mütter und Schwestern und versprochenen Bräute entweder im Sterben oder bereits tot daliegen sahen.

»Manchmal habe ich Träume –«, sagte Dale mit erstickter Stimme.

Bror legte den Arm um die Schultern des Jungen. »Die haben wir alle«, sagte er heiser und drückte Dale an seine Brust. Dann drehte er sich wieder zu den anderen um und stellte sich so, daß er mit seinen Schultern das Gesicht des Jungen verdeckte. »Ich wette, die Mädchen vom Hirsch-Clan werden einen angenehmen Winter verbringen«, bemerkte Bror mit einem belustigten Ton in der Stimme. »Ich sehe schon, wie wir uns alle anstrengen, uns gegenseitig zu übertreffen, um ihnen zu gefallen.«

»Ja«, sagte Melior ausdruckslos. »Daran hatte ich noch gar nicht gedacht.«

»Vielleicht sollten wir schon jetzt unter uns ausmachen, welche jeder von uns haben will«, schlug Cort vor.

»Die Zahlen sind nicht ausgeglichen«, warnte jemand.

»Sie stehen zu unseren Gunsten«, erwiderte Cort und blickte in die Runde. »Sie sind drei Handvoll und eine, und wir sind nur zwei Handvoll und drei.«

»Du hast die jüngsten Nirum vergessen«, erinnerte Bror ihn. »Sie haben auch keine Frauen.«

»Und Mar«, fügte Dale hinzu. Er hatte sich wieder gefaßt und beugte sich nach vorn. »Wir dürfen Mar nicht vergessen.«

»Selbst wenn *wir* ihn vergessen, ist es höchst unwahrscheinlich, daß ihn die Frauen vergessen«, sagte Melior trocken. Alle lachten.

»Wenn du zusammenzählst, wirst du feststellen, daß wir noch immer weitaus mehr sind als sie«, sagte Bror. »Und was noch dazukommt: *Sie* sind es, die ihre Wahl treffen. Habt ihr das vergessen?«

Die Jungen stießen leise Pfiffe aus. So war es. Aber es war nicht die ganze Wahrheit. Denn die Männer würden entscheiden, um welches Mädchen sie werben wollten. Sie maßen sich mit abschätzenden Blicken, überlegten, wer möglicherweise ihr Rivale sein würde und wer nicht.

»Es wird schon gutgehen, solange wir die Sache nicht allzu ernst nehmen, wie es Davin und Bard getan haben«, sagte jemand.

»Niemals!« versprachen sie sich gegenseitig. »Wir sind Jagdgefährten. Keine Frau kann uns wichtiger sein.«

»So ist es«, sagte Bror. Er grinste. »Außerdem würde uns Mar, noch bevor die Sache so weit gekommen ist, umbringen.«

Die jungen Männer lachten und stießen Jagdschreie aus, und von der Höhle am Ufer, wo die Hunde hausten, ertönte Gebell.

Als Jes den Mädchen vom Hirsch-Clan von Alins Handel mit Huth erzählte, waren sie ebenfalls erfreut, wenn auch aus völlig anderen Gründen als die jungen Männer vom Stamm des Pferdes.

»Dann hat die Herrin also bis zum Frühjahr Zeit, uns zu finden«, sagte Elen.

»Und selbst wenn es zum Schlimmsten kommt und wir gezwungen sein sollten, hierzubleiben, können wir uns wenigstens aussuchen, wen wir haben wollen«, sagte Sana.

»Eigentlich sind sie ja gar nicht so übel«, meinte Iva. »Und nachdem wir jetzt selbst wählen können –«

Die Mädchen lächelten zufrieden.

Mit harter Stimme sagte Jes: »Alin mußte diesem Schamanen versprechen, daß sie bei den Frühlingsfeuern für seinen Stamm die heilige Hochzeit vollzieht.«

Die Mädchen beugten sich weit nach vorn, um das Gesicht von Jes besser sehen zu können.

»Sie hat versprochen, die heilige Hochzeit zu vollziehen?« wiederholte Iva. »Aber mit wem?«

»Mit ihrem Häuptling. Mit wem sonst?« erwiderte Jes. Und in dem trüben Licht der Höhle sahen die Mädchen, wie sie das Gesicht grimmig verzog.

»Oh –« Die Mädchen hielten entsetzt die Luft an.

»Ja. Alin sagt, sie hätte keine andere Wahl gehabt. Anders hätte sie den Schamanen nicht dazu gebracht, auf ihre Bedingungen einzugehen.« Jes stocherte wütend im Feuer.

»Lana wird uns finden.« Das war Elens Stimme. »Die Erdmutter wird ihr den Weg zeigen.«

»Das hoffe ich«, sagte Jes. »Es gefällt mir nicht, daß Alin, unsere Auserwählte, diesem Stamm von Entführern Leben gibt.«

»Und genausowenig gefällt mir dieser Häuptling«, ließ sich Iva vernehmen und verzog vor Abscheu die Lippen. »Er erinnert mich an einen Büffel.«

»Der Häuptling hat schon eine Frau«, erklärte Dara.

Einen Augenblick lang war es still in der Höhle. Dann fragte jemand: »Woher weißt du das?«

»Eine von ihren Frauen hat es mir erzählt«, sagte Dara. »Sie haben in ihrem Stamm drei Handvoll und drei Frauen, und vier von ihren Mädchen sind nicht verheiratet. Eines davon ist das Mädchen, mit dem ich heute gesprochen habe. Es heißt Lian.«

Die anderen Mädchen lächelten amüsiert. Überlaßt es ruhig Dara, eine Freundin zu finden.

»Und warum ist diese Lian nicht verheiratet?« fragte Elen. »Wenn es das Mädchen mit dem geflochtenen Haar ist, mit dem ich dich vorhin gesehen habe, dann ist sie doch hübsch genug.«

»Sie sagte mir, daß sie Mar heiraten wird.«

Schweigen.

»Er war schon mal verheiratet«, sagte Dara in die merkwürdig düstere Stille hinein. »Seine Frau ist ebenfalls an dem giftigen Wasser gestorben.«

»Und was ist mit Tane?« fragte Jes, die lange nichts gesagt hatte. »Ist er auch verheiratet?«

Dara schüttelte den Kopf. »Das weiß ich nicht.«

Iva stützte ihr Kinn auf die Knie und starrte verträumt ins Feuer. »Komisch«, sagte sie. »Vor nicht einmal einem Monat waren wir noch alle zu Hause in der Frauenhöhle versammelt und haben davon geredet, mit wem wir bei den Winterfeuern zusammensein würden. Und jetzt – sind wir hier, an einem fremden Ort, bei einem fremden Stamm, und reden davon, fremde Männer zu heiraten.« Sie schüttelte den Kopf. »Ich warte immer darauf, jeden Augenblick aufzuwachen und festzustellen, daß alles nur ein Traum war.«

»Ich finde, es ist eher ein Alptraum«, meinte Jes.

»Ich weiß nicht.« Iva blinzelte ins Feuer. »Es ist alles so – seltsam.«

»Bald ist Winter«, sagte Sana. »Und man kann nur hoffen, daß die paar Frauen, die sie haben, genügend zu essen zusammenbringen, um uns alle satt zu kriegen.«

Jes sah plötzlich hellwach aus. »Vielleicht gibt es eine Jagd.«

Die Jägerinnen unter den Mädchen schossen in die Höhe. »Ja. Es wäre wunderbar, noch einmal auf die Jagd zu gehen.«

Elen grinste und schob ihren Zopf, der so strahlend rot und gold war wie das Feuer, auf den Rücken. »Dann könnte man diesen Männern des Pferdes mal zeigen, wie man einen Speer wirft.«

Rings um das Feuer erklang kicherndes Gelächter.

Dann sagte Dara zu Jes: »Wo ist eigentlich Alin?«

»Sie wird bald zurück sein«, sagte Jes. »Ich glaube, sie wollte ein bißchen allein sein.«

Alle nickten ernst.

»Sie ist jetzt unsere Herrin«, sagte Dara schließlich.

»Ja«, erwiderten die Mädchen leise. »So ist es.«

»Sie wird für uns die Mutter sein«, sagte Sana. »Solange wir Alin haben, werden wir niemals verloren sein.«

Altan war über Huths Entscheidung wegen der Mädchen tatsächlich wütend gewesen. Er hatte sich bemüht, Huth zu überreden, seine Meinung zu ändern, aber der Schamane blieb hart.

»Ich habe meine Trommel geschlagen«, sagte er. »Der Gott hat gesprochen, und ich habe ihn gehört. Die Mutter muß versöhnt werden. Wir müssen ihren Dienerinnen erlauben, es auf ihre Weise zu tun.«

»Wir erweisen dem Himmelsgott unsere Achtung«, protestierte Altan wütend. »Wir sind Jäger in diesem Stamm, die Söhne von Vätern. Wir haben nichts mit der Mutter zu tun.«

»Halt den Mund, dummer Mann!« Huth war jetzt genauso wütend wie Altan. »Wir sind in diesem Stamm auf den guten Willen der Mutter angewiesen. Die Götter wissen es, auch wenn es der Häuptling nicht weiß.« Die grauen Augen des Schamanen hatten sich zu Schlitzen verengt. Er musterte Altan von Kopf bis Fuß. »Vielleicht war es ja auch das Fehlen von Achtung bei unserem Häuptling, das erst das Unglück über unseren Stamm gebracht hat. Die Mutter mag es nicht, wenn man sie nicht achtet.«

Altans massiger Kopf fuhr hoch. Seine dunklen Augen funkelten Huth an. »Das war nicht meine Schuld!«

»Dann hör auf, so dumm zu reden«, fuhr Huth ihn an. »Diese Mädchen sind Dienerinnen der Mutter. Und ihre Anführerin wird für unseren Stamm ein mächtiges Fruchtbarkeitsritual vollziehen. Wir werden tun, worum sie uns bitten, Altan. Wir werden warten, bis die Zeit für dieses Ritual gekommen ist, und erst dann werden wir sie zur Frau nehmen, und sie werden sich ihre Männer selbst aussuchen.«

Altan fuhr mit dem Finger über das lederne Kopfband, das ihm sein dunkles Haar aus der Stirn hielt. »Wie günstig für Mar, den Schamanen zum Pflegevater zu haben«, sagte er.

Huth zog die Nasenlöcher zusammen. »Was sagst du da, Altan?« Seine Stimme war ganz sanft.

»Ich habe gesagt, was ich gesagt habe.«

»Dann hör gut zu, Altan, was ich dir jetzt sage«, erwiderte Huth. »Ich sage dir, daß der Häuptling für den ganzen Stamm der Häuptling sein soll und nicht nur für seine persönlichen Freunde. Ich sage dir, daß es dem Stamm durchaus möglich ist, den Häuptling zu verjagen, falls er das vergißt. Ich sage dir auch, daß Mar, Sohn von Tardith, dieses Jahr bei der Zeremonie des Großen Pferdes zum Nirum gemacht wird.«

Huth starrte in Altans wütendes Gesicht. »Darüber solltest du einmal nachdenken«, empfahl der Schamane und ging.

9

Nach zwei Tagen wurde es den Mädchen tatsächlich ein bißchen eng in der Höhle, und so zogen ein paar von ihnen in eine andere, etwas kleinere Höhle um, deren Eingang auf derselben Terrasse lag. Die ältesten und die jüngsten Mädchen blieben zusammen, da sich die beiden jüngsten, Fali und Dara, sehr zu Alin hingezogen fühlten und bei ihr bleiben wollten.

Auf Huths Vorschlag organisierte Altan ein allgemeines Treffen zwischen den Mädchen vom Hirsch-Clan und den Frauen vom Stamm des Pferdes. Aber vorher wollte Alin mit Nel, Altans Frau, in der Höhle des Häuptlings allein sprechen.

Huth brachte Alin selbst dorthin. Er schob die Häute vor dem Eingang auf die Seite und verkündete ihr Eintreffen im Schein der flackernden Lampen, die die Höhle erhellten. Alin blieb zunächst stehen. Als Huth sie vorsichtig an der Schulter faßte, trat sie ein. Das Mädchen, das auf sie gewartet hatte, kam ihr entgegen. Sie trafen sich in der Mitte der großen Eingangshalle und tauschten steif einige Begrüßungsworte aus. Huth ließ sie allein.

Nel war ungefähr im gleichen Alter wie Alin und offenbar schwanger. Sie hatte dunkelblondes Haar, blaue Augen, einen mürrischen Zug um den Mund und wäre sehr hübsch, wenn ihr Gesicht nicht von der Schwangerschaft so aufgedunsen und verquollen gewesen wäre. Huth hatte Alin erzählt, daß Nel eine der ersten Frauen war, die nach der Tragödie des vergangenen Herbstes zu ihrem Stamm gekommen waren. Alin sah auf den Bauch der anderen Frau und rechnete sich aus, daß sie sofort nach ihrer Heirat schwanger geworden sein mußte.

Nel erkundigte sich sofort nach der Abmachung, die Alin mit den Männern des Stammes getroffen hatte. Alin war sich nicht sicher, ob Nel entrüstet oder neidisch darüber war, daß sich die

Mädchen vom Hirsch-Clan ihre Männer selbst aussuchen konnten.

Alins Sorgen galten eher praktischen Dingen.

»Wir werden für den Winter Felle benötigen«, sagte sie zu der Frau des Häuptlings. »Wir haben außer unseren zeremoniellen Kleidern und den Sachen, die wir anhaben, nichts mitgebracht.«

»Es gibt genügend Felle für alle«, erwiderte Nel, die sich für die Kleidung der fremden Frauen nicht besonders zu interessieren schien. Gleichgültig fügte sie hinzu: »Es gibt auch noch andere Sachen zum Anziehen. Mada hat alles aufbewahrt. Ich werde sie bitten, euch zu geben, was ihr braucht. Es wird ja auch schon kalt.«

Alin nickte ernst. »Wenn wir erst mal auf der Jagd waren, können wir uns selbst die Sachen zum Anziehen machen, aber es ist zu spät, um noch vor dem Winter für alle die Felle zu verarbeiten.«

»Mar hat uns erzählt, daß die Frauen in eurem Stamm auf die Jagd gehen«, sagte Nel. »Stimmt das?«

»Natürlich stimmt es«, erwiderte Alin. »Also – ich mache mir Sorgen wegen der Nahrungsvorräte in eurem Stamm. Die Männer scheinen kaum daran interessiert, außer dem Fleisch weitere Nahrung zu besorgen, und die paar Frauen, die ihr habt, werden wohl kaum darauf eingerichtet sein, über den Winter drei Handvoll Münder mehr zu stopfen.«

Nel schüttelte den Kopf. »Wir sind genug, um Nahrung zu sammeln, und da *wir* ja nicht jagen«, die leichte Betonung auf dem »wir« entging Alin nicht, »haben wir Korn und Grünzeug und Wurzeln für den Winter gesammelt und getrocknet.« Die Stimme des Mädchens wurde im Verlauf des Gesprächs immer steifer. »Die Männer werden Rotwild für uns besorgen, wenn sie können, und wenn sie es nicht können, werden wir von dem Fleisch essen, das wir geräuchert und gelagert haben.«

In Alins Stirn grub sich eine leichte Falte, aber nach einer Weile nickte sie nur. Dann glättete sich ihre Stirn wieder, und sie lächelte absichtlich freundlich. »Wie ich sehe, bekommst du ein Kind. Die Mutter hat dich gesegnet. Du bist die Frau des Häuptlings?«

»Ja.« Das runde Kinn des Mädchens hob sich ein wenig. Ihre blauen Augen waren direkt auf Alins gertenschlanke Taille gerichtet. »Hast du einen Mann zurückgelassen, Frau vom Hirsch-Clan?«

Alin schüttelte den Kopf.

Nels blaue Augen weiteten sich in gespielter Überraschung. »Aber du bist doch alt genug, um einen Mann zu haben.«

»Ich bin die Tochter der Herrin des Stammes«, erklärte Alin. »Ich gehöre der Erdmutter. Kein Mann darf mich seine Frau nennen.«

Diesmal war Nels Erstaunen echt. »Soll das heißen, daß du niemals heiraten darfst?«

»Gibt es denn keine Priesterin der Mutter in diesem Stamm?« fragte Alin nicht minder erstaunt. »Sind den Frauen vom Stamm des Pferdes ihre Wege tatsächlich fremd?«

»Ich bin im Stamm des Büffels geboren«, entgegnete das Mädchen, »aber unsere Wege sind die gleichen wie die Wege in diesem Stamm. Unsere Männer sind Jäger.« Sie sah Alin an, die erheblich größer war als sie, und fuhr stolz fort: »Jäger und Anbeter des Himmelsgottes. Wir sind ein Volk der Sonne. Nicht der Dunkelheit.«

»Der Dunkelheit? Ich verstehe dich nicht, Frau vom Stamm des Pferdes. Die Erdmutter ist die Göttin des Lichts wie auch der Dunkelheit, des Lebens wie auch des Todes. Wenn ein Kind gezeugt wird, dann ist die Erdmutter da. Wenn eine Hyäne einem Hirsch das Leben entreißt, dann ist die Erdmutter auch da. Sie besitzt die Macht über alles Leben. Sie hat sowohl den

Gott des Himmels als auch den Gott der Unterwelt zum Mann. Der Gott des Lichtes und der Gott der Dunkelheit – sie liegen beide in den Armen der Mutter.« Alin zuckte verächtlich die Achseln. »Volk der Sonne!« sagte sie. »Die Sonne bedeckt nur die Hälfte des Lebens, Mädchen. Es wäre besser für dich, es nicht zu vergessen.«

Nel starrte Alin wie ein völlig fremdes Wesen an. »Und was für Männer habt ihr in eurem Stamm?« fragte sie schließlich.

Alins braune Augen blitzten. »Die Männer vom Hirsch-Clan sind gute Jäger. Aber sie achten die Mutter, die sowohl für den Stamm als auch für die Herden die Quelle des Lebens ist.«

»Irgendwie kommt es mir unnatürlich vor«, sagte Nel, »daß Männer einer Frau folgen.«

»Es war eine Frau, die ihnen Leben gegeben hat. Das haben sie nicht vergessen. Schließlich waren es nicht die Männer vom Hirsch-Clan, die die Mutter erzürnt haben«, sagte Alin mit kühler Stimme, »so daß sie sie bestrafte, indem sie ihr Wasser vergiftet und ihre Frauen getötet hat.«

Nels blaue Augen wurden groß. Sie legte schützend die Hand über ihren Bauch. »Glaubst du wirklich, daß die Erdmutter das Wasser vergiftet hat?« fragte sie.

»Ich kann mir nicht vorstellen, daß sie mit einem Stamm zufrieden ist, der ihren Wegen so wenig Achtung erweist.«

Nel blinzelte mit den Augen. Offenbar bemühte sie sich, diesen neuen Gedanken zu verarbeiten.

»Ich werde gehen und die Frauen vom Hirsch-Clan zusammenrufen und zur Frauenhöhle bringen«, sagte Alin.

»Ja«, erwiderte Nel hastig. »Unsere Frauen werden euch dort erwarten. Ich werde ihnen sagen, daß ihr kommt.«

Alin nickte mit majestätischer Miene und verließ die Höhle.

Es waren achtzehn Frauen vom Stamm des Pferdes, die die Mädchen vom Hirsch-Clan in der Frauenhöhle auf der ersten Ebene der Felsklippe erwarteten. Elf von ihnen hatten das Gift überlebt; sieben waren seit dem Unglück von anderen Stämmen eingehandelt worden, um die toten Frauen zu ersetzen. Von den anwesenden Frauen waren nur vier nicht verheiratet – drei junge Mädchen, die noch keine Blutungen hatten, und Lian.

Dem Titel nach war die Anführerin der Frauen vom Stamm des Pferdes Nel, die Frau des Häuptlings, aber schon bald wurde klar, daß die eigentliche Anführerin, die Frau, auf die alle hörten, Mada, die älteste der Frauen, war.

Die Frauen hatten sich nach Stämmen getrennt am Feuer niedergelassen: die Mädchen vom Hirsch-Clan an der einen Wand, die Frauen vom Stamm des Pferdes an der anderen. Dicht am Eingang, zwischen den beiden Gruppen, brannte das Feuer. Darüber hingen an Sehnen mehrere Kessel aus Tierschädeln. Sie waren mit einer Flüssigkeit gefüllt, die einen Duft ausströmte, daß den Frauen das Wasser im Mund zusammenlief.

Als Alin und Nel etwas später in die Höhle kamen, erhob sich Mada und stellte sich Alin als die Frau von Rom, dem Werkzeugmacher des Stammes, und Mutter von Bror vor. Dann forderte sie Alin mit einer Handbewegung auf, sich hinzusetzen, und machte sich mit beruhigenden mütterlichen Bewegungen daran, Knochenbecher auszuteilen, die mit dem heißen Apfelgetränk gefüllt waren. Es schmeckte genauso köstlich, wie es roch.

Alin fühlte sich beim Anblick von Mada erheblich erleichtert. Genauso wie sie über den Anblick zahlreicher Bündel getrockneter Kräuter erleichtert war, die an einem Pfahl hingen, der dicht am Eingang der Höhle errichtet war. Der Duft des Apfelgetränkes wurde von dem Geruch der Kräuter überlagert.

Alin trank einen Schluck aus ihrem Becher und betrachtete die Kräuter. Sie erkannte Dill und Salbei und Thymian darunter.

Diese Frau, dachte Alin, während sie Mada betrachtete, würde nicht so schnell zulassen, daß es dem Stamm an den Notwendigkeiten des Lebens mangelte. Sie mußte schon gut acht Handvoll Winter überstanden haben, rechnete sich Alin aus, nachdem sie das verwitterte Gesicht der alten Frau studiert hatte. Mada würde wissen, was getan werden mußte.

»Ich bin sehr froh, die vielen Kräuter zu sehen«, sagte Alin jetzt zu Brors Mutter. »Es ist schon zu spät im Jahr, um noch Kräuter für uns zu sammeln, und ich sage dir ganz ehrlich, daß wir das geröstete Fleisch von euren Männern, das sie uns auf dem Weg hierher zu essen gegeben haben, schon ziemlich satt hatten.«

Leises Gelächter lief rund um das Feuer.

»Männer kennen nur eine Art, Fleisch zu kochen«, erwiderte Mada gutmütig.

»Ja«, pflichtete Nel ihr bei. »Ich glaube, wenn es keine Frauen gäbe, würden alle Männer an Schwindsucht leiden. Sie würden nichts als geröstetes Fleisch essen!«

Die Frauen vom Stamm des Pferdes stimmten ihr belustigt zu, und die angespannte Atmosphäre in der Höhle wurde ein wenig aufgelockert. Alin trank wieder einen Schluck aus ihrem Becher und sah sich um.

Mada war die einzige ältere Frau unter den Anwesenden. Die restlichen Frauen vom Stamm des Pferdes waren erheblich jünger. Vier von ihnen sahen aus, als würden sie schon viele Monde mit sich herumtragen. Sie waren noch nicht über das gebärfähige Alter hinaus, auch wenn die Frauen dieses Alters nicht mehr so häufig Kinder bekamen wie die jüngeren. Die restlichen verheirateten Frauen waren zur Hälfte unter zwanzig und zur anderen Hälfte über zwanzig. Fünf waren schwanger, zwei trugen Säuglinge an der Brust.

Es gab in dem Stamm noch mehr Kinder, die an diesem

Morgen aber nicht in der Höhle waren. Alin hatte sie schon gesehen, ein paar Kleinkinder, ein paar Jungen und Mädchen, die in den Höhleneingängen und unten am Flußufer spielten. Aber nicht annähernd so viele Kinder, wie man sie bei einem Stamm mit so vielen Männern wie dem Stamm des Pferdes erwartet hätte. Bei dem Gedanken daran, was mit den restlichen Kindern geschehen war, verspürte Alin unwillkürlich einen Stich im Herzen.

»Aber wieso bist du nicht verheiratet, Lian?«

Es war die Stimme von Jes, silbrig, kühl und fast zornig. Ihre Frage löste tiefes Schweigen aus, und alle Frauen sahen das Mädchen mit dem herzförmigen Gesicht und den hellblonden Zöpfen an.

Lian antwortete nicht, sondern starrte etwas verängstigt zu der rothaarigen Frau, die in einer Ecke der Höhle ihr Kind stillte.

»Aber sie wird bald heiraten, Jes. Das habe ich dir doch gesagt. Weißt du nicht mehr? Sie heiratet Mar«, versuchte Dara dem Mädchen zu helfen.

Alle schwiegen, und die Frauen vom Stamm des Pferdes tauschten rätselhafte Blicke aus.

»Oh«, sagte ein Mädchen, dessen Schwangerschaft schon weit fortgeschritten war. »Dann hat Mar also um dich angehalten, Lian? Das ist ja eine tolle Neuigkeit.«

Lian warf ihr einen wütenden Blick zu. »Das hat er noch nicht getan, Elexa. Es kann noch niemand um mich anhalten, das weißt du doch.«

»Aber Dara hast du gesagt, du würdest ihn heiraten«, meldete sich jetzt Sana, ein Mädchen vom Hirsch-Clan.

»Das würde sie gern«, erklärte eine Frau vom Stamm des Pferdes den anderen zornig. »Schon die ganze Zeit, seit Eva tot ist, hat sie versucht, ihn zu bekommen. Allerdings habe ich nichts davon gemerkt, daß Mar sich um sie gekümmert hätte.«

Während die Mädchen beider Stämme zufriedene Blicke wechselten, dachte Alin wehmütig: Nichts eignet sich besser, Leute zusammenzubringen, als ein gemeinsamer Widersacher.

»Wer immer sie nimmt, verpestet seine Höhle«, sagte die junge rothaarige Mutter aus der Ecke, wo sie ihr Kind stillte, und der häßliche Unterton in ihrer Stimme war für alle eine Ernüchterung.

»Jetzt habt ihr Lian aber genug gequält.« Madas warme, freundliche Stimme löste die plötzliche Spannung auf. »Es gibt gute Gründe dafür, warum sie nicht verheiratet ist, wie die Frauen vom Stamm des Pferdes sehr wohl wissen. Es wurde Blut über sie vergossen. Im Frühjahr wird sie von ihrer Blutschuld gereinigt sein, dann wird sie heiraten. Und es gibt genügend Männer im Stamm des Pferdes, die sie nur zu gern in ihre Höhle holen würden.«

Dann wandte sich Mada an Alin. »Wenn du und ein paar von euch mitkommen, gebe ich euch Sachen zum Anziehen, die ich aufbewahrt habe. Sie sind in einem Gang hinten in der Höhle.« Sie deutete auf den Tunnel, der von der großen Eingangshalle wegführte, in der sie saßen.

»Danke, Mada.« Alin stand auf. Sie war genauso wie die ältere Frau darum bemüht, die Gedanken aller auf andere Dinge zu lenken. »Jes«, sagte sie. »Elen und Sana. Kommt mit.«

Die Mädchen standen sofort auf und folgten Mada und Alin in den hinteren Gang der Höhle.

Nachdem sie wieder in ihren eigenen Behausungen waren, sahen die Mädchen vom Hirsch-Clan die Kleiderhaufen durch.

»Sie sind geschickt mit den Händen, diese Frauen vom Stamm des Pferdes«, gab Alin ein wenig zögernd zu, als sie eine schwere Wintertunika aus Hirschfell hochhielt. Sie hatte einen ähnlichen Schnitt wie die ihres eigenen Stammes – einen Streifen für den

Rücken und zwei Streifen für vorn, mit Ärmeln, die an den Schultern befestigt waren. Durch das Fell eines Höhlenbären für Kapuze, Handgelenke und Hals, den Schmuck von Elfenbein und Knochen, der das Totemsymbol darstellte, war die Tunika mehr als ein einfaches Kleidungsstück. Die Knochennadel muß außerordentlich gut gewesen sein, dachte Alin, als sie die Stiche mit den Sehnenfäden befühlte, die die vorderen Streifen der Tunika mit dem hinteren verbanden.

»Ja.« Das war Elens Stimme. »Ich bin überrascht, daß sie uns diese Felle gegeben haben. Es sind die schönsten, die ich je gesehen habe.«

»Die Rehbockhaut, aus denen die Röcke und Hemden gemacht sind, ist nicht so weich wie die Häute, die wir verwenden«, meinte Sana.

»So ist es.«

»Aber die Verzierungen sind hübscher«, sagte Fali.

Dann trat Schweigen ein.

»Es sind keine Stiefel dabei«, stellte Alin fest. »Die werden wir uns als erstes machen müssen. Unsere Mokassins sind für Schnee und Eis nicht geeignet.«

»Ich frage mich, warum keine Stiefel dabei sind«, kam es von Dara. »Bestimmt haben ihre Frauen doch Stiefel zu ihrer Pelztunika getragen?«

»Ich nehme an, daß die Stiefel an die übrigen Frauen des Stammes verteilt wurden«, sagte Alin. »Man braucht nur *eine* Pelztunika, aber ein zweites Paar Stiefel ist sehr nützlich.«

Dara nickte ernst. »So ist es.«

»Wir brauchen aber Felle, wenn wir uns Stiefel anfertigen wollen«, sagte Iva. »Und Häute, um das Leder für die Sohlen zu machen.«

»Also müssen wir auf die Jagd gehen«, sagte Alin zufrieden. »Ich werde mit Mar reden.«

Anfangs war Mar mit Huths Entscheidung nicht ganz zufrieden gewesen. Natürlich war er erleichtert, daß Huth zugestimmt hatte, bis zum Frühjahr zu warten. Aber der Schamane war sogar noch weiter gegangen, als ursprünglich geplant gewesen war, indem er die Zukunft der Mädchen völlig aus den Händen des Häuptlings genommen hatte. Da aber Mar entschlossen war, mit Beginn des Frühjahrs Häuptling zu werden, bedeutete das auch, daß er auf die Verteilung der Mädchen keinen Einfluß haben würde.

Aber je länger Mar über Huths Entscheidung nachdachte, um so mehr kam er zu dem Schluß, daß sie weise war. Genauso wie den anderen jungen Männern war ihm klar, daß die Mädchen sich wohl eher einen Gefährten ihres eigenen Alters aussuchen würden anstatt die Männer, die so alt waren wie Altan.

Vermutlich sorgte die Tatsache, daß sich die Mädchen ihre Partner selbst aussuchten, sogar für eine bessere Stimmung im Stamm. Keiner der Männer würde das Gefühl haben, vom Häuptling vernachlässigt oder gleichgültig behandelt worden zu sein. Die Mädchen würden ihre eigene Wahl treffen, und damit hätte die Sache ein Ende. Natürlich konnte das nur für die Mädchen des Hirsch-Clans gelten, weil bei ihnen keine Väter ins Spiel kamen, die auf ihre Besitzerrechte pochten.

Mar war den ganzen Tag unterwegs gewesen, weit entfernt von den Behausungen in der Felsklippe. Er hatte die Wildfallen des Stammes überprüft, die sie im Osten ausgelegt hatten. Er war gerade dabei, in seiner Behausung Feuer zu machen, als er aufblickte und Alin neben dem geöffneten Eingang stehen sah. Er hatte nicht mehr mit ihr gesprochen, seit er sie vor zwei Tagen zu Huth gebracht hatte. Er lächelte ihr zu und winkte sie herein.

Mar war vor zwei Jahren, als er geheiratet hatte, aus der Höhle der Eingeführten ausgezogen. Nachdem Eva gestorben war, war er nicht zu seinen Freunden, die er seit seiner Kindheit kannte, zurückgekehrt. Er hatte festgestellt, daß er gern allein lebte, und da die Behausung, die sein Hochzeitsgeschenk gewesen war, auf der ersten Ebene der Felsklippe lag und über einen steilen Pfad erreichbar war, konnte er mit Lugh dort wohnen. Mar zog die künstliche Behausung einer Höhle vor. Der Rauch zog schneller zwischen den Stämmen, Zweigen und Häuten ab, die die drei Seiten der Unterkunft bildeten, und es blieb sogar während der kältesten Zeit des Winters warm.

Die Sonne war noch nicht ganz untergegangen, und die Behausung wurde noch immer von dem schwächer werdenden Tageslicht erhellt, das durch die Türöffnung hereinfiel. Als Alin zögernd in den einzigen kleinen Raum trat, der sein Zuhause war, schenkte ihr Mar sein herzlichstes Lächeln.

Lugh, der den Geruch des Mädchens erkannte, hob den Kopf von seinem gewohnten Platz in der Ecke und stieß ein kurzes Heulen aus.

»Sei gegrüßt, Lugh«, sagte Alin. Mit merklich kühlerer Stimme wandte sie sich an Mar. »Ich möchte mit dir reden.«

»Setz dich«, sagte Mar und deutete auf den Stapel Büffelfelle am Boden. »Ich war gerade dabei, das Feuer anzuzünden.«

»Danke.« Alin ließ sich so geschmeidig und athletisch wie die Jungen seines Stammes mit gekreuzten Beinen auf dem Boden nieder. Mar nahm ein heißes Kohlestück aus einem Geweihbehälter, der zwischen den Steinen steckte, die um das Holz gelegt waren, und hielt es an das Reisig. Nach einem Augenblick fingen die trockenen Blätter Feuer. Mar beobachtete das Feuer, bis sich die Flammen durch das Holz zu schlängeln begannen. Dann holte er von seinem Schlafplatz noch ein Büffelfell, ließ es neben Alin auf den Boden fallen und setzte sich darauf.

Er bemerkte sofort, daß sie andere Kleider trug. Er erkannte in dem Rehbockhemd, das auf der Schulter mit Fransen geschmückt war, die Handarbeit seines Stammes. Sie hatte einen langen Rock an, wie ihn die Frauen vom Stamm des Pferdes häufig trugen.

Unter dem Rockrand schaute ein Stück ihres Mokassins hervor. Er konnte die perfekte Wölbung ihres nackten Fußes erkennen, bevor er in dem abgetragenen Leder des Mokassins verschwand.

»Wie ich sehe, hast du neue Kleider«, sagte er.

Sie löste ihren Blick von den flackernden Flammen und sah ihn an. Ihr Haar ist nicht wie sonst, dachte er. Es ist zwar auch nach hinten gezogen und im Nacken befestigt, aber offen. Er starrte wie gebannt auf das weiche glänzende braungoldene Haar, das in Kaskaden über ihren Rücken fiel. Ein paar der braunen Strähnen waren noch naß und dunkler. »Du hast deine Haare gewaschen«, sagte er und verspürte plötzlich den Wunsch, die Hand auszustrecken und mit den Fingern durch das glänzende seidige Haar zu streichen.

Sie beachtete seine Bemerkungen nicht. »Meine Schwestern und ich brauchen Stiefel für den Winter«, sagte sie schnell. »Wir können sie uns selbst machen, aber wir brauchen Felle. Und zum Jagen brauchen wir Waffen.«

Er zog die langen Beine an den Körper, stützte das Kinn auf die Knie und betrachtete sie schweigend. Ihre braunen Augen, umrahmt von den längsten Wimpern, die er je gesehen hatte, begannen vor Zorn zu funkeln. Sie konnte es nicht leiden, wenn er sie anstarrte. Sie ist das hübscheste Mädchen, das mir je begegnet ist, sinnierte er.

Er ließ seinen Blick auf ihr ruhen und dachte an den Stoß Felle hinten an der Felsmauer der Behausung, die ihm als Schlafplatz diente. Er wünschte sich, dieses Mädchen dorthin mitnehmen zu können, sie hinzulegen auf die weichen Felle.

»Mar.« Ihre Stimme klang verwirrt und ungeduldig. »Hast du mich gehört? Wir wollen jagen gehen. Wir brauchen Waffen.«

Er stieß die Luft aus und wachte aus seinen Träumen auf. »Ja«, sagte er. »Ich habe dich gehört.« Was würde sie tun, überlegte er, wenn er jetzt aufstand und den Vorhang vor dem Eingang herunterließ?

»Ich könnte mir denken, daß ihr euren Fleischvorrat auffüllen müßt«, sagte sie. »Es sind jetzt drei Handvoll mehr Münder zu füttern als noch vor einem Mond.«

»So ist es.«

Er würde den Vorhang herunterlassen und ihre Schultern zwischen die Hände nehmen. Dann würde er seinen Mund auf ihren legen. Er kniff die Augen zusammen, als er sich auf die sanft geschwungene Linie ihres Mundes konzentrierte. Wie weich es sich anfühlen würde, dachte er. Und ihre Brüste...

»Also gut«, fuhr sie ihn an. »Dann rede ich eben mit Altan.«

Er mußte sich zwingen, seinen Blick von ihrem Mund zu lösen. Ihre braunen Augen funkelten im Licht des Feuers. »Du bist genauso einfältig wie diese Lian«, schimpfte sie.

Dieser Vergleich schreckte ihn auf. Sie hat recht, dachte er. Er träumte von ihr ganz genauso wie Lian von ihm. Er verzog das Gesicht zu einem wehmütigen Grinsen der Selbsterkenntnis und fuhr sich mit den Fingern durch das Haar, das ihm in die Stirn gefallen war.

»Ich war mit meinen Gedanken woanders«, entschuldigte er sich. »So. Du willst also jagen gehen. Das ist gut. Wir müssen auch auf die Jagd gehen. Du hast recht, wenn du sagst, daß wir Fleisch brauchen. Die Fallen, die ich heute überprüft habe, waren leer. Deshalb müssen wir mit unseren Speeren jagen.«

Ihre Verwirrung verschwand, und sie wurde von Eifer ergriffen. »Wenn ihr uns Waffen gebt, kommen wir mit.«

Er nahm den Blick von ihrem verwirrend schönen Gesicht und starrte ins Feuer. Er dachte einen Augenblick nach und sagte dann: »Jeder Mann vom Stamm des Pferdes hat einen besonders schweren Speer und mehrere leichte, aber wir haben keine Speerwerfer übrig.« Er überlegte noch eine Weile. »Wir können jeder von euch einen schweren und einen leichten Speer geben, aber Speerwerfer habe ich nur ganz wenige. Und Bogen haben wir auch nicht genügend, daß sie für alle reichen. Unser Stamm jagt vor allem größeres Wild.« Er blickte sie fast entschuldigend an. Er hatte ihr beim Jagen zugesehen und wußte, daß sie Erfahrung besaß. »Wir werden später Waffen für euch machen. Aber für den Augenblick werdet ihr mit dem auskommen müssen, was wir erübrigen können.«

Alin nickte. »Ich verstehe.« Sie beugte sich ein wenig nach vorn. »Welches Wild werden wir jagen?«

»Es ist noch die Zeit für die Büffeljagd. Die Zeit für die Rens beginnt erst mit dem nächsten Mond.«

Wieder nickte Alin. »In dieser Gegend hier muß es eine Menge Büffel geben«, sagte sie. »Mir ist aufgefallen, daß ihr viele Büffelfelle verwendet.«

»Ja. Im Osten liegen Grasebenen, dort gibt es gewöhnlich auch Büffelherden.«

»Bei uns gibt es nicht so viele Büffel.«

»Weil dort zu viele Hügel und zu viele Bäume sind. Das mögen die Büffel nicht. Es gibt in den Grasebenen aber auch Pferdeherden und Rotwild und Antilopen. Das Pferd ist unser Totem, und gewöhnlich machen wir darauf keine Jagd. In dieser Jahreszeit gehen wir auf Büffeljagd. Sie haben jetzt schon ihre Winterfelle, und ihre Häute eignen sich gut für Kleider und Gewänder« – er lächelte sie an – »und für Stiefel.«

Alin beugte sich noch ein Stückchen weiter nach vorn. »Und was jagt ihr noch?«

»Den Auerochsen«, erwiderte er sofort. »Er hat das beste Fleisch von allen Tieren, aber er kommt nicht so häufig vor wie das Rotwild oder der Büffel.« Er runzelte die Stirn, als wäre ihm gerade ein besonders unangenehmer Gedanke durch den Kopf gegangen.

»Keine Steinböcke?« fragte Alin.

»Nicht in den Grasebenen. In den Hügeln, rund um das Flußtal, haben wir ein paar Steinböcke.«

»Und das Mammut? Habt ihr das auch?«

»Gelegentlich. Wenn der Winter am kältesten ist, kommt das Mammut manchmal bis zu dem See im Hochland, der zu unseren Jagdgründen gehört.«

»Habt ihr schon mal ein Mammut gejagt, Mar?«

»Ja. Einmal.« Er grinste. »Das vergißt man nicht so schnell.«

Alins große braune Augen funkelten. »Ich habe noch nie ein Mammut gesehen«, gestand sie.

»So weit nach Süden, bis zu euren Jagdgründen, kommen sie jetzt nicht mehr. Und häufig kommen sie nicht einmal mehr bis zu uns.« Er blickte in ihr gespanntes Gesicht. »Wenn du willst, nehme ich dich einmal mit auf die Mammutjagd.«

»O Mar«, sagte Alin. »Das würde ich wirklich gern.«

Er schloß die Augen ein Stück, um vor ihr zu verbergen, daß er sie weiter ansah. Sie war auch schön, wenn sie wütend und verlegen war, aber wenn sie so war wie jetzt –

Sie stand auf. »Ich werde es den anderen sagen«, sagte sie. »Wann gehen wir los?«

Er blieb sitzen. »Ich muß zuerst mit Altan reden«, erwiderte er. »Und außerdem brauchen wir einen Tag für den Jagdzauber, bevor wir auf eine große Jagd gehen.«

»Einen ganzen Tag?« Sie schien erstaunt. »Ich werde es den anderen sagen«, sagte sie noch einmal, drehte sich auf der Ferse herum, daß sich ihr Rock im Kreis drehte und um ihre Beine wickelte, und war verschwunden.

Mar blickte sich in seiner plötzlich leeren Behausung um. Er erinnerte sich daran, wie schön es gewesen war, durch die Tür zu kommen und eine Frau vorzufinden, die auf ihn wartete. In seiner Erinnerung war das Frauengesicht verschwommen. Aber Eva war ein gutes Mädchen gewesen und hübsch. Und sie war unter seinen Händen weich gewesen und warm und feucht und offen für sein Verlangen.

Oh! Es war eine Qual, hier zu sitzen und an Dinge zu denken, die nicht sein konnten.

Bis zum Frühjahr. Dann würde sich alles ändern.

10

Es war schon völlig dunkel, als Mar seine Behausung verließ, um Altan aufzusuchen. Er nahm eine Fackel, um den Weg zu beleuchten, und kletterte mit Lugh auf den Fersen den Klippenweg zur zweiten Terrasse hinauf, auf der sich die Höhle der Nirum befand. Aus dem Inneren war ein Gewirr von Stimmen zu hören. Mar lehnte seine Fackel gegen den Felsen, schob die Hirschhaut auf die Seite, die vor der Öffnung hing, und ging hinein. Lugh folgte ihm.

Um das rauchige Feuer hatten sich ein gutes Dutzend Männer versammelt, die alle aufblickten, als Mar eintrat. In einer Ecke balgten sich fünf Hunde um einen Knochen, und Lugh lief eilig zu ihnen, um sich auch in den Kampf zu stürzen.

»Lugh«, rief Mar in scharfem Ton. Zögernd kehrte der Hund an seine Seite zurück.

Altan hatte eine sichtlich steife Haltung angenommen. Für einen kurzen Augenblick starrten sich die beiden Männer über das Feuer hinweg an. Wenn sie Hengste gewesen wären, hätten sie die Ohren flach an den Kopf gelegt. Dann sagte Altan: »Was führt dich in die Nirum-Höhle, Mar?« Seine Stimme klang hart und bedeutete Mar, daß er nicht hierhergehörte.

Mar war am Eingang stehengeblieben und unternahm keine Anstalten, weiter einzutreten. Statt dessen erwiderte er kurz: »Die Fallen waren leer. Wir werden auf die Jagd gehen müssen.«

»So.« Altans verkrüppelte Hand machte sich an dem Lederbeutel zu schaffen, den er um den Hals trug. »Das gleiche habe ich auch gerade gesagt. Selbst wenn wir mit den Fallen etwas gefangen hätten, müßten wir noch mehr Fleisch heranschaffen, um die neuen Frauen satt zu kriegen.«

Rund um das Feuer erhob sich zustimmendes Gemurmel. Mar schaute von einem Gesicht zum anderen, um festzustellen, wer alles da war. Es saßen an diesem Abend auch einige ältere Männer am Feuer, nicht nur die jüngeren, die in der Höhle wohnten. Ein feindseliges Schweigen hatte sich ausgebreitet. Die Männer starrten Mar durch den Rauch mit zusammengekniffenen Augen an.

Dann räusperte sich der älteste Nirum, ein Mann, der mit Mars Vater befreundet gewesen war, und sagte: »Willst du dich nicht zu uns ans Feuer setzen, Mar?«

Die Luft war spürbar mit Spannung geladen. Es war für einen jungen Mann, der noch kein Nirum war, eine Ehre, sich in der Männerhöhle hinsetzen zu dürfen. Mar sah noch einmal zu den feindseligen Gesichtern am Feuer und schüttelte den Kopf. Er lächelte dem Mann, der die Einladung ausgesprochen hatte, zu. »Ich habe Huth versprochen, daß ich heute abend zu ihm komme. Aber ich danke dir, Rom.«

»Huth«, wiederholte Tod, der links von Altan saß. »Das ist eine merkwürdige Entscheidung, die der Schamane getroffen hat – diesen Mädchen zu erlauben, sich ihre Gefährten selbst auszusuchen. War das deine Idee oder die deiner Leute?«

Mar blickte ihn fragend an. »Warum hätten wir das tun sollen, Tod?« Seine Stimme klang nur neugierig.

»Ihr wart die ganze Zeit auf dem Weg hierher mit den Mädchen zusammen.« Das war Sauks harsche, kratzige Stimme. »Da hattet ihr doch reichlich Zeit, sie in eurem Sinne zu beeinflussen.«

Mar drehte langsam den Kopf und sah ihn an. »Du hast schon zwei Frauen, Sauk«, sagte er, noch immer leise. »Hattest du daran gedacht, dir noch eine dritte zu nehmen, während so viele andere Männer noch gar keine haben?«

Die jüngeren Nirum wurden aufmerksam.

»Sauk wird keine weiteren Frauen bekommen«, meldete sich Altan mit seiner tiefen Stimme, um seine Anhänger zu beruhigen. Der Häuptling starrte Mar an. »Er will sagen, daß du mit deinen Leuten die ganze Zeit auf dem Weg hierher die Gelegenheit hattest, die Mädchen – zu beeinflussen. Es wird dem Stamm nicht gerade guttun, wenn sie sich die jungen Männer aussuchen und die richtigen Männer des Stammes unzufrieden sind.«

»So ist es«, bestätigte Zel, einer der jüngeren Nirum. Die anderen jüngeren Männer murmelten zustimmend.

»Du hast Altan angelogen, um die Nirum abzuschrecken«, beschuldigte Zel nun Mar.

Mar zog die Augenbrauen hoch. »Wieso habe ich gelogen?« fragte er Zel.

»Du hast gesagt, es wäre sehr gefährlich!« fuhr Sauk mit lauter Stimme dazwischen.

Mar lächelte. »Trotzdem hat das die Jungen nicht davon abgehalten, mitzukommen.«

Wütendes Schweigen legte sich über die Runde.

»Aber es war gar nicht gefährlich!« sagte Sauk schließlich. »Du hast gelogen.«

»Ich habe nicht gelogen«, widersprach Mar mit eisiger

Stimme. »Ich habe gesagt, daß wir diese Mädchen vor den Augen der Männer ihres Stammes entführen müßten. Das haben wir getan. Ich konnte nicht wissen, daß wir ausgerechnet mitten in ein weibliches Ritual platzen würden.«

Lugh hatte die ganze Zeit mit gespitzten Ohren neben Mar gestanden und dem Ton der Männerstimmen gelauscht. Jetzt ging er leise knurrend näher ans Feuer.

»Seht euch das an«, sagte Mar. »Der Hund spürt, daß ich nicht unter Freunden bin.«

Die Männer blickten sich gegenseitig an. Dann sagte Rom: »Niemand im Stamm des Pferdes könnte zu dem Sohn deines Vaters unfreundlich sein, mein Junge.«

Mar starrte auf Altan. »Ich glaube, daß es hier einige gibt, die gern vergessen würden, daß ich der Sohn meines Vaters bin, Rom.«

»Wir sind alle Söhne unserer Väter«, sagte Altan. Er beugte den Kopf nach vorn und schüttelte ihn wie ein Büffel, wenn er von Fliegen geplagt wird.

Mar lächelte grimmig. Dann blickte er die jüngeren Männer an und sagte leise lächelnd: »Die Mädchen vom Hirsch-Clan würden sagen, daß wir die Söhne unserer Mütter sind.«

Das löste die Spannung, und rund um das Feuer wurde jetzt gescherzt und gelacht.

»Diese Mädchen haben seltsame Gewohnheiten«, sagte Tod, allerdings ohne eine Spur von Humor.

»Sie sind anders als unsere Frauen«, bestätigte Mar. »Und dazu gehört auch, daß sie Jäger sind.« Er steckte die Daumen in die Armlöcher seiner Weste. »Sie wollen mitkommen, wenn wir auf Büffeljagd gehen, damit sie sich Stiefel machen können.« Er sah Altan an. »Ich finde, wir sollten sie mitnehmen.«

Rund um das Feuer brach Tumult aus.

Als er sich wieder verständlich machen konnte, sagte Mar:

»Ich habe sie jagen gesehen. Sie sind gut. Sie werden uns eine Hilfe sein, keine Behinderung. Und wenn sie mit uns auf die Jagd gehen, werden sie selber feststellen können, was für gute Jäger die Männer vom Stamm des Pferdes sind.«

In der Höhle wurde es still.

»So ist es«, bestätigte Sauk, einer der besten Speerwerfer des Stammes.

»Mir gefällt es nicht, daß Frauen mit auf die Jagd sollen«, sagte Tod. »Das bringt Unglück.«

Mar zuckte die Achseln. »In ihrem Stamm sind die Frauen genauso gute Jäger wie die Männer. Ich glaube, es wird klug sein, diese Mädchen zu beschäftigen, bis es Frühjahr wird. Schließlich –« Wieder zuckte er die Achseln.

Daraufhin breitete sich Gelächter aus.

»Und danach werden sie mit anderen Dingen zu tun haben, wie?« sagte jemand.

Mar grinste.

Altan starrte Mar an, sein großer Kopf fuhr nach vorn. Sein Gesichtsausdruck war alles andere als freundlich.

»Laß die Mädchen ruhig mitkommen, Altan«, meinte Zel. »Mar wäre nicht so dumm, sie aufs Spiel zu setzen, wenn sie nicht fähig wären, auf sich selbst aufzupassen.«

Altan grunzte. »Also gut«, stimmte er zu. »Von mir aus können die Frauen vom Hirsch-Clan mit auf die Jagd kommen. Aber wenn auch nur einer einzigen etwas passiert«, Altan zeigte seine Zähne, »dann warst du es, Mar, der die Frau verloren hat.«

Altan entspannte sich ein wenig, nachdem die Häute hinter Mar wieder an ihren Platz gefallen waren. Er nahm seinen Becher mit Salbeitee und trank ihn bis auf den letzten Tropfen aus.

»Ich kann mir nicht vorstellen, wie Frauen jagen sollen«,

sagte Zel und schüttelte verständnislos den Kopf. »Aber wenn Mar sagt, daß sie es können, muß es wohl stimmen.«

Bei diesen Worten spürte Altan wieder Zorn in sich aufsteigen. Mar, Mar, Mar, dachte er. Ich kann den Namen nicht mehr hören.

Seit Tardith tot war, war es so gewesen. Der Stamm hatte zwar Altan zum Häuptling ernannt, aber es gab niemanden, der nicht gewußt hätte, daß die Dinge anders ausgegangen wären, wenn Mar ein paar Jahre älter gewesen wäre.

Altan hatte sich immer gefragt, ob Mar irgendeinen Verdacht wegen Tardiths Tod hegte. Der Gesichtsausdruck von Mar, wenn er Altan ansah – nun, es herrschte nicht gerade Liebe zwischen den beiden. Das wußte der ganze Stamm.

Mit jedem Tag wurde deutlicher, daß der Stamm des Pferdes gespalten war. Die Jungen aus der Höhle der Eingeführten folgten Mar und auch die jüngeren Nirum, die ein oder zwei Jahre unter Mars Führung gestanden hatten, bevor sie in die Höhle der Nirum aufgenommen worden waren. Und selbst einige der älteren Männer wie Rom respektierten Mar wegen seines Vaters.

Die älteren Männer, diejenigen, denen Altan Frauen gegeben hatte, hielten zu dem Häuptling. Aber Altan kam es so vor, als würde ihm seine Herrschaft über den Stamm mit jedem Tag ein wenig mehr entgleiten.

Es war zum Verrücktwerden. Mar war viel zu klug, um sich dem Häuptling offen zu widersetzen. Trotzdem arbeitete er ständig daran, Altans Autorität zu untergraben. Wie zum Beispiel heute abend, dachte Altan. Mar war in eine Gruppe mit Altans Gefolgsleuten gekommen, die Altans anerkannten Rivalen feindselig hätte behandeln müssen, und Mar hatte sie einfach alle dazu gebracht, genau das zu tun, was er von ihnen wollte.

Wie so oft, war Altan in die Situation geraten, Dingen zustimmen zu müssen, die er eigentlich gar nicht wollte. Aber er konnte es sich nicht leisten, seine Anhänger vor den Kopf zu stoßen, und die Nirum waren dafür gewesen, daß die Mädchen sie auf die Jagd begleiteten.

»Diese gemeinsame Jagd ist wirklich eine gute Idee«, unterbrach Iver fröhlich die düsteren Gedanken des Häuptlings. »Wenn wir tatsächlich gezwungen sind, an diesem wahnsinnigen Beschluß von Huth festzuhalten und den Mädchen vom Hirsch-Clan zu erlauben, sich ihre Männer selbst auszusuchen, wird es gut sein, wenn die Nirum Gelegenheit haben, auf die neuen Frauen Eindruck zu machen.«

»Ja«, pflichtete ein anderer ihm bei. »Die Jungen hatten auf ihrem Weg hierher genügend Zeit dazu. Wir müssen auch eine Chance bekommen.«

Sauks laute Stimme hallte in Altans Ohren. »Der Schamane hat sich übernommen, als er diese Entscheidung getroffen hat. In der ganzen Sippe hat es das noch nicht gegeben – daß sich die Frauen ihre Männer selbst aussuchen.«

Alle blickten zu Altan.

Der Häuptling war wütend. Er wollte in dieser Sache keinen Standpunkt vertreten, er wollte nicht in die Situation versetzt werden, Huth überstimmen zu müssen. Der Schamane besaß zu viel Macht über die älteren Männer, auf deren Beistand Altan angewiesen war.

Der Häuptling senkte den Kopf. »Huth sagte, daß es Unglück bringt, mit diesen Mädchen zu schlafen, bevor die richtige Zeit gekommen ist. Der Schamane kennt sich in diesen Dingen aus. Wenn er sagt, daß wir warten müssen, dann müssen wir eben warten.« Altan warf zuerst einen kurzen Blick nach links, dann nach rechts. »Ich glaube nicht, daß es einem Nirum schwerfallen wird, vor den Augen dieser Mädchen besser abzuschneiden als ein junger Tölpel. Oder etwa doch?«

Pflichtgemäß stimmten ihm die Männer zu. Was hätten sie

auch sonst tun sollen? dachte Altan ein wenig verbittert. Zugeben, daß eine Schar Küken ausgewachsene Hähne in den Schatten stellen könnte?

Es gibt zu viele Männer im Stamm, dachte der Häuptling, während sein Blick von einem Gesicht zum anderen wanderte. Selbst mit den Mädchen, die Mar gebracht hatte, würde man nicht alle zufriedenstellen können.

Altans Gedanken konzentrierten sich wieder auf den Groll, den er gegen Mar hegte. Mar hatte bei diesem Überfall keinen einzigen Mann verloren. Altan hatte ihn in der Hoffnung ziehen lassen, daß sich die Zahl der frauenlosen Männer verringern würde.

Ein gefährlicher Haufen war das, dachte der Häuptling, während seine Gedanken eine nur allzu vertraute Richtung einschlugen. Zwischen den Jungen in der Höhle der Eingeführten bestand eine Bindung, die Altan fürchtete. Sie waren fast wie ein kleiner Stamm innerhalb des Stammes. Altan konnte sich nicht erinnern, daß es je eine andere Gruppe Eingeführter gegeben hatte, die so fest zusammengehalten hätte. Früher hatte es immer Rivalitäten gegeben – Eifersüchteleien. Aber nicht in dieser Gruppe. Die hielt zusammen. Und sie folgte Mar.

In diesem Jahr würde Mar bei der Zeremonie des Großen Pferdes zum Nirum gemacht werden. Danach würde er Häuptling werden wollen. Das wußte Altan, und er wußte auch, wozu sich ein Mann hinreißen ließ, um sich diesen Wunsch zu erfüllen.

Altan glaubte nicht, daß Mar ihn offiziell herausfordern würde. Die Regeln der Herausforderung begünstigten denjenigen, der das Amt innehielt, den Häuptling, zu sehr. Es würde für Mar kein praktikabler Weg sein.

Altan hatte Angst, daß Mar den gleichen Weg wählen könnte, den er selbst bei Tardith beschritten hatte.

Besser, sich Mars zu entledigen, dachte Altan, bevor Mar die Gelegenheit hatte, sich seiner, Altans, zu entledigen.

Nachdem Mar die Höhle der Nirum verlassen hatte, nahm er seine brennende Fackel und ging über die Terrasse bis zur letzten Höhle im Felsen. Mit der vertrauten Selbstverständlichkeit eines geliebten Sohnes schob er die Haut am Eingang auf die Seite und trat ein. Genauso selbstverständlich folgte ihm Lugh auf dem Fuß.

Huth saß über die Trommel gebeugt vor dem Feuer und spannte die Haut. Auch Tane war da. Er bearbeitete mit seinem allgegenwärtigen Stechmeißel einen großen Pferdeknochen. An Mars altem Platz saß der Junge mit den blonden Haaren, der Arn hieß und Huths Liebling war, und starrte verträumt ins Feuer.

Mar blickte den Jungen an und verspürte für einen kurzen Augenblick den Schmerz des Außenseiters. »Mar«, sagte Tane, der ihn erst jetzt bemerkte. »Bruder meines Herzens. Komm und schließe unseren Kreis.« Und der Schmerz verging.

Mar setzte sich zwischen Tane und Huth, und die beiden schlanken dunklen Männer sahen ihn freundlich an. »Es war wohl nichts Brauchbares in den Fallen, schätze ich«, sagte Tane.

Mar schüttelte den Kopf. »Ich habe mit Bror alle überprüft. Wir werden auf die große Jagd gehen müssen.«

»Das dachte ich mir schon«, sagte Tane. Er schnalzte mit den Fingern, und Lugh lief zu ihm, um sich kraulen zu lassen.

»Ja«, sagte Huth. »Während ihr weg wart, waren sie auf der Jagd. Altan hat die ganzen Bäume hinter dem Fluß verbrannt, aber die Beute war nicht so ergiebig, wie er geglaubt hatte.«

Die dicken goldenen Augenbrauen von Mar zogen sich zusammen. »Er hat eine Feuerjagd gemacht?«

»Ja.« Huth sah ihn an. »Das Feuer war schon immer die

einfachste Methode, Fleisch zu bekommen, Mar. Das weißt du.«

»Aber das Feuer ist auch der einfachste Weg, deine Jagdgründe zu zerstören«, erwiderte Mar grimmig. Er hob einen Lederriemen auf, den Huth weggeworfen hatte, und beförderte ihn mit einem kräftigen Schwung ins Feuer. »Du weißt, was ich vom Verbrennen halte, Huth.«

»Ja. Und Altan weiß es auch. Deshalb hat er auch gewartet, bis du weg warst.«

»Du hast vielleicht die meisten jüngeren Männer davon überzeugen können, daß Verbrennen dumm ist, aber von den Nirum würden dir nur wenige zustimmen.« Tane schaute seinen Pflegebruder an. »Es ist so einfach, auf diese Weise die Tiere in die Fallen zu jagen. Die Männer jagen auf diese Weise, solange sie denken können. Deshalb können sie nicht verstehen, warum du dagegen bist.« Tanes grüne Augen blickten ihn eindringlich an. »Das wird die Nirum davon abhalten, dich zu akzeptieren, Mar, falls du Altan herausforderst, um Häuptling zu werden.«

Der Feuerschein tanzte über Mars hellhäutiges Gesicht und beleuchtete den grimmig entschlossenen Mund. »Wenn wir weiter die Bäume und Pflanzen verbrennen, von denen sich die Herden ernähren, dann werden die Herden bald nicht mehr kommen«, erklärte er. »Das geschieht schon jetzt. Und es wird weitergehen, solange die Menschen dumm genug sind, das Feuer auf diese Weise anzuwenden. Wenn ich jemals Häuptling sein sollte, werde ich niemals eine Feuerjagd zulassen. Das schwöre ich bei den vier Richtungen des Windes, Tane.«

Es trat eine Pause ein. Lugh lief von Tane zu Mar und rollte sich neben ihm zusammen. Dann brach Huth das Schweigen: »Ich bin zu der Überzeugung gelangt, daß du recht hast, mein Sohn. Das Feuer ist eines der größten Geschenke des Himmelsgottes, aber wir dürfen es nicht mißbrauchen. Trotzdem hat

Tane auch recht, Mar. Wenn du die Feuerjagd verbietest, wirst du die Unterstützung vieler Nirum verlieren.«

Eine kleine ruhige Stimme von der anderen Seite des Feuers fragte: »Will denn Mar Altan die Führung des Stammes streitig machen? Ich wußte gar nicht, daß das möglich ist.«

Die drei Männer blickten den schlanken Jungen mit dem blonden Haar, der auf der anderen Seite des Feuers saß, erstaunt an.

»Arn«, sagte Tane. »Wir hatten ganz vergessen, daß du hier bist.«

»Aber ich bin hier«, erwiderte Arn ernst. Er sprach mit einer Würde, die für einen Jungen von kaum vierzehn Jahren seltsam klang.

»Ja, du bist hier«, bestätigte Tane amüsiert. »Aber du verhältst dich immer so still, daß man dich manchmal völlig vergißt.«

»Es ist gut, wenn ein Schamane still ist«, erklärte Huth. »Nur so kann er auf die Stimmen der Geister hören.«

»So ist es«, bestätigte Arn.

Huths Augen wanderten von Arn zu seinem anderen Pflegesohn, zu Mar. Zwei Jungen habe ich großgezogen, dachte er, und heute abend sitzen sie beide an meinem Feuer. Er liebte den jungen Löwen, der neben ihm saß, hatte ihn geliebt, seit er zum ersten Mal in die Schamanenhöhle gekommen war, als seine Mutter so vorzeitig gestorben war. Selbst als Mar noch ein Säugling war, erinnerte sich Huth, war es ihm immer so vorgekommen, als würde ein kleines Löwenjunges auf seinem Schoß sitzen. Seine blauen Augen hatten die Welt immer direkt und offen gesehen – klar und furchtlos. Und er hatte die Gabe, die Menschen anzuziehen. Sein Vater, Tardith, hatte schon diese Gabe besessen, aber Huth fand, daß sie bei Mar sogar noch stärker ausgeprägt war. Es war wirklich schade, daß Mar noch so jung gewesen war, als Tardith starb. Aber man hätte unmöglich einen Eingeführten, der noch kein Nirum war, zum Häuptling machen können.

Huth hatte immer gewußt, daß er in Mar nicht seinen Nachfolger als Schamane finden würde. Doch er hatte lange gebraucht, um zu erkennen, daß er auch in seinem eigenen Sohn keinen Nachfolger finden würde. Huth hatte Tanes geniales Talent des Malens erkannt und war darüber froh gewesen. Die großen Höhlenmalereien, die ein so wichtiger Teil des rituellen Lebens seines Stammes waren, benötigten die Hand eines geborenen Künstlers, und es war richtig, daß der Schamane des Stammes daran beteiligt war, die Bilder für den Jagdzauber zu malen. Aber es hatte eine ganze Weile gedauert, bis Huth sich darüber klargeworden war, daß in Tane die Leidenschaft für das Malen so stark war, daß ihm kein Platz blieb, um all die anderen Talente eines Schamanen zu entwickeln. Die Vision seines Sohnes war ausschließlich nach außen gerichtet, zur Welt der Natur, die er so wunderbar mit den Farben einfing, nicht aber nach innen, wie es bei einem Schamanen angebracht war.

Huth fand seinen Nachfolger schließlich in dem schmalen Jungen mit dem blonden Haar, der ihm gegenüber auf Mars altem Platz am Feuer saß und mit ernster Miene darauf wartete, daß seine Fragen beantwortet wurden. Die Fragen waren keineswegs ungehörig. Wenn Arn der künftige Schamane des Stammes des Pferdes sein sollte, war es wichtig, daß er alle Gesetze und Gebräuche des Stammes kannte.

Der Schamane sah durch den aufsteigenden Rauch in die kristallklaren grauen Augen seines Nachfolgers. Drei Jungen, dachte er. Zwei davon Söhne des Herzens. Der eine die Farbe der Sonne, der andere die des Mondes.

»Es ist nicht die übliche Praxis in unserem Stamm, den Häuptling zu wechseln. Aber es ist möglich«, erklärte er.

»Und wie wird es gemacht, mein Vater?« fragte Arn.

Huth blickte Mar an, der statt seiner antwortete. »Ein Mann des Stammes kann den Häuptling zum Zeitpunkt der Großen Zeremonie des Pferdes herausfordern«, sagte er. »Wenn der Häuptling seine Stellung behalten will, muß er die Herausforderung annehmen.«

Aus den kristallklaren Augen ließ sich die nächste Frage bereits ablesen. Lächelnd beschrieb Mar das Verfahren.

»Keine leichte Sache«, sagte Arn, als er zu Ende gesprochen hatte.

»Und es ist auch nichts, was man leichtfertig tun würde«, sagte Huth. »Wenn zwei Hengste um die Führung der Herde kämpfen, kann es nur einen Sieger geben. Genauso ist es mit der Herausforderung. Einer der beiden gewinnt und ist dann der Häuptling. Dem Verlierer ergeht es wie dem besiegten Hengst. Wenn er am Leben bleibt, wird er aus dem Stamm vertrieben und kann niemals zu ihm zurückkommen.«

Die Worte hallten unheilvoll durch das Schweigen der Nacht.

»So«, sagte Arn atemlos. Er sah Mar an. »Und du wirst die Herausforderung stellen, Mar?«

»Ja.« Die Antwort klang ruhig und bestimmt, und Huth fühlte einen plötzlichen Stich in seinem Herzen. »Aber die Herausforderung kann nur von einem Nirum ausgehen«, erklärte Mar weiter. »Deshalb habe ich so lange gewartet. In diesem Jahr werde ich endlich alt genug sein, um es zu tun.«

»Du wirst nicht darüber reden.« Tane hatte jetzt das Wort ergriffen, aber es hörte sich eher wie eine Erklärung an und nicht wie ein Befehl.

Arn schüttelte den Kopf, und sein weiches mondfahles Haar wehte durch die Luft. »Nein. Ich werde nicht darüber reden.«

Huth stellte die Trommel, an der er nicht mehr arbeitete, auf den Boden und wechselte das Thema. »Dann machen wir den Jagdzauber«, sagte er. »Welches Tier wollt ihr jagen?«

»Ich habe Alin gesagt, daß wir Büffel jagen. Sie brauchen Stiefel für den Winter, und die Büffelhaut ergibt gute Stiefel.«

»Nicht so gute wie das Fell des Rens«, widersprach Tane.

»Wir können nicht bis zum Mond des Rens warten.«

»Büffelfleisch schmeckt nicht so gut wie das vom Auerochsen«, sagte eine verträumte Stimme von der anderen Seite des Feuers.

Huth und Tane lachten.

»Es gibt jetzt nicht mehr so viele Auerochsen wie früher«, erwiderte Mar und machte ein grimmiges Gesicht. »In der heiligen Höhle sind viele Bilder von Bullen und Kühen, aber so große Herden sehen wir nur noch selten. Das Feuer hat sie vertrieben.«

»Mar, wenn es um die Feuerjagd geht, bist du wie ein Vogel, der nur eine Melodie kennt«, neckte Tane ihn liebevoll.

Mar sah seinen Pflegebruder an, und der grimmige Ausdruck verschwand aus seinem Gesicht. Er rieb sich den Kopf und lachte dann. »Schon gut«, sagte er.

»Wann hast du mit Alin gesprochen?« fragte Tane.

»Bei Sonnenuntergang.« Mar kniff die Augen zusammen und blinzelte. Rauch war ihm ins Gesicht geweht. »Mein Vater«, wandte er sich Huth zu, »ich habe ein Problem, das ich dir gern vorlegen möchte.«

Huth tat so, als wäre er gereizt. »Was gibt es denn nun schon wieder für ein Problem? Bestimmt hat es etwas mit diesen Mädchen zu tun.«

Mar grinste. »Ja, das stimmt. Sie kommen mit auf die Jagd, aber ich weiß nicht, ob sie auch bei dem Jagdzauber dabeisein sollen oder nicht.«

Jetzt hatte Huth keine Mühe, entrüstet zu sein. »Beim Jagdzauber dabeisein! Frauen?« Er starrte nicht Mar, sondern Tane an. »Zuerst will Tane unbedingt, daß ich eine von ihnen in meine Malklasse aufnehme, und jetzt kommst du und willst sie in die heilige Höhle mitnehmen.«

Mar und Tane tauschten einen kurzen Blick aus.

»Hört bloß auf, euch so anzusehen«, fuhr Huth die beiden gereizt an.

»Ich sage ja gar nicht, daß ich die Mädchen in die heilige Höhle bringen will«, erklärte Mar geduldig. »Ich weiß nur nicht, was ich tun soll, was das Richtige ist. Wir waren noch nie mit Frauen auf der Jagd. Und ich weiß nicht, ob es für die Jagd schlecht ist, wenn sie nicht mit den anderen Jägern zum Jagdzauber gehen, oder ob es für die Jagd schlecht ist, wenn sie es tun.«

Das konnte Huth im Augenblick auch nicht sagen. Er starrte Mar an. »Hast du mit Altan darüber gesprochen?«

»Ja.«

»Hat er zugestimmt, daß die Mädchen mit auf die Jagd gehen?«

»Ja.«

Huth schnaubte durch die Nase.

»Die anderen Nirum wollen ihre Tapferkeit beweisen und sich hervortun«, sagte Mar.

Diesmal schnaubte Tane.

»Können diese Mädchen denn jagen?« Es war Arns sanfte Stimme, die mit dem Rauch über das Feuer schwebte.

»Tane und ich sind ihnen im letzten Sommer einen halben Mond lang gefolgt«, erwiderte Mar. »Wir haben gesehen, wie sie den Rothirsch und den Damhirsch und den großen Hirsch und das große Wildschwein gejagt haben. Sie sind gute Jäger.«

»Aber Büffel haben wir sie nicht jagen sehen«, bemerkte Tane.

Mar schüttelte den Kopf. »Sie haben in ihren Jagdgründen nicht das gleiche Wild wie wir in den Grasebenen.«

»Der Büffel ist viel gefährlicher als der Hirsch oder der Eber, Mar«, gab Tane zu bedenken. »Manche Leute sagen, daß der Büffel gefährlicher sei als jedes andere Tier, sogar noch gefährlicher als ein Mammut oder ein Löwe. Warum warten wir nicht einfach, bis wir das Ren jagen können?«

»Weil sie Stiefel brauchen.«

»Sie brauchen schon bald Stiefel, innerhalb eines Mondes«, sagte Huth.

»Und wir brauchen einen größeren Vorrat an geräuchertem Fleisch«, sagte Mar. »Wir haben nicht genug für den Winter, nicht mit den zusätzlichen Mündern, die wir füttern müssen.«

»Was wirst du wegen des Jagdzaubers tun, Huth?« fragte Arn.

Huth seufzte. »Ich werde eine Sitzung abhalten und den Gott des Büffels fragen«, sagte er. »Du hilfst mir, Arn.«

Der Junge nickte mit leuchtenden Augen.

»Wann wirst du die Sitzung abhalten, mein Vater?« fragte Mar.

»Ich muß den ganzen morgigen Tag fasten. Am Abend dann werde ich die Sitzung abhalten.« Huth nahm die Trommel, die er für das Ritual brauchte, und beugte sich wieder darüber, um die Haut, mit der sie bespannt war, fester zu ziehen. Mar stand auf und pfiff Lugh herbei.

»Ich werde zu dir kommen, wenn mein Vater sich entschieden hat«, sagte Tane zu seinem Pflegebruder.

Mar nickte, wünschte allen am Feuer eine gute Nacht und ging mit seinem Hund in die Dunkelheit hinaus.

11

Huth fastete den ganzen nächsten Tag, und als es Nacht wurde, aß er drei Pilze und schlug auf seiner Trommel, bis er in Ekstase geriet. Die Mädchen durften die heilige Höhle betreten, um bei der Zeremonie des Jagdzaubers zuzusehen, sagte er zu Arn. Aber daran beteiligen dürften sie sich nicht. Nach diesen Worten fiel Huth in einen tiefen Schlaf.

Am nächsten Morgen suchte Tane Jes auf, um ihr Huths Entscheidung mitzuteilen. Er fand sie schließlich an einem seiner Lieblingsplätze, einem Spalt zwischen den Felsen, eine halbe Meile flußaufwärts von ihren Behausungen entfernt. In der einen Hand hielt sie einen Meißel und in der anderen einen Stein. Tane lächelte, als er sie erblickte. Wie viele Stunden hatte er selbst so dagesessen, durch die verborgene Spalte im Felsen vor menschlichen Störungen geschützt.

»Ich habe das Gefühl, den Geist meines jüngeren Selbst zu sehen«, sagte er, als er sich durch den schmalen Spalt zwängte, um zu der größeren Öffnung dahinter zu gelangen.

Sie sah erstaunt auf. »Oh, du bist es.«

»Ja, ich bin's«, sagte er und erzählte ihr von Huths Entscheidung.

»Die älteren Männer sind empört«, begann er. »Aber ich habe irgendwie das Gefühl, daß in der Vergangenheit auch die Frauen mit den Zeremonien in der heiligen Höhle etwas zu tun hatten.« Er hockte ihr gegenüber auf den Fersen, mit dem Rücken an den Felsen gelehnt. »Die Frauen waren vielleicht nicht am Jagdzauber beteiligt«, fuhr er fort, »aber es gibt in der Höhle Symbole, die, glaube ich, Zeichen der Mutter sind. Vielleicht hat es im Stamm des Pferdes einmal eine Zeremonie gegeben, die so ähnlich war wie die heilige Hochzeit in eurem Stamm.«

»Das ist schon möglich«, pflichtete ihm Jes bei. Sie legte die

Werkzeuge aus der Hand, zog die Knie hoch und schlang die Arme darum. »Die Herrin sagt, früher wären alle Stämme dem Weg der Mutter gefolgt. Aber euer Stamm hat die Achtung vor der Erdmutter verloren, Tane. Alin sagt, daß sie euch deshalb zur Strafe eure Frauen weggenommen hat.«

Tane hob überrascht den Kopf. »Das ergibt keinen Sinn«, entgegnete er. »Wenn die Erdmutter auf die Männer vom Stamm des Pferdes böse war, weil sie sich nicht um sie gekümmert haben, warum sollte sie dann ihre Frauen vergiften?«

»Ich habe nicht gesagt, daß sie nur auf die Männer böse war. Es waren ja die Frauen, die ihre Macht abgegeben haben.« Jes hob einen Stock vom Boden auf und kratzte damit in der Erde. Sie zeichnete etwas, das Tane nicht erkennen konnte. Eher bestürzt als anklagend fuhr sie fort: »Nach allem, was ich weiß, gibt es in eurem Stamm praktisch keine Frauenrituale.«

Tane machte ein verlegenes Gesicht. »Ein paar gibt es schon. Es gibt ein Initiationsritual.«

Jes bedachte ihn mit einem wütenden Blick. »Und gleich danach wird das Mädchen mit irgendeinem Mann verheiratet. Das ist doch kein Initiationsritual!«

»Wie ich sehe, hast du dich fleißig umgehört«, sagte Tane etwas säuerlich. »Nicht mehr lange, und unsere Frauen werden ebenfalls verlangen, mit uns auf die Jagd zu gehen.«

Jes legte den Stock aus der Hand. »Und was stört dich daran?«

Tane öffnete den Mund, um ihr zu antworten, brachte aber vor Verblüffung kein Wort heraus. Er sah in ihr Gesicht, das ihn anfunkelte, und fing plötzlich an zu lachen. »Nichts«, sagte er beschwichtigend. »Gar nichts.«

Sie warf ihm einen mißtrauischen Blick zu und schaute dann hinüber zu dem schimmernden Strom, der durch den Felsspalt zu sehen war. »Ich habe deine Bilder meinem Vater gezeigt.«

Jetzt sah sie ihn wieder an. »Und was hat er gesagt?«

»Er war – überrascht.« Tane zog eine seiner schwarzen Augenbrauen hoch. »Er hat mich gefragt, ob ich selbst gesehen hätte, wie du sie gemalt hast.«

»Er hat nicht geglaubt, daß eine Frau malen kann?«

»Er hat nicht geglaubt, daß eine Frau *so* malen kann.«

»Aber die Frauen in eurem Stamm sind sehr geschickt mit den Händen«, sagte Jes. »Die Wintertuniken, die sie machen, sind wunderschön.«

»Unser Stamm ist dafür bekannt, daß unsere Frauen sehr geschickt sind«, erklärte Tane stolz.

Jes gab einen erstickten Laut von sich.

Tane starrte sie an. Als wollte er sich verteidigen, fuhr er fort: »Kann sein, daß mein Vater nie richtig hingesehen hat, um herauszufinden, ob es ein Mädchen gab, das malen konnte, Jes. Aber Zeichnen und Malen sind ein wichtiger Teil unseres Stammeslebens. Wenn du in einem solchen Stamm aufgewachsen wärst, würdest du dich dann damit zufriedengeben, Kleidungsstücke anzufertigen?«

Jes hob den Stock wieder auf und stieß ihn in den Boden. Nach einer Weile schüttelte sie den Kopf.

Tane beobachtete still den gebeugten Kopf des Mädchens. Dann fragte er: »Möchtest du, daß ich dir erzähle, was ihr in der Höhle sehen werdet, oder willst du dich lieber überraschen lassen?«

Mit einem Ruck fuhr ihr Kopf hoch. »Erzähl es mir«, forderte sie ihn auf.

»Das habe ich mir gleich gedacht, daß du das sagen würdest«, erwiderte er zufrieden. Er rückte auf seinen Fersen hin und her, um es sich bequemer zu machen. »Nun, wenn du hineinkommst, siehst du als erstes die Bullen –«

Am nächsten Morgen verließen die männlichen Jäger vom Stamm des Pferdes zusammen mit den weiblichen Jägern vom Hirsch-Clan die Felsenhöhlen und machten sich auf den Weg zu der heiligen Höhle.

Sie gingen flußaufwärts in nördlicher Richtung und bewegten sich in einer ähnlichen Reihenfolge wie bei der Entführung auf dem Weg zum Stamm des Pferdes: Die Hälfte der Männer ging vorn, dann kamen die Mädchen und dahinter die restlichen Männer. Aber die Stimmung war eine völlig andere als damals. Heute folgten die Mädchen voller Neugier und mit großem Eifer.

Sie verließen den Weg am Fluß, um höher hinaufzusteigen, und kamen auf einen Pfad, der durch einen Wald aus Tannen, Kastanienbäumen und Wacholdersträuchern führte. Alin schaute nach Osten. Dort mußten die Grasebenen sein, von denen ihr Mar erzählt hatte, wo Herden von Pferden und Büffeln und Auerochsen weideten.

Plötzlich blieben die Männer stehen. Kurz darauf dröhnte durch die Stille des Waldes ein dumpfer Schlag.

Wahrscheinlich ist das der Felsbrocken, der den Eingang zur heiligen Höhle versiegelt, dachte Alin.

Der Mann vor ihr drehte sich um und sagte: »Man muß durch einen schmalen Schacht hinunterklettern, um die Hauptkammer der Höhle zu erreichen. Dort ist eine Leiter aus Seilen.«

Alin nickte ernst.

Sie warteten. Die Männer holten ihre Steinlampen hervor, und einer der Jüngeren ging mit einem brennenden Kohlestück von einem zum anderen und zündete die Dochte an. Sowie alle Lampen leuchteten, gingen die Männer wieder weiter.

Der Eingang der Höhle kam Alin wie ein Loch im Boden vor. Er war wirklich sehr eng. Verschmitzt dachte sie, daß Mar seine Schultern bestimmt fest zusammendrücken mußte. Dann winkte sie der Mann, der am Eingang stand, näher zu sich. Sie setzte den Fuß auf die Leiter aus Seilen und kletterte schnell hinunter. Jes folgte ihr.

Die weißen kristallinen Wände der Höhle wurden von dem flackernden Licht der Lampen erhellt. Alin blieb stehen und blickte sich neugierig um.

Die Wände und Decken waren von Tierbildern in kräftigen schwarzen und roten und gelben und braunen Farben bedeckt. Als erstes erkannte sie die Bullen: vier große Auerochsen, deren schwarze Konturen so lebendig wirkten, daß es aussah, als würden sie direkt auf sie zugesprungen kommen. Alin starrte die Bilder mit großen Augen an. Es gab auch Pferde – überall waren Pferde mit steifen, buschigen Mähnen und aufgeblähten Nüstern, die über die Wände galoppierten. Und Hirsche. Alins Kopf drehte sich in alle Richtungen, um alle Bilder in der Halle in sich aufzunehmen. Dicht bei der Tür entdeckte sie ein seltsames, unbekanntes Tier. Alin bemühte sich, es genauer zu betrachten, aber die Männer kamen jetzt immer gleich zu mehreren herein und versperrten ihr die Sicht.

Alin drehte sich zu Jes um, wollte etwas zu ihr sagen, verstummte aber, als sie den Ausdruck auf dem Gesicht ihrer Freundin sah. Sie wollte sie nicht stören.

Die Halle, in der sie sich befanden, war an die hundert Fuß lang und dreißig Fuß breit. Zum Ende hin verengte sie sich und mündete in einen schmalen Gang, den die Männer in einer Reihe betraten. Alin versuchte, Mar unter ihnen auszumachen, aber sie konnte ihn nicht entdecken.

Ihr Blick kehrte wieder zu den Wänden der Eingangshalle zurück. Dabei entdeckte sie einen zweiten Gang, der von der Wand an der rechten Seite wegführte. Dort hinein schien niemand zu gehen.

Die meisten Männer, die in der großen Halle blieben, stellten sich dicht an die Wände und ließen die Mitte des Raums frei. Nirgends waren irgendwelche Anzeichen für ein Feuer zu erkennen, das entzündet werden würde.

»Ich sehe keine Feuerstelle«, murmelte Elen neben Alin.

»Der Rauch aus einem großen Feuer würde den Bildern schaden«, erklärte Jes, ohne den Blick von den Wänden zu nehmen. Elen sah beleidigt aus, und Alin legte verständnisvoll die Hand auf ihren Arm.

»Sieh nur«, sagte sie leise. »Es wird Musik geben.« Elen folgte ihrem Blick, und die beiden Mädchen beobachteten die Männer und Jungen, die an der rechten Wand lehnten und kleine Knochenflöten aus ihren Packen holten. Plötzlich drehten sich alle Köpfe zum hinteren Teil der Höhle. Aus dem Gang am Ende der Halle kam ein Mann, in dem Alin Huth zu erkennen glaubte. Es war schwierig, ihn genau zu sehen, denn auf seinen Schultern saß der Kopf eines großen Pferdes mit schwarzer Mähne. Der Pferdemensch war in einen langen gewebten Grasumhang gehüllt und trug in der rechten Hand den geschnitzten Stab des Schamanen. Während ihn alle in stummer Ehrfurcht ansahen, trat der Schamane zu einer hohen Felsenleiste und ließ sich darauf nieder, ein Platz, der ganz offensichtlich der Ehrenplatz in der Höhle war. Ihm folgte ein blondhaariger Junge, der die Trommel des Schamanen trug. Der Junge ließ sich zu Füßen seines Meisters nieder. Langsam und respektvoll fingen die Männer an, sich entlang der Wand ebenfalls hinzusetzen. Nach einer kurzen Pause taten es ihnen die Mädchen vom Hirsch-Clan nach.

Es herrschte absolute Stille in der Höhle, und während sie alle in der atemlosen, erwartungsvollen Stille warteten, blickte Alin noch einmal zu den Bildern auf den weißen Wänden.

Nur ein Jäger konnte diese Bilder gemalt haben, dachte sie. Nur ein Jäger kannte ein Tier so genau, wie es hier abgebildet war. Die wilden Tiere an den Wänden *lebten*. Noch nie hatte Alin das Leben auf einer glatten Oberfläche so intensiv wiedergegeben gesehen. Keines der Bilder in ihrer eigenen heiligen Höhle reichte auch nur im entferntesten an diese hier heran. Ihre waren im Vergleich zu diesen reine Statuen.

Alin verstand instinktiv den Sinn dieser Bilder. Es waren die Geister der wilden Tiere, von der Macht der Jäger vom Stamm des Pferdes eingefangen und festgehalten.

Auf der anderen Seite der Höhle war eine Bewegung zu erkennen, und Alin drehte sich wieder zu Huth, dem Pferdemenschen, um. Langsam, mit würdevoller und majestätischer Haltung, erhob der Schamane seinen Stab. Dieses Zeichen befolgend, führten die Männer ihre Flöteninstrumente an den Mund, und die Höhle wurde von den klaren hohen Tönen ihrer Musik erfüllt. Dann legte der Schamane seinen Stab in die Hände des blonden Jungen, der zu seinen Füßen saß, und ergriff seine Trommel.

Mit dem ersten Schlag sprang ein Mann aus dem hinteren Gang in das flackernde Licht der großen ausgemalten Halle. Auf dem Kopf trug er Büffelhörner, an Händen und Füßen Büffelhufe und um die Hüften einen Lendenschurz, auf den ein Büffelschwanz genäht war. Der übrige Körper war nackt.

Das Gesicht des Tänzers war mit Ocker angemalt, aber Alin hatte keine Schwierigkeiten, Altan zu erkennen, den Häuptling des Stammes.

Die Trommelschläge wurden schneller, und jetzt sprangen noch weitere nackte Männer, alle mit Speeren und Wurfspießen ausgerüstet, nach vorn in den Lichtkreis. Alin erkannte Mar sofort. Er überragte alle.

Die kleinen Flöten aus Markknochen trillerten ihre hohen klaren Töne durch die heilige Höhle. Dann vereinigte sich ein anderer, tieferer Ton, der mit dem Schenkelknochen eines großen Vogels erzeugt wurde, mit dem der Flöten. Und darunter, dumpf und gleichmäßig, der pulsierende Rhythmus des Trommelschlags. Auf dem Tanzboden schlossen sich die Jäger zu einem Kreis um den Büffelmann und begannen in geduckter Haltung und mit stampfenden Füßen mit dem Jagdtanz.

Altan stellte den Büffel überzeugend dar. Er griff an, zog sich zurück, stampfte mit den Füßen und stieß mit seinen Hörnern zu. Die Jäger spießten ihn, im Rhythmus der Trommel auftretend, mit vorgetäuschten Stößen ihrer Speere, vor und zurück, vor und zurück, über die ganze Länge und Breite der Halle. Die Flötentöne wurden immer höher. Das Horn schallte lauter. Die Trommelschläge wirbelten schneller und eindringlicher, bis die Halle in einem wilden Getöse unterging.

Jetzt konnte man durch die fieberhafte Musik hindurch sogar das Keuchen der Tänzer hören, die sich dicht an den Füßen der Zuhörer vorbeibewegten. Immer näher kamen die Jäger an den wild angreifenden Büffel heran, trieben ihn in einem immer geringer werdenden Abstand vor sich her. Der Jagdzauber füllte die Höhle aus, hallte unter den Blicken der Tiere von den Wänden wider, bis die Trommel schließlich das Zeichen zum Todesstoß gab.

Die Jäger schlossen den Ring um ihre Beute. Sein wütendes Gebrüll erschütterte die Höhle. Der erste Speer erreichte sein Ziel. Dann der zweite. Dann der dritte. Der Büffel lag am Boden, den Blicken der Zuschauer durch den Kreis der mit Ocker bemalten Jäger entzogen. Ein Speer nach dem anderen flog durch den Schein der flackernden Lampen, gefolgt von dem triumphierenden Schrei der Jäger. Die Trommel und die Flöten verstummten.

Die Jäger in der Mitte der Halle wandten lachend und keuchend den Blick von dem toten Büffel ab.

»Ein guter Tanz.« Huths Stimme klang seltsam gedämpft

hinter der Maske des Pferdekopfes. »Der Jagdzauber ist vollzogen.«

»Ja. Ein guter Tanz.« Ringsherum in der Höhle wurden die Worte wiederholt. Auf dem Tanzboden streckte Mar eine Hand nach dem toten Büffel aus und zog Altan auf die Füße. Mars Zähne glitzerten weiß in seinem rotbraunen Gesicht, als er lächelnd etwas zu dem Häuptling sagte. Altan schüttelte den Kopf, wie um wieder zu sich zu kommen.

»Es wird eine gute Jagd morgen«, sagte Altan. »Der Geist des Büffels ist mit uns.«

Die Männer vom Stamm des Pferdes errichteten dicht beim Höhleneingang ein großes Feuer und rösteten das Hirschfleisch, das sie mitgebracht hatten. Sie befanden sich in einer fast verzückten Stimmung.

Nachdem das Essen verspeist und das Feuer gelöscht war, kehrten die Jäger auf dem gleichen Weg zurück, den sie am Morgen gekommen waren. Aber es herrschte jetzt eine andere Stimmung. Und die Frauen vom Hirsch-Clan gingen jetzt auch nicht mehr getrennt von den Männern. Ihre Teilnahme an der Zeremonie in der Höhle hatte sie den Jägern, die immer zusammen auf die Jagd gingen, nähergebracht, ganz so, als gehörten sie dazu.

Auf dem Heimweg ging Jes die ganze Zeit neben Tane. Sie sprechen von den Bildern, dachte Alin mit einer Mischung aus Belustigung und Verärgerung, während sie die beiden, die Seite an Seite vor ihr gingen, beobachtete.

Alin nahm den Blick von Jes' vertrautem Rücken und schaute sich neugierig unter den anderen um, um zu sehen, wer sich zu wem gesellt hatte.

Der Anblick von Elens rotem Haarschopf neben dem blonden von Dale überraschte Alin überhaupt nicht, und auch nicht, daß

Sana neben Melior ging. Die vier hatten offensichtlich schon auf der Reise nach Norden Freundschaft geschlossen. Worüber sie sich allerdings wunderte, war die Tatsache, Iva neben einem der jüngeren Nirum zu entdecken. Auch einige der anderen Mädchen hatten sich, wie Alin feststellte, einen Nirum ausgesucht. Wieder andere hatten sich zu einer reinen Frauengruppe zusammengeschlossen wie am Morgen auf dem Weg zur Höhle. Aber direkt hinter den Mädchen marschierte eine Gruppe junger Männer, und es fand ein fröhliches Wortgeplänkel zwischen ihnen statt.

Suchend schweifte Alins Blick über die Köpfe, um Mar ausfindig zu machen. Aber als ihr bewußt wurde, was sie tat, runzelte sie verärgert die Stirn. Entschlossen drehte sie ihr Gesicht wieder nach vorn und marschierte zielstrebig weiter.

Nach einer Weile hörte sie hinter sich Schritte, als wäre jemand bemüht, sie einzuholen. Mar, dachte Alin sofort und paßte auf, daß sie sich nicht umdrehte.

»Alin«, sagte eine Stimme, die nicht Mar gehörte. Überrascht und enttäuscht drehte sie sich um. Es war Bror, der sie eingeholt hatte. Er lächelte ihr auf anziehende, freundliche Art zu. »Wie hat dir unsere Zeremonie gefallen?« fragte er.

Alin gab eine höfliche Antwort und glättete die Falte, die sich mysteriöserweise zwischen ihren Augenbrauen eingegraben hatte. Sie erwiderte sein Lächeln. »Ich freue mich schon auf die Jagd morgen, Bror«, sagte sie. Und bemerkte gar nicht, wie sich sein Gesicht bei ihrer Antwort aufhellte.

Erst als sie schon fast wieder bei den Höhlen in der Felsklippe waren, tauchte Mar auf. »Wenn du mit den Mädchen mitkommst«, sagte er, als er Alin erreicht hatte, »gebe ich euch eure Waffen.«

Alin nickte und winkte den Mädchen. Sie folgten Mar zu einer der großen Lagerhöhlen, die oben in der Klippe waren. Die Sonne war noch nicht untergegangen, und sie schlugen die Häute am Eingang hoch, so daß das Tageslicht in die Höhle fallen konnte. Eine Handvoll junger Männer hatte Mar begleitet und sortierte die Waffen, die an der Wand lehnten.

»Wir geben zuerst die Speere aus«, erklärte Mar den versammelten Mädchen. »Einen Speer für jede von euch.«

Tane überreichte Alin ihren Speer. Sie nahm ihn, nickte und wog ihn prüfend in ihrer Hand. Dann stellte sie ihn auf den Boden, um ihn genauer zu untersuchen.

Der Schaft war so ähnlich wie bei dem Speer, den sie zu Hause verwendete; er war aus Eibenholz und ungefähr acht Fuß lang. Aber die Spitze war anders. Sie war aus einem Knochenstück gemacht, nicht aus Flint, wie es beim Hirsch-Clan der Brauch war. Die Knochenspitze war sorgfältig zurechtgeschnitzt und sicherlich scharf und fest genug, um ihre tödliche Arbeit zu verrichten.

Dann hob Alin den Speer hoch. In dem Holzschaft waren Kerben für die Finger, aber sie waren für eine größere Hand gemacht. Ihre Finger lagen in den Kerben zu weit gespreizt, um sich bequem anzufühlen, so daß sie den Schaft ein wenig drehen mußte, wenn sie einen festen Griff haben wollte.

Auch die anderen Mädchen untersuchten ihre Waffen und murmelten zufrieden. Es ist ein guter Speer, dachte Alin. Stark und fest. Beste Arbeit.

Als die Mädchen Mar erwartungsvoll ansahen, sagte er entschuldigend: »Leider kann ich euch nur fünf Speerschleudern geben.«

Die Mädchen waren enttäuscht und protestierten.

»Es tut mir leid.« Mar zuckte die Achseln. »Ihr müßt bedenken, daß jeder Mann, auch wenn er einen zusätzlichen großen Speer hat, nicht unbedingt auch eine zusätzliche Speerschleuder haben muß.«

»Aber wie sollen wir ohne die kleinen Speere jagen?« wandte Jes sich an Tane, und ihre Stimme klang überraschend mild.

»Wir haben für jede von euch Wurfspieße«, sagte Tane. »Ohne die Schleudern könnt ihr keinen so guten Wurf machen, das stimmt, aber wenn ihr mit dem großen Speer umgehen könnt, könnt ihr bestimmt auch einen Wurfspieß werfen.«

»Natürlich können wir das«, erwiderte Alin scharf. Sie warf einen Blick in die Gesichter ihrer Anhängerinnen. »Also, wer soll eine Speerschleuder bekommen?«

»Natürlich die besten Jägerinnen«, sagte Dara sofort.

»Ja, ja«, stimmten die Mädchen zu.

Alin nickte. »Dann würde ich sagen, daß Jes, Sana, Elen, Iva und ich eine Speerschleuder bekommen.«

Allgemeines zustimmendes Nicken.

»Ich bin beeindruckt«, sagte Mar. »Wenn so etwas in meinem Stamm geschehen wäre, hätten alle, die nicht zu den besten gezählt worden wären, ein lautes Geschrei angestimmt.«

»Warum denn?« Daras große braune Augen sahen ihn erstaunt an. »Wißt ihr denn nicht, wer in eurem Stamm die besten Jäger sind?«

»Ich glaube, weil jeder Mann der Meinung ist, daß er zu den besten gehört«, sagte Mar amüsiert.

»Wirklich?« fragte Dara. »Oder tun sie vielleicht nur so, als würden sie es denken?«

Jetzt mußte Mar grinsen. »Diese Frage kann ich dir leider nicht beantworten, Kleines. Weil ich es nicht weiß.«

»Männer, die dem Himmelsgott folgen, haben nicht gelernt, sich zu bescheiden«, erklärte Alin ruhig.

Mars Lächeln verschwand von seinem Gesicht. Er schaute Alin an, und selbst in dem trüben Licht der Höhle waren seine Augen plötzlich blauer. »Unter den Frauen vom Hirsch-Clan habe ich auch nicht gerade große Bescheidenheit festgestellt.«

Alins Augen wurden größer. »Aber du hast uns doch gerade wegen unserer Bescheidenheit gelobt.«

»Vielleicht hätte ich besser sagen sollen, daß ich bei der Anführerin der Frauen vom Hirsch-Clan keine große Bescheidenheit feststellen konnte.«

»Alin ist unsere Herrin«, sagte Jes mit strenger Stimme. »Die einzige, vor der sie Bescheidenheit zeigen muß, ist die Erdmutter.«

Tane machte eine Bewegung, um Jes abzulenken. Aber Mar und Alin sahen sich fest in die Augen, und es war, als hätten sie Jes überhaupt nicht gehört.

»Sollen wir jetzt die Speerschleudern austeilen, Mar?« fragte Bror in die etwas unbehagliche Stille.

Die beiden Augenpaare ließen voneinander los. »Ja«, antwortete Mar. »Teile sie aus.«

Die Speerschleuder war eines der nützlichsten Geräte im Arsenal eines Jägers, denn sie erhöhte die Genauigkeit eines Speerwurfs. Der Speer wurde an dem einen Ende der Schleuder an einem Dorn befestigt. Wenn der Jäger die Schleuder hoch und nach vorn hielt, wurde der Speer freigegeben und schoß direkt auf seine Beute zu.

Die Speerschleuder, die Bror Alin gab, war aus dem Geweih eines Rens gemacht, und in das breite Ende, den Griff, war das Bild einer gebärenden Hyäne geschnitzt.

»Sie verzieren sogar ihre Waffen«, sagte Jes leise. Die Schleuder, die Jes bekommen hatte, war ebenfalls aus einem Geweih, und an ihrem Griff war das Bild eines Mammuts eingeschnitzt.

»Ich habe noch ein paar Bogen übrig«, ertönte Mars Stimme, und Jes und Alin rissen sich von ihren Betrachtungen los. »Wir verwenden den Bogen meistens bei Wild, das kleiner ist als der Büffel, aber ein Hagel aus Pfeilen kann manchmal bewirken, daß eine Herde eine andere Richtung einschlägt.«

»Wir nehmen sie«, sagte Alin und nannte die Mädchen, die Pfeile und Bogen bekommen sollten.

»Eure Pfeile sind sehr gerade«, meinte Bina, während sie die Waffe betrachtete, die Bror ihr gegeben hatte.

»Mein Vater weiß sehr gut, wie man das Holz erhitzen muß, bevor man es durch den Schaftstrecker gibt«, sagte Bror stolz.

»Dein Vater ist ein guter Handwerker, Bror«, lobte Alin. »Wir werden mit diesen Waffen eine erfolgreiche Jagd haben.« Sie lächelte den jungen Mann an, und Bror lächelte erfreut zurück.

Mar runzelte die Stirn.

»Das waren, glaube ich, alle Waffen«, sagte Tane.

Alin wandte sich von Bror ab und blickte Mar an, und ihr Gesicht wurde sichtlich unfreundlich. »Wann brechen wir auf?« fragte sie kurz.

»Beim Morgengrauen. Deine Mädchen sollten außer den Waffen auch ihre Schlafrollen mitbringen. Wir haben Zelte, falls das Wetter schlecht wird.«

Alin nickte. »Wir werden bereit sein.«

»Gut.« Mar deutete zum Eingang der Höhle. »Das wäre alles. Ihr könnt jetzt eure Waffen nehmen und gehen. Seid morgen früh beim Morgengrauen am Ufer.«

Die Mädchen lächelten in freudiger Erwartung auf die Jagd und gingen zum Höhleneingang. Alin blieb noch einen Augenblick an ihrem Platz stehen und starrte Mar mit zusammengekniffenen Augen an. Ihr gefiel nicht, was sie in seiner Stimme gehört hatte. Sie war nicht sein Hund, den man herumkommandieren konnte. Er war noch nicht mal der Häuptling dieses Stammes!

»Alin?« Sie drehte sich um und sah Jes mit gerunzelter Stirn unter den hochgezogenen Häuten im Höhleneingang stehen.

Ohne noch ein Wort zu sagen, machte Alin kehrt und schritt

mit ihren langen Beinen anmutig zum Höhleneingang. Hinter sich hörte sie Mar etwas sagen. Er schien belustigt. Alins Zorn war nicht verflogen.

12

Am nächsten Tag hatte Alin ihren Ärger zwar nicht vergessen, aber sie hatte ihn auf die Seite geschoben. Ihr Gesicht glühte vor freudiger Erwartung, als sie sich mit den anderen Mädchen vom Hirsch-Clan in der Morgendämmerung, die hinter der Klippe heraufzog, am Ufer versammelte.

Die Luft war kalt, und es wehte ein scharfer Wind. Die Mädchen hatten ihre Wintertuniken an. Ihre Pelzwesten zum Wechseln hatten sie in die Schlafrollen gestopft, falls es tagsüber zu warm für die schwere Kleidung wurde. Von dem Wind und der erregten Stimmung hatten die Mädchen ganz rote Wangen, und Fali und Dara spielten mit den Hunden, die zu ihnen aufs Kiesufer gekommen waren.

Nach und nach stießen die Männer vom Stamm des Pferdes zu den Mädchen und den Hunden am Flußufer. Als die Jagdgesellschaft schließlich versammelt war, zählte sie an die vierzig Männer, zwanzig Hunde und sechzehn Mädchen. Sowohl die Männer als auch die Mädchen trugen große und kleine Speere, und alle Männer hatten Speerschleudern, Bogen, Wurfspieße und Pfeile. Die Männer trugen Bündel, und Alin nahm an, daß sie darin ihre Schlafrollen, die Zelte, die Dinge zum Feuermachen und die Werkzeuge aufbewahrten, die sie brauchen würden, um die Büffel, die sie zu erlegen hofften, zu schlachten und zu häuten. Eine ganze Reihe Männer trug über der Schulter eine große Anzahl Körbe, die an Holzpfählen befestigt waren. Darin sollte später das Fleisch transportiert werden, wie Bror Alin erklärte, nachdem es zuvor geräuchert worden war, weil es sich dann besser tragen ließ.

Die Jäger gingen zuerst nach Osten, in Richtung der Grasebenen, auf denen die Büffelherden weideten. In ihren schweren Winterkleidern bewegten sie sich nicht in der Gangart der Jäger voran, sondern mit weit ausholenden langen Schritten.

Sie brauchten einen Tag, bis sie die Bäume hinter sich zurückgelassen hatten. Nachts schliefen sie in ihren Schlafrollen an den fünf flackernden Feuern. Die Luft war kalt, aber da kein Wind ging, brauchten die Männer keine Zelte aufzustellen.

Am nächsten Vormittag erreichten sie die Grasebenen. Nirgends waren Anzeichen für Büffelherden. Deshalb erteilte Altan den Befehl zu einer Taktik, die die Jäger vom Stamm des Pferdes offenbar häufig anwendeten. Sie würden sich in zwei Gruppen aufteilen, um die Ebene in zwei parallel verlaufenden Linien bis zum Schlangenwasser zu durchforsten. Sobald eine Gruppe eine Büffelherde sah, sollte sie einen Botschafter losschicken, um es der anderen Gruppe mitzuteilen.

Die Männer teilten sich rasch auf. Alin, die sie aufmerksam beobachtete, bemerkte, daß die Jäger des Stammes zwei verschiedene Anführer bevorzugten. Mar und Altan.

Es war keine große Überraschung, daß alle jungen Männer in Mars Gruppe gingen. Aber eine ganze Reihe von den älteren wollte ebenfalls zu Mar.

Nun mußten die Mädchen einer Gruppe zugeordnet werden. Alle wollten natürlich mit Mar und den jungen Männern gehen. Alin begriff sofort, daß dies Altans Gruppe ganz und gar nicht gefiel. Und einen Augenblick lang sah es fast schon so aus, als würde es Schwierigkeiten geben.

»Ich gehe mit dem Häuptling«, erklärte Alin und umklammerte ihren Speer, während sie einen Schritt vortrat. Sie blickte Jes an.

»Ich gehe mit Alin«, sagte Jes sofort und stellte sich neben ihre Freundin. Alin warf ihr einen dankbaren Blick zu. Dann meldete sich die kleine Dara: »Ich gehe auch mit Alin.«

Danach sagten alle Mädchen, daß sie mit Alin gehen wollten.

»Nein, nein«, lachte Alin. »Wenn ihr alle eure Meinung ändert, müssen wir noch mal ganz von vorn anfangen. Jes kommt mit mir und Dara auch, und –« Ihr Blick glitt über die Mädchen. »Fali und Iva und Mora und Bina.«

Die Gruppen waren gebildet, der Plan stand fest, und so machten sich die Jäger auf den Weg über die offene Ebene.

Es hatte schon seit mehreren Wochen Frost gegeben, und das Gras war nicht mehr so dick und üppig und grün, wie es im Sommer gewesen war. Aber das Gehen war trotzdem mühsam. Nach einer halben Stunde spürte Alin, wie ihr der Schweiß unter den Armen und zwischen den Brüsten herunterrann. Sie blieb stehen, um die Pelztunika auszuziehen und ihre Weste überzustreifen. Die anderen Mädchen folgten sofort ihrem Beispiel.

Die Jäger gingen noch eine ganze Stunde weiter. Obwohl sie in der Ferne mehrere große Pferdeherden sahen und gelegentlich eine kleine Herde Rotwild und Antilopen, konnten sie nirgends Anzeichen für Büffel entdecken.

Es war ein merkwürdiges Gefühl, mit diesen fremden Männern so kameradschaftlich zusammenzusein, dachte Alin. Es waren ja nicht die vertrauten bartlosen Gesichter der jungen Männer, die sie kannten, sondern ältere, erwachsenere Gesichter von Männern, die ein offensichtliches Interesse an den Mädchen hatten.

Einer der Männer, den Alin meistens neben dem Häuptling gesehen hatte, ging während des ersten Teils des Tages neben ihr. Sein Name war Tod. Er war sehr freundlich und schien nicht zu verstehen, daß sie seine Ratschläge über die Jagd, um die sie nicht gebeten hatte, herablassend und beleidigend fand. Am Ende hatte sie ihn kurz und arrogant zurechtgewiesen, so daß er von ihr abgerückt war. Seine Stelle hatte ein jüngerer Mann, der mit seiner schüchternen Art mehr nach ihrem Geschmack war, eingenommen.

Schließlich kamen die Kundschafter, die vorausgegangen waren, zurück und berichteten von frischen Büffelspuren. Der Mann, der neben Alin ging, versicherte ihr, daß sie bald eine ganze Büffelherde sehen würden. Und wirklich, als sie nach einer Weile die Spitze eines der höheren Hügel erreichten, erblickten sie vor sich eine riesige Büffelherde.

Die Jäger blieben, über diesen plötzlichen Kontakt genauso überrascht wie die Tiere, wie angewurzelt stehen. Die Tiere waren höchstens hundert Schritt von ihnen entfernt. Einen Augenblick lang herrschte absolute Stille. Dann drehten sich die Büffel alle herum und drängten sich dichter aneinander, während sie die Menschen anstarrten. Sie reckten die Hälse.

Starr vor Staunen dachte Alin: Sie werden angreifen! In die seltsame Stille hinein erhob sich plötzlich ein fürchterliches Gebrüll. Und fast gleichzeitig flogen die Speere und trafen einen großen Bullen in Schulter und Flanken.

Wie mit einer einzigen Bewegung drehte sich die Herde um und stürzte den Hügel hinunter und quer durch das Tal, strömte wie ein schwarzes Band über das Gras bis zu dem tiefblauen Horizont.

Erst als die Tiere verschwunden waren, wurde Alin bewußt, daß der Schrei, der diese Wirkung erzielt hatte, aus Altans Kehle gekommen war.

Alle starrten auf den leeren Platz, an dem eben noch eine ganze Büffelherde gewesen war. »Jetzt haben wir sie wieder verloren«, meinte Dara.

»Sie werden bald irgendwo anhalten und grasen, bis die Sonne untergeht«, sagte der Nirum, der neben Alin ging, zu Dara. »Altan wird einen Botschafter zu Mar schicken, und wir warten hier, bis er und seine Männer eintreffen. Dann folgen wir gemeinsam der Herde.«

Es kam genauso, wie es der Nirum, der Iver hieß, Dara vorausgesagt hatte. Zwei Botschafter machten sich auf den Weg zu Mars Gruppe, und als die Sonne ihren höchsten Punkt am Himmel überschritten hatte, waren alle Jäger wieder vereint. Gemeinsam machten sie sich sofort daran, die Büffel zu suchen, die in Panik geflüchtet waren.

Nach zwei Stunden fanden sie die Herde, die friedlich in dem Tal zwischen den beiden Hügeln weidete. Diesmal machten die Jäger in größerer Entfernung halt, um die Tiere nicht noch einmal zu erschrecken. Alin blieb bei den Mädchen und beobachtete fasziniert die Büffel, während sich Altan und einige Nirum berieten.

Keines der Mädchen hatte je ein so großes Tier gejagt. Alin erinnerte sich daran, was Iver ihr gesagt hatte, als er neben ihr gegangen war: »Ein Büffel hat die Sehstärke einer Hyäne, das Gehör eines Mammuts, die Schnelligkeit eines Löwen und den Geruchssinn eines Hundes. Man darf ihn nie unterschätzen. Er ist sehr gefährlich.«

Als sie jetzt diese großen mächtigen wilden Tiere mit ihren Hörnern ansah, die in einiger Entfernung von den Jägern weideten, begriff Alin, was Iver gemeint hatte. Und sie war so tief in diesen erstaunlichen Anblick versunken, daß sie gar nicht wahrnahm, daß Mar an ihre Seite getreten war. »Büffel sind äußerst gefährlich«, vernahm sie seine Stimme wie ein unheimliches Echo ihrer Gedanken. »Gewöhnlich sind sie schlecht gelaunt, und man weiß nie, was sie als nächstes tun.«

Alin drehte langsam den Kopf und blickte zu ihm hoch. »Das

hat mir Iver auch schon gesagt«, meinte sie. Sie runzelte die Stirn. »Von wo aus werden wir unsere Speere werfen? Wenn wir sie von hier aus werfen, wird die Herde sofort wieder flüchten, und wir hätten schon Glück, wenn wir auch nur einen von ihnen erlegen würden.«

»Deshalb werden wir die Speere auch nicht von hier aus werfen«, erwiderte Mar geduldig.

Alin betrachtete die Landschaft, die vor ihnen lag. Eine Methode, mit der sie beim Hirsch-Clan gute Beute machten, war ein Korral aus Bäumen und Zweigen, in den sie das Wild hineintrieben. Aber diese Hochebene war für diese Taktik nicht geeignet. Nur im Süden und Osten der weidenden Herde gab es ein paar Baumgruppen. Zum Westen hin befand sich ein kleiner Fluß. Der Rest war offenes Weideland.

»Von wo aus dann?« fragte Alin neugierig.

»Von den Bäumen aus«, kam die prompte Antwort.

Alin sah wieder hinauf in sein Gesicht. »Aber da, wo die Herde ist, sind doch nirgends Bäume«, erwiderte sie.

Er lächelte sie auf seine merkwürdig jungenhafte Art an, ein entwaffnend anziehendes Lächeln. »Die meisten von uns werden im Wald Stellung beziehen«, erklärte er. »Dann treiben ein paar von uns die Büffel auf die Bäume zu. Wenn die Herde dort vorbeigaloppiert, können die Jäger ihre Speere werfen.« Er kniff die Augen zusammen, bis sie nur noch blaue Schlitze waren, und sah zu der friedlich weidenden Büffelherde. »Der Trick besteht darin, die Büffel dazu zu bringen, auf ihrer Flucht direkt an den Bäumen vorbeizulaufen.«

Alin nahm den Blick von seinem Gesicht und beobachtete wieder die Büffel. »Wie ich gerade beobachten konnte, lassen sich Büffel anscheinend leicht in die Flucht schlagen.«

Er lachte. »Leicht in die Flucht schlagen vielleicht. Aber nicht so leicht in die Richtung treiben, wo sie der Jäger hin haben möchte. Wie ich schon sagte: Bei den Büffeln weiß man nie, was sie tun werden.«

Sie verschränkte die Arme vor der Brust. »Sag mir ein Beispiel.«

Er stellte seinen langen Speer mit dem Holzschaft auf den Boden und stemmte sein Gewicht darauf. »Ich erinnere mich, als ich einmal zu denen gehörte, die die Herde treiben sollten.« Sie sah aus den Augenwinkeln, daß er noch immer die friedlich grasenden Tiere beobachtete, und so betrachtete sie sein Profil, während er sprach. »Es war eine Situation, fast so wie heute«, fuhr er fort. »Wir waren zu dritt und kamen den Hügel herunter, schwenkten unsere Waffen und schrien laut und erwarteten, daß die Herde in die entgegengesetzte Richtung flüchtete.«

Er machte eine Pause, drehte sich zu ihr und kniff seine goldenen Augenbrauen zusammen.

Alin mußte über seine dramatischen Anstrengungen lachen. »Und?« fragte sie.

»Sie haben uns angegriffen«, sagte er. »Die ganze Herde nahm dicht gedrängt ihre Stellung ein und kam direkt auf uns losgestürmt. Und ich kann dir sagen, Büffel können unheimlich schnell laufen.«

Alin sah wieder zu der Herde und stellte sich die Szene in Gedanken vor. »Und was habt ihr getan?« fragte Alin mit großen Augen Mar.

»Wir sind weggerannt«, antwortete er. »Ein Stückchen entfernt, hinter uns, war eine Baumgruppe, und ich bin so schnell gerannt wie noch nie in meinem ganzen Leben. Aber selbst bei den Bäumen hätte uns die Herde fast noch eingeholt. Als ich über die Schulter nach hinten sah, war sie nicht mehr weit.«

Alins Augen wurden noch größer. Ihre Wangen waren leicht gerötet, ihr Mund stand offen. »Was habt ihr getan?« fragte sie wieder.

Mar hatte den Blick auf ihr Gesicht gerichtet und zuckte die Achseln. »Ich hatte keine Lust, mich von hinten tottrampeln zu lassen. Deshalb schrie ich den beiden Männern zu, daß sie stehenbleiben sollten. Dann suchte ich mir den größten Bullen aus, es war der, der direkt auf mich zukam – und schleuderte meinen Speer.«

Wieder legte er, ohne sie aus den Augen zu lassen, eine Pause ein. Jetzt lächelte Alin nicht mehr. »Und?«

»Ich dachte, ich hätte ihn. Es sah aus, als hätte ich genau die richtige Stelle getroffen, aber er kam immer weiter auf mich zugerannt. Büffel sind schwer zu töten. Man muß sie direkt zwischen Hals und Schultern treffen und mit einem einzigen Wurf zu Boden strecken.« Mar spitzte die Lippen, als er daran dachte. »Und dann – als er schon fast bei uns war – brach er zusammen. Landete direkt vor meinen Füßen.« Mar schüttelte verwundert den Kopf. »Um die Wahrheit zu sagen – ich hatte an nicht viel mehr gedacht, als diesen einen Büffel zu erlegen, eine Art letzte Geste, schätze ich, aber dann passierte etwas Merkwürdiges: Die Tiere, die hinter dem großen Bullen gerannt kamen, sprangen, als er zu Boden ging, auf die Seite und machten ihm Platz. Und die Tiere, die dann kamen, teilten sich und liefen auf die Seite und um ihn herum, um nicht auf seinen Kadaver zu trampeln. Und wir drei standen bloß da und sahen zu, wie die Herde auf beiden Seiten an uns vorbeigaloppierte.« Er grinste sie an. »Ich war in meinem Leben schon ein paarmal dem Tode nahe, aber noch nie war ich ihm näher als an jenem Tag. Ich schwitze noch heute, wenn ich daran denke.«

Alins große braune Augen glänzten vor Begeisterung. »Das glaube ich dir«, sagte sie und lächelte zurück.

»Ja.« Seine Stimme war weich. »Wenn du also meinst, daß man Büffel leicht in die Flucht schlagen kann, stimme ich dir zu. Aber eine Büffelherde zu treiben, ist nicht so einfach.«

»Alin, tut mir leid, dich zu stören, aber wir machen uns schon für die Jagd fertig.« Es war Elen, die sie ermahnte und neugierig von Alin zu Mar blickte. Alin wurde sich plötzlich bewußt, wie es ausgesehen haben mußte, als sie beide zusammen dastanden und lachten, und der Glanz in ihren Augen erlosch. Sie wollte nicht von den anderen mit Mar in Verbindung gebracht werden.

»Ich komme«, sagte sie zu Elen, und ohne ein Wort zu Mar lief sie hastig an ihm vorbei zu den anderen Jägern.

Altan und seine Begleiter entschieden sich dann tatsächlich für den Plan, den Mar Alin dargelegt hatte. Die große Mehrheit der Jäger, einschließlich der Mädchen, sollte die Büffelherde links umgehen, so daß sie südlich und östlich von ihr mit den Bäumen eine Flanke bildeten. Eine kleinere Gruppe, bestehend aus Männern und Hunden, blieb zurück, um die Tiere auf die Bäume zuzutreiben. Alin blickte sich nach Mar und Lugh um. Natürlich waren sie in der Gruppe, die die Büffel vor sich hertreiben sollte. Im gleichen Moment ärgerte sie sich darüber, daß sie Ausschau gehalten hatte. Folglich war ihre Laune ziemlich schlecht, als sie sich mit den anderen auf den Weg zu dem kleinen Wald machte.

Iver, der Nirum, der schon den ganzen Morgen an Alins Seite gegangen war, gesellte sich jetzt wieder zu ihr. Er wurde aber von dem älteren Mann, der sonst immer neben dem Häuptling zu sehen war, höchst unsanft weggedrängt. Sauk, dachte Alin und erinnerte sich an die Verbitterung in den Stimmen der jungen Männer, wenn sie seinen Namen aussprachen.

Sauk lächelte sie durch seinen dicken schwarzen Bart hindurch an. Er war ein kräftig gebauter Mann mit breiten Schultern und langen Armen, hatte aber nicht einmal ihre Größe. Er roch nach Schweiß. Er sah sie auf genau die gleiche Weise an, wie Mar sie einmal angesehen hatte, und Alin war froh, daß sie nicht mit ihm allein war.

Er fing an, ihr ausführlich und in allen Einzelheiten von seinen heroischen Taten auf früheren Jagdausflügen zu berichten. Alin hörte ihm mit abwesender, aber höflicher Miene zu. Erst als er lauthals verkündete: »Jetzt werdet ihr Mädchen vom Hirsch-Clan einmal sehen, wie richtige Männer jagen«, krümmte sich ihr Rücken wie bei einer wütenden Katze.

»Die Männer in meinem Stamm sind sehr gute Jäger«, fauchte sie Altans gräßlichen Freund in dem gleichen arroganten Ton an, mit dem sie schon Altans anderen Freund vertrieben hatte. »Mann des Pferdes, ich kann dir versichern, daß die Frauen vom Hirsch-Clan sehr wohl wissen, wie richtige Männer jagen.«

Sauk blieb vor Staunen der Mund offenstehen. Sodann verlangsamte Alin ihren Schritt, bis sie wieder neben Iver ging, der direkt hinter ihnen geblieben war.

»Dieser Mann ist ja widerwärtig«, sagte sie zu dem jungen Nirum mit zornig funkelnden Augen.

»Sein Name ist Sauk«, entgegnete Iver und senkte die Stimme. »Er ist ein wichtiger Mann, Alin.«

»Ich kann ihn nicht ausstehen«, schimpfte Alin und schleuderte einen wütenden Blick auf den gräßlichen breiten Rücken vor ihnen.

»Er ist Altans engster Freund«, warnte der Nirum, »und der angesehenste Jäger in unserem Stamm.« Auch Iver starrte jetzt auf Sauks Rücken. »Einmal«, sagte Iver, von wahrer Bewunderung ergriffen, »einmal traf er im Gras auf zwei Leoparden, die miteinander kämpften. Sobald die beiden Wildkatzen Sauks Geruch aufnahmen, beschlossen sie jedoch, ihre eigenen Differenzen zu vergessen und gemeinsam auf ihn loszugehen.« Iver holte tief Luft. »Sauk erledigte die beiden in einem. Er erwürgte sie. Jeden mit einer Hand!«

Eine Weile war es still, während Alin diese bemerkenswerte

Tat verdaute. »Trotzdem kann ich ihn nicht ausstehen«, sagte sie schließlich.

Wieder blickte Iver zu Sauk. »Da bist du nicht die einzige«, erwiderte er mit noch leiserer Stimme.

Es dauerte eine Weile, bis die Flanken gebildet waren, denn die Jäger mußten einen großen Bogen schlagen, um die Herde nicht aufzuschrecken. Bei der kleinen Baumgruppe bezogen sie Stellung.

Bis jetzt scheint alles nach Plan zu laufen, dachte Alin, während sie mit dem Speer und dem Wurfspieß am Rand der Baumgruppe stand. Die Büffel hatten die Männer noch nicht bemerkt. Die Herde weidete friedlich weiter, und einige der wilden Tiere legten sich sogar ins Gras, um sich auszuruhen.

Plötzlich stürmten die Männer und die Hunde den Hügel herunter, sie schrien und schwenkten ihre Waffen. Alin erkannte Mar sofort. Sie hatte noch seine Geschichte im Kopf und war erleichtert, als sich die große Herde umdrehte und direkt auf die Bäume zu davonlief. Die wartenden Jäger hoben die Speere zum Wurf.

Alins Herz schlug schneller vor Erregung, als die Büffelherde auf sie zugedonnert kam. Sie kniff vor der Sonne und dem Staub die Augen zusammen und sah einen großen Bullen, der ganz außen, am Rand der Herde lief. Seine Hörner sahen riesig aus. Die schlagenden Hufe dröhnten durch die klare Nachmittagsluft. Sie kamen schnell näher. Die gesamte Herde hielt direkt auf die Bäume zu, getrieben von den Hunden, die nach ihren Hufen schnappten.

Und wenn sie nun nicht abbogen? Wenn sie sich mitten zwischen die Bäume stürzten? Dann würde ihnen nichts anderes übrigbleiben, als auf die Bäume zu klettern, um nicht zertrampelt zu werden, dachte Alin. Sie warf schnell einen Blick nach oben, um zu prüfen, wie fest die Äste direkt über ihr waren.

Die Bullen ganz vorn in der Herde sahen jetzt den kleinen Wald, der ihnen im Weg stand, und wichen auf die Seite aus. Sie galoppierten direkt an den Bäumen entlang.

Ein tödlicher Regen aus Wurfspießen und Speeren flog durch die Luft. Einige Büffel stürzten zu Boden und bremsten den Lauf der Herde, so daß die Jäger Gelegenheit hatten, noch mehr Speere zu werfen. Alin lächelte zufrieden, als sie sah, daß der Bulle, den sie im Auge gehabt hatte, mit ihrem Speer im Rücken zu Boden gegangen war. Das Donnern der Hufe, das Krachen der stürzenden Leiber – alles war so nah! Alins Lächeln wich einem frustrierten Stirnrunzeln, als ihr klarwurde, daß sie nun keinen Speer mehr besaß, der in ihre Schleuder paßte.

Sowie die Herde vorbei war, liefen die Jäger aus dem Schutz der Bäume hervor, um den Tieren, die noch lebten, den Todesstoß zu versetzen.

Dann begann die eigentliche Arbeit der Jagd, das Schlachten der Tiere und Räuchern des Fleischs. Während sich der Großteil der Jäger sofort daranmachte, die Kadaver zu zerlegen, schnitten die restlichen mit ihren scharfkantigen Flintwerkzeugen Zweige von den Bäumen, um daraus Gestelle zum Räuchern zu machen.

Alin und die Mädchen halfen bei den Häuten, die sie zum Fluß trugen, um das Blut und die Fleischklumpen abzuwaschen, bevor sie für den Heimweg in Körbe verpackt wurden. Als das letzte Licht der Sonne verblaßt war, waren schon eine ganze Reihe Kadaver zerlegt und die Feuer zum Räuchern des Fleischs errichtet.

Alin stand mit einigen anderen Mädchen zusammen und schaute zu, wie die mit Fleisch behängten Gestelle auf die kräftigen gegabelten Pfähle gehoben wurden. Zwischen den Pfählen brannten niedrige Feuer, die sorgfältig bewacht wurden, denn die Feuer sollten das Fleisch wenigstens einen Tag lang in Rauch hüllen, so lange, bis die dicken Steaks zu schwarzem, ledrigem Rauchfleisch geschrumpft waren. Gut geräuchertes Fleisch hielt mehrere Monate und stellte im Winter für den Stamm eine Sicherheit dar, wenn es zu kalt oder zu schwierig sein würde, auf die Jagd zu gehen.

Nachdem alle Gestelle beladen waren, ließen die Männer von der schmutzigen und anstrengenden Arbeit des Schlachtens ab. Inzwischen war es völlig dunkel geworden, auch wenn das Lager von den Flammen der großen Feuer, die außen herum in einem Kreis brannten, erhellt wurde. Diese Feuer sollten die Raubtiere abhalten, denn das frische Fleisch würde jede Katze oder Hyäne in der näheren Umgebung in Versuchung führen.

In Gruppen von zehn oder fünfzehn gingen die Jäger zum Fluß, um sich das Blut abzuwaschen. Alin holte das Seifenkraut aus ihrer Schlafrolle und schloß sich einer Gruppe an. Die jungen Männer trugen Fackeln, um den Weg zu beleuchten und im Dunkeln lauernde Raubtiere zu verscheuchen. Ein paar Hunde folgten ihnen.

Das Flußwasser war eisig. Aber Alin hatte stundenlang an den Tierhäuten gearbeitet, und an ihren Armen klebte verkrustetes Blut. Entschlossen ignorierte sie die Tatsache, daß sie am ganzen Körper zitterte, und bürstete ihre Hände und Arme, ihr Gesicht und ihren Hals mit dem Seifenkraut ab. Um sie herum machten es die anderen wie sie, und die Geräusche von spritzendem Wasser vermischten sich mit den erstickten Entsetzensschreien und den klappernden Zähnen. Im Schein der Fackel sah Alin, daß ihr Hemd aus Rehbockhaut über und über mit Blut bespritzt und völlig steif war. Sie hatte in ihrer Schlafrolle noch ein sauberes Hemd und wollte es anziehen, sobald sie wieder im Lager war. Das schmutzige würde sie am nächsten Morgen waschen.

»Sind alle fertig?« fragte eine männliche Stimme.

»Ja.«

»Ja.«

»Fertig.«

Die Antworten kamen aus allen Richtungen.

»Ich verhungere gleich«, sagte die erste Stimme jetzt. »Laßt uns zum Lager zurückgehen.«

Niemand widersprach, und so suchten alle ihre Sachen zusammen und folgten den jungen Männern, die die Fackeln trugen.

Auf halbem Weg zum Lager rochen sie schon das gebratene Fleisch. Ein durchdringender köstlicher Duft, der die Gerüche von den Abfällen und den Kadavern, die rund um das Lager in der Luft lagen, vergessen ließ.

»Kommt und eßt euch satt!« rief eine Stimme. Alin lief mit den anderen zu dem großen Feuer, an dem schon die meisten saßen und kräftig zugriffen. Jemand reichte Alin ein gebratenes Stück Büffelfleisch. Hungrig biß sie hinein. Sie machte die Augen zu und ließ den Saft durch ihre Kehle rinnen. Es schmeckte absolut köstlich.

»Es gibt nach einer langen Jagd nichts Besseres als ein schönes Stück Fleisch«, sagte eine männliche Stimme neben ihr. Es war Bror.

»Stimmt.« Sie lächelte, und ihre Zähne glänzten weiß im Schein des Feuers. Wieder biß sie ein großes Stück Büffelfleisch ab.

Bror setzte sich neben sie. »Die Mädchen vom Hirsch-Clan sind gute Jäger«, lobte er. »In den toten Büffeln haben viele von euren Speeren gesteckt.«

Alin fühlte Stolz, gab sich aber völlig gelassen. »Selbstverständlich. Auch wenn wir noch nie auf Büffeljagd waren: ein Speerwurf bleibt ein Speerwurf.« Sie sah ihn von der Seite an. »Die Männer vom Stamm des Pferdes sind auch keine schlechten Jäger«, sagte sie.

Er lächelte strahlend zurück.

Plötzlich vernahm Alin ein leises Wimmern, und als sie sich umsah, entdeckte sie Lugh, der wie gebannt auf das Fleisch starrte.

»Gibt dir denn Mar nichts zu fressen?« fragte sie den Hund.

Er sah sie mit traurigen Augen an und stieß wieder ein klägliches Winseln aus.

»Achte nicht auf ihn«, hörte sie Mars tiefe Stimme. »Dabei dachte ich, daß ich ihm das Betteln abgewöhnt hätte.« Mar hörte sich ausgesprochen verärgert an. »Gib ihm nichts, Alin. Er hatte schon genug zu fressen, das kann ich dir versichern.«

Alin sah, daß Mar mit Tane, Jes, Dara, Elen und Dale zusammensaß. Sie schienen sich gut zu amüsieren. Jes lachte. Alin spürte plötzlich, wie sie zornig wurde. Ich muß müde sein, dachte sie, als sie sich dieses Gefühl zu erklären versuchte. Es war ein langer Tag gewesen.

»Leider nichts für dich«, sagte sie zu Lugh, und der Ton ihrer Stimme brachte den Hund dazu, sofort aufzustehen und zu Mar zurückzutrotten. Wie der Hund so plötzlich wegging, hatte Alin das absurde Gefühl, zurückgestoßen zu werden. Und so aß sie schweigend ihr Fleisch auf, wünschte Bror kurz angebunden eine gute Nacht und kroch in ihre Schlafrolle. Sofort fiel sie in einen tiefen Schlaf.

13

Am nächsten Tag schlachteten die Jäger die noch übriggebliebenen Büffel, packten das Fleisch, das schon geräuchert war, ein, und räucherten den Rest. Sie würden mindestens noch einen Tag brauchen, bis sie mit allem fertig waren und den Rückweg antreten konnten.

Das Räuchern war der leichteste Teil der Arbeit. Wenn die Kadaver erst gehäutet, die Häute gewaschen, das Fett zerlassen und das Fleisch in den rauchenden Feuern vorbereitet waren, gab es nichts mehr zu tun, außer sich auszuruhen und zuzusehen. Bis zum Nachmittag hatte die Sonne die Luft genügend erwärmt, um angenehme Temperaturen zu verbreiten, und Alin und Jes und Elen trugen ihre blutbespritzten Kleider zum Fluß, um sie zu waschen. Es waren schon eine Gruppe Eingeführter und Nirum dort, einige nackt bis zu den Hüften, um die Spuren ihrer Arbeit, so gut es ging, abzuwaschen.

»Elen!« rief Dale. Auch er stand mit bloßem Oberkörper im Wasser, und sein muskulöser Körper glänzte wie Elfenbein in der Nachmittagssonne. Er lachte, als er die Mädchen sah, und warf die Haare zurück. »Kommt ihr?« neckte er sie.

»Ich will bloß mein Hemd waschen«, rief Elen zurück.

»Wasch doch beide«, schlug Dale vor. »Das Hemd, das du anhast, und das, das du in der Hand hältst.«

Elen stemmte die Hände in die Seiten, warf ihren rotgoldenen Zopf über die Schulter nach hinten und sagte: »Ich glaube, ich sollte dir mal den Mund auswaschen, Dale.«

Dale japste in gespieltem Entsetzen, und Elen lachte.

»Ich bestrafe ihn für dich, Elen«, rief Zel, ging ein paar Schritte in den Fluß und stieß Dale vor die nackte Brust. Diesmal war der Schrei des Jungen echt. Er verlor das Gleichgewicht und fiel rückwärts ins Wasser.

»Zel!« rief Elen vorwurfsvoll und lief zum Ufer, um zuzusehen, wie Dale versuchte, wieder auf die Beine zu kommen. In seinem silbrigen Haar funkelten Wassertropfen, aber in seinen Augen stand Mord.

Als die anderen Männer merkten, daß es einen Kampf geben würde, umringten sie die beiden und feuerten sie mit Zurufen an.

»Gib's ihm, Zel!« riefen die Nirum. »Zeig dem Jungen, was ein richtiger Mann ist!«

»Wirf ihn über die Schulter, Dale!« riefen die Jungen. »Du weißt doch, wie das geht!«

»Dale ist doch noch ein Kind«, sagte ein Nirum zornig zu Cort. »Er hat noch nicht mal Muskeln.« Dabei ließ er seine eigenen gut entwickelten Muskeln spielen.

Cort zeigte ihm die Zähne. »Große Worte, Nirum«, gab er zurück. »Große Worte aus einem großen Mund.«

Kaum hatte er es gesagt, mußte Dale einem Schlag von Zel, der viel schwerer und größer war als er, ausweichen. Er tauchte unter Zels Schulter und versetzte ihm einen Schlag, durch den er das Gleichgewicht verlor und auf den Knien landete.

Cort warf dem Nirum, der neben ihm stand, einen triumphierenden Blick zu und zollte laut Beifall. »So ist es richtig, Dale!« rief er. »So ist es genau richtig!«

»Zel!« schrien die Nirum wie aus einer Kehle, weil es um die Ehre ihrer Höhle ging.

»Gib ihm eins auf seine hübsche Fratze«, brüllte der Mann neben Cort. »Wir wollen Blut sehen.«

Den beiden Männern im Fluß war es ernst. Sie standen bis zu den Schenkeln im eisigen Wasser und achteten nicht auf Elen, die sie anflehte, aufzuhören. Zel verdoppelte noch seine Anstrengungen und ging wie wild auf Dale los, bemüht, aus seiner Größe und seinem Gewicht einen Vorteil zu ziehen.

An dieser Stelle des Flusses fiel der Boden nach ein paar Metern steil ab. Durch Zels Angriff wurden beide Männer über den flachen Teil hinausgedrängt und stürzten in das tiefe Wasser. Der Kälteschock nahm ihnen die Luft.

Die Männer am Ufer schrien, daß sie weiterkämpfen sollten, während die beiden noch bemüht waren, wieder auf die Beine zu kommen. Während es so weiterging, schob sich Alin zwischen den Männern hindurch bis nach vorn neben Elen, so daß sie in der ersten Reihe der Zuschauer stand. Sie beobachtete, wie Dale und Zel um sich schlugen, um aus dem tiefen Wasser auf das flache Stück zu gelangen, wo sie tropfnaß und zitternd stehenblieben. Und als dann Dale den Fuß ausstreckte, um das Bein von Zel wegzuziehen, sagte Alin mit völlig gleicher Stimme wie ihre Mutter: »*Genug jetzt!*«

Dale und Zel erstarrten zu Salzsäulen. Die anderen Männer verstummten. Dann kam Lugh mit großen Sprüngen aus dem Wald, und hinter ihm tauchten Mar und Tane auf. Mar war mit einem Blick klar, was sich hier abspielte. »Zieht euch sofort trockene Hemden an«, befahl er streng. »Es ist zu kalt, um naß herumzustehen.«

Als Zel und Dale tropfend und zitternd aus dem Fluß wateten, herrschte absolute Stille.

»Was war hier los?« fragte Mar die verstummten Männer, und seine sanfte Stimme stand im direkten Gegensatz zu seinem Gesichtsausdruck.

»Dale und Zel wollten vor Elen Eindruck schinden«, erklärte Melior nach einer kurzen Pause.

Mar sah Elen an, und sein Gesicht wurde noch grimmiger. »Du solltest dich hüten, Männer gegeneinander auszuspielen, Mädchen«, sagte er. »So etwas kann böse Folgen haben, viel schlimmere, als an einem kalten Tag ein kleines Bad im Fluß zu nehmen.«

Elen war wütend. »Ich habe doch gar nichts getan! Schließlich ist es nicht meine Schuld, wenn sie sich wie kleine Kinder aufführen!«

»Aber es sind keine kleinen Kinder«, erwiderte Mar. »Es sind Männer. Wir hatten im letzten Sommer wegen einer Frau einen Toten in unserem Stamm.« Er blickte die Männer an. »Ich glaube, daß Rivalitäten wegen einer Frau allzu schnell außer Kontrolle geraten«, warnte er sie.

»Einen Toten?« fragte Elen erschrocken.

»Ja«, sagte Iver. »Aber das zwischen Dale und Zel war nur ein Spiel, Mar.« Die Stimme des Nirum klang leicht gekränkt. Die Nirum hatten das Gefühl, das Gesicht verloren zu haben, weil Mar sie zurechtgewiesen hatte. »Du hattest keinen Grund, dich einzumischen.«

»Es hat sich aber gar nicht wie ein Spiel angehört«, sagte Mar. »Aber selbst wenn es das war – aus Spaß kann Ernst werden.«

Schweigend starrten ihn die Nirum an. Mar drehte sich zu Alin um. »Ich glaube, jetzt haben die Frauen vom Hirsch-Clan genügend Felle, um sich für den Winter Stiefel zu machen«, sagte er. »Es war eine gute Jagd.« Seine Stimme klang freundlich. Er kam ein paar Schritte näher und stellte sich neben sie an das Flußufer.

»Ja«, erwiderte Alin. Sie spürte genauso wie Mar den Groll, den die Nirum hegten, und hatte das Gefühl, daß es Zeit war, die Stimmung etwas aufzulockern. Und obwohl sie sich darüber ärgerte, daß er der unschuldigen Elen Vorwürfe machte, stand sie ihm bei, indem sie den Männern zulächelte und sagte: »Die Männer vom Stamm des Pferdes sind gute Jäger. Wir sind von ihrer Beute beeindruckt.«

Die jungen Männer, deren Stolz nun wiederhergestellt war, strahlten bei ihrem Lob. Mar schaute Alin an, und seine blauen Augen glänzten.

Jetzt erst merkte Alin, wie schmutzig er war. Sie hatte ihn tagsüber die schwersten Schlachtarbeiten verrichten sehen. Sogar in seinen Haaren klebte getrocknetes Blut. Er muß sich mit den Händen durchs Haar gestrichen haben, dachte Alin mit einer Mischung aus Ekel und Humor.

»Ich hoffe, du hast reichlich Seifenkraut bei dir«, sagte sie, ohne die Miene zu verziehen.

»Ja«, erwiderte er grinsend und hob seine schmutzige Hand hoch, um ihr die Pflanze zu zeigen, die er in der Faust hielt. Seine Zähne sind das einzig Saubere an ihm, dachte Alin. Sie drehte sich um, bückte sich, um ihre Mokassins auszuziehen und sich die Hose hochzukrempeln und dann ins Wasser zu waten und ihr Hemd zu waschen.

Sie blieb stehen, als sie sah, daß Mar schon bis zu den Hüften in dem eisigen Wasser stand. Er machte mit dem Seifenkraut eine Seifenlauge und rieb sich die Hände und die Arme damit ab. Wie die anderen Jungen hatte auch er sein Hemd ausgezogen. Seine Haut war genauso hell wie die von Dale, aber das war auch schon die einzige Ähnlichkeit zwischen ihnen. Mars Körper war nicht jungenhaft. Die breiten Schultern und kräftigen Oberarme, die hervortretenden Muskeln, wenn er das Seifenkraut ausdrückte und seine Haut damit bearbeitete, gehörten einem erwachsenen Mann. Selbst die schlanke Taille und die schmalen Hüften sahen nicht jungenhaft aus.

Alin bemerkte, daß sie ihn anstarrte, und wurde rot. Hastig ging sie ins Wasser und stieß ob der Kälte einen unfreiwilligen kleinen Schrei aus. Mar drehte sich zu ihr um.

»Du hast bloß deine Füße naß gemacht«, sagte er. »Du solltest mal hierherkommen, um zu sehen, wie das ist.«

»Nein danke«, erwiderte Alin mit fester Stimme. »Hier ist schon genügend Wasser, um mein Hemd zu waschen.«

»Sei nett und wasch meins gleich mit«, bat er.

Alin starrte ihn verblüfft an. »Was? Ich soll dein Hemd waschen?«

Er bürstete seine Arme dicht bei den Ellbogen. Um ihn herum färbte sich das Wasser rot. »Ich habe das Fleisch für dich geschlachtet«, hob er hervor.

»Ich werde dir dein Hemd waschen, Mar«, sagte Elen freundlich.

»Der Mann kann sein Hemd selber waschen«, fuhr Alin sie an.

»Aber ich wasche es gern für ihn«, versicherte Elen. »Es würde sich nicht gehören, wenn du es für ihn tun würdest, aber ich bürste es zusammen mit meinem.«

»Danke, Elen«, sagte Mar.

Mit einer Stimme, die so süß war, daß jeder, der sie kannte, sofort gewarnt war, sagte Jes zu Tane: »Möchtest du, daß ich dir dein Hemd wasche, Tane?«

»Aber, nicht doch«, erwiderte Tane hastig. Er war viel weniger schmutzig als Mar, denn er hatte die Feuer bewacht und nicht beim Schlachten selbst geholfen. »Mein Hemd ist gar nicht schmutzig«, versicherte er Jes.

»Elen wird es mitwaschen«, sagte Alin. »Und da sie gerade in so großzügiger Laune ist, kann sie auch gleich noch das von mir und Jes mitwaschen.«

Elen starrte sie mit ihren großen nußbraunen Augen erstaunt an. »Aber, Alin –«

»Ja?«

Alin und Elen schauten sich an. Elen wandte den Blick zuerst ab. »Also gut«, sagte sie dann mit ausdrucksloser Stimme. »Ich wasche die Hemden.«

Dale und Zel hatten, wie man es ihnen befohlen hatte, trokkene Hemden angezogen und kamen gerade rechtzeitig zu den Mädchen, um den letzten Teil des Gesprächs mit anzuhören.

»Ich helfe dir, Elen«, bot Dale ihr ritterlich an.

»Ich auch«, sagte Zel sofort.

»Und ich auch«, meldete sich Cort, der hinter Zel stand.

Draußen im Wasser brach Mar in schallendes Gelächter aus. Alin warf ihm einen wütenden Blick zu. Er grinste frech, ehe er den Kopf ins Wasser tauchte und sich die Haare einseifte. »Wenn du fertig bist, findest du mich im Lager«, sagte Alin zu Elen. Dann schlenderte sie mit Jes davon und ließ Elen mit den Hemden zurück, die sie, zusammen mit allen jungen Männern, die sie umringten und eins ergattern konnten, wusch.

»Was ist denn bloß in Elen gefahren – sich freiwillig dazu herzugeben, Mars Hemd zu waschen?« fragte Alin gereizt, als sie mit Jes außer Hörweite war.

»Ich schätze, sein Anblick ohne das Hemd«, erwiderte Jes trocken. Kichernd fügte sie hinzu: »Ich würde von Elen und ihren Verehrern gern ein Bild malen, wie sie alle unsere Hemden waschen.«

Jetzt mußte auch Alin lachen. »Ich glaube, am Ende wird Elen überhaupt kein Hemd waschen.«

»Wir werden ihr von jetzt an immer unsere Wäsche zum Waschen geben«, schlug Jes vor. Und die beiden Mädchen schütteten sich aus vor Lachen.

Unter Mars wachsamen Augen wurden die Hemden in erzwungener Einigkeit gewaschen und auf den Felsen zum Trocknen ausgelegt. Anschließend kehrte Elen, von sechs eilfertigen jungen Männern eskortiert, ins Lager zurück.

»Sie ist ein sehr hübsches Mädchen«, meinte Tane zu Mar, während die beiden am Ufer standen und Elen und ihre Verehrer weggehen sahen. »Aber sie ist nicht wie Lian, Mar.«

»Ich weiß.« Mar hatte ein sauberes Wildlederhemd angezogen und band die Lederbänder um seinen Hals. Dann zog er seine durchweichten Hosen, die er im Fluß angelassen und gewaschen hatte, aus und stieg in die trockenen. »Keines der Mädchen vom Hirsch-Clan ist wie Lian. Aber das bedeutet noch lange nicht, daß es wegen ihnen keinen Ärger geben kann, Tane.«

»Das stimmt.«

»Sie sind daran gewöhnt, den Männern gleichgestellt zu sein.« Mar band seine Hose um die Hüfte fest und blickte Tane grinsend an. »Hast du Alins Gesicht gesehen, als ich sie bat, mein Hemd zu waschen?«

Tane schüttelte den Kopf. »Nein. Ich stand hinter ihr.«

»Ich glaube, wenn ich sie aufgefordert hätte, sich direkt dort am Ufer vor aller Augen mit mir zu paaren, hätte sie nicht erstaunter aussehen können.«

Seine Bemerkung löste erschrockenes Schweigen aus. Nach einer Weile sagte Tane: »Das hört sich gar nicht wie du selbst an, Mar.«

Mar fuhr sich mit den Fingern durch das nasse Haar und schüttelte sich dann wie ein Hund, wenn er aus dem Wasser kommt. Die Tropfen stoben in alle Richtungen, und Tane wich zurück. »Mir ist kalt«, sagte Mar. »Laß uns ins Lager gehen.«

Eine Weile liefen sie schweigend nebeneinander her, Mar pfiff leise durch die Zähne. Schließlich sagte er: »Wahrscheinlich habe ich es gesagt, weil es mir ständig im Kopf herumgeht.« Wieder fuhr er mit den Fingern durch sein Haar. Es nahm langsam wieder seine gewohnte goldgesprenkelte Farbe an, wurde flauschig und kringelte sich zu kleinen Löckchen.

Tane seufzte. »Wir müssen alle daran denken. Du hast völlig recht – es ist eine gefährliche Situation. Die Entscheidung meines Vaters hat – alles komplizierter gemacht.«

»Ja. Zuerst habe ich geglaubt, daß es vielleicht besser ist, wenn sich die Mädchen ihre Männer selbst aussuchen, weil es dann unter den Männern nicht zu unguten Gefühlen kommen kann. Und unter normalen Umständen könnte es sogar stimmen. Aber bei dem zahlenmäßigen Ungleichgewicht –«

»Ich weiß nicht, was wir dagegen tun können«, meinte Tane ratlos. »Die Mädchen haben bis zum Frühling Zeit, ihre Wahl zu treffen. Bis dahin müssen wir einfach warten.«

»Ja«, erwiderte Mar grimmig. Eine Weile gingen sie stumm nebeneinander her. Dann sagte Mar: »Mir hat vorhin bei dem Kampf der Ton nicht gefallen, Tane. Eingeführte gegen Nirum. Das hat mir gar nicht gefallen.«

Tane brummte.

»Vielleicht rede ich mal mit Alin«, überlegte Mar. »Wenn ich ihr klarmachen kann, wie – heikel die Situation ist, und wenn sie es den Mädchen erklären würde –«

Tane nickte. »Sie hat sie fest im Griff. Sie werden tun, was sie ihnen sagt, das ist gewiß.«

»Mit dem Winterwetter wird alles nur noch schlimmer«, sagte Mar, »wenn wir alle in den Höhlen festsitzen und kaum auf die Jagd können.«

Tane blies die Backen auf. »Da hast du recht«, stimmte er Mar zu. »Und ich fürchte, es besteht auch wenig Hoffnung, daß unser Häuptling etwas unternimmt, um die Situation zu verbessern. Er wäre wahrscheinlich sogar entzückt, wenn die Nirum ein paar von den Eingeführten umbringen würden. Er haßt die jungen Leute. Er weiß, daß sie zu dir halten.«

»Altan.« Mar sprach den Namen aus, als wäre er ein Fluch.

»In letzter Zeit ist es nur noch schlimmer geworden mit ihm«, sagte Tane. »Er ist unverhohlen feindselig. Er und dieser Sauk.«

»Er hat Angst«, erwiderte Mar mit einer gewissen Befriedigung. »Er weiß, daß ich bald zum Nirum gemacht werde.«

Tane rieb sich die Nase. »Aber er weiß auch, wie eine Herausforderung aussieht, Mar. Es ist nahezu unmöglich, damit durchzukommen.«

»Das werde ich aber«, sagte Mar grimmig entschlossen.

»Ich glaube, daß du es tun kannst, aber ich bezweifle, daß Altan es glaubt.«

»Altan glaubt vielleicht, daß ich zu faulen Tricks greifen werde, um Häuptling zu werden, wenn ich anders nicht gewinnen kann.« Mars Stimme klang verbittert. »Auf diesen Gedanken würde auch nur jemand wie er kommen.«

Tane drehte sich um und starrte Mar von der Seite an. »Du glaubst, daß er deinen Vater getötet hat, nicht wahr?« fragte er schließlich.

Mar blickte zu Lugh, der vor ihnen dahintrottete. »Ja«, antwortete er mit tonloser Stimme. »Ich glaube, daß er meinen Vater getötet hat. Ich habe es immer gefühlt – hier«, und er zeigte auf sein Herz. »Aber ich kann es nicht beweisen.«

Tane nickte langsam. Nach einer Weile sagte er: »Wenn das so ist, Mar, wirst du auf deinen Rücken achtgeben müssen.«

»Lugh wird auf meinen Rücken aufpassen«, erwiderte Mar zuversichtlich.

»Lugh«, sagte Tane. »Und ich.«

Die rauchenden Feuer brannten noch den ganzen Nachmittag. Die Jäger hatten den größten Teil der Büffelkadaver in den Wald gezogen und sie mit angemessenen Worten des Danks an den Büffelgott den Aasfressern überlassen. Aber der starke Geruch, der noch über dem Lager hing, war nicht gerade angenehm zu nennen. Als Mar zu Alin sagte, daß er mit ihr reden müsse, und sie fragte, ob sie mit ihm einen Spaziergang machen wolle, erklärte sie sich bereitwillig einverstanden.

»Ich komme mit«, meinte Iver, der Nirum, der mit Alin und Jes und mehreren anderen vor einem der Zelte, die für die Nacht aufgestellt waren, gesessen hatte.

Mar blickte Alin an und schüttelte leise den Kopf. »Ein anderes Mal«, erwiderte Alin freundlich, aber mit dem unmißverständlichen Ton einer Stimme, die erwartet, daß man ihr gehorcht.

Mar stellte amüsiert fest, wie geschockt der Mann über diese selbstsichere Abfuhr war. Aber Alin schien es gar nicht zu bemerken. Anmutig erhob sie sich und ging mit Mar davon. Bis sie das Lager verlassen hatten, gingen sie schweigend nebeneinander her. Dann sagte Mar: »Du bist die einzige Frau, mit der ich jemals spazierengegangen bin, bei der ich meine Schritte nicht anpassen muß.«

Sie schlug ihre langen Wimpern auf, um an ihm hochzusehen. »Du bist vielleicht größer als ich«, sagte sie mit einer kleinen Spur Bitterkeit in der Stimme, »aber dafür habe ich lange Beine.«

»Ja«, bestätigte er und nickte. »Die hast du.«

»Worüber wolltest du mit mir reden?« fragte sie schroff.

»Heute morgen«, sagte er genauso schroff wie sie. »Was da am Fluß passiert ist, das hat mir überhaupt nicht gefallen.«

»Das war nicht die Schuld von Elen!«

»Ich sage ja nicht, daß es Elens Schuld war. Und wenn wir im letzten Sommer nicht diese Schwierigkeiten gehabt hätten, hätte ich vielleicht kein einziges Wort darüber verloren. Aber es lag etwas in der Luft, das hat mir ganz und gar nicht gefallen, Alin.« Er streckte die Hand aus, um sie am Weitergehen zu hindern. »Und dir hat es auch nicht gefallen. Wenn ich nicht gekommen wäre, hättest du diesem Kampf ein Ende gemacht. Das weißt du.«

Sie sah stumm zu ihm hoch. Der Tag näherte sich dem Sonnenuntergang, und der Wind war stärker geworden. Die Kälte hatte Alins Wangen und die Spitze ihrer feinen Nase leicht gerötet. Der Wind fuhr durch das weiche braungoldene Haar an ihren Schläfen. Ihre großen leuchtenden Augen blickten nachdenklich. »Ja«, sagte sie schließlich mit spürbarem Zögern. »Da lag etwas in der Luft, das mir auch nicht gefallen hat.«

Er brummte. »Zwei Hengste, die um eine Stute kämpfen. Das kann gefährlich sein.«

»Für die Hengste, nicht für die Stute«, erwiderte Alin kühl. Dann drehte sie sich um und ging weiter.

Sie kamen zum Fluß, und zwischen dem niedrigen Buschwerk an seinem Ufer vernahmen sie das Quietschen, Grunzen und Knurren von Tieren. Als sie näherkamen, sahen sie fünf Hunde, die gerade dabei waren, ein Schwein zu töten. Zu Alins Verwunderung ließ sich Mar sofort auf die Knie fallen und legte die Arme um Lughs Hals.

»Bleib, Lugh!« befahl er.

Lugh winselte und wehrte sich gegen den eisernen Griff seines Herrn, während die Hunde wie wild an dem verendenden Tier zogen und zerrten. Die ganze Szene wurde von der untergehenden Sonne in ein rotes Licht getaucht. Lugh zitterte am ganzen Körper, ließ sich aber von Mar festhalten. In kürzester Zeit war das Schwein aufgefressen, und die Hunde liefen davon, um sich neue Beute zu suchen. Erst dann ließ Mar seinen Hund los.

»Schweine sind ihm verhaßt«, erklärte er Alin. »Ich weiß nicht, warum, aber wenn ihm ein Schwein über den Weg läuft, verliert er völlig den Verstand.«

»Er folgt doch sonst immer so gut«, sagte Alin erstaunt.

»Nicht, wenn ein Schwein in der Nähe ist«, erwiderte Mar.

Am Fluß sahen sie ein Rudel Rothirsche. »Bald werden auch die Rens kommen«, sagte Mar. Sie blieben einen Augenblick stehen und sahen den Hirschen zu, die mit zierlichen Schlucken am Ufer tranken. »Ich glaube, das wird für die Männer vom Stamm des Pferdes ein langer Winter werden«, sagte Mar.

Alin gab keine Antwort. Wieder fiel ihm auf, wie völlig still sie sich verhalten konnte.

»Alin?« sagte er leise. »Könnten die Mädchen vom Hirsch-Clan ihre Wahl nicht noch vor dem Winter treffen?«

Nach langem Schweigen schaute sie ihn an. Über dem Fluß ging glühend rot die Sonne unter und fiel durch eine Öffnung zweier sich hoch auftürmender Wolken. Sie erhellte ihr Gesicht, spiegelte sich in den Wangenknochen und den zarten Schläfen und hüllte ihre großen Augen in geheimnisvolles Dunkel.

»Ich glaube, du vergißt, wie wir hierhergekommen sind, Fremder«, sagte sie. »Wir hatten im Hirsch-Clan ein Zuhause. Wir hatten Familien. Dara und Fali weinen noch immer in der Nacht, weil sie ihre Mütter vermissen. Mora weint wegen des Jungen, den sie heiraten wollte. Wir alle vermissen unsere Eltern, unsere Brüder, unsere Schwestern.« Mar kniff die Augen zusammen, während sie sprach, und betrachtete prüfend ihr Gesicht. »Nein, Mann des Pferdes«, sagte Alin verbittert, »wir können unsere Wahl nicht vor dem Winter treffen. Und wenn eure Männer zu kämpfenden Hengsten werden, dann ist das einzig und allein eure Sache. Und nicht meine.«

»Ich verstehe«, sagte Mar.

»Gut. Vielleicht sollten wir jetzt zurückgehen.« Sie drehte sich um, doch er streckte den Arm aus und hielt sie fest, so daß sie ihn ansehen mußte.

»Ich verstehe«, sagte er noch einmal. »Diese ganze Verzögerung ist doch nur ein Trick, nicht wahr? Ihr habt gar nicht vor, uns zu heiraten. Ihr wollt nur Zeit gewinnen. Glaubt ihr vielleicht, daß euch die Männer eures Stammes am Ende doch noch finden werden?«

Alin versuchte gar nicht erst, sich seinem Griff zu entziehen. Sie mußte gemerkt haben, daß es ihr nicht gelingen würde. Sie schob das Kinn vor und starrte ihn schweigend an.

»Wenn ich das zu Altan sage«, drohte er, »teilt er euch gleich an die Männer aus.«

»Er kann sich nicht offen gegen Huth stellen«, protestierte Alin atemlos. »Das hast du selbst gesagt.«

»Huth würde ebenfalls zustimmen«, sagte Mar. »Der Stamm kann es sich nicht leisten, euch zu verlieren.« Sein Gesicht war so hart wie seine Hände und seine Stimme. »Wenn ihr geht, werden unsere Männer keine Frauen bekommen. Sie werden den Stamm verlassen. Er wird aussterben. Das kann Altan nicht zulassen. Das kann Huth nicht zulassen. Und ich werde es auch nicht zulassen.« Seine Finger schlossen sich fester um ihren Oberarm, und er fühlte, wie ihre Muskeln zitterten. Er merkte, daß er ihr weh tat, und lockerte seinen Griff ein wenig.

»Wenn ihr sicher sein wollt, uns auch bestimmt zu behalten, müßt ihr uns anbinden. Sorgt ruhig dafür, daß wir den ganzen Winter mit einem Mann verbringen, den wir nicht leiden können. Du kannst dich darauf verlassen, daß wir im Frühjahr mit den Rens verschwunden sein werden, Mar.«

Er starrte in ihre unbeirrten braunen Augen und wußte, daß sie die Wahrheit sagte.

»Ich habe geglaubt, daß es klug von mir wäre, einen Stamm wie den euren zu finden«, sagte er langsam. »Ich habe geglaubt, daß ihr einfach zu haben seid, weil eure Männer nicht für euch kämpfen. Ich hätte nicht gedacht, daß ihr selbst für euch kämpfen würdet.«

»Ihr hättet besser daran getan, euch Frauen zu beschaffen, die so sind wie eure eigenen«, pflichtete Alin ihm bei.

Er strich ihr mit dem Zeigefinger über den rechten Arm. »Ich weiß nicht«, erwiderte er. Ein strahlendes blaues Licht erschien in seinen Augen. »Die Männer vom Stamm des Pferdes haben sich schon immer gern neuen Herausforderungen gestellt.«

Alin betrachtete skeptisch sein plötzlich jungenhaftes Gesicht. »Du glaubst, ihr könntet uns halten?« fragte sie. »Wie denn?«

Er lächelte. »Du kannst es natürlich nicht wissen, weil dein

Stamm nicht oft zu den Treffen der Sippe geht. Aber die Männer meines Stammes sind dafür bekannt, gute Liebhaber zu sein.« Er drückte ihren rechten Arm noch fester, zwang sie so, einen Schritt auf ihn zuzumachen. »Ich glaube, im nächsten Frühjahr werden deine Mädchen vielleicht gar nicht mehr weggehen wollen.«

Er legte die andere Hand auf ihre linke Schulter und zog sie näher zu sich. Ihre Augen blickten ungläubig und erstaunt. »Alin«, flüsterte er. »Du bist so schön.« Und dann beugte er den Kopf zu ihr hinunter und legte seinen Mund auf ihren.

Er spürte den Schock, der ihren Körper erfaßte, als sein Mund sie berührte. Sie machte sich steif, wich vor ihm zurück, stemmte sich fest gegen seine Hände. »Nein«, murmelte er. »Tu das nicht.« Er nahm die Hand von ihrer Schulter und legte sie hinter ihren Kopf. Er wurde von einer wilden, heißen Leidenschaft gepackt. Er wollte sie haben. Er wollte sie mit den Händen festhalten, sie nach unten drücken, in sie eindringen – immer wieder – und wieder. Er zitterte von der Anstrengung, nicht die Beherrschung zu verlieren. Denn mehr als alles andere wollte er, daß sie ihn nicht verabscheute – daß sie sich nicht vor ihm fürchtete.

Ihr Kopf paßte genau in seine Hand. Er beugte sich zu ihr, um ihre süßen Lippen zu berühren, beugte sich über sie, so daß ihr Körper gegen seinen gepreßt wurde. Sie hatte ihren Widerstand aufgegeben. Er fühlte, wie ihr Körper nachgab, sich entspannte, an ihn schmiegte.

Ein Vogelschwarm flog über ihren Köpfen hinweg, landete am Ufer, um am Rand des Flusses zu trinken. Wieder entzog sie sich ihm. Diesmal ließ er sie los. Einen Augenblick lang standen sie sich gegenüber und sahen sich an, nur eine Handbreit voneinander getrennt. Mar machte gewaltige Anstrengungen, um wieder normal zu atmen, denn er wollte nicht, daß sie sah, wie sehr ihn ihre Berührung ergriffen hatte.

Ihre großen Augen ließen nichts erkennen. Über ihren Wangen lag eine schwache Röte. Je länger er sie anschaute, um so schöner wurde sie für ihn.

Wortlos drehte sie sich um und ging zum Lager zurück. Mar folgte ihr zögernd, bis er sie eingeholt hatte. Sie hatte den Kopf ein wenig nach vorn gebeugt, den langen Zopf unter ihrer Pelztunika verborgen und sah nachdenklich aus.

»Alin?« sagte er schließlich zaghaft. In seinem ganzen Leben hatte er sich Frauen gegenüber noch nie zaghaft gefühlt.

»Was wirst du Altan sagen?« fragte sie.

Er machte ein nachdenkliches Gesicht, als ihm klarwurde, daß sie den Kuß überhaupt nicht erwähnen würde. »Was meinst du, daß ich ihm sagen soll?«

»Nichts.«

»Ich weiß nicht, ob ich das tun kann.«

Sie blieb stehen. »Wenn du nichts zu Altan sagst«, sagte sie, »werde ich alles tun, was in meiner Macht steht, damit den Winter über Frieden herrscht.«

»Du wirst dich bemühen, die Hengste im Zaum zu halten?«

»Ja.« Sie zuckte die Achseln. »Wir müssen über den Winter hierbleiben. Daran läßt sich nichts ändern. Aber wenn der Frühling kommt –«

»Ihr könnt hier nicht weg«, sagte Mar. »Deine Mädchen sind gute Jäger, und sie sind schnell, aber ihr könnt nicht weg von hier.«

»Die Männer meines Stammes werden uns holen kommen«, sagte Alin. »Meine Mutter und die Männer meines Stammes.«

Er blickte forschend in ihr Gesicht. »Tatsächlich?«

»Die Männer vom Hirsch-Clan verehren die Mutter. Aber sie sind Männer, Mar. Sie sind in jeder Hinsicht wie ihr. Sie werden kommen.«

»Ich habe die Spuren verwischt.«

Sie zuckte die Achseln.

Er rieb sich den Kopf. »Frauen zu entführen ist komplizierter, als ich gedacht hätte«, gestand er.

»Die Schwierigkeiten kommen nur daher, weil ihr Frauen wollt und keine Gefangenen«, erwiderte Alin. Ihre Stimme war freundlich. »Ich kann euch jetzt auch besser verstehen. Ich verstehe, was euch dazu getrieben hat, so etwas zu tun. Und warum es notwendig war. Das ist eine schreckliche Sache, die eurem Stamm widerfahren ist.«

»Ja«, sagte er düster. »Wir vermissen unsere Frauen und unsere Mütter und auch unsere Schwestern.«

»Ich glaube sogar, daß einige unserer Mädchen beschließen werden, Männer von euch zu heiraten, selbst wenn unser Stamm uns findet und uns holen kommt«, sagte Alin. »Es gibt im Stamm des Pferdes ein paar feine Männer.« Und dann ging sie, die Hände in die Ärmel ihrer Tunika vergraben, wieder langsam weiter.

Er folgte ihr. »Und diese heilige Hochzeit – wirst du sie für uns machen? Was hast du Huth versprochen?« fragte er. »War das auch eine Lüge?«

»Es war deine Idee, daß ich Huth sage, ich würde für euch die heilige Hochzeit vollziehen«, entgegnete Alin. »Das hast du vielleicht vergessen. Aber ich habe es nicht vergessen.«

»Ich bezweifle, daß du jemals etwas vergessen könntest, das du gegen einen Mann vorbringen kannst«, entgegnete Mar.

»Sei nicht beleidigt.« Ihre Stimme klang belustigt.

Er fuhr sich ungeduldig mit der Hand durch die Haare. Dieses Gespräch lief nicht gerade so, wie er es geplant hatte.

»Nach dem, was du sagst, soll euch der Stamm des Pferdes den Winter über durchfüttern, und dann, wenn der Frühling kommt, werdet ihr fortgehen, und dann werden wir noch schlimmer dastehen als vorher!« Verärgert runzelte er die Stirn.

Noch ehe sie antworten konnte, fuhr er warnend fort: »Alin, wage nicht, mir zu sagen, daß wir es selbst verschuldet hätten.«

Sie blickten sich an. Offenbar hatte sie genau das sagen wollen. Er konnte es ihr nicht verübeln. Er pfiff Lugh zu sich, der sich zu weit entfernt hatte.

»Und was ist mit der heiligen Hochzeit?« fragte er. »Ist es wahr, daß sie ein mächtiges Fruchtbarkeitsritual ist, wie du gesagt hast?«

»Ja.« Alin stieß mit dem Fuß ein getrocknetes Stück Dung aus dem Weg. »Das ist wahr. Sie wird bei den Frühlings- und Herbstfeuern immer von der Herrin und dem Mann ihrer Wahl vollzogen.« Als sie sah, daß er etwas sagen wollte, fügte sie hinzu: »Die heilige Hochzeit ist ein sehr mächtiges Fruchtbarkeitsritual.«

Er zog die Stirn in Falten. »Ich dachte, du hättest Huth gesagt, die Hochzeit würde zwischen der Herrin und dem Häuptling der Männer abgehalten.«

»Das stimmt. Aber in meinem Stamm ist der Häuptling der Männer derjenige, den die Herrin für sich wählt.«

Es entstand eine Pause. Vor ihnen lief raschelnd ein kleines Tier durch das Gras, und Lugh jagte ihm nach. »Und dieses Leben hättest du führen sollen?« fragte Mar.

»Ja. Nach Lana sollte ich die Herrin sein.«

Schweigend ging er neben ihr her. Schließlich sagte er mit einer Stimme, die er selbst nicht wiedererkannte: »Wirst du diese heilige Hochzeit für meinen Stamm vollziehen, Alin?«

Ihr Kopf fuhr mit einem Ruck herum. Ihre Augen waren weit aufgerissen. »Wirst du es Altan erzählen, wenn ich dir sage, daß ich es nicht tun werde?«

Ganz instinktiv schüttelte er den Kopf.

Ihre großen braunen Augen waren auf sein Gesicht gerichtet, aber sie schienen sich plötzlich ganz nach innen zu kehren. Ihr

Blick wurde verschwommen. Er streckte die Hand aus, um sie am Arm festzuhalten, damit sie nicht stolperte. Wieder blieben sie stehen.

Zehn Fuß zu ihrer Linken flog eine Schar Vögel auf und stieg geräuschvoll in den Himmel. Alins Augen folgten ihrem Flug.

»Ja«, sagte sie, als die Vögel nur noch Punkte waren. Ihre Stimme klang merkwürdig erstaunt. »Das werde ich für dein Volk tun, Mar. Die heilige Hochzeit ist ein sehr starker Zauber. Und dieses Mal wird sie besonders mächtig sein, weil es meine erste sein wird. Sie wird euch Fruchtbarkeit bringen: Kinder für den Stamm, Fohlen für die Herden.« Ihre Stimme klang sehr weich, sehr eindringlich. Ihre großen braunen Augen leuchteten. »Ich spüre es in meinem Herzen, daß es der Wunsch der Mutter sei, dies für den Stamm des Pferdes zu tun.«

Er spitzte nachdenklich die Lippen. »Und diese heilige Hochzeit findet im ersten Mond des Lachses statt?«

»Ja. In deinem Stamm wird er Mond des Lachses genannt. Sie muß vollzogen werden, wenn die Steinböcke aus den Bergen kommen und die Rehkitze fallen.«

Ein leises Lächeln umspielte seinen Mund. Der Mond des Lachses kam gleich *nach* der Zeremonie des Großen Pferdes. Wenn alles so lief, wie er es geplant hatte, würde Mar dann schon Häuptling sein.

»Das werde ich für euch tun, Mar«, fuhr Alin fort, »weil ich in meinem Herzen spüre, daß mich die Mutter aufgerufen hat, das Volk des Pferdes zu ihr zurückzuführen. Ihr habt sie in eurem Stamm vergessen. Ihr habt die Göttin vergessen, die das Leben spendet.«

Er schüttelte den Kopf. »Mein Vater und der Vater meines Vaters und vor ihm dessen Vater, sie alle sind dem Himmelsgott gefolgt. Das ist der Weg, den der Stamm des Pferdes gegangen ist, Alin. Unsere Häuptlinge werden von den Männern des Stammes gewählt, sie sind nicht der Gefährte der heiligen Frau.« Sein frisch gewaschenes Haar wehte im kühlen Abendwind, und er schob sich eine flauschige, sonnenfarbene Strähne aus dem Gesicht. »Glaube nicht, daß du uns ändern kannst.«

Sie antwortete nicht. Sie lächelte.

Viele Meilen weit im Süden war auch der Hirsch-Clan vor dem Winter auf die Jagd gegangen. Der Schnee fiel in den Bergen früher, und es schneite, als Tor und die Männer mit dem erlegten Wild über den Schultern zum Fluß des Großen Fisches zurückkehrten.

Lana saß neben dem Fenster in ihrer Hütte und hob langsam den Blick, als sich der Vorhang am Eingang teilte und Tor erschien.

»Komm herein«, sagte Lana. Der Mann folgte ihrer Aufforderung und trat in das warme Licht der Hütte. »Du solltest dir den Schnee von deinem Pelz klopfen, bevor er zu schmelzen beginnt«, empfahl ihm die Herrin und deutete auf ein Stück Holz, das in der Ecke lehnte. Tor nickte, holte sich das Holz, das wie ein Säbel gebogen war, und ging wieder zur Tür, um seinen Umhang vom Schnee zu befreien.

»So«, sagte Lana, als er fertig war. »Hattet ihr eine erfolgreiche Jagd?«

»Ja.« Die Stimme des Mannes klang ruhig, aber es war eine erzwungene Ruhe. »Auf mehr als eine Weise.«

Hellhörig richtete Lana sich auf. »Was meinst du damit?«

Tor hockte sich auf der anderen Seite des Feuers auf den Boden. »In der ersten Nacht, in der wir draußen unser Lager aufgeschlagen hatten, kamen drei Fremde an unser Feuer. Wir gaben ihnen natürlich zu essen, und da haben sie mir eine merkwürdige Geschichte erzählt.«

Lanas Gesicht war angespannt. Sie beugte sich nach vorn.

»Sie erzählten von einem Stamm, der seine sämtlichen Frauen und Kinder durch ein vergiftetes Wasserloch verloren hat«, berichtete Tor.

Schweigend sahen sich die beiden an.

»Das ist der Stamm, der Alin entführt hat«, sagte Lana schließlich.

Tor nickte ernst. »Wahrscheinlich.«

»Was haben sie euch von dem Stamm noch erzählt?« fragte Lana mit drängender Stimme.

»Leider nur sehr wenig. Es war der Stamm des Pferdes. Aber es gibt mehrere Stämme, die das Pferd als Totem haben. Die Männer haben diese Geschichte im Westen gehört. Deshalb glaube ich, daß dieser Stamm des Pferdes irgendwo im Westen leben muß.«

»Ja«, sagte Lana langsam. »Das glaube ich auch.« Ihre Augen blickten an Tor vorbei zu dem geschlossenen Vorhang am Eingang der Hütte. »Es hat zu schneien begonnen«, sagte sie traurig. »Bis zum Frühling können wir nichts tun.«

»Den Mädchen geht es bestimmt gut, Herrin«, beruhigte Tor sie. »Wenn es tatsächlich dieser Stamm des Pferdes ist, der sie entführt hat, dann werden seine Männer schon darauf achten, daß ihnen nichts zustößt.«

»So ist es.« Lana ließ die Luft in einem langen Seufzer ausströmen. »Das sind gute Nachrichten, Tor. Die ersten überhaupt, und vielleicht erweisen sie sich sogar als nützlich.«

Tor nickte. Dann stand er auf und nahm seine Pelztunika.

»Wohin gehst du?« fragte Lana.

Tor zog die Augenbrauen hoch. »Nach Hause.«

»Geh nicht«, bat Lana ihn leise. »Bleib heute nacht bei mir.«

Zögernd ließ Tor seine Tunika fallen und ging um das Feuer herum zu ihr.

Teil zwei

Winter

Prolog

Alin saß vor der Mädchenhöhle auf der Terrasse und betrachtete den Sonnenuntergang. Es hatte den ganzen Tag geregnet, und sie hatte schon gefürchtet, daß der Regen ihre Monduhr zerstören würde. Am Abend dann hatte der Regen plötzlich aufgehört, und die Sonne war in strahlenden orangefarbenen Tönen über dem Fluß untergegangen.

Die meisten Mitglieder des Stammes saßen hinter den heruntergelassenen Häuten in ihren Höhlen und waren noch mit dem Abendessen beschäftigt. Nur Alin war im Freien. Sie hatte ihre Pelztunika mit der Kapuze an, um sich vor der Kälte zu schützen, und hockte am Boden, den Rücken gegen den Kalkfelsen der Klippe gelehnt. Neben ihr lag der lange Beinknochen eines Hirschs, ein Steinmeißel und ein runder Steinhammer. Diese Werkzeuge hatte ihr Tane vor ein paar Tagen gegeben.

Alin blies ihren warmen Atem auf ihre Finger und steckte sie dann schnell wieder in die Ärmel ihrer Tunika. Ihr Atem hing wie eine kleine weiße Wolke in der kalten Luft. Endlich, gerade als sie ihre Hände wieder aus den Ärmeln gezogen hatte, um sie noch einmal anzupusten, erschien, worauf sie gewartet hatte: Über dem Sonnenuntergang im Westen schwebte eine schmale Mondsichel. Alin sah genau hin, um sich zu vergewissern, daß es nicht nur ein Stück von den Wolkenfetzen war, die über den Himmel zogen.

Es war der neue Mond.

»Sei gegrüßt, erster Mond«, sagte Alin mit trillernder

Stimme, wie es in ihrem Stamm bei Ritualen üblich war. »Möge dein Gesicht am Himmel Segen über den Stamm bringen.«

Alin sprach die vorgegebenen Worte voller Ehrfurcht. Noch nie zuvor war sie dazu bestimmt gewesen, den heiligen Mondkalender des Stammes zu führen. Das hatte sonst immer der Herrin zugestanden. Aber Lana hatte ihre erwählte Nachfolgerin auch schon in dieses Ritual eingeführt, und jetzt, da ihr diese Aufgabe zuteil geworden war, war sie dankbar, daß sie wußte, was sie zu tun hatte. Sie nahm den großen Knochen und klemmte ihn zwischen die Füße, damit sie ihn ruhig halten konnte. Als nächstes ergriff sie den Meißel und den Steinhammer, und dann grub sie mit einem schnellen geübten Schlag das Zeichen in die Oberfläche des Knochens ein. Anschließend sah sie hinauf zu der fahlen Mondsichel und sang die rituellen Worte zu Ende.

Als sie fertig war, hielt sie inne. Sie sah vom Mond zu dem Zeichen, das sie in den Knochen gehauen hatte. Von nun an würde sie jeden Tag ein weiteres Zeichen hineinschnitzen, bis dieser Mond hinter der Morgenseite des Himmels verschwunden war. Und dann, wenn der neue Mond über dem Sonnenuntergang des Nachmittags erschien, würde sie von neuem zu zählen beginnen und ein anderes Zeichen schnitzen.

Sie betrachtete das Zeichen in dem glatten polierten Knochen. »Dies ist der erste Mond während unserer Gefangenschaft im Stamm des Pferdes«, sagte sie, und in ihrer Stimme war nun nicht mehr der zeremonielle trillernde Klang. Es war wie ein Versprechen, das sie gab. »Dies ist der erste Mond des Winters, der Mond des Rens. Wenn die Monde des Frühlings kommen, werden die Frauen des Hirsch-Clans wieder frei sein.«

14

Der neue Mond war für den Stamm des Pferdes das Zeichen zur Eröffnung der Jagd auf die Rens. Einen Tag, nachdem Huth den neuen Mond auf seinem Kalender eingezeichnet hatte, vollzog Altan die rituelle Tötung des ersten Tieres.

Das Töten der Rens war eine einfache Sache. Jahr für Jahr schlugen die Herden die gleichen Wege ein, so daß die Jäger nur an einer Flußfurt zu warten brauchten, um die Tiere mit ihren Speeren zu erlegen. Das erste vom Häuptling getötete Ren wurde nicht verzehrt, sondern als Opfertier für den Gott des Rens rituell zerlegt und begraben. Sein Geweih hing das ganze Jahr über in der Höhle der Nirum.

Die Mädchen vom Hirsch-Clan stellten fest, daß der Winter im Tal des Wandstroms erheblich milder war als in ihren Bergen. Zwar blies ein kräftiger Wind, aber es gab nur wenig Schnee, und die Höhlen in der Felsklippe hatten eine günstige Lage: Sie waren so angelegt, daß die niedrig stehende Sonne den meisten Teil des Tages tief hineinschien und die Steine und die Menschen, die darin lebten, aufwärmte.

Während der Mond des Rens zunahm, waren die Mädchen damit beschäftigt, die Häute, die sie von der Büffeljagd mitgebracht hatten, zu bearbeiten. Die Frauen beider Stämme hatten sich auf freundschaftliche Art darin geeinigt, welche Fertigkeiten sie besonders gut beherrschten. Die Mädchen vom Hirsch-Clan hatten Erfahrung mit der Präparierung der Häute. Es war leicht zu erkennen, daß das Leder ihrer Kleidung weicher und anschmiegsamer war als das, welches die Frauen vom Stamm des Pferdes zustande brachten. Dafür waren die Frauen vom Stamm des Pferdes geschickter im Nähen und mit den Verzierungen. So bereiteten die Mädchen vom Hirsch-Clan die Häute vor und übergaben sie dann den Frauen vom Stamm des Pferdes, die daraus Kleider machten.

Das Problem der Stiefel war schnell gelöst. Gemeinsam hatten die Frauen die Stiefel angefertigt, die die Mädchen vom Hirsch-Clan so dringend benötigten. Da viele Hände mithalfen, ging die Arbeit schnell voran. Und die Frauen eines jeden Stammes sahen neugierig den anderen zu, um deren Geheimnisse zu erfahren.

Bei der Nähe, die durch ihre gemeinsame Arbeit hergestellt wurde, mußte Alin erschrocken erkennen, wie ärmlich das Leben der Frauen vom Stamm des Pferdes in Wahrheit war. Diese Frauen besaßen keine enge kameradschaftliche Bindung, wie sie die Mädchen vom Hirsch-Clan teilten. Das lag daran, daß sie keine eigenen religiösen Rituale hatten und ihrem Mann ergeben waren.

»Das ist bei den verheirateten Frauen in unserem Stamm ganz genauso«, sagte Sana, als Alin eines Nachmittags darüber eine Bemerkung machte, während die beiden in einer Ecke der großen Höhle, außer Hörweite der anderen, Häute schabten. »Ich weiß noch, wie meine Mutter eine Menge Zeit damit verbracht hat, Fische aufzuschneiden und in Blätter zu wickeln, um sie über den heißen Steinen zu kochen, weil Vater den Fisch so am liebsten aß.« Bei dieser Erinnerung mußte Sana lächeln.

Alin schwieg. »So wird es wohl sein«, meinte sie schließlich. »Ich glaube, mir sind die Frauen vom Stamm des Pferdes vielleicht nur deshalb so fremd, weil ich noch nie in einer solchen Familie gelebt habe.«

»Du bist die Auserwählte«, sagte Sana. »Dein Leben war anders.«

»Ja«, erwiderte Alin nachdenklich.

»Ich glaube, *wir* sind anders«, sagte Sana ganz unerwartet. Sie legte das Knochenwerkzeug, das sie zum Schaben der Häute verwendet hatte, aus der Hand, wippte auf den Fersen hin und her und sah Alin an. »Die Frauen vom Hirsch-Clan sind schon immer auf die Jagd gegangen, Alin, aber daß sie eine feste Gemeinschaft gebildet haben, das war deine Idee. Ich glaube, das ist auch der Grund, warum zwischen uns eine stärkere Bindung besteht als sonst zwischen den Frauen in unserem Stamm.«

»Bei den Jungen hat es diese Kameradschaft schon immer gegeben«, entgegnete Alin.

»Ja.« Sana lächelte. »Und es war gut, den Mädchen auch die Gelegenheit dazu zu geben. Wir haben eine Menge Spaß gehabt.«

Alin lächelte und warf ihren Zopf über die Schulter nach hinten. »Ja«, stimmte sie zu. »Das haben wir.«

»Alin«, ertönte eine klare strenge Stimme. Alin nahm den Blick von ihrer Arbeit. Ein stämmiger kleiner Junge hatte sich neben sie gestellt. »Was tust du da?« fragte er.

»Wir schaben die Büffelhäute, Ware«, erklärte Alin ernst. »Das muß man tun, wenn man daraus Wildleder machen will.«

»Warum?«

»Davon werden sie weich.«

Der Junge nickte mit seinem braunen Lockenkopf und hockte sich neben sie, um die Haut, die über den Boden gespannt war, aus der Nähe zu betrachten.

Der fünfjährige Ware hatte seine Mutter durch das Gift im Wasserloch verloren. Er war eines von den drei Kindern des Stammes, die keine Mutter mehr hatten, und Altan hatte den Vätern dieser Kinder als erstes neue Frauen zugestanden, nachdem sie bei dem Treffen der Sippe ein paar erworben hatten. Die anderen Männer des Stammes waren von Altans Großzügigkeit nicht sonderlich beeindruckt gewesen, denn Altan war selbst einer jener Väter gewesen. Aber Ware hatte auch keinen Vater mehr. Er war im vergangenen Jahr bei einer Flußüberquerung von einem wildgewordenen Rhinozeros getötet worden. Mada und Rom hatten den Jungen zu sich genommen, um ihn aufzuziehen.

Aus irgendeinem unerfindlichen Grund hatte Ware angefangen, sich für Alin zu interessieren. Er folgte ihr überallhin und starrte sie ständig mit seinen großen, ernsten dunkelgrauen Augen an. Alin überlegte, ob sie ihn vielleicht an seine Mutter erinnerte, aber Mada hatte ihr versichert, daß es zwischen ihr und Wares Mutter keine äußeren Ähnlichkeiten gäbe.

Alin fand den kleinen Jungen ebenfalls sehr interessant. Für ein Mädchen, das in einem Stamm mit vielen Kindern aufgewachsen war, hatte sie nur wenig Erfahrung mit ihnen. Ihre Halbbrüder waren stets von ihr ferngehalten worden. Lana hatte ihre Söhne nie selbst gestillt, sondern gleich nach der Geburt zu einer Amme in Pflege gegeben. Sie waren nur Jungen. Und Jungen verdienten es nicht, daß sich die Herrin selbst um sie kümmerte.

Alin zweifelte die Handlungsweisen ihrer Mutter nicht an, aber sie stellte fest, daß sie gern mit Kindern zusammen war, daß sie Spaß an ihnen hatte. Und dieser mutterlose kleine Junge mit seinem Lockenkopf und seinen großen grauen Augen rührte ihr Herz auf eine merkwürdige und beunruhigende, aber süße Weise.

Ware hatte seine intensive Betrachtung der Büffelhaut beendet. Er schaute Alin an und sagte: »Zeig es mir.«

Alin lächelte. »Das ist das Werkzeug, das wir dafür verwenden«, sagte sie und hielt ihm den Knochen zum Schaben der Haut hin, damit er ihn sich ansehen konnte. »Nimm ihn ruhig in die Hand«, ermunterte sie ihn.

Ware nahm das Werkzeug und betrachtete es ernsthaft. Der

Schleifstein aus Roms Werkstatt war aus dem Rippenknochen eines Hirschs gemacht, und er war für diese Arbeit außerordentlich gut geeignet. Der Polierstein war leicht gebogen, mit der schwammigen Seite nach außen. Der Teil, mit dem man die Haut schabte, war schon leicht abgewetzt.

Ware sah wieder zu Alin. »Und wie geht das?« fragte er.

»Ich werde es dir zeigen.« Alin nahm das Werkzeug und beugte sich über die Haut. »Du hältst es mit beiden Händen«, sagte sie. »Schau her. Deine rechte Hand legst du an die Unterseite des Poliersteins. Dann drückst du die Finger deiner linken Hand von oben dagegen und fährst vor und zurück.« Sie machte noch ein wenig weiter, damit er es sehen konnte. Dann reichte sie ihm das Werkzeug. »Versuch es selbst«, forderte sie ihn auf.

Voller Eifer nahm Ware das Werkzeug und kniete sich neben sie. Zuerst hielt er den Knochen steil zur Haut. »Nein«, sagte Alin. »So zerbrichst du noch den Knochen. Hier. So ist es richtig.« Und sie drückte den Polierer weiter nach unten, bis er ganz dicht über der Tierhaut lag.

»Alle Häute müssen erst geschabt werden, wenn sie zu gutem Leder werden sollen«, sagte Alin. »Durch das Schaben wird die Haut nach unten gedrückt und beginnt zu glänzen. Als nächstes reiben wir Tierfett hinein. Davon wird die Haut geschmeidig und wasserdicht.«

Ware nickte. »Darf ich noch ein bißchen?« fragte er.

»Mach nur«, erwiderte Alin.

»Ich wünschte, ich hätte auch jemanden, der mir hilft«, sagte Sana.

Wares Augen glänzten. »Ich helfe dir nachher«, versprach er Sana mit strahlendem Gesicht.

Die beiden Mädchen warfen sich heimlich belustigte Blicke zu. »Danke, Ware«, sagte Sana. »Das ist sehr nett von dir.«

Plötzlich wehte ein eisiger Wind durch die Höhle, und die

Flammen in den Steinlampen begannen zu flackern. Jemand hatte die Häute an der Tür hochgehoben. Alin sah über die Schulter nach hinten und erkannte eine Frau vom Stamm des Pferdes.

»Wo ist Mada?« Die eindringliche Stimme der Frau ließ alle in der Höhle aufhorchen.

»Hier«, sagte Mada, die in der gegenüberliegenden Ecke der Höhle saß.

»Es ist wegen Elexa. Das Wasser des Lebens ist aufgebrochen. Das Kind ist bereit, geboren zu werden.«

»Ich komme«, sagte Mada ruhig und verließ zusammen mit der anderen Frau die Höhle.

»Glaubst du, daß die Frauen dieses Stammes ein Geburtsbild haben?« fragte Alin Sana.

»Vielleicht hat Mada eins«, erwiderte Sana.

Zweifelnd sahen sie sich an.

»Was für ein Geburtsbild?« fragte Ware und hob den Kopf.

»Geburtsbild?« fragte auch Ona. Ona war noch sehr jung. Sie gehörte zu den ersten Frauen, die nach dem Unglück vom Stamm erworben worden waren, und würde schon bald ein Kind bekommen.

»Das ist eine Statue – ein Bildnis der Mutter«, erklärte Alin ruhig. »Es zeigt sie, wie sie Leben gibt. Wir bringen es zu jeder Frau, die in den Wehen liegt, und es gibt auch besondere Lieder, die gesungen werden, um für die Frau und das Kind den Segen der Mutter zu erbitten.«

Ona nickte. »Wir hatten so eine Statue in meinem Stamm. Aber sie wurde nur verwendet, wenn es eine schwierige Geburt war.«

Alin zog die Augenbrauen hoch. »Es gäbe weitaus weniger schwierige Geburten, wenn man der Mutter die gebührende Achtung erweisen würde.«

Onas große Augen, die in ihrem blassen erschöpften Gesicht leuchteten, sahen Alin an. »Glaubst du das wirklich, Alin?«

»Ja«, erwiderte Alin kurz.

»Wir haben in diesem Stamm niemals ein Geburtsbild gehabt«, sagte Thora, eine Frau vom Stamm des Pferdes.

»Wen bittet ihr dann, euch beim Gebären zu beschützen?« fragte Alin. »Den Himmelsgott?«

»Also – nein.«

Alin blickte in die Gesichter der Frauen. Ungläubig schüttelte sie den Kopf. »Ich muß mich wirklich wundern, wie die Frauen dieses Stammes die Erdmutter derartig vernachlässigen können«, sagte sie. »Es sind nicht so sehr die Männer, über die ich mich wundere. Männer sind Männer. Sie spielen im Geheimnis des Lebens nur eine kleine Rolle. Aber eine Frau – eine Frau *ist* das Leben. Und um dieses Leben hervorzubringen und in die Welt zu setzen, steht eine Frau dem Tod sehr nahe. Leben und Tod. Beides gehört der Mutter.« Wieder schüttelte sie den Kopf. »Ich verstehe euch nicht«, sagte sie.

»Wir hatten in meinem Stamm auch Statuen von der Mutter.« Das war die Stimme von Nel, Altans Frau. »Die Frauen haben sie aufbewahrt. Früher wurden sie bei der Weihe eines Mädchens verwendet, und bei der Geburt. Und es gab auch besondere Gebete.«

»Vielleicht hat Huth eine Statue der Mutter für euren Stamm«, sagte Thora zweifelnd.

»Huth!« fauchte Alin. Ihre Augen blitzten. »Huth ist ein Mann. Einem Mann sollte man die heiligen Dinge der Mutter nicht anvertrauen!«

»Im Stamm des Pferdes haben wir die Mutter seit vielen Jahren nicht mehr verehrt, Alin«, erklärte eine der älteren Frauen des Stammes. »Wir folgen schon seit langem dem Himmelsgott.«

»Der Himmelsgott ist ein Gott für Männer«, sagte Sana.

»Das stimmt nicht«, kam die leise Antwort. »Der Himmelsgott ist ein Gott für das ganze Volk. Weiß man in deinem Stamm denn nicht, daß er der Namensgeber der Erde ist?« Zena blickte von Sana zu Alin. »Es war der Himmelsgott, der sich mit der Erdmutter gepaart und die ganze Welt erschaffen hat«, erklärte die Frau vom Stamm des Pferdes ernst. »Die Menschen und die Tiere und die Bäume und die Gräser – all das hat der Himmelsgott geschaffen und benannt. Das macht ihn doch zu einem Gott für alle Menschen und nicht nur für Männer.«

»Du hast recht, wenn du sagst, daß es die Paarung des Himmelsgottes mit der Erdmutter war, durch die die Welt erschaffen wurde«, erwiderte Alin. Ihr Blick wanderte von Zena zu den übrigen Frauen, deren Gesichter von den flackernden Steinlampen erhellt wurden. »Wir alle sind Frauen«, sagte sie. »Wir wissen, wie klein die Rolle ist, die ein Mann beim Erschaffen von Leben spielt.« Ihr Blick blieb auf Onas müdem jungem Gesicht haften. »Ist es nicht so, Ona?«

»So ist es«, pflichtete Ona ihr sofort bei.

Alle lachten.

»Sie haben nur den Spaß, aber keine Schmerzen«, sagte eine andere Frau, und ihre Stimme drückte Verbitterung aus.

Wieder lachten alle, aber nicht mehr so fröhlich wie vorher.

»Die Mutter war es, die sowohl den ersten Mann als auch die erste Frau geboren hat«, fuhr Alin fort. »Die Mutter hat das Rotwild und das Pferd und den Büffel und all die anderen Tiere geboren. Die Mutter ist es, die die Pflanzen aus ihrem eigenen Körper hervorbringt, um die Herden zu füttern. Der Himmelsgott ist nur ihr Gefährte.« Sie zuckte die Achseln. »Jede Frau sollte euch das sagen können. Ich verstehe nicht, wieso die Frauen dieses Stammes jedes Verständnis dafür verloren haben, wer sie sind.«

»So habe ich es nie gesehen«, sagte Ina, ein junges Mädchen vom Stamm des Pferdes, das noch nicht im Frauenalter war.

»Ich finde dieses ganze Gerede über die Mutter ziemlich albern.« Das war Lians tiefe heisere Stimme, und alle Köpfe drehten sich zu ihr um und starrten sie an. »Eine Frau ohne einen Mann ist ein Nichts. Wir beten den Himmelsgott an, weil er allmächtig ist.« Ihre vollen Lippen trugen einen trotzigen Ausdruck. »Er ist der Ehemann der Mutter, und die Mutter muß tun, was er ihr sagt.«

»Du hast aber eine sehr merkwürdige Vorstellung von der Ehe in diesem Stamm.« Die Stimme von Jes triefte vor Ironie.

»Ja«, schloß sich Elen an, und ihre Stimme klang belustigt. »Eine sehr merkwürdige Vorstellung.«

Die Tierhäute am Höhleneingang teilten sich, und dieselbe Frau, die vor einer Weile gekommen war, um Mada zu holen, stand wieder in der Höhle. »Thora«, sagte sie, »Mada will, daß du kommst.«

»Gibt es Probleme?« fragte Thora und stand auf.

»Vielleicht.« Die Frau seufzte. »Elexa hat große Angst. Ich glaube, das kommt daher, weil ihre Schwester vor zwei Jahren in den Wehen gestorben ist.«

Thora drehte sich um und sah Alin an. »Hast du eine von diesen Geburtsstatuen hier?« fragte sie.

»Nein.« Alin schüttelte bedauernd den Kopf. »Wir hatten keine Zeit, unsere religiösen Dinge zusammenzusuchen, als man uns weggeschafft hat.«

Thora war enttäuscht. »Schade. So was wie die Statue könnte Elexa vielleicht helfen.«

»Ich könnte ein Geburtsbild von der Mutter für sie malen, wenn du willst«, meldete sich Jes schüchtern.

»Ja!« Alin blickte ihre Freundin an. »Das ist eine gute Idee. Und ich würde es zu Elexa bringen.« Sie drehte sich zu Thora um. »Ich werde für sie die Gebete sprechen und die Rituale vollziehen. Ich habe meiner Mutter viele Male dabei zugesehen und kenne die Zeremonie gut.« Ihre braunen Augen sahen gebieterisch in Thoras blaue Augen. »Die Mutter wird deiner Freundin helfen«, sprach sie mit voller Überzeugung. »Das verspreche ich in ihrem Namen.«

Thora wendete sich zu den Frauen ihres eigenen Stammes. »Es kann ja nicht schaden, wenn wir es versuchen«, meinte sie unsicher.

Ihr Vorschlag stieß auf allgemeine Zustimmung. Nur Lian sah aus, als wäre sie nicht einverstanden. Aber sie sagte nichts. Jes stand auf und ging ihre Malsachen holen.

Auf einem glatten Stein malte Jes das Bild von einer Frau mit einem dicken Bauch, deren Knie in der typischen Gebärstellung gespreizt waren. Der Kopf eines Kindes war zu sehen, wie er gerade herauskam. Wie bei allen Abbildungen der Mutter hatte sie kein Gesicht.

Alin ging mit dem Bild zu der Frau, die in den Wehen lag, und zeigte es ihr. Seit ihrer Weihe hatte Alin ihrer Mutter jedesmal genau zugesehen, wenn sie bei der Geburt eines Kindes dabeigewesen war, so daß sie wußte, was zu tun war. Elexa hatte tatsächlich schreckliche Angst, aber Alins Beteuerungen, daß ihre Gebete an die Mutter für eine sichere Entbindung sorgen würden, übten auf das Mädchen eine bemerkenswert beruhigende Wirkung aus.

Es war eine Erstgeburt, und sie dauerte lange. Offenbar war Mada eine erfahrene Amme, und Alin machte nicht den Versuch, die ältere Frau bei ihrer Arbeit zu stören. Aber Elexa drückte wie verzweifelt den Wunsch aus, daß Alin bei ihr bleiben sollte. Und so wachte sie die ganze Nacht an ihrem Lager, half Mada, so gut sie konnte, und machte Elexa Mut, wenn das erschöpfte und von Schmerzen geschüttelte Mädchen drauf und dran war, aufzugeben.

Gerade als die Morgendämmerung heraufzog, wurde Elexas Kind geboren.

»Es ist ein Mädchen!« sagte Mada mit Triumph in der Stimme, während sie die Nabelschnur mit einem Elfenbeindolch zerschnitt und das Kind in den Armen hielt.

Die erschöpften Gesichter in der Höhle strahlten und lächelten. »Ein Mädchen!« jubelten sie. »Gepriesen sei die Mutter. Sie hat uns ein Mädchen geschenkt!«

Die Neuigkeit hatte sich schon bald in allen Höhlen der Klippe herumgesprochen:

Elexa hat ein Mädchen bekommen!

Ein Mädchen ist uns geboren worden!

Wieder ein Mädchen für den Stamm des Pferdes!

Seit Wochen hatte der ganze Stamm auf diese Geburt gewartet. Es war die erste seit dem Unglück am Wasserloch. Sie hatten alle auf ein Mädchen gehofft. Die glückliche Erfüllung ihrer Wünsche schien ein Zeichen dafür zu sein, daß das Unglück, das den Stamm des Pferdes ereilt hatte, nun endlich vorbei war.

»Das sind wunderbare Neuigkeiten«, sagte Mar, nachdem Tane völlig verschlafen durch den Eingang seiner Behausung getreten war, um ihm die gute Nachricht mitzuteilen. Mar richtete sich in seinen Schlaffellen auf, streckte sich und rieb sich gähnend den Kopf. Er lächelte. »Und wie geht es Elexa?«

»Es geht ihr sehr gut, sagen die Frauen.«

»Wunderbare Neuigkeiten«, wiederholte Mar, und sein Lächeln wurde breiter. »Ein Mädchen.«

»Ja.« Tane stocherte in dem kaum noch rauchenden Feuer. »Allmählich sieht es fast so aus, als würde es für den Stamm des Pferdes doch noch eine Zukunft geben.«

»Natürlich gibt es für den Stamm des Pferdes eine Zukunft!« Mar blickte seinen Freund ganz aufgebracht an.

Tane war mit dem Feuer beschäftigt und bemerkte Mars Erregung nicht. »Stell dir vor«, sagte er. »Die vier Frauen, die wir beim Frühlingstreffen erworben haben, bekommen alle ein Kind: Nel und Lina und Rena.« Er stocherte mit dem Stock, den er aufgehoben hatte, in dem schwelenden Feuer. »Die drei neuen Frauen, die Altan bekommen hat, während wir nicht da waren, werden bestimmt auch bald schwanger sein, wenn sie es nicht schon sind. Wenn wir Glück haben und viele Mädchen und wenig Jungen bekommen –« Tane sah vom Feuer auf. »In nicht einmal drei Handvoll Jahren werden wir genügend Frauen haben, um sie mit anderen Stämmen gegen Frauen für uns selbst einzutauschen.«

»Ja«, sagte Mar. »Und dabei haben wir noch nicht einmal die Mädchen vom Hirsch-Clan mitgezählt.«

Tane seufzte. »Im letzten Jahr um diese Zeit sah alles so trostlos aus. So einen Winter möchte ich nicht noch mal erleben.«

»Schön war er nicht«, pflichtete Mar ihm bei.

Tane sah sich in der kleinen Behausung um, die Mar früher mit Eva geteilt hatte. »Ich glaube, daß die Zeit für diejenigen, die eine Frau verloren haben, noch viel schlimmer war als für die Unverheirateten«, sagte er düster.

»Wie es aussieht, wird auch dieser Winter sehr lang werden«, erwiderte Mar. Er verzog das Gesicht. »Wenn ich daran denke, daß ich es war, der Alin darauf gebracht hat, Huth zu bitten, ihr bis zu den Frühlingsfeuern Zeit zu lassen!« Er schüttelte den Kopf. »Es muß ein böser Geist in mich gefahren sein.«

»Sag das nicht«, warnte ihn Tane mit scharfer Stimme. Als Sohn eines Schamanen fühlte er sich immer unbehaglich, wenn von bösen Geistern die Rede war. Mit ruhiger Stimme fügte er hinzu: »Du hast dich bemüht, die Mädchen für die jüngeren Männer aufzuheben. Und du hattest recht damit. Ohne dein Zutun hätte Altan sie ganz bestimmt den Nirum gegeben.«

Mar brummte und schob sich das zerzauste Haar aus der Stirn. »Ich bin froh, daß Elexa über den Berg ist«, sagte er. »Ich hatte mir schon Sorgen um sie gemacht.«

»Wie wir alle. Cort ist die ganze Nacht auf und ab gegangen. Er hat schon eine Schwester bei der Geburt eines Kindes verloren und eine andere durch das vergiftete Wasser. Er wollte nicht noch eine verlieren.«

»Tod wird sich freuen«, meinte Mar.

»Tod bläst sich ziemlich auf«, erwiderte Tane mit etwas bitterer Stimme. »Er gehört zu den wenigen Männern im Stamm, die eine Frau haben, und jetzt kann er auch noch eine Tochter für sich beanspruchen. Als Freund von Altan hat er sich gut herausgemacht.«

Mar zog die Augenbrauen hoch, dann stand er auf und streckte sich. »Ich verhungere«, sagte er.

»In der Höhle meines Vaters gibt es was zu essen«, sagte Tane. »Komm und teile es mit uns.«

15

Vier Tage nach der Geburt von Elexas Tochter kam Zel mit einer großen Wunde im Oberschenkel und einer noch schlimmeren in der Seite nach Hause gekrochen. Alin konnte sich nicht vorstellen, was er, nur von einem Hund begleitet, so weit entfernt von ihren Behausungen gewollt hatte, aber offenbar hatte er seine Abenteuerlust bezahlen müssen. In den ersten Nachrichten, die in die Mädchenhöhle gelangten, hieß es, daß er viele Meilen flußabwärts verwundet worden war und sich unter großen Schmerzen, die ihm, zusammen mit dem Blutverlust, mehrmals das Bewußtsein raubten, nach Hause geschleppt hatte.

Man ließ sofort Huth holen.

An jenem Winternachmittag herrschte in den Klippenhöhlen eine gedämpfte Stimmung. Aus der Höhle, in der der schwerverletzte Mann lag, waren die rhythmischen Schläge von Huths Trommel zu hören, der seinen Bewachergeist zu Hilfe rief, ihm bei der Behandlung der Verletzungen beizustehen. Alin paßte an jenem Nachmittag für Mada auf Ware auf, und nachdem sie sich über eine Stunde bemüht hatte, den kleinen Jungen zu beschäftigen, beschloß sie, ihn in seine Pelze zu packen und mit ihm einen Spaziergang an dem zugefrorenen Fluß zu machen.

Als sie die erste Flußbiegung erreicht hatten und außerhalb der Sichtweite der Felsenhöhlen waren, erblickte Alin ein Stückchen weiter vorn Mar und Lugh.

»Mar!« rief Ware, noch bevor sie ihn zurückhalten konnte, und die große in Felle gehüllte Gestalt vor ihnen drehte sich um. Als Mar Alin mit dem Kind erkannte, blieb er stehen, um auf sie zu warten. Alin runzelte verärgert die Stirn. Sie hatte sich bemüht, Mar seit jenem Tag, an dem er seinen Mund auf ihren gelegt hatte, aus dem Weg zu gehen. Sie traute ihm zu, daß er es noch einmal probieren würde. Und sich selbst traute sie nicht zu, ihn davon abzuhalten.

Mar lächelte sie an, als sie ihn eingeholt hatten. Er trug seine Pelztunika, aber die Kapuze war nach hinten gerutscht, und sein dickes Haar wehte in dem kalten Winterwind. Die rechte Hand hatte er vorn in die Tunika geschoben, und mit der linken hielt er einen mittelgroßen Speer.

Ware und Lugh machten einen Wettlauf am Ufer. Der kleine Junge lachte, und der Hund keuchte und hatte fast genauso großen Spaß. Alin und Mar folgten ihnen.

»Du läßt dir ja einen Bart wachsen«, hörte Alin sich sagen.

»Im Winter ist es wärmer mit einem Bart«, erwiderte er.

»Das ist eine nützliche Eigenschaft, die die Männer haben«, sagte sie. »Sie können sich ein Fell aus Haaren wachsen lassen, wenn es kalt wird. Frauen können das nicht.«

Er lachte. »Du würdest nicht halb so schön aussehen, wenn du einen Bart hättest.« Er legte den Kopf ein wenig auf die Seite, kniff die Augen zusammen und betrachtete ihr Gesicht.

Alin fühlte, wie sie rot wurde. Sie hoffte, es würde so aussehen, als ob ihr der kalte Wind die Farbe in die Wangen getrieben hätte. Um ihre Verlegenheit zu verbergen, sagte sie schnell: »Ich passe für Mada auf Ware auf. Er war es leid, immer nur in der Mädchenhöhle zu bleiben. Deshalb sind wir ein bißchen an die frische Luft gegangen.«

Er nickte, und sein Blick kehrte zu dem Jungen und dem Hund zurück, die fröhlich über das Ufer liefen. »Aber du solltest nicht allein weggehen«, sagte er. »Sieh dir an, was Zel passiert ist, nur weil er allein unterwegs war.«

»Was ist denn mit ihm passiert?« fragte Alin neugierig.

»Er wurde von einem Büffel auf die Hörner gespießt. Es ist keine besonders schöne Geschichte.« Er sah sie von der Seite an. »Anscheinend hatte Zel Hunger bekommen und wollte einen Büffel mit einem Speer erlegen. Aber er traf nicht richtig, so daß der Bulle zwar verwundet, aber nicht tot war.«

»Warum sollte ein Mann allein einen Büffel töten wollen?« fragte Alin.

»Er hätte es nicht tun sollen. Der Gott der Büffel wird zornig, wenn man seine Kinder aus einem so nichtigen Grund tötet, nur weil ein einziger Mensch etwas essen will. Zel hätte sich ein

Wildschwein suchen können oder einen Hasen oder auch nur einen Fisch. Das Eis ist noch nicht so dick, es bricht noch leicht.« Mar machte ein ernstes Gesicht. »Ich glaube, daß Zel für seine schlimme Tat bestraft wurde.«

»Wie wurde er verletzt?« fragte Alin.

Mar nahm die Hand aus der Tunika, um seine Kapuze nach vorn zu ziehen. »Wie du dir vorstellen kannst, war der Büffel wütend, weil er getroffen war. Er hat seinen Widersacher natürlich angegriffen. Zel ist zum nächsten Baum gerannt. Er schaffte es, vor dem Büffel am Baum zu sein, rutschte aber, als er raufklettern wollte, mit dem Fuß ab, so daß der Büffel ihn mit seinen Hörnern am Oberschenkel erwischte. Dann hat er noch mal zugestoßen. Anschließend hat er ihn in die Luft geworfen, und Zel blieb mit seinem Hemd an einem Ast hängen.«

Alin stellte sich die Szene in Gedanken vor. Sie kniff die Lippen zusammen.

»Der arme Zel versuchte, sich von dem Ast zu befreien«, fuhr Mar fort, »aber sein Hemd saß fest, und er hing mit dem Kopf nach unten. Zum Glück gelang es seinem Hund, den Büffel abzulenken. Schließlich gaben die Bänder an seinem Hemd nach, und er ist auf den Boden gekracht. Weil er fürchtete, daß der Büffel zurückkommen würde, ist er ins Gebüsch gekrochen und hat sich versteckt. Und tatsächlich kam der Büffel – als er es leid war, Zels Hund nachzujagen – zurück, um seine ursprüngliche Beute zu suchen. Zel sagte, das Tier hätte die ganze Gegend nach ihm abgesucht, ihn aber zum Glück nicht gefunden, und sich schließlich davongemacht, so daß Zel aus seinem Versteck kriechen konnte.«

Mar sah Alin an. »Er hatte ein großes Loch im Schenkel, und aus dem Loch an der Hüfte hingen seine Eingeweide heraus.«

»Wie furchtbar!« entfuhr es Alin. »Ein Wunder, daß er es bis zur Klippe geschafft hat.«

Mar nickte. »Ja. Zel ist robust. Er hat die Eingeweide wieder in seinen Bauch gestopft und seinen Gürtel umgebunden. Dann hat er sich ein Stück Leder von seiner Schlafrolle um den Oberschenkel gewickelt, damit er zu bluten aufhörte, und ist nach Hause gegangen.«

Beide schwiegen nachdenklich. Währenddessen kamen Ware und Lugh auf Mar und Alin zugelaufen. »Was wollte Zel eigentlich so weit von zu Hause und ganz allein?« fragte Alin. »Niemand von meinem Stamm würde sich jemals ohne Begleiter so weit entfernen.«

»Das tun wir sonst auch nicht«, erwiderte Mar.

»Und warum hat Zel es dann getan?«

Mar stieß seinen Speer in den Kiesboden am Ufer und schwieg.

Alin hatte plötzlich einen Verdacht. Warum wollte Mar es ihr nicht sagen? »Mar?« fragte sie mit ruhiger Stimme.

Er zuckte die Achseln. In seiner Renfelltunika sah er noch größer aus, als er ohnehin war. Wie ein großer Bär, dachte Alin. Ein großer goldener Bär. Sie kniff die Augen zusammen und betrachtete sein abgewandtes Gesicht. »Dann eben nicht«, sagte sie schließlich. »Dann frage ich eben jemand anders.«

Er streckte das Kinn nach vorn. Sie konnte sehen, wie seine Muskeln arbeiteten. »Du bist wirklich lästig«, meinte er.

Sie zuckte mit den Schultern, wie er es immer tat, sagte aber nichts.

»Er wollte zur Lachshöhle gehen«, erklärte Mar schließlich mürrisch.

»Und was ist die Lachshöhle?«

»Das ist eine Höhle, die zwei Tagesreisen flußabwärts liegt. In Richtung des Schlangenwassers.«

»Schön. Aber was wollte er in der Lachshöhle?«

Diesmal stieß Mar seinen Spieß beinahe zornig in den Kies.

»Es sind Frauen dort«, sagte er schließlich. »Frauen, die von ihrem Stamm verstoßen wurden. Du kannst mit ihnen schlafen, wenn du bereit bist, dafür zu zahlen.«

Alin glaubte, nicht richtig gehört zu haben.

»Mit ihnen schlafen?« Sie sah ihn von der Seite an. »Du meinst, sie paaren sich mit jedem Mann, wenn er nur bezahlt?«

»Genau das habe ich gesagt.«

»Das glaube ich nicht.«

»Das liegt ganz bei dir.«

Lugh machte keuchend vor Mars Füßen halt. Er schaute an seinem Herrn hoch und bellte ihn kurz und scharf an. Mar lachte und zog einen Knochen unter seiner Tunika hervor. »Hol ihn dir!« feuerte er den Hund an und warf den Knochen. Lugh raste davon. Ware kreischte vor Vergnügen.

»Warum wurden diese Frauen von ihren Stämmen verstoßen?« fragte Alin.

»Ihre Männer haben sie gefunden, als sie mit anderen Männern zusammen waren.«

»Und deswegen wurden sie ausgestoßen?« fragte Alin ungläubig.

»Wir in der Sippe mögen es nicht, wenn uns unsere Frauen nicht treu sind«, sagte Mar.

»Und wird ein verheirateter Mann auch verstoßen, wenn sich herausstellt, daß er seiner Frau nicht treu ist?« fragte Alin.

»Nein.« Er sah sie nicht an. »Natürlich wird er bestraft. Denn es ist nicht richtig, die Frau eines anderen zu nehmen. Aber er wird nicht verstoßen.«

»Ich verstehe.«

»Nein«, sagte er und blickte ihr ins Gesicht. »Du verstehst gar nichts.«

»Du hast recht«, gab sie sofort zu. »Das tu ich auch nicht.«

»Stimmt es eigentlich, daß sich in deinem Stamm die verheirateten Frauen jeden anderen Mann nehmen können, den sie haben wollen?« Seine Stimme war hart und schroff.

Lugh kam mit dem Knochen zwischen den Zähnen über den Kies gelaufen. »Ich!« schrie Ware. »Ich will für Lugh den Knochen werfen!«

Mar nahm seinem Hund den Knochen ab und gab ihn dem Jungen. »Da hast du ihn«, sagte er. Seine Stimme klang wieder weicher, als er mit dem Kind sprach. »Wirf ihn.«

Der Knochen fiel nicht sehr weit entfernt zu Boden, aber Lugh jagte ihm trotzdem nach.

»Die verheirateten Frauen meines Stammes schlafen nicht mit anderen Männern«, sagte Alin wütend. »Vor der Hochzeit kann ein Mädchen tun, was ihm gefällt. Aber wenn es sich erst einmal für einen Ehemann entschieden hat, dann muß es ihm treu sein. Genauso wie er seiner Frau treu sein muß. Das hält den Stamm zusammen.«

Mar sah erleichtert aus. »Das ist nicht viel anders als in meinem Stamm.«

»Aber in meinem Stamm würde niemals eine Frau verstoßen werden, nur weil sie mit einem anderen Mann geschlafen hat!« erwiderte Alin heftig.

Er zog die Augenbrauen hoch. »Du hast doch gerade gesagt, daß es auch in deinem Stamm nicht als richtig angesehen wird. Was würde der Hirsch-Clan denn tun, wenn so etwas passierte?«

Ein Stückchen entfernt warf Ware wieder den Knochen für Lugh, damit er ihn zurückbrachte.

»Es passiert nicht«, erwiderte Alin. »Wenn ein Mann und seine Frau nicht miteinander auskommen, so daß sich die Frau einen anderen Mann wünscht, braucht sie es nur der Herrin zu sagen, und die Ehe wird aufgelöst.«

»Und das gilt auch für den Mann?«

»Ja. Für den Mann gilt das auch.«

Er schnaubte. »Bei uns ist das anders. Wenn ein Mann seiner Frau überdrüssig ist, kann er sich zusätzlich eine andere nehmen. Die erste behält er natürlich.«

»Und kann sich die Frau auch einen zweiten Mann nehmen?«

Er kniff die Lippen zusammen. »Nein.«

Sie lächelte, aber ohne jeden Humor. »Du machst mir nicht gerade Mut, eine Frau in deinem Stamm zu werden, Mar«, sagte sie.

»Es kommt nicht oft vor, daß ein Mann sich eine zweite Frau nimmt«, sagte Mar verteidigend.

»Das liegt nur daran, weil es zu wenig Frauen gibt«, erwiderte Alin.

Das war unbestritten, und deshalb fiel ihm auch keine Antwort ein. Zu oft schon hatte er sich in der Defensive befunden, wenn er mit diesem Mädchen gesprochen hatte. Das verbesserte nicht gerade seine Laune. Sein Kinn schob sich noch ein wenig weiter nach vorn.

Sie waren zu einer windgeschützten Stelle neben einem überhängenden Felsen gelangt und blieben stehen, um das Kind zu beobachten, das immer noch für den Hund den Knochen über das Ufer warf. Gerade war ihm ein besonders guter Wurf gelungen, und Mar murmelte leise: »Guter Junge.« Alin blickte an dem Mann neben ihr hoch, während er beobachtete, wie sein Hund den Knochen packte und wieder zu Ware brachte.

Ob Mar jemals zu diesen Frauen gegangen war?

Und warum störte sie dieser Gedanke?

Alin runzelte die Stirn und starrte auf ihre neuen Stiefel. Seine Stimme war ihr eine willkommene Ablenkung. »Aber etwas hat mich an deinem Stamm schon immer verwundert«, sagte er.

»Ich schätze, daß dir an meinem Stamm mehr als nur eine Sache verwunderlich vorkommt«, erwiderte sie amüsiert.

Er warf ihr einen erstaunten Blick zu. Ihre Blicke begegneten sich, und dann grinste er plötzlich. Alin merkte, daß auch sie grinsen mußte. Sofort machte sie einen Rückzieher.

Gefahr, schoß es ihr durch den Kopf, und sie trat einen Schritt von ihm weg. »Und worüber wunderst du dich so, Mar?« fragte sie.

Er nahm ihren Rückzug zur Kenntnis und zog die Augenbrauen hoch. »Im Stamm des Pferdes ist es verboten, sich innerhalb eines bestimmten Verwandtschaftsgrades zu paaren. Deshalb gehen wir zu den Treffen der Sippe, um für unsere Mädchen in anderen Stämmen Männer zu finden und für uns selbst andere Frauen. Es gibt nur eine bestimmte Anzahl Männer und Frauen, die sich innerhalb des Stammes paaren können, alle anderen sind zu eng miteinander verwandt«, erwiderte er. Im Schutz des Felsens war es angenehm warm, und er schob die Kapuze vom Kopf. »Diese Regel gilt in der ganzen Sippe«, sagte er ernst. »So war es seit den Anfängen der Zeit. Aber die Frauen in deinem Stamm gehen nicht weg. Ist es euch denn erlaubt, innerhalb eurer eigenen Verwandtschaft zu heiraten?«

»Nein«, erwiderte Alin sofort. »Wie alle in der Sippe dürfen auch wir uns nicht innerhalb der eigenen Familie paaren.« Sie warf ihm einen langen kühlen Blick zu. »Die Antwort auf deine Frage ist ganz einfach, Mar, und sie wäre dir auch sofort eingefallen, wenn du dir die Mühe gemacht hättest, darüber nachzudenken. Der Stamm des Pferdes tauscht seine Frauen mit anderen Stämmen, um für sich selbst neue Frauen zu bekommen. Im Hirsch-Clan sind es die Männer, die in andere Stämme einheiraten, und die Frauen, die neue Ehemänner in den Stamm holen.«

Er starrte sie mit offenem Mund an.

»Die *Männer* verlassen ihren eigenen Stamm, um in euren einzuheiraten?«

»Ja.«

»Das ist – erstaunlich.«

Sie bedachte ihn mit einem geheimnisvollen Lächeln. »Unsere Frauen sind bei den anderen Stämmen der Sippe sehr gefragt«, fuhr sie fort. »Wir sind dafür bekannt, gute Liebhaberinnen zu sein, weißt du.«

Im ersten Moment herrschte verblüfftes Schweigen. Dann lachte er aus vollem Hals. Nachdem er wieder zu Atem gekommen war, sagte er: »Dann müßten wir ja gut zusammenpassen – die Männer von meinem Stamm und die Frauen von deinem Stamm.«

Alin ließ ihren Blick langsam über die hochgewachsene Gestalt gleiten und verharrte bei den lachenden Augen, die so strahlend blau waren wie der kobaltblaue Winterhimmel über ihnen. Diese Augen waren, wie sie jetzt zum ersten Mal bemerkte, das Zeichen des Himmelsgottes. Er war ein Mann, der den Himmelsgott für sich beanspruchte, absolut und vollständig. Von der Mutter hatte er nichts an sich.

Es war behaglich warm im Windschatten des Felsens, aber Alin spürte, wie sie zu zittern begann. »Ich glaube, es wird langsam Zeit, zurückzugehen«, sagte sie. »Mada wird Ware schon vermissen.« Und sie machte einen Schritt aus dem Schutz des Felsens hinaus in den Wind.

Sobald sie ans Ufer kamen, ließ Lugh das Kind, mit dem er gespielt hatte, stehen und kam zu Mar gelaufen. Ware folgte ihm mit geröteten Wangen.

»Möchtest du gern nach Hause reiten?« fragte Mar ihn freundlich.

»Ja! Ja!« rief Ware sofort und streckte dem großen Mann die Arme entgegen. Mar hob den kleinen Jungen hoch und setzte ihn auf seine Schultern.

»Das hat mein Vater immer mit mir gemacht. Ich weiß noch, wie schön das war«, sagte Mar mit einem Lachen zu Alin und lief dann mit dem Kind auf den Schultern über das Ufer. Wares kleine Hände klammerten sich fest an die hellen Haare, und seine Freudenschreie wurden vom Wind bis weit über den Fluß getragen.

Auf Alins Gesicht breitete sich ein Lächeln aus, als sie dem fröhlichen Trio folgte: Mann, Kind und Hund.

»Alin!« Ware drehte den Kopf nach hinten und rief: »Komm mit!«

»Ich komme!« rief sie und lief schneller, um die drei einzuholen.

Huth kümmerte sich den ganzen Nachmittag um Zel, verband seine Wunden und gab ihm nach den Anweisungen des Geistes, den er herbeigerufen hatte, seine Medizin. Der junge Arn blieb während dieser Zeit bei seinem Meister, aber zum Abendessen schickte Huth ihn fort.

»Zel schläft jetzt«, sagte er zu dem Jungen. »Ich werde noch eine Weile bei ihm bleiben. Geh und hol dir etwas zu essen.«

Arn wußte, daß Huth bis zum nächsten Morgen fasten würde, und so fragte er den Schamanen erst gar nicht, ob er ihm etwas zu essen bringen sollte. »Ich darf doch zurückkommen?« fragte er.

»Gewiß. Aber ich will, daß du etwas ißt. Du hast heute schon lange genug gefastet.«

Arn ging zur Höhle der Eingeführten. Er war im vergangenen Jahr eingeführt worden, zwei Jahre nach seinem Bruder Dale, aber er hatte nie zum engeren Kreis gehört. Er war der Lehrling des Schamanen, und die anderen Eingeführten des Stammes begegneten ihm mit einigem Unbehagen und ehrfürchtigem Staunen.

In der Höhle der Eingeführten aß Arn einen Eintopf mit Büffelfleisch, den Mada auf heißen Steinen in einer Grube, die mit Tierhäuten ausgelegt war, den ganzen Nachmittag lang für die Jungen gekocht hatte. Mada erhitzte das Fleisch immer ganz langsam und würzte es mit Lorbeerblättern, Petersilie und Majoran, alles Gewürze, die dem Gericht einen besonderen Geschmack gaben.

Wie die anderen Jungen auch aß Arn sein Fleisch aus dem Stirnknochen eines Hirschs, von dem das Geweih entfernt worden war und der die Form einer Schale hatte. Die Ränder waren geglättet und poliert, so daß es keine scharfen Kanten gab, mit denen man sich in den Mund schneiden konnte. Beim Essen erst merkte Arn, daß er schon halb verhungert war. Zel war kurz nach dem Morgengrauen ins Lager gekommen, und Huth und er hatten keine Zeit mehr für ihr Frühstück gehabt.

Die Gespräche rund um das Feuer in der Höhle der Eingeführten drehten sich um die üblichen beiden Themen: die Jagd und die Mädchen. Arn hörte nur mit halbem Ohr hin. Als er sein Fleisch bis auf das letzte Stück aufgegessen hatte, sagte er zu seinem Bruder, der neben ihm saß: »Wo ist Tane? Ich habe ihn den ganzen Tag noch nicht gesehen. Ich glaube, er weiß noch gar nichts von Zel.«

»Ich habe ihn heute auch noch nicht gesehen«, erwiderte Dale. »Er arbeitet schon den ganzen Mond lang in der heiligen Höhle. Vielleicht ist er noch nicht zurück von dort.«

»Aber es wird doch schon dunkel«, erwiderte Arn.

»Vielleicht ist er bei Mar«, überlegte Dale.

»Ja.« Arns Haarschopf, der noch heller war als der seines Bruders, nickte. »Vielleicht ist er bei Mar.«

An diesem Tag war es die Aufgabe von Cort und Melior, die Eßsachen wegzuräumen. Die anderen Jungen holten ihre Knöchelknochen hervor, um »Jagt den Büffel« zu spielen. Bror nahm ein Knochenstück in die Hand, an dem er schon vorher gearbeitet hatte, und ritzte ein Bild in die Oberfläche. Zwei andere

Jungen begannen mit scharfen Flintmessern an Holzstöcken zu schnitzen. Hunde, die sich um die restlichen Fleischstückchen hätten balgen können, gab es hier nicht. Die Höhle der Eingeführten lag weit oben in der Klippe, so daß sie für die Tiere unerreichbar war. Es herrschte eine kameradschaftliche und friedliche Stimmung in der Höhle. Von der Körperwärme und dem Feuer war die Luft angenehm warm.

Ein wenig zögernd stand Arn auf.

»Bleib doch noch ein bißchen«, sagte Dale. »Heute nacht ist das Feuer in Huths Höhle bestimmt kalt.«

Arn lächelte seinem Bruder zu. »Ich komme wieder«, sagte er. »Aber vorher muß ich zu Huth gehen, um zu sehen, ob er mich braucht.«

Dale sah aus, als wollte er widersprechen, dann zuckte er die Achseln und nickte. Er drehte sich zu dem Jungen auf seiner anderen Seite um und begann ihm zu erzählen, was Elen heute zu ihm gesagt hatte. Arn schlüpfte leise zwischen den Häuten an der Tür hindurch ins Freie.

Die Sonne war schon fast untergegangen, und die Dunkelheit kroch über das Tal des Wandflusses. Arn setzte den Fuß auf die Leiter und kletterte schnell zur nächsten Terrasse. Unten wäre er fast mit einem Mädchen zusammengestoßen, das gerade nach oben steigen wollte.

»Oh!« stieß Dara erschrocken aus. »Ich hab dich gar nicht gesehen. Es ist schon so dunkel.«

»Entschuldige«, sagte Arn verlegen. »Fast wäre ich auf deinen Kopf gestiegen!«

Sie schauten sich an. Vom Sehen kannten sie sich natürlich, aber sie hatten noch nie miteinander gesprochen. »Du bist doch der Junge, der Huth hilft«, sagte Dara.

»Ja. Ich bin Arn.«

»Ich bin Dara.«

Arn war froh, daß ihm ihr Kopf nur bis an die Augen reichte.

Und Dara fand, daß dieser Junge die schönsten Haare hatte, die man sich vorstellen konnte.

»Was tust du so ganz allein hier draußen, Dara?« fragte Arn schließlich. »Es wird schon dunkel, und im Dunkeln kann man leicht von der Leiter fallen.«

Dara blickte ihn mit ihren dunklen grauen Augen ernst an. »Ich habe Jes gesucht. Sie ist noch nicht zurück.«

»Zurück woher?«

»Sie ist mit Tane in die Höhle gegangen«, erwiderte Dara. »Um ihm beim Malen zuzusehen.«

Arn schwieg erschrocken. Dann fragte er: »Weiß Huth davon?«

Dara blinzelte vor Schreck mit den Augen. »Das weiß ich nicht. Vielleicht hätte ich es dir nicht sagen sollen –«

»Ist schon in Ordnung«, beruhigte sie Arn. »Ich sage nichts. Und außerdem ist Huth heute nacht mit anderen Dingen beschäftigt.«

»Wie geht es Zel?« fragte Dara geistesgegenwärtig.

»Er lebt noch. Das ist immerhin etwas.«

»Ja«, antwortete sie. Noch nie hatte Arn eine so weiche Stimme gehört. »Er soll furchtbar schlimme Wunden haben.«

»Ja, die hat er.«

»Also«, sagte Dara zögernd. Sie schaute die Leiter hinauf und dann wieder zu Arn. »Ich werde jetzt lieber wieder in die Mädchenhöhle gehen.«

»Ich begleite dich«, sagte Arn. Er blickte auf die kleine zerbrechliche Gestalt. Es passierte ihm nicht allzuoft, daß er auf jemanden hinuntersehen konnte, auch nicht auf eine Frau. »Wie viele Winter bist du alt, Dara?« fragte er.

»Zwei Handvoll und drei«, erwiderte sie.

Er lächelte erfreut. »Dann bin ich dir einen Winter voraus.«

»Ach.« Sie starrte zu ihm hoch, und ihre Augen sahen sogar jetzt, bei dem dämmrigen Licht, genauso grau aus wie seine, nur sehr viel dunkler. Mit aufrichtiger Bewunderung sagte sie: »Du bist schon so wichtig, Arn, obwohl du noch so jung bist.«

Arn war ein bescheidener Junge, aber was sie sagte, gefiel ihm. Trotzdem versicherte er ihr: »Aber ich bin doch nicht wichtig. Vielleicht werde ich es später einmal. Wenn ich Schamane bin.«

»Und wann wird das sein?«

»Wenn Huth sagt, daß ich soweit bin.« Sein Blick war nach innen gerichtet. »Es ist nicht leicht, ein Schamane zu werden, Dara. Es gibt so viel zu lernen. Und so viele Reisen zu machen – mit meinem Geist.«

Sie blickte ihn erstaunt an. »In unserem Stamm haben wir keinen Schamanen wie dich«, sagte sie. »In unserem Stamm haben wir die Herrin. Sie ist die Stimme der Mutter.«

»Wenn eure Herrin anstelle der Mutter spricht, dann ist sie wie ein Schamane«, erwiderte er.

Dara nickte nachdenklich. »Ja. Ich glaube, das stimmt.«

»Gehst du jetzt wieder in die Mädchenhöhle?«

»Ja.«

»Dann komm«, sagte Arn. »Ich gehe mit und passe auf, daß du auch sicher dort ankommst.«

16

Als der Mond des Rens voll war, durfte Jes zusammen mit den beiden noch nicht eingeführten Jungen an Huths Malunterricht teilnehmen. Während es draußen immer kälter wurde, besuchte

Jes jeden Nachmittag Huths warme Höhle und lauschte begierig, wenn er seinen drei jungen Schülern beibrachte, wie man die verschiedenen Farben zum Malen herstellte, wie man das Mineral, das er den »Strecker« nannte, dem Pigment hinzufügte, um größere Farbmengen zu bekommen, und wie man das Ganze mit Wasser vermischte, damit es an der felsigen Höhlenwand haftenblieb.

»Jeder Stamm hat sein eigenes Geheimnis, was das Herstellen von Farbe betrifft«, erklärte Huth, als er Teer mahlte, um damit eine seiner schwarzen Farben anzurühren, die der Stamm für Umrisse verwendete. »Teer und Holzkohle für Schwarz, Ocker für Braun und Gelb und Rot. Man kann auch eine weiße Farbe aus Lehm machen, aber Gelb eignet sich als Farbe besser als Weiß.«

Huth hatte hinten in seiner Wohnhöhle viele Klumpen der nötigen Mineralien aufbewahrt. Das Rohmaterial stammte aus Lagern, die nicht weit von der heiligen Höhle entfernt waren. Huth zeigte den Jungen und Jes, wie die Mineralien, die in natürlich gewölbten Steinen vorkamen, zu feinem Puder gemahlen wurden, wie der Farbstoff erhitzt wurde, um verschiedene Farben herzustellen, und wie man die Farben mischen mußte, um verschiedene Töne zu erhalten.

Aber das Wichtigste am Unterricht war nicht das Malen, sondern das Zeichnen. Für die Übungen produzierte Huth glatte Steine und Meißel zum Gravieren. »Und jetzt«, sagte er zu Beginn der Unterrichtsstunde, »will ich von jedem von euch sehen, wir ihr drei Pferde malt, aber vorher will ich euch zeigen, wie man es macht, daß eins nach dem anderen näher bei mir steht als das vorherige.« Ganz gleich, was sie übten, Jes' Arbeiten waren immer die besten.

Die Zeit des Renmondes war die Phase, in der die fertig ausgebildeten Künstler des Stammes in der heiligen Höhle arbeiteten. Es brach Jes fast das Herz, wenn sie sah, wie Tane und Bror und Finn und Cal jeden Morgen mit ihren Eßpaketen über der Schulter loszogen, um den ganzen Tag an dem Ort Bilder zu malen, an dem sie selbst gern gewesen wäre. Sie wußte, daß Huth sie noch nicht völlig akzeptiert hatte. Sie wußte auch, daß sie mit dem Schamanen sehr vorsichtig umgehen mußte und nicht den Anschein erwecken durfte, mehr zu verlangen, als er für angemessen hielt. Andernfalls würde er ihr das wenige, das sie hatte, wieder wegnehmen.

Aber sie wartete sehnlichst auf eine Gelegenheit, sich die prächtigen Bilder in der Höhle, die sie während der Zeremonie des Jagdzaubers nur so kurz hatte betrachten können, einmal aus der Nähe anzusehen. Als Tane ihr eines Tages anbot, sie dorthin mitzunehmen, ergriff sie diese Gelegenheit ohne zu zögern.

»Die anderen kommen heute nicht«, erklärte er ihr und schärfte ihr ein, sich ruhig zu verhalten. »Nur wir beide werden dort sein.«

»Gut«, sagte Jes und übersah vor Freude das wehmütige Lächeln, mit dem er sie ansah. »Dann steht mir wenigstens niemand im Weg, wenn ich die Bilder betrachte.«

»So ist es«, erwiderte er, noch immer mit demselben wehmütigen Blick. »Ich habe gesagt, daß ich hingehe, um etwas zu vollenden, an dem ich gerade arbeite. Deshalb werde ich auch wirklich arbeiten müssen. Du kannst also so viel schauen, wie du willst. Ich werde dir nicht im Weg sein.«

Sie verbrachten den ganzen Tag unter der Erde, mit den prächtigen Bildern der Höhle. Jes streifte stundenlang durch die Hallen und Gänge und nahm gierig all die Tiere in sich auf, die großen Bullen, die Pferde und die kleinen Fohlen, die ausgelassen hinter ihren Müttern hersprangen, und die Hirsche mit den prächtigen Geweihen.

»Die hat mein Vater gemalt«, erklärte Tane und deutete auf die vier großen schwarzen Bullen in der großen Halle.

»Die hat Huth gemalt?« fragte Jes staunend.

»Ja. Er ist ein guter Maler, mein Vater.«

»Malt er nicht mehr in der Höhle?«

»Das Malen in der Höhle zieht in den Rücken«, erklärte Tane.

Jes nickte. »Haben die Männer von deinem Stamm all diese Bilder gemalt, Tane?«

»Das sagen die Schamanen. Aber in Wirklichkeit gibt es ein paar Bilder, die schon fast vom Anbeginn der Zeit hier waren.«

»Und jede Generation malt neue Bilder?«

Tane schüttelte den Kopf. »Es hat nicht immer Künstler gegeben. Mein Vater war der erste richtige Künstler, der seit Menschengedenken hier gearbeitet hat. Aber er hat andere unterrichtet, die ihm nun folgen, so daß die Höhle wieder zu neuem Leben erwacht.«

Wirklich, dachte Jes, diese heilige Höhle, die dem Stamm des Pferdes gehört, scheint von künstlerischer Energie erfüllt zu sein. Überall an den Wänden waren Zeichnungen. Am Boden lagen hohle Vogelknochen mit Farbresten, eine Sammlung Flintgravierer und Meißel und Klingen. Und in der großen Halle erblickte sie einen flachen Stein, der offenbar als Palette diente, und Bürsten aus Tierhaaren und kleine Knochen, um die Farbe, die auf das Gestein gespritzt war, wegzuputzen.

Vor einem der Pferdebilder in der hinteren Halle stand ein Holzgerüst, das Bror für seine Arbeit verwendete. Das Gerüst war eine kluge Erfindung. Zu beiden Seiten waren im Felsen zwanzig Kerben eingelassen. Die Künstler hatten Äste hineingesteckt und mit Lehm einzementiert. Auf diesen lag eine Platte aus geschnittenem Eichenholz, von der aus man bis ganz oben an die Wände und bis an die Decke reichte.

Den zweiten Teil des Tages verbrachte Jes damit, Tane bei der Arbeit zuzusehen. Über ein schon älteres Bild von einem kleinen braunen Pferd malte Tane nun einen Fries aus Hirschköpfen.

Es war eins der schönsten Bilder in der ganzen Höhle. Die Tierköpfe erstreckten sich über eine Länge von sechzehn Fuß über die Wand. Die Hirsche waren Silhouetten mit schwarzen Umrissen, und nur der Kopf, der Hals, die Schultern und die Geweihe waren zu erkennen. Aber sie waren so anmutig, daß jeder, der sie betrachtete, vor der Schönheit dieses Bildes erstarrte. Indem Tane nur die prächtigen Köpfe dieser fünf Tiere zeigte, war es ihm gelungen, den Anschein zu erwecken, als wären sie gerade an einem Flußufer aus dem Wasser aufgetaucht. In diesem Bild spiegelte sich das Leben und das Gefühl des Augenblicks derart vollkommen wider, daß Jes keine Worte fand, um ihren Empfindungen Ausdruck zu verleihen.

»Hirsche?« Das war alles, was sie herausbrachte. Aber ihr Gesichtsausdruck verriet mehr als alle Worte.

Er lächelte. »Mich haben die Hirsche inspiriert«, sagte er. »Ich weiß auch nicht, warum.«

Als sie schließlich aus der Höhle stiegen und die Sonne untergehen sahen, waren sie beide erschrocken.

»Oh«, murmelte Jes. »Jetzt werden alle wissen wollen, wo wir waren.«

»Ich hab gar nicht gemerkt, daß es schon so spät ist«, sagte Tane mit angehaltenem Atem. Er zuckte die Achseln. »Das ist nicht mehr zu ändern. Komm. Wenn sie fragen, werden wir es ihnen eben sagen müssen.«

»Sie« und »ihnen«. Die beiden merkten gar nicht, daß sie alle und jeden, die ganze Welt, wenn sie nicht Jes oder Tane betraf, als die »anderen« einordneten.

Sie gingen auf dem Pfad durch den Wald, der zum Fluß führte.

»Wunderbar, dieser kleine weiße Fleck zwischen Bein und Brust des Pferdes. Welchen Eindruck von Tiefe er vermittelt«, sagte Jes nach einer Weile, als sie sich an ein Bild erinnerte, das sie am Vormittag gesehen hatte: der kleine ausgestreckte Kopf des Pferdes, die weit ausholenden Beine, in denen sich die Energie des Fluges ausdrückte. »Darauf wäre ich nie gekommen.«

»Tiefe und Bewegung anzudeuten, ist eins der wichtigsten Dinge beim Malen«, erklärte Tane.

»Ja. Dein Vater hat es mit uns geübt«, stimmte sie zu. »Aber es ist schwer, sich selbst auszudenken, wie man es macht.«

Er nickte. »Aber wenn du es erst einmal versucht hast, findest du bald heraus, wie es die andern gemacht haben. Wenn du nicht schon einmal selbst versucht hättest, einem Pferd Tiefe zu geben, hättest du den Trick mit dem weißen Fleck bestimmt nicht durchschaut.«

Sie legte den Kopf auf die Seite und dachte einen Augenblick nach. »Wahrscheinlich nicht.«

»Was mein Vater tut, hat immer einen Sinn. Als ich endlich die Bilder in der heiligen Höhle sehen durfte, konnte ich schon mit den Augen eines Malers sehen.«

Sie waren jetzt auf dem Pfad nach Süden angekommen, der sie zu den Wohnhöhlen bringen würde. Sie hatten nichts bei sich – die Malsachen hatten sie in der Höhle gelassen und ihren Proviant aufgegessen.

Jes paßte ihre Schritte denen von Tane an, und sie ging so leichtfüßig und natürlich neben ihm, als ginge sie neben Alin.

Er ist ein wunderbarer Künstler, dachte sie voller Bewunderung und sah wieder den Fries aus Hirschen vor sich, an dem er gearbeitet hatte. Sie wäre so glücklich, wenn sie ihm immer beim Malen zusehen könnte, diesen schmalen klugen Händen, die so viel lebendige Schönheit auf den schimmernden weißen Wänden der wunderbaren Höhle seines Stammes schufen.

»Aber dein Vater hat dir doch nicht direkt verboten, mich in die Höhle mitzunehmen?« fragte sie, als er für sie einen Zweig auf die Seite drückte, der ihnen den Weg versperrte.

»Nein.« Sie bewegte sich an ihm vorbei, und er ließ den Zweig wieder zurückschnellen. »Aber ich habe ihn auch nicht gefragt, Jes. Er sagte, es ginge in Ordnung, wenn die Mädchen zum Jagdzauber in die Höhle kämen, und so habe ich einfach – angenommen, daß es auch in Ordnung ginge, wenn ich dich mitnehme, damit du mir beim Malen zusehen kannst.« Er warf ihr einen kurzen Blick zu. »Verstehst du?«

»Ja. Ich verstehe.« Ihre Stimme klang ganz ruhig.

»Wenn er fragt, wo wir waren, dann werde ich es ihm sagen müssen.«

»Und wenn er nun sagt, daß ich nicht mehr in die Höhle darf?«

Er sah unglücklich aus. »Dann wirst du wohl nicht mehr in die Höhle gehen können.«

Sie antwortete nicht. Er schaute sie an. »Jes!« bat er. »Mach doch nicht so ein Gesicht!«

»Ich glaube, das könnte ich nicht ertragen, Tane«, rief sie verzweifelt. Sie, Jes, die sich niemals vor anderen etwas anmerken ließ, machte gar nicht den Versuch, ihre Gefühle vor ihm zu verbergen. Sie war sicher, er würde ihren Kummer verstehen.

Ihre Kehle tat weh. »Ich könnte es nicht ertragen«, sagte sie.

»Aber du arbeitest doch mit den neuen Schülern zusammen«, beschwichtigte er sie. »Es ist ja nicht so, daß du überhaupt nicht malst.«

»Das ist nicht genug«, erwiderte sie verzweifelt. »Verstehst du denn nicht, Tane? Das ist nicht genug.«

Er stieß langsam die Luft aus und legte die Stirn in Falten. Dann streckte er die Hand aus und zog sie mit einer schnellen Bewegung, die sie völlig überraschte, in seine Arme.

Jes fühlte das Fell seiner Tunika seidig und kalt an ihrer Wange. In der Höhle hatten sie keine Tunikas gebraucht, denn dort herrschte, ob Winter, ob Sommer, stets die gleiche Temperatur. Aber hier im Freien war es eisig kalt. In seinen Armen war es warm und seltsam behaglich. Sie versuchte nicht, sich ihm zu entziehen.

Immer schon hatte Jes ein starkes Verlangen verspürt, zu malen, über das sie allerdings nie mit ihren Freundinnen im Hirsch-Clan gesprochen hatte. Selbst Alin wußte nichts von ihren heimlichen Besuchen in der heiligen Höhle, ihren einsamen Kämpfen, richtig malen zu lernen. Manchmal hatte sich Jes gefragt, ob sie diese seltsame Leidenschaft von ihrem Vater mitbekommen hatte. Er war ein Mann von einem anderen Stamm gewesen, den ihre Mutter bei einem kleinen lokalen Treffen kennengelernt hatte, als sie noch sehr jung gewesen war. Sie hatten sich gepaart, aber nicht geheiratet, und dann war Jes geboren worden.

»Jes«, sagte Tane jetzt. Er war nur ein kleines Stückchen größer als sie und schmal gebaut, aber seine Arme, die sie hielten, fühlten sich fest und stark an. Er legte seine kalte Wange an ihre. »Wir werden uns etwas ausdenken«, versprach er. »Wenn dir mein Vater verbietet, in die Höhle zu gehen, dann werden wir ihn eben umstimmen müssen. Oder wir arbeiten in einer anderen Höhle. Du wirst malen können. Daran brauchst du nicht zu zweifeln. Das schwöre ich dir.«

Sie lehnte sich ein wenig zurück, um sein Gesicht sehen zu können. »Das würdest du schwören?«

»Ja«, sagte er. Aus dieser Nähe waren seine Augen sehr grün. »Ich weiß, wie du danach gehungert hast«, sagte er. »Ich weiß, daß es schwerfällt, warten zu müssen. Aber – du wirst malen. Große Bilder, Jes. Pferde und Bullen und Hirsche.« Seine Augen glänzten. »Das schwöre ich dir. Ich werde nicht zulassen, daß dich jemals wieder jemand daran hindert. Aber – du mußt Geduld haben.«

Ein leises Lächeln umspielte ihre Lippen. »Ja«, flüsterte sie.

Dann verschloß er mit seinem Mund ihre Lippen.

Noch nie zuvor hatte jemand das getan. Jes war fünfzehn Winter alt. Ihren ersten Jungen hatte sie vor zwei Jahren bei den Frühlingsfeuern gehabt, und sie wußte sehr genau, was mit einem Mann und einer Frau passierte, wenn sie zusammenlagen, um sich zu paaren.

Aber noch nie hatte ein Mann seinen Mund auf den ihren gelegt. Sie war so überrascht davon, daß sie zuerst ganz steif wurde. Doch dann, als Tane sie noch fester an sich zog, schlang sie die Arme um seine Hüften. Wegen der vielen Felle konnte sie ihn jedoch gar nicht richtig fühlen, was sie bedauerte. Aber sie fühlte seine Zunge, die zu ihrer großen Überraschung zwischen ihre Lippen in ihren Mund glitt.

Dieses Eindringen bewirkte erstaunliche Dinge bei Jes. Nicht lange, und sie begriff, daß das neckische Spiel der Zungen nur die Vorbereitung auf einen viel größeren Akt war. Und sie wollte es. Sie wollte Tane. Wollte, daß seine schmalen begabten Hände sie berührten, wollte seinen schlanken kräftigen Körper nackt neben sich, wollte, daß sein Phallus genauso in sie drang wie seine Zunge in ihren Mund.

Was würde Alin dazu sagen, schoß es ihr durch den Kopf. Was sie mit Tane tat, war Verrat an ihrem Stamm. Jes versteifte den Rücken, nahm ihre ganze Willenskraft zusammen und entzog sich ihm.

»Es wäre nicht richtig, wenn ich es mit dir mache«, sagte sie schroff. »Das ist ein Verrat an meinen Freundinnen.« Abrupt drehte sie sich um und ging mit raschen Schritten auf dem Pfad am Fluß weiter.

Tane holte sie sofort wieder ein. »Es ist nichts Falsches, Jes«, sagte er. Er schien außer Atem, und sie glaubte nicht, daß es daher kam, weil er hinter ihr hergelaufen war. »Beim Mond des Lachses müssen die Frauen vom Hirsch-Clan einen Gefährten wählen«, sagte er. »Wie willst du entscheiden, welchen Mann du wählen sollst, wenn du gar nichts von uns weißt?«

Jes warf ihm einen schiefen Blick zu, sagte aber nichts. Mit festen Schritten ging sie weiter.

Tane legte die Hand auf ihren Arm, um sie festzuhalten. »Antworte mir«, forschte er. Seine Stimme klang jetzt nicht mehr atemlos, sondern hart.

Jes entzog ihm ihren Arm, blieb aber stehen. »Ich werde dir nicht antworten, Mann des Pferdes.«

»So.« Sie standen sich auf dem Pfad gegenüber, und Tane kniff die Augen zusammen. »Dann hatte Mar also doch recht. Ihr hofft noch immer, daß ihr befreit werdet.«

Nur das Zucken ihrer Wimpern verriet eine Reaktion.

Tane kniff die Lippen zusammen. »Jes, hast du schon mal darüber nachgedacht, was passieren würde, wenn die Männer eures Stammes hierherkommen würden, um euch zu suchen? Hältst du es für sehr wahrscheinlich, daß die Männer vom Stamm des Pferdes ihre einzige Hoffnung, mit ihrem Stamm zu überleben, so einfach aufgeben?«

Jes starrte in sein Gesicht. »Was willst du damit sagen?«

»Damit will ich sagen, daß es einen Kampf geben wird«, erwiderte er schroff. »Wahrscheinlich Tote. Mann gegen Mann.«

Jes riß die Augen auf. »Ich dachte, es wäre in eurem Stamm ein Tabu, einen anderen Mann zu töten«, sagte sie. Und ironisch fügte sie noch hinzu: »Alle hier sind doch schon entsetzt, wenn der Vorfall vom vergangenen Sommer auch nur erwähnt wird.«

Tane machte ein grimmiges Gesicht. »Es ist einem Angehörigen des Stammes verboten, einen anderen Angehörigen des

Stammes zu töten, das stimmt. Aber die Männer aus einem anderen Stamm sind etwas völlig anderes. Zwischen uns und anderen Stämmen hat es schon Kämpfe gegeben, bei denen getötet wurde. Glaubst du etwa, wir würden einem anderen Stamm erlauben, in unseren Jagdgründen zu wildern? Nun, genausowenig würden wir einem anderen Stamm erlauben, unter unseren Frauen zu wildern.«

Jes hob trotzig das Kinn. »Wir sind nicht eure Frauen!« sagte sie.

»Doch, das seid ihr«, erwiderte Tane.

17

Der Stamm sorgte sich so sehr um Zels Wunden und seine Gesundheit, daß Jes und Tane kaum vermißt wurden. Im Verlauf der Nacht verschlechterte sich Zels Zustand immer mehr. Seine Haut brannte wie Feuer, und er warf sich auf seinem Lager herum und gab ein wirres Gestammel von sich.

»Sein Geist ist aus seinem Körper entwichen«, sagte Huth zu Arn, während sie dastanden und den Kranken bewachten. »Ich habe ihn gerufen und gerufen, aber er antwortet nicht. Er wandert durch das Land der Toten. Wenn wir ihn nicht bald zurückholen, wird er sterben.«

Arn schluckte. »Gehst du ihn suchen, Huth?«

»Ja«, erwiderte Huth ernst. Sein hageres dunkles Gesicht sah erschöpft aus, aber seine Stimme war entschlossen. »Es gibt nichts, was wir sonst tun könnten.«

Und so trafen sie die Vorbereitungen, damit Huths Geist auf

die Reise gehen konnte. Um Huths Seele von seinem Körper zu trennen, damit sie die Grenze zur unsichtbaren Geisterwelt überqueren und mit der sich entfernenden Seele des Kranken Verbindung aufnehmen konnte, mußte Huth in eine tiefe Trance fallen. Dazu benötigte er seine Trommel, sein Schamanenkostüm und sieben heilige Pilze. Arn trug all diese Dinge für ihn zusammen, während Huths Gedanken auf das lange und anstrengende Ritual seiner Reise ins Land der Toten gerichtet waren.

Als Arn zurückkam, waren die Häute vor Zels Höhle hochgeschlagen. Arn wußte, das geschah, damit Zels Geist leichter nach Hause zurückfinden würde. Es waren auch zwei Brüder von Zel gekommen, um mit Huth und Arn neben dem Lager des Kranken zu wachen. Stumm sahen sie zu, wie Huth ein langes Grasgewand, das Schamanenkostüm, anzog und die Pferdekopfmaske aufsetzte. An der Morgenseite des Himmels war der Mond aufgegangen und warf sein Licht über den gefrorenen Fluß. Wenn der Mond untergeht, wird Huths Reise beendet sein, dachte Arn. Dann würden sie wissen, ob Zel leben oder sterben würde. Arn nahm seinen Platz an der Seite des Schamanen ein, während Huth mit leichten Schlägen auf der Trommel begann und dabei Zels Seele beim Namen rief: »Dein Vater ist Durin«, sang er, »deine Mutter ist Ela. Dein Name ist Zel. Wo bist du, Zel? Warum bist du fortgegangen? Wir sitzen traurig in dieser Höhle und warten auf deine Rückkehr. Komm zu uns zurück, o Zel! Komm zurück!«

Der Kranke warf sich unruhig auf seinem Lager herum und murmelte unverständliche Worte. Die beiden Brüder heulten laut ihren Kummer heraus, und ihre flehenden Stimmen vermischten sich mit der des Schamanen.

Das Feuer neben der Tür flackerte im Wind, der durch den offenen Höhleneingang blies. Huth aß die heiligen Pilze. Jetzt ergriff Arn ebenfalls eine Trommel und schlug im selben Rhythmus wie Huth. Er lauschte gespannt, als der Schamane die vorgegebenen Worte des Rituals zu singen begann.

Das Pferd der Weiden,
der starke Bulle der Erde,
der große Hirsch des Waldes.
Ich rufe euch zu Hilfe.
Der Hengst schreit,
der starke Bulle brüllt,
der Hirsch röhrt.
Erhöre mich, o höre.
Gott des Himmels,
Herr der Erde
bereite meinen Weg
ins Land der Toten.
Pferd der Weiden,
starker Bulle der Erde,
Hirsch des Waldes,
fliegt vor mir her und weiset mir den Weg!

Die Trommelschläge wurden lauter, schneller, während er weitersang:

Die Trommel ist mein Pferd!
Die Trommel ist mein Bulle!
Die Trommel ist mein Hirsch!
Ich bin ein Mann!
Schamane des Stammes,
dem Stamm des Pferdes.
Geister, ich rufe euch,
zeigt mir den Weg!

Der Rhythmus der Trommelschläge steigerte sich. Es war kalt in der Höhle, aber Huths Stirn war mit Schweiß bedeckt. Seine grauen Augen waren verschwommen, sahen über die Höhle und ihre Bewohner hinaus zu den Geistern im Land der Toten.

Die Trommelschläge brachen ab. Huth winkte mit der Hand, und Arn sprang auf. Er nahm den Schamanen am Arm und führte ihn zum Eingang der Höhle. Huth holte tief Luft.

»Die Seele von Zel ist ins Land der Toten gereist«, sprach er mit einer Stimme, die nicht seine eigene war. Dann sackte er in sich zusammen. Der zierliche Arn stützte den Schamanen mit der Schulter und führte ihn zu den Büffelfellen, die neben dem Kranken am Boden ausgebreitet waren. Huth sank, mit dem Gesicht nach unten, auf die Felle und blieb völlig still liegen.

Lange Zeit rührte er sich nicht. Der Mond des Rens setzte seine Reise am Himmel fort. Arn und Zels Brüder saßen geduldig im flackernden Schein des Feuers und warteten darauf, daß der Schamane wieder aufwachte.

Die Nacht verging. Die ersten Streifen der Dämmerung erhellten schon den Himmel, als sich Huth endlich bewegte. Arn war sofort auf den Beinen und lief zu dem Schamanen, um ihm auf seine zittrigen Füße zu helfen. Huth beugte sich über Zel und schlug die Zauberzeichen über seiner Brust.

»Ich habe die Reise gemacht«, sagte Huth mit heiserer Stimme. »Ich habe seine Seele gefunden und zurückgerufen.«

Zels Brüder murmelten Worte der Freude und Hoffnung. »Jetzt müssen wir warten und sehen, ob sie mir gefolgt ist«, sagte Huth.

»Das tut sie, das tut sie bestimmt«, sagte der ältere Bruder leise. »Du bist ein großer Schamane, Huth. Nur selten hat sich ein Geist geweigert, dir zu folgen.«

»Ich weiß nicht«, sagte Huth. »Zels Geist war bei seiner Frau.«

Alle schwiegen. »Sie wird ihn nicht gehen lassen«, sagte schließlich einer der Brüder.

»Sie will ihn nicht loslassen«, bestätigte Huth. »Wir haben miteinander gerungen. Ich bin mir nicht sicher, wer gesiegt hat.«

Auf den Fellen seines Lagers schlief der Körper des Mannes, um dessen Seele gerungen wurde, ruhig weiter. Und während die Bewacher darauf warteten, daß Zel aus dem Land der Toten wiederkehrte, kam die Sonne aus dem Land der Dunkelheit zurück, um Licht und Leben in die Welt der Menschen zu bringen.

»Ich habe alles getan, was in meiner Macht steht«, sagte Huth. »Mehr kann ich nicht tun. Jetzt müssen wir warten und sehen, was passiert.«

Zum großen Erstaunen und zur Bewunderung aller begann sich Zel in den folgenden Tagen von seinen Verletzungen zu erholen. Das Erstaunen galt Zel und seiner kräftigen Konstitution, die Bewunderung galt Huth, dessen Schamanenkünste den Jäger vor den Folgen seiner Torheit gerettet hatten.

Zwei Tage nachdem der Mond des Rens verschwunden war, erschien an der Nachmittagsseite des Himmels zum ersten Mal die blasse Sichel des Schneemondes. Alin machte auf ihrem Hirschknochen das Zeichen für den ersten Tag, und in derselben Nacht gebar Altans Frau Nel eine Tochter.

Bei dieser Geburt hatte man wie selbstverständlich Alin hinzugezogen, und ihre Gebete an die Mutter, für eine sichere Entbindung zu sorgen, wurden von den Frauen vom Stamm des Pferdes mit sichtlicher Hochachtung gehört.

»Ich wünschte, wir hätten eine richtige Geburtsstatue«, sagte Alin am darauffolgenden Nachmittag, nachdem sie mehrere Stunden geschlafen hatte, um sich von den Anstrengungen der Nacht zu erholen.

»Bror könnte dir eine schnitzen«, schlug Mada vor. Auch sie hatte sich, wie Alin, am Nachmittag ausgeruht. Die beiden Frauen saßen zusammen am Feuer der Frauenhöhle, tranken heißen Salbeitee und redeten von der Entbindung. »Er ist geschickt im Schnitzen«, meinte Brors Mutter. »Er könnte ein Bild von Jes als Vorlage nehmen.«

Alin hob den Kopf – wie ein Hund, der einen besonders willkommenen Geruch aufgenommen hatte. »Wirklich, Mada? Könnte er das tun? Das wäre wunderbar.«

»Ich werde ihn fragen«, versprach Mada.

Bror zeigte sich erfreut, für die Frauen des Stammes eine Geburtsstatue zu schnitzen. Sodann erhob sich die Frage, aus welchem Material die Statue gemacht sein sollte. Bror hatte an Holz gedacht.

»Elfenbein«, sagte Alin. Beim Hirsch-Clan waren alle Geburtsstatuen aus Elfenbein gemacht. Einige der anderen Frauen hielten dagegen, daß die Statuen der Mutter in ihren Stämmen aus Stein gemacht waren, aber Alin beharrte auf ihrem Standpunkt. Wenn sie kein Elfenbein hätten, könnten sie genausogut auch weiterhin das Bild von Jes verwenden. Schließlich ging Bror mit diesem Problem zu Mar, und der fand eine Lösung.

»Wenn Alin Elfenbein braucht«, sagte er mit einem Lächeln, »dann müssen wir eben auf die Mammutjagd gehen.«

Dieser Vorschlag löste bei den jungen Männern gemischte Reaktionen aus. Der Stamm des Pferdes jagte das Mammut nur selten. Während des Winters lieferten ihnen die Rens mehr Fleisch, als sie benötigten, und außerdem waren die Rens zahlreicher vorhanden und leichter zu erlegen. Trotzdem kam es vor, daß der Stamm des Pferdes gelegentlich, wenn er mehr Elfenbein benötigte, als er eintauschen konnte, auf die Mammutjagd ging.

»Eine Mammutjagd?« fragte Tane ungläubig, als sie in Mars Behausung am Herdfeuer saßen. »Du weißt, wie gering die

Chancen sind, in unseren eigenen Jagdgründen ein Mammut zu finden. Oder hast du etwa vor, einen großen Treck in den Osten zu veranstalten?«

Mar schüttelte den Kopf. »Nein. Ich denke, wir sollten es flußaufwärts bei den Stromschnellen versuchen. Manchmal kommen die Mammutherden im Winter bis dorthin.«

»Manchmal. Aber nicht immer. Und wenn wir dort keine Mammuts finden, haben wir die Reise ganz umsonst gemacht.«

Mar zog die Augenbrauen hoch. »Nicht umsonst, Tane. Bis zu den Stromschnellen brauchen wir drei Tage und zurück wieder drei Tage, und dazu die Zeit, die wir damit verbringen, die Mammuts zu suchen. Das ist zusammengerechnet leicht die Zeit eines halben Mondes. Und wenn wir keine Mammuts finden, schadet es auch nichts. Dann waren die Männer doch wenigstens einen halben Mond lang während des Winters beschäftigt.«

»Ich glaube nicht, daß du viele Freiwillige für die Mammutjagd finden wirst«, sagte Tane. »Die unverheirateten Männer werden die Mädchen nicht gern allein lassen.«

Mar legte jetzt seinen großen Fuß, der in einem Pelzstiefel steckte, auf einen der Steine, die in einem Kreis um das Feuer lagen. »Ich werde auch ein paar von den Mädchen mitnehmen«, sagte er.

Tane starrte ihn fassungslos an. »Ist das dein Ernst? Es wird eine Eiseskälte herrschen.«

»Alin wird gern auf die Mammutjagd gehen«, erwiderte Mar optimistisch. »Und wenn Alin geht, werden auch die anderen Mädchen mitgehen wollen.«

»Wenn die Mädchen alle mitgehen, dann werden auch alle unverheirateten Männer mitgehen«, sagte Tane. »Ich schätze, dann gibt es noch mehr Schwierigkeiten, als wenn wir sie zu Hause lassen!«

»Ich werde die Hälfte der Mädchen mitnehmen«, korrigierte ihn Mar.

Schweigend betrachtete Tane seinen Pflegebruder, der es sich auf seinem Büffelfell auf der anderen Seite des Feuers bequem gemacht hatte. Dann schüttelte er langsam den Kopf. »Ich kann mir nicht vorstellen, daß Alin die Hälfte der Mädchen zurückläßt, auch wenn sie beschließen sollte, mit auf die Mammutjagd zu gehen.«

Mar zuckte die Achseln. »Ich werde mir etwas ausdenken, um Alin zu überreden«, sagte er.

Tane blickte unverwandt auf den großen, trägen, selbstsicheren Mann auf der anderen Seite des Feuers. Plötzlich fing er an zu lachen. »Wenn dir das gelingt«, sagte er, »schlage ich dich zum nächsten Schamanen des Stammes vor.«

Mar sah seinen Pflegebruder an. »Ich muß nicht Alin verzaubern«, sagte er und kniff die Lippen zusammen, »sondern Altan.«

Altan war wütend, als er hörte, daß Mar vorgeschlagen hatte, auf die Mammutjagd zu gehen.

»Vielleicht gar keine so schlechte Idee«, meinte Tod zu dem Häuptling. Er hatte als erster von dem Gerücht gehört und war sofort zu Altans Höhle gegangen. »Die Stimmung unter den Männern ist angespannt«, fuhr Tod fort. »Es könnte nicht schaden, wenn wir einen Teil von ihnen los wären. Bis zu den Frühlingsfeuern sind es noch mehr als zwei Monde.«

Altan schlug sich mit der rechten Faust auf den Schenkel. Es war gar nicht mal so sehr die Mammutjagd, gegen die er etwas einzuwenden hatte, als vielmehr die Tatsache, daß Mar schon wieder vor ihm die Initiative ergriffen hatte.

»Und wollen die Mädchen mitgehen?« wandte Sauk sich an Tod.

»Huth sagte mir, daß die Hälfte der Mädchen mitgehen soll«, erklärte Tod. »Die andere Hälfte soll hierbleiben.«

»Wofür hält sich dieser Mar eigentlich?« brüllte Altan plötzlich los. Die beiden Nirum verstummten, während der Häuptling sie anstarrte. Auf seiner Stirn traten die Adern hervor. »Er hat diese Jagd organisiert, ohne mich auch nur gefragt zu haben!« schrie Altan. »Wer ist hier eigentlich der Häuptling im Stamm? Mar oder ich?«

Die beiden Nirum blickten sich an. Dann sagte Tod mit ruhiger Stimme: »Du bist der Häuptling, Altan.«

»Wenn das so ist, warum ist dann niemand zu mir gekommen wegen dieser Jagd?«

»Sie werden schon noch kommen«, sagte Tod beschwichtigend. »Mar kann die Männer und die Mädchen nicht ohne deine Einwilligung aus dem Lager schaffen. Das weiß er auch.«

»Nun, er wird keine Einwilligung von mir bekommen«, sagte Altan und starrte wütend ins Feuer.

Wieder sahen sich Tod und Sauk an. Dann sagte Sauk: »Ich habe eine bessere Idee, Altan. Ich werde mitgehen. Jeder in unserem Stamm weiß, daß ich im Osten schon Mammuts gejagt habe. Verglichen mit mir weiß Mar so gut wie nichts über das Mammut.« Er rieb sich mit seiner haarigen Hand den Unterkiefer. »Ernenne mich zum Anführer dieser Jagd. Das wird Mar gar nicht gut schmecken.« Er lächelte und zeigte dabei erstaunlich kleine Zähne.

»Ich habe es satt, mich andauernd von Mar herumschubsen zu lassen«, stieß Altan verbittert hervor. Er warf einen Stein ins Feuer.

Sauk rieb sich noch immer das Kinn. »Auf einer Mammutjagd kann viel passieren«, sagte er. »Ein Unfall. Es kann Tote geben.« Noch immer rieb er sein behaartes Kinn. »Eine Mammutjagd ist sehr gefährlich.«

Altan und Tod drehten sich um und starrten Sauk an. Sauk lächelte den Häuptling an. »Gib mir Eoto und Heno mit«, sagte er. »Und laß Mar die Jungen mitnehmen.«

Draußen fuhr ein Windstoß gegen die Büffelhäute am Eingang zur Höhle und stieß sie nach innen. »Also gut«, sagte Altan nach einer Weile und erwiderte Sauks Lächeln.

Als Mar schließlich zu Altan ging, um von ihm die Erlaubnis für die Mammutjagd zu erbitten, war er verblüfft, als der Häuptling sofort einwilligte.

»Eine gute Idee«, meinte Altan freundlich. »Ich habe selbst auch schon daran gedacht, daß es klug wäre, die Männer ein bißchen zu beschäftigen. Der Winter ist lang und kalt, wenn du keine Frau hast, die deine Schlafrolle wärmt.«

»Ja«, pflichtete Mar ihm vorsichtig bei. Er schaute von Altan zu dem stämmigen Mann, der neben dem Häuptling saß. Sauk begegnete seinem Blick, ohne mit der Wimper zu zucken.

»Du hast Glück, Mar«, fuhr Altan fort, »Sauk ist der einzige Mann im Stamm des Pferdes, der mit den Jägern im Osten schon einmal auf Mammutjagd war. Er hat sich bereit erklärt, die Gruppe anzuführen.«

Altan lächelte, als er Mars Gesicht sah.

»Sauk kommt mit?« fragte Mar, und seine zusammengekniffenen Augen hielten dem kohlschwarzen starrenden Blick des Nirum stand.

Sauk grinste.

»Ich wundere mich, daß du die Schlafhäute deiner neuen Frau verlassen willst, um bei dieser Kälte allein auf die Jagd zu gehen«, sagte Mar zu ihm.

Sauk grinste noch mehr.

»Hast du die anderen auch schon ausgesucht?« fragte Mar Altan, ohne Sauk aus den Augen zu lassen.

»Eoto und Heno wollen mit«, erwiderte Altan. »Die übrigen Jäger kannst du wählen.«

»Eoto und Heno und Sauk«, sagte Mar mit ausdrucksloser Miene. »Ich verstehe.«

»Alles erfahrene Jäger«, sagte Altan. »Ich muß die Mädchen beschützen, Mar. Wir können es uns nicht leisten, sie in Gefahr zu bringen. Schließlich warst du noch nie auf Mammutjagd, stimmt's?«

»Einmal«, widersprach Mar. »Mit meinem Vater.«

»Ich habe eine ganze Jahreszeit bei den Mammutjägern verbracht«, brüstete sich Sauk. »Ich weiß, was zu tun ist.«

»Ja«, sagte Mar mit der gleichen tonlosen Stimme wie vorher. »Da bin ich mir ganz sicher.«

»Gut«, erklärte Altan. »Ich sage Huth Bescheid, damit er den Jagdzauber vorbereitet.«

An dem Morgen, an dem sie zur Mammutjagd aufbrachen, fand sich Alin mit den acht Mädchen, die sie ausgesucht hatte, am Ufer ein. Dort wurden sie von Mar, Tane, Cort, Dale, Bror, Melior und den drei Nirum erwartet, die Altan bestimmt hatte. Alin fand, daß es eine merkwürdige Versammlung war, aber sie sagte nichts.

Nachdem sie ihre Ausrüstung auf dem Rücken befestigt hatten, verließen sie das Ufer und machten sich neben dem zugefrorenen Fluß auf den Weg in den Norden. Das Gehen war viel mühsamer als während des Mondes des kämpfenden Hirschs, als sie auf Büffeljagd gewesen waren. Jetzt, zur Zeit des Schneemondes, im tiefen Winter, mußten sie eine dicke Pelztunika mit hochgezogener Kapuze tragen. Büffelhautstiefel hielten die Füße warm, aber sie waren natürlich viel schwerer als die weichen Ledermokassins. Die Fäustlinge aus den Fellen des Rens schränkten die Bewegungen der Hände ein, aber sie waren ebenso erforderlich, um Frostbeulen zu vermeiden, wie die Masken aus Büffelhaut, die zum Schutz gegen den beißenden Wind über Mund und Nase gezogen wurden.

Bis jetzt hatte es nur wenig Schnee gegeben, und das Eis unter ihren Füßen war glatt und rutschig. Aus dem Norden wehte ein scharfer Wind durch das Flußtal, und es war nicht gerade ein Vergnügen, dagegen anzukämpfen. Die Rucksäcke, die mit dem Notwendigsten zum Überleben vollgepackt waren, wogen schwer. Die frei laufenden Hunde, die übermütig herumtollten und deren weißer Atem in der eisigen Luft hing, schienen die einzigen in der Jagdgesellschaft zu sein, die den Tag genossen. Bis zum Mittag wurde nur wenig gesprochen. Dann bestimmte Sauk, daß sie eine Rast einlegten, um zu essen.

Alin und Jes und Mar und Tane suchten den Wald neben dem Fluß nach heruntergefallenen Zweigen ab, und Sauk machte mit dem Feuerstock, den er in seinem Rucksack trug, ein Feuer. Dann hockten sich alle dicht um die Wärmequelle und aßen von dem geräucherten Büffelfleisch.

Auch die Hunde bekamen ihren Teil, bevor sie sich um einen Stock balgten, der neben dem Feuer lag.

Als sie mit dem Essen fertig waren, löschten sie das Feuer, schulterten ihre Rucksäcke und gingen weiter.

Im Verlauf des Nachmittags wurde der Wind immer stärker. Alin ging direkt neben Mar und war froh über seinen großen Körper, der ihr Schutz bot. Als die Sonne schon sehr tief am Himmel stand, machte der Fluß eine scharfe Biegung nach Osten, so daß die Hügel am Westufer plötzlich nördlich von ihnen lagen und eine Art Windschutz bildeten. »Hier bleiben wir«, erklärte Sauk.

Dicht gefolgt von den Jägern kletterte er das Flußufer hinauf. Es war relativ flach und von Bäumen begrenzt, und die Männer schienen genau zu wissen, wo sie das Lager aufschlagen wollten. Mar und Tane gingen in den Wald, um junge Bäume zu schneiden, an denen die Büffelhaut für die Zelte befestigt werden konnte, während Alin und die Mädchen Holz sammelten, um ein Feuer zu machen.

Als sie mit Armen voller kleiner Zweige zum Lager zurückkamen, waren in der Mitte der Lichtung schon geräumige Büffelhautzelte aufgestellt.

»Das sieht ja behaglich aus!« sagte Elen.

»Ja«, stimmte ihr Sana zu. »Ich friere und habe Hunger, und wenn mir jetzt eine ganze Mammutherde über den Weg laufen würde, würde ich wegsehen.«

»Bringt das Holz hierher«, rief Alin, »dann machen wir das Feuer an.«

Als sie die Felltüren an den Zelten hochschlugen, sahen sie, daß unter den Rauchlöchern kleine Herdsteine ausgelegt waren. Mar war gerade dabei, über einem Nest aus getrockneten Blättern den Feuerstock zu drehen. Innerhalb kürzester Zeit brannten die beiden Feuer, und die Felle vor den Eingängen wurden heruntergelassen. Die erwartungsvollen Mammutjäger kauten geräuchertes Büffelfleisch und schmolzen das Wasser, das sie in Behältern aus Tierblasen mitgebracht hatten.

Das größere Zelt reichte für fünf Frauen und fünf Männer, das kleinere Zelt für jeweils vier. Als Alin entdeckte, daß sie zusammen mit Jes, Mora, Bina und Iva dem größeren Zelt mit den drei Nirum, Mar und Tane zugeordnet war, wollte sie schon protestieren. Sie hatte erwartet, daß man die Mädchen zusammenließ wie auf der Büffeljagd. Aber zwischen den Nirum und den Eingeführten herrschte eine Stimmung, die ihr nicht gefiel, und so kam sie zu dem Schluß, daß es vielleicht besser war, wenn die Männer nicht alle in einem Zelt zusammengepfercht sein würden.

»Ist es wahr, daß die Mammuts so groß wie ein Baum sind?« fragte Ira Sauk. Ihre Augen glänzten im Schein des Feuers. »In unserer heiligen Höhle haben wir ein Bild von einem Mammut, aber es ist schon sehr alt und nicht deutlich zu erkennen. Wie groß sind ihre Zähne eigentlich? Natürlich haben wir schon Elfenbein getauscht, aber die Zähne waren immer zerstückelt.«

Sauk lächelte. Er war froh, sich mit seinem Wissen hervortun zu können. »Die Mammuts sind sehr groß«, verkündete er mit wichtiger Miene.

»Erstaunlich«, hörte Alin Mar leise murmeln. Er saß an ihrer rechten Seite. Sie warf einen raschen Blick zu ihm. Er kraulte Lugh hinter den Ohren und sah gelangweilt aus.

»Sehr groß sogar«, fuhr Sauk fort. »Riesig. Das größte Tier, das ihr je gesehen habt. Sie haben riesige gebogene Stoßzähne aus Elfenbein. Und sie haben einen spitz zulaufenden Kopf und einen buckligen, nach hinten abfallenden Rücken.« Er machte eine Handbewegung, um die Form des Rückens anzudeuten. »Sie haben lange rötlichbraune Haare und darunter einen dikken Wollmantel. Früher kamen sie in großen Herden mit den Rens in den Süden, aber da war es auch noch kälter. Jetzt bleiben sie die meiste Zeit im Norden. Nur im tiefsten Winter kommen sie in die Flußtäler.«

Sauk beugte sich ein wenig nach vorn und vergewisserte sich, daß ihm auch alle zuhörten. »Um ein Mammut zur Strecke zu bringen, braucht man eine ganze Jagdgesellschaft. Das ist nichts für einen Mann allein.« Er runzelte die Stirn und blickte zu Mar, der darin vertieft war, Lughs Ohren zu kraulen.

Alin war so fasziniert, daß sie völlig vergaß, daß sie Sauk nicht leiden konnte. »Ist es gefährlich, sie zu treiben?«

Sauk grinste. »Mammuts lassen sich ganz schwer treiben.« Wieder warf er einen Blick in die Runde, sonnte sich an dem Interesse der Mädchen. »Erstens einmal legen sie mit jedem Schritt eine gewaltige Strecke zurück, so daß es sehr anstrengend ist, sie über längere Zeit zu verfolgen. Und dann bahnen sie sich überall einen Weg, durch jedes Gelände. Wenn einem Mammut ein Baum im Weg steht – ruck, zuck! – wird er ausgerissen!«

Die Augen der Mädchen wurden immer größer. Mar schnaubte verächtlich. Alin beachtete ihn nicht. »Greifen sie an, Sauk?« fragte sie.

Der Nirum nickte. »Sie können unheimlich aggressiv sein. Ein Mammutbulle, der den Geruch eines Menschen wittert, greift eher an, als daß er flüchtet.«

»Die Spitzen dieser Hauer möchte ich nicht am eigenen Leib zu spüren bekommen«, sagte Jes.

Sauk stieß ein zorniges Lachen aus. »Ein Mammut würde seine Stoßzähne niemals an einen Menschen vergeuden. Es benutzt seinen Leib und seine Füße als Waffe. Seine Stoßzähne hebt es sich dafür auf, den Schnee von seinem Weideland zu schieben.« Wieder grinste er die aufmerksam lauschenden Mädchen an. »Aber einen Vorteil haben wir gegenüber dem Mammut – seine Augen sind sehr schlecht«, fuhr er fort. »Das hilft, wenn man sich an ein Mammut anschleichen will. Allerdings hat es sehr scharfe Ohren. Schon das leiseste Geräusch kann es hören. Und es weiß auch, woher es kommt, weil es gut riechen kann. Wenn es seinen großen Rüssel in die Luft streckt, riecht ein Mammut besser als ein Hund.«

Die beiden Nirum hatten ebenfalls aufmerksam zugehört, und jetzt fragte Eoto: »Und was fressen die Mammuts, Sauk?«

»Gras, Kräuter, Zweige, Blätter, Beeren, Früchte, Rinde. Sie fressen enorme Mengen und legen weite Strecken zurück, um Nahrung zu finden. Manchmal, während des Schneemondes, wenn es im Norden wenig Nahrung zu finden gibt, kommen die Herden weit nach Süden, bis in unsere Jagdgründe.«

»Hattet ihr in letzter Zeit mal ein Mammut an den Stromschnellen in der Hochebene?« fragte Alin.

»Das letzte Mal, als der Stamm des Pferdes auf Mammutjagd gegangen ist, war das Jahr, in dem Tardith starb«, meldete sich Mar. Er hatte schon so lange nichts mehr gesagt, daß Alin jetzt zusammenzuckte. Seine Stimme hat einen seltsamen Klang, dachte sie und drehte sich zu ihm hin. Mar starrte mit einem grimmigen Zug um den Mund auf Sauk.

»Ich habe nie erfahren, wie Tardith gestorben ist«, hörte sich Alin sagen.

Im Zelt herrschte plötzlich tödliche Stille. Schließlich antwortete ihr Tane. »Es war ein dummer Unfall. Eins von den kleinen Kindern bekam einen Speer zu fassen und spielte damit draußen auf der obersten Terrasse. Eigentlich sollen die Kinder nicht auf den Terrassen spielen, aber wer immer dieses Kind beaufsichtigt hat, muß ihm den Rücken zugedreht haben. Das Kind ließ den Speer fallen. Er fiel, mit der Spitze voran, direkt nach unten.« Bei diesen Worten blickte Tane Sauk an, nicht Alin. »Tardith stand unten am Ufer, genau darunter«, sagte er.

Mar saß regungslos da, aber Alin war so dicht bei ihm, daß sie spürte, wie er zitterte. Sie hatte den plötzlichen Wunsch, ihre Hand tröstend auf seine Schulter zu legen.

»Es war ein Jammer«, sagte Heno. »Tardith war noch so jung.«

»Der Stamm hatte Glück, daß Altan da war, um seinen Platz einzunehmen«, sagte Sauk.

Alin beobachtete, wie sich die Hände, die auf Lughs Fell lagen, langsam öffneten und wieder schlossen. »In diesem Jahr werde ich bei der Zeremonie des Großen Pferdes zum Nirum gemacht, Sauk«, erklärte Mar ganz ruhig. »Vielleicht wird Altan dann nicht mehr für lange euer Häuptling sein.«

Die Feindseligkeit zwischen den beiden Männern knisterte wie Feuer. »Soll das heißen, daß du anstelle von Altan der Häuptling werden willst, Mar?« fragte Jes.

Mars »Ja« wurde von Sauks boshaftem Gelächter übertönt.

»Das ist ziemlich unwahrscheinlich, Jes«, sagte Sauk. »Diese Herausforderung an den Häuptling ist so gut wie unmöglich.«

»Nichts ist unmöglich«, erwiderte Mar mit ausdrucksloser Miene.

Wieder öffnete Jes den Mund, um etwas zu sagen, aber Tane streckte den Arm aus und legte seine schmale Hand mit den langen Fingern über ihre Hand, die auf ihren Knien lag. Jes verstummte, aber sie machte keine Anstalten, sich dieser besitzergreifenden Hand zu entziehen.

Alin schaute auf Mars Hände, die in dem dicken Fell an Lughs Hals vergraben waren.

Er wird Altan herausfordern, um ihm seine Stellung als Häuptling streitig zu machen, dachte sie erstaunt. Seine Stellung als Häuptling. Mar.

Sie hatte versprochen, die heilige Hochzeit mit dem Häuptling vom Stamm des Pferdes zu vollziehen, aber sie hatte nicht ein einziges Mal daran gedacht, daß Mar der Häuptling sein könnte. Alin mochte Altan nicht, aber er hätte ihrem Zweck gedient. Und wenn der Rhythmus der Trommeln des Feuers in ihr Blut überging, dann machte es kaum einen Unterschied, welcher Mann es war!

Aber Mar!

Das machte ihr angst. Schon der Gedanke, mit Mar zusammenzuliegen, erschreckte sie. Das könnte – gefährlich sein.

Es herrschte eine angespannte Stimmung, als die Jäger ihre Schlafhäute zurechtrückten. Alin war entsetzt, als sie entdeckte, daß der einzige noch freie Platz, auf dem sie ihre Sachen ausbreiten konnte, neben Mars Fellen war. Auf der anderen Seite des Feuers breitete Sauk seine Felle zwischen Mora und Iva aus. In einem stillschweigenden Übereinkommen schienen beide Männer bemüht, möglichst großen Abstand zu halten.

Durch die Öffnung im Zelt fuhr ein kalter Windzug, als Mar die Häute hochschlug und wieder hereinkam, nachdem er draußen das Feuer versorgt hatte, das die Raubtiere fernhalten sollte. Alin spürte die Kälte, die seine Pelze abgaben, als er sich neben sie hockte und seine Felle ausbreitete. Wortlos zog sie die Renfelle aus, kroch in ihrem Hemd und ihren Hosen in die Schlafrolle und zog die Felle über sich.

»Leg dich hin«, sagte Mar. »Ich decke dich zu.« Sorgfältig breitete er die Felle über ihrer Schlafrolle aus, damit sie es noch wärmer hatte.

»Gute Nacht, Alin«, sagte er mit weicher Stimme.

»Gute Nacht«, erwiderte sie und schloß die Augen. Sie hörte, wie er seine Sachen auszog, in seine Schlafrolle kroch und leise nach Lugh rief, der daraufhin zu ihm lief und sich mit einem zufriedenen Schnaufer neben ihn legte. Auch die anderen im Zelt hatten es sich schon bequem gemacht für die Nacht, und das einzige Geräusch war das gelegentliche Knistern des kleinen Feuers in ihrer Mitte. Draußen heulten die Wölfe.

Alin kuschelte sich fest in ihre Decken und schlief schon bald tief und fest.

Einmal wachte sie von einer Bewegung neben ihr auf. Als sie die Augen aufschlug, sah sie, daß Mar Holzstücke auf das Feuer legte. Die Flammen loderten auf und beleuchteten sein Gesicht. Nach einer Weile stand er auf und verschwand nach draußen. Als er kurz darauf wiederkam, hörte Alin von der anderen Seite des Feuers Tanes Stimme, die ihn etwas fragte.

»Das Feuer brennt noch«, erwiderte Mar leise. »Ich habe Holz nachgelegt. Es scheinen keine Tiere in der Nähe zu sein.«

Dann war er wieder neben ihr und kroch unter die Büffelhäute auf seinem Schlafplatz. Alin registrierte noch, daß er sich gar nicht erst die Mühe gemacht hatte, etwas überzuziehen, bevor er nach draußen gegangen war.

Lugh winselte leise.

Mit unterdrücktem Lachen in der Stimme sagte Mar: »Nein, Lugh, du kannst nicht in der Mitte liegen. Rück auf die Seite.«

Dann wurde es still.

In der Ferne heulte ein Wolf.

Alin schob sich ein wenig dichter an die warmen Felle, unter denen Mar lag, machte die Augen zu und schlief wieder ein.

18

Den ganzen nächsten Tag folgten sie dem zugefrorenen Fluß und sahen nichts außer Eis, Klippen, kahlen Bäumen und gelegentlich einer Herde Rens. Alin war enttäuscht. Sie hatte gehofft, in den Kalksteinbergen, die sich über den Flußufern erhoben, noch andere bewohnte Höhlen zu sehen.

»Alle Stämme der Sippe, die im Tal des Wandflusses leben, befinden sich südlich vom Stamm des Pferdes«, erklärte ihr Mar am Abend nach dem Essen, als sie alle in dem großen Zelt am Herdfeuer saßen. »Das Land, durch das wir gegangen sind, gehört zu unseren eigenen Jagdgründen.« Iva murmelte leise etwas vor sich hin, und er lächelte sie flüchtig an. »Im Frühling kann man hier Rothirsche jagen«, sagte er, »und im Sommer Antilopen und Auerochsen. Es gibt auch Steinböcke, die an der Morgenseite des Flusses von den Bergen bis tief in die Täler kommen.«

»Ja.« Auch Eoto lächelte Iva an. »Unsere Jagdgründe gehören zu den größten von allen Stämmen der Sippe. Wenn das Wetter gut ist, schlagen wir entlang des Flusses Sommerlager auf. Wenn wir nur in der Nähe unserer Höhlen jagen, vertreiben wir die Herden.«

»Und sonst jagt niemand an diesen Ufern?« fragte Jes.

»Nicht, wenn ihnen ihr Leben lieb ist«, sagte Sauk.

Die Mädchen sahen ihn an. »Was soll das heißen, Sauk?« fragte Alin. »›Wenn ihnen ihr Leben lieb ist?‹«

Die kleinen Zähne von Sauk blitzten, als er ein hämisches Grinsen aufsetzte. »Ich meine, daß die Männer vom Stamm des Pferdes ihren Besitz zu schützen wissen. Was sollte es wohl sonst heißen, Mädchen?«

Alin drehte sich zu Mar und fragte ungläubig: »Ihr würdet einen Menschen töten, der in euren Jagdgründen jagt?«

Fast ungeduldig erwiderte Mar: »Natürlich nicht.« Während er sprach, kraulte er Lughs Ohren, und der Hund jaulte fast vor Glück. »Wenn ein einzelner oder eine Gruppe von Menschen durch unsere Jagdgründe kommen, sind sie willkommen und können sich nehmen, was sie zum Leben brauchen. Wenn aber eine Gruppe Jäger von einem anderen Stamm in unser Gebiet kommt, um dort zu jagen, vor allem, wenn es nicht nur einmal geschieht, dann würde es wahrscheinlich Tote geben.«

»So etwas habe ich noch nie gehört«, sagte Alin zu ihm.

»Das kommt, weil eure Männer Feiglinge sind«, warf Sauk verächtlich ein.

»Das sind sie nicht!« kam die wütende Antwort aus fünf weiblichen Kehlen.

»So etwas hat es in unserem Stamm noch nie gegeben«, erklärte Alin, ohne Mar aus den Augen zu lassen. »Unsere Jagdgründe gehören uns allein. Die anderen Stämme kennen sie, und bis jetzt hat noch niemand versucht, unsere Grenzen zu verletzen.«

»Dann hattet ihr eben Glück«, entgegnete Mar ironisch. Er hatte aufgehört, Lughs Ohren zu kraulen, und sah Alin an.

»Sie haben Angst vor der Herrin«, meldete sich Iva.

»Sie haben Angst, von ihr mit einem Zauber belegt zu werden, wenn sie versuchen, in unsere Jagdgründe einzudringen.«

Sauk gab einen unhöflichen, bösartigen Laut von sich. »Nur ein Feigling fürchtet sich vor einer Frau«, sagte er.

Die Mädchen starrten ihn an.

»Willst du etwa behaupten, daß eure Männer keine Feiglinge sind?« fuhr der Nirum fort und blickte in die vom Feuer beleuchteten Gesichter. »Eure Männer haben ja nicht mal um euch gekämpft, als euch die jungen Burschen entführt haben.« Seine schwarzen Augen blickten herablassend zu Mar und Tane.

»Unsere Männer wußten nicht, wo man uns hingebracht hatte!« Das war Mora mit vor Wut erstickter Stimme. »Mar hat uns verschleppt, ohne Spuren zu hinterlassen. Aber unsere Männer werden uns schon noch finden, Fremder.« Ihre funkelnden Augen glitten von einem Männergesicht zum anderen. »Dann werdet ihr ja sehen, wie richtige Männer kämpfen!«

»Mora«, warnte Alin mit ruhiger Stimme.

»Ich würde gern gegen eure Männer kämpfen«, sagte Sauk. Er streckte seine kräftigen behaarten Hände aus und grinste. »Das würde ich wirklich gern.«

Mit genauso ruhiger Stimme wie Alin sagte Mar: »Es ist schon spät, und wir haben morgen eine lange Reise vor uns. Ich glaube, es wird Zeit, schlafen zu gehen.«

»Ja«, sagte Alin. »Das glaube ich auch.«

Alin lag auf dem Rücken und blickte mit weit geöffneten Augen hinauf zu dem Rauchloch über dem Feuer.

Ihr war nie der Gedanke gekommen, daß ihre Entführung in Gewalt enden könnte. Beim Hirsch-Clan hatte es nie Kämpfe gegeben. Das ließ die Herrin nicht zu. Und auch aus dem Grund, den Iva erwähnt hatte, gab es niemals einen Kampf zwischen ihrem Stamm und den benachbarten Stämmen. Alin hatte ihr ganzes Leben in der Geborgenheit einer friedlichen und geordneten Welt verbracht.

Aber dann waren die Männer vom Stamm des Pferdes in ihr Leben eingebrochen.

Die Welt des Hirsch-Clans existiert auch jetzt noch, dachte sie. In den Höhlen am Ufer des Großfischstroms lebt ein Volk in Frieden und Harmonie, unter der unangefochtenen Herrschaft der Herrin und Mutter.

Aber wie lange noch?

Lana würde kommen und ihre Tochter suchen.

Und Tor und die Männer vom Hirsch-Clan würden ebenfalls kommen. Lana würde die fähigsten und stärksten Männer um sich versammeln, denn das Ergebnis dieser Suche würde die Zukunft des ganzes Stammes bestimmen.

Ich bin die Auserwählte, dachte Alin. Ich werde nach Lana die Herrin sein. Sie können mich nicht aufgeben.

Ich kann nicht auf das Frühlingswetter warten, entschied Alin. Ich kann nicht warten, bis mich meine Mutter findet. Ich muß allein zurückgehen. Wenn ich warte, dann – dann könnte es ein Blutvergießen geben. Sie zitterte, obwohl ihr nicht kalt war.

Ganz plötzlich konnte sie nicht mehr stilliegen. Vorsichtig, um niemanden aufzuwecken, kroch sie aus ihrer Schlafrolle und zog ihre Stiefel an. Sie nahm ihre Pelztunika, ging zum Zelteingang, duckte sich unter den Häuten hindurch und trat hinaus in die eiskalte Nacht.

Das Feuer, das Mar entfacht hatte, um die wilden Tiere zu vertreiben, brannte noch. Alin zog ihre Tunika fester um ihre Schultern und blickte hinauf zum sternenklaren Himmel.

Während des Schneemonds konnte sie nicht allein weggehen. Es war zu kalt, und sie würde nicht alles tragen können, was sie zum Überleben brauchte. Nach dem Schneemond kam der Schattenmond, und danach kam der Mond, während dem die Männer vom Stamm des Pferdes ihre große alljährliche Zeremonie abhielten, bei der der Häuptling geweiht und zum Segen des ganzen Stammes ein Pferd geopfert wurde.

Bror hatte ihr von dieser Zeremonie erzählt. Sie war nur für die Männer – die Frauen nahmen nicht an ihr teil – und dauerte drei Tage. Alin kam zu dem Schluß, daß es die beste Zeit für ihre Flucht sein würde.

»Alin.« Die Stimme, die plötzlich hinter ihr ertönte, ließ sie zusammenzucken.

»Ich dachte mir, daß ich besser nachsehe, ob alles in Ordnung ist mit dir«, sagte Mar.

»Mir fehlt nichts. Ich konnte nur nicht schlafen. Deshalb bin ich ein bißchen nach draußen gegangen. Das ist alles.«

Er nickte und ging zum Feuer, um Holz nachzulegen.

»Mar –«, hörte sie sich sagen, »wirst du Altan herausfordern, um Häuptling zu werden?«

Er stand mit dem Rücken zu ihr. Er hatte sich nicht die Mühe gemacht, seine Felle überzuziehen, und sein Lederhemd konnte nicht verbergen, wie sich sein Körper versteifte.

Er legte einen großen Ast ins Feuer und trat einen Schritt von den Flammen zurück, die seine Gestalt, sein helles Haar und seinen kurzen goldenen Bart erhellten. »Ja«, antwortete er, ohne sich zu ihr umzudrehen.

Sie dachte einen Augenblick nach, ihr Blick war auf seinen breiten Rücken gerichtet. »Mußtest du warten, bis du alt genug warst, um Nirum zu werden? War das der Grund?«

Er drehte sich langsam um und sah sie an. Er nickte.

»Und beim Mond des Großen Pferdes wirst du zum Nirum gemacht?«

Wieder nickte er.

»Darfst du mir die Herausforderung sagen?«

»Besser nicht«, sagte er. »Noch nicht.«

Alin beugte den Kopf. Sie verstand sehr gut, daß es notwendig war, heilige Dinge geheimzuhalten.

Sie wechselte das Thema: »Dir ist bestimmt kalt hier draußen ohne deine Felle.«

»Die Kälte macht mir nichts aus. Ich spüre sie nicht.«

Plötzlich hörte sie hinter sich ein Winseln, und dann raste ein schwarzgetupftes silbriges Bündel an ihr vorbei und machte schlitternd neben Mar halt. Es war Lugh, und alles an ihm drückte deutliche Entrüstung aus: *Du hast mich verlassen!* Alin mußte lachen.

»Deine eigene Schuld«, sagte Mar zu dem Hund. »Wenn du schläfst.«

Der Hund winselte und legte sich flach vor Mars Füße, während sein Schwanz auf den Boden klopfte.

»Genug jetzt«, sagte Mar ein wenig verärgert. »Kein Grund, dich bei mir einzuschmeicheln.« Und als Lugh vor seinen Füßen liegenblieb, befahl er: »Steh auf!«

Lugh gehorchte, sah Mar hingebungsvoll an und spitzte die Ohren. Er wedelte mit dem Schwanz.

»Dieser Hund ist eher wie ein Mensch und nicht wie ein Tier«, sagte Alin fröhlich.

»Ich habe ihn schon von klein auf«, erwiderte Mar. »Wir sind seit vielen Jahren Freunde.«

Durch die kalte Nachtluft drang das Heulen eines Wolfes. Lughs Schwanz erstarrte in der Luft.

»Und was hat dich heute nacht wach gehalten, Alin?« fragte Mar mit freundlicher Stimme.

»Ich glaube, du kennst die Antwort, Mann des Pferdes«, erwiderte sie.

»Machst du dir Sorgen um die Männer deines Stammes und

was mit ihnen geschehen wird, wenn sie euch suchen kommen?«

»Ich mache mir Sorgen, was geschehen könnte, wenn die Männer meines Stammes mich *finden* werden«, verbesserte sie ihn. Er antwortete nicht. Wieder heulte der Wolf in der Ferne. Lugh begann am ganzen Körper zu zittern.

»Glaubst du, es wird einen Kampf geben?« fragte Alin spontan.

»Das wäre möglich«, antwortete er.

Sie wandte den Blick von seinem Gesicht ab und sah nachdenklich auf den zitternden Hund.

»Alin –« Seine Stimme war plötzlich weich. *A-lin* – niemand sonst sprach ihren Namen so aus, nicht einmal die anderen von seinem Stamm. Nur Mar.

»*A-lin*. Auch wenn dich eure Männer finden – hast du nie daran gedacht, daß du vielleicht bei uns bleiben könntest?«

Sie vergrub ihr Kinn im Fell ihrer Tunika und schüttelte den Kopf.

»Und warum nicht?«

Sie hielt ihren Blick auf Lugh gerichtet, aber seine Stimme hörte sich an, als wäre er näher gekommen.

»Ich bin die Auserwählte meines Stammes. Ich kann ihn nicht verlassen.«

»Warum mußt ausgerechnet du die Nachfolgerin eurer Mutter sein?« fragte er. Es hörte sich an, als wäre er noch näher getreten. »Als Huth klarwurde, daß Tane ihn nicht als Schamane ablösen würde, hat er sich einen anderen, geeigneteren Nachfolger gesucht. So ist es mit allen Schamanen der Sippe. Warum kann es beim Hirsch-Clan nicht ganz genauso sein?«

»Weil es nicht geht.«

»Was hätte deine Mutter getan, wenn sie keine Töchter bekommen hätte? Dann wäre sie doch gezwungen gewesen, sich jemand anderen zu suchen.«

»Aber sie *hat* eine Tochter, Mann des Pferdes«, sagte Alin und nahm nun schließlich doch den Blick von Lugh.

Mar stand direkt vor ihr, und bevor sie sich versah, beugte er den Kopf zu ihr herunter und legte seinen Mund auf ihren.

Sanft öffneten sich ihre Lippen, und seine Zunge glitt über ihre Zunge. Mar hielt Alin fest an sich gedrückt. Ihre Tunika war aufgegangen, und ihre Körper preßten sich aneinander. Sie fühlte seine Kraft, die Kraft, die in ihm war, die Kraft, die das Leben selbst war. Sie wollte sie fühlen.

»Alin«, sagte er leise und fuhr liebkosend über ihre Wange und ihr Kinn zu der Vertiefung an ihrem Hals. Dann schob er seine Hände unter ihren Umhang und begann, ihre Brust zu streicheln.

Alin zitterte am ganzen Körper – wie Lugh, als er den Wolf gehört hatte. Mars Hand umschloß ihre Brust noch fester. Sie fühlte, wie die Öffnung zu ihrem Schoß pulsierte und feucht wurde. Sie drückte sich an ihn, schob sich in ihn hinein. Ihr Kopf war nach hinten gebogen, ihr Mund gab sich ihm völlig hin.

»Alin.« Seine Stimme klang heiser. »Wo können wir hingehen?« stöhnte er.

Nirgendwohin. Die Antwort formte sich in ihrem Kopf, klar, deutlich, endgültig. Nirgendwohin. Nicht wir beide. Nicht jetzt. Nicht morgen. Niemals.

Sie hob ihre Hände, bis sie auf seiner Brust ruhten, dann stieß sie ihn weg. Sie hatte ihn überrascht. Er ließ sie los, und sie trat einen Schritt zurück. Zwei Schritte. Drei.

»Wir können nirgendwohin gehen, Mar«, sagte sie mit rauher Stimme. Sie holte tief und zitternd Luft. »Faß mich nie wieder so an«, sagte sie. »Das ist nicht richtig.«

Er schüttelte den Kopf, als müßte er sich wachrütteln. Seine Haare waren ihm nach vorn in die Stirn und über die Augen gefallen. Selbst in der Dunkelheit glitzerten seine Augen. Alin sah die schnelle Bewegung seiner Brust und fühlte noch immer sein Herz klopfen. »Nein«, sagte er. »Was mit uns geschieht, ist nicht falsch. Fühlst du es nicht, Alin? Fühlst du nicht den Ruf der Mutter, wenn wir zusammen sind und uns berühren?«

Für einen Augenblick schwankte sie. Konnte das sein? Sie wünschte sich, mit ihm zusammenzusein. Das konnte sie nicht verbergen, nicht vor ihm und nicht vor sich selbst. Vielleicht hatte Mar recht, vielleicht rief sie die Mutter zu dem Gefährten, der zu ihr gehörte. Dann fielen ihr Lanas Worte wieder ein:

Wähle niemals einen Mann, den du nicht beherrschst – die meisten Männer sind ungefährlich und respektvoll, sie verschütten ihren Saft und verehren die Mutter, die daraus Leben hervorbringt. Aber hin und wieder kommt ein Mann, der alles in Frage stellt –

Alin wußte, daß Mar ein solcher Mann war.

Irgendwie fielen ihr die richtigen Worte ein. »Ich muß mich für die heilige Hochzeit aufheben. Wenn die Göttin ihre Jungfräulichkeit verliert, ist das Fruchtbarkeitsritual sehr mächtig. Es steht dir nicht zu, Mar, dir zu nehmen, was ich der Mutter versprochen habe.«

In einer schnellen Bewegung, die sie an einen Hengst erinnerte, warf er den Kopf zurück, seine Nasenflügel bebten. »Aber du hast versprochen, die heilige Hochzeit für den Stamm des Pferdes zu vollziehen?«

Ganz ruhig, dachte sie. Einatmen, ausatmen. Sieh ihm in die Augen. »Ja«, sagte sie. »Das habe ich versprochen.«

»Und du wirst sie mit dem Häuptling des Stammes vollziehen?«

Ein und aus, dachte sie. Ein. Aus. »Ja«, sagte sie dann wieder. »Mit dem Häuptling.«

Im Schein des Feuers sah sein Gesicht überheblich und stolz aus, seine Augen leuchteten hell und waren zu schmalen Schlitzen zusammengezogen. Wieder warf er den Kopf zurück. »Und ich sage dir jetzt, Alin, daß ich dieser Häuptling sein werde.«

Ein Teil von ihr wollte, daß er es war. Ein Teil von ihr sehnte sich danach, sich wieder an ihn zu lehnen, in seine Arme zurückzukehren. Und ein Teil von ihr hatte Angst vor ihm. Er war ein gefährlicher Mann. Gefährlich für sie, gefährlich für alles, das ihr heilig war. Er war kein Mann, in dessen Armen sie sich jemals sicher fühlen konnte.

»Wir werden sehen«, entgegnete sie, »beim ersten Mond des Lachses.« Sie zog ihre Pelztunika fester um ihre Schultern, drehte sich um und ging mit festen Schritten zurück zum Zelt.

Es dauerte lange, bis Mar ebenfalls zu seinem Schlafplatz zurückkehrte.

Alin lag völlig still da und tat so, als würde sie schlafen.

Ich werde niemals einschlafen können, wenn er so dicht bei mir liegt, dachte sie. Sie hörte ihn leise etwas murmeln, als er sich umdrehte und ihr den Rücken zukehrte. Es klang so, als wäre er ausgesprochen schlecht gelaunt.

Ich werde während der ganzen Jagd kein Auge zubekommen, dachte Alin besorgt. Nicht, wenn Mar so nahe neben mir liegt.

Aber kaum hatte sie es gedacht, fiel sie auch schon in einen tiefen und traumlosen Schlaf.

19

Als die Jäger am nächsten Tag noch weiter nach Norden vordrangen, wurde das Eis, das den Fluß bedeckte, allmählich dünner und begann zu brechen. Sie näherten sich den Stromschnellen des Hochlands.

»Die Strömung des Flusses ist hier so stark, daß er niemals zufriert, egal, wie kalt es ist«, sagte Bror zu Alin. »Natürlich zieht das Wasser das Wild an. An diesen Stromschnellen kann man Hirsche antreffen und den Rehbock, aber auch das Ren und den Elch und das Wildschwein.«

Während die Jäger am Ufer entlanggingen, sah Alin die vielen Wildspuren, die vom Fluß in die umliegenden Berge führten.

»Es wird Zeit, einen Lagerplatz zu suchen und die Zelte aufzustellen«, befahl Sauk.

Es war schon später Nachmittag, als das Lager errichtet war. Dann machten sich die Jäger auf den Weg, um das Ufer nach Mammutspuren abzusuchen.

»Wir haben Glück!« rief Mar erfreut. »Als ich im vergangenen Jahr bei den Stromschnellen war, um die Mammuts zu sehen, konnte ich nirgends Spuren von ihnen entdecken.«

Die Männer starrten ihn alle erstaunt an.

»Du warst im vergangenen Jahr hier?« fragte Heno. »Ganz allein?« Mar gab keine Antwort.

»Was hast du denn – ein Junge, noch nicht einmal ein Nirum – allein bei den Stromschnellen gemacht?« fragte Sauk mit zusammengekniffenen Augen und gefährlich nach vorn geschobenem Kinn.

»Nach Mammuts gesucht«, antwortete Mar. Er blickte in Sauks streitsüchtiges Gesicht herab.

Heno stieß ein häßliches Lachen aus. »Und was hättest du getan, wenn du ein Mammut gefunden hättest, Mar? Hättest du es mit deinem Speer aufgespießt?«

Eoto stimmte in sein Lachen ein. Die Gesichter der Eingeführten blieben ernst.

Langsam sagte Mar zu Heno: »Wenn ich Spuren von Mammuts gefunden hätte, wäre ich zur Jagdgruppe zurückgekehrt.« Er sah Tane an. »Mir war eingefallen, daß wir Elfenbein gebrauchen könnten, um es beim Frühlingstreffen gegen Frauen zu tauschen«, erklärte er. »Aber ich wollte niemandem zu früh Hoffnungen machen. Im letzten Winter konnte der Stamm nicht noch mehr Enttäuschungen gebrauchen. Deshalb bin ich allein gegangen. Und als ich keine Mammutspuren gefunden habe, bin ich wieder nach Hause zurückgekehrt.« Er zuckte die Achseln. »Es war wirklich ganz einfach.«

»Hast du nicht daran gedacht, mich zu fragen, ob ich mitkommen will?« fragte Tane.

»Du hast während des Schneemonats immer so viel in der heiligen Höhle zu tun«, erwiderte Mar entschuldigend.

»Du hättest getötet werden können«, fuhr ihn Sauk an. »Du bist genauso verwundbar wie alle anderen, Mar.« Seine Worte waren von einem besonders häßlichen Grinsen begleitet, und dann fügte der Nirum noch mit einem Blick auf die Gruppe hinzu: »Es ist niemals klug, allein auf die Jagd zu gehen. Sieh dir doch an, was mit Zel passiert ist.«

»Ich habe nicht gejagt«, erklärte Mar ungeduldig.

»Das hat Zel auch nicht«, entgegnete Sauk mit einem gehässigen Seitenblick. »Jedenfalls kein Fleisch zum Essen.«

Der andere Nirum lachte mit vielsagender Miene.

»Wie hast du es geschafft, wegzugehen, ohne daß es jemand gemerkt hat?« fragte Bror.

Mar zog die Stirn in Falten und schüttelte den Kopf.

»Ich weiß es!« rief Dale mit strahlender Miene. »Du hast gesagt, daß du den Fluß hinunter zu den Frauen ohne Stamm wolltest, nicht wahr? Aber statt dessen bist du zu den Stromschnellen gegangen.«

»Was für Frauen – ohne einen Stamm?« fragte Elen.

Dale wurde plötzlich nervös.

»Was für Frauen?« fragte Elen noch einmal und sah von Dale zu Mar und wieder zurück zu Dale.

»Was machen wir mit der Mammutspur?« mischte sich jetzt Alin ein, die Mitleid mit Dale hatte. »Sollen wir ihr heute noch folgen?« fragte sie Sauk.

»Nein.« Sauk schaute zum Himmel. »Heute ist es schon zu spät.« Seine Stimme bekam einen fast anmaßenden Ton, als er fortfuhr: »Mar, du und Dale und Bror, ihr geht los und holt uns ein paar Hasen, damit wir was zum Abendessen haben.«

Alin, die neben Mar stand, spürte, wie er sich versteifte. Nicht, daß es ihm etwas ausgemacht hätte, das Abendessen zu besorgen, aber daß Sauk ihm Befehle gab, verbitterte ihn.

Beim Abendessen im großen Zelt erzählte Sauk Geschichten aus den Tagen, als er auf Mammutjagd im Osten gewesen war. Alin war es schließlich leid, dem eitlen Gerede des Nirum zuzuhören, so daß sie schließlich zu Tane sagte: »Warst du schon mal auf Mammutjagd, Tane?«

»Ja«, erwiderte er und lächelte sie an. »Ich war mit auf der Jagd, die in dem Jahr, als Mar und ich unsere Einführung hatten, von Tardith angeführt wurde. Wir haben damals einen schönen Bullen erlegt, weißt du noch, Mar?«

Mar nickte. Er starrte nachdenklich ins Feuer. Alin fragte sich, ob er Sauks Berichten überhaupt zugehört hatte.

»War es sehr aufregend?« fragte Alin weiter.

Tane verzog das Gesicht. »Eigentlich nicht.«

»Für die Mammutjäger ist es immer aufregend«, mischte sich Sauk mit gewichtiger Stimme ein.

Tane unterbrach ihn. »Mar und ich haben auf dieser Jagd aufregende Dinge erlebt, allerdings hatten sie nichts mit dem Mammut zu tun, das wir erlegt haben.« Er lächelte.

Mar runzelte die Stirn. »Mußt du diese Sache unbedingt erzählen?«

»Alin möchte gern eine aufregende Geschichte von der Mammutjagd hören.«

»Ja«, bestätigte Alin sofort. »Sauks Geschichten waren ja ganz interessant, trotzdem wäre es schön, einmal eine Geschichte von einem Mammut aus unseren eigenen Jagdgründen zu hören.«

Mar blickte sie an.

»Erzähl weiter, Tane«, sagte Alin. »Was ist passiert?«

Tane lehnte sich zurück. »Also«, begann er, »Mar dachte über die Mammutjagd genauso wie ich. Wir fanden, daß sie ziemlich langweilig gewesen war. Natürlich konnte Mar das schlecht laut sagen, denn schließlich war sein Vater der Häuptling und Anführer der Jagdgruppe. Aber er faßte den Entschluß, daß wir, während die anderen Männer das Mammut zerlegten, auf eigene Faust losziehen sollten, um uns ein lebendiges Mammut aus der Nähe anzusehen. Weißt du, wir hatten unsere Beute so schnell erlegt, daß wir diese wilden Tiere kaum genauer hatten ansehen können. Wir waren einfach neugierig.«

»Wir waren noch sehr jung«, murmelte Mar.

Tane lächelte. Er sah Jes an. »Ich wollte eins malen.«

Sie nickte verständnisvoll.

»Und was geschah dann?« fragte Alin.

Sauk rückte unruhig auf seinem Platz hin und her. Offenbar war er verärgert, weil sich niemand mehr um ihn kümmerte. Mar bemerkte es und erzählte plötzlich selbst weiter: »Tane und ich schlichen uns eines Morgens sehr früh aus dem Lager, um eine Mammutspur zu suchen. Wir hatten Glück, oder Pech, je nachdem, wie man die Dinge betrachtet, und trafen schon bald auf eine. Wir folgten ihr, umklammerten eifrig unsere Speere, obwohl wir gar nicht die Absicht hatten, sie zu benutzen.«

Bei der Erinnerung daran mußte Mar lächeln. Dann fuhr er fort: »Nach einer Weile hörten wir vor uns einen ziemlichen Lärm im Wald. Wir dachten, die Mammuts wären beim Frühstück! Ganz ruhig krochen wir weiter, wir waren ungeheuer stolz auf uns. Die einzigen beiden Eingeführten, die von sich sagen konnten, daß sie eine Mammutherde gefunden hatten.« Mit einem Lächeln schaute er zu Tane.

Tane begann zu lachen. »Aber es war gar keine Herde«, sagte er und faltete seine schmalen Hände über den hochgezogenen Knien. »Es war nur ein alter Bulle, ähnlich dem, den wir am Vortag erlegt hatten. Der Lärm, den wir gehört hatten, kam dadurch zustande, daß er die Borke von den Bäumen riß, um sie zum Frühstück zu vertilgen.« Tane sah hinüber zu Mar und nickte ihm zu, damit er weitererzählte.

»Natürlich waren wir enttäuscht«, fuhr Mar fort, »und begannen uns zurückzuziehen. Ganz leise, wie wir glaubten.«

»Wir *waren* ganz leise«, warf Tane ein. »Es waren nicht unsere Geräusche, die er bemerkt hatte. Es war unser Geruch.«

»Stimmt.«

»Mammuts haben einen sehr ausgeprägten Geruchssinn«, mischte sich Sauk wieder ein.

»Und was passierte dann?« fragte Jes.

»Also, zuerst hob der Bulle den Kopf«, erzählte Tane weiter. »Dann hob er den Rüssel in unsere Richtung, stellte die Ohren auf und stieß einen schrillen Ton aus, daß mir das Blut in den Adern gefror. Und dann stürmte er auf uns los.«

Sogar Sauk hörte jetzt zu.

»Natürlich sind wir weggerannt«, sagte Mar. »Aber ihr würdet euch wundern, wie schnell dieses große Tier laufen kann. Es war viel schneller als wir. Dann fiel mir ein, was mir mein Vater gesagt hatte – daß die Mammuts sehr schlecht sehen können. Und so schrie ich Tane zu, daß er vom Pfad springen und sich verstecken sollte. Ich sprang auf die eine Seite, Tane auf die andere.« Mar kratzte sich am Kopf, brachte seine Haare durcheinander und warf Alin ein klägliches Lächeln zu. »Ich stolperte über eine Wurzel«, erzählte er weiter, »und fiel der Länge nach neben einem großen Baum auf den Boden. Ich war derart erschrocken, daß ich einfach liegenblieb wie tot. Nur mein Herz schlug so laut wie Huths Trommel.«

Sauk begann sich an seinem bärtigen Kinn zu kratzen.

Alins Augen waren weit aufgerissen. »Und hat er dich gesehen?« fragte sie Mar.

»Er hat mich nicht direkt gesehen, sondern nur meinen Geruch aufgenommen«, erwiderte Mar. »Als ich hinfiel, habe ich den Baum gestreift, und das Mammut hat meinen Geruch von dem Baum aufgenommen. Ich weiß nicht, ob es glaubte, ich hätte mich in dem Baum versteckt, oder ob es glaubte, ich *wäre* der Baum, aber ich weiß, daß es laut losbrüllte und direkt neben meinem zitternden Körper den Baum ausriß. Dann schlang es seinen Rüssel darum, hob ihn hoch und schlug ihn mehrmals auf den Boden. Schließlich ging es in die Knie und stieß seine Zähne in den Boden, einen auf jeder Seite des Baums. Nur um Maß zu nehmen, denn als es wieder auf den Beinen war, versetzte es dem Baum einen Stoß mit dem Fuß. Und dann starrte es ein letztes Mal leer vor sich hin und stapfte äußerst zufrieden mit sich davon.«

Die Mädchen stießen vergnügte Seufzer aus. Sogar Eoto und Heno lächelten jetzt. Nur Sauk runzelte die Stirn.

»Ich wollte kaum meinen Augen trauen, als Mar unter dem Baum hervorgekrochen kam«, sagte Tane. »Nach dem ganzen Lärm, den das Mammut gemacht hatte, war ich überzeugt, daß es ihn getötet hatte.«

»Es war reines Glück, daß es das nicht getan hat«, sagte Sauk, »darauf brauchst du dir nichts einzubilden, Mar.«

Alle starrten den Nirum an und waren überrascht von dem bösartigen Ton seiner Stimme.

»Ich glaube, das weiß Mar auch«, murmelte Eoto.

»Ich geh mal eben pinkeln«, sagte Sauk und verließ das Zelt.

Als er wiederkam, krochen die anderen schon in ihre Bettrollen, um sich schlafen zu legen.

Die Jäger wachten wie gewöhnlich beim Morgengrauen auf. Melior, der ein Meister im Fischen mit der Harpune war, sorgte für das Frühstück. Dann nahmen sie ihre Speere und machten sich wieder auf die Suche nach den Mammuts.

»Wenn es nur um Fleisch ginge und nicht um Elfenbein, dann wäre es viel einfacher, Mammuts zu jagen«, erklärte Mar Alin. »Weil wir jedes Tier nehmen könnten. Aber die älteren Bullen haben bessere Stoßzähne.«

Die Pfade der Mammutherden waren leicht zu finden, sogar auf dem harten gefrorenen Boden. Keine anderen Wildpfade waren so breit, und nirgendwo sonst gab es so viele gefällte Bäume. In den schneebedeckten Wäldern trafen sie auf eine ganze Reihe solcher Pfade, und die Jäger suchten sich einen aus, dem sie folgten. Leise und vorsichtig traten sie mit ihren Pelzstiefeln auf dem hartgefrorenen Boden auf, um sich nicht vorzeitig zu verraten.

Sauk ging an der Spitze der Gruppe, wie es sich für einen Anführer gehörte. Mar sagte nichts, aber Alin, die dicht hinter ihm ging, spürte, wie sehr er sich ärgerte, hinter dem Nirum den zweiten Platz einzunehmen.

Die Fähigkeit, sich geräuschlos im Wald zu bewegen, muß man in der Kindheit lernen, denn sie ist keine Fähigkeit des Geistes, sondern eine des Körpers. Bei den Jägern, die an diesem Tag über den Mammutpfad gingen, funktionierte jeder Nerv und jeder Muskel des Körpers als Auge. Sie bewegten sich intuitiv richtig.

Sauk verlangsamte seine Schritte und blieb stehen. Stumm deutete er auf die hartgefrorene Erde vor seinen Füßen. Mar und Alin machten neben ihm halt.

Dort lag, an der kalten Morgenluft dampfend, ein großer frischer Kotfladen.

»Mammuts«, flüsterte Sauk, fast ohne die Lippen zu bewegen. Er schaute Mar mit einem seltsam grübelnden Blick an. »Willst du vorausgehen und sie auskundschaften?« fragte er dann.

Mar sah überrascht aus, dann nickte er zustimmend. Sauk drehte sich um und machte den anderen ein Zeichen, daß sie zurückbleiben sollten.

»Ich gehe auch«, erklärte Alin und folgte Mar.

Mars Kopf fuhr herum, und für einen Augenblick glaubte sie, er würde sie zurückschicken. Dann lächelte er schwach und drehte sich wieder nach vorn. Die Entfernung zwischen ihnen und der restlichen Gruppe wurde größer.

Alin und Mar gingen vorsichtig weiter. Nach einer Weile hörten sie vor sich das Bersten von Ästen und Bäumen.

Alin verspürte ein prickelndes Gefühl im Magen und umklammerte ihren Speer. Es hört sich genauso wie das Mammutfrühstück aus Baumrinde an, von dem mir Mar erzählt hat, dachte sie.

Mar blieb plötzlich stehen. Es kam so unerwartet, daß Alin in ihn hineinstolperte. Sie spähte über seine Schulter, mit der Nase im Pelz seiner Tunika, und erblickte ein Stückchen weiter vorn auf einer kleinen Lichtung, in die die Strahlen der Morgensonne fielen, ein Mammut mit einem Jungen an der Seite. Das riesige Tier stand völlig bewegungslos und stumm da und beobachtete sie.

Ganz langsam und ganz vorsichtig begann Mar, rückwärts zu gehen. Alin folgte seinem Beispiel.

Sie hatte so starkes Herzklopfen, daß sie überzeugt war, das Mammut müßte es hören. Es wird angreifen, dachte Alin. Wir sind viel zu weit in sein Territorium eingedrungen, viel zu dicht bei dem Jungen. Es wird angreifen.

Das Mammut hatte die Ohren aufgestellt, aber sein Rüssel fuhr nicht in die Höhe. Hatte Sauk nicht gesagt, daß sie ihren Rüssel in die Luft streckten, wenn sie angriffen?

Die Sonne schien hell auf die kleine freie Lichtung, auf der die Mammutmutter und ihr Junges, eingerahmt von den hohen, mit einer dünnen Schneeschicht überzogenen Bäumen des Waldes, regungslos standen.

Alin und Mar zogen sich immer weiter zurück, bis sie außerhalb der begrenzten Sichtweite des Mammuts waren. Die Sonne spiegelte sich in dem rotbraunen Fell von Mutter und Kind, und ganz plötzlich wußte Alin, daß sie und Mar in Sicherheit waren. Das Mammut würde nicht angreifen.

Nur ein einziges Mal zuckten seine Ohren, bevor sie aus seinem Blickfeld verschwunden waren. Eine Weile noch stand es völlig bewegungslos da. Dann drehte es sich um und schlenderte, mit seinem Jungen an der Seite, über den Mammutpfad davon.

Sie warteten und lauschten dem Geräusch der sich entfernenden Tiere. Alins Puls schlug wieder im normalen Rhythmus. Dann, als schließlich wieder Stille herrschte, drehte Mar sich zu ihr um und sah sie an. »So«, sagte er. Seine Augen waren strahlend blau. »Jetzt hast du ein Mammut gesehen.«

Später am Tag, als Alin und Mar bereits wieder in das Lager am Fluß zurückgekehrt waren, hörten die Jäger plötzlich eine Reihe lauter Trompetenstöße, die durch den stillen kalten Wald dröhnten. Sie bewegten sich leise auf die Geräusche zu, bis sie an den Rand einer großen weiten Wiese kamen, die am Fuß eines bewaldeten Hügelhangs lag.

In der Mitte der Wiese erblickte Alin zwei junge Mammutbullen, die mit steil erhobenen Rüsseln und Schwänzen umeinander herumgingen. Dabei stießen sie Kampfschreie aus.

Alin hörte, wie Mar die Luft anhielt. Und sie selbst auch. Ohne daß jemand ein Zeichen gegeben hätte, zogen sich die Jäger nach hinten unter die Bäume zurück und beobachteten von dort die Tiere.

Die beiden wilden Exemplare gingen noch eine ganze Weile umeinander herum, anscheinend forderten sie sich mit ihren Trompetenstößen und Bewegungen gegenseitig heraus. Schließlich gab das eine von ihnen seine Position auf, stapfte zu seinem Widersacher und legte den Rüssel an dessen Stirn.

Offenbar gab er damit das Zeichen zum Handeln. Stirn an Stirn schlangen die Mammuts ihre Rüssel umeinander, und der Kampf begann, indem sie heftig zogen und zustießen, so daß unter ihren gewaltigen Füßen die Erde erbebte. Das Geräusch der aufeinanderkrachenden Elfenbeinzähne dröhnte durch die Luft. Die riesigen Körper bebten vor Anstrengung, das lange rötlichbraune Haar war gekräuselt und zitterte unter den schräg einfallenden Strahlen der Nachmittagssonne.

Am Ende sackte einer der beiden Kämpfer auf seine breiten Lenden. Der Sieger stand über ihm, hatte den Rüssel erhoben und trompetete seinen Erfolg mit einer ohrenbetäubenden Fanfare in die Welt hinaus.

Starr vor Staunen beobachtete Alin die Szene, die sich vor ihren Augen abspielte. Sie konnte ihrem Glück kaum trauen. Wie viele Menschen hatten einen solchen Anblick je erleben dürfen?

Das besiegte Tier kam mühsam schwankend wieder auf die Füße. Sein Rüssel hing schlaff nach unten. Seine Ohren ebenfalls. Alin mußte lächeln. Der arme Kerl sah so kläglich aus wie ein Hund, den man um seinen Knochen betrogen hatte.

Plötzlich fegte ein kalter Windstoß durch die Bäume, unter denen sich die Jäger versteckt hielten. Wie auf ein Zauberwort schnellten Ohren und Rüssel des besiegten Mammuts in die

Höhe, als es den Geruch der Menschen einfing. Diesmal war es nicht die Fanfare des Triumphs, die zu ihnen drang, sondern ein zorniger Aufschrei. Dann drehten sich die beiden Bullen um und stürmten zwischen den Bäumen am anderen Ende der Wiese davon. Dabei schien der ganze Wald aus den Wurzeln gehoben zu werden. Die Jäger standen wie betäubt und lauschten dem Höllenlärm, den die umstürzenden Bäume verursachten. Sie machten keine Anstalten, den Tieren zu folgen.

»Selbst wenn wir kein einziges Mammut bekommen, allein wegen dieses Anblicks hat sich die Jagd schon gelohnt«, sagte Elen.

»Ja.«

»Ja.«

»So ist es.«

»Ich werde es malen«, sagte Tane zu Jes.

»Zeit, zu den Zelten zurückzugehen«, erklärte Sauk. »Dale und Melior und Elen und Iva – ihr habt heute für das Essen zu sorgen. Die anderen kümmern sich um die Feuer.«

An diesem Abend gab es über dem Kochfeuer geröstetes Renfleisch, und als die Jäger fertig gegessen hatten, redeten sie miteinander und lutschten das Mark aus den Beinknochen.

Am nächsten Morgen brachten ihnen Melior und Dale Fische zum Frühstück. Dann stimmten sie ein Jagdlied an und zogen auf einem anderen Mammutpfad weiter, in der Hoffnung, diesmal mehr Jagdglück zu haben als bisher.

Sie waren noch nicht sehr weit gegangen, als Sauk eine vielversprechende Spur entdeckte. Wie am Tag davor bewegten sich Mar und Alin auch diesmal allein voraus, um die Lage auszukundschaften.

Aber dieses Mal kündigten sich die Mammuts nicht durch den üblichen Höllenlärm an, sondern durch ein leises Geräusch, das wie entferntes Donnergrollen klang. Sauk hatte berichtet, daß die Gedärme friedlicher Mammuts ständig grollende Geräusche von sich gaben, und so blieb Alin stehen, noch bevor Mar die Hand erhoben hatte.

Sie lauschten, und dann kroch Mar vorsichtig weiter. Alin folgte ihm. Plötzlich ragten direkt vor ihnen die riesigen, behaarten rotbraunen Flanken zweier Bullen auf.

Wieder hielten sie an. Dann hob Mar die Hand und wackelte mit den Fingern, während er nach Osten deutete. Alin verstand sein Zeichen sofort. Er wollte die Mammuts in einem großen Kreis umrunden, damit sie sich die Stoßzähne ansehen konnten.

Sie brauchten fast eine Stunde, bis sie auf der anderen Seite waren, aber das langsame, mühselige Anpirschen hatte sich gelohnt. Beide Bullen besaßen lange gebogene Stoßzähne, genau wie sie der Stamm des Pferdes suchte.

Langsam und mit äußerster Vorsicht begannen Mar und Alin mit dem Rückzug. Dann kehrten sie zu den anderen Jägern zurück.

»Es sind zwei«, berichtete Mar zufrieden. »Direkt auf dem Pfad.«

Sauk grinste. »Eine gute Nachricht.« Er wandte sich an Tane und Bror. »Ihr zwei geht vor und stellt die Speerfalle auf.« Als sich die beiden Jungen auf den Weg machten, rief ihnen Sauk nach: »Und achtet auf den Wind.«

Tane war gekränkt. »Ist doch klar, daß wir auf den Wind achten«, sagte er leise zu Bror.

Bror brummte vor sich hin und sagte dann zu Mar: »Wenn wir fertig sind, stoßen wir den Wolfsruf aus.«

Mar nickte, und die Jäger schauten den beiden jungen Männern nach, die jeder noch einen zweiten Speer bei sich hatten, dessen Schaft mit einem Stein beschwert war.

»Nicht gerade leicht, diese Warterei«, klagte Elen, als die

anderen auf dem Pfad verschwunden waren. Sie stampfte mit den Füßen und schlug die Hände aneinander, damit ihr etwas wärmer wurde.

»Wenn Mädchen auf die Jagd gehen wollen, müssen sie lernen, die Dinge zu ertragen, wie es die Männer tun«, sagte Sauk mit zufriedener Miene. Elen warf ihm einen wütenden Blick zu.

»Ich fürchte, wir können nichts anderes tun als warten«, sagte Mar zu ihr. »Ein Feuer können wir nicht anmachen. Weil die Mammuts den Rauch bemerken könnten.«

»Erklär uns noch mal, wie ihr die Falle aufstellen wollt«, forderte Alin, um von der Kälte abzulenken.

Mar lächelte zustimmend. »Wir nennen es die Falle der niederstürzenden Speere«, erklärte er. »Diese Art Falle wird von den Stämmen der Sippe am häufigsten verwendet. Die Mammutjäger im Osten bedienen sich nicht dieser Methode, weil man mit ihr immer nur ein Tier bekommt. Aber sie hat den Vorteil, daß sie nie versagt, solange man das Mammut, das man haben will, dazu bringt, auf einem schmalen Pfad zu gehen.«

Mar lehnte sich gegen einen Baum und stieß seinen Speer mit dem Schaft in die Erde. Er rückte sich bequem zurecht und fuhr mit seinen Erklärungen fort. »Tane und Bror werden um die Bullen einen Bogen machen und an ihnen vorbeigehen. Dann suchen sie sich weiter hinten eine Baumspitze, die direkt über dem Mammutpfad hängt. Sie nehmen den beschwerten Speer und befestigen daran ein langes Stück Sehne, an dem sie den Speer in den Baum hängen. Dann spannen sie die Sehne unter dem Baum über den Pfad. Wenn das Mammut angestürmt kommt, zerreißt es die Sehne, und der Speer schießt herunter.«

»Das ist mir ja alles völlig klar. Das hast du uns schon mal erklärt«, sagte Alin. »Aber was ich nicht verstehe, ist, wie du sicher sein kannst, daß der Speer genau dort herunterstürzt, wo er herunterstürzen soll, um das Mammut zu töten.«

Mar zog die Augenbrauen hoch. »Eine gute Frage. Das Geheimnis des herabstürzenden Speers liegt in der genauen Berechnung der Stelle, an der man den Speer befestigen muß. Du mußt die Laufgeschwindigkeit des Mammuts berechnen, du mußt die Entfernung zwischen den Bäumen berechnen, und du mußt den Speer in einer solchen Höhe befestigen, daß er, wenn er runterfällt, das Mammut an einer tödlichen Stelle trifft.« Mars Augen glitten von Alin zu Jes. »Deshalb haben wir Tane und Bror losgeschickt«, erklärte er. »Sie haben ein Talent für solche Berechnungen.«

Die Gruppe wartete. Die blasse Wintersonne fiel durch die kahlen Bäume auf den Mammutpfad, aber sie brachte wenig Wärme. Schließlich, als alle schon völlig durchgefroren waren, hörten sie in der Ferne einen Wolf heulen.

»Der Speer ist angebracht«, sagte Sauk zufrieden. »Jetzt ist es an uns, die Mammuts über den Pfad zu treiben.« Er nahm den Feuerstock aus seinem breiten Hüftgürtel und bückte sich zu dem Zündholz, das er schon bereitgelegt hatte. Nach zehn Minuten hatte er ein Feuer gemacht. Die Jäger nahmen die langen Zweige, die sie in der Zwischenzeit zerschnitten hatten, und zündeten sie daran an. Dann bewegten sie sich alle auf dem Mammutpfad voran, die Fackeln in der linken Hand, die Speere in der rechten, die Hunde auf ihren Fersen. Als sie das Mammut schon fast erreicht hatten, stieß Sauk den unheimlichen jodelartigen Jagdruf des Stammes aus und lief schnell nach vorn. Die anderen folgten ihm.

Ein warnender Schrei hallte von den Bäumen wider. Und dann hörten sie das donnernde Geräusch der Mammuts, die eilig flüchteten. Alin spürte die Erde unter ihren Füßen beben, während sie sich entfernten.

Die Jäger liefen hinter ihnen her. Plötzlich ertönte von oben, über dem Pfad, noch ein Schrei, anders als der erste. Mar brummte. »Der Speer hat eins erwischt«, sagte er zu Alin und lief schneller. Fast wären sie in das Tier gestürzt, das zu Boden gegangen war. Instinktiv wichen sie vor ihm zurück. Im gleichen Moment hörten sie eine Stimme von oben. Alin schaute hinauf und erblickte in einem Baum Tane, der gerade seinen Speer auf das Tier schleuderte. Das Mammut erzitterte und blieb dann still liegen. Danach warf Bror, der in einem Baum auf der anderen Seite des Pfads thronte, seinen Speer.

Unten auf dem Pfad floh mit donnernden Hufen der zweite Bulle vor der Todesszene seines Gefährten.

»Ich glaube, das war's«, rief Mar Tane und Bror zu.

Die Jäger standen in einer Gruppe zusammen, als Sauk zu dem erlegten Tier ging. Schweigend sahen sie zu, wie er seinen Speer in das Ohr des toten Mammuts stieß.

»Das wäre erledigt«, erklärte Sauk. Er blickte die Jäger an und grinste. »Wir haben unser Mammut.«

20

Die Jäger errichteten ein Feuer auf dem Pfad, um sich zu wärmen. Dann nahm Bror dem Mammut die kostbaren Stoßzähne ab. Er ging sehr behutsam vor. Zuerst schlug er vorsichtig mit dem Steinhammer eine Kerbe in die oberste Schicht des Elfenbeins, dicht an der Stelle, an der der Stoßzahn des Mammuts aus dem Gesicht trat. Anschließend setzte er den Flintmeißel an, um die Stoßzähne abzubrechen.

Dann schlachteten die anderen Jäger einen Teil des Mammuts für ihr Abendessen. Das Herz, das dem Himmelsgott heilig war, begruben sie. Es begann zu schneien, als sie müde und durchfroren, aber im Triumph und mit dem Fleisch und dem Elfenbein beladen, ins Lager zurückkehrten.

Während in den Zelten die Feuer angezündet wurden, brachten ein paar Männer Wasser aus dem Fluß, um das Blut vom Schlachten abzuwaschen. Vor den Zelten führte der Fluß ungefähr sechs Fuß unter dem steilen Felsufer entlang, und um das Wasser zu holen, mußte ein Behälter an einem Seil befestigt und in das reißende Wasser hinuntergelassen werden.

Das Wasser, das sie geholt hatten, war schon bald rot gefärbt, und Mar sagte: »Ich hole lieber noch Wasser zum Trinken.«

Sauk brummte zustimmend, und nachdem Mar Lugh befohlen hatte, im Zelt zu bleiben, zog er seine Felle über und ging wieder hinaus in die zunehmende Dunkelheit.

Es hatte zu schneien begonnen, so daß er die Kapuze hochzog. Als er zum Fluß kam, machte er die Seile los, die an den Behältern befestigt waren, und trat bis an den Rand der Klippe.

Es war inzwischen fast völlig dunkel, und es schneite immer stärker. Mar sah hinunter in den reißenden Fluß und tauchte die Behälter ins Wasser.

Er stand vornübergebeugt am Rand der Klippe, als ihn ein Schlag am Hinterkopf traf. Er taumelte. Die Kapuze war seine Rettung. Sie dämpfte den Schlag und betäubte ihn nur, und erst der darauffolgende Stoß zwischen die Schulterblätter brachte ihn aus dem Gleichgewicht. Ohne sich wehren zu können, stürzte er von der Klippe in den Fluß.

Der Schock von der eisigen Kälte lähmte sein Gehirn. Der Fluß war an dieser Stelle sehr tief, und Mar ging sofort in dem eiskalten Wasser unter. Er schlug mit den Armen um sich, wollte schwimmen, aber die Kälte ließ seine Muskeln erstarren. Die Felle an seinem Körper waren schon jetzt unglaublich schwer und würden noch schwerer werden, je mehr sie sich mit Wasser vollsogen. Die Stiefel hingen wie Todesgewichte an seinen Füßen und zogen ihn nach unten.

Die Strömung trug ihn immer schneller den Fluß hinunter.

Er schrie. Sinnlos, dachte er. Selbst wenn ihn jemand hörte, würde ihn die Kälte in wenigen Augenblicken umgebracht haben. Aber er mußte etwas tun. Er machte den Mund auf, um noch einmal zu schreien, aber das aufschäumende gefrierende Wasser floß in seine Kehle, so daß er würgen mußte.

Verzweifelt bemühte er sich, ans Ufer zu gelangen, obwohl er wußte, daß es ihm niemals gelingen würde, den nackten glitschigen Felsen zu erklimmen.

Seine Arme und Beine bewegten sich immer langsamer. Seine Gedanken begannen sich zu verwirren. Das tosende Wasser klatschte ihm ins Gesicht, und er mußte wieder würgen.

Warum kämpfen? dachte er. Du bist ein toter Mann.

Er hatte überhaupt kein Gefühl mehr in Armen und Beinen. Sie hatten aufgehört, sich zu bewegen, und er begann unterzugehen. Er bog den Kopf nach hinten, damit seine Nase und sein Mund über dem Wasser blieben.

»Mar!« Schwach, wie aus weiter Ferne, hörte er eine Stimme. »Mar!«

Er bemühte sich, zum Ufer zu sehen, aber durch die Dunkelheit und den Schnee war nichts zu erkennen. Es hörte sich an wie Tanes Stimme.

»Halt dich daran fest!«

Kann ich nicht, dachte Mar. Kann mich nicht bewegen.

Eine Hirschblase traf ihn ins Gesicht.

Tane fluchte laut. »Halt dich daran fest, Mar! Jetzt!«

Mit einer gewaltigen Willensanstrengung, wie er sie noch nie vollbracht hatte, hob Mar den Arm und umschloß mit den Fingern die Blase. Und dann zog ihn das Seil, an dem sie befestigt war, langsam durch das Wasser ans Ufer.

Hat keinen Zweck, dachte er. Kann nicht raufklettern.

»Mar!«

Er klammerte sich an Tanes Stimme wie an die Blase. Ohne zu denken. Hartnäckig.

»Das Ufer ist hier niedriger«, rief Tane. »Du kannst raufklettern. Mach schon!«

Mar stieß gegen den Felsen. Tane packte ihn an den völlig durchweichten Fellen an der Schulter. Er kniete nur ein kleines Stück über Mar am Boden. »Mar, du Sohn einer Hyäne!« schrie Tane. »Komm da *raus*. Hörst du?«

Tane zerrte an Mars Schultern. »Hilf mir«, sagte er verzweifelt. »Du bist zu schwer. Ich schaffe es nicht allein.«

Mar streckte den Fuß nach unten und fühlte den Felsboden. Der Fluß war hier flacher. Mar hatte die Hand um einen Felsblock gelegt, und jetzt stieß er sich mit dem Fuß ab und versuchte sich hochzuziehen.

»Genau so«, flüsterte Tanes Stimme.

Ich kann nicht, dachte Mar.

»Jetzt«, befahl Tane, und dann zogen und schoben beide gleichzeitig, und Mar landete auf dem Felsen.

»Zieh die Sachen aus«, sagte Tane sofort, kniete sich über Mar und zog ihm die Felle vom Körper. Mar wollte sich aufrichten, um Tane die Arbeit zu erleichtern. »Das Hemd auch«, sagte Tane. »Mach schon. Heb die Arme hoch, damit ich es dir über den Kopf ziehen kann.«

Mar tat, wie ihm geheißen, und Tane zog die durchweichte eiskalte Hirschhaut herunter, so daß der Schnee auf Mars nackten Körper fiel. »Jetzt nimm das«, sagte Tane, zog sich seinen Umhang aus und wickelte Mar hinein.

»Nicht mehr lange, und du wärst tot gewesen«, murmelte Tane, während er den Umhang fester um Mar wickelte.

»J-ja«, sagte Mar.

»Wie ist das passiert?«

»J-jemand hat mich g-gestoßen.«

Tanes Finger hielten inne. »Sauk«, sagte er dann, und seine Stimme war von Haß erfüllt.

»Ich w-weiß nicht. H-habe nichts gesehen.«

»Steh auf«, sagte Tane. »Ich bringe dich zum Feuer.«

Mit großer Mühe gelang es Mar, sich aufzurichten. Er zitterte am ganzen Körper, aber er konnte Arme und Beine bewegen. Langsam entfernten sich die beiden Männer von dem Fluß.

»W-wie hast du mich g-gefunden?« stotterte Mar.

»Ich dachte mir, daß wir noch mehr Wasser brauchen, deshalb bin ich dir gefolgt«, erklärte Tane. »Sauk hatte schon vorher das Zelt verlassen und konnte nicht wissen, daß ich dir nachgegangen bin.«

»H-hast du ihn g-gesehen?«

»Nein«, sagte Tane mit Bedauern in der Stimme. »Gesehen habe ich ihn nicht. Ich habe gehört, wie du geschrien hast, und bin wie der Wind den Fluß hinuntergelaufen, der dich davontrug. Sonst habe ich nichts gesehen.«

Mar blieb stehen. »S-sag nichts davon, daß ich g-gestoßen wurde, Tane. N-noch nicht. Das g-gibt nur Ärger.«

»Den gibt es bestimmt«, erwiderte Tane grimmig. »Die Jungen werden Sauk umbringen.«

»D-das meine ich ja. W-warte, bis ich mich selbst um ihn k-kümmern kann.« Tane schwieg. »J-jetzt kann ich noch nichts t-tun, Tane. B-bitte!«

»In Ordnung«, erwiderte Tane. »Ich bin zwar nicht deiner Meinung, aber – in Ordnung.«

Sauk saß am Feuer, als Tane und Mar in das große Zelt kamen. Sein entsetztes Gesicht genügte, um die beiden Brüder von seiner Schuld zu überzeugen. Erschrocken rief Alin: »Mar! Was ist passiert?«

»Ich b-bin in den F-fluß g-gefallen«, erklärte Mar mit klappernden Zähnen, und Tane schob ihn dicht ans Feuer.

»Hol seine Schlafhäute, damit wir ihn einwickeln können«, sagte Tane zu Jes. »Ich ziehe ihm die nassen Kleider aus.«

Schweigend machte sich Tane daran, Mar seine gefrorene Hose und die Stiefel auszuziehen und ihn in seine Büffelhäute zu wickeln. Mar saß vor dem Feuer und zitterte, und Tane türmte auch noch seine eigenen Schlafhäute über ihn. Lugh sah neben seinem Herrn und starrte ihn betrübt an.

»Essen«, sagte Tane dann. »Das Essen hilft dir, dich wieder aufzuwärmen.«

»Ja.« Mar sprach zum ersten Mal wieder, ohne zu stottern.

Es gab gekochtes Fleisch, und Alin reichte Mar ein großes Stück davon. Er biß hinein und begann langsam zu kauen.

Die drei Nirum hatten die ganze Zeit stumm dagesessen, während die Mädchen und Tane mit Mar beschäftigt waren. Als Mar zu essen bekommen hatte, nahm sich Sauk auch ein Stück Fleisch, und die beiden anderen Nirum folgten seinem Beispiel.

Schließlich sagte Alin tonlos: »Ich würde sehr gern erfahren, wieso du in den Fluß gefallen bist.«

»Ich weiß nicht«, erwiderte Mar. »Ich kann mich nicht erinnern. Ich muß mir den Kopf angestoßen haben.«

Sauk sah hellwach aus.

Alin runzelte die Stirn. »Den Kopf angestoßen? Wo denn?«

Mar deutete auf die Stelle an seinem Hinterkopf, an der ihn Sauk getroffen hatte, und Alin stand auf und ging zu ihm, um sie sich anzusehen. Als sie mit den Fingern über die Beule strich, zuckte er zusammen.

»Eine merkwürdige Stelle, um sich anzustoßen«, sagte Alin, noch immer mit völlig tonloser Stimme.

»Ich kann mich nicht erinnern«, wiederholte Mar. »Mein ganzer Kopf tut mir weh.«

Alin nahm sein Kinn in die Hand und hob sein Gesicht, damit sie es sich ansehen konnte. Er ist viel zu blaß, dachte sie, und seine Augen sind verschwommen.

»Du mußt mit dem Kopf auf einen Felsen geschlagen sein«, erklärte Heno. »Die sind hier überall im Fluß. Du hattest großes Glück, daß Tane dir nachgegangen ist, Mar.«

»Ja«, sagte Sauk. »Sehr großes Glück.«

Mar sah den Nirum an, der seinem Blick aber auswich.

»Wo sind Mars Felle? Und sein Hemd?« wendete Alin sich an Tane.

»Draußen am Fluß.« Tane stand auf. »Ich hole sie.«

»Ja. Sie müssen getrocknet werden, bevor er weitergehen kann«, erwiderte Alin.

»Nimm Lugh mit«, sagte Mar zu Tane.

Die beiden Brüder sahen sich an. Dann nickte Tane und pfiff dem Hund, der ihm aber erst folgte, nachdem Mar ihm etwas zugerufen hatte.

Sie breiteten Mars Kleider über dicken Ästen zum Trocknen aus. »Du wirst eine ganze Weile hierbleiben müssen«, meinte Tane lächelnd. Mar lächelte ebenfalls und verzog das Gesicht. Er hatte zu zittern aufgehört, aber seine Augen waren verschwommen. Er hatte nur sehr wenig von dem Fleisch gegessen.

»Leg dich hin«, sagte Alin mit weicher Stimme.

Er nickte, und während die anderen noch ihre Schlafplätze auf die Seite rückten, um Mars nassen Kleidern Platz zu machen, war er schon eingeschlafen.

Mars Umhang und seine Stiefel waren am nächsten Tag noch immer nicht trocken. Nur sein Hemd und seine Hose waren nicht mehr naß, und obwohl sie hart und steif waren und das Wildleder neu geschabt werden mußte, zog er sie an. »Du bist zu groß, dir passen keine anderen Sachen außer deinen eigenen«, sagte Tane zu ihm. »Du wirst so lange im Zelt bleiben müssen, bis deine Felle wieder trocken sind.«

»Das macht mir nichts«, erwiderte Mar und lächelte. »Die Mädchen werden mir Gesellschaft leisten.«

Auch die Eingeführten leisteten ihm Gesellschaft, denn sie waren sich darin einig, daß es nicht gut war, Mar allein zu lassen. Keiner von ihnen glaubte an Mars Geschichte – daß er in den Fluß »gefallen« war.

»Mar hat noch nie das Gleichgewicht verloren«, hatte Dale zornig gesagt. »Es ist etwas geschehen, von dem er uns nichts erzählt hat.«

»Ja«, hatte ihm Bror zugestimmt. »Ich glaube, es ist besser, wenn wir Mar nicht mit den Nirum allein lassen.«

Und so hielten sich den ganzen Tag über ein paar von ihnen im Zelt auf, während es draußen unaufhörlich weiterschneite.

Jes fragte Bror, wie er es anstellen würde, aus Mammutzähnen Statuen zu schnitzen.

»Zuerst muß man das Elfenbein in Dampf hängen, um es weich zu machen«, erklärte Melior. »Stimmt's, Bror?«

»Wenn es Elfenbein wäre, das wir bei einem Treffen eingetauscht hätten, müßte man es in Dampf hängen«, bestätigte Bror. »Aber das Elfenbein oder das Geweih oder die Knochen eines frisch getöteten Tieres sind noch weich.« Er lächelte Jes an. »Zum Spalten eignet sich Elfenbein, das schon ein bißchen getrocknet ist, besser. Es läßt sich leichter daran arbeiten. Aber nicht mit dem Meißel oder einem Messer. Dazu sollte das Elfenbein weich sein. Wenn ich die Statue gleich anfertige, sobald wir wieder zu Hause sind, brauche ich die Zähne vielleicht nicht in Dampf erhitzen.«

»Und wie machst du das, falls du sie in Dampf erhitzt?« fragte Jes interessiert weiter. Die anderen Jäger hörten etwas gelangweilt zu.

Bror holte tief Luft. Anscheinend machte es ihm Freude, über seine Arbeit zu reden. Sauk rückte unruhig auf seinem Platz hin und her, sagte aber nichts.

»Zuerst«, erklärte Bror, »muß man das Elfenbein eine Handvoll Tage lang einweichen. Als nächstes nimmt man ein Stückchen frische Haut und weicht es ein, bis es aufquillt. Dann wickelt man die Haut mit dem Fell nach innen dreimal um das Elfenbein und legt das Ganze in ein schwelendes Feuer. Dort läßt man es so lange, bis die Haut völlig verkohlt ist. Sie zerfällt, wenn man das Elfenbein aus dem Feuer nimmt, das so heiß ist, daß man es unmöglich mit den bloßen Händen halten kann. Sobald es abgekühlt ist, kann man es leicht mit einem Flintmesser bearbeiten. Es läßt sich sogar biegen.«

»Darf ich dir mal zusehen?« fragte Jes.

Bror nickte. »Gern. Du wirst mir jederzeit willkommen sein.«

Jes lächelte. Tane runzelte die Stirn. Mar nieste.

»Armer Mar«, sagte Elen. »Ich fürchte, du wirst noch büßen müssen für dein Bad.«

»Solange ihm nur eine triefende Nase bleibt, hat er Glück gehabt«, sagte Alin. »Die Kälte hätte ihn umbringen können.« Ihre Stimme klang hart, und sie sah Sauk an.

Alin hatte fast die ganze Nacht wach gelegen, auf Mars Atemzüge geachtet und über seinen »Unfall« nachgedacht. Am Ende war sie zu dem gleichen Schluß gelangt wie die jungen Männer. Der Blick, mit dem sie Sauk ansah, war feindselig.

»Ja«, sagte Bror mit genauso harter Stimme. Auch er starrte den Nirum feindselig an.

»Mar ist kräftig wie ein Höhlenbär«, warf Eoto ein und lächelte unsicher.

Mar blickte Eoto mit ausdruckslosen Augen an. »Es stimmt, daß ich schwer totzukriegen bin. Und ein zweites Mal werde ich meinen Feinden nicht den Rücken zukehren«, sagte er entschlossen.

»Was für Feinde?« fragte Sauk in die angespannte Stille hinein. »Wovon redest du, Mar? Du bist in den Fluß gefallen.«

»Ja. Ich bin in den Fluß gefallen. Und Tardith wurde von einem zufällig herunterfallenden Speer getötet.« Mar hatte mit völlig ruhiger Stimme gesprochen, und es dauerte eine Weile, bis seine Zuhörer die Bedeutung seiner Worte erfaßt hatten.

Sauks Augen verengten sich zu schmalen Schlitzen.

Bror ließ zischend die Luft aus seiner Kehle.

Eoto machte ein bestürztes Gesicht. »Was willst du damit sagen?« fragte er.

Mars Blick wanderte von Eoto zu Heno. Heno runzelte leicht erstaunt die Stirn.

»Du stammst aus einer Familie, die kein Glück hat, Mar«, sagte Sauk.

Melior stand auf.

»*Setz* dich hin.« Mar wartete, bis Melior seinem Befehl gefolgt war. Dann wendete er sich Sauk zu. »Ich schätze, daß wir schon sehr bald erfahren werden, wer kein Glück hat im Stamm des Pferdes, Sauk.«

Der Nirum zeigte seine kleinen viereckigen Zähne.

»Ich glaube, daß Bror und Melior und Dale heute nacht besser hier im Zelt schlafen sollten«, schlug Alin vor. »Die Nirum können im anderen Zelt schlafen.«

»Was fällt dir ein, hier Befehle zu erteilen, Mädchen?« fuhr Sauk sie an.

»Sauk, wo warst du letzte Nacht, als Mar zum Wasserholen gegangen ist?« fragte Alin. »Du hast das Zelt direkt nach ihm verlassen. Wir haben es alle gesehen. Wo warst du?« Sie drehte sich zu Elen um. »Ist er in das andere Zelt gekommen?«

»Nein.« Elen schüttelte den Kopf. »Er war nicht bei uns.«

»Ich war auf der Grube«, sagte Sauk. Er warf wilde Blicke in die Runde. »Was kann *ich* dafür, wenn Mar ausrutscht und ins Wasser fällt!« Er starrte Mar an. »Oder willst du vielleicht behaupten, ich hätte dich hineingestoßen?«

»Nein«, sagte Mar leise. »Das will ich nicht, Sauk. Denn ich habe nicht gesehen, wer mir einen Schlag auf den Kopf versetzt und mich hinuntergestoßen hat. Er kam von hinten, und es war dunkel.«

Tiefes Schweigen legte sich über das Zelt.

»Davon habe ich nichts gewußt«, murmelte Eoto.

»Das glaube ich«, sagte Mar.

»Du hast das Gleichgewicht verloren, bist gestürzt und hast dir den Kopf an einem Felsen angeschlagen«, sagte Sauk mit Verachtung. »Versuch bloß nicht, dich herauszureden, indem du mir die Schuld für deine Ungeschicklichkeit gibst, Mar.«

Die Eingeführten und die Mädchen starrten ihn mit feindseligen Blicken an.

»Aber warum sollte Sauk so etwas tun?« fragte Heno und sah von einem Gesicht zum anderen. »Er hat doch gar keinen Grund!«

»Mar wird in diesem Frühling zum Nirum gemacht«, erwiderte Tane. »Dann wird er den Häuptling herausfordern können.«

Heno lachte amüsiert. »Eine Herausforderung ist unmöglich«, sagte er. »Das weiß doch jeder.«

»Darauf solltest du dich besser nicht verlassen, Heno«, erwiderte Mar. Seine Stimme war ruhig. Voller Selbstvertrauen. »Und ich glaube auch nicht, daß sich Altan und Sauk ihrer Sache genauso sicher sind wie du.«

Eoto und Heno starrten ihn an. Dann sahen sie wieder zu Sauk. Sauk starrte mit unverhohlener Bösartigkeit zu Mar. »Diese Anschuldigung werde ich nicht vergessen, Mar«, sagte er.

Mar nieste.

Sauk winkte seine beiden Gefährten zu sich. »Wir werden in das andere Zelt gehen«, sagte er. »Hier stinkt es.«

Als sich die drei Nirum durch das dichtgedrängte Zelt zum Eingang bewegten, herrschte Schweigen. Dann, als sie draußen waren, sagte Mar zu den anderen im Zelt: »Ich kann ihn nicht vor dem Stamm beschuldigen. Ich habe ihn nicht gesehen.«

»Das verstehen wir«, erklärte Dale düster. »Aber wir wissen auch, daß es nur Sauk sein kann, der dich gestoßen hat, Mar.«

»Ja.« Die Zustimmung kam von männlichen und weiblichen Stimmen.

»Wenn du künftig irgendwo hingehst«, ermahnte Alin ihn, »dann vergiß ja nicht, Lugh mitzunehmen.«

21

Auf dem Rückweg wurden die Nirum von den anderen Jägern geächtet, was Sauk in Wut versetzte. Heno und Eoto schwankten, ob sie auf Mar oder auf Sauk böse sein sollten, dessen Verhalten zu einer Entfremdung zwischen ihnen und den Mädchen geführt hatte. Als die Felsenhöhlen in Sicht kamen und die erzwungene Nähe innerhalb der Jagdgruppe ein Ende hatte, waren alle erleichtert.

Unter den aufmerksamen Blicken von Jes machte sich Bror daran, aus dem Elfenbein die Geburtsstatue der Mutter zu schnitzen. Alin ritzte den Beginn des Schattenmonats in ihren Kalender aus Hirschknochen.

Während des ganzen Schattenmondes waren die Frauen vom

Stamm des Pferdes und die Frauen vom Hirsch-Clan mit dem Anfertigen von Kleidern beschäftigt. Die Frauen vom Stamm des Pferdes hatten darin mehr Übung, aber sie waren jetzt alle schon so vertraut miteinander, daß die Mädchen vom Hirsch-Clan ihre Bewunderung offen zeigen und von ihnen lernen konnten.

Der Frauenmangel im Stamm hatte zur Folge, daß viele Männer niemanden hatten, der für sie Kleider anfertigte. Deshalb legten Alin und Mada fest, daß jede Frau für einen Mann, der nicht zu ihr gehörte, ein Hemd und eine Hose machen sollte.

Mora war das einzige Mädchen des Hirsch-Clans, das Einwände erhob, als sie davon erfuhr. »Wir sollen für unsere Entführer Kleider machen?« fragte sie entrüstet.

Alins Autorität wurde nur selten in Frage gestellt, aber wenn es einmal vorkam, verhielt sie sich immer völlig ruhig. Jetzt sagte sie leise: »Dieser Stamm hat Schreckliches durchgemacht, und ich finde, daß es uns nicht schadet, wenn wir ihnen helfen, ein paar Kleidungsstücke anzufertigen.«

»Sollen sich die Männer doch ihre Kleider selber machen«, murmelte Mora.

»Die Männer haben keine Übung darin.« Alins Stimme war noch immer leise. »Die Männer sind Jäger. Du hast den ganzen Winter lang das Fleisch gegessen, das sie von der Jagd mitgebracht haben, Mora. Ich habe nicht gehört, daß du dich darüber beklagt hast, von ihnen Nahrung anzunehmen.«

Mora verfiel in ein aufrührerisches Schweigen.

»Alin hat recht«, mischte sich Jes ein. »Was schadet es denn schon, einem Mann ein Hemd zu machen?«

Mora schob das Kinn nach vorn. »Ja, du wirst ein Hemd für Tane machen«, sagte sie böse. »Und Sana wird eins für Melior machen und Dara für Arn. Aber ich möchte für niemanden eins machen, das kannst du mir glauben.«

»Dann machst du eben keins«, entschied Alin mit völlig ruhiger Stimme. »Wenn du so kleinlich bist, Mora, dann enthebe ich dich von dieser Pflicht.«

Wie gewöhnlich übte Alins ruhige Art eine Wirkung aus, die sie durch Schreien niemals erzielt hätte, und tatsächlich brach Mora in bittere Tränen aus. Am Ende willigte sie ein, ein Hemd und einen Rock für Elexa, eine Frau vom Stamm des Pferdes, zu machen, während Elexa Kleider für ihren Mann Tod und ihren Bruder Cort machen würde.

Einige Frauen vom Stamm des Pferdes arbeiteten auch an den Renfellen, die die Männer mitgebracht hatten, seit vor zwei Monaten die Zeit für die Renjagd begonnen hatte. Um eine einzige Pelztunika herzustellen, brauchte man sieben ganze Renhäute, und es war eine schwere und anstrengende Arbeit, die Knochennadel mit dem Sehnenfaden durch die Haut und das dicke Fell zu stoßen.

Die Stimmung in der Frauenhöhle war in diesen Tagen völlig anders als in der Zeit, als sich die Frauen der beiden Stämme gerade begegnet waren. Es herrschte jetzt ein kameradschaftliches Gefühl zwischen ihnen, das Gefühl, ein gemeinsames Leben und ein gemeinsames Schicksal und gemeinsame Kräfte zu besitzen. Die Mädchen vom Hirsch-Clan wußten, daß sie, selbst wenn sie keine Männer vom Stamm des Pferdes heirateten, andere Männer heiraten und Kinder bekommen und großziehen würden, so wie es die Frauen vom Stamm des Pferdes taten. Und die Frauen vom Stamm des Pferdes lernten von den neuen Frauen, daß sie als Spenderinnen von Leben eine Macht besaßen, die größer war als die Macht der Männer. Denn Alin hatte ihnen gesagt, daß die Macht eines Mannes die Macht des Jägers war, der Leben aus der Welt nahm, während die Macht einer Frau darin bestand, neues Leben in die Welt zu bringen.

Ein entscheidender Moment für den wachsenden Stolz der

Frauen vom Stamm des Pferdes auf die Macht ihrer Weiblichkeit war erreicht, als Alin für eines ihrer Mädchen eine Zeremonie vollzog, die sie zur Frau machte. Sie war für Ina, Meliors zwölfjährige Schwester, die in der Zeit des zunehmenden Schattenmondes ihre ersten Blutungen bekam. Für Alin war es die erste Weihe, die sie durchführte.

Die Frauen vom Stamm des Pferdes waren außerordentlich beeindruckt! Für sie war es eine Offenbarung, daß es für den Stamm genauso wichtig war, wenn ein Mädchen zur Frau wurde, wie wenn ein Junge zum Mann wurde.

Das Ritual der Mädchenweihe war wunderbar verlaufen, auch wenn die Hälfte aller Anwesenden kein einziges der Lieder oder Rituale gekannt hatte.

»Mit Schönheit vor ihr, sie kommt, sie kommt –«, sang Alin, während die Flöten, die von Sana, Elen und Iva gespielt wurden, sie begleiteten und Jes die heiligen Zeichen auf Inas heranreifenden Körper malte.

»Die Geheimnisse der Erde werden sich vor ihr öffnen, der Weg der Mutter wird auch ihr Weg sein –« Während sie sang, brachte Alin auf Inas langem, weichem Haar einen Kopfschmuck aus Muscheln an.

»Sie wird immer in Schönheit gehen, mit der Harmonie der Erde, dem Stamm Leben bringen, den Herden Leben bringen, der Welt der Männer Leben bringen.«

Die Frauen vom Stamm des Pferdes waren von der Zeremonie, die zwei ganze Tage dauerte, zutiefst bewegt, und die Gefühle, die sie in ihnen wachrief, blieben noch lange danach in ihren Herzen lebendig.

Als der zunehmende Schattenmond voll war und dann wieder abnahm, fand auch in der Männerhöhle eine Veränderung statt.

Der Mond des Großen Pferdes kam näher. Das war die Zeit, in der das heilige Pferd geopfert, das neue Feuer entzündet, die Initiation der jungen Männer durchgeführt, die Eingeführten zum Nirum gemacht und der Häuptling geweiht wurde. Diese Zeremonie, genannt die Zeremonie des Großen Pferdes, fand zum Zeitpunkt der Macht des Mondes statt, wenn er voll war.

Das war stets eine aufregende Zeit für die Männer vom Stamm des Pferdes. Aber in diesem Jahr versprach die große Zeremonie noch aufregender zu werden als sonst. In diesem Jahr würde es um die Stellung des Häuptlings gehen. Auf diese Zeremonie hatte Mar seit dem Tag gewartet, an dem er mit brennenden Augen und einem Gesicht so weiß wie eine Maske hatte zusehen müssen, wie Altan zum Häuptling ernannt worden war.

Altan und seine engsten Vertrauten kamen auf dieses Thema zu sprechen, als sie während der letzten Tage des Schattenmondes an einem regnerischen Abend in der Höhle des Häuptlings um das rauchende Feuer saßen. »Es herrscht eine gereizte Stimmung im Stamm«, sagte Altan mürrisch. »Zu viele Männer sind zu lange ohne Frauen gewesen, und das bevorstehende Frühjahr macht alles nur noch schlimmer.«

Sauk brummte vor sich hin. »Heute hat es einen Kampf zwischen Iver und Bror gegeben.«

Altans dichte Augenbrauen zogen sich zusammen. »Weshalb?«

»Angeblich, weil sich Iver Brors Speer ausgeliehen hatte.«

»Es war wegen der Mädchen«, sagte Altan. »Ich bin froh, daß die Mädchen bald verteilt werden! Die jüngeren Nirum und die Eingeführten sind schon wie Hirsche in der Brunft.«

»Hirsche in der Brunft ist genau die richtige Beschreibung für das, was heute mit Bror und Iver passiert ist«, pflichtete ihm Sauk bei.

»Aber du hast dem doch ein Ende gemacht, Sauk?« fragte Altan.

Sauk zupfte an seiner Lippe. »Sie waren unten am Ufer, und ich war auf der ersten Terrasse«, erwiderte er. »Ich bin gleich los, um sie auseinanderzubringen, aber es war schon jemand vor mir dort.«

»Mar«, sagte Altan verbittert.

»Dieses Mal nicht. Es war das Mädchen. Alin.« Sauk kratzte sich am Kinn. »Sie hat die Angelegenheit mit einem einzigen Wort beendet. Und Bror und Iver waren sehr wütend, Altan. Ich hätte schwören können, daß es nötig gewesen wäre, sie gewaltsam auseinanderzubringen.« Sauk sah seinen Häuptling nachdenklich an. »Dieses Mädchen muß gezähmt werden, Altan. Mir gefällt es nicht, wieviel Macht sie sich angeeignet hat. Wenn wir nicht gehörig aufpassen, werden die Männer vom Stamm des Pferdes gegenüber den Frauen noch genauso unterwürfig wie diese Kreaturen ihres eigenen Stammes.«

Altan zeigte seine schiefen Zähne. »Ich werde sie zähmen«, sagte er genüßlich. »Sie hat versprochen, bei den Frühlingsfeuern mein Lager zu teilen. Ich werde sie lehren, was es heißt, eine Frau zu sein, die unter einem Mann liegt.«

Sauk grinste zurück. Dann wurde er sachlich. »Bis zu den Frühlingsfeuern müssen wir Mar los sein«, sagte er.

Altan spielte mit dem Beutel, der von seinem Hals hing. »Er wird die Herausforderung aussprechen müssen, wenn er überhaupt noch will.« Mit fester Stimme fuhr er fort: »Er kann die Herausforderung nicht gewinnen, Sauk.» Pause. »Oder?«

»Er ist ein trickreicher Hund«, erwiderte Sauk und zupfte an seiner Lippe. »Ich traue ihm nicht.«

Altan stieß einen lauten Fluch aus. »Ich habe ihn satt, Sauk! Als ich mich Tardiths entledigt habe, hätte ich nie geglaubt, daß mir sein Sprößling einmal derart zusetzt!«

»Er ist durchtrieben«, sagte Sauk, »aber ich bin es auch, wenn nicht noch mehr. Auf der Mammutjagd hatte Mar noch Glück. Aber das hält nicht ewig.«

»Ja«, erwiderte Altan langsam. »So ist es.« Er beugte sich ein wenig nach vorn. »Aber sei vorsichtig, Sauk. Es darf keine Beweise geben.«

»Die wird es nicht geben«, versprach Sauk zuversichtlich. Draußen prasselte der Regen gegen die Häute am Höhleneingang. Die beiden Männer starrten nachdenklich und mit gerunzelter Stirn in die Dunkelheit.

»Alle reden von nichts anderem mehr als von dieser Herausforderung«, sagte Dara, als sie an einem besonders schönen Nachmittag während des verschwindenden Mondes Hand in Hand mit Arn am Ufer spazierenging. »Aber bis jetzt hat uns noch niemand gesagt, worum es bei dieser Herausforderung eigentlich geht, Arn. Was muß Mar tun, um Altan seine Stellung als Häuptling streitig zu machen?«

Arn zögerte.

»Du brauchst es mir nicht zu sagen, wenn du es nicht darfst«, sagte Dara schnell. »Ich hätte dich gar nicht erst fragen sollen –«

Die glatten, silbrigen Augenbrauen von Arn bekamen einen leichten Knick. Er schüttelte den Kopf. »Das ist es nicht, Dara. Eigentlich ist es gar kein Geheimnis.«

Dara sah ihn mit ihren grauen Augen ernst an. »Ich will nicht, daß du es mir sagst, wenn du glaubst, daß du es nicht tun solltest.«

Wieder schüttelte er den Kopf. Dann sagte er: »Niemand redet davon, weil es so schrecklich ist. Aber jetzt, wo es bald passiert –« Er hielt ihre Hand noch fester. »Ich werde es dir erzählen«, versprach er. Direkt vor ihnen befand sich ein großer Felsblock mit einer flachen Oberfläche, und die beiden jungen Leute kletterten mit einer Selbstverständlichkeit hinauf und setzten sich hin, als wären sie nicht zum ersten Mal an diesem Platz. Dann hielten sie beide ihre winterbleichen Gesichter der warmen Sonne entgegen, und nach einer Weile begann Arn zu sprechen.

»Jedes Jahr fangen die Männer des Stammes für die Zeremonie des Großen Pferdes einen Hengst. Gewöhnlich bauen wir einen Pferch, treiben eine Herde hinein, und dann sondern wir den Hengst ab.« Arn schaute Dara von der Seite an. »Wie du weißt, ist das Pferd das Totem unseres Stammes. Der Pferdegott war es, der vor vielen, vielen Jahren die ersten Menschen unseres Stammes geschaffen hat, und so schulden wir ihm besondere Achtung. Deshalb verzehren wir seine Kinder auch nur, wenn es sich nicht vermeiden läßt. Und deshalb fangen wir einen Hengst und bringen ihn dem Pferdegott bei unserer großen jährlichen Zeremonie als heiliges Opfer dar.«

Dara nickte ernst. Diese Dinge waren ihr nicht neu, auch wenn es im Hirsch-Clan nicht verboten war, das Fleisch der Hirsche zu essen. Es war nur ein weiterer Unterschied zwischen dem Weg der Mutter und dem Weg des Himmelsgottes.

Arn kniff die Augen zusammen. Die helle Sonne blendete ihn. »Aber in diesem Jahr werden wir kein Gehege bauen«, fuhr er fort. »In diesem Jahr ist es die Sache der Männer, die Häuptling sein wollen, den Hengst zu fangen.«

Dara hielt die Luft an. »Mar und Altan müssen zusammen einen Hengst bringen? Einen *lebenden* Hengst?«

»Nein.« Arn schüttelte so heftig den Kopf, daß ihm die blonden Haare ins Gesicht fielen. »*Jeder* von ihnen muß einen lebenden Hengst bringen, Dara. Derjenige, der es zuerst schafft, wird von Huth zum Häuptling ernannt.«

Dara starrte ihn an. »Aber ein einzelner Mann kann doch keinen Hengst einfangen«, sagte sie.

»Huth sagt, das sei die Prüfung.«

»Und was passiert, wenn nun keiner von beiden einen Hengst bringt?«

»Dann bleibt Altan der Häuptling.«

»Ich will nicht, daß Altan Häuptling bleibt. Ich will, daß Mar es wird«, verlangte Dara mit kindlicher Stimme.

Arn nickte. »Das will ich auch. Das wollen alle Eingeführten, und ein paar von den Nirum wollen es auch. Aber wenn Mar Häuptling werden will, muß er diese Prüfung bestehen.«

»Wenn mehr Leute wollen, daß Mar Häuptling wird und nicht Altan, dann sollte Mar auch Häuptling werden«, sagte Dara trotzig. »Warum braucht ihr dazu diese dumme Herausforderung?«

»Denk doch mal nach, Dara«, sagte Arn zärtlich. »Wenn die Männer des Stammes Gelegenheit hätten, jedesmal den Häuptling abzusetzen, sobald sie das Gefühl hätten, daß sich ein anderer besser dazu eignen würde, dann gäbe es keine feste Ordnung mehr, keine Autorität. Es muß eine Führung geben.«

»Vielleicht hast du recht«, gab Dara, noch immer voller Zweifel, zu. »Nun, vielleicht gelingt es Mar ja, einen Hengst zu bringen. Wenn andere es schaffen, dann schafft er es auch.« Sie sah forschend in das ernste Gesicht von Arn. »Und was noch, Arn? Was du mir bis jetzt erzählt hast, ist ja gar nicht so furchtbar schrecklich.«

»Ja. Es ist noch etwas«, gestand Arn. »Der Mann, der die Prüfung nicht besteht, wird aus dem Stamm verstoßen.«

Dara hielt laut die Luft an. »Soll das heißen, daß Altan Häuptling bleibt, wenn keiner von ihnen einen Hengst fängt, und daß Mar dann aus dem Stamm verstoßen wird?«

»Ja«, antwortete Arn mit ernstem Gesicht. »Das heißt es.«

»Aber das ist nicht gerecht!« rief Dara.

»Es muß sein, weil wir sonst jedes Jahr einen Mann bekämen, der Häuptling werden will, nur um es mal zu probieren.

Das wäre nicht gut für den Stamm, Dara. Wenn man weiß, daß man verstoßen wird, wenn man verliert, überlegt man sich die Sache zweimal, bevor man eine Herausforderung ausspricht.«

»Ich glaube, das hätte ich lieber nicht gewußt«, flüsterte Dara.

Arn seufzte und sah zum Himmel. »Komm«, sagte er. »Huth wird mich schon suchen.«

Die beiden rutschten vom Felsblock hinunter und gingen Hand in Hand dicht neben der Kalksteinklippe zurück zu den Höhlen. Nach einer Weile schüttelte Arn den Kopf und sagte: »Soviel Bewunderung für Mar. Ich bin schon bald ganz eifersüchtig.«

Dara warf ihm mit ihren großen Augen einen verzweifelten Blick zu. »Sei nicht albern«, sagte sie.

»Dara –«

Arn verlangsamte seine Schritte und blieb dann stehen. Er ließ ihre Hand los und legte beide Hände auf ihre Schultern. Er war nicht gerade groß, aber Dara war so klein, daß sie aufblicken mußte, um in sein Gesicht zu sehen. Er beugte sich zu ihr. »Ich hab doch nur Spaß gemacht«, sagte er. Dann berührte er ganz sanft mit den Lippen die weiche Haut ihrer Wange. Sie spürte seinen warmen Atem, und ihre Lider zuckten. Sie hielt die Luft an. So blieben sie einen langen Augenblick stehen, während seine Lippen auf ihrer Wange ruhten, so leicht und zart wie ein Schmetterling auf einer Blume. Dann stieß Dara einen Seufzer aus und lehnte sich schwankend gegen ihn. Seine Hände schlossen sich fester um ihre Schultern, und er zog sie dichter zu sich und in seine Arme. Seine Lippen legten sich auf ihren Mund.

Dara stand völlig still. Dann begannen sich ihre Lippen zu bewegen und drückten sich fest auf seine Lippen. Ihre Körper, die an diesem warmen Tag in Pelzwesten gehüllt waren, lehnten sich aneinander und berührten sich.

Arn löste sich zuerst von ihr. »Dara«, flüsterte er, während er sie eng an sich drückte, »Dara. Ich liebe dich.«

Sie preßte die Wange an seine Schulter. Sie fühlte eine große Freude in ihrem Herzen. »Ich liebe dich auch«, flüsterte sie.

Nach einer Weile lehnten sich beide zurück und blickten sich an, zwei ernste, in Pelze gehüllte Kinder, die neben der Felsklippe, die über ihnen aufragte, so klein wie Zwerge aussahen.

»Es wird Ärger geben, wenn du mich wählst«, sagte Arn. Er berührte ihre Wange mit seinen Fingerspitzen, kurz, zärtlich, so sanft, wie es sein Mund getan hatte. »Ich bin noch viel zu jung, um vor einem Nirum zu heiraten.«

»Huth hat gesagt, daß die Wahl bei den Mädchen liegt«, erwiderte Dara. »Und ich wähle dich.«

Seine hellen kristallklaren Augen leuchteten. »Wirklich? Tust du das?«

»Ja.«

Sie starrten sich an, viel zu erregt, um auch nur zu lächeln.

Dann sagte Dara: »Ich werde es Alin sagen.«

Arn runzelte die Stirn. »Ob das klug ist? Vielleicht sollten wir es lieber für uns behalten –«

»Nein.« Dara war sich ganz sicher. »Alin ist –« Sie suchte nach einem passenden Wort. »Alin wird es verstehen«, sagte sie schließlich. »Und sie besitzt die Macht der Mutter. Das kann man, glaube ich, ganz deutlich sehen. Diese Macht.«

»Ja. Sie besitzt Macht.« Arn nickte ernst. »Soviel Schamane bin ich schon, um das zu erkennen.« Wieder nickte er. »Also gut, dann sag es ihr ruhig.« Er dachte einen Augenblick nach. »Wenn Alin bei Mar ein Wort für uns einlegt, wird er einverstanden sein.«

»Ja. Wir können nur hoffen, daß Mar die Herausforderung gewinnt, Arn. Daß Mar der neue Häuptling vom Stamm des Pferdes wird. Mar wird Huths Entscheidung achten. Mar wird zulassen, daß sich die Mädchen ihre Gefährten selbst aussuchen. Ich bin nicht sicher, ob Altan es auch tun würde.«

»Wenn Mar die Herausforderung verliert, weiß ich auch nicht, was Altan tun wird«, sagte Arn ungewöhnlich grimmig. »Er hat immer mit Mars Schatten über der Schulter regiert. Wenn dieser Schatten nicht mehr da ist –«

Dara zitterte plötzlich am ganzen Körper.

Arn sah wieder hinauf zum Himmel. »Komm«, sagte er. »Die Sonne ist schon bald auf dem Fluß. Huth wird sich fragen, wo ich bleibe.«

Gleich nach seiner Rückkehr von der Mammutjagd suchte Mar noch die kleine Pferdeherde auf, die er entdeckt hatte. Der Hengst sah ganz genauso aus, wie ihn die Maler des Stammes am liebsten hatten: kastanienbraun und mit großen Augen und einer buschigen schwarzen Mähne. Er war ein guter Führer der Herde. Er kannte alle Plätze, an denen seine Stuten Futter finden würden, obwohl es in dieser Jahreszeit knapp war.

Mar ging zur gewohnten Stunde an den üblichen Platz, und obwohl er seit einem halben Mond nicht mehr bei ihnen gewesen war, warteten sie schon auf ihn.

Als der Mann erschien, hob der Hengst den Kopf und stand bebend und mit aufgestellten Ohren da. Er schnaubte. Die fünf trächtigen Stuten, deren Leiber schon schwer waren, hörten auf zu grasen und beobachteten ihn ebenfalls. Die beiden einjährigen Hengstfüllen und das weibliche Fohlen kamen neugierig nach vorn getrabt, bis sie ein zweites Schnauben des Hengstes zum Stehen brachte.

»Nun, meine Schönen«, sagte Mar leise zu der lauschenden Herde. »Habt ihr mich vermißt?«

Eine der Stuten blies durch die Nase, als würde sie ihm antworten. Mar lächelte und ging ein paar Schritte weiter nach vorn. Als er unter den Bäumen hervorkam, sahen die Pferde zum ersten Mal deutlich die beiden großen Körbe, die er bei sich hatte.

Der Hengst wieherte und warf den Kopf zurück. Er scharrte mit den Hufen. Mar ging näher an die Umzäunung, die er errichtet hatte, und kletterte zwischen den Zweigen darüber.

»Hier, das ist für euch«, sagte er, nahm das getrocknete Gras aus dem Korb und legte es in neun einzelne Haufen auf den Boden, genau an dieselben Stellen, wo er es sonst auch immer hingelegt hatte.

Als die Stuten mit den Fohlen nach vorn gingen, zur geöffneten Seite des Geheges, beobachtete sie der Hengst, gab aber keinen Warnlaut von sich. Und nachdem seine Herde mit dem Fressen begonnen hatte, betrat er selbst das Gehege, zog ein Büschel von dem getrockneten Gras heraus und begann zu kauen. Dabei behielt er sowohl Mar als auch die Stuten und die Fohlen im Auge.

Mar blieb, wo er stand, eine Armeslänge von den Pferden entfernt, und sah ihnen beim Fressen zu.

Sie haben mich gesucht, dachte er. Sie hatten seinen Geruch sofort erkannt. Sie waren vorsichtig, aber sie hatten keine Angst vor ihm.

Mar hatte für diese Pferde zwei Sommer lang Gras geschnitten und getrocknet. Und zwei Winter lang hatte er sie gefüttert.

Er begann sich zu bewegen. Langsam und zielbewußt ging er an der Seite des Geheges entlang. Die Pferde fraßen weiter. Der Hengst hob den Kopf, beobachtete Mar einen Augenblick lang und beugte sich dann wieder nach unten, um ein neues Büschel aus dem Haufen zu ziehen.

Mar ging weiter, bis er zu der offenen Seite des Geheges kam. Dort blieb er außer Sichtweite der Pferde stehen. Nachdem die Tiere alles aufgefressen hatten, trieb der Hengst die Stuten und Fohlen durch die offene Seite des Geheges ins Freie.

Sie liefen an Mar vorbei, ohne ihn zu beachten.

Mar hatte das getrocknete Gras flußabwärts in einer Höhle aufbewahrt, und er würde es der kleinen Herde, die jeden Nachmittag zur selben Zeit am selben Platz vertrauensvoll auf ihn wartete, an jedem Tag des Schattenmondes das getrocknete Gras bringen.

Er hatte niemandem davon erzählt, nicht einmal Tane. Er hatte sich seinen Plan sorgfältig ausgedacht und begann allmählich zu glauben, daß er tatsächlich funktionieren könnte. Und wenn nicht, dann sollte auch niemand außer ihm von seinem Mißerfolg etwas wissen.

Ich hatte eine Menge Zeit, mir einen Plan auszudenken, dachte Mar verbittert, als er mit den leeren Körben auf dem Rücken zur Höhle am Fluß zurückging.

Seit Tardiths Tod und Altans Ernennung zum Häuptling waren fünf Jahre vergangen. Aber das Warten würde bald ein Ende haben. Bald würde Mar den unrechtmäßigen Häuptling und Mörder seines Vaters besiegen und gnadenlos aus dem Stamm jagen – und Altans treuen Gefährten Sauk mit dazu.

Nicht mehr lange, und Mar würde ihn zum Kampf herausfordern. Er würde das Gehege hinter den Pferden schließen. Und dann würde für Altan das Ende gekommen sein.

Mar war so in seine Gedanken vertieft, daß er die Gestalt, die ihn aus den tiefen Schatten der überhängenden Klippe beobachtete, gar nicht bemerkte. Sauk wartete, bis Mar das Ufer hinaufgegangen war, bevor er vorsichtig aus seinem Versteck trat. Das Gesicht des Nirum sah nachdenklich aus.

Am Fuß des Felsenpfades begegnete Mar Dara und Arn.

Die Zweisamkeit der beiden wird Probleme aufwerfen, dachte Mar, während er den jungen Leuten zulächelte und ein freundliches Wort an sie richtete. Die Nirum hatten sich schon bitter darüber beklagt, daß Dara Arn so offen den Vorzug vor allen anderen gab. Und die Nirum hatten recht. Arn war viel zu jung, um noch vor den älteren Männern eine Frau zu bekommen.

»Irgendwie kommt es einem merkwürdig vor, dich ohne Lugh anzutreffen«, sagte Dara.

Mar konnte seinen Hund nicht mitnehmen, wenn er zu den Pferden ging.

»Er hat geschlafen«, erklärte er und kletterte den steilen Pfad zu seiner Behausung auf der ersten Terrasse hinauf.

Aber Lugh hatte keineswegs geschlafen. Mar hatte ihm nur befohlen, in der Behausung zu bleiben, wo er, nicht gerade glücklich, gewartet hatte. Sowie er Mars Schritte hörte, sprang er auf und lief zu ihm hin, ein zitterndes silbergraues Freudenbündel, dessen Schwanz so schnell hin und her wedelte, daß er fast einen kleinen Windzug verursachte.

Mar lachte. »Ich wünschte, der Hengst wäre genauso froh, mich zu sehen, wie du, Lugh«, sagte er. »Dann hätte ich überhaupt keine Mühe, ihn einzufangen.« Er bückte sich, um dem Hund die Ohren zu kraulen.

»Er hat dich schon gesucht«, hörte er die Stimme von Alin. »Und ich auch.«

Mar hob langsam den Blick. Dort stand sie, mitten im Eingang, umrahmt von den Strahlen der untergehenden Sonne, die die goldenen Strähnen in ihrem braunen Haar aufleuchten ließen.

»Ich hatte schon geglaubt, du würdest mir aus dem Weg gehen«, sagte er und richtete sich auf.

Sie bewegte sich nicht. »Wo warst du?« fragte sie. »Und warum hast du Lugh nicht mitgenommen?«

Mar schwieg.

Alin trat ein paar Schritte auf ihn zu, so daß sie dicht vor ihm stand. »Tane hat mir von dieser Herausforderung erzählt«, sagte sie. »Es ist ganz unmöglich, daß ein Mann allein einen Hengst fängt.«

Ihre braunen Augen taxierten ihn von oben bis unten. »Du hast einen Plan, nicht wahr?«

»Wie kommst du denn darauf?«

»Du hast immer einen Plan«, sagte sie leicht verbittert.

»Willst du nicht, daß ich gewinne, Alin?« fragte er leise. Er zog die Augenbrauen hoch. »Würdest du die heilige Hochzeit lieber mit Altan vollziehen als mit mir?«

Sie blickte ihn an, ohne zu antworten. Dann zuckte sie die Achseln. »Wenn du es mir nicht sagen willst, ist es dein gutes Recht«, erklärte sie und wendete sich zum Gehen.

Plötzlich verspürte Mar den Wunsch, es ihr zu erzählen. Er wußte selbst nicht, warum. Vor allem aber wollte er nicht, daß sie jetzt wegging.

Er rief ihren Namen. Mit einer unendlich anmutigen Bewegung drehte sie den Kopf und sah ihn über die Schulter an.

»Ich habe einen Plan«, sagte er. »Ich weiß nicht, ob er gelingen wird, aber es ist eine Chance.« Er winkte sie heran. »Komm her, dann erzähl ich es dir.«

Er deutete auf ein Büffelfell. Sie ließ sich darauf nieder. Auch er setzte sich hin und lehnte den Rücken gegen den kleinen Baum, der seine Behausung abstützte. Er hatte noch keine Zeit gehabt, ein Feuer zu machen, aber es war nicht kalt. Es war ein ungewöhnlich warmer Tag gewesen.

Sie sahen sich an, und dann erzählte er ihr von der kleinen Pferdeherde.

Als er fertig war, schenkte sie ihm ihr freundliches Lächeln, das ihm nur so selten vergönnt war. »Wie klug von dir, Mar«, sagte sie herzlich.

Ihre Worte gaben ihm das Gefühl, der Häuptling der gesamten Sippe zu sein.

Alin zog die Knie an und verschränkte die Arme darüber. Wie die anderen im Stamm, so hatte auch sie an diesem warmen Tag ihren Pelzumhang gegen eine Renfellweste getauscht. Nachdenklich sagte sie: »Wie konnte es nur zu einer derart merkwürdigen Prüfung kommen, Mar?«

Er schob sich das dicke Haar aus der Stirn und erzählte ihr die Schöpfungsgeschichte, die alle vom Stamm des Pferdes kannten. »Zu Beginn der Zeit, als der Weltbaum zu wachsen begann und der Himmel und die Erde und das Land darunter geschaffen wurden, paarten sich der Himmelsgott und die Mutter und schufen alle Tiere zu Land und im Meer. Das erste Pferd, das sie schufen, war der Gott der Pferde, und er ist nie gestorben. Er lebt im Himmel mit den anderen Göttern und wacht über seine Kinder hier auf der Erde. Es war der Gott der Pferde, der die Pferdeherden erschuf, und der Gott der Pferde, der den ersten Menschen unseres Stammes erschuf und ihm auftrug, das Pferd zu seinem Totem zu machen.«

Mar machte eine Pause, und Alin nickte ernst. »Du siehst also«, fuhr er fort, »daß unser Volk mit den Pferdeherden verwandt ist, die durch unser Land streifen, und das ist auch der Grund, warum wir sie niemals töten, um ihr Fleisch zu essen. Aber einmal im Jahr, wenn es Zeit für die Zeremonie des Großen Pferdes ist, fangen wir einen Hengst, eines der prächtigsten Kinder des Pferdegottes, und schicken seinen Geist in den Himmel, damit er uns Glück bringt.«

Mar schob entschlossen das Kinn nach vorn. »Der Häuptling ist für den Stamm des Pferdes, was der Hengst für die Herde ist«, erklärte er. »Sie sind miteinander verwandt. Huth sagt, das sei der Grund, warum die Prüfung, die der künftige Häuptling bestehen muß, mit dem Einfangen eines Hengstes zu tun hat. Indem der Hengst sich einfangen läßt, zeigt er, daß er seinen Bruder erkennt.«

»Ach so«, sagte Alin. Sie stützte das Kinn auf die Knie. »Ich verstehe.« Ihre großen braunen Augen blickten in sein Gesicht.

»Und hat es schon mal einen Mann gegeben, der es ganz allein geschafft hat?« fragte sie. »Einen Hengst einzufangen?«

Mar schüttelte den Kopf. »Das glaube ich nicht.«

Eine Weile saßen sie schweigend da und dachten über seine Antwort nach. Dann stand Alin auf. »Nun, wie es aussieht, könnte es diesmal gelingen.« Sie nickte ihm kurz und bündig zu, eine Geste, die ihm nur allzu vertraut war, und schritt zum Eingang.

»Alin.« Sie blieb stehen und drehte sich noch einmal mit hochgezogenen Augenbrauen und fragendem Blick um. »Du hast mir vorhin gar nicht geantwortet«, sagte er. Geschmeidig wie eine Katze stand er auf. »Ich habe dich gefragt, ob du die heilige Hochzeit nicht vielleicht lieber mit mir vollziehen willst als mit Altan.«

Er betrachtete ihr Gesicht genau. Und bevor sie sich wieder dem Eingang zuwenden konnte, schnellte seine Hand nach vorn und ergriff ihren linken Arm.

Sie versuchte nicht, sich ihm zu entziehen. Alin hat nie versucht, ihre Stärke mit meiner zu messen, dachte Mar, während sie so dastanden. Statt dessen kämpfte sie mit Worten und meistens mit gutem Erfolg.

Aber jetzt schwieg sie. Er schaute hinunter in ihr Gesicht, das sie von ihm abgewandt hatte. Jedesmal, wenn er sie ansah, entdeckte er etwas Neues, das ihm sehr schön vorkam, etwas, das er mit seinen Händen und seinem Mund berühren wollte. Jetzt betrachtete er die kleine Vertiefung in ihrer Stirn. An dieser Stelle war die Haut unendlich zart.

»Ich denke die ganze Zeit an dich«, bekannte er offen. »Das ist mir noch nie passiert.«

Bei diesen Worten drehte sie sich zu ihm um. Ihr Gesicht trug einen Ausdruck, den er nicht zu deuten vermochte, fast so etwas wie Bedauern. »So geht es mir auch«, antwortete Alin.

Nun streckte er auch die andere Hand aus und zog sie an sich.

Zu seiner Überraschung wehrte sie sich nicht. Er hielt ihren schlanken jungen Körper ganz fest, und es kam ihm vor wie ein Wunder. Seine Beine schienen unter ihm nachzugeben, und er lehnte sich nach hinten gegen den Baumstamm, der seine Behausung stützte. Er fühlte, wie Alin ihre Arme um seine Hüften legte und ihre Wange an seine Schulter schmiegte.

Während die blutrote Sonne auf das Büffelfell zu seinen Füßen fiel, hielt Mar sie fest in seinen Armen, und in seinem Herzen wallte ein Gefühl auf, das er nicht kannte. Es ist nicht Verlangen, dachte er verwirrt, und auch nicht Begierde. Es war – es war wie das Gefühl, das er während der Mammutjagd in Tanes Gesicht gelesen hatte, als er versonnen über das Feuer zu Jes sah.

An seiner Schulter stieß Alin einen Seufzer aus. Sie ließ ihn los und trat einen Schritt zurück.

»Es gefällt mir nicht, aber du hattest recht«, sagte er leise. »Wir müssen bis zur heiligen Hochzeit warten. Zum Wohle des Stammes.«

Sie sah ihn an. Sein Blick glitt zu der zarten Vertiefung an ihrer Stirn, und er beugte sich nach vorn, um sie mit dem Mund zu berühren. Die Haut unter seinen Lippen fühlte sich köstlich an. Zögernd hob er den Kopf. »Ich werde den Hengst fangen«, sagte er zu ihr. »Das schwöre ich dir.«

Auf ihrem Gesicht erschien jetzt wieder dieses merkwürdige Bedauern. »Ich weiß«, sagte sie nur und ging zur Tür. Dort drehte sie sich noch einmal um. »Nimm Lugh mit, wenn du nach draußen gehst, Mar«, sagte sie.

Er lächelte stolz. »Sauk kann mir nichts anhaben, Alin. Ich passe schon auf ihn auf.«

»Du hast nur zwei Augen«, erwiderte sie ernst. »Nimm Lugh mit.« Und dann verließ sie ihn.

22

Der abnehmende Schattenmond am Himmel zog immer weiter nach Osten. Bald würde er verschwinden und in wenigen Tagen als der Mond des Großen Pferdes wieder aufgehen. Alin markierte das Fortschreiten des Mondes in ihrem Kalender aus Hirschknochen. Jede Kerbe, die sie einritzte, bedeutete für sie einen Tag weniger in der nun vertrauten Felsenhöhle hoch über dem gewundenen Wandfluß.

Alin hatte ihre Flucht für den ersten Tag der Zeremonie des Großen Pferdes geplant.

Sie hatte lange hin und her überlegt, ob sie eins der anderen Mädchen mitnehmen sollte. Noch vor ein paar Monden hätte sie nicht gezögert, Jes darum zu bitten. Inzwischen war sie sich nicht mehr so sicher.

Alin zweifelte nicht an der Treue ihrer Freundin. Sie glaubte aber, daß sie Jes mit dieser Bitte vielleicht mehr abverlangte, als man von einem wahren Freund fordern durfte.

In diesen Tagen trug Jes ein stilles, aber intensives Glücksgefühl zur Schau, und Alin wußte, daß es zum Teil mit den Bildern, die Jes zu malen lernte, zu tun hatte, und zum Teil mit Tane. Es wäre eine Schande, dieses Glück zu zerstören, indem sie Jes an ihre früheren Bande erinnerte.

Alin saß in der Mädchenhöhle vor dem Feuer, hielt ihren Kalender aus Hirschknochen in der Hand und lauschte den leisen Atemzügen der Mädchen, die um sie herum schliefen, während sie über Jes und Tane nachdachte.

In all den Jahren, seit Jes ihre Weihe bekommen hatte, hatte sie nie eine Vorliebe für irgendeinen bestimmten Mann gezeigt. Zur Zeit der Feuer, wenn die Trommeln schlugen und sich das Blut erhitzte, hatte sie sich, wie alle anderen Mädchen auch, einen Mann genommen. Aber bei dieser einen Paarung war es immer geblieben. Jes hatte sich auch niemals dafür interessiert, bei den lokalen Treffen die Männer anderer Stämme kennenzulernen. Die Jagd und ihre Freundschaft zu Alin schienen ihr zu genügen.

Und dann war sie Tane begegnet.

Alins Augen ruhten auf dem schlafenden Gesicht ihrer Freundin, das vom Nachtfeuer schwach erleuchtet wurde. Es sah weicher aus als sonst. Jünger.

Alin seufzte. Sie konnte Jes nicht bitten, sie zu begleiten. Es wäre nicht fair, einer Freundin diese Pflicht aufzuerlegen. Sie sollte hierbleiben, wo ihr Talent erkannt und geschätzt wurde. Wo sie glücklich war. Wo sie geliebt wurde.

Das Problem, dem sich Alin gegenübersah, als sie vor dem Feuer saß und über ihre Flucht nachdachte, war die Tatsache, daß sich die meisten Mädchen vom Hirsch-Clan im Stamm des Pferdes wohl zu fühlen schienen.

Natürlich gab es einige Ausnahmen. Fali hatte noch immer Heimweh. Aber Fali war noch zu jung und würde sie auf der Reise mehr behindern, als ihr helfen.

Mora? Mora war nicht glücklich. Mora hatte sich niemals mit der Entführung abgefunden, hatte Nial, den Jungen aus dem Hirsch-Clan, der ihr zum Ehemann versprochen gewesen war, niemals vergessen können.

Mit Mora hatte Alin ein anderes Problem – sie mochte sie nicht besonders. Mora war eine Heulsuse. Auch Alin hatte sich niemals mit der Entführung abgefunden, aber sie hatte deswegen nicht den ganzen Winter über geweint und gejammert, so wie Mora es tat.

Plötzlich, in die Stille hinein, glaubte Alin Mars Stimme zu hören: *Ich denke die ganze Zeit an dich.*

Sein Gesicht schien zwischen ihr und dem Feuer in der Luft zu schweben. Sie konnte seine Gegenwart in der Höhle fast fühlen.

Vielleicht stimmte es doch nicht, dachte Alin mit schmerzhafter Ehrlichkeit. Vielleicht war sie gar nicht so unglücklich wie Mora.

Ich denke die ganze Zeit an dich.

Es hatte keinen Sinn. Sie war dazu bestimmt, die Herrin ihres Stammes zu sein. Er war dazu bestimmt, der Häuptling seines Stammes zu sein.

Sie war froh gewesen, von seinem Plan zu hören und zu wissen, daß er seinen angestammten Platz in der Welt einnehmen würde.

Alin fuhr mit dem Finger über die Kerben ihres Hirschknochenkalenders, kniete sich dann auf den Boden und legte ihn an seinen Platz am Fußende ihrer Schlafrolle. Ihr Entschluß stand fest.

Sie würde allein fliehen. Doch diesmal würde sie Waffen mitnehmen. Und auch einen der Hunde. Roc würde sie begleiten. Alin hatte den Winter über viel Zeit damit verbracht, sich mit Roc anzufreunden, genauso wie Mar damit beschäftigt gewesen war, sich mit den Pferden anzufreunden.

Mit dieser Entscheidung im Kopf kroch Alin unter ihre Schlafhäute und schlief sofort ein.

Das letzte Stück des Schattenmondes verschwand im Osten, und nach zwei mondlosen Tagen stieg zum ersten Mal die Mondsichel des Großen Pferdes über dem Sonnenuntergang im Westen auf. In dieser Nacht ging Mar in die Höhle der Nirum und sprach seine Herausforderung aus.

Es war ein folgenschweres Ereignis für den Stamm, und Altan wußte es zu nehmen. Das Gesicht des Häuptlings trug den Ausdruck starrer Würde. Die anderen Nirum, die sich in der Höhle befanden, waren nicht so verschlossen. Rom wirkte besorgt, und die jüngeren Nirum schauten erwartungsvoll: Egal, wie die Herausforderung ausging – es würde spannend werden. Altans engste Freunde blickten triumphierend, als wenn sie sagen wollten: Endlich einmal hat sich Mar übernommen.

Sauk schaute Mar mit starrem Blick an und schwieg.

»Komm«, sagte Altan zu seinem jungen Herausforderer. »Wir werden den Schamanen aufsuchen.«

»Ihr müßt von jetzt an bis zum ersten Viertel des Mondes einen Hengst einfangen, der als Opfer dargebracht wird«, sagte Huth zu Mar und Altan.

»Und wenn keiner von uns einen Hengst bringt, bleibe ich Häuptling?« fragte Altan.

»Das ist richtig«, sagte Huth.

Altan beugte seinen großen Büffelkopf nach vorn und drehte sich zu Mar um. »Und wenn ich Häuptling bin, dann muß Mar den Stamm verlassen. So ist das Gesetz.« Und ohne den Blick von Mar zu nehmen, fragte Altan: »Ist das richtig, Schamane?«

»Ja«, sagte Huth mit kalter Stimme. »So ist das Gesetz.«

Mars blaue Augen blinzelten kein einziges Mal unter Altans starrem Blick. »Und wenn ich einen Hengst fange und Altan nicht, dann muß Altan den Stamm verlassen. Ist das richtig?« fragte Mar seinen Pflegevater.

»Ja«, sagte Huth. »So ist es.«

»Also dann.« Altan zeigte seine großen schiefen Zähne und verzog das Gesicht zu einer Grimasse, die kein Lächeln war. »Die Herausforderung ist ausgesprochen, das Gesetz ist festgelegt. In einem Viertelmond werden wir wissen, wer im Stamm des Pferdes der wahre Häuptling ist.«

Der Zaun des Geheges war fast fertiggebaut. Die Pferde hatten nichts dagegen gehabt, durch die kleine Öffnung, die Mar ihnen gelassen hatte, hinein- und hinauszugehen. Drei Tage nach der Herausforderung beobachtete Mar, wie die kleine Herde das

Gehege verließ, nachdem sie fertig gefressen hatte. Die Sonnenstrahlen fielen auf zottige Winterfelle in rötlichen und kastanienbraunen Farbtönen, und Mar lächelte, als die Pferde zwischen den Bäumen verschwanden.

Er hatte in den letzten Tagen sorgfältig darauf geachtet, daß ihm niemand folgte, wenn er aus seiner Felsenhöhle ging. Die neugierigen Augen des ganzen Stammes lagen auf ihm, und er wollte nicht, daß irgend jemand durch einen Zufall seine Pferde entdeckte. So weit gekommen zu sein und dann alles durch das plötzliche Auftauchen eines Fremden zu verlieren! Mar zitterte bei diesem Gedanken.

Was Mar nicht ahnte, war, daß schon jemand das Gehege entdeckt hatte und ihm bequem folgen konnte.

Ich werde es morgen beenden, dachte Mar, als die Geräusche der Pferde in der Ferne verklungen waren. Ich werde Huth und Arn mitbringen, und wenn die Pferde im Gehege sind, werde ich das Gatter schließen.

Freude erfüllte ihn. Der Hengst wird mir gehören, dachte er triumphierend. Ich werde der Häuptling sein.

Mar stand mit dem Gesicht zum Gehege. Die Körbe, in denen er das Gras gebracht hatte, lagen vor ihm. Er hörte den Mann nicht, der sich von hinten heranschlich. Sauk hatte sich seinen Ruf als großer Jäger ehrlich erworben, und er konnte sich, wenn er wollte, absolut lautlos bewegen. Er hielt einen Felsbrocken in der Hand, und seine schwarzen Augen waren auf Mars unbedeckten Hinterkopf gerichtet.

Mit erhobenem Arm kam Sauk ohne das leiseste Geräusch näher. Mar starrte über das Gehege und auf die Stelle zwischen den Bäumen, an der die Pferde verschwunden waren. Dann bückte er sich, um seine Körbe aufzuheben.

Der Schlag traf ihn an der linken Schulter. Sauk stieß einen Fluch aus und packte Mar am Arm, um ihn festzuhalten, während er den Stein noch einmal hob. Mar versuchte sich loszureißen, aber der Schlag traf ihn noch einmal an der Schulter.

Mar verspürte einen fast unerträglichen Schmerz. Noch einmal hob Sauk den Stein. Sein Gesicht war von Haß verzerrt. Seine gnadenlosen Finger hielten Mar noch immer fest, und diesmal schlug er Mar den Felsbrocken mitten ins Gesicht.

Mar wurde von Wut gepackt. Instinktiv hob er die Faust, stieß sie gegen Sauks Kinn und warf sich fluchend auf ihn.

Sauk war ein starker und kräftiger Mann, aber in einem fairen Kampf war er dem viel größeren Mar nicht gewachsen. Der Aufprall brachte den Nirum aus dem Gleichgewicht, so daß er zu Boden ging.

Die beiden Männer rollten aneinandergeklammert über die Erde, mal war der eine oben, mal der andere. Am Ende jedoch konnte Sauk mit seiner bullenstarken Konstitution nichts gegen die hämmernden Schläge des wütenden Mar ausrichten. Als Sauk noch einmal zu dem Felsbrocken kriechen wollte, warf sich Mar über ihn und drückte seine Hand nieder. Dann kniete sich Mar auf Sauks Brust, hob den Stein auf und hielt ihn direkt an Sauks Stirn.

»Warum sollte ich nicht tun, was du eben mit mir tun wolltest?« sagte er, vor Anstrengung keuchend, und starrte in das schweißüberströmte Gesicht unter ihm. An Sauks Stirn traten die Adern hervor.

Sauk entblößte die Zähne. »Tu's doch«, sagte er. »Und dann kannst du ja versuchen, dem Stamm meinen Tod zu erklären.«

»Wie wolltest du denn meinen erklären?« entgegnete Mar.

Sauk brach in erstricktes Lachen aus.

»Du hast einen Stein genommen«, sagte Mar, noch immer schwer atmend. »Keinen Speer. Du wolltest, daß mein Tod wie ein Unfall aussieht.«

Sauk biß die Lippen zusammen und antwortete nicht.

»Du bist mir heute nicht gefolgt«, fuhr Mar fort. »Das weiß ich genau.« Sauk bewegte sich, und Mar drückte die Knie noch fester gegen die schwer atmende Brust des Nirum. »Das bedeutet, daß du mir früher schon mal gefolgt bist, als ich vielleicht noch nicht so vorsichtig war. Du kanntest also das Gehege und die Pferde.«

Das Flackern in Sauks Augen verriet seine Antwort.

»Das mit dem Felsbrocken sollte wohl wie der Schlag von einem Pferdehuf aussehen, Sauk?« fragte Mar. »Ist es nicht so?«

Sauk fluchte wieder und kam mit einem Ruck nach oben. Er war sehr stark, und durch die plötzliche Bewegung gelang es ihm, sich von Mar loszureißen. Wieder kämpften die beiden, bis Mar den Nirum wieder auf dem Rücken liegend unter sich hatte.

»Ich werde dich nicht töten«, keuchte Mar. Sein Gesicht war mit blutigen Schrammen und Schweiß bedeckt. »Ich möchte meine Zeit als Häuptling nicht mit einem Toten beginnen. Aber ich werde dich und Altan aus dem Stamm verstoßen, Sauk. Morgen werde ich den Hengst fangen, und dann werde ich euch beide verjagen.«

Sauks Gesicht verfärbte sich vor Wut. »Ich hätte besser einen Speer nehmen sollen«, fuhr er Mar bösartig an.

»Ja«, bestätigte Mar, und seine Zähne sahen in dem schmutzverschmierten Gesicht noch weißer aus. »Das hättest du tun sollen.« Bei diesen Worten hob er die Faust und stieß sie so fest in Sauks Unterkiefer, daß der Nirum das Bewußtsein verlor.

Mar nahm das Seil, mit dem er die Körbe festgebunden hatte, und fesselte Sauk an Händen und Füßen. Dann schwang er sich den Nirum über die Schulter und machte sich auf den langen mühsamen Heimweg.

Ein Aufschrei ging durch den Stamm, als der angeschlagene Mar mit Sauk über der Schulter ins Lager kam, aber Mar weigerte sich, etwas zu erklären. Statt dessen brachte er den Nirum direkt zu Huth. Heno lief zu Altan, um ihm die Neuigkeit zu berichten, und dann verschwand auch der Häuptling in der Höhle des Schamanen.

Mit grimmiger Miene stand Huth den Männern in der Höhle der Nirum gegenüber und erzählte ihnen von Sauks Versuch, Mar zu töten. »Als er sah, daß Mar eine Möglichkeit gefunden hatte, die Herausforderung zu gewinnen, wollte er ihn töten«, sagte Huth.

»Das sagt Mar«, widersprach Heno. »Aber was sagt Sauk dazu?«

»Sauk streitet natürlich alles ab«, entgegnete Huth.

»Mar hat eine Möglichkeit gefunden, einen Hengst zu fangen?« fragte Iver erstaunt.

»Das sagt er. Arn und ich werden ihn morgen begleiten, um ihm dabei zuzusehen.«

»Und Altan?« fragte Rom.

»Altan wird auch mitkommen«, erklärte Huth. »Es ist sein Recht, dabeizusein, wenn Mar tatsächlich einen Hengst einfängt.« Huth erwähnte nicht, daß er Altan nicht mehr aus den Augen lassen würde, aber die meisten Nirum verstanden es auch so.

»Ja.« Es herrschte Zustimmung in der Höhle.

»Ich glaube nicht, daß Mar es schafft«, sagte einer von Altans Anhängern.

»Und was wird mit Sauk?« fragte Rom.

»Sauk geht es im Augenblick nicht besonders gut«, sagte Huth. »Er wird bis morgen in meiner Höhle bleiben. Dann werden wir weitersehen.«

Die Männer nickten zustimmend.

»Und wie will Mar den Hengst fangen?« fragte Iver neugierig.

Huth schüttelte den Kopf. »Morgen«, erwiderte er. Und verließ die Höhle.

Altan befand sich in einem Zustand des Schocks. Sauk war in der Höhle des Schamanen praktisch ein Gefangener, und Huth behauptete, daß Mar einen Hengst fangen würde.

Ich glaube es nicht, dachte Altan, als er am nächsten Tag in seiner Höhle darauf wartete, daß ihn der Schamane abholen kam. Es ist unmöglich. Ein Mann allein kann keinen Hengst einfangen.

Altan klammerte sich noch immer an diesen Gedanken, als er am frühen Nachmittag seine Pelze überzog, um mit Mar, Huth und Arn zu den Pferden zu gehen. Es ist unmöglich. Unmöglich. Diese Worte hämmerte er sich pausenlos ein, während sie am Flußufer entlanggingen. Es ist unmöglich.

Nur als sie stehenblieben und warteten, bis Mar die Körbe mit dem getrockneten Gras aus der Höhle geholt hatte, wurden seine sich ständig wiederholenden Gedanken unterbrochen.

»Wozu sind die?« fragte der Häuptling mißtrauisch. Aber Mar lächelte nur und erwiderte: »Warte nur ab.«

Langsam gingen sie weiter. »Wir müssen auf den Wind achten«, sagte Mar zu Huth. »Wenn die Herde euch wittert, wird sie nicht kommen. Meinen Geruch kennen die Pferde, aber der Geruch fremder Menschen würde sie erschrecken.«

Die drei Männer folgten Mar, der einen großen Bogen schlug, bis sie im Fallwind der Lichtung angekommen waren, die, wie Altan wußte, östlich von den dicken Bäumen lag, zwischen denen sie sich jetzt versteckt hielten. Vorsichtig bewegten sie sich weiter, bis sie an den Rand der Lichtung kamen. Erst jetzt sah Altan das Gehege.

Er hielt die Luft an.

»Ma-ar«, flüsterte Arn in ehrfürchtigem Staunen.

Mar blickte Huth an. »Ich werde das Gras in das Gehege legen«, erklärte er dem Schamanen. »Die Pferde werden hineingehen, um es zu fressen. Aber auf keinen Fall dürfen sie euch bemerken. Huth, es war dein Wunsch, Altan mit hierherzubringen. Und ich sage dir jetzt, daß du dafür sorgen mußt, daß er sich ruhig verhält und sich nicht blicken läßt.«

Huth nickte ernst. »Es wird alles gerecht zugehen, Mar.« Dann drehte sich der Schamane zu dem Häuptling um. »Hör mir gut zu, Altan«, sagte er, und seine Stimme war hart und kalt wie Eis. »Wenn es bei der Prüfung gerecht zugeht und Mar sie nicht besteht, werde ich dem Stamm davon berichten. Wenn du aber auf irgendeine Weise versuchen solltest, ihn dabei zu stören oder zu behindern, dann werde ich Mar zum Häuptling ernennen und dich für alle Zeiten aus dem Stamm des Pferdes verbannen. Ist das klar?«

»Ja«, erwiderte Altan mürrisch und wich dem Blick von Huth aus. Der Häuptling hatte sich schon immer vor dem Schamanen gefürchtet, das wußten sie beide genau.

»Mach weiter, Mar«, sagte Huth. »Er wird sich still verhalten.«

Mar nickte, hob die Körbe hoch und verließ den Schutz der Bäume.

Altan stand zwischen Huth und Arn und beobachtete, wie Mar das Gras in mehreren getrennten Haufen in dem umzäunten Gehege verteilte.

Kein Hengst wird seine Stuten freiwillig in ein so kleines Gehege führen, dachte Altan. Mar ist ein Dummkopf, wenn er das glaubt.

Mar kam nicht zu ihnen zurück, sondern blieb am Gatter stehen.

»Warum kommt er nicht zurück?« fragte Altan, dem allmählich unbehaglich wurde.

»Pst«, machte Arn.

Die Zeit verstrich. Plötzlich sah Altan an der gegenüberliegenden Seite der Lichtung den Kopf eines Pferdes zwischen den Bäumen. Dann waren das Schlagen von Hufen und das Rascheln von Zweigen zu hören. Und gleich darauf kam eine kleine Herde von neun Pferden aus dem Wald und lief direkt zu dem kleinen Gehege.

Zu Altans entsetztem Erstaunen galoppierten die Pferde sofort zu der Öffnung im Zaun, liefen hinein und begannen von dem Gras zu fressen. Es gab überhaupt kein Gerangel darum, welcher Grashaufen welchem Pferd gehörte. Jedes Tier ging zielsicher und vertrauensvoll, als wäre es lange daran gewöhnt, zu einem der Futterhaufen, senkte den Kopf und begann zu kauen.

Als letzter betrat der Hengst das Gehege.

Eine wahnsinnige Wut durchschoß Altan. Er machte den Mund auf, um laut zu schreien, damit die Pferde sich erschreckten und fortliefen, aber bevor er auch nur einen einzigen Ton herausgebracht hatte, schloß sich mit eisernem Griff eine Hand um seinen Arm. Der Schmerz brachte ihn wieder zu sich.

Nicht. Der Schamane formte das Wort mit den Lippen, ohne einen Ton von sich zu geben. Huths Augen durchbohrten ihn mit gnadenloser Härte.

Altan machte den Mund wieder zu.

Inzwischen war Mar auf der Lichtung in den hinteren Teil des Geheges gegangen, und während die Pferde noch immer friedlich fraßen, hob er einen Ast hoch und befestigte ihn quer vor der Öffnung des Zauns. Schnell bückte er sich und hob einen zweiten Ast vom Boden.

Der Kopf des Hengstes fuhr in die Höhe. Er wirbelte herum, gab ein erschrockenes Schnauben von sich. Inzwischen hatte Mar den dritten Ast angebracht. Der Hengst ließ ein lautes

Wiehern vernehmen und galoppierte auf den Zaun zu. Mar trat einen Schritt zurück und blieb dann stehen. Der Hengst stellte sich auf die Hinterbeine und bäumte sich auf, schlug mit den Vorderhufen nach dem Mann, der auf der anderen Seite des Zauns in Sicherheit war. Die Stuten, die durch das Verhalten ihres Hengstes aufgeschreckt waren, hoben die Köpfe und drehten sich ebenfalls um und sahen Mar an.

Arn lachte leise. »Wie es aussieht, hat Mar einen Hengst gefangen.«

Arn war es, der dem Stamm die Neuigkeit überbrachte. Huth hatte es für sicherer gehalten, mit Mar und dem entsetzten Altan beim Gehege zu bleiben. Nachdem Arn mit den Nirum gesprochen hatte, ging er in die Frauenhöhle und wiederholte dort seine Geschichte noch einmal.

Die Mädchen vom Hirsch-Clan, aber auch eine ganze Reihe Frauen vom Stamm des Pferdes waren begeistert. Dann erhob sich die klagende Stimme von Nel über das aufgeregte Stimmengewirr: »Aber Altan hat ja noch nicht einmal den Versuch gemacht, einen Hengst zu fangen. Was wird er jetzt tun?«

Als alle schwiegen, sagte Arn leise zu ihr: »Bis zum Viertelmond sind es noch drei Tage. Wenn er Häuptling bleiben will, wird er jetzt wohl etwas tun müssen.«

Nel starrte ihn mit leeren Blicken an. Dann nahm sie ihr Kind und murmelte: »Ich muß sofort in meine Höhle.«

Als Nel gegangen war, breitete sich wieder Schweigen aus.

»Wenn Altan verbannt wird«, fragte Dara Arn, »was passiert dann mit Nel? Muß sie mit ihm gehen?«

»Ich glaube nicht, daß Mar eine seiner Frauen einfach gehen läßt«, erwiderte Arn.

»Aber wenn sie nun mitgehen will?« hakte Dara nach.

Alle Frauen sahen jetzt Alin an. Es war ein Beweis dafür, wie stark ihre Stellung während des Winters bei den Frauen geworden war. Die Frauen vom Stamm des Pferdes wandten sich genauso an sie um Rat wie die Mädchen ihres eigenen Stammes.

»Wenn sie mit ihm fortgehen will, dann soll sie es tun«, sagte Alin mit ruhiger Stimme. »Aber wenn sie hierbleiben will, dann soll sie bleiben.«

»Ja. Nel soll selbst entscheiden.« Die Frauen nickten übereinstimmend.

Arn schwieg.

Alin sah ihn an. »Wo ist Mars Gehege?« fragte sie. »Wo sind die Pferde, die er eingefangen hat?«

»Das Gehege liegt ein Stück den Fluß hinunter nach Süden«, erklärte er und blickte von Alin zu Dara. »Die Männer des Stammes gehen hin, um sich die Tiere anzusehen. Ich wüßte nicht, warum die Frauen nicht auch hingehen können. Falls ihr es wollt.«

Kurz darauf folgten alle Mädchen vom Hirsch-Clan und die meisten Frauen vom Stamm des Pferdes Arn zu dem Gehege, in dem der Hengst gefangen war, der Mar zu ihrem Häuptling machen würde.

Altan war in grimmiges Schweigen verfallen, während er das rotbraune Pferd beobachtete, das mit hocherhobenem Kopf und steilem Schweif an den Ästen entlangtrabte, die das Gefängnis einzäunten. Huth wachte aufmerksam an Altans Seite, aber in Wahrheit war Altan gar nicht fähig, irgend etwas zu unternehmen. Er war wie betäubt. Er konnte nicht glauben, was geschehen war.

Schließlich sagte Altan: »Da war Zauberei im Spiel. Zauberei ist nicht erlaubt.«

»Das war keine Zauberei«, belehrte ihn Huth. Seine grauen

Augen waren so kalt wie der Winterhimmel, als er den besiegten Häuptling ansah. »Der Hengst hat den Häuptling erkannt. Seinen Bezwinger. So war es, Altan. Wir haben es beide gesehen. Der Hengst ist aus freien Stücken gekommen.«

Altans bulliger Kopf schwang hin und her wie ein Büffel, der von Fliegen geplagt wird.

»Du kannst es ja auch versuchen«, riet Huth ihm zornig.

Wieder wurde der Häuptling von Wut gepackt. »Das hat er schon seit vielen Monden geplant, Schamane. Das wissen wir beide. Für mich würde kein Hengst in ein Gehege gehen!«

Hinter Altans Rücken ertönte Mars ruhige Stimme: »Dann denk dir doch was anderes aus. Du hast noch drei Tage Zeit.«

Altan überkam blinder Haß. Er schleuderte Mar einen Fluch entgegen, drehte sich um und stürzte davon. Seine vor Zorn verschwommenen Augen sahen Alin näherkommen. Mars Frau, dachte er böse und rannte absichtlich in sie hinein und stieß sie mit einer solchen Wucht auf die Seite, daß sie zu Boden stürzte.

Alin stieß einen hohen schmerzerfüllten Schrei aus.

»Paß doch auf, wo du hingehst«, fuhr Altan sie böse an und lief blindlings in den Wald.

Mar kniete neben dem gestürzten Mädchen am Boden. »Bist du verletzt, Alin?«

»Mein Knöchel«, sagte Alin mit seltsam verhaltener und atemloser Stimme.

»Laß mal sehen.« Huth hatte sich neben Mar auf den Boden gekniet, und als er die Hand auf den Knöchel legte, schrie Alin erneut auf. Dann biß sie die Zähne zusammen.

Mar murmelte etwas.

»Hat er sich verdreht, als du hingefallen bist?« fragte Huth.

»Ja«, antwortete sie, noch genauso atemlos wie vorher.

Huth blickte Mar an. »Wir müssen sie nach Hause bringen.

Dann müssen wir vom Fluß kaltes Wasser holen und ihren Fuß hineinstellen.«

Mar nickte. Sein Gesicht war sehr blaß. »Ich trage sie«, sagte er. Dann drehte er sich wieder zu Alin um. »Hast du gehört, Alin? Ich werde dich nach Hause tragen.«

Sie nickte. Sie mußte noch immer die Zähne zusammenbeißen, um nicht zu schreien. Ihr Gesicht war leichenblaß.

»Ist sie verletzt?« fragte Jes, die, gefolgt von Elen, zu ihr gelaufen kam.

»Sie hat sich den Knöchel verstaucht«, erklärte Huth.

»Ich habe gesehen, wie Altan sie umgestoßen hat.« Jes' Stimme klang wütend.

»Er war – verärgert«, sagte Huth.

Mar kniete sich neben Alin auf den Boden. »Leg die Arme um meinen Hals«, sagte er zu ihr. Sodann schob er seine Arme unter ihren Körper und richtete sich auf. Er schwankte, als seine verletzte Schulter ihr Gewicht zu spüren bekam. Aber er kümmerte sich nicht darum.

»Ich hole einen von den Männern. Mit deiner verletzten Schulter –«, begann Huth.

Aber Mar schüttelte den Kopf. »Mit mir ist alles in Ordnung«, sagte er. »Aber Alin –«

»Mit mir auch«, sagte Alin und biß schnell wieder die Zähne zusammen, um die Schmerzen zu unterdrücken. »Geh schon, Mar.«

»Ich komme mit«, sagte Jes.

»Ich auch«, sagte Elen.

Mar marschierte den Hügel hinunter zu dem ausgetretenen Wildpfad, auf dem sie eine Weile gehen konnten, um nach Hause zu kommen. Huth folgte ihnen, und Alins besorgte Freundinnen blieben ihm dicht auf den Fersen.

Zwei Tage vor dem vollen Mond saß Alin allein am Feuer in der Frauenhöhle und starrte nachdenklich auf den Knochenkessel mit dem stets vorhandenen Salbeitee darin. Ihr Knöchel war inzwischen gut geheilt, und sie konnte sogar schon ein bißchen mit dem Stock herumgehen, den Huth ihr gegeben hatte.

Aber das genügt nicht, dachte sie. In zwei Tagen würde die Zeremonie des Großen Pferdes beginnen, und sie war durch ihre Verletzung genauso sicher hier angebunden, als hätte Mar sie mit einem Seil gefesselt. Es bestand jetzt keinerlei Hoffnung auf eine Flucht.

Während der schmerzerfüllten trübseligen Woche, die sie wegen ihres verletzten Knöchels auf der unteren Terrasse in der Frauenhöhle ausharren mußte, hatte Alin nichts anderes getan, als Salbeitee getrunken und sich den Kopf darüber zerbrochen, wie sie den unvermeidlichen Konflikt lösen sollte, in den die Mädchen geraten würden, wenn die Männer vom Hirsch-Clan mit den Männern vom Stamm des Pferdes aufeinandertrafen.

Das wird schon bald geschehen, dachte Alin und starrte auf den Kessel, der fest auf den Steinen des Herdringes stand. Der Winter ging zu Ende. Die Rens zogen zurück in die Berge. Die Hirsche im Wald warfen ihre Geweihe ab. Bald würde wieder der Lachs in den Flüssen auftauchen und stromaufwärts an seine Laichplätze ziehen. In den Bergen, in denen der Hirsch-Clan zu Hause war, würde der Schnee zu schmelzen beginnen. In nur einem Mond würden die Stämme der Sippe ihre Frühlingstreffen abhalten.

Lana würde die Geschichte von dem Unglück hören, das dem Stamm des Pferdes widerfahren war, und in den Norden kommen, um ihre Tochter zu suchen.

Lana und Mar. Ein Zusammentreffen, das Alin lieber nicht erleben wollte.

Die Entscheidung, wo sie bleiben wollen, müssen die Mädchen allein treffen. Das war der Entschluß, den Alin gefaßt hatte.

Lana würde dieser Beschluß nicht gefallen, aber solange ihre Tochter zu denen gehörte, die mit ihr nach Hause zurückkehrten, glaubte Alin nicht, daß sie es auf einen Kampf ankommen lassen würde.

Und Mar? Die Jahre, die er unter Altans Herrschaft verbracht hatte, hatten ihn gelehrt, Kompromisse zu schließen. Und außerdem glaubte Alin auch, daß Mar in seiner Überheblichkeit annehmen würde, daß die meisten Mädchen sowieso lieber beim Stamm des Pferdes bleiben würden.

Wer von ihnen würde beschließen, hierzubleiben?

Jes würde bei Tane bleiben.

Dieser Gedanke tat ihr genauso weh wie ihr verstauchter Knöchel. Sie und Jes waren schon so lange Zeit die besten Freundinnen – sie hatten so viel geteilt. Ein Leben ohne Jes war kein schöner Gedanke.

Sie holte tief Luft und dachte an die anderen Mädchen.

Dara würde beschließen, bei Arn zu bleiben.

Sana würde Melior nicht verlassen.

Elen? Alin verzog den Mund. Die hübsche Elen, die Dale und Cort fest im Griff hatte.

Elen liebte es zu herrschen. Elen, dachte Alin, würde sich dafür entscheiden, mit Lana zurückzukehren.

Fali und Mora würden auch wieder nach Hause gehen.

Bei dem Gedanken an die beiden Mädchen zog Alin die Stirn in Falten. Sie mußte wegen ihnen mit Mar sprechen.

Alin wollte nicht, daß sich Fali bei den Frühlingsfeuern paarte. Falis Körper war zwar schon der einer Frau, aber in jeder anderen Hinsicht war sie noch ein Kind. Lana hatte sie zu den Winterfeuern mitgenommen, weil sie die Weihe erhalten hatte, aber sie hatte nicht vorgehabt, Fali einen Partner zu geben.

»Sie gehört zu denen, die besser noch warten«, hatte Lana gesagt. »Ihr Geist ist noch jung. Sie ist noch nicht reif genug, ein Kind auszutragen. Wenn Fali im nächsten Jahr einen Mann bekommt, ist es früh genug.«

Alin gab ihrer Mutter recht. Fali war noch nicht soweit, um einen Mann zu wählen. Und Mora auch nicht, wenn auch aus einem völlig anderen Grund.

Mora hatte nie aufgehört, um Nial zu trauern. Es wäre grausam, dachte Alin, Mora zu zwingen, mit einem anderen Mann das Lager zu teilen, während sie sich immer noch nach demjenigen sehnte, den sie verloren hatte. Alin glaubte, daß Mar es verstehen würde.

Das Feuer ging allmählich aus, und Alin stocherte mit ihrem Stock darin, um es neu zu entfachen.

Warum glaube ich immer, daß Mar so denkt wie ich? überlegte sie, als das Feuer wieder heftiger zu glühen begann.

Er hat das Herz eines Häuptlings, dachte sie. Anders als Altan sorgte sich Mar nicht um Macht für sich selbst. Genauso wie Lana, wie Alin selbst, galt seine Sorge dem Wohlergehen all jener, für die er die Verantwortung trug.

Manchmal hatte Alin dieses Gefühl von Mar beeinflußt, um zu erreichen, was sie wollte. Aber sie respektierte ihn. Und irgendwie hatte sie während der vergangenen Monde begonnen, Mar bei ihrer Sorge um die Frauen des Stammes als Partner anzusehen. Schon lange betrachtete sie ihn nicht mehr als einen Feind.

Wenn sie nicht wäre, was sie war –

Gefährliche Gedanken.

Alin schüttelte den Kopf und stieß ihren Stock in den Boden, um aufzustehen. Sie würde noch ein wenig Gehen üben. Sie hatte es satt, in der Höhle herumzusitzen!

Alin war nicht die einzige, die die Tage bis zum Ende des Winters zählte. Genauso wie ihre Tochter, beobachtete auch Lana die Zeichen, die sich zu häufen begannen – die Rens, die fortzogen, die Füchse, die in den Bergen bellten, die Schneeschmelze auf den Pässen.

Nach den Frühlingsfeuern würde eine Gruppe Männer aufbrechen, um nach Westen zu gehen und den Stamm des Pferdes ausfindig zu machen, der seine Frauen verloren hatte. Lana und Tor hatten darüber gesprochen, was passieren würde, wenn sie die Mädchen fanden.

»Dieser Stamm wird sie vielleicht nicht freiwillig wieder hergeben wollen, Herrin«, hatte Tor gesagt. »Die Menschen dort sind verzweifelt. Nichts anderes kann der Grund für eine solche Entführung sein.«

»Dann werden wir mit ihnen kämpfen«, hatte Lana gesagt. Tor hatte leise gelächelt und ganz unbewußt die Finger zu Fäusten geballt. Er würde gern kämpfen, hatte Lana grimmig festgestellt. Und wahrscheinlich dachten die anderen Männer ganz genauso.

In ihrem Herzen waren die Männer verderbliche Kreaturen. Und wie sonst auch, dachte Lana, wird es an mir sein, sie vor ihrer eigenen Natur zu schützen.

Lana hatte die Absicht, ihre Tochter aus den Klauen des verhaßten Pferdestammes zurückzuholen, aber sie wollte keinen Kampf. Sie hatte sich einen Plan ausgedacht. Jetzt müssen wir die Mädchen nur noch finden, dachte sie grimmig.

23

Der Hengst prüfte den Wind. Gestern hatten sie ihm seine Stuten weggenommen. Ein paar von den Menschen hatten ihn mit Speeren in einer Ecke des Geheges festgehalten, während die anderen seine Stuten und Fohlen durch eine Öffnung im Zaun hinausgelassen hatten.

Die Stuten wollten ihn nicht verlassen. Er hatte geschrien, und sie waren zu ihm gekommen, waren um den Zaun bis zu der Stelle gelaufen, wo er festgehalten wurde, aber die Menschen hatten sie weggejagt. Jetzt war er allein.

Die Gerüche der Menschen waren fremd gewesen, außer dem einen. Der von dem Mann mit dem Gras. Dieser Geruch war es, nach dem der Hengst suchte, als das Licht im Osten aufzugehen begann. Unaufhörlich ging das Tier in dem kleinen Gehege im Kreis herum, schwenkte den Kopf von einer Seite zur anderen, streckte ihn mit weit aufgerissenen vibrierenden Nüstern hoch in die Luft.

Er suchte nicht nach einem Freund. Er war ein Hengst. Er hatte keinen Freund. Nur seine Stuten und ihre einjährigen Fohlen, seine Söhne aus dem vergangenen Jahr, die er rücksichtslos vertrieben hätte, wenn die Stuten ihre neuen Fohlen austrugen.

Plötzlich blieb der Hengst stehen, erhob sich auf die Hinterbeine, schlug mit seinen Vorderhufen wild durch die Luft.

Er suchte keinen Freund, sondern den Kampf. Sie hatten ihm seine Stuten genommen. Er hätte sie niemals einem anderen Hengst überlassen, nicht ohne einen Kampf auf Leben und Tod.

Aber es waren zu viele gewesen, zu viele, um mit ihnen zu kämpfen, und er fühlte ohnmächtigen Zorn in sich hochsteigen. Er wollte den Kampf. Er wollte töten. Er wollte seine Freiheit. Er wollte seine Stuten.

Er wollte den Mann.

Der Mann, der ihn hierhergebracht hatte, war sein Feind.

Wieder begann er mit hoch erhobenem Kopf, wehender Mähne, aufgeblähten Nüstern in seinem Gefängnis im Kreis herumzugehen.

Der Geruch. Von Osten her kam der unverwechselbare Geruch dieses Mannes. Der Hengst drehte sich um, dem Sonnenaufgang entgegen. Er bäumte sich auf, schlug wild mit den Vorderhufen durch die Luft, stampfte zornig, als er sie wieder auf den Boden brachte. Er legte die Ohren flach an den Kopf und entblößte die Zähne. Er war bereit.

Mar hatte die ganze Nacht nicht geschlafen. Es war der Brauch, daß der Häuptling in der Nacht vor dem Pferdeopfer fastete und den Himmel bewachte. Denn in der Morgendämmerung, in der Stunde, in der die Sonne von ihrer nächtlichen Reise ins Land der Toten zurückkehrte, würde der erste Tag der Zeremonie des Großen Pferdes beginnen.

An diesem ersten Tag wurde dem Gott das Pferdeopfer dargebracht und der Häuptling ernannt.

Am zweiten Tag wurde die Zeremonie der Jünglingsweihe durchgeführt und die neuen Nirum ernannt.

Und am dritten Tag fand der heilige Tanz der Eingeführten des Stammes statt, als Dank an den Himmelsgott für all die Tiere und Pflanzen, die er seinem Volk gegeben hatte, als Bitte um ausreichende Zuwendungen im kommenden Jahr.

In der Nacht, bevor Mar sich auf seine Wache vorbereitete, hatte Altan die Höhlen in der Felsenklippe verlassen, die seit seiner Geburt sein Zuhause gewesen waren. Er war nun ein Ausgestoßener und Verbannter.

Mit ihm war auch Sauk gegangen, vom Stamm verstoßen, weil er eines seiner heiligsten Tabus gebrochen hatte.

Beide Männer hatten ihre Frauen zurückgelassen, die beim Stamm des Pferdes bleiben wollten.

Altans Frau Nel hatte die Bedingungen ausgehandelt. »Wenn wir selbst wählen dürfen, werden wir bleiben. Wenn wir aber irgendeinem Mann zum Geschenk gemacht werden sollen, wie man einen Hund verschenkt, dann kehren wir lieber zu unserem eigenen Volk zurück, was unser gutes Recht ist.«

Mar hatte während der langen Nachtwache über sein Gespräch mit Nel nachgedacht. »Irgendeinem Mann zum Geschenk gemacht werden, wie man einen Hund verschenkt!« Das waren nicht Nels Worte. Alin hatte die Frauen vom Stamm des Pferdes bereits genauso unter ihren Einfluß gebracht wie die Mädchen vom Hirsch-Clan.

Wenn er einwilligte und Nel und Sauks beiden Frauen erlaubte, sich ihre neuen Gefährten selbst auszusuchen, dann würde von nun an jedes Mädchen seines Stammes, das zur Frau heranreifte, verlangen, sich ihren Mann selbst auszusuchen.

Aber warum eigentlich nicht?

Während seine Augen dem hellen runden Mond auf seinem Weg über den Nachthimmel folgten, führte er mit Alin ein imaginäres Gespräch. Diese Frage hätte sie ihm bestimmt gestellt, das wußte er.

Weil es nicht richtig ist, antwortete er. Weil es einem jungen Mädchen zu einer Macht verhilft, wie es sie in diesem Stamm noch nie gegeben hat. Im Stamm des Pferdes sind es die Väter, die die Ehen schließen. Die Väter beraten sich mit dem Häupt ling. Und das gleiche gilt für den jungen Mann. Er nimmt die Frau, die sein Vater für ihn auswählt. So ist es immer gewesen.

Aber so ist es jetzt nicht mehr, hätte Alin geantwortet. Und so wird es nie wieder sein. Nicht, seit ihr eure Frauen verloren habt. Und eure ganze Welt auf den Kopf gestellt wurde.

Das stimmt, dachte Mar. Und es stimmte auch, was Nel gesagt hatte – daß es ihr gutes Recht war, zu ihren Familien in den anderen Stämmen zurückzukehren. Für den Stamm waren Altan und Sauk tot. Ihre Frauen hatten also die gleichen Rechte wie eine Witwe.

Mar konnte es sich nicht leisten, drei Frauen zu verlieren. Deshalb hatte er zu Nel gesagt, daß sie und die anderen beiden frei wählen könnten, wen sie zum Mann wollten.

Als die Dämmerung heraufzog, kam Huth, um den neuen Häuptling abzuholen. Der Schamane zog Mar die Kleider des Häuptlings an, genauso wie er es bei Mars Vater Tardith getan hatte. Zuerst legte er Mar eine Kette aus Holzperlen um den Hals, jede einzelne mit dem kunstvoll geschnitzten Bild eines Pferdekopfes versehen: Dann schloß der Schamane zwei Elfenbeinreifen um Mars Arme, in die prächtige Köpfe von Hengsten eingraviert waren. Als nächstes befestigte Huth auf Mars goldschimmerndem Haar die herrliche schwarze Pferdemähne, den Kopfputz des Häuptlings. Die stolze Mähne eines Hengstes, die oben aufrecht stand und in dicken buschigen Haaren über seine starken breiten Schultern fiel. Dann legte Huth den heiligen Speer, der nur einmal im Jahr, bei dieser Zeremonie, hervorgeholt wurde, in Mars Hände. Auf seinem Schaft war das Bild eines muskulösen Hengstes eingraviert, der mit einem Speer in der Brust zu Boden stürzte.

Mar würde die Insignien des Häuptlings auch am nächsten Tag wieder tragen, wenn die Jünglingsweihe stattfand, und auch am übernächsten, wenn er mit den Männern des Stammes den heiligen Tanz tanzen würde. Dann würden diese Schmuckstücke seine einzige Bekleidung sein. Aber jetzt, für die Feier im Freien, trug er sein Hemd und die Hose aus Hirschbockhaut, seine Fellweste und seine weichen Ledermokassins.

Die Männer des Stammes warteten am Flußufer auf Huth und

Mar. Im Osten zogen die ersten rötlichen Streifen am Himmel herauf, als die Männer den Fluß hinunter zu dem Gehege gingen, wo das Opferpferd auf sie wartete.

Der Hengst sah sie unter den Bäumen hervorkommen. Menschen. Viele Menschen. Und ihnen voran – seine Nüstern blähten sich auf – der Mann. Er warf den Kopf zurück. Der Geruch stimmte, auch wenn der Mann jetzt anders aussah als sonst.

Die vielen Menschen blieben ein Stück vom Gehege entfernt stehen. Der Mann kam allein näher.

Der Hengst schnaubte und suchte wieder den Geruch. Sowie er ihn eingefangen hatte, erhob er sich auf die Hinterbeine und schrie seine Verachtung heraus. Es war die älteste aller Kampfansagen – von Hengst zu Hengst, bevor sie um das eine kämpften, das in ihrem Leben am meisten zählte.

Stuten.

Der Mann hatte ihm seine Stuten weggenommen. Der Mann mußte sterben.

Mar kam mit festen Schritten näher. Der Hengst war zornig, zerhieb die Luft mit seinen Vorderhufen, zerstampfte die Erde. Jeder seiner kräftigen angespannten Muskeln unter dem narbigen kastanienbraunen Fell strömte Haß aus.

Mar verspürte Bedauern. Zwei lange Winter war der Hengst sein Freund gewesen. Mar hatte ihm geholfen, die kleine Herde Stuten und Fohlen zu füttern, er hatte ihm geholfen, die lange bittere Jahreszeit mit dem verkümmerten eisbedeckten Gras zu überstehen. Und jetzt mußte es zum Kampf kommen.

Aber er konnte es nicht ändern. Der Stamm mußte dem Pferdegott ein Opfer darbringen. Das wurde erwartet. Und das Opfer mußte etwas wert sein, ein starker gesunder Hengst, der die Stärke und die Gesundheit des Stammes verkörperte.

Der Hengst hatte aufgehört, sich aufzubäumen und stand

jetzt genau in der Mitte des Geheges. Er beobachtete ihn aus weißgeränderten Augen. Mar ging zu der Lücke zwischen den beiden großen Ästen und duckte sich darunter hindurch. Mit dem heiligen Speer in seiner rechten Hand richtete er sich auf und stand dem Hengst gegenüber.

Einen langen Augenblick herrschte völlige Stille. Die Morgenluft war von Nebelschwaden durchsetzt, und aus dem Wald waren die hohen piepsenden Stimmen und die Rufe der Vögel zu hören. Der Hengst starrte Mar an. Und Mar sah den mörderischen Haß in den Augen des Tieres.

Der Hengst legte die Ohren flach an den Kopf, entblößte die Zähne, hob den Schweif und stürzte sich auf Mar.

Er blieb direkt vor ihm stehen, bäumte sich auf und zielte mit dem mächtigen rechten Huf auf den verhaßten schwarzmähnigen Kopf des Menschen. Hätte er getroffen, hätte er ihn getötet.

Aber er traf nicht. Statt dessen stieß Mar, als dieser mörderische Huf nur wenige Zentimeter von seinem Kopf entfernt war, mit dem heiligen Speer zu. Einmal.

Aus der tödlichen Wunde schoß das Blut. Der Hengst schwankte, die Beine gaben unter ihm nach, dann fiel er auf die Seite und stürzte zu Boden.

Er lag ganz still, während das Blut des Lebens aus ihm herausquoll und in die Erde rann. Mar kniete sich neben ihn und legte die Hand, die den tödlichen Stoß ausgeführt hatte, auf den kräftigen muskulösen Hals des Pferdes. Für einen Augenblick hoben sich die Augenlider des Hengstes, und er sah Mar mit seinen braunen Augen an.

»Geh auf deine Reise«, sagte Mar mit weicher Stimme zu ihm.

Der Hengst stieß einen tiefen zitternden Seufzer aus, und mit ihm verließ sein Geist den Körper, um für immer frei und im Land seiner Götter zu sein.

Huth brachte Mar eine Knochenschale, und Mar füllte sie mit dem Blut des Opfers. Dann hielt er die Schale mit erhobenen Händen und sah in die aufgehende Sonne und sang mit tönender Stimme: »Gelobt sei der Himmelsgott für das Blut des Hengstes, das unseren Männern Kraft und unseren Frauen Fruchtbarkeit bringt.«

Dann wurde der Hengst geschlachtet. Die Männer achteten sorgfältig darauf, daß die Knochen nicht beschädigt wurden. Sie legten sie in der gleichen Anordnung auf den Boden, wie sie sich in seinem Körper befunden hatten, so daß anstelle des Hengstes jetzt sein Skelett dalag.

Mar nahm die Leber und schnitt sie in vier gleiche Teile: einen Teil für sich, einen für Huth, einen für Arn und einen für Rom, den ältesten Jäger des Stammes. Die Leber aßen sie roh, aber das restliche Pferdefleisch kochten sie. Es war das einzige Mal im Jahr, daß die Männer vom Stamm des Pferdes das Fleisch ihres Totems aßen. Es war ein heiliges Mahl, das hier im Freien, neben den rituell angeordneten Knochen des Opfers, eingenommen wurde.

Die Sonne ging schon fast wieder unter, als die Männer vom Stamm des Pferdes nach Hause zurückkehrten. Die erste Person, die Mar sah, als er am Fluß entlangging, war Alin, die mit dem Ausdruck äußerster Konzentration auf ihrem lieblichen Gesicht ohne ihren Stock über das Kiesufer schritt.

Es ist vollbracht, dachte er zufrieden. Ich bin der Häuptling.

Er blieb stehen und schaute Alin an. Er war der Häuptling. Und dort war seine Frau.

Sie hob den Kopf und starrte ihn ebenfalls an. Er sah, daß sich ihre Augen weiteten, und begriff, daß sie wegen der Blutzeichen, die noch auf seinem Gesicht und seiner nackten Haut waren, erschrocken sein mußte.

Die Zeichen des Häuptlings.

Die Zeichen des Pferdegottes, der mit ihr in einem halben Mond die heilige Hochzeit vollziehen würde. Einen langen schweigenden Augenblick lang verharrten sie so. Dann wandte sich Alin ab.

Mar ging nicht zu ihr, um mit ihr zu reden. Es gab nichts, was gesagt werden mußte.

Aber er dachte an sie, als er auf dem Klippenweg zu seiner Behausung hinaufkletterte. Noch nie zuvor hatte er ein solches Verlangen nach einer Frau verspürt wie nach Alin. Bei ihr überkam ihn genau dieselbe zielstrebige Besitzgier, die ihn auch bei seinem Bestreben, der Häuptling des Stammes zu werden, ergriffen hatte.

Von dem Augenblick an, an dem sein Vater gestorben war, war Mar von dem Glauben erfüllt gewesen, daß ihm die Stellung des Häuptlings zukam. Er hatte es in seinen Gliedern und in seinem Blut gespürt. Der Stamm des Pferdes gehörte ihm.

Alin gehörte ihm. Auch das spürte er.

Mar blieb auf der Terrasse vor seiner Behausung stehen, drehte sich um und warf einen Blick auf das Bild, das sich ihm bot. Mit der Bewegung, die Alin immer an einen Hengst erinnerte, warf er den Kopf zurück, und sein Herz war von einer brennenden Freude erfüllt.

Sein Volk. Sein Stamm. Er ihr Führer, der für sie sorgte.

Unten am Ufer standen ein Mann und ein Mädchen Schulter an Schulter und sahen in den Sonnenuntergang. Das Haar des Mannes war schwarz, das des Mädchens hellbraun.

Tane und Jes.

Sie sind ein Paar, dachte Mar zufrieden. Seine Gedanken wanderten zu den anderen Mädchen. Er überlegte, wen sie wählen würden.

Dara würde sich für Arn entscheiden. Das würde für die Nirum schwer zu akzeptieren sein, aber sie würden es hinnehmen müssen. Sana würde Melior nehmen. Das war gut so. Melior war alt genug, würde wie Mar zum Nirum gemacht. Elen? Elen würde sich wohl für Dale entscheiden, worüber Cort und eine Reihe Nirum nicht gerade glücklich sein würden.

Er runzelte die Stirn und ging in Gedanken schnell die restlichen Mädchen durch, ordnete sie Männern zu, die sie aller Wahrscheinlichkeit nach wählen würden.

Die kleine Fali, überlegte er. Dara war in den vergangenen Monaten zur Frau gereift, aber nicht Fali.

Er würde von ihr nicht verlangen, sich einen Mann auszusuchen, wenn sie noch nicht dazu bereit war, beschloß Mar. Der Stamm brauchte Frauen, aber er brauchte sie nicht so dringend, daß er nicht noch ein Jahr warten konnte, bis Fali reif genug war.

Vielleicht würden Cort oder Dale, je nachdem, für wen sich Elen entschied, einen guten Gefährten für Fali abgeben. Es waren freundliche Jungen.

Die einzige, die er bis jetzt noch nicht berücksichtigt hatte, konnte er deutlich vor sich sehen: die großen ausdrucksvollen Augen, die wohlgeformten Wangen und das Kinn, die zarte Linie des Mundes.

Für Alin war heute die Entscheidung gefallen, als er den Hengst getötet und Huth ihn mit dem Blut des Opfers eingerieben hatte. Alin mußte den Häuptling wählen. Und der Häuptling vom Stamm des Pferdes war jetzt Mar.

Altan schob den Packen auf seinem Rücken zurecht, umklammerte seinen Speer und stapfte verbittert am Ufer entlang. Dumpfer Zorn erfüllte sein Herz.

Ein Trick. Mar hatte einen Trick verwendet, um Häuptling zu werden.

Neben ihm ging Sauk, die Schultern gebeugt, das Herz genauso voller Bitterkeit wie Altan.

Keiner von beiden konnte verstehen, was geschehen war.

»Nicht einmal Tod hat für mich gesprochen«, sagte Altan laut. »Tod nicht, Heno nicht und Eoto auch nicht. Nach allem, was ich für sie getan habe!«

Sauk grunzte.

Sauk war schuld, daß Altans Gefährten ihn im Stich gelassen hatten. Keiner von ihnen wollte noch etwas mit Sauk zu tun haben, nachdem er eines der mächtigsten Tabus des Stammes gebrochen hatte.

Und doch war Sauk der einzige, der versucht hatte, ihm zu helfen. Wenn es Sauk gelungen wäre, Mar zu töten, wenn Mar sich nicht genau im falschen Augenblick gebückt hätte, um die Körbe aufzuheben, dann wäre noch immer Altan der Häuptling.

Altan konnte nicht glauben, daß er ein Ausgestoßener war, daß er für seinen Stamm, seine Freunde, seine Frau tot war.

Der Wunsch nach Rache brannte in seinem Herzen.

»Wenn ich es ihm nur zurückzahlen könnte«, sagte Altan haßerfüllt zu Sauk. »Wenn ich ihn doch nur vernichten könnte, so wie er mich vernichtet hat.«

»Ich habe nachgedacht«, erwiderte Sauk.

Altan sah ihn an.

»Und wenn wir nun den Hirsch-Clan fänden?« sagte Sauk langsam. »Wenn wir dieser Herrin, von der die Mädchen immer reden, sagen würden, wo sie ihre Anhängerinnen finden kann?« Die schwarzen Augen des Nirum wanderten zu Altan. »Dann wäre sie sofort hinter ihnen her.«

Das dürfte Mar aber gar nicht gefallen, dachte Altan.

»Wie es auch ausginge«, sagte Sauk, »für den Stamm des Pferdes hätte es nichts Gutes zu bedeuten. Und für Mar auch nicht.«

»Ja«, sagte Altan. »Ganz bestimmt nicht.«

Altan lächelte. Es war das erste Mal, seit Mar mit dem gefesselten Sauk über der Schulter im Stamm erschienen war.

»Sie sind aus dem Süden gekommen«, sagte er. »Von den Bergen.«

»Ja«, bestätigte Sauk. »Wir finden sie.«

»Den Hirsch-Clan«, sagte Altan. Und lächelte noch einmal.

24

Am zweiten Tag der Zeremonie des Großen Pferdes bekam nur ein Junge die Jünglingsweihe. Eigentlich hätten es mehr sein sollen, aber die meisten Jungen waren an jenem verhängnisvollen Tag bei den Frauen und Kindern gewesen, als das vergiftete Wasser sein tödliches Werk verrichtet hatte. Und so war es nur der magere, langbeinige Pol, dessen Stimme gerade erst begann, die tiefen Tonlagen eines Mannes zu erreichen, der den langen Weg durch den schmalen dunklen Gang der heiligen Höhle zu dem Ort zurückzulegen hatte, an dem die letzte Hürde zur Jünglingsweihe überwunden wurde: die heilige Quelle.

Zuvor hatte Pol schon alle Prüfungen, die Huth ihm auferlegt hatte, um zu beweisen, daß er reif war, ein Mann des Pferdes zu werden, bestanden. Er hatte einen Hirsch getötet, gehäutet und ganz allein geschlachtet. Er hatte seine Geschicklichkeit im Umgang mit Speer, Wurfspieß und Pfeil unter Beweis gestellt. Er war drei volle Tage ohne Nahrung ausgekommen. Und jetzt war er bereit für die letzte Prüfung. Pol würde als Junge durch den Gang zur heiligen Quelle gehen und als Mann zurückkehren.

Alle Männer des Stammes waren an diesem zweiten Tag der

Zeremonie des Großen Pferdes in der großen Halle der heiligen Höhle unter den wild blickenden Augen und aufgeblähten Nüstern der Bullen und Pferde an den Wänden versammelt. Huth, der seine Schamanenkleider, ein langes Grasgewand und die Pferdekopfmaske trug und den heiligen Stab des Lebens in der Hand hielt, hatte den Vorsitz bei der Zeremonie der Jünglingsweihe. An diesem Tag galt der Häuptling nicht mehr als alle anderen Männer, die schon geweiht waren. Dieser Tag gehörte dem Schamanen.

Mar beobachtete, wie das Lampenlicht in dem langen, dunklen Gang verschwand, und dachte an den Tag seiner eigenen Jünglingsweihe. Wie er sich gefreut hatte! Sein Vater war der Häuptling gewesen, Eva war ihm als Frau versprochen worden.

Die Jünglingsweihe war ein Ereignisse, das ein Mann sein ganzes Leben lang nicht vergaß. Mar erinnerte sich noch lebhaft daran, wie er schweigend hinter Huth durch den engen Gang mit den Bildern gegangen war, durch die Biegung, die von der vertrauten Galerie weg zu der geheimnisvollen dunklen Ecke führte, in der die heilige Quelle lag, der Ort, den ein Mann nur zweimal in seinem Leben sah: das erste Mal bei seiner Jünglingsweihe und das zweite Mal, wenn er zum Nirum gemacht wurde.

Nach Pol würde Mar diesen Weg zum zweiten Mal gehen.

Die Männer warteten schweigend und ernst in der großen, mit Bildern ausgemalten Halle. Alle trugen die Kette mit den geschnitzten Pferdekopfperlen der geweihten männlichen Mitglieder des Stammes um den Hals, und sie hatten nur kurze Wurfspieße ohne Speerschleudern bei sich.

Schließlich kehrte Huth mit Pol zurück. Er führte den Jungen in die Mitte der Halle und befestigte eine Kette aus Holzperlen um seinen Hals. »Der Stamm des Pferdes heißt Pol willkommen«, sagte Huth. »Jetzt ist er ein Mann.«

Die Männer schlugen ihre Speerschäfte auf den Boden, bis die Erde dröhnte.

»Und jetzt«, fuhr Huth fort, »die neuen Nirum.«

An diesem Tag sollten vier Männer zu Nirum gemacht werden: Mar, Tane, Bror und Melior. Jeder mußte den Gang zur heiligen Quelle, nur von Huth angeführt, allein gehen. Mar tat es als erster, wie es dem Häuptling zustand.

Als Mar Huths großem Pferdekopf aus der großen Halle folgte und durch den schmalen Gang ging, in dessen Wänden Figuren eingraviert waren, wurde er von großer Ehrfurcht ergriffen. Er fühlte an Hals und Nacken ein Prickeln auf der Haut. Als er den Gang verließ, blickte er schnell hinauf zu der Stelle, an der Tane, wie er von ihm wußte, das Bild von den Hirschen gemalt hatte, die durch den Fluß schwimmen.

Mars Schritte wurden langsamer.

Huth blickte sich um, als hätte er gespürt, daß Mar zögerte, und erkannte, warum Mar langsamer gegangen war.

Der große Pferdekopf drehte sich zu den schwimmenden Hirschen. Beide Männer blieben stehen. In Ehrerbietung. Keiner sprach. Dann ging Huth wieder weiter, und Mar folgte ihm.

Am Ende des Ganges befand sich eine tiefe schmale Öffnung im Felsen. Der Schacht führte dreißig Fuß tief in die Erde. An der Wand über der Öffnung waren die heiligen Zeichen des Lebens und des Todes eingraviert. Denn dies war die heilige Quelle.

Huth blieb schweigend stehen und hielt seine Lampe hoch, während Mar den Fuß auf die Strickleiter setzte, die ihn bis ans Ende dieses tiefen Schachtes bringen würde. Mar kletterte mit der Lampe in der Hand langsam und vorsichtig nach unten. Dort, dicht am Boden des Schachts, auf einem flachen vorstehenden Stück Felsen, war eine Zeichnung, die das Zentrum des Geheimnisses der Einweihung bedeutete. Sie befand sich schon seit Ewigkeiten dort und stellte, im Unterschied zu den anderen

Gravierungen und Bildern in der heiligen Höhle, eine Szene mit mehreren verschiedenen Gestalten dar.

Zuerst kam das Bild eines Büffels, in Schwarz auf einen gelben Stein gemalt. Ein großer Speer mit Widerhaken durchbohrte die Lenden des Tieres, und in seinem Bauch war ein großer Riß, aus dem die Eingeweide hervorquollen. Sein Schwanz fuhr wild durch die Luft. Sein Kopf war nach hinten gebogen, als würde er sich seine Verletzungen ansehen, und seine fürchterlichen Hörner waren auf den Mann gerichtet, der vor ihm auf dem Rücken ausgestreckt am Boden lag. Dieser Mann – die einzige menschliche Gestalt an den Wänden der heiligen Höhle – war sehr sorgfältig gezeichnet, und es war darauf geachtet, daß es keinen Hinweis auf seine Identität gab. Sein Kopf verschwand im Bild eines Vogels.

Unter den Füßen des Mannes war ein Pfahl, auf dessen Spitze ein Vogel thronte.

Mar starrte mit ehrfürchtigem Staunen auf das große Geheimnis, das sich auf der Wand der heiligen Quelle enthüllte.

Der Tod.

Der Tod für die Tiere, damit der Mensch leben konnte.

Der Tod für den Mann, damit sein Geist wie der Vogel auf dem Stab des Schamanen fliegen konnte, um in der Welt des Jenseits zu wohnen.

Das Leben war gut. Aber zum höheren Gut mußte alles Leben im Tod enden.

Um das zu verstehen, mußte man verstehen, was es bedeutete, ein Jäger zu sein. Was es bedeutete, ein geweihtes männliches Mitglied vom Stamm des Pferdes zu sein.

Die Männer kehrten für die Nacht nicht zu ihren Behausungen zurück, sondern schliefen in der Nähe der heiligen Höhle, damit sie am nächsten Morgen nicht so weit zu gehen hatten.

Mar und Tane breiteten ihre Schlafrollen nebeneinander aus, legten sich auf den Rücken und sahen hinauf zu den Sternen. Der volle Mond stand an der Morgenseite des Himmels, stieg bis in die Spitze des Himmels auf, um dann nach Westen wieder unterzugehen.

»Dein Bild von den Hirschen ist wunderbar«, sagte Mar.

»Ja.« Tanes Stimme klang ernst. »Ich bin damit zufrieden.«

Eine friedliche Stille breitete sich zwischen ihnen aus.

»Morgen wirst du die Männer beim heiligen Tanz anführen«, sagte Tane nach einer Weile.

»Ja.« Mars Stimme klang ernst und zufrieden, genauso wie die von Tane.

»Es läuft alles gut für uns, mein Bruder«, sagte Tane leise.

Mar stieß die Luft durch die Nase aus. »Zuerst müssen wir noch die Frühlingsfeuer hinter uns bringen«, entgegnete er. »Erst wenn die Mädchen ihre Wahl getroffen haben und die Paarung vollzogen ist, werde ich mich sicher fühlen.«

»Du glaubst also noch immer, daß der Hirsch-Clan kommen wird?«

Eine Weile war es still. Dann sagte Mar: »Ja. Das glaube ich. Ich glaube, sie werden Alin holen kommen.«

Tanes Augen sahen zu den Sternen. »Vor zwei Tagen hat Jes meinem Vater ein Bild gezeigt, das sie auf einem Felsstück am Fluß gemalt hat«, sagte er ruhig. »Mein Vater hat gesagt, daß Jes mit den Malern in die heilige Höhle darf.«

Mar hielt die Luft an. »Huth hat gesagt, daß ein Mädchen die heiligen Bilder malen darf?«

»Ja.« Tane blickte Mar in die Augen. »Mein Vater hat gesagt, daß eine Begabung wie die von Jes ein Geschenk der Götter ist. Er hat gesagt, daß wir es zum Guten des Stammes nutzen müssen. Er hat seine Trommel geschlagen und ist in Trance gefallen, und da hat er ein Mädchen mit langem Haar gesehen, das aus einem Fluß getrunken hat. Neben dem Mädchen stand ein kastanienbraunes Pferd, zahm wie ein Hund. Das Mädchen nahm das Wasser mit ihren Händen und schüttete es über den Kopf des Pferdes, und es beugte den Kopf vor dem Mädchen.«

Lange Zeit herrschte Schweigen.

»Huth sagt, der Traum bedeutet, daß Jes die heiligen Bilder malen soll«, sagte Mar. Es war keine Frage, sondern eine Feststellung.

»Ja.«

»Dann wird Jes bei dir bleiben, Tane, ob ihr Stamm nun kommt oder nicht.«

Tane nickte ernst. »Ja. Ich glaube, sie wird bleiben.« Seine grünen Augen glänzten im Mondlicht. »Und Alin?« fragte er.

Mar drehte sich wieder auf den Rücken und legte die Hände hinter den Kopf. »Wenn ich mich mit Alin gepaart habe, glaube ich, daß sie bleiben wird«, sagte er. »Aber nicht, wenn sie vorher kommen.«

Tane betrachtete das klare kräftige Profil seines Freundes. Mars Stimme hatte nicht überheblich geklungen. Er sprach wie ein Mann, der eine Tatsache verkündet.

»Der Mond des Großen Pferdes ist zur Hälfte herum«, sagte Tane. »Bald kommt der Mond des Lachses. Und an seinem Beginn sind die Frühlingsfeuer.«

»Ja«, sagte Mar. »Ich weiß.«

Der folgende Tag war der Tag des heiligen Tanzes.

Die Männer standen wie gewöhnlich im Morgengrauen auf. Als erstes kam die Zeremonie des neuen Feuers. Mar zündete das Feuer an, das rund um den Baumstamm angeordnet war, den das Feuer des vergangenen Jahres übriggelassen hatte und der genau zu diesem Zweck in der heiligen Höhle aufbewahrt worden war. Als es hell brannte, sangen die Männer an den

Himmelsgott das Gebet »Dank dem Feuer«. Dann zündete Mar an dem neuen Feuer sämtliche Steinlampen an, und die Männer machten sich bereit, noch einmal in die Tiefen der heiligen Höhle zu steigen. Am Morgen des heiligen Tanzes nahmen sie keine Nahrung zu sich. Erst wenn er vorbei war, würden sie sich laben.

In der Höhle angekommen, zogen sich die Männer die Kostüme für die Zeremonie an: um den Hals die Pferdekopfperlen, um die Schultern einen Pferdehaarumhang, um die Hüften geschlungen einen Gürtel mit einem daran herunterhängenden Schweif.

Mar legte seine Sachen ab und zog sich wie die anderen Männer an. Aber er trug als einziger die große Pferdemähnenkappe, die sein helles Haar mit der hochstehenden buschigen schwarzen Mähne eines Hengstes bedeckte.

Huth, der sein Gottesgesicht, nicht sein Menschengesicht trug, nahm die Position seiner Macht ein. Er hielt seine Trommel in den Händen. Vor ihm auf dem Boden saß Arn, sein Lehrling, ebenfalls mit einer Trommel. Als sich alle Tänzer versammelt hatten, hob Huth den Stab des Lebens und gab damit das Zeichen.

Im flackernden Lichtschein der heiligen Höhle tanzten die Männer vom Stamm des Pferdes zum Schlag der Trommeln aus Büffelhaut unter den Augen ihres Schamanen und der Tiere an den Wänden und ihrer Götter einen komplizierten Tanz, der aus einem festen Muster trippelnder Schritte und großer Sprünge bestand und Pferde darstellen sollte, die über das freie Feld liefen.

Und in den Herzen der tanzenden Männer wallte das mächtige Leben des Pferdes auf und in ihr Blut strömte das erneuerte Leben des Frühlings.

»Najeh, najeh!« riefen sie laut. Die Trommeln dröhnten. Die

Pferdemänner, die bis auf ihren zeremoniellen Schmuck nackt waren, galoppierten und sprangen und schrien. Und mitten unter ihnen hob und senkte sich die Hengstmähne von Mar, erforschte den Wind, beschützte die Herde. Der Geist ihres Totems war in ihnen. Der Pferdegott war stolz auf sie. Der Himmelsgott sah mit Wohlgefallen auf sie herab. Sie waren die Männer des Pferdes. Sie würden weiterleben.

Am nächsten Tag brieten die Männer einen Hirsch über dem neuen Feuer und aßen hungrig das magere Winterfleisch. Dann wurde vorsichtig ein Baumstamm aus dem Feuer gehoben und in die heilige Höhle gebracht, um dort für das Feuer im nächsten Jahr aufbewahrt zu werden.

Anschließend kehrten die Männer vom Stamm des Pferdes müde, aber angeregt zu den Felsenhöhlen zurück.

Zwei Tage, nachdem die Zeremonie des Großen Pferdes vorüber war, ging Alin zu Mar, um mit ihm über Fali und Mora zu sprechen. Sie fand ihn ein Stückchen den Fluß hinauf, wo er mit den Männern gerade am breitesten Uferstück Fischernetze knüpfte. Sie stellte sich neben ihn und sah schweigend zu, wie er einen Knoten an den peitschendünnen Zweigen befestigte, die die Längsseite des Netzes bildeten. Als er damit fertig war, stand er auf und ging ein Stückchen auf die Seite, um allein mit ihr zu reden.

Alin erklärte ihm, warum Fali nicht gezwungen werden sollte, sich einen Mann auszusuchen, und war erstaunt, als er ihr sagte, daß er auch schon zu diesem Schluß gekommen sei.

»Armes kleines Ding«, sagte Mar mitfühlend. »Weint sie noch immer um ihre Mutter?«

»Nicht mehr so oft«, erwiderte Alin ehrlich. »Sie ist schon viel glücklicher als am Anfang, Mar. Aber ich glaube nicht, daß sie schon reif genug ist, mit einem Mann zusammenzusein. Ihr Geist

ist noch immer der eines Kindes. Sie ist nur zum Tanzen zu den Winterfeuern gekommen. Meine Mutter wollte auch nicht, daß sie einen Mann bekam. Dara übrigens auch nicht. Aber Dara ist über den Winter reifer geworden.«

Mar lehnte sich mit der Schulter an einen Felsen und lächelte sie freundlich an.

»Du meinst, Dara hat Arn gefunden«, sagte er.

Alin ging weder auf seine Bemerkung noch auf sein Lächeln ein, sondern kam zu dem zweiten Punkt, den sie mit ihm besprechen wollte: »Ich möchte auch nicht, daß sich Mora einen Mann suchen muß.«

Das freundliche Lächeln verschwand aus Mars Gesicht. »Und warum nicht?«

»Sie hat noch immer Sehnsucht nach dem Jungen, der ihr zu Hause versprochen war.« Alin bemühte sich, überzeugend zu klingen. »Es wäre grausam, wenn sie gezwungen würde, sich jetzt einen anderen Mann zu nehmen.«

Sie stand vor ihm und wartete auf seine Antwort. Er besitzt soviel Kraft, dachte sie. Nicht nur äußerlich, sondern auch in sich selbst.

Es war das erste Mal, daß sie zu ihm als Häuptling sprach.

»Geht es Mora nicht gut?« fragte Mar schließlich.

Alin war von der Frage überrascht. Sie zögerte, überlegte, was die beste Antwort sein würde. Sie entschied sich für die Wahrheit. »Nein«, sagte sie. »Sie und Nial haben sich bei den Frühlingsfeuern im letzten Jahr gepaart. Sie wollten heiraten, aber es mußte erst noch geklärt werden, ob sie nicht zu eng verwandt sind. Nachdem meine Mutter die Erlaubnis gegeben hatte, kamt ihr, und Mora wurde weggeschafft.«

Mar streckte sich. »Wenn sie schon mit einem Mann zusammen war, wird es für sie nicht so schwierig sein, sich einen neuen Mann zu suchen«, sagte er.

Ich habe die falsche Antwort gewählt, dachte Alin.

»Doch«, widersprach sie mit fester Stimme. »Das wird es.«

Seine dicken goldenen Augenbrauen zogen sich in die Höhe. »Ich verstehe dich nicht«, sagte er. »*Du* scheinst noch nicht mal mit der Wimper zu zucken, wenn es darum geht, dir jedesmal, wenn du dich paaren willst, einen anderen Mann zu nehmen. Warum sollte also Mora etwas dagegen haben, sich nur einen zu nehmen?«

Alin spürte Zorn in sich aufsteigen. Ich lasse es nicht zu, daß er mich wütend macht, dachte sie. Das tut er doch absichtlich. Mit kühler Stimme antwortete sie: »Mit mir ist das etwas völlig anderes.«

»Ganz offensichtlich.« Seine Stimme triefte vor Sarkasmus.

Es waren nicht nur die Worte und der Tonfall, sondern der fast verächtliche Ausdruck auf seinem Gesicht, der Alins Vorsatz zum Wanken brachte. »Hör mir zu, Mann des Pferdes«, sagte sie und kniff wütend die Augen zusammen, so daß sie ihn unter den langen dunklen Wimpern hervor anfunkelten. »Wenn du bereit bist, das Kind in Fali zu achten, dann mußt du auch die Liebe achten, die in Mora ist. Wenn ich glauben würde, daß Mora nicht die geringste Chance hätte, Nial jemals wiederzusehen, dann würde ich vielleicht anders sprechen. Aber wenn die Männer meines Stammes uns holen kommen, wird sie ihn wiedersehen, und dann möchte ich nicht, daß er sie mit dem Kind von dem Mann eines anderen Stammes im Bauch wiedertrifft.«

Mars Gesicht war ausdruckslos. Er antwortete nicht.

Alins schmale zarte Nasenlöcher blähten sich auf. »Mora ist nicht Nel, die ihrem Mann den Rücken kehrt, weil die Dinge schlecht für ihn gelaufen sind«, sagte sie. Sie bemühte sich wieder, vernünftig zu sprechen, denn sie wußte, daß sie mit Zorn nichts bei ihm ausrichten würde: »Kein anderes Mädchen vom Hirsch-Clan hat eine Beziehung, wie Mora sie hat. Alle anderen

Mädchen werden einen Mann wählen.« Sie holte tief Luft. »Mar, laß Mora aus dem Spiel.«

Noch immer antwortete er nicht.

Nur mit Mühe konnte Alin an sich halten, um nicht mit dem Fuß aufzustampfen. »Nun?«

»Ich warte noch darauf, daß du mir erzählst, wie böse die Mutter sein wird, wenn ich dir deine Bitte nicht erfülle«, sagte er. »Hast du diesen Teil deiner Rede etwa vergessen?«

»Das ist eine Lästerung«, stieß Alin zwischen den Zähnen hervor.

»Ganz und gar nicht«, erwiderte er mit übertriebener Verwunderung. »Es war ein fester Bestandteil deiner früheren Bitten, so daß ich schon darauf gewartet habe, daß du ihn auch diesmal vorbringst.«

Eine lange Zeit sahen sie sich schweigend an. Sie waren beide sehr wütend.

Schließlich sagte Mar: »Ich kann mit Mora keine Ausnahme machen. Es ist unvernünftig von dir, es von mir zu fordern. Die Männer des Stammes haben viele Monate lang geduldig ausgeharrt. Ich kann ihnen jetzt nicht wieder zwei Frauen vorenthalten, und für Fali ist es wichtiger als für Mora.«

Alin starrte ihn an. Kühl erwiderte er ihren Blick. »Es wird gar nicht so schrecklich für sie sein«, fuhr er fort. »Vielleicht gefällt ihr ja sogar ihr neuer Mann noch besser als der alte.«

Alin hätte ihn am liebsten in sein arrogantes Gesicht geschlagen, aber sie wußte, wie wenig sie damit erreichen würde. Sie starrten sich noch immer an, über die Uneinsichtigkeit des anderen verbittert, als flußabwärts ein lauter Schreckensschrei gellte. Wortlos schoß Mar an Alin vorbei und rannte in die Richtung, aus der der Schrei gekommen war. Alin lief ihm nach, und auch die Männer, die an den Netzen gearbeitet hatten, ließen alles stehen und liegen und folgten ihnen.

Als Alin um die Biegung des Flusses kam, sah sie, wie Bror, der auf dem Uferkies stand, einen Körper auf seine Schultern hob. An der Haarfarbe erkannte Alin, daß es Dale war.

Mar nahm den Jungen von Brors Schultern. »Was ist passiert?« fragte Mar, als er den Körper des Jungen wie ein Baby in die Arme schloß.

»Es war ein Leopard«, sagte Bror.

Dales Kleider waren von Blut durchtränkt.

»Hast du die Kratzwunden aufgeschnitten?« fragte Mar Bror, während er auf Dales blutüberströmte Brust starrte.

»Ja. So schnell ich konnte.«

»Dale.« Mars Stimme klang so sanft, daß Alin die Tränen kamen. »Wie konnte das geschehen?«

Dale schlug die Lider auf. Blaue Augen, dunkel vor Schmerzen, sahen Mar an. »Er war auf einem Baum«, flüsterte Dale mit seltsam tonloser Stimme. »Ich habe ihn nicht gesehen. Bror hat ihn mit dem Speer erlegt.«

»Jetzt bist du in Sicherheit«, sagte Mar wieder mit dieser herzzerreißend sanften Stimme. »Huth wird sich um dich kümmern, Dale. Und Arn. Ich trage dich jetzt zu ihrer Höhle. In Ordnung?«

»Ja«, erwiderte er mit seiner dünnen Stimme. »In Ordnung.«

Alin sah von Dales weißem Gesicht zu Mar und bemerkte die grimmigen Linien um seinen Mund. Wortlos drehte sich Mar um und trug Dale zu dem Weg, der zur ersten Terrasse der Klippenhöhlen führte. Dales Kopf war auf seine Schulter gefallen, sein mondbleiches Haar vermischte sich mit Mars sonnenhellen Locken.

Die Männer hinter Alin begannen miteinander zu reden. Alin drehte sich zu Bror um.

»Die Kratzer sehen schlimm aus«, sagte sie, »aber sie haben nur die Haut abgeschürft.«

»Das genügt oft schon«, erwiderte Bror scharf. »Ich habe sie aufgeschnitten und ausbluten lassen, aber –« Er war selbst überall mit Blut bedeckt, Dales Blut, und jetzt legte er seine blutverschmierten Hände an die Stirn und hinterließ auf der glatten braunen Haut einen rostroten Fleck. »Schon ein einziger Kratzer von einem Leoparden kann einen Menschen an den Rand des Todes bringen. Und Dale hat so viele!«

Schweigen breitete sich zwischen ihnen aus. Sie wußten beide, daß das Gift, das sich unter den Krallen eines Leoparden verbarg, für einen Menschen tödlich sein konnte.

»Aber du warst sofort bei ihm«, sagte Alin. »Du hast die Wunden geöffnet. Vielleicht hatte das Gift keine Zeit, sich auszubreiten.«

»Wir wollen hoffen, daß es so ist«, erwiderte Bror.

Huth tat für Dale, was er konnte. Er weichte die tiefen Kratzer mit Kräuterwasser ein und sprach alle gebotenen Heilungsgebete. Bror ging erschöpft zurück zu der Stelle, an der der tote Leopard lag, und schnitt sein Herz heraus, um es zu begraben und den Gott des Leoparden versöhnlich zu stimmen, auch wenn eines seiner Kinder den Tod gefunden hatte.

Dale war wach, als ihn Elen besuchen kam, und er brachte es sogar fertig, einen kleinen Scherz zu machen – daß er bis zu den Frühlingsfeuern bestimmt wieder gesund sein würde. Aber am nächsten Morgen bekam er Fieber.

Als sich herumsprach, daß Huth eine Reise in die andere Welt angetreten hatte, um dort Hilfe für Dale zu holen, legte sich eine bedrückende Stille über die Höhle der Eingeführten. Wenn der Schamane eine so schwerwiegende Sitzung anberaumte, mußte es um Dale wirklich sehr schlimm stehen.

»Zel hat sich wieder davon erholt«, sagte Cort. Er hatte diese Worte schon den ganzen Tag immer wieder und wieder gesagt, als wären sie ein Talisman.

»Ja«, antworteten die anderen Jungen, wie sie den ganzen Tag darauf geantwortet hatten. »So ist es.«

Was keiner von ihnen erwähnte, war, daß Zel nicht von den Krallen eines Leoparden zerfetzt worden war.

Obwohl Bror eigentlich in die Nirum-Höhle hätte gehen müssen, blieb er den ganzen Tag bei seinen alten Freunden in der Höhle der Eingeführten. Niemals würde er den Augenblick vergessen, in dem der Leopard vom Baum auf Dales Rücken gesprungen war. Immer wieder sah er das Aufblitzen der Wildkatze, die aus dem Schatten der Bäume über ihnen schnellte und ihre mattweißen tödlichen Krallen in Dales Schulter schlug.

»Es war reiner Zufall, daß ich meinen Speer in der rechten Hand hatte«, sagte er zu den anderen. »So brauchte ich ihn nur hochzuheben und zu werfen. Ein paar Sekunden später, und der Leopard hätte Dale in Stücke gerissen.«

Doch weder Brors Schnelligkeit noch Huths Anrufung der Geister halfen: Zwei Tage später starb Dale.

Der Stamm des Pferdes war an den Tod gewöhnt. Trotzdem war Dales Tod ein bitterer Schlag für alle. Er war ein so fröhlicher Junge gewesen, immer zu Späßen aufgelegt und guter Dinge. Sie würden ihn sehr vermissen.

Sein Bruder Arn trauerte um ihn. Elen, das Mädchen, das er geliebt hatte, trauerte um ihn. Seine Kameraden aus der Höhle der Eingeführten trauerten um ihn. Aber am meisten trauerte Cort um ihn.

An dem Tag, an dem sie Dale begruben, war der Himmel grau und wolkenverhangen. In den Tiefen einer nahegelegenen Höhle, in der schon andere vom Stamm begraben waren, hatten die Männer mit scharfkantigen Holzschaufeln und Hacken aus Geweihen ein Grab geschaufelt.

Huth und Arn zogen Dale für seine Beerdigung an. Sie kleideten ihn in seine besten Sachen und legten seine Schmuckstücke mitsamt den Geschenken, die er von seinen Freunden bekam, obendrauf. So wurde Dale mit Ketten und Armbändern aus durchstochenen Muscheln, mit Hirschzähnen, Fischgräten und Elfenbeinkugeln zu seinem Grab getragen. Das Kopfband, das er trug, war mit kleinen Knochenscheiben verziert, und um seine Taille war ein Gürtel mit goldenen Muscheln geschlungen. Die Männer des Stammes betteten ihn auf den Rücken, und an seine Seite legten sie seinen Speer und seinen Wurfspieß mit Roms besten Flintpfeilköpfen. Dale würde in der schönsten Ausstattung, die ihm sein Stamm geben konnte, in die andere Welt reisen. Rund um seinen Körper legten sie Beerdigungsgaben, Fleisch und Hirschblasen, die mit frischem Wasser gefüllt waren, damit er nicht hungrig und durstig auf seine Reise ging.

Nachdem all dies geschehen war, nahm Huth eine Schaufel mit Ocker und markierte unter den bekümmerten Augen des ganzen Stammes eine Linie um das Grab. Anschließend bedeckte er Dales Körper mit dem rotbraunen Ton, das Symbol für Blut, damit der Leichnam und die Grabgeschenke in der anderen Welt, in die Dales Geist nun wanderte, erhalten blieben und weiterlebten.

Anschließend legten Dales Freunde eine Schicht Steine rund um und auf das Grab, damit Dales Körper vor räuberischen Tieren geschützt war. Danach füllten sie den Rest des Grabes mit Erde auf.

Die heitere Stimmung, die nach der erfolgreichen Zeremonie des Großen Pferdes und in Erwartung der bevorstehenden Frühlingsfeuer im Stamm geherrscht hatte, war durch Dales Tod getrübt. In den Höhlen und Behausungen des Stammes herrschte tiefe Trauer. Auch bei den Mädchen vom Hirsch-Clan. Sie alle hatten Dale gern gehabt.

Am Nachmittag von Dales Beerdigung sagte Elen plötzlich: »Ich gehe ein Stückchen den Fluß hinauf.«

»Möchtest du Gesellschaft?« fragte Alin.

Elen schüttelte den Kopf.

»Nimm einen Hund mit«, bat Alin sie und machte den anderen Mädchen ein Zeichen, Elen gehen zu lassen.

Mar und Tane sahen Elens rotgoldenen Haarschopf, wie sie mit einem Hund auf den Fersen den Klippenweg verließ und langsam über das Ufer ging.

»Sollte sie nicht jemand begleiten?« fragte Tane.

Mar schüttelte den Kopf. »Laß sie. Bei Roc ist sie in Sicherheit. Ich glaube, sie möchte jetzt allein sein.«

Tane nickte. Dann seufzte er. »Seit dem Jahr vor unserer Weihe haben wir keinen Mann mehr an einen Leoparden verloren.«

»Ja. Vielleicht sind wir allzu sorglos geworden. Wenn Blätter auf den Bäumen sind, kann man sie nur schwer erkennen, aber zu dieser Jahreszeit – Dale hätte ihn rechtzeitig sehen müssen.«

»Ich glaube, seine Gedanken waren woanders«, sagte Tane, während er dem Mädchen nachblickte, das sich am Ufer entfernte.

»Ja«, sagte Mar. »So ist es.«

Elen ging langsam, ihre Augen waren auf die Kieselsteine vor ihren Füßen gerichtet. Der Himmel war so grau wie am Morgen. Elen fühlte sich genauso trüb und leer wie die Welt um sie herum.

Dale, dachte sie schmerzerfüllt. Sie konnte nicht glauben, daß sie dieses schalkhafte Lächeln nun nie wieder sehen würde, diesen silberblonden Wuschelkopf – *Dale*, dachte sie, ich werde dich so vermissen.

Als sie um die Biegung des Flusses kam, erblickte sie auf dem großen Felsblock einen Jungen. Er hatte ihr den Rücken zugewandt, sein Kopf war nach vorn gebeugt, seine Schultern zitterten. Es war Cort.

Elen blieb stehen. Der Hund tat es ihr gleich.

Würde es Cort helfen, wenn sie jetzt zu ihm ging? Oder würde es für ihn alles nur noch schlimmer machen?

Bevor sich Elen entscheiden konnte, hob Cort den Kopf und drehte sich um. Sie hatte kein Geräusch gemacht, das wußte sie, aber die Männer vom Stamm des Pferdes besaßen alle das übersensible Gehör eines Jägers.

Sie trat auf ihn zu. Corts Gesicht war von Tränen überströmt, die er gar nicht zu verbergen versuchte. »Ach, Cort«, sagte Elen voller Mitgefühl. »Es tut mir ja so leid.«

»Ich werde ihn so vermissen«, sagte Cort schluchzend. Seine warmen braunen Augen waren vom Kummer gezeichnet. »Sogar dich würde ich aufgeben, Elen, wenn ich ihn nur wieder zurückbekäme!« brach es aus ihm heraus.

Elen war klug genug, nicht gekränkt zu sein. »Ich weiß«, sagte sie traurig. »Ich vermisse ihn auch.« Und als Corts Mund zu zittern begann, ging sie einen Schritt nach vorn und streckte die Arme aus.

Cort umfaßte ihre Taille und drückte sie fest an sich. Er legte sein nasses Gesicht an Elens Brust, als könnte er sich dort vor den Qualen, die ihm der Verlust seines Freundes bereitete, verstecken. Und er zitterte am ganzen Körper.

Elen hielt ihn sanft fest und legte ihre Wange an sein weiches Haar. Ein starkes, fürsorgliches, fast mütterliches Gefühl wallte in ihr auf. Armer Junge, dachte sie und zog ihn fester an sich. Das Bild von Dales Gesicht erschien vor ihrem geistigen Auge: das mondbleiche Haar, die kristallblauen Augen, das schelmenhafte Lächeln.

Dale war ein so lieber Junge gewesen. Aber sie hatte vorgehabt, Cort zu wählen.

Genau wie Alin, war auch Elen fest davon überzeugt, daß Lana kommen würde, um ihre Kinder zurückzuholen. Und Dale wäre ihr nie zum Hirsch-Clan gefolgt. Seine Seele war viel zu sehr mit seinem eigenen Volk verbunden, als daß er fähig gewesen wäre, es zu verlassen.

Cort würde ihr folgen. Das war der Grund, warum sich Elen schon vor Dales Tod für Cort entschieden hatte. Und als sie ihn jetzt so fest in den Armen hielt, traf sie diese Entscheidung noch einmal.

Wenn es Zeit war, einen Mann zu wählen, würde sie Cort nehmen. Und wenn es Zeit war, wieder nach Hause zurückzukehren, würde sie ihren Mann mitnehmen.

25

Vor den Paarungen der Frühlingsfeuer sollte es keine Hochzeiten geben, so schrieb es der Brauch des Hirsch-Clans vor.

»Wie soll eine Frau wissen, ob sie den Mann auch mag, wenn sie noch nicht mit ihm zusammen war?« fragte Alin, als sie merkte, daß Mar glaubte, zuerst würde die Hochzeit gefeiert. Sie hatte gerade mit einigen Mädchen das Bogenschießen auf eine gespannte Tierhaut geübt, als Mar aufgetaucht war, um mit ihr zu reden.

»Willst du damit sagen, daß die Frau den Mann nicht nimmt, wenn er ihr bei der Paarung nicht gefällt?«

»Das gilt für beide Teile«, erwiderte Alin noch sachlicher als vorher. »Der Mann kann es sich auch noch mal überlegen.«

Mar blickte sie ungläubig an. Dann zuckte er die Achseln. »Ich glaube nicht, daß ihr an den Männern vom Stamm des Pferdes etwas auszusetzen haben werdet, aber wenn ihr es unbedingt wollt –« Er zog die Stirn in Falten. »Allerdings kann ich mir nicht denken, daß die Frauen von meinem Stamm diese Art der Regelung gutheißen.«

»Sie halten diese Art der Regelung für eine ausgezeichnete Idee«, erwiderte Alin und nahm sich zusammen, um über sein erstauntes Gesicht nicht in Lachen auszubrechen.

»Tatsächlich?«

»Tatsächlich.«

»Aber wenn sie nun ein Kind kriegen und keinen Mann haben, wer soll dann für sie sorgen, wer gibt ihnen ein Zuhause, wer geht für sie auf die Jagd?«

Alin merkte, daß er nicht aus Überheblichkeit fragte, sondern aus aufrichtiger Sorge.

»Mar! Bei den vielen Männern in eurem Stamm wird wohl keine Frau Probleme haben, einen Mann zu finden.«

Hinter den Bäumen, wo die Mädchen übten, hörte Alin einen triumphierenden Aufschrei. Jemand hatte einen besonders guten Schuß getan.

Mar fuhr sich mit der Hand durch das dichte Haar über seiner Stirn. »Es stimmt, daß die Mädchen vom Hirsch-Clan keine Mühe haben werden, einen Mann zu finden, aber für die Frauen vom Stamm des Pferdes ist die Auswahl nicht so groß. Sie müssen an den Verwandtschaftsgrad denken. Viele Männer im Stamm kommen für sie erst gar nicht in Frage, weil sie mit ihnen zu eng verwandt sind. Und eine Frau, die ein Kind kriegt, ist nur schwer zu tauschen.«

Beide schwiegen.

Schließlich sagte Alin: »Wie mir scheint, jagen die Männer vom Stamm des Pferdes immer für den ganzen Stamm, nicht nur für ihre eigene Familie. Du willst doch wohl nicht sagen, daß eine Frau, die nicht selbst jagen kann und keinen Mann hat, der für sie auf die Jagd geht, bei euch verhungern muß?«

»Natürlich nicht!«

»Also, wo liegt dann das Problem?«

Mar stieß die Luft durch die Nase aus. »Ich weiß nicht. Es ist nur – irgendwie anders. Ich fühle mich nicht ganz wohl dabei.«

Noch vor zwei Monden hätte ihn Alin angefahren, hätte sich darüber ausgelassen, daß er die Frauen als einen Besitz von Männern betrachtet. Aber inzwischen kannte sie ihn besser.

»Keine Frau in diesem Stamm wird ohne Schutz sein, solange du der Häuptling bist«, sagte sie und sah in seine besorgten blauen Augen. »Aber es ist für beide, den Mann und die Frau, auch nicht gut, wenn der eine den anderen nicht leiden kann. Unzufriedenheit schafft Probleme.«

Er dachte eine Weile nach. Dann sagte er: »Die Männer im Stamm werden sagen, daß ich den Frauen die Herrschaft über die Männer überlasse.«

Alin stieß einen Ton der Verwunderung aus. »Aber damit will ich doch nur sagen, daß keiner von beiden über den anderen herrschen soll.« Sie schob den Bogen auf ihrer Schulter etwas weiter nach hinten. Dabei kam ihr ein Gedanke. »Eine Ehe sollte wie eine Jagdfreundschaft sein. Bei der Jagd klappt doch auch alles viel besser, wenn jeder mit jedem harmonisiert und nicht ständig versucht wird, dem anderen seinen eigenen Willen aufzuzwingen. Findest du nicht?«

Er machte die typische Kopfbewegung. »Aber einer muß immer der Führende sein«, entgegnete er.

»Ja.« Ihre feinen wohlgeformten Augenbrauen gingen ein wenig in die Höhe. »Aber was ist ein guter Führer? Hat er die Führung, weil ihn seine Männer fürchten? Oder hat er die Führung, weil sie ihn lieben und Vertrauen zu ihm haben?«

Wieder sahen sie sich an. Mar verzog belustigt den Mund. »Du kannst wirklich gut mit Wörtern umgehen, Alin.«

Sie lächelte zurück. »Das kommt, weil ich auch gut denken kann.«

Seine blauen Augen glitzerten.

»Ich muß dich etwas fragen, Mar«, sagte Alin schnell. »Es ist wegen Lian.«

Sein Gesicht wurde sofort wieder ernst. »Was ist mit Lian?«

»Wäre es möglich, daß sie bei den Frühlingsfeuern mit den anderen Frauen ihre Wahl trifft?«

Er runzelte die Stirn. »Das Gesetz sagt, daß sie ein Jahr braucht, um wieder rein zu sein.«

»Es ist schon fast ein Jahr um«, sagte Alin. »Und die Männer vom Stamm des Pferdes brauchen Frauen.«

Mars Stirn glättete sich, und er dachte lange nach.

Schließlich sagte er langsam: »Ich hätte nichts dagegen einzuwenden. Aber letztlich muß das Huth entscheiden.«

»Dann werde ich mit Huth sprechen.«

»Hat Lian dich gebeten, für sie zu sprechen?« fragte Mar.

»Ja.«

»Würdest du ihr dann bitte sagen, daß sie sich, falls Huth ihrer Bitte nachgibt, nicht mich aussuchen soll.« Er schien unangenehm berührt. »Ich werde Lian nicht zur Frau nehmen, aber ich möchte ihr die Demütigung ersparen, es ihr direkt ins Gesicht zu sagen.«

Diesmal konnte Alin es nicht verhindern, daß sich um ihren Mund ein Lächeln ausbreitete. »Ich werde es ihr sagen«, versprach sie.

Mar hatte das Lächeln bemerkt. »Wenn eine Frau für einen Mann ähnliche Gefühle hat wie ich für Lian«, sagte er und seine gute Laune schien zurückgekehrt, »dann verstehe ich, was du vorhin über eine solche Ehe gesagt hast, daß sie für beide Teile nichts Gutes verspricht.« Er schüttelte den Kopf. »Ich kann sie nicht ansehen, ohne an den Tod zu denken.«

»Mar –« Das Lächeln war aus Alins Gesicht verschwunden. Sie sah ihn mit großen ernsten Augen an.

»Ja?«

»Du weißt, daß ich dich nicht heiraten kann. Das habe ich dir schon gesagt.«

»Ich wußte gar nicht, daß du es dir aussuchen kannst«, erwiderte er.

Sein arroganter Ton konnte ihr nichts anhaben. »Nein«, sagte sie. »Ich kann es mir nicht aussuchen. Ich wurde als einzige Tochter der Herrin geboren. Ich wurde der Mutter versprochen. Kein Mann kann mit mir verheiratet sein. Das wurde schon vor langer Zeit beschlossen.« Ihre Stimme war ruhig. »Ich werde mit dir bei den Frühlingsfeuern zusammensein. Ich werde mit dir zur Fortpflanzung deines Stammes die heilige Hochzeit vollziehen. Aber ich kann dich nicht heiraten.«

Er sah forschend in ihr Gesicht. »Du wirst nicht die Worte der Verbindung mit mir sprechen«, sagte er schließlich. »Das verstehe ich. Aber wirst du nach den Frühlingsfeuern weiter mit mir zusammensein und mit mir das Lager teilen? Du hast mir selbst erzählt, daß deine Mutter auch Männer hat. Warum kann es bei dir nicht genauso sein?«

Die erste Frühlingssonne schien durch die kahlen Bäume und zog goldene Strähnen in sein Haar. Wie er dort vor ihr stand, kam er ihr vor wie die Verkörperung des Himmelsgottes, der die lebenspendende Wärme und das Licht der Sonne ausstrahlte.

»Alin?« sagte er mit weicher Stimme und trat dichter an sie heran. Er legte die Arme um sie und verschränkte die Hände hinter ihrem schmalen Rücken. Sie legte die Wange an seine Brust und schloß die Augen. Das Klopfen seines Herzens war der Pulsschlag, der der Erde Licht und Leben gab. Er barg mehr Wärme und Stärke und Frieden in sich, als sie je bei einem anderen Mann gefunden hatte.

Genau das gleiche mußte die Mutter empfunden haben, als sie sich mit dem Himmelsgott paarte, um die Welt zu erschaffen.

Es ist richtig, daß ich die heilige Hochzeit mit ihm vollziehe, dachte Alin. Er war ein wahrer Sohn des Himmelsgottes und sie eine wahre Tochter der Erdmutter. Zusammen würden sie ein mächtiges Ritual durchführen.

»Alin«, sagte er wieder, diesmal in einem etwas anderen Ton. Sie hob das Gesicht und sah zu ihm auf. Er schob den Bogen von ihrer Schulter, der ihm im Weg war, beugte den Kopf und küßte sie. Mit seiner Zunge öffnete er ihre Lippen und ließ seinen warmen süßen Atem in sie hineinströmen. Wie Sonnenlicht.

Nach einer Weile löste er sich von ihr. »Nun?« fragte er und lächelte. Ihre Antwort kannte er schon.

»Ja. Ich werde mit dir zusammensein, Mar.« Und dann, nach einer kurzen Pause, fügte sie hinzu: »Bis meine Mutter mich holen kommt.«

Frühlingsfeuer! Frühlingsfeuer!

Der Mond des Großen Pferdes verschwand hinter dem Rand der Erde. Nach drei langen Tagen zog, mit atemloser Spannung erwartet, vor den Augen des ganzen Stammes eine kleine silberne Sichel im Westen herauf.

Der Mond des Lachses, der Mond der Frühlingsfeuer.

Jedes Mädchen hatte sich schon einen Mann ausgesucht und dem Stamm seinen Namen während der Mondfinsternis verkündet.

Die Entscheidungen brachten wenig Überraschungen. Elen hatte Cort für sich gewählt. Nel, Altans frühere Frau, Finn, und Lian hatte sich für Baird entschieden. Mora, die ebenfalls jemanden wählen mußte, hatte Bror genommen. Das waren all jene, über die man sich noch nicht einig gewesen war. Alle anderen Mädchen hatten, wie man es von ihnen erwartet hatte, gewählt – mit Ausnahme von Fali, die von der Wahl entbunden war.

Die Zeremonie der Frühlingsfeuer sollte in einer großen Höhle stattfinden, die den Fluß hinunter, ein ganzes Stück von den Klippenwohnungen des Stammes entfernt, lag. Alin und auch Huth hatten sich dagegen ausgesprochen, die heilige Höhle des Pferdestammes zu diesem Zweck zu verwenden. Auch wenn sie vor langer Zeit den Fruchtbarkeitsritualen gedient hatte, so war sie jetzt einzig und allein den männlichen Göttern geweiht. Alin aber wollte einen Ort, der nur der Mutter gehörte. Nachdem sie die große Höhle am Fluß gesehen hatte, mit einem großen freien Platz davor und mehreren kleinen Hallen im Inneren, hatte sie bestimmt, daß sie für ihre Zwecke besser geeignet war.

Während des vergangenen Mondes hatte Jes Bilder an die Wände dieser Höhle gemalt.

Dabei hatte sie darauf geachtet, die alten Fruchtbarkeitssymbole darzustellen, die mit den Riten der Mutter in Verbindung standen: das Dreieck für die Vulva, die lange Schleife für den Phallus, die Zeichen für die Schwangerschaft.

In der Innenhalle dieser neuen Höhle gab es keine Abbildungen von sich paarenden Hirschen wie in der Höhle zu Hause. Alin hatte Jes gebeten, etwas an die Wände zu malen, das ihnen entsprach.

Jes hatte ein glattes Stück Kalkwand ausgesucht und das Bild einer Frau darauf gezeichnet, die sich offenbar im letzten Stadium der Schwangerschaft befand. Die Frau lag auf dem Rücken und sah nach oben. Über ihr ragte ein Hengst auf, dessen Phallus deutlich hervorgehoben war. Die Frau hatte kein Gesicht, aber ihre erhobenen Hände machten deutlich, daß sie die Muttergöttin war. Der große Hengst über ihrem gewölbten Bauch war der Pferdegott, das Totem des Stammes, für den das Fruchtbarkeitsritual der Frühlingsfeuer vollzogen wurde.

Die Stämme der Sippe hatten den Zusammenhang zwischen

der Paarung von Mann und Frau und der Schwangerschaft schon seit langem erkannt. Viele Jahrhunderte lang hatten sie beobachtet, wie sich die Tiere im Spätsommer oder im frühen Herbst paarten, und die Geburt der Füllen und Fohlen und Kälber im späten Frühling und frühen Sommer miterlebt. Mann und Frau, Phallus und Vulva – sie brachten Leben hervor. Leben für den Stamm, Leben für die Herden, Leben für die Welt der Menschen.

Frühlingsfeuer.

Die Zeremonie begann an dem Tag, nachdem der neue Mond zum ersten Mal zu sehen gewesen war. Die unverheirateten Frauen beider Stämme gingen zu der neu geweihten Höhle, um die Rituale der Vorbereitung zu vollziehen. Durch einen schmalen, aber relativ kurzen Gang gelangte man in die Innenkammer, in der Jes das Bild von der Erdmutter und dem Pferdegott gemalt hatte. Als die Frauen das prächtige Bild erblickten, waren sie vor Ehrfurcht und Staunen darüber fast so starr wie beim Anblick der Hirschstatuen in der Höhle des Hirsch-Clans.

Die Frauen vom Stamm des Pferdes, die zum ersten Mal bei dieser Zeremonie dabei waren, taten, was die Mädchen vom Hirsch-Clan ihnen vormachten, und führten den Tanz der trommelnden Fersen mit zunehmender Sicherheit und Ungezwungenheit auf. Dann kochten die Mädchen auf dem Felsvorsprung, der von der Höhle hinunter zum Fluß führte, ihr Abendessen und breiteten ihre Schlafrollen vor der ersten Halle der Höhle aus, um dort die Nacht zu verbringen.

Alin wurde vom Gesang eines Vogels geweckt, der sie aus den Tiefen des Schlafs in die Welt des anbrechenden Tages zurückholte. Als sie die Augen aufschlug, blickte sie direkt in das neblige morgendliche Grau des Himmels und sah den Falken, der hoch über ihr seine Kreise zog.

Alin blieb ganz ruhig auf dem Rücken liegen und dachte darüber nach, was für ein Tag es war. So einen Tag hatte es schon einmal gegeben, aber damals war die Stille des Morgens von dem Lärm der Männer und Hunde gestört worden, die aus dem Wald gekommen und über sie hergefallen waren.

An diesem Morgen fand keine solche Entweihung statt. An diesem Morgen war nur der Falke da, der in dem aufklarenden Himmel seine Kreise zog und schrie. Alin lag still in ihrer Schlafrolle, die Arme hinter dem Kopf verschränkt, und beobachtete den Falken. Ein gutes Omen, dachte sie. Dann hörte sie, wie sich Jes neben ihr bewegte.

Der Tag begann. Der Tag, an dem sie mit Mar die heilige Hochzeit vollziehen würde.

Nach dem Frühstück wuschen sich die Mädchen im Fluß. Das Wasser war eiskalt, aber das rituelle Waschen war Teil der Zeremonie. Also bissen sie die Zähne zusammen und bespritzten sich mutig weiter.

Als nächstes legten sie das Holz für die sieben kleinen Feuer aus – die Lebenskraft des Rituals. Die Feuer wurden in der äußeren Halle der Höhle so angeordnet, daß sie das weibliche Symbol des Dreiecks bildeten.

Kurz nach Mittag trafen die Männer vom Stamm des Pferdes in Begleitung der verheirateten Frauen ein.

Als sich Mar unter den Mädchen umsah, die vor dem Höhleneingang warteten, bemerkte er sofort, daß Alin nicht dabei war. Auch Jes fehlte. Er wollte schon Elen fragen, hielt sich dann aber zurück. Besser, er wartete und sah, was kam.

Nur diejenigen Männer des Stammes waren zur Höhle gekommen, die die Frauen für sich ausgesucht hatten. Denn da es mehr Männer als Frauen gab, würde am Ende der Zeremonie eine ganze Reihe Männer ohne eine Frau sein.

»Das könnte Schwierigkeiten geben«, hatte Alin Mar offen erklärt. »Die Trommeln und Flöten der Frühlingsfeuer bringen das Blut zum Wallen. Und wenn all diese Männer unbefriedigt übrigbleiben –« Sie hatte den Kopf geschüttelt.

Folglich hatte Mar seinem Stamm gesagt, daß bei dem Ritual nur diejenigen Männer dabeisein sollten, die von den Frauen ausgesucht worden waren, und obwohl es unter den Ausgesperrten ein allgemeines unzufriedenes Gemurmel gegeben hatte, war er überzeugt, daß dieses Gemurmel wahrscheinlich ungefährlicher war als die Alternative. Und im übrigen waren die Männer, die nicht gewählt worden waren, dieser Tage sowieso nicht gerade glücklich.

Wenn einige Nirum beschließen sollten, uns zu verlassen, werde ich sie nicht aufhalten, dachte Mar, als er sich mit den anderen Männern vor die Höhle setzte und langsam auf den Kräutern kaute, die es zum Renfleisch gab. Eine große Anzahl Männer, die keine Frau haben, trägt nicht gerade zum harmonischen Zusammenleben innerhalb des Stammes bei.

Als sie fertig gegessen hatten, verschwanden die Mädchen in der Höhle. Die Feuer wurden angezündet, und nach einer Weile ertönte der hohe schrille Ton einer Flöte aus Vogelknochen. Dann erschien Elen im Höhleneingang und forderte sie auf, hereinzukommen.

Die Männer und die verheirateten Frauen betraten staunend die Höhle. Im Inneren begannen die Mädchen vom Hirsch-Clan und die drei unverheirateten Frauen vom Stamm des Pferdes um das Feuer zu tanzen. Die Mädchen trugen glockenförmige Röcke, die bis knapp über ihre Knie reichten, und Halsketten aus Muschelschalen. Sonst waren sie nackt. Das Haar floß ihnen lose über Schultern und Rücken. Mar kauerte am Boden, lehnte den Rücken an die Höhlenwand und schaute den Mädchen zu, die sich zwischen den Feuern hin und her bewegten.

Elen stimmte ein Lied an, und die anderen Mädchen sangen mit. Noch immer keine Spur von Alin. Oder von Jes. Elen führte die Tänzerinnen an, ihr Haar war so rot wie die Flammen des Feuers, und Sana und Iva spielten auf ihren Flöten.

Mar blickte bewundernd zu Elen, die mit komplizierten Tanzschritten zwischen den Flammen dahinglitt. Voller Wohlgefallen betrachtete er ihre Brüste: fest und perlenweiß, mit rosig gefärbten Spitzen.

Armer Dale, dachte er und verspürte plötzlich einen dumpfen Schmerz.

Die Töne der Flöten wurden immer höher. Auch der Gesang der Tänzerinnen wurde immer höher, während sie sich mehr und mehr den Flammen näherten. Mars Kopf fühlte sich leicht an, und er spürte den Gesang in seinem Blut.

Wo war Alin?

Der Rauch von den Feuern legte sich über die ganze Höhle, und die Luft war warm. Mar kniff die Augen zusammen, bemühte sich, klarer zu sehen. Plötzlich stand Jes vor ihm.

»Komm«, befahl sie. Ihr Gesicht und ihre Stimme waren ausdruckslos.

Gehorsam stand Mar auf und folgte ihr in den Gang, der die äußere Halle der Höhle mit der inneren verband. Sie betraten aber nicht den nächsten Raum, sondern blieben im Gang stehen. Mar sah, daß seine Häuptlingskleider auf einem Büffelfell am Boden bereitlagen.

Fragend sah er Jes an.

»Du mußt sie anziehen«, sagte sie.

»Über meine anderen Sachen?«

Jes schüttelte den Kopf. Sie selbst trug wie die anderen Mädchen einen Glockenrock, und ihre Brüste und Füße und Beine waren nackt. Er fand, daß sie sehr hübsch aussah. »Du bist der Gott«, sagte sie mit ausdrucksloser Miene.

Mar nickte. Seit seiner Jünglingsweihe hatte er bei Stammesritualen nackt getanzt, so daß es ihm nicht fremd war. Schnell streifte er seine Kleider ab, befestigte den Umhang aus Pferdehaut über seinen breiten Schultern, schlang den Gürtel mit dem daran herunterhängenden Schweif um seine Hüften, legte die Schmuckstücke an. Zuletzt nahm er den großen Kopfschmuck mit der Hengstmähne, die seine blonden Haare verdeckte.

»Ich bin bereit«, sagte er zu Jes.

Die Mädchen stießen einen Schrei aus, als sie ihn durch den Gang kommen sahen. Elen verließ den Tanzboden und trat ihm entgegen. Sie nahm seine Hand und führte ihn zum Tanz.

Jes setzte sich neben Sana und Iva und ergriff eine Trommel.

Die Mädchen fingen wieder zu tanzen an, aber jetzt waren neben Mar auch jene Männer und Frauen zu ihnen auf die Tanzfläche gekommen, die bis dahin an der Wand gesessen hatten. Die Musik der Flöten, hypnotisierende, hohe, vogelgleiche Töne, zog die Tänzer in ihren Bann, und der Schlag der Trommeln trieb sie immer schneller voran.

Plötzlich tauchte in dem gewölbten Gang, der zur Innenhalle führte, die Gestalt eines Mädchens auf. Es trug den gleichen glockenförmigen Rock, den auch die anderen Mädchen trugen, aber auf sein Gesicht und seine nackten Brüste waren mit rotbraunem Ocker Zeichen gemalt. Ihr Haar lag offen und reichte bis zur Taille, und um die Stirn war ein mit weißen Muschelschalen besetztes Kopfband aus Leder gewunden. An Knöcheln und Armen trug es Ketten aus den gleichen Muschelschalen wie am Kopfband.

Für einen kurzen Augenblick wurde es still in der Höhle. Alle starrten atemlos und ehrfürchtig zu dem Mädchen. Die Musik verstummte. Schweigen breitete sich aus.

Die Erdmutter war unter ihnen.

Das Mädchen ging bis nach vorn in den Feuerschein. Mar

blieb an seinem Platz und sah es an. Das Mädchen kam auf ihn zu.

Die anderen Tänzer wichen bis an die Höhlenwände zurück, so daß der dreieckige Platz zwischen den Feuern plötzlich leer war – außer der Stelle, an der Mar stand.

Das Mädchen stand jetzt vor ihm, und aus dem Gesicht der Göttin sahen ihn Alins Augen an.

Dann begannen die Flöten wieder zu spielen, in einem hohen fiebrigen Ton, der Mar bis unter die Haut drang und sich in seinem Blut ausbreitete. Dann folgte das Schlagen der Trommeln.

Alin begann zu tanzen, und er folgte ihr.

Für die Zuschauer hinter den Feuern waren die beiden Tänzer mehr als nur Menschen. Vor ihnen, vor den Augen des Stammes, fand der Paarungstanz statt, der den Anfang der Welt verkündete. Die Mädchen vom Hirsch-Clan hatten ihn früher schon gesehen und waren trotzdem über seine Macht erstaunt. Die Männer und Frauen vom Stamm des Pferdes waren von unbeschreiblicher Ehrfurcht ergriffen.

Obwohl Mar diesen Tanz noch nie zuvor gesehen und schon gar nicht daran teilgenommen hatte, tanzte er ihn mit absoluter Vollkommenheit. Er trug die Hengstmähne des Pferdegottes, aber nun war er der Himmelsgott. Niemand, der ihn sah, hätte es bezweifelt. Der Himmelsgott, der die Welt erschaffen hatte. Und Alin war die Große Göttin, die Erde selbst, die Mutter von allem, was lebte.

Jes ergriff Tanes Hand und zog ihn hinter sich her zu dem Platz zwischen den Feuern. Dann folgten Elen und Cort und Dara und Arn und all die anderen.

Die Körper wirbelten herum und zuckten in einem immer wilderen Taumel sexueller Leidenschaft. Dann, ganz plötzlich, war Alin verschwunden.

Schwer atmend suchte Mar sie zwischen den Tänzern. Das Blut pochte in seinen Adern. Sein Phallus war hoch aufgerichtet.

Wo war Alin?

Die Musik verstummte. Und auch der hohe Gesang, der die Musik begleitet hatte, verstummte. Die Tänzer standen erregt und keuchend da, auf ihrer nackten Haut glänzten Schweißperlen.

»Es wird Zeit, die Feuer zu löschen«, sagte eine weibliche Stimme, die aber nicht Alins Stimme war.

Die Mädchen liefen zu den Feuern und löschten die Flammen mit Wasser. Die Männer standen hoch aufgerichtet, in voller Potenz. Warteten.

Dann, auf ein Zeichen, das Mar nicht sehen konnte, verließen alle die Höhle. Draußen hüllten sich die Mädchen in ihre Pelze, um ihre Nacktheit zu bedecken. Dann gingen sie paarweise und eng umschlungen zurück zum Fluß und zu den Felsenhöhlen, um ihre Lager aufzusuchen.

Jes und Tane verließen die Höhle.

»Dort drinnen«, sagte Jes zu Mar, als sie an ihm vorbei zum Eingang ging. Er sah den beiden einen Augenblick lang nach.

Dann drehte er sich um und ging in die Halle.

An der Öffnung zum Gang brannte ein kleines Feuer. Und die Halle war von Steinlampen schwach erhellt. Sofort sah Mar das Lager; ein Haufen Büffelhäute in der Mitte des Raumes.

Aber Alin war nicht dort. Sie stand an der Wand und drehte den Kopf zu ihm, als er hereinkam. »Komm«, sagte sie, »und schau.«

Mar trat auf sie zu.

Alin stand ganz still und blickte ihm entgegen. In dem flackernden Licht des Feuers und der Lampen kam er ihr riesengroß vor. Sein Schatten bedeckte die halbe Breite des Bodens.

Das ist der Himmelsgott, der zu mir kommt, dachte Alin und nahm die große schwarze Krone der Hengstmähne in sich auf, den aufgerichteten Phallus, die Augen, die vor Verlangen brannten. Der Himmelsgott. Nicht Mar.

Dieser Gedanke vermittelte ihr ein starkes Gefühl von Sicherheit.

Jetzt stand er vor ihr. Sie drehte sich um und deutete schweigend auf das Bild an der Wand, das Jes gemalt hatte. Sie hörte, wie er den Atem anhielt, als er die schwangere Göttin mit dem großen potenten Hengst sah, der hoch über ihr stand.

Alin nickte zufrieden und sah ihn wieder an. Seine Augen unter der großen schwarzen Pferdemähne glitzerten. Sie wollte etwas sagen, aber er überraschte sie, indem er sich zu ihr hinunterbeugte und sie mit den Armen hochhob. Er hielt sie so leicht, als wäre sie ein Kind, und trug sie zu den Büffelfellen, die ihr Lager sein sollten.

Alin öffnete den Mund, um seinen Namen zu sagen, schloß ihn aber wieder.

Es war nicht Mar.

Ohne sie loszulassen, kniete er sich hin und legte sie nach hinten auf die weichen Felle. Seine Schultern über ihr waren so breit, daß sie ihr die Sicht auf den Raum versperrten. Dann hob er die Hand, um die Pferdemähne von seinem Kopf zu nehmen, so daß sein feuchtes blondes Haar im Schein der Lampen und des Feuers glänzte.

Er ließ den Kopfschmuck neben sich auf den Boden fallen und schüttelte ein paarmal sein Haupt, wie um wieder klar denken zu können.

Aber Alin wollte gar nicht, daß er wieder Mar war. Sie wollte ihn leidenschaftlich, unpersönlich, gottgleich.

Sie hob die Hand und legte ihre Finger auf seinen nackten Arm. Seine Haut war sehr warm. Sie umschloß mit der Hand den Arm, der so hart wie Stein war, und zog Mar zu sich auf das Lager.

Ganz kurz wehrte er sich dagegen, hob die Hand, um den Umhang von seinen Schultern zu ziehen. Dann lag er bei ihr auf den Büffelfellen. Eine Hand hatte sich um Alins mit Ocker angemalte Brust geschlossen, die andere strich über die weiche Rundung ihrer Hüfte. Er beugte den Kopf zu ihr.

Alin streckte die Arme aus, umfaßte seine Schultern, fühlte die festen Muskeln unter ihren Händen. Mar zitterte.

Sein Kuß war schmerzhaft hart.

Schließlich riß er sich von ihr los und sah an ihr herunter. Seine Augen waren schmale blauschwarze Schlitze. Er atmete schwer.

Alin streckte sich ihm entgegen, schob ihr Becken hoch.

Augenblicklich fuhr er mit seiner Hand unter ihren Rock.

Alin fühlte, wie er sie berührte, und sie spürte, wie ihr Körper darauf reagierte. Ja, dachte sie triumphierend. So ist es richtig.

Als er sich zwischen ihre Knie schob, war sie bereit. Er zog sie näher zu sich, hob sie hoch, und dann war er bei ihr.

Sie fühlte, wie er innehielt, wie er zögerte, als er an die Schranke ihrer Unberührtheit stieß. Sie grub ihre Fingernägel in seine Schultern, drängte ihn, nicht aufzuhören. Plötzlich zog er sich ein wenig zurück. Dann stieß er zu.

Der Schmerz füllte sie aus, aber sie wollte diesen Schmerz und zuckte nicht davor zurück.

Immer wieder und wieder stieß er in sie hinein. Sie legte die Hände auf seine starken Schultern und hielt sich daran fest, gefangen in dem unwiderstehlichen mächtigen Zeugungsakt.

Ja, dachte sie. So wird es gemacht, so gelangt das Leben in den Schoß: Leben für den Stamm, Leben für die Herden, Leben für die Welt der Menschen.

26

In jener Nacht schliefen Mar und Alin tief und fest und warm unter den Büffelfellen ihres Lagers. Alin wachte als erste auf. Nur die rauchende Glut des Feuers und eine trübe Steinlampe erhellten die Höhle. Es dauerte einen Augenblick, bis sie sich wieder erinnerte, wo sie sich befand. Und wer neben ihr schlief.

Sie drehte den Kopf und sah ihn an.

Mar lag auf dem Bauch, genau wie Ware, wenn er schlief. Nur seine muskulösen Schultern und sein blondes zerzaustes Haar ragten unter den Fellen hervor. Neben Mars Kopf lag seine große Hand, die zur Faust geballt war.

Alin erinnerte sich, was in der vergangenen Nacht geschehen war.

Langsam, vorsichtig, kroch sie unter den Büffelfellen hervor. Leise stand sie auf, ging ein paar Schritte vom Lager weg. Dann spürte sie, wie sich eine Hand um ihren Knöchel schloß. Sie blieb stehen und sah nach unten.

Mar hatte sich auf den Ellbogen gestützt, während seine Hand ihren Fuß festhielt. Seine Augen leuchteten sehr blau.

»Wo gehst du hin?« fragte er.

»Ich gehe mich im Fluß waschen, Mar«, antwortete sie mit ruhiger Stimme.

Nach einer Weile ließen seine Finger ihren Knöchel los, und er nickte. Sie hob ihre Kleider auf, die in der Ecke auf einem Haufen lagen, und er sagte: »Ich werde Feuer machen.« Dann richtete er sich auf.

Ohne ihn noch einmal anzusehen, verließ Alin die Höhle.

Draußen war schon die Sonne aufgegangen. Der Fluß schimmerte einladend im Morgenlicht, aber als Alin vorsichtig eine Zehe in das Wasser steckte, fühlte es sich eiskalt an. An ihren Schenkeln klebte Blut, und auf ihrem Gesicht und ihrer Brust waren noch die Zeichen der Ockerfarbe. Entschlossen watete Alin in das eisige Wasser, bis sie bis zur Hüfte untergetaucht war. Sie rieb sich mit Seifenkraut ein und wusch sich gründlich ab. Dann stieg sie zitternd aus dem Fluß und hob ihre Kleider auf.

Nachdem sie sich angezogen hatte, blieb sie unentschlossen vor dem Höhleneingang stehen. Sie wollte nicht wieder hineingehen.

Sie hatte Angst.

Sei keine Närrin, dachte sie. Sie verschränkte die Arme vor der Brust und sah hinauf zu dem strahlend blauen Himmel. Die Farbe von Mars Augen, dachte sie. Das Zeichen des Himmelsgottes.

Aber es war nicht der Himmelsgott, der in der Höhle auf sie wartete. Es war Mar.

Sie hatte Angst.

Während sie noch zitternd vor dem Höhleneingang stand und sich von der wärmenden Sonne bescheinen ließ, sah sie ihn aus dem Gang in die vordere Halle kommen. Sie drehte sich um, so daß sie mit dem Rücken zur Höhle stand, machte ein paar Schritte auf den Fluß zu und blieb stehen.

»Du zitterst. Komm wieder in die Höhle. Ich habe das Feuer gemacht«, hörte sie seine Stimme hinter sich.

»Die Sonne fühlt sich so gut an«, sagte sie zu ihm. »Ich glaube, ich bleibe lieber hier draußen. Wir müssen bald zu den anderen zurückgehen.«

Als seine Hand ihre Schulter berührte, entzog sie sich ihm. Es war das erste Mal. Sie ging ein paar Schritte von ihm weg, drehte sich dann um und sah ihn an.

Er hatte seine Hose angezogen und seine Renfellweste über den nackten Oberkörper gelegt. Er war barfuß. Seine dicken blonden Haare waren zerzaust und fielen ihm in die Stirn, bedeckten seine Augenbrauen. Er betrachtete sie genau. Er sah besorgt aus.

»Ich wußte nicht, daß wir schon so bald wieder zurückmüssen«, sagte er. »Ich könnte mir vorstellen, daß die anderen heute morgen beschäftigt sind.« Er strich sich die Haare aus der Stirn. »Alin«, sagte er. »Komm zu mir in die Höhle.«

Wieder zitterte sie am ganzen Körper, aber diesmal vor Kälte. Wenn sie jetzt zu ihm ging, würde es der Mann sein, mit dem sie zusammen war, nicht der Gott. Und es war der Mann, der ihr angst machte.

Er spürte, daß sie Angst hatte, aber er deutete sie falsch. Wieder strich er sich durch die Haare. »Wegen letzter Nacht –«, sagte er mit etwas unsicherer Stimme. »Es tut mir leid, Alin. Ich wußte, daß es für dich das erste Mal war. Ich wußte, daß es einer Frau beim ersten Mal weh tut. Ich wollte nicht so – grob sein.«

Sie schaute auf den Boden zwischen ihnen, auf einen großen glatten grauen Stein, der wie ein Ei geformt war. Er räusperte sich. »Es waren die Flöten«, erklärte er. »Und die Trommeln. Ich habe einfach – die Beherrschung verloren.«

Ohne den Blick von dem Stein zu nehmen, antwortete Alin: »Du hast mir nicht mehr weh getan, als ich erwartet hatte, Mar. Und du warst auch nicht du, letzte Nacht. Das war der Gott. Du kannst nicht einen Gott beherrschen.«

Er dachte einen Augenblick nach. »Ja. Vielleicht hast du recht. Vielleicht war ein Gott in mir.« Seine Stimme wurde wieder selbstsicherer, als er fortfuhr: »Aber jetzt sind nur wir beide da, Alin und Mar. Heute wird es anders sein.«

Sie schüttelte den Kopf. »Ich glaube nicht, daß es klug wäre.«

»Warum nicht? Du hast gesagt, daß du auch nach den Frühlingsfeuern mit mir zusammensein wirst, Alin.«

Sie wußte es, und sie wollte es auch. Vielleicht war es das, wovor sie sich am meisten fürchtete. Wie sehr sie es wollte.

»Ich glaube nicht, daß du das verstehen würdest«, sagte sie und hob den Blick von dem eiförmigen Stein.

»Sag es mir«, bat er.

»Ich habe es dir schon so oft gesagt.« Sie fuhr sich mit der Zunge über die plötzlich trockenen Lippen. »Ich kann dich nicht heiraten, Mar. Ich gehöre –«

»Ja«, unterbrach er sie ungeduldig. »Ich weiß. Du gehörst der Mutter. Aber was schadet es der Mutter, wenn du mit mir zusammen bist, Alin? Das ist es, was ich nicht verstehe.«

Wie sollte sie es ihm erklären? Wie konnte sie sagen: Du bist gefährlich für mich, Mar. Ich will dich. Aber ich würde alles andere vergessen, wenn ich in deinen Armen liege.

Es wäre ganz und gar nicht klug, ihm diese Dinge zu sagen.

Er machte einen Schritt auf sie zu. »Letzte Nacht haben wir uns für den Stamm gepaart«, sagte er. Seine Stimme klang rauher als sonst. »Aber heute werden wir es für uns tun.« Er streckte die Hand aus, legte sie um ihre Schultern. »Ich werde dir nicht weh tun, Alin. Das schwöre ich.« Er zog sie an sich, und sie ließ es geschehen. »Es tut mir so leid, Alin.«

Alin machte sich in einem langen zitternden Seufzer Luft. Sie legte die Wange an seine breite Schulter und schloß die Augen. Sie spürte, wie seine Lippen ihr Haar berührten.

Nachdem sie lange Zeit so gestanden waren, drehten sie sich um und gingen zusammen zurück in die Höhle.

Die Hochzeiten waren zwei Tage nach den Frühlingsfeuern. Das einzige Paar, das nicht eingewilligt hatte, waren Bror und Mora.

»Sie hat die ganze Zeit geweint«, sagte Bror verärgert zu Mar, als er darum bat, die versprochene Ehe rückgängig zu machen. »Anderen Männern macht das vielleicht nichts aus, aber ich ertrage es nicht, in meiner Schlafrolle ständig eine weinende Frau zu haben. Dann soll sie sich einen anderen suchen.«

Die beiden waren allein in der Nirumshöhle. Die meisten Männer arbeiteten an den Fischernetzen, da jetzt der Lachs bald den Fluß heraufkommen würde.

Mar war von Brors Bitte nicht gerade begeistert. »Sie wird sich schon fangen«, beruhigte er Bror. »Du mußt ihr Zeit lassen. Du warst doch mit ihr zusammen.«

Bror schnaubte durch die Nase. »Mar! Dieses Mädchen war keine Jungfrau mehr. Was ich getan habe, hat sie nicht erschreckt. Sie wollte nur nicht, daß *ich* es mit ihr mache.« Er zuckte die Achseln. »Sie hat in ihrem Stamm irgendeinen Jungen, dem sie sich verbunden fühlt. Sie hat mir gesagt, daß sie heiraten wollten.«

Mar zog seine goldenen Augenbrauen zusammen. Er sah Bror an und schwieg.

Brors Gesicht war entschlossen. »Ich bin kein Mann, dem es Spaß macht, eine Frau mit Gewalt zu nehmen«, erklärte er seinem Häuptling. »In der Nacht mit den Feuern und den Trommeln, die das Blut in Wallung bringen, ist das was anderes. Aber mit einem klaren Kopf – geht das nicht. Gib sie einem anderen. Ich will sie nicht.«

»Ich glaube nicht, daß ich dir eine andere Frau geben kann, wenn du diese zurückweist, Bror«, warnte ihn Mar. »Jede Frau, die ich kriegen kann, werde ich zuerst den älteren Männern geben müssen.«

»Das verstehe ich.«

Mars Stirn bekam noch tiefere Falten. »Ich begreife dich nicht. Wir hatten doch früher auch schon Frauen in diesem Stamm, die nicht willig waren. Das weißt du genausogut wie ich. Und du weißt auch, daß sie ihr Heimweh vergessen, wenn sie erst mal Freundinnen haben und Kinder kriegen. Du mußt ihr Zeit lassen, Bror.«

Für einen Augenblick stand Bror mit gebeugtem Kopf, tief in

Gedanken versunken, da. »Was du sagst, stimmt. Aber das mit Mora ist – anders.«

»Wie denn?«

Bror schüttelte den Kopf. »Ich weiß es nicht. Ich weiß nicht, ob es an Mora liegt oder an mir.« Er hob den Kopf, und seine braunen Augen blickten Mar an. »Das weiß ich nicht. Keines der anderen Mädchen vom Hirsch-Clan scheint wie Mora zu sein.«

Mar trat unruhig von einem Fuß auf den anderen.

»Laß ihr noch ein bißchen Zeit, laß sie mit Fali und den jungen Mädchen zusammensein«, fuhr Bror fort. »Zwinge sie nicht, sich schon jetzt einen Mann zu nehmen, Mar.«

Mars Gesicht blieb düster, während er nachdenklich vor sich hin starrte. »Das hat Alin auch gesagt«, sagte er schließlich.

»Wenn ich du wäre, würde ich auf Alin hören.«

Mars Stirn glättete sich, und er sah Bror an. »Die Nirum werden dir ganz schön zusetzen, Bror«, warnte er.

Bror zuckte die Achseln. »Ein bißchen Spott ist mir lieber als Mora, die sich in meinen Armen die Augen ausweint.«

Mar lächelte. »Das hört sich nicht gerade – ermutigend an.«

Dann gingen die beiden Männer zum Eingang der Höhle. Es war ein frostiger Tag, obwohl die Sonne schien. Sie blieben einen Augenblick im Eingang stehen und blickten Alin entgegen, die vom Ufer heraufkam. Ware ging neben ihr, und Lugh und Roc tollten um sie herum.

»Die Mädchen vom Hirsch-Clan sind anders als unsere Frauen«, sagte Bror. »Sie sind nicht nur Frauen, sondern auch Freunde.«

Beide verharrten in nachdenklichem Schweigen, während sie Alin näher kommen sahen. Dann sagte Mar resigniert: »Also gut. Ich werde Mora noch etwas Zeit lassen.«

Tane stand neben Jes und hörte seinem Vater zu, der die Eröffnungsworte der Hochzeitszeremonie sprach. Außer ihnen waren es noch siebzehn andere Paare, die Männer alle vom Stamm des Pferdes, die meisten Frauen vom Hirsch-Clan.

Der lang erwartete Tag, der den Stamm des Pferdes vor der Auslöschung retten würde, war gekommen.

Huth trug an diesem Tag einen großen Umhang aus Büffelhaut. Er hielt den Schamanenstab des Lebens in der Hand, und auf sein Gesicht waren die Fruchtbarkeitssymbole des Stammes gemalt.

Huth wird an diesem Tag zwei seiner Söhne verheiraten, dachte Tane, der die Augen auf seinen Vater gerichtet hatte. Ihn selbst und Arn.

Nicht Mar.

Als Huth den zweiten Segensspruch anstimmte, wanderten Tanes Augen von dem Schamanen zu der großen kräftigen Gestalt seines Pflegebruders, der neben Huth stand.

Mar schien es nicht zu stören, daß ihn Alin nicht heiraten würde.

»Es ist in ihrem Stamm nicht gebräuchlich, daß die Tochter der Herrin heiratet«, hatte er mit einem leichten Schulterzucken zu Tane gesagt. »Aber das macht nichts. Sie hat ihre Sachen in meine Behausung gebracht, und sie schläft neben meinem Feuer. Nur das zählt für mich.«

Vielleicht, dachte Tane, während sein Blick von Mar zu dem braunhaarigen Mädchen wanderte, das auf der anderen Seite von Huth stand. Alin war völlig still. Tane kannte niemanden, der so still sein konnte wie Alin.

Er wünschte, sie hätte eingewilligt, Mar zu heiraten.

Es war interessant, daß Mar glaubte, sie nicht zwingen zu können.

Tane spürte, daß Jes ihn ansah, und drehte den Kopf ein wenig zur Seite, um ihr zuzulächeln. Er hätte sich nie träumen lassen, daß er einer Frau jemals so starke Gefühle entgegenbringen könnte, wie es bei Jes der Fall war. Aber schließlich gab es ja auch keine andere Frau auf der ganzen Welt, die wie Jes war.

Sie war eine begabte Künstlerin. Eines Tages würde sie fast so gut sein wie er. Niemand im Stamm reichte an sie heran. Sogar Huth hatte es am Ende einsehen müssen.

Huth hatte damit begonnen, die Worte der Verbindung zu sprechen. Die Paare traten jetzt alle vor ihn hin, eins nach dem anderen, und Tane hörte gut zu, damit er wußte, was er zu tun hatte, wenn er an der Reihe war.

»Was wirst du der Frau geben?« fragte Huth gerade Cort. Arn spürte plötzlich ein Brennen in den Augen und riß sie weit auf, um die bedrohlich aufsteigenden Tränen zurückzuhalten. Es ist nicht der richtige Zeitpunkt für Tränen, rief er sich zur Ordnung.

Dale. Dale.

Eigentlich hättest du jetzt hier sein sollen, dachte Arn, als er Corts leise Stimme sagen hörte: »Ich gebe mein Feuer, damit sie nicht friert, meine Jagdbeute, damit sie nicht hungert, meinen Speer, um sie zu schützen, meinen Körper, um darin zu wohnen. Das sind die Dinge, die ich der Frau gebe.«

Bei den letzten Worten zitterte Corts Stimme ein wenig, und Arn wußte, daß auch er an Dale dachte.

Mein Bruder, dachte Arn schmerzerfüllt. Ich vermisse dich so.

Eine kleine warme Hand schob sich in Arns Hand. Arn umschloß sie mit seinen langen schlanken Fingern und hielt sie fest.

Dara. Wie glücklich er war, Dara zu haben. Noch nie hatte er sich jemandem so nahe gefühlt wie ihr. Nicht einmal Dale, nicht einmal sein Bruder war ihm so nah gewesen wie dieses kleine dunkelhaarige Mädchen mit den großen grauen Augen.

Jetzt antwortete Elen auf Huths Fragen. Es hatte wegen der Zeremonie eine kleine Kontroverse gegeben, und Huth und Alin hatten sich schließlich auf eine Kombination der Zeremonien beider Stämme geeinigt. Die Frage, die den Männern gestellt wurde, stammte aus der Hochzeitszeremonie, die beim Stamm des Pferdes der Brauch war. Die Frage, die den Frauen gestellt wurde, stammte aus der Zeremonie, die beim Hirsch-Clan der Brauch war.

Elens Stimme war leise und klar und völlig ruhig. »Dies ist der Mann, den ich für mich nehme«, sagte sie zu Huth. »Dies ist Cort, der Gefährte, den ich für das Leben des Stammes wähle.«

Niemand würde mehr sagen: »Dies ist Dale.« Arn verspürte plötzlich einen starken Schmerz in seiner Kehle.

»Dara und Arn«, sagte Huth.

Dara sah zu ihm auf. Arn schluckte, hielt ihre Hand fest und trat nach vorn.

Alin stand neben Huth und hörte die Worte der Verbindung wieder und wieder. Als letzte traten Tane und Jes vor den Schamanen.

Sie passen gut zusammen, dachte Alin. Beide so schlank, so stark, so – so konzentriert. Tanes Haar glänzte wie die Federn eines Raben, und seine grünen Augen waren ernst und fest auf seinen Vater gerichtet.

Einen Augenblick sah Jes Alin an.

Von nun an würden es niemals wieder nur sie beide sein. Von nun an würde immer ein Mann zwischen ihnen stehen. In ihrem Blick lag Bedauern und Akzeptanz.

Aber Tane war nicht der einzige Mann, dessen Schatten zwischen sie und Jes gefallen war, wie sich Alin eingestand. Sie sah Mar nicht an, der auf der anderen Seite von Huth stand, aber sie spürte seine Gegenwart. Sie spürte immer seine Gegenwart, und sie wußte, daß es ihm mit ihr genauso erging. Die alte Freundschaft zwischen ihr und Jes war nicht von einem, sondern von zwei Männern gebrochen worden.

Bei den Männern wird es ganz genauso sein, dachte Alin, als sie den Worten lauschte, die ihr jetzt schon vertraut waren und die Tane gerade sprach. Die Freundschaft von Mar und Tane würde auch nie wieder so sein wie früher, bevor sie und Jes gekommen waren.

Vielleicht ist das richtig so, dachte Alin, den Blick auf Tanes ernstes dunkles Gesicht gerichtet. Waren der Mann und die Frau schließlich nicht so beschaffen, daß sie einander ergänzten? Gab es irgendeine andere Gemeinsamkeit, die so eng war wie die Verbindung von Mann und Frau?

Vielleicht, überlegte sie, vielleicht ist es das, worum es bei einer Ehe geht.

Jetzt begann Jes zu sprechen. »Dies ist Tane. Dies ist der Gefährte, den ich für das Leben des Stammes wähle.«

Ja, dachte Alin. Vielleicht ist dies das wichtigste Ritual der Mutter. Ein Mann und eine Frau, die sich für das Leben des Stammes zusammenfinden. Die für das Leben des Stammes zusammenbleiben.

Sie erinnerte sich an die Worte, die Mar zu ihr gesagt hatte, als sie zum ersten Mal davon gesprochen hatten, die Hochzeiten bis nach den Frühlingsfeuern zu verschieben. »Aber wenn eine Frau nun ein Kind kriegt und keinen Mann hat, wer wird dann für sie sorgen, wer wird ihr Unterkunft geben, wer wird für sie auf die Jagd gehen?«

Vielleicht hat er am Ende doch recht gehabt. Vielleicht war das der Sinn der Ehe: Der Mann sorgte für die Behausung und die Nahrung und den Schutz, die Frau gab Leben. Das eine kam ohne das andere nicht aus.

Keiner von beiden sollte die Herrschaft haben, hatte sie Mar gesagt. Beide sollten den ihnen angemessenen Teil tragen.

Ich gebe mein Feuer, damit sie nicht friert, meine Jagdbeute, damit sie nicht hungert, meinen Speer, um sie zu beschützen, meinen Körper, um darin zu wohnen.

Dies ist der Mann, den ich für mich nehme, der Gefährte, den ich für das Leben des Stammes wähle.

Wenn das so ist, dachte Alin, was wird dann aus mir?

Ein gefährlicher Gedanke.

Was für andere Frauen richtig ist, ist nicht richtig für mich. Ich bin nicht wie die anderen. Ich bin die Tochter der Herrin, die Auserwählte.

Aber warum kann ich nicht heiraten? Mar kann heiraten, und er ist der Häuptling. Arn kann heiraten, und er wird der Schamane sein.

Gefährliche Gedanken.

Jes und Tane traten zurück in den Kreis der anderen. Huth sagte etwas, und alle Paare lächelten. Dann trat Mar nach vorn und schlug Tane auf die Schulter.

Die Mädchen vom Hirsch-Clan waren verheiratet. Bis auf Alin.

27

Als der Mond voll war, kam der Lachs den Fluß herauf.

Mar fing den ersten mit einer Harpune. Sie hatte einen Schaft aus Holz, aber der Widerhaken an dem Ende der Waffe war aus einem Knochen geschnitzt. Ein Widerhaken an der Harpune war sehr nützlich, weil er den Fisch festhielt, nachdem ihn der Speer durchbohrt hatte.

Der erste Lachs, ein männliches Tier mit Kieferknochen, die sich gerade zu krümmen begannen, wurde am Ufer begraben, mit dem Kopf zum Fluß, um seine Sehnsucht nach dem Wasser auszudrücken.

Dann legten die Männer die Netze aus. Sie fuhren in kleinen Kanus aus Birkenrinde, die über Holzrahmen gespannt und mit Pflanzensäften wasserdicht gemacht worden war, hinaus auf den Fluß. In jedem Kanu saßen zwei Männer, der eine zum Rudern mit den Holzpaddeln, der andere, um die Netze zu ziehen.

Die Frauen vom Hirsch-Clan kannten die Lebensweise des Lachses. Sie hatten den Fisch jedes Jahr gesehen, wenn er den Großfischfluß hinaufgeschwommen war. Als die Netze mit dem rotbraunen Fang wieder ans Ufer gezogen wurden, waren alle hoch erfreut. Nach dem langen Winter mit dem Renfleisch und dem geräucherten Büffelfleisch war die Aussicht auf den frischen Lachs sehr appetitanregend.

Gleich in der Nacht nach dem ersten Fang wurde ein Fest gefeiert. Am Ufer, dicht am Fluß, der so reichlich von seinen Früchten hergegeben hatte, wurde ein großes Feuer angezündet und der Lachs gekocht. Huth schlug auf seiner Trommel, und es wurde getanzt und gelacht und fröhlich gefeiert.

Der Winter war vorbei. Die Rens waren wieder in die Berge gegangen, und der Lachs war gekommen. Bald würden an den Bäumen Knospen sprießen, und die Hirsche würden ihre Jungen austragen. Die Jagdzeit für die Hirsche und die Auerochsen und die Steinböcke und den Lachs hatte begonnen.

Es war Frühling

Der volle Mond hatte schon die halbe Strecke von der Morgenseite zur Nachmittagsseite des Himmels zurückgelegt, als das Fest des ersten Lachses zu Ende ging. In kleinen Gruppen verließen die Männer, Frauen und Kinder des Stammes das mondhelle Ufer, um in ihre Behausungen zurückzukehren. Mar und Huth waren die einzigen, die noch am Feuer geblieben waren. Alin war schon früher mit Rom und Mada mitgegangen, um Ware in ihrer Höhle schlafen zu legen.

»Alles läuft gut, mein Sohn«, sagte Huth zu Mar, der neben dem verlöschenden Feuer stand und über den Fluß sah. Mar hatte seinen Winterbart am ersten Tag des Lachsmondes abrasiert, und sein Profil war in dem hellen Mondlicht deutlich zu erkennen.

»Wirklich?« erwiderte Mar, der noch immer auf das vom Mond erhellte Wasser starrte. »Es gibt ein paar unzufriedene Männer im Stamm, Huth. Ich kann nicht viel dagegen tun.«

Huth seufzte. »Wie viele Männer haben keine Frau?«

»Drei Handvoll Nirum. Die Jungen aus der Höhle der Eingeführten haben die meisten Mädchen aus dem Hirsch-Clan bekommen.«

»Das dürfte die Nirum kaum überrascht haben. Es war fast von Anfang an klar, wen die Mädchen wählen würden.«

»Ja.«

»Beim nächsten Vollmond sind die Frühlingstreffen. Vielleicht gibt es dort ein paar Frauen.«

Nach einer Weile drehte sich Mar um und sah seinen Pflegevater an. »Huth, wir haben von den umliegenden Stämmen schon alle Frauen, die sie entbehren können.«

Es entstand eine kurze Pause. Vom Fluß war das Aufklatschen von springenden Fischen zu hören. Dann fragte Huth: »Planst du wieder eine Entführung, mein Sohn?«

Mars Kopf fuhr in die Höhe. »Nein.« Er verzog das Gesicht zu einem schiefen Lächeln. »Ich habe gelernt, daß es nicht so einfach ist, Frauen zu entführen und zu einem Teil unseres Stammes zu machen.«

»Aber es ist gutgegangen«, sagte Huth. »Sieh doch nur die vielen Hochzeiten, die in letzter Zeit geschlossen wurden.«

Mar antwortete nicht. Keiner der beiden Männer machte Anstalten, das Ufer zu verlassen. »Huth«, sagte Mar schließlich, »ich glaube, ich muß die unverheirateten Nirum aus dem Stamm vertreiben.«

Betretenes Schweigen trat ein.

»Das kannst du nicht tun«, sagte Huth schließlich.

»Aber so wie jetzt kann es nicht weitergehen. Es wird Ärger geben. Als die Mädchen noch nicht verteilt waren, ließ es sich gerade noch ertragen. Jeder Mann konnte hoffen, eine Chance zu bekommen. Aber jetzt – jetzt könnte es Ärger geben. Am Ende passiert dasselbe wie mit Davin und Bard.«

»Ganz bestimmt nicht, Mar!«

»Die Männer waren zu lange ohne eine Frau. Und jetzt müssen sie jeden Tag mit ansehen, wie andere Männer eine Frau haben.«

»Aber es ist ihr Stamm. Die Leute vom Stamm des Pferdes sind ihre Leute. Du bist ihr Häuptling, Mar! Du kannst nicht Männern wie Iver und Zel und Cal sagen, daß sie weggehen sollen!«

»Der Hengst ist der Anführer der Herde«, sagte Mar. »Und ein guter Hengst vertreibt seine eigenen Söhne. Tut er das nicht, wird es einen Kampf geben. Und Tote.« Mars Augen leuchteten im Mondlicht. »Das weißt du so gut wie ich.«

Huth schwieg.

»Mir gefällt es auch nicht, Huth«, sagte Mar schließlich, und seine Stimme war heiser vor Zorn und Verzweiflung. »Wenn es einen anderen Weg gibt, wäre ich froh, ihn zu erfahren.«

»Überstürze nichts, Mar«, riet ihm Huth nach einem Augenblick des Schweigens. »Warte bis nach den Frühlingstreffen. Vielleicht haben wir Glück, vielleicht gibt es dort doch ein paar Frauen für uns.«

»Vielleicht«, erwiderte Mar, aber es klang nicht so, als würde er daran glauben.

Alin saß mit untergeschlagenen Beinen neben dem Feuer, als Mar in ihre Behausung kam. Lugh folgte ihm wie gewöhnlich auf dem Fuß. Mar lächelte sie kurz an. »Ein gutes Fest«, sagte er und setzte sich neben sie.

»Ja.« Sie sah ihn nachdenklich an. Nachdem er es sich neben ihr auf den Büffelfellen bequem gemacht hatte, fragte sie: »Was wirst du wegen der unverheirateten Nirum unternehmen?«

Er schnaubte wie ein erschrockenes Pferd, drehte den Kopf zu ihr und starrte sie an. »Ich glaube, du kannst hören, was ich denke.«

Sie lächelte. »Du denkst wie ein Häuptling. Das tue ich auch. Und die unverheirateten Männer sind ein Problem.«

»Ich weiß«, erwiderte er mit düsterer Miene. »Ich habe gerade mit Huth darüber gesprochen. Ich glaube, er erwartet von mir, daß ich noch einmal einen Stamm mit Frauen überfalle.«

»Was?«

Er mußte lächeln, als er ihr Gesicht sah, aber dann wurde er wieder ernst. Er starrte ins Feuer. »Die einzige Lösung, die mir einfällt, ist, die unverheirateten Nirum aus dem Stamm zu vertreiben, Alin.«

»Das ist ein sehr – drastischer Schritt.«

»Ich weiß.« Seine Stimme klang verbittert.

»Mar«, sagte Alin. »Was ist mit den Frauen ohne Stamm, die weiter unten am Fluß leben?«

Seine Nasenlöcher bebten. »Sie sind unrein«, entgegnete er. »Treulos. Willst du etwa sagen, daß wir sie in unserem Stamm aufnehmen sollen?«

»Es sind Frauen«, sagte sie. »Vielleicht waren ihre Ehemänner grausam zu ihnen. Vielleicht haben sie einfach nur einen anderen Mann geliebt. Vielleicht wären sie glücklich, in einem Stamm aufgenommen zu werden und einen Mann zu haben, der für sie auf die Jagd geht und für sie sorgt.«

Lange Zeit schwieg Mar.

»Daran hatte ich nicht gedacht«, sagte er. »Manche von ihnen –« Er runzelte nachdenklich die Stirn. »Manche von ihnen würden es vielleicht sogar tun.«

Alin wollte schon fragen, woher er das wußte, aber dann entschied sie, daß sie die Antwort lieber nicht hören wollte.

Mar schüttelte den Kopf. »Die Nirum würden sie nicht nehmen, Alin. Es ist eine Frage der Ehre. Diese Frauen haben schon mit vielen Männern geschlafen, weißt du.« Er machte eine wegwerfende Handbewegung. »Sie sind unrein.«

»Ich werde für sie eine Zeremonie abhalten«, erklärte Alin. »Ich werde sie reinigen, sie werden heilige Schwüre ablegen, ihrem neuen Mann treu zu sein.«

»Würdest du das wirklich tun?«

»Ja.«

Eine Weile saß er tief in Gedanken versunken da. »Wir könnten den Nirum sagen, daß die Zeremonie alles abwäscht, was vorher war. Ich glaube nicht, daß sie allzu wählerisch sein würden, sondern daß sie glücklich wären, eine Möglichkeit gefunden zu haben, die Frauen nehmen zu können, ohne ihre Ehre zu verlieren.«

»Ja«, stimmte ihm Alin ironisch zu.

Er übersah die Ironie und lächelte sie an. »Das ist eine wunderbare Idee«, meinte er begeistert. »Ich habe mir schon die ganze Zeit den Kopf darüber zerbrochen, wo ich noch Frauen herbekommen kann –«

»Alles nur, damit du nicht noch mal auf einen Raubzug gehen mußt«, sagte Alin, und diesmal war die Ironie nicht zu überhören.

»Diesen Frauen wird es hier bessergehen als jetzt«, sagte er sehr ernst zu ihr. »Wir werden sie gut behandeln. Das kann ich beschwören, wenn du willst.«

Sie seufzte. »Du brauchst es mir nicht zu schwören. Ich weiß, daß sie hier ein besseres Leben haben werden, Mar. Deshalb habe ich dir ja diesen Vorschlag gemacht.« Sie schob ihren Zopf über die Schulter nach hinten. »Niemand kann für immer ohne einen Stamm leben.«

»Es ist nicht gut für eine Frau, ohne einen Mann zu leben, genauso wie es auch für einen Mann nicht gut ist, keine Frau zu haben. Das habe ich selbst erfahren, Alin. Seit den Frühlingsfeuern.« Seine Stimme weckte in ihr Gefühle, die sie erschreckten.

Er streckte die Arme nach ihr aus und zog sie an sich.

Auch ich habe es erfahren, dachte Alin, während sie sich seinen großen warmen Händen überließ. So mit ihm zu leben, wie sie es tat, mit ihm das Kochfeuer zu teilen, das Lager, und auch, wie er gerade gesagt hatte, seine Gedanken mit ihm zu teilen, bedeutete, sich stets bewußt zu sein, daß sich ihr Geist nach ihm sehnte, um bei ihm Frieden zu finden.

Es war ein Fehler gewesen, in seiner Behausung zu wohnen. In ihrem Herzen hatte sie es immer gewußt, aber sie hatte es trotzdem getan.

Es war ein Fehler gewesen. Jeden Tag kam sie ihm näher, war sie enger mit ihm verbunden. Beides, Körper und Geist.

Aber sie konnte nichts dagegen tun. Das wußte sie. Sie konnte ihn nicht verlassen, nicht aus sich selbst heraus. Die Mutter mußte kommen und sie holen. Ihre Zukunft lag in den Händen der Herrin.

In den Ecken der Höhle war es dunkel, aber hier, neben dem kleinen Feuer, war es hell und warm. Als er sie nach hinten auf die Büffelfelle legte, hörte Alin das leise Rascheln von Lugh, der es sich für die Nacht auf seinem Lager bequem machte. Dann beugte sich Mar über sie, sein helles Haar glänzte im Schein des Feuers wie Gold, seine Augen zogen sich zu schmalen Schlitzen zusammen.

Himmelsgott, dachte Alin und streckte die Hände aus, um mit den Fingern durch das dicke helle Haar zu streichen. Aber sie wußte gleichzeitig, daß sie sich nicht länger selbst betrügen konnte, indem sie glaubte, es sei der Himmelsgott, der diese Sehnsucht in ihrem Blut und das Verlangen in ihrer Gebärmutter weckte. Es war nicht der Himmelsgott, mit dem sie zusammensein wollte. Es war Mar.

Aber er war wie die Sonne, wenn er, so wie jetzt, zu ihr kam, so heiß, so wild, so unaufhaltsam. Seine Hände glitten unter ihre Kleider, und als er sie küßte, fühlte sie, wie in ihrem Körper der heiße Strom der Fruchtbarkeit stieg. Sie lag unter ihm und zitterte wie ein gespannter Bogen in der starken Hand des Jägers. Und während er sie küßte, hatte sie das Gefühl, von seiner brennenden Hitze vernichtet zu werden.

»A-lin. A-lin. A-lin.« Er beschwor ihren Namen immer wieder, wie bei einem Ritual. Der kleine Teil von ihr, der noch getrennt war von ihm, gab bei dem Klang ihres Namens nach. Und der denkende Teil von ihr flackerte noch einmal kurz auf – und verlosch.

Nun gab es nur noch die A-lin, die er gerufen hatte. Genauso wie sich die Blume unter der Wärme der Sonne öffnet, öffnete sich Alin unter seinen Händen und gab sich ihm völlig hin.

Sie wollte nur noch ihn, sonst nichts, nur dieses warme, brennende, reine Gefühl, während sie beide in der Quelle der Schöpfung versanken, nicht mehr getrennt, sondern eins.

Weder Altan noch Sauk waren bei Mars Raubzug dabeigewesen, und so kannten sie nicht den genauen Standort der Höhlen, in denen der Hirsch-Clan lebte. Es verging ein ganzer Mond, bis der verjagte Häuptling und sein Gefährte den Großfischfluß ausfindig machten, und dann verstrichen noch einmal mehrere Tage, bis sie schließlich in das Tal kamen, in dem der Stamm zu Hause war.

Als Altan und Sauk um eine Biegung des Flusses kamen, erblickten sie eine Gruppe Männer und Frauen, die Fische fingen. Die Netze waren denen, die der Stamm des Pferdes verwendete, sehr ähnlich. Altan und Sauk blieben stehen. Eine der Frauen am Ufer drehte den Kopf zu ihnen.

Sie sagte etwas zu den anderen, und dann hörte Altan, wie sie den Männern etwas zuriefen. Jetzt drehten sich auch die übrigen Frauen am Ufer zu ihnen um und sahen die fremden Männer an. Eins der kleinen Kanus auf dem Fluß wendete, um ans Ufer zu fahren.

Altan und Sauk blieben still stehen und warteten.

Das Boot erreichte das Ufer, und ein Mann sprang heraus. Altan wartete, während der Mann über den felsigen Boden auf sie zukam. Als der Mann bei ihnen war, fragte er: »Können wir etwas für euch tun, Fremde?«

Altan antwortete nicht sofort. Er nahm sich Zeit, um sich den Mann anzusehen. Er war groß, besaß erstaunlich braune Augen und lange Wimpern. Augen, die Altan sofort wiedererkannte. Er lächelte. »Ich glaube eher, daß wir etwas für euch tun können«, sagte er zu Alins Vater.

»Ja?« Der Mann sah ihn mit höflicher, aber skeptischer Miene an.

»Hat euer Stamm vielleicht im Mond der kämpfenden Hirsche ein paar von seinen Frauen verloren?«

Der Gesichtsausdruck des Mannes wurde schärfer. Härter. »Ja.« Auch seine Stimme war jetzt hart. »Das haben wir.«

»Wir wissen, wo sie sind«, sagte Sauk in schroffem Ton.

Tor brachte sie sofort zu Lana.

Bis jetzt hatte der Hirsch-Clan vergeblich nach den entführten Mädchen gesucht. Tor war erst vor zwei Tagen von einer langen Reise zurückgekehrt, um Lana zu berichten, daß der Stamm des Pferdes, den sie suchten, im Westen nicht zu finden war.

»Ein paar Stämme haben Gerüchte gehört, aber niemand konnte mit Sicherheit sagen, wo dieser Stamm lebt«, hatte er zur Herrin gesagt.

Bitter enttäuscht hatte Lana Pläne angefertigt, die sie zu den verschiedenen Frühlingstreffen schicken wollte. Sie hoffte, dort vielleicht mehr zu erfahren.

Dann waren Altan und Sauk in ihr Tal gekommen.

»Können wir ihnen glauben?« fragte Tor Lana, nachdem sie Altan und Sauk in die Männerhöhle geschickt hatten und allein in Lanas Hütte saßen.

»Ich glaube schon«, erwiderte Lana. »Was hätten sie davon, wenn sie lügen würden?«

»So ist es«, sagte Tor langsam. Er sah sie über das kleine Feuer hinweg an. »Aber selbst wenn das, was sie sagen, stimmt, Lana – was sind das für Männer? Verräter an ihrem eigenen Volk?«

Lana hob den rechten Arm und machte eine wegwerfende Handbewegung. »Es sind Anhänger des Himmelsgottes, Söhne von Söhnen. Sie haben die Mutter vergessen. Solche Männer fühlen sich nicht an ihr Volk gebunden.«

»Sieht ganz so aus«, erwiderte Tor nachdenklich.

»Männer wie sie«, fuhr Lana fort, und ihr Gesicht drückte offene Verachtung aus, »streben nur nach Macht für sich selbst. Sie haben kein Verständnis für die Verantwortung, die ein Führer zu tragen hat. Sie wollen nur alle Vorteile, aber keine Lasten.«

Tor schwieg und blickte die Frau an, die besser als alle anderen wußte, wie schwer die Lasten wogen.

Lana beugte sich nach vorn, hielt ihr Gesicht dichter ans Feuer, das so entschlossen wirkte wie eh und je. Nur in ihrem hellen Haar waren ein paar graue Strähnen mehr als noch bei den Winterfeuern.

»Ich habe nachgedacht, Tor, und ich sage dir jetzt, daß wir, wenn wir dort sind, um die Mädchen zurückzuholen, keinen Kampf wollen.«

»Ich fühle es in meinem Herzen«, erwiderte Tor und zog die Augenbrauen hoch, »daß dieser Stamm nicht bereit sein wird, uns unsere Mädchen so ohne weiteres zurückzugeben.«

»Das weiß ich auch. Aber wir sind im Vorteil, Tor. Wir wissen genau, wo die Mädchen sind. Und nicht nur das.« Lana lehnte sich wieder zurück. »Wir haben jetzt jemanden, der das Gebiet, in dem die Entführer leben, genau kennt.«

Tor nickte nachdenklich. »So ist es.«

»Wir werden folgendes tun«, weihte Lana ihn ein. »Ich werde Alin eine Botschaft zukommen lassen und ihr sagen, daß sie so tun soll, als würde sie die Mädchen zu irgendeinem Ritual um sich versammeln. Getrennt von den Männern.«

Ein Lächeln der Bewunderung breitete sich auf Tors Gesicht aus. »Du willst sie auch entführen.«

Lana sah ihn an. Aber sie erwiderte sein Lächeln nicht. »Ja«, sagte sie mit kühler Stimme. »Warum denn nicht?«

28

Beim vollen Mond des Lachses machten sich Mar und Alin auf den Weg den Fluß hinunter zu den Höhlen der Frauen ohne Stamm. Die Reise dauerte zwei Tage. Sie fanden siebzehn Frauen und fünf Kinder vor, die in großen Kalksteinhöhlen in einer Felsklippe am Ufer des Wandflusses wohnten.

Alin war über die geringe Anzahl Kinder überrascht.

»Sie setzen die Kinder nach der Geburt aus«, erklärte Mar. Beim Anblick der abgemagerten Frauen mußte Alin erkennen, daß diese nichts hatten, womit sie die Kinder vor dem Verhungern hätten retten können.

Alin war über die mißliche Lage der Frauen ohne Stamm entsetzt: Zum einen entsetzt, daß sie nicht fähig waren, selbst auf die Jagd zu gehen, und zum anderen, daß ein Stamm eine Frau aus seiner Mitte einem solchen Schicksal überließ, und meist nur deshalb, weil sie untreu gewesen war.

»Wenn sie ihrem Ehemann nicht treu war, hätte er sie verlassen können«, sagte sie zornig zu Mar, als sie allein in ihrem Lager saßen, das sie ein Stück von den Frauenhöhlen entfernt errichtet hatten.

»Natürlich sollte er nicht gezwungen werden, länger mit einer Frau zu leben, zu der er kein Vertrauen mehr haben kann«, fuhr sie fort. »Er soll sich ruhig von ihr abwenden und sich eine neue Frau suchen. Aber nicht so, Mar! Das hier ist – unerträglich.«

Mar, der damit beschäftigt war, ein Feuer zu machen, antwortete nicht sofort. »Sie sind wirklich ein trauriger Anblick«, sagte er schließlich. »Aber sie haben es sich selbst zuzuschreiben, Alin.«

»Das ist doch keine Antwort!«

Er drehte sich um und sah sie mit hochgezogenen Augenbrauen an.

»Denk doch mal nach, Mar«, sagte sie und bemühte sich, mit ruhiger Stimme zu sprechen. »Diese Frauen sind nach den Gesetzen des Himmelsgottes aufgewachsen. Sie haben nie gelernt, selbst auf die Jagd zu gehen. Sie haben für den Stamm und die Männer des Stammes gearbeitet, wie es die Frauen vom Stamm des Pferdes tun: Sie haben Kleider und Körbe gemacht, sie haben Früchte, Nüsse, Getreidekörner, Beeren und Eier gesammelt, sie haben gekocht, sie haben Kinder geboren und sie gestillt und für sie gesorgt.«

Sie hielt kurz inne, ehe sie fortfuhr: »Ich glaube, die Männer vom Stamm des Pferdes wissen sehr gut, was eine Frau für den Stamm tut und wie es ist, keine Frau zu haben.«

»Ja.« Er machte eine ungeduldige Handbewegung. »Das weiß ich ja alles, Alin. Aber diese Frauen hier haben ihren Stamm verraten –«

Sie schüttelte traurig den Kopf. »Nein, Mar. Diese Frauen haben ihren Stamm nicht verraten, sondern genau umgekehrt: Ihr Stamm hat sie verraten.«

Er machte den Mund auf, um sie zu unterbrechen, aber sie hob die Hand, beugte sich näher zu ihm und sprach mit großer Eindringlichkeit weiter. »Zwischen einer Frau und ihrem Stamm besteht ein feierliches Bündnis, Mar. Wenn der Stamm eine Frau nicht lehrt, selbst auf die Jagd zu gehen, wenn der Stamm von ihr erwartet, Kinder auf die Welt zu bringen und für sie zu sorgen, dann kann die Frau mit Recht erwarten, daß der Stamm sie beschützt. Daß die Männer ihres Stammes für sie jagen gehen und ihr und den Kindern zu essen geben.« Sie richtete sich auf, hob das Kinn. »So ist es doch, nicht wahr, Mar?«

»Ja«, sagte er. »So ist es.«

Alin hob einen Stock auf und stieß ihn, während sie weitersprach, in den Boden. »Was sind das für Häuptlinge, die in diesen Stämmen herrschen, daß sie dieses Bündnis mißachten?« fragte sie.

»Du vergißt, Alin, daß es diese Frauen waren, die das Bündnis als erste gebrochen haben.«

Alins Hand hielt mitten in der Bewegung inne. »Ich rede nicht von dem Bündnis der Ehe.« Sie zuckte die Achseln. »Was ist das schon? Ein Mann, eine Frau. Wenn sie nicht miteinander auskommen, sollen sie sich trennen. Wovon ich rede, Mar, ist das Bündnis zwischen dem *Stamm* und der Frau. ›Gib deine Selbständigkeit auf‹, sagt der Stamm zu der Frau. ›Jage nicht. Verlaß dich auf den Stamm, der für dich jagen geht. Bleib zu Haus und kümmere dich um deine Kinder.‹«

Sie legte den Stock hin und sagte: »Ist es nicht so, Mar? Ist es nicht so für eine Frau, die nach den Gesetzen des Himmelsgottes lebt?«

»Ja.« Er zog das Wort in die Länge, schien unwillig, es auszusprechen.

»Das ist eine große und ernste Sache, Mar, dieses Bündnis, das zwischen der Frau und dem Stamm geschlossen wird. Ich sage nicht, daß es falsch ist, ein solches Bündnis zu schließen. Von der Mutter wissen wir, daß nichts für sich allein steht, daß jedes Ding ein Teil von etwas anderem, größerem ist. Das Leben ist ein Teil des Todes. Der Mann ist ein Teil der Frau. Aber es ist falsch, wenn das Bündnis nicht als etwas verstanden wird, das zwischen der Frau und dem Stamm geschlossen wird, sondern als ein Bündnis, das zwischen der Frau und ihrem Mann besteht.«

Er schien nicht nur verwirrt, sondern auch erstaunt. »Aber darum geht es doch bei einer Ehe!«

Sie verzog verächtlich den Mund. »Und was passiert, wenn der Mann böse ist, Mar? Wenn er seiner Frau weh tut? Seine Kinder verhungern läßt?« Sie nahm ihren Zopf, der über ihrer Brust hing, und warf ihn über die Schulter nach hinten. »An wen soll sich die Frau dann um Hilfe wenden, Mar? Wer beschützt sie, wenn ihr Mann es nicht tut?«

Mar antwortete nicht.

»Der Stamm sollte für sie dasein«, sagte Alin. »Der Stamm sollte sie beschützen. Der Stamm sollte für Gerechtigkeit sorgen. Der Häuptling sollte darauf achten, daß das Bündnis zwischen der Frau und dem Stamm eingehalten wird.« Ihre braunen Augen sahen ihn ernst an. »Das bedeutet es, ein Häuptling zu sein, Mar – dafür zu sorgen, daß der Schutz des Stammes allen zuteil wird, selbst seinen kleinsten und hilfsbedürftigsten Mitgliedern. Den Kindern. Den Einfältigen. Und auch den treulosen Männern und Frauen. Das habe ich von meiner Mutter gelernt, die ein großer Häuptling ist.«

In Mars Augen loderte die Empörung auf. »Aber angenommen, der Mann ist *nicht* böse, Alin?« sagte er erregt. »Angenommen, es ist die Frau, die zu ihrem eigenen – Vergnügen mit einem anderen Mann zusammensein will?« Er fuhr sich mit dem Finger an die Stirn. »So etwas gibt es, weißt du«, sagte er.

»Ich sage ja nicht, daß wir Untreue gutheißen sollen«, erwiderte Alin. »Das nicht. Untreue ist etwas sehr Schlimmes. Sie stört die Harmonie im Stamm. Eine Frau, wie du sie gerade beschrieben hast, sollte für das, was sie tut, bestraft werden.« Sie breitete die Hände aus. »Habt ihr das nicht auch in eurem Stamm mit Lian getan, Mar? Sie wurde bestraft, und es war richtig. Aber ihr habt sie nicht aus dem Stamm verstoßen. Dabei hatte sie sich eines viel größeren Verbrechens schuldig gemacht, als nur mit einem Mann zu schlafen, der nicht ihr eigener war. Du hast mir gesagt, daß Lian die Schuld am Tod eines Mannes hatte.«

Mar fuhr sich mit der Hand durch die Haare. Plötzlich begannen seine Augen zu funkeln. »Alin, ich hasse es, mich mit dir zu streiten!«

Sie lächelte.

»Hast du deshalb gelernt, selbst zu jagen?« fragte er sie neugierig. »Damit du nie von einem Mann abhängig bist?«

»Nein.« Das Lächeln breitete sich über ihr ganzes Gesicht aus. »Ich habe gelernt, zu jagen, weil es mir Spaß macht.«

Jetzt lächelte auch er.

»Die Mädchen in meinem Stamm sind schon immer auf die Jagd gegangen«, erklärte sie und schlang die Arme um die Knie. »Jede Frau im Hirsch-Clan, die in die Lage versetzt würde, ein Leben wie diese Frauen hier zu führen«, sie deutete auf die Höhlen, »könnte sich im Winter ihre Nahrung selbst besorgen. Aber bevor wir uns zu Gruppen zusammengetan und Freundschaft geschlossen haben, kannten die Mädchen unseres Stammes nur die elementaren Fertigkeiten des Jagens. Sie haben gelernt, einen Speer und einen Wurfspieß zu werfen, sie haben gelernt, einen Pfeil abzuschießen, sie haben gelernt, einen Hirsch zu häuten. Aber nachdem sie es gelernt hatten, gingen sie nur noch selten selbst auf die Jagd.«

»Und warum nicht?«

Sie seufzte. »Wegen des Bündnisses, von dem ich vorhin gesprochen habe. Ein Mann kann kein Kind austragen und stillen. Wenn die Frauen draußen auf der Jagd sind – wer soll sich dann um die Kinder kümmern?« Er sah sie mit ernster und aufmerksamer Miene an, während sie weitersprach: »Aber wenn im Stamm die Frauen nicht die Jäger sind, warum sollten sie dann ihre Zeit damit verbringen, sich in etwas zu üben, das sie niemals brauchen werden?«

»So ist es.«

»Für die Frauen in den Höhlen dort wäre es aber sehr nützlich gewesen, wenn sie es gekonnt hätten«, erwiderte sie trocken. »Dann hätten sie jetzt ein bißchen mehr Fleisch auf den Knochen.«

»Das stimmt.« Er lächelte sie an. Lugh kam aus dem Wald zurück, wo er sich etwas umgesehen hatte, und rollte sich vor dem Feuer zusammen.

»Warum fällt es mir nur so schwer, dir böse zu sein?« fragte Alin in komischer Verzweiflung.

»Weil ich so ein vernünftiger Mann bin«, erwiderte er.

Alin brach in Lachen aus.

Er machte ein nachdenkliches Gesicht. »Von diesem dauernden Gerede über die Jagd habe ich richtig Hunger bekommen.«

»Soll ich dir was zu essen holen?« fragte sie.

Er machte ein entsetztes Gesicht. Dann sah er ihr belustigtes Lächeln. Er beugte sich zu ihr und zog sie an ihrem Zopf. »Ich besorge uns was zu essen«, sagte er, nahm seine Speerschleuder und stand auf.

Alin blickte ihm nach, wie er mit Lugh im Wald verschwand. Dann machte sie sich daran, einen Bratspieß für das Feuer anzufertigen.

Am nächsten Tag sprach erst Alin und dann Mar mit den verstoßenen Frauen. Alle siebzehn Frauen willigten ein, zum Stamm des Pferdes zu kommen. Alin bestand darauf, daß Mar zuerst eine Bedingung erfüllte, bevor sie sich bereit erklärte, eine Zeremonie zur Reinigung der Frauen abzuhalten, um sie für die Männer des Stammes annehmbar zu machen: Mar mußte alle Frauen nehmen, die kommen wollten.

Als Mar protestierte und sagte, daß die älteren und nicht so hübschen Frauen vielleicht keinen Mann finden würden, erwiderte sie: »Dann können sie in der Frauenhöhle wohnen.«

»Zuerst haben wir zu viele Männer, und am Ende werden wir zu viele Frauen haben, die uns zur Last fallen«, brummte er.

»Die Männer vom Stamm des Pferdes sind gute Jäger«, sagte Alin mit honigsüßer Stimme. »Es wird dir bestimmt nicht schwerfallen, ein paar Münder mehr zu füttern. Ich lasse es nicht zu, daß auch nur eine einzige Frau, die nicht hierbleiben will, an diesem Ort bleibt.« Mar sah sich gezwungen, klein beizugeben.

Aber er hatte Alin ebenfalls eine Bedingung gestellt. »Wenn die Männer vom Stamm des Pferdes diese Frauen nicht haben wollen, wenn ihnen die Zeremonie der Reinigung nicht ausreichend erscheint, dann müssen die Frauen bleiben, wo sie sind. Eine Gruppe ungebundener Frauen wie diese hier, die in meinen Höhlen lebt, wäre das letzte, was ich im Augenblick gebrauchen könnte.«

Alin hatte sofort gemerkt, daß er in diesem Punkt nicht mit sich handeln lassen würde, und so hatte sie zögernd in diese Bedingung eingewilligt.

So war der Stand der Dinge, als sie beide wieder den Fluß hinauf zogen, um dem Stamm ihren Vorschlag zu unterbreiten. Wenn die ledigen Männer bereit waren, die verstoßenen Frauen zu heiraten, dann würden diese Frauen und auch die, die eventuell übrigblieben, im Stamm des Pferdes Aufnahme finden. Wenn die Männer sie nicht haben wollten, würden die Frauen bleiben, wo sie waren.

Die Männer wollten sie. Zu lange schon hatten sie keine Frau gehabt, und nachdem die Mädchen vom Hirsch-Clan verheiratet waren, bestand kaum Aussicht, woandersher Frauen zu bekommen. Wie Mar es vorausgesehen hatte, waren sie nicht in der Verfassung, allzu große Ansprüche zu stellen.

Mar schickte Alin zusammen mit einigen anderen Frauen des Stammes wieder den Fluß hinunter, um eine Zeremonie abzuhalten, welche die verstoßenen Frauen wieder reinwusch. Als Mar dann selbst zwei Tage später mit einer Handvoll Männer den Fluß hinunterging, um die Frauen abzuholen, fand er ein völlig verändertes Bild vor.

»Die reinigende Zeremonie hat sich anscheinend nicht nur auf den Geist, sondern auch auf den Körper ausgewirkt«, sagte er mit leiser Stimme zu Alin, als er die blitzblanken Gesichter und das schimmernde Haar der verstoßenen Frauen begutachtete.

Ihre großen Augen lachten, auch wenn der Mund ernst blieb. »Ja«, sagte sie. »So werden sie den Männern besser gefallen.«

»Das werden sie bestimmt«, bestätigte Mar. Sie standen etwas abseits von der Gruppe, und Mar musterte die Frauen voller Staunen. »Sogar die älteren sehen ganz ordentlich aus!«

»Wie willst du die Verbindung zu den Männern herstellen?« fragte Alin. »Darüber haben wir noch gar nicht gesprochen.«

Seine blauen Augen wurden wachsam. »Du wirst doch nicht von mir verlangen, diesen Frauen Gelegenheit zu geben, ihre Wahl selbst zu treffen?«

»Würdest du das zulassen?«

»Nein«, erwiderte er mit aller Entschiedenheit. »Unsere Männer haben schon zu lange gewartet, Alin. Und diese Frauen wurden auch nicht entführt. Ich finde, genau das Gegenteil ist der Fall. Sie sind uns dankbar dafür, daß wir sie in unserem Stamm aufnehmen. Ich bin überzeugt, daß sie mit jedem Mann zufrieden sind, den sie bekommen können.«

»Kann schon sein«, gab Alin nach einer Weile zu. »Dann sollen also die Männer ihre Wahl treffen?«

Er schüttelte den Kopf. »*Ich* werde die Wahl treffen, Alin. Die Männer werden eine Frau bekommen, die Frauen werden einen Mann bekommen. Damit müssen alle zufrieden sein.«

»Schon möglich«, sagte Alin und betrachtete die Frauen, die sich mit ihrer ärmlichen Habe versammelt hatten.

»Alin!« rief Dara, die zu ihnen kam. »Ich glaube, wir sind soweit.«

»In Ordnung, Dara«, sagte Alin. »Dann wollen wir gehen.«

Man verteilte die Frauen nach ihrem Alter. Die ältesten Männer bekamen die ältesten Frauen und so weiter. Auf diese Weise bekam jeder Nirum eine Frau, und außerdem erhielten auch noch zwei Jungen aus der Höhle der Eingeführten eine. Endlich herrschte im Stamm des Pferdes wieder ein Gleichgewicht zwischen Männern und Frauen.

An dem Tag, an dem die Paare verheiratet wurden, kehrten Alin und Mar am Abend zufrieden in ihre Behausung zurück.

»Endlich«, sagte Mar und drehte sich zu ihr, während er noch die Büffelhäute über dem Eingang hinunterließ, um die Welt auszusperren, »endlich sind wir wieder ein Stamm!«

Er streckte die Hände nach ihr aus. Sie hatten das Feuer noch nicht angezündet, und von den beiden Steinlampen wurde der Raum nur spärlich erhellt. Alin wehrte sich nicht, als Mar die Arme um sie legte und sie an sich zog. Sie lehnte die Wange an seine Schulter und schlang die Arme um seine Hüften. Sie spürte die überquellende Freude, von der er erfaßt war.

»Die vielen Frauen«, sagte er fast jauchzend.

»Ja«, sagte Alin mit weicher Stimme. »Die vielen Frauen.«

Sie schloß die Augen und drehte ihm das Gesicht zu. Er roch so gut. Er roch nach Mar. Sie würde ihn überall wiedererkennen.

Sie rieb ihre Wange an seinem Lederhemd, atmete den Geruch ein und dachte an ihre Periode. Als der Mond voll war, hätte ihre Blutung beginnen sollen. Jetzt war schon der erste Mond der Damkitze, aber ihre Blutung hatte noch immer nicht begonnen.

Noch nie hatte sie länger als ein paar Tage auf sich warten lassen. Es würde noch ein bißchen dauern, bis Alin sich völlig sicher sein konnte, aber tief in ihrem Herzen wußte sie, daß sie ein Kind bekam.

Zum ersten Mal seit der Entführung dachte Alin ernsthaft darüber nach, niemals mehr zum Hirsch-Clan zurückzukehren.

»– ohne dich und deine Zeremonie hätte ich es nicht gekonnt«, sagte Mar. »Auch wenn ich selbst auf den Gedanken mit den verstoßenen Frauen gekommen wäre, hätte ich die Männer nie dazu bewegen können, sie zu nehmen.«

Es stimmte, dachte sie. Ohne sie hätte er es nicht gekonnt. Er lächelte sie an. Er war glücklich.

Vielleicht hat uns Lana nicht gefunden, dachte Alin. Vielleicht kommt der Hirsch-Clan niemals hierher, um uns zu holen.

Sie war erschrocken, wie angenehm ihr dieser Gedanke war.

»Was ist?« fragte Mar und blickte sie besorgt an. Er strich mit dem Finger über ihre Stirn, um sie zu glätten, als würde er ihre Sorgen, was immer es war, wegwischen.

»Was meinst du?« fragte sie und gab sich Mühe, daß ihre Stimme sie nicht verriet. Anscheinend hatte ihr Gesicht schon zu viel verraten.

»Du bist – erschrocken.«

»Wirklich?« Es gelang ihr sogar zu lächeln. »Das hast du dir nur eingebildet.«

»Vielleicht.« Seine Stimme klang nicht überzeugt. Er sah besorgt aus. »Du darfst niemals Angst vor mir haben, Alin. Lieber würde ich sterben, als dir auch nur ein einziges Haar zu krümmen. Ich will, daß du das weißt.«

»Ja«, sagte sie. »Das weiß ich.«

Aber ich fürchte mich vor dir, dachte sie und schaute in sein wunderbares Gesicht. Ich habe für dich meine Mutter verraten, Mar. Und ich habe Angst.

»Du bist – ein Teil von mir«, sagte er. »Du bist immer da – in meinem Kopf, in meinem Herzen. Ich brauche nicht nach dir zu suchen, Alin, du bist immer da.«

»Wie konnte das mit uns geschehen?« flüsterte sie.

Er schüttelte langsam den Kopf. Dann beugte er sich zu ihr herunter und legte seine Lippen auf ihren Mund.

29

Es war ein schöner Morgen. Der Stamm war gerade dabei, eine große Hirschjagd vorzubereiten, und Alin hatte mit einigen anderen Frauen am Ufer Körbe aufgestellt, um sie an der Sonne zu lüften, als plötzlich ein schlanker dunkler Mann von dem Pfad zwischen den Klippen ans Ufer trat.

»Wer ist das?« fragte Elexa und sah neugierig zu der Gestalt, die jetzt auf die Frauen zukam.

Alin drehte sich um. Jes erkannte den Fremden sofort.

»Es ist Ban!« sagte sie mit leiser, zitternder Stimme zu Alin.

Alin fühlte, wie ihr das Herz stockte. Es *war* Ban, wie sie jetzt selbst sah. Er hatte seinen Zopf abgeschnitten und trug sein Haar wie die Männer vom Stamm des Pferdes, aber es war ganz zweifellos und unverwechselbar Ban.

Er kam bis dicht zu den Frauen, die ihm entgegensahen, und blieb dann stehen. »Seid gegrüßt«, sagte er. Er blickte Alin an, tat aber nicht so, als würde er sie kennen. »Ich habe die Leute verloren, mit denen ich zusammen unterwegs war«, sagte er. »Ich wäre euch dankbar, wenn ihr mir den Weg beschreiben könntet, bevor ich weitergehe.««

»Wir helfen dir gern«, erwiderte Alin und sprach wie zu einem Fremden. Sie warf einen schnellen Blick in die Runde. Die Mädchen vom Hirsch-Clan hatten Ban alle erkannt. Das sah sie aus der Art, wie sie die Augen abwandten. Die Frauen vom Stamm des Pferdes musterten ihn mit neugierigen Blicken. Alin spürte, wie ihr der Schweiß auf die Stirn trat. Trotzdem gelang es ihr, mit ruhiger Stimme zu sagen: »Komm mit, Fremder, und wenn ich dir deine Fragen nicht beantworten kann, bringe ich dich zu jemandem, der es kann.«

»Zu welchem Stamm gehörst du, Fremder?« fragte Lian. »Und wieso hast du deine Gefährten verloren?«

Alin warf dem Mädchen einen strengen Blick zu. »Geh wieder an deine Arbeit, Lian. Ich kümmere mich schon um ihn.«

Lian wurde rot vor Zorn. Während Alin mit Ban wegging, hörte sie Jes beruhigend zu Lian sagen: »Alin hat recht, Lian. Es ist besser, zu Fremden nicht gleich so freundlich zu sein, wenn man nichts über sie weiß.«

»Wie sollen wir etwas über sie wissen, wenn wir ihnen keine Fragen stellen?« schimpfte Lian wütend. Dann waren Alin und Ban außer Hörweite der Frauen.

»Wo ist meine Mutter?« fragte Alin Ban sofort.

»Einen Morgenweg entfernt«, erwiderte Ban. »Sie und Tor und eine Mondzahl Männer.«

»So viele!«

»Ja.« Sein junger Mund wurde hart. »Wir haben euch gesucht und gesucht, Alin. Wenn die Männer uns nicht die Nachricht von euch gebracht hätten, hätten wir euch vielleicht nie gefunden.«

»Männer? Was für Männer?« fragte Alin scharf.

»Der eine heißt Altan«, erwiderte Ban. »Der andere Sauk.«

Alin blieb überrascht stehen. »Altan und Sauk sind bis zum Hirsch-Clan gekommen?«

»Ja. Altan hat gesagt, er wäre hier der Häuptling gewesen, bis der Stamm ihn und seinen Freund vertrieben hätte. Sie sind zu uns gekommen, um Rache zu nehmen.« Bans Stimme war voller Verachtung. »Sie sind wie Hyänen, die über ihr eigenes Volk herfallen, aber sie waren uns nützlich.«

Alin antwortete nicht, sondern starrte Ban mit leerem Blick an. Er sah sich um, vergewisserte sich, daß sie niemand hören konnte, und trat dann dichter an sie heran. »Alin, hör mir zu. Die Herrin sagt, du mußt die Mädchen an einen verabredeten Ort bringen. Die Herrin sagt, du sollst euren Entführern sagen, daß du eine heilige Wache für die Mutter abhalten müßtest und daß es ein Ritual sei, an dem nur die Frauen deines Stammes teilnehmen könnten. Von dort holen wir euch dann«, sagte er lächelnd, »und bringen euch nach Hause.«

Alin starrte ihn noch immer an, ohne ein Wort zu sagen.

Er musterte sie erstaunt. »Hast du nicht verstanden, Alin? Wir haben gehört, wie dieser Stamm seine Frauen verloren hat. Wir wissen, daß sie euch nicht freiwillig zurückgeben werden. Ihr müßt heimlich fliehen.« Und als sie noch immer nicht antwortete, setzte er hinzu: »Mach dir keine Sorgen, daß sie euch folgen. Wir sind genug, um euch zu beschützen, wenn es sein muß.«

»Ban.« Auch Alin sah sich zuerst um, bevor sie weitersprach. »So einfach, wie es vielleicht aussieht, ist das nicht. Bevor ich irgend etwas unternehme, muß ich mit meiner Mutter sprechen. Es gibt ein paar Dinge, die sie nicht versteht.«

Alin konnte von Bans Gesicht ablesen, daß er sie gern gefragt hätte, was für Dinge das waren, und war überrascht, als er es nicht tat. Sie hatte vergessen, wie entschieden ihre Stimme für die Männer vom Hirsch-Clan klang.

»Also gut«, sagte er langsam. »Ich werde es ihr ausrichten.«

»Sage ihr, daß ich sie morgen mittag am gespaltenen Baum treffen werde. Ist Altan bei euch?« Als Ban nickte, fuhr sie fort: »Er wird wissen, wo das ist.«

Noch während sie sprach, sah Alin hinauf zur Klippe. Anscheinend hatte man sie gesehen. Bror kam gerade aus der Höhle des Schnitzers, schaute direkt zu ihnen herunter und lief mit entschlossenen Schritten zur Leiter.

»Wohnt ihr da oben?« fragte Ban ungläubig und hob den Kopf, um hinaufzusehen. »In diesem Adlerhorst?«

Alin erinnerte sich daran, daß sie genau dasselbe gesagt hatte, als sie die Behausungen in der Felsklippe, die dem Stamm des Pferdes gehörten, zum ersten Mal gesehen hatte.

»Ja«, sagte sie leise. »Da wohnen wir.«

Bror war auf der dritten Terrasse angekommen und ging zur Leiter, um zur zweiten hinunterzusteigen. »Ich glaube, du solltest jetzt gehen, Ban«, sagte Alin. »Es ist wichtig, daß du meiner Mutter diese Nachricht überbringst.«

»In Ordnung«, erwiderte er gehorsam.

Als Bror bei Alin ankam, war Ban schon zwischen den Felsen verschwunden.

Bror war über die Art und Weise, wie Alin den Fremden hatte gehen lassen, irritiert, und sie war sicher, daß er es Mar erzählen würde. Den Rest des Nachmittags machte sie sich darüber Gedanken, was sie Mar sagen würde, wenn er sie mit Brors Geschichte konfrontierte. Sie wollte ihm nicht die Wahrheit sagen, bevor sie mit ihrer Mutter gesprochen hatte.

Aber Mar war an dem Fremden, der so kurz und geheimnisvoll an ihrem Ufer aufgetaucht war, erstaunlich wenig interessiert. Es paßte gar nicht zu ihm, sich so leicht mit ihrer Erklärung zufriedenzugeben, aber Alin wußte, daß sie nur Glück hatte, weil er wegen der Auseinandersetzung um die bevorstehende Hirschjagd anderweitig beschäftigt war.

Die Nirum hatten vorgehabt, eine Feuerjagd zu machen, und Mar hatte es ihnen verboten. Alin hatte die ganze Geschichte von Jes erfahren, die sie von Tane wußte. Zwischen Mar und Heno hatte es einen ziemlichen Streit gegeben. Offenbar war Heno, nachdem Altan und Sauk nicht mehr da waren, für Altans zurückgebliebenen unzufriedenen Gefährten jetzt der Sprecher. Und Heno hatte beschlossen, sich gegen Mars Verbot der Feuerjagd auszusprechen.

»Die Männer saßen alle um das Feuer in der Nirumshöhle«, hatte Jes Alin erzählt, »als Heno sich mit Mar wegen der Feuerjagd zu streiten begann. Tane hat gesagt, daß Heno gar nicht mehr aufhörte, bis Mar schließlich ›*genug*‹ zu ihm sagte. Dann stand Mar auf. Du weißt ja, wie groß er ist, Alin. Nun, er stand auf und sah die Nirum an. Er sah rund um das ganze Feuer, von einem Gesicht zum anderen. Schließlich sah er Heno an und sagte zu ihm, wobei er jedes Wort betonte: ›*Ich bin der Häuptling, und ich sage, daß es keine Feuerjagd geben wird.*‹«

Jes hatte eine Pause eingelegt, hatte Alin bedeutungsvoll angesehen, bevor sie weitererzählte: »Tane sagte, es wäre totenstill in der Höhle gewesen. Mar und Heno hätten sich angestarrt. Dann hätte Heno weggesehen.«

Es würde also keine Feuerjagd geben, aber Mar war sehr daran gelegen, daß die Jagd mit dem Speer möglichst einträglich verlief. Deshalb waren seine Gedanken voll und ganz mit den Vorbereitungen für die Jagd beschäftigt, und deshalb blieben Alin peinliche Fragen nach dem geheimnisvollen Fremden erspart.

In dieser Nacht hatte Alin einen unruhigen Schlaf. Immer wieder ließ sie sich die Worte durch den Kopf gehen, mit denen sie ihrer Mutter beschreiben würde, was mit den Mädchen vom Hirsch-Clan und den Männern vom Stamm des Pferdes im Winter geschehen war.

Alin dachte nicht an die Entscheidung, die sie selbst bald würde treffen müssen. Ihre Gedanken kreisten einzig um die Frage, wie sie die beiden Stämme dazu bringen könnte, eine Art Kompromiß zu schließen, um einen ernsten Konflikt zu vermeiden.

Mar wachte im Morgengrauen auf. Alin verhielt sich still, tat so, als würde sie schlafen, und beobachtete ihn unter halb geschlossenen Lidern, wie er das Feuer anmachte und den Tee auf die Steine setzte. Er schlug die Häute vor dem Eingang hoch, damit Lugh hinaus konnte, und blieb dann eine Weile vor ihrer

Behausung im Freien, um in den heraufdämmernden Tag zu sehen.

Alin richtete sich langsam auf. Mar hörte, wie sie sich bewegte, und drehte sich mit einem Lächeln und einem Gruß zu ihr um.

Alin hörte sich antworten, als wäre sie es gar nicht selbst.

»Alles in Ordnung?« fragte er.

»Ja. Ich habe nicht besonders gut geschlafen, das ist alles.« Sie lächelte über sein besorgtes Gesicht, war bemüht, sich nicht anmerken zu lassen, daß ihr schlecht geworden war, als sie sich aufgerichtet hatte.

Mar schien beruhigt und erledigte seine üblichen morgendlichen Verrichtungen, ohne sie noch weiter zu fragen. Alin saß neben dem Feuer und war voll und ganz darauf konzentriert, sich zu beherrschen und die Schwindelgefühle zu überwinden.

Mar ging gleich, nachdem er seinen Tee getrunken hatte, nach draußen. Er hatte einen langen Tag vor sich und mußte dafür sorgen, daß alle Geräte für die Jagd bereitlagen. Alin fühlte sich erleichtert, als die Häute hinter seinem breiten Rücken herunterfielen.

Sie wußte alles über die Schwangerschaft, die eine der wichtigsten Aufgaben der Mutter war. Sie kehrte wieder auf ihr Lager zurück und wartete, bis sie die schlimmste Übelkeit überwunden hatte. Dann stand sie auf und trank etwas Tee, den Mar übriggelassen hatte. Sie fühlte sich jetzt schon deutlich besser und kümmerte sich gerade um das Feuer, als Jes mit ihrer Speerschleuder in der Hand erschien.

»Bist du fertig, Alin?« fragte Jes. »Die meisten Männer scheinen beschäftigt zu sein. Es müßte uns gelingen, ohne viel Aufhebens hier wegzukommen.«

»Ja«, sagte Alin und stand auf, um ihre Schleuder zu holen. Die beiden Mädchen gingen den Weg hinunter, der von der untersten Terrasse zum Ufer führte. Unter einem überhängenden Felsen am Ufer schliefen die Hunde, und Alin rief Roc zu sich. Der große Hund kam mit wedelndem Schwanz angelaufen und folgte den beiden Mädchen glücklich.

»Ich habe letzte Nacht kein Auge zugemacht«, sagte Jes, als sie in den Weg einbogen, der sie zu dem gespaltenen Baum bringen würde. Sie verzog das Gesicht und lächelte Alin an. »Ich glaube, ich hatte schon die Hoffnung aufgegeben, daß die Herrin uns jemals finden würde.«

Alin seufzte. »So ist es mir auch gegangen.«

»Hat Mar dich nach Ban gefragt?«

»Kaum. Er hat soviel mit der Jagd zu tun.«

»Tane sagt, daß sich die Nirum eher mit Mars Verordnung abfinden werden, wenn sie auch ohne das Feuer gute Beute machen«, sagte Jes.

Alin nickte.

Eine Weile gingen sie, jede in ihre eigenen Gedanken versunken, schweigend weiter. Roc folgte ihnen. Die Sonne schien warm, und die Bäume zeigten ihr erstes Grün.

Als Alin und Jes zu dem gespaltenen Baum kamen, war Lana noch nicht da. Die beiden Mädchen setzten sich auf die große gefällte Eiche, die dem Ort seinen Namen gegeben hatte, und warteten.

Noch bevor sie überhaupt Schritte hörten, nahm Roc den Geruch der Neuankömmlinge auf der Lichtung auf. Als der Hund warnend bellte, sprangen Alin und Jes auf und starrten gebannt zu dem Wildpfad, der Rocs Aufmerksamkeit auf sich gezogen hatte. Eine Gruppe von neun Männern und einer Frau trat aus dem Wald in das helle Sonnenlicht.

»Mutter«, rief Alin und lief leichtfüßig über die Lichtung, um sich in Lanas Arme zu werfen.

»Alin.« Die wohlvertraute Stimme zitterte vor Rührung.

»Ach, meine Tochter, wie froh bin ich, dich wiederzusehen!« Lanas Arme schlangen sich in wilder Besitzgier um ihre große Tochter.

Alin war überrascht, als sie merkte, wie weit sich ihre Mutter nach oben strecken mußte, um sie zu umarmen. Sie hatte Lana größer in Erinnerung, robuster. In den ungewöhnlich breiten schräggestellten Augen glitzerten Tränen, und Alin merkte, wie auch ihre Augen feucht wurden.

»Du hast dich überhaupt nicht verändert, Mutter«, brachte sie schließlich heraus.

Lana stieß ein heiseres Lachen aus. »Warum hätte ich mich verändern sollen? Nicht ich, sondern du wurdest entführt, meine Tochter.«

Dann drehte sich Lana zu Jes um, streckte die Arme nach der besten Freundin ihrer Tochter aus. »Mein Herz ist erfreut, dich zu sehen, Jes.«

Sie umarmten sich. Dann trat Lana einen Schritt zurück und betrachtete die beiden Mädchen mit zufriedenem Besitzerstolz.

Alin erwiderte Lanas Blick nicht. Ihre Augen waren zu dem Mann gewandert, der an Lanas rechter Seite stand.

Tor betrachtete seine Tochter ernst, aber auch in seinen Augen glänzten Tränen der Rührung.

»Tor«, sagte Alin weich. »Es ist schön, dich zu sehen.«

»Auch für mich ist es schön, dich zu sehen, Alin«, erwiderte Tor. »Wir haben dich sehr vermißt.«

Sie beugte den Kopf nach unten. Als nächstes sah sie zu dem Mann mit dem Büffelkopf, der an Lanas linker Seite stand.

»So«, sagte sie, und ihre Stimme war eiskalt. »Altan.«

Er sah sie mit einem unterwürfigen, aber gleichzeitig auch trotzigen Blick an.

»Wo ist dein verräterischer Freund?« fragte Alin den abgesetzten Häuptling.

»Den anderen haben wir beim Stamm gelassen«, erwiderte Lana. »Es ist sicherer, wenn sie nicht zusammen sind.«

Alin nickte zustimmend. Dann sagte sie zu ihrer Mutter: »Herrin, ich muß mit dir reden.«

»Das hat Ban mir gesagt, meine Tochter. Deshalb bin ich hier.« Lanas Gesicht drückte Gelassenheit aus. »Bist du gekommen, um mir zu sagen, daß du unsere Mädchen nicht vom Rest des Stammes trennen kannst? Falls das so ist, müssen wir unsere Pläne ändern.«

Alin schüttelte den Kopf. »Nein. So einfach ist es nicht, Mutter. Es ist – Ich muß dir alles erzählen, was uns in diesem Stamm widerfahren ist. Nur so kannst du es verstehen.«

»Ich werde ein Feuer machen, Herrin«, sagte Tor. »Damit ihr es warm habt.«

Als sich Alin und Lana und Jes ans Feuer setzten, rollte sich Roc an Alins Rücken zusammen und beobachtete aus halb geschlossenen Augen, was sich auf der Lichtung tat. Die Männer vom Hirsch-Clan verschwanden mit den fünf Hunden, die sie begleiteten, im Wald, um etwas zu essen zu besorgen. Roc legte das Kinn auf die Pfoten, machte die Augen zu und schlief.

Alin zog das Leder ihrer Hosen über den Knien glatt und begann mit ihrer Geschichte.

»Wahrscheinlich hast du durch Altan und Sauk von dem Unglück mit dem vergifteten Wasser gehört.« Lana nickte, und Alin fuhr fort: »Die Männer vom Stamm des Pferdes haben uns diese Geschichte gleich in der ersten Nacht, als sie uns entführt haben, erzählt. Das war der Grund für ihr Handeln.« Sie machte eine Pause und strich wieder das Leder über ihren Knien glatt. »Ich weiß nicht, ob Altan euch auch erzählt hat, daß sie schon versucht hatten, Frauen bei anderen Stämmen der Sippe einzutauschen, aber natürlich war es unmöglich, so viele Frauen zu bekommen, wie sie verloren hatten. Deshalb faßten sie den verzweifelten Entschluß, Frauen zu entführen.« Alin runzelte die Stirn. »Damals hielten sie das für eine gute Idee.«

Sie schwieg, dann sah sie Lana an. »Aber dieser Entführungsplan ging von falschen Voraussetzungen aus.«

»Und was waren das für welche, meine Tochter?« fragte Lana ruhig.

»Die Männer wollten Frauen. Willige Frauen. Sie wollten Frauen, die zu einem Teil ihres Stammes werden sollten.« Kurzes Schweigen. »Das habe ich gegen sie verwendet.«

Lana sah interessiert aus. »Und wie?«

Alin erzählte ihr, wie sie Huth überredet hatte, mit den Hochzeiten zwischen den Mädchen vom Hirsch-Clan und den Männern vom Stamm des Pferdes bis zu den Frühlingsfeuern zu warten. Sie erzählte alles – nur von Mar erzählte sie ihr kaum etwas.

Als Alin fertig war, herrschte tiefes Schweigen. »Willst du damit sagen, daß du für diesen Stamm die heilige Hochzeit vollzogen hast?« fragte Lana schließlich.

»Ja«, erwiderte Alin mit ruhiger, ernster Miene. »Das habe ich.«

»Warum?« fragte Lana scharf.

»Dieser Stamm war kurz vor dem Aussterben, Herrin«, erwiderte Alin ruhig. »Genauso, als würde der schnell dahineilende Bergstrom, der in den See fließt, austrocknen.« Alin machte eine Handbewegung und schwieg dann wieder. »So erging es dem Stamm des Pferdes, nachdem er sich von der Mutter abgewendet hatte. Trocken und Tod, wie der See. Die Menschen des Stammes verehren den Himmelsgott. Sie verehren alle Götter der Jagd. Aber was nutzen die schon ohne die Mutter?«

Alin wandte den Blick von Lana ab und sah ins Feuer. »Als die Mädchen vom Hirsch-Clan an diesen Ort kamen, haben die Männer und Frauen vom Stamm des Pferdes nichts davon verstanden.« Sie sah wieder auf, begegnete dem Blick ihrer Mutter, hielt ihm stand. »Jetzt verstehen sie es.«

»Wenn alles, was du mir erzählt hast, stimmt, Alin, dann verstehe ich wirklich nicht, warum du unsere Mädchen nicht einfach wie zu einer Zeremonie versammeln und wegbringen kannst.«

»Das könnte ich tun, Mutter«, sagte Alin. »Aber die Mädchen sind verheiratet, und nicht alle von ihnen möchten ihren Mann verlassen.« Lana war verblüfft. Jes saß völlig still. »Willst du etwa sagen, daß unsere Mädchen hierbleiben wollen, an diesem Ort? Bei diesen gottlosen Männern?« fragte Lana schließlich. Ungläubigkeit und Zorn schwangen in ihrer Stimme.

»Ja«, sagte Alin. »Das will ich sagen.«

»Wer?« fragte Lana streng. »Welches Mädchen vom Hirsch-Clan würde so abtrünnig sein?«

»Dara«, erwiderte Alin. »Sana.«

»Ich«, sagte Jes.

Lana starrte Jes ungläubig an. »Du, Jes?« fragte sie. »Du würdest lieber bei einem solchen Stamm bleiben?«

Jes wurde blaß, aber ihre Stimme blieb hart. »Ja, Herrin. Ich würde lieber bei Tane bleiben.«

»Du würdest Alin verlassen?«

Jes war jetzt grau wie Asche. Aber bevor sie antworten konnte, legte Alin ihre Hand auf die Hand ihrer Freundin, die fest ihre Knie umklammerte. »Du brauchst nicht zu antworten, Jes«, sagte sie sanft.

Jes nickte stumm.

»Was ich vorschlage, ist folgendes, Herrin«, sagte Alin entschlossen, während sie ihre Hand wieder zurückzog und ihrer Mutter in die Augen sah. »Ich schlage vor, Mar zu sagen, daß du gekommen bist, um all jene Mädchen zum Hirsch-Clan zurückzuholen, die freiwillig mitkommen wollen. Ich glaube, er wird einverstanden sein, den Mädchen die Entscheidung zu überlassen.«

»Warum sollte er das tun?« fragte Lana mit kalter Stimme, ohne den Blick von Jes zu nehmen.

»Ich glaube, er wird erwarten, daß die meisten Mädchen hierbleiben wollen. Aber das wird nicht geschehen, Mutter. Ich schätze, die Hälfte wird beschließen, hierzubleiben, und die andere Hälfte wird beschließen, mit dir nach Hause zurückzukehren.«

Lana starrte Alin an. »Und wenn *ich* nicht einverstanden bin?«

»Du kannst nicht alle Mädchen mitnehmen, Mutter«, kam die einfache Antwort. »Sie werden einfach nicht mitgehen.«

Lana hob die Hände und ließ sie dann wieder in ihren Schoß sinken. »Es ist für mich schwer verständlich, wie Mädchen, die nach dem Weg der Mutter erzogen sind, sie einfach aufgeben können, um männlichen Göttern zu folgen.«

»Wir haben die Mutter nicht aufgegeben!« wies Jes Lanas Anschuldigung mit leidenschaftlicher Stimme zurück. »Herrin, niemals wird eine Frau vom Hirsch-Clan aufhören, dem Weg der Göttin zu folgen. Nicht *wir* haben gelernt, neue Götter zu verehren, sondern die Männer vom Stamm des Pferdes. Sie haben gelernt, die Mutter zu verehren!«

Es entstand eine Pause, während Lana Jes mit kaltem Blick musterte. »Wer regiert diesen Stamm des Pferdes?« fragte Lana das Mädchen, und ihre Stimme war so kalt wie ihre Augen.

»Mar«, erwiderte Jes ruhig. »Er ist der Häuptling.«

»Und wer ist der Schamane?«

»Huth ist der Schamane.«

»Männer«, sagte Lana verächtlich. »Söhne von Söhnen. Nein, Jes. Solange Männer den Stamm regieren, besteht keine Hoffnung, daß der Weg der Mutter befolgt wird.«

»Warum sagst du das, Mutter?« fragte Alin.

»Das liegt in ihrer Natur«, sagte Lana. »Männer sind nützlich. Männer sind sogar notwendig. Ohne Männer gäbe es keine Kinder. Aber sobald ein Mann Macht zu schmecken bekommt, ist er verdorben.«

Lanas Augen glitten ruckartig von Alin zu Jes und wieder zurück zu Alin. »Seht euch diesen Altan an«, sagte sie. »Das ist ein Mann, der einmal Häuptling war. Als man ihm seine Macht nahm, dachte er nur noch an Rache.«

Lana schwieg, ließ die Worte wirken. Dann fuhr sie fort: »Das ist der Grund, warum die Mutter bestimmt hat, daß eine Frau den Stamm führen muß«, sagte Lana. »Die Menschen vom Hirsch-Clan sind meine Kinder. Ich führe nicht nur den Stamm, ich bin die Herrin und Mutter. Kein Mann könnte das verstehen. Kein Mann hat dieselben Gefühle für seine Kinder wie eine Mutter.« Ihr Katzengesicht war völlig ruhig, als sie hinzufügte: »Nichts, was mein Stamm mir antut, könnte mich dazu bringen, ihm Schaden zuzufügen. Nichts.«

Alin und Jes wußten, daß sie die reine Wahrheit sprach, und sie beugten den Kopf in Zustimmung.

Kurz darauf machten sich die Mädchen wieder auf den Weg zum Stamm des Pferdes, um mit Mar zu reden.

30

Auf dem Rückweg zu den Höhlen waren Alin und Jes ziemlich schweigsam.

»Wirst du mit Mar sprechen?« fragte Jes.

»Ja. Ich werde mit Mar sprechen«, erwiderte Alin. Und dann hing jedes der beiden Mädchen wieder seinen eigenen Gedanken nach.

Lana hat nicht den geringsten Zweifel gehabt, daß sie mit ihr nach Hause zurückkehren würde, dachte Alin. Warum sollte sie auch? Alin hatte nichts gesagt, was ihre Mutter auf den Gedanken bringen könnte, daß es vielleicht einen Grund für sie gab, hierzubleiben.

Ich werde nicht an Mar und mich denken, beschloß Alin. Ich werde mir nur überlegen, was ich Mar sagen muß, um ihn davon zu überzeugen, daß es besser ist, wenn die Mädchen selbst entscheiden, was sie tun wollen.

Mar würde eine Auseinandersetzung mit den Männern vom Hirsch-Clan vermeiden wollen. Er war noch nicht lange Häuptling, er hatte den Stamm noch nicht fest in der Hand. Er würde Kompromisse schließen.

Es würde nichts schaden, wenn er glaubte, daß sich die meisten Mädchen dazu entschließen würden, bei ihrem Mann zu bleiben. Und Alin würde nichts tun, um ihm diesen Glauben zu nehmen.

Wenn Mar den Mädchen erlaubte, selbst zu entscheiden, dann würde er, egal, was dabei herauskam, am Ende zu seinem Wort stehen müssen. Alin wußte, daß sie ihm in diesem Punkt trauen konnte. Mar würde sein Wort nicht brechen, das paßte nicht zu ihm.

Als sie zu Hause angekommen waren, fühlte sich Alin erschöpft. Es gibt keinen Grund, von einem so leichten Spaziergang derart müde zu sein, dachte sie. Außer...

Am Ufer trennte sie sich von Jes und stieg den Weg in der Felsenklippe hinauf. Ihre Behausung war leer, und sie konnte auch nirgends Anzeichen dafür finden, daß Mar in der Nähe war.

Alin legte sich auf die Schlaffelle, um sich etwas auszuruhen und nachzudenken. Sofort schlief sie ein.

Als sie aufwachte, rieb Lugh seine Schnauze an ihrer Wange. Sie sah, wie sich Mar unter den Häuten am Eingang duckte, und war überrascht, daß es draußen schon fast dunkel war und regnete.

»Oh!« Alin richtete sich auf. »Ich muß eingeschlafen sein.«

Er antwortete nicht, sondern ließ die Häute herunter, drehte sich um und sah sie an. Das Feuer brannte nicht, und es war so dunkel, daß sie sein Gesicht nicht sehen konnte. »Dir fehlt doch nichts, Alin?« fragte er nach einer Weile.

»Nein. Mir fehlt nichts.« Sie zwang sich zu lächeln. »Ich habe gestern nacht nicht gut geschlafen, deshalb bin ich heute so müde.«

Er kam zu ihrer Schlafrolle und setzte sich neben sie. Sein Haar war feucht vom Regen. Sie roch das nasse Fell seiner Weste. »Bekommst du vielleicht ein Kind?« fragte er sanft.

Sie merkte, daß sich ihre Augen weiteten, als sie ihn anstarrte. »Warum fragst du das?«

»Es ist nicht das erste Mal, daß du müde bist.« Er streckte die Hand aus und fuhr sanft mit seinem rechten Zeigefinger über ihre Wange. »Und du hast auch nicht geblutet. Kein einziges Mal, seit wir bei den Frühlingsfeuern zusammen waren, Alin, und das ist schon einen ganzen Mond her.«

Als sie nicht antwortete, ihn aber weiter mit großen erstaunten Augen ansah, sagte er: »Ich war schon mal verheiratet. Ich habe mit einer Frau zusammengelebt, die ein Kind bekam.«

Darüber hatte sie noch nicht nachgedacht. Sie wollte sich nicht vorstellen, daß er mit einer anderen Frau außer ihr zusammen war.

Sie wandte den Blick von ihm ab, sah zu den Steinen des kalten Herdfeuers. »Kann sein, daß ich ein Kind bekomme«, sagte sie. »Es ist noch zu früh, um sicher zu sein.«

»Die Frühlingsfeuer sind wirklich ein mächtiges Ritual«, sagte Mar. Sie hörte den Humor und den Stolz in seiner Stimme. Er faßte unter ihr Kinn und drehte ihr Gesicht herum, so daß sie ihn ansehen mußte.

»Mar«, sagte sie. »Meine Mutter ist gekommen.«

Es wurde völlig still im Raum. Seine Finger umschlossen ihr Kinn. Dann sagte er: »Der Fremde am Ufer.«

»Ja. Er war von meinem Stamm. Meine Mutter ist mit einer ganzen Mondzahl Männer gekommen.«

Er ließ die Hand sinken. »Wie haben sie uns gefunden?«

»Du wirst es kaum glauben«, sagte sie mit schmalen Lippen. »Es waren Altan und Sauk.«

»Altan und Sauk!«

»Ja. Nachdem du sie aus dem Stamm vertrieben hast, haben sie sich auf die Suche gemacht, den Hirsch-Clan zu finden. Um Rache zu üben, Mar. Altan hat meine Mutter und ihre Männer selbst hierhergebracht.«

»Und ist er jetzt bei ihnen?«

»Ja. Er ist jetzt bei ihnen. Ich habe ihn selbst gesehen.«

»Sauk auch?«

Alin schüttelte den Kopf. »Meine Mutter wollte nicht, daß sie zusammenbleiben, sie hat Sauk beim Stamm gelassen.«

Mar nickte mit grimmigem Gesicht. »Wann hast du sie getroffen?«

»Heute. Zur Mittagsflut haben Jes und ich meine Mutter am gespaltenen Baum getroffen.«

Er stieß die Luft durch die Nase. »Und ich hatte schon geglaubt, sie würde uns niemals finden. Ich hatte schon geglaubt, wir wären in Sicherheit.«

Das habe ich auch geglaubt, dachte Alin traurig. Das habe ich auch geglaubt.

Mar stand auf. Mit gebeugtem Kopf blieb er stehen und starrte auf den kalten Feuerplatz. Sein dickes Haar fiel ihm über die Augenbrauen, und er schob es mit abwesender Miene wieder über die Stirn nach hinten. Alin saß auf ihren Schlaffellen und sah ihn an. Tief hinten in ihrem Hals spürte sie einen heftigen Schmerz, wie sie ihn noch nie gefühlt hatte, der ihr die Kehle zuschnürte.

»Worüber hast du mit deiner Mutter gesprochen?« fragte er.

Alin konnte es nicht ertragen, ihn anzusehen. Es tat zu weh. »Meine Mutter wollte, daß ich die Mädchen von den anderen absondere und sage, daß wir für die Erdmutter ein Ritual abhalten. Dann wollte sie uns mit den Männern holen und nach Hause bringen.« Einen Augenblick lang legte sie die Stirn auf ihre Knie, dann hob sie den Kopf. Mar hatte sich nicht bewegt. »Ich habe meiner Mutter alles erzählt, was hier passiert ist, Mar«, sagte sie. »Ich habe ihr gesagt, daß die Mädchen mit ihren Männern glücklich sind, daß sie wahrscheinlich gar nicht wieder wegwollen von hier!«

»Ja?« Mar drehte den Kopf und sah sie an. »Und was hat sie dazu gesagt?«

»Zuerst konnte sie es gar nicht glauben. Jes war auch dabei und hat ihr gesagt, daß sie nicht zum Hirsch-Clan zurückkehren, sondern bei Tane bleiben würde. Das war für meine Mutter schwer zu verstehen.«

Er nickte ernst. »Und was hast du gesagt, Alin?«

Sie verstand ihn absichtlich falsch. »Ich habe gesagt, daß ich mit dir reden würde, Mar. Ich habe gesagt, ich will, daß die Mädchen selbst entscheiden können, ob sie mitgehen oder hierbleiben wollen. Ich will nicht, daß es einen Kampf gibt. Die Mädchen sollen selbst entscheiden.«

»Und war deine Mutter damit einverstanden?«

»Ja, das war sie.«

Es war jetzt so dunkel im Raum, daß sein Gesicht sich nur noch als ein Schatten unter dem hellen Kranz seiner Haare abzeichnete.

»Und *du?* Bist du einverstanden?« fragte sie.

»Daß ich dich richtig verstehe«, sagte er. »– du bittest mich wieder, den Mädchen zu erlauben, selbst zu entscheiden und ihre eigene Wahl zu treffen. Und wer mit deiner Mutter zurück will, kann es tun.«

Seine Stimme war völlig ausdruckslos.

»Das stimmt«, sagte Alin.

»Wie viele, glaubst du wohl, werden mitgehen?« fragte er weiter.

Diese Frage wollte sie ihm lieber nicht beantworten. »Das weiß ich nicht«, sagte sie.

»Schätzungsweise.«

»Ich kann nicht gut schätzen, Mar«, erwiderte sie gereizt. »Ich weiß es nicht.«

»Also mehr, als ich annehme«, fuhr er fort.

Er war zu klug. Er kannte sie zu gut.

»Ungefähr die Hälfte, glaube ich«, sagte sie. »Die Hälfte wird gehen, und die andere Hälfte wird bleiben.«

Er schüttelte entschlossen den Kopf. Selbst in dem trüben Licht konnte sie die ruckartige Bewegung erkennen. »Das sind zu viele.«

Schweigen. Alin zog die Stirn in Falten. Sie hatte nicht geglaubt, daß Mar wegen dieses Kompromisses Schwierigkeiten machen würde.

Wortlos ging Mar in die Ecke, in der ein kleiner Vorrat an Holz aufgestapelt war. Er machte das Feuer an. Alin saß auf ihren Schlaffellen und sah ihm zu.

»Du bist nicht einverstanden?« sagte sie, als der Holzspan, den Mar an die heiße Kohle hielt, schließlich zu brennen begann.

»Nein. Ich werde nicht zulassen, daß die Hälfte der Mädchen weggeht und die Hälfte der Männer wieder keine Frau hat.« Das Feuer loderte auf, erhellte den Raum. Er drehte sich zu ihr um, und sie sah das Blau seiner Augen. »Alin! Endlich habe ich alles ins Gleichgewicht gebracht. Wenn die Mädchen jetzt weggehen, fängt alles wieder von vorn an!«

»Meine Mutter hat sehr viele Männer mitgebracht, Mar. Sie werden uns nicht einfach hierlassen. Sie werden um uns kämpfen.«

»Dann werden wir eben auch kämpfen«, drohte er. »Wir sind mehr als sie.«

»Eine feine Art, Harmonie in eine Ehe, in einen Stamm zu bringen«, sagte Alin ironisch.

Aber er ging nicht darauf ein. »Ich kann von den Männern nicht verlangen, ihre Frauen einfach ziehen zu lassen«, sagte er ruhig. »Nicht, wenn es keine Hoffnung auf Ersatz gibt.«

Diese Ruhe sagte ihr, daß alles, was sie vorbrachte, auf taube Ohren stoßen würde. Mit seinem Zorn wäre sie fertig geworden. Aber nicht mit dieser ruhigen Entschlossenheit.

Es muß eine Lösung geben, dachte Alin, während sie fieberhaft überlegte. Und während sie beobachtete, wie Mar seine Fellweste auszog und auf das Büffelfell am Boden warf, fiel ihr plötzlich die Antwort ein.

»Und wenn die Männer nun frei wählen könnten, ob sie mit ihren Frauen von hier weggehen wollen?«

»Was meinst du damit?« fragte er vorsichtig.

»So halten wir es in unserem Stamm. Das habe ich dir doch schon gesagt. Die Frau geht nicht zum Stamm ihres Mannes, sondern der Mann kommt zu ihr. Das ist der Weg der Göttin.« Alin nahm den Anhänger, den sie um den Hals trug, in die Hand. »Wenn die Männer ihre Frauen unbedingt behalten wollen, dann sollen sie doch mit den Frauen zum Hirsch-Clan zurückkehren.«

»Der Hirsch-Clan wird von deiner Mutter angeführt. Kein Mann vom Stamm des Pferdes würde sich einer Frau unterordnen«, erwiderte Mar sofort.

»Und warum nicht?«

Er warf den Kopf zurück. »So etwas würden wir niemals tun, Alin. Es ist – unnatürlich.« Seine Nasenlöcher blähten sich auf. »Der Hengst führt die Herde an«, sagte er. »Nicht die Stute.«

Alin fühlte, wie sie wütend wurde. »Ja. Und der Hengst vertreibt alle anderen männlichen Pferde aus der Herde«, erwiderte sie. »Er duldet keine Rivalen. Ich finde nicht, daß der Hengst ein gutes Vorbild für einen Häuptling ist, Mar.«

In der vom Feuer erhellten Hälfte seines Gesichts zuckte ein Muskel dicht an seinem Mund.

Wenn er wütend wurde, hatte sie nichts gewonnen. Besser, sie appellierte an seine Vernunft.

»Ist es nicht klüger, wenn sowohl der Mann als auch die Frau frei entscheiden dürfen, anstatt ihr Leben zu riskieren, Mar?« Sie kreuzte die Beine unter dem Körper und stand auf. Er überragte sie zu sehr; sie befand sich im Nachteil, wenn sie am Boden saß. »Die Männer vom Hirsch-Clan sind Jäger. Ihr Leben ist nicht so verschieden von dem der Männer im Stamm des Pferdes.«

»Sie haben eine Frau zum Häuptling.«

»Meine Mutter ist ein guter Häuptling«, sagte Alin. »Sie ist gerecht. Sie ist großzügig. Das Volk des Hirsch-Clans sind ihre Kinder, und sie ist ihre Mutter.« Alin streckte die Hände aus. »Wer könnte sich einen besseren Häuptling wünschen?«

Diesmal hielt das Schweigen lange Zeit an. Alin ließ die Hände sinken. Schließlich fragte Mar: »Welche Mädchen, glaubst du, würden gehen wollen?«

»Fali und Mora natürlich.« Sie runzelte die Stirn. »Elen«, fuhr sie fort.

»Elen?« Er war überrascht.

»Ich glaube schon.«

Mar zog jetzt ebenfalls die Stirn in Falten. »Cort würde mit Elen gehen«, sagte er.

Alin nickte und nannte noch einige andere Mädchen, von denen sie glaubte, daß sie mit Lana zu ihrem Stamm zurückgehen würden. Nachdem Alin die Namen aufgezählt hatte, schwieg Mar. Er drehte sich um und ging zum Eingang.

Aus Lughs Ecke kam ein kurzes fragendes Bellen, und er stand auf. »Nein, Lugh«, sagte Mar über die Schulter. »Ich gehe nicht weg. Bleib.« Der Hund ließ sich wieder auf sein Büffelfell sinken.

Alin blickte von Mar zu Lugh. Es versetzte sie immer wieder in Erstaunen, wie klug der Hund war. Es ist fast so, als lebte man mit einem Menschen zusammen, dachte sie.

Es regnete jetzt stärker. Langsam ging Alin durch den Raum und stellte sich halb hinter, halb neben Mar. Der frische feuchte Geruch der Nacht stieg in ihre Nasen.

Ohne sich zu bewegen, sagte Mar: »Ich könnte Altan umbringen. Alles lief so gut –« Seine Stimme war ruhig, aber von einer wilden Kraft erfüllt.

»Ich weiß.« Sie schlang die Arme um seine Hüften und lehnte ihr Gesicht an seinen Rücken. Sein Hemd unter ihrer Wange war warm und trocken. Sie schloß die Augen.

Sie spürte, wie er langsam die Luft aus den Lungen stieß. »Du hast recht«, sagte er. »Eigentlich will ich keinen Kampf.«

Sie rieb ihre Wange sanft an seinem Rücken. »Laß die Männer entscheiden. Ich glaube, wenigstens die Hälfte von ihnen wird mit ihren Frauen gehen. Dann bleibt kaum eine Handvoll übrig, die ihre Frauen verliert.«

»Alin«, sagte er und seine Stimme klang bekümmert. »Ich habe es satt, ständig darüber nachzudenken, wo ich genügend Frauen für den Stamm herbekommen kann. Hört das denn nie auf?«

»Es wird jetzt aufhören«, sagte sie.

Sie schwiegen. Draußen waren der Regen und die Dunkelheit. Hinter ihnen flackerte das Feuer hell und warm.

Vorsichtig löste Mar sich aus ihrer Umarmung und drehte sich zu ihr um. Die Häute am Eingang waren noch halb hochgeschlagen und hingen über seine Schulter.

»Du wirst ja ganz naß«, sagte sie.

Er zuckte die Achseln und ging einen Schritt in den Raum, so daß die Nacht und der Regen ausgesperrt waren. »Und wie wirst du dich entscheiden, Alin?« fragte er.

Sie sah zu ihm auf. Seine Augen schienen nicht im geringsten besorgt. Sie beantwortete seine Frage nicht direkt. »Ich liebe dich«, sagte sie statt dessen. »Ich liebe dich mehr als irgend jemanden sonst auf der Welt.«

Seine Hände, die er auf ihre Schultern gelegt hatte, waren hart, taten ihr weh. Er beugte sich zu ihr herunter und zog sie in seine Arme. Mit einem Schluchzen ließ Alin es geschehen.

Fast die ganze Nacht lag sie wach an seinen großen Körper geschmiegt, mit Verzweiflung im Herzen.

Sie würde ihn verlassen müssen. Erziehung, Pflichtgefühl, Ehre: all diese Dinge, nach denen sie lebte, sagten ihr, daß sie ihn würde verlassen müssen. Sie war die Auserwählte. Es war für sie unmöglich, ihr Volk im Stich zu lassen.

Das hatte Lana gewußt.

Aber nicht Mar.

Er glaubte, daß sie bleiben würde. Er hatte sie gefragt, aber er hatte sich mit einer ausweichenden Antwort zufriedengegeben, einfach nur deshalb, weil er keine Zweifel hegte.

Was würde er tun, wenn sie ihm sagte, daß sie mit ihrer Mutter gehen mußte? Würde er dann sein Versprechen brechen? Würde es am Ende doch zu einem Kampf kommen?

Alin lauschte seinen ruhigen, gleichmäßigen Atemzügen. Der Regen schlug gegen die Häute am Eingang ihrer Behausung. Vielleicht werde ich niemals wieder so wie jetzt neben ihm liegen, dachte sie, und der Gedanke bereitete ihr Kummer und Schmerzen.

Er schlief auf der Seite, und sie lag in der Beugung seines Körpers. Eine seiner großen Hände ruhte auf ihrer Brust. Sie bog den Kopf nach unten und berührte mit den Lippen seine Finger. Mar, dachte sie. Der Kummer schnürte ihr die Kehle zusammen. Mar.

Er bewegte sich, als würde er es spüren. Seine Finger an ihrer Brust bewegten sich auch, hielten sie fester. Sie lag ganz still. Über ihr Gesicht rannen Tränen, aber sie gab keinen Laut von sich.

Es war eine lange Nacht.

Am Morgen war ihr schlecht, und diesmal konnte sie es nicht vor ihm verbergen. Und sie konnte auch nicht länger vor sich selbst verbergen, was es zu bedeuten hatte.

Sie bekam ein Kind.

Mar machte nicht viel Aufhebens um sie, wofür sie ihm dankbar war. Er brachte ihr, was sie brauchte, und ließ sie dann in Ruhe.

Schließlich fragte er, als sie sich auf ihren Schlaffellen ausruhte: »Was hast du deiner Mutter gesagt, was du tun würdest, wenn ich zustimme?« Er mußte es wissen, damit er seine Pläne machen konnte.

»Ich soll die Mädchen, die mitkommen wollen, noch vor der Dunkelheit zum gespaltenen Baum bringen«, erwiderte Alin.

Mar nickte. »Dann lasse ich jetzt den Stamm ans Ufer kommen. Ruh dich hier aus, Alin. Jes kann für dich sprechen. Es ist nicht nötig, daß du dort bist.«

»Doch, es ist nötig, daß ich dort bin«, erwiderte Alin. »Bis dahin wird alles wieder in Ordnung sein, Mar. Diese Übelkeit dauert nicht lange.«

Er zog die Augenbrauen hoch. »Nicht, daß dir vor dem versammelten Stamm schlecht wird.«

Sie schüttelte den Kopf. Das war ein Fehler. Sie machte die Augen zu und kämpfte gegen das aufsteigende Schwindelgefühl an. Als sie die Augen wieder aufmachte, saß er neben ihr am Boden. »Du bist schneeweiß«, sagte er.

Sie sah in sein besorgtes Gesicht und wußte, daß sie nicht warten konnte, bis sie mit all den anderen am Ufer war, um ihm zu sagen, daß sie ihn verlassen würde. Egal, was er tun würde – sie mußte es ihm jetzt sagen. Das war sie ihm schuldig.

»Mar«, sagte sie und schluckte.

»Ja?«

»Mar, ich gehöre zu denen, die weggehen. Ich gehe mit meiner Mutter zurück zu meinem Stamm.«

Er sagte nichts. Er bewegte sich nicht. Die einzige Veränderung fand in seinen Augen statt.

»Warum?« fragte er schließlich.

»Ich muß. Ich bin die Auserwählte, die künftige Herrin.« Wieder schluckte sie, und der Geschmack in ihrem Mund war schal. »Die Herrin vom Hirsch-Clan ist etwas anderes als der

Häuptling vom Stamm des Pferdes. Die Nachfolgerin der Herrin ist von der Mutter auserwählt. Solange ich denken kann, weiß ich, daß ich auserwählt bin.« Sie wandte den Blick von ihm ab, sah ihn dann aber wieder an. »Ich bin, was ich bin, Mar. Ich kann es nicht ändern.«

Er saß noch immer völlig bewegungslos da. »Gestern abend hast du gesagt, daß du mich liebst.«

»Ich liebe dich. Ich kann mir kein größeres Glück vorstellen, als mein Leben mit dir zu verbringen, hier bei dir, beim Stamm des Pferdes. Aber dieses Leben, dieses Glück steht mir nicht zu, Mar.« Schweigend sahen sie sich an. »Ich bin, was ich bin«, sagte Alin noch einmal.

Er holte tief Luft, lange und zitternd. »Ich bin auch, was ich bin, Alin. Ich kann nicht mit dir kommen.«

»Das weiß ich. Das würde ich niemals von dir verlangen. Du bist der Häuptling, so wie ich eines Tages die Herrin sein werde. Wir gehören unseren Stämmen.«

Er riß sich aus seiner Bewegungslosigkeit los und warf den Kopf hoch. »Und wenn ich nun nicht zustimme? Wenn ich sage, daß wir kämpfen werden, um unsere Frauen zu behalten? Was dann, Alin?«

»Wie ich schon sagte«, erwiderte sie. »Das ist nicht der richtige Weg, um die Harmonie in einem Stamm zu bewahren.« Sie schloß für einen Augenblick die Augen, sammelte Kraft. »Unter den Männern des Hirsch-Clans ist auch mein Vater«, sagte sie. »Was glaubst du wohl, wie mir zumute sein wird, wenn du ihn tötest?«

Sie sah ihn fest an. Sein Gesicht war genauso weiß wie das ihre.

»Du hast noch nie von deinem Vater gesprochen«, sagte er. »Immer nur von deiner Mutter.«

»Ich habe nie bei meinem Vater gelebt, aber ich weiß, wer er ist. Und ich liebe ihn. Wenn du ihn tötest, werde ich dich nicht mehr gern haben.«

»Du kannst nicht gehen«, sagte er. »Du bekommst ein Kind für mich.«

»Nicht für dich, Mar«, erwiderte sie. »Für den Stamm. Aber du brauchst keine Angst zu haben. Mein Kind wird dem Stamm des Hirschen heilig sein.«

Er verzog verächtlich den Mund. »Heilig, wenn es ein Mädchen ist«, sagte er. »Für Söhne habt ihr doch keine Verwendung, Alin.«

Alin mußte an ihre Halbbrüder denken, die, getrennt von Lana, von Pflegemüttern aufgezogen worden waren. Alin hatte Ware in den wenigen Monden, die sie beim Stamm des Pferdes verbracht hatte, häufiger gesehen als ihre Halbbrüder in all den Jahren zu Hause in ihrem Stamm. Sie wußte nicht, was sie ihm antworten sollte.

Er beobachtete ihr Gesicht. Mit einer schroffen, ärgerlichen Bewegung stand er auf. Alin sah ihm nach, wie er zum Eingang der Behausung ging, die Häute hochhob und hinaussah. Der Regen hatte in der Nacht aufgehört, und es war ein sonniger Tag.

»Wenn es ein Junge ist, dann schick ihn mir«, sagte er über die Schulter zu Alin. »Ich will nicht, daß mein Sohn mit dem Gefühl aufwächst, unerwünscht zu sein.«

Heiße Tränen brannten in Alins Augen. Tränen der Erleichterung. Tränen des Kummers. Er würde sie gehen lassen.

»Hast du gehört?« Er drehte sich mit einem heftigen Ruck herum und sah sie an. Die Sonnenstrahlen, die durch den offenen Eingang fielen, vergoldeten sein Haar. »Wenn das Kind ein Junge ist, Alin, dann schick ihn mir.«

Alin mußte wieder an ihre Halbbrüder denken. »Ist gut, Mar«, sagte sie mit brüchiger Stimme. »Das werde ich tun.«

TEIL DREI

Winterende

Ein Jahr später

31

Alin stand vor ihrer Hütte und beobachtete den vollen Mond des Schattens, der am Himmel aufging. In einem Mond, dachte sie, werden die Männer vom Stamm des Pferdes bei der Zeremonie des Großen Pferdes einen Hengst als Opfer darbringen.

Die Männer des Hirsch-Clans hatten keine solche Zeremonie. In Wirklichkeit hatten die Männer des Hirsch-Clans, wie Alin seit ihrer Rückkehr zu ihrem Stamm klargeworden war, genauso die Verbindung zu den Göttern verloren, wie die Frauen vom Stamm des Pferdes die Verbindung zur Erdmutter verloren hatten.

Das ist nicht richtig, dachte Alin. Alle Menschen mußten sich mit der Welt verbunden fühlen. Der menschliche Geist sehnte sich nach dieser Verbindung, war unerfüllt und leer ohne sie.

Die Männer des Hirsch-Clans mußten auch religiöse Zeremonien haben.

Alin sah über den freien Platz zur Hütte ihrer Mutter. Auch Lana würde jetzt in den Himmel sehen, ihn beobachten und die entsprechende Kerbe in ihrem Kalender anbringen, um zu zeigen, daß der Mond des Schattens voll war.

Der nächste Mond, der aufgehen würde, war der Mond der Frühlingsfeuer.

Alin fröstelte plötzlich in der kühlen Abendluft, und sie verschränkte die Arme vor der Brust. Sie mußte in diesem Jahr bei den Frühlingsfeuern die heilige Hochzeit vollziehen. Bei den Winterfeuern hatte sie noch ihr Kind im Bauch getragen, und so hatte sie nicht teilgenommen. Aber jetzt war ihr Sohn fast drei Monate alt, und ihr Körper war wieder schlank, so daß es für sie Zeit wurde, die ihr zugedachte Rolle zu übernehmen.

Dieser Gedanke bereitete ihr keine Freude, wie es hätte sein sollen, sondern ein merkwürdiges Unbehagen. Sie wollte sich nicht mit einem anderen Mann paaren. Auch wenn sie wußte, daß die Trommeln und Flöten ihr Blut in Wallung bringen würden und es ihre Bestimmung war, sich mit einem anderen Mann zu paaren.

Sie hatte Angst, daß es Unglück über den Stamm bringen würde, wenn sie mit diesem Gefühl im Herzen die heilige Hochzeit vollzog.

Aber wie sollte sie es ihrer Mutter erklären?

Während der Schwangerschaft hatte sie Mar nicht so sehr vermißt. Sie war wie betäubt gewesen, als hätte sie das Kind, das in ihr wuchs, unempfindlich gemacht für ihre Sinne und Gefühle. Sie hatte gegessen und geschlafen und gegessen und geschlafen.

Dann war er geboren worden – ein Junge mit blauen Augen und einer Kappe aus hellem seidigem Haar. Wenn sie ihn ansah, tat ihr das Herz weh.

Lana war enttäuscht. Sie hatte sich ein Mädchen gewünscht.

»Du bist noch jung«, tröstete sie Alin, als sie ihr das Kind in den Arm legte. »Es wird eine Pflegemutter bekommen, dann bist du frei und kannst wieder empfangen.«

Aber Alin hatte sich geweigert. »Ich will keine Pflegemutter«, hatte sie zu Lana gesagt. »Ich stille mein Kind selbst.«

Es war das erste Mal, daß sie sich gestritten hatten.

»Beim ersten ist es immer schwer«, hatte Lana gesagt. »Ich weiß noch, wie schwer es ist. Aber wenn du dieses Kind stillst, wird es nachher schwerer, wenn du es hergeben mußt. Besser, du tust es gleich, bevor du dich an das Kind gewöhnt hast.«

Es *hergeben*. Dieses Wort hatte sich wie ein Stein auf ihr Herz gelegt. Sie hatte ihr Kind gesehen, wie es sich mit seinem seidigen Haar an ihre Brust schmiegte, und im gleichen Moment gewußt, daß sie es niemals hergeben würde.

»Ich stille ihn selbst«, hatte sie gesagt.

Dagegen konnte Lana nichts ausrichten – außer wenn sie ihr den Säugling gewaltsam weggenommen hätte.

Jetzt standen die Frühlingsfeuer bevor, und in Alin breitete sich Verzweiflung aus. Jetzt wurde ihr erst richtig bewußt, was sie verloren hatte und wie ihre Zukunft aussehen würde.

Sie war so einsam. Ihr Kind zu stillen, es zu halten, half ein wenig. Aber wenn es dann zu ihr aufblickte, in ihr Gesicht sah, mit diesen vertrauten blauen Augen, oder wenn ein kleines Lächeln um seinen Mund spielte, war Alin wie betäubt vor Schmerzen. Wenn sie nachts allein in ihren Schlaffellen lag, glaubte sie, in eine große dunkle Grube zu fallen, ohne Hilfe, ohne Hoffnung, ohne die Aussicht, jemals wieder ans Licht zu gelangen.

Sie gab sich unendlich große Mühe, nicht an Mar zu denken, aber schon allein diese Anstrengung war ein Eingeständnis dafür, wie sehr sie ihn brauchte.

So, wie ich jetzt bin, tauge ich nicht für den Stamm, dachte sie an diesem Abend, als sie in der kalten sternenklaren Nacht vor ihrer Hütte stand und beobachtete, wie der volle Mond am Himmel aufging.

Wenn ich bei den Frühlingsfeuern die heilige Hochzeit vollziehe, werde ich vielleicht von der Kraft der Mutter durchdrungen und geheilt, dachte sie.

Wen sollte sie zu ihrem Gefährten machen?

Es gab niemanden, den sie haben wollte.

Sie mußte eine Wahl treffen.

Ban, dachte sie. Sie und Ban waren im letzten Winter gute

Freunde geworden. Er hatte ihr mehr als jeder andere im Stamm geholfen, diese traurige Zeit zu überstehen. Ban könnte sie vielleicht ertragen.

Aus der Hütte ertönte ein durchdringendes klagendes Geschrei. Tardith war aufgewacht und hatte Hunger. Wenn Tardith wach war, war alles nicht so schwer. Erleichtert drehte sich Alin um und ging in die Hütte, um ihn zu füttern.

Auch Mar beobachtete den Aufgang des Mondes in dieser Nacht. Er stand allein vor seiner Behausung in der Felsenklippe über dem Wandfluß.

Der nächste volle Mond, der aufging, wird das Zeichen für den Beginn der Zeremonie des Großen Pferdes sein, dachte er.

Vor genau einem Jahr, zur gleichen Zeit, hatte er darauf gewartet, den Häuptling herausfordern zu können.

Vor genau einem Jahr, zur gleichen Zeit, war Alin bei ihm gewesen.

Bei diesem Gedanken schüttelte er den Kopf wie ein Hengst, den die Fliegen plagen.

Es hatte keinen Sinn, an Alin zu denken. Sie hatte ihn aus freien Stücken verlassen. Wieder schüttelte er den Kopf. Es hatte keinen Sinn, an sie zu denken.

Sie mußte das Kind während des Renmondes bekommen haben. War es ein Junge oder ein Mädchen? überlegte Mar. Ging es Alin gut? War sie in Sicherheit?

Jes hatte gesagt, daß sie, sobald das Wetter wärmer würde, in den Süden gehen wollte, um ihren alten Stamm zu besuchen und Alin zu treffen. Mar wußte, daß er warten mußte. Jes hatte vor einem Mond selbst ein Kind geboren. Sie würde sich nicht vor dem Mond der Damkitze mit ihrem Kind auf den Weg machen.

Lugh spürte die Verzweiflung und den Kummer seines Herrn, denn er kam zu ihm und drückte seinen Kopf an Mars Beine.

Mar streckte die Hand aus und streichelte die ausdrucksvollen schwarzen Ohren seines Hundes. Dann ließ er die Häute am Eingang herunter und ging hinein, um das Feuer für die Nacht aufzuschichten.

Zwei Tage nach dem vollen Mond des Schattens gingen Mar und eine Gruppe Männer vom Stamm des Pferdes auf die Renjagd. Sie hatten eine Herde ausfindig gemacht und zwei große Böcke erlegt, als Lugh im Unterholz einen Eber entdeckte.

Lugh, der in jeder Hinsicht ein hochintelligenter Hund war, hatte eine Schwäche. Er hegte einen unvernünftigen, leidenschaftlichen Haß gegen Schweine. Ohne einen Augenblick zu zögern, stürzte er sich auf den Eber.

»LUGH!« schrie Mar ihm nach, aber dieses Mal folgte Lugh der Stimme seines Herrn nicht.

Mar drehte sich zu Tane um. »Ich gehe ihm nach. Du kannst mit den Männern inzwischen das Renfleisch nach Hause bringen.«

»Ich komme mit«, sagte Tane. Mar nickte, und nachdem er Bror seine Anweisungen erteilt hatte, lief er mit Tane unter den Bäumen durch, um Lughs Spur zu folgen.

»Ich hoffe nur, wir holen ihn ein, bevor sich der Eber umdreht«, murmelte Mar, als sie einen kleinen bewaldeten Hügel hinaufliefen. »Ich habe ihn gesehen, als Lugh loslief. Er war groß. Gewaltige Hauer. Es könnte für Lugh gefährlich werden, wenn er sich mit ihm einläßt.«

Das Gebell vor ihnen verstummte. Mar biß die Zähne zusammen und lief noch schneller. Tane blieb ihm auf den Fersen.

Der Wintertag ging schon zu Ende, unter den Bäumen war es bereits dunkel. Mar umklammerte seinen Speer und lief weiter, die Stille, die sich vor ihm ausbreitete, machte ihm angst.

Links von ihnen kreischte eine Hyäne.

Auf einer kleinen Lichtung hatte sich der Eber Lugh gestellt. Das erste, was Mar und Tane, als sie näher kamen, sahen, war der blutige Körper des großen Ebers, der neben den Bäumen auf den Hinterläufen saß und das schwarze silbrige Bündel Fell, das vor ihm am Boden lag, anstarrte.

Es war Lugh.

»Töte den Eber«, sagte Mar zu Tane und lief zu Lugh und kniete sich neben ihn.

Der Hund war buchstäblich in Stücke gerissen. Überall waren Blut und die bloßgelegten Knochen, aber er atmete noch.

»Lugh«, sagte Mar und nahm den Kopf des Hundes, der unverletzt war, in die Hände. »Lugh.«

Bei dem Ton von Mars Stimme zuckte der Hund mit den Ohren.

»Warum?« fragte Mar verzweifelt. »Warum bist du bloß hinter ihm hergelaufen?«

Noch einmal zuckten die Ohren.

Mar sah Tane an, der zu ihm gekommen war. »Mach eine Bahre aus Zweigen und meiner Tunika«, sagte er. »Wir tragen ihn nach Hause.«

Tane wollte schon erwidern, daß der Hund den Transport nach Hause niemals überleben würde; doch dann sah er Mar an und änderte seine Meinung. Schweigend hob er Mars Felljacke vom Boden auf.

Während Tane Zweige für die Bahre abschnitt, sprach Mar leise mit dem Hund. An dem gelegentlichen Zucken der schwarzen Ohren merkte er, daß Lugh ihn hörte, und so sprach er weiter, bemühte sich verzweifelt, den Hund mit dem Ton seiner Stimme am Leben zu erhalten.

»Weißt du noch«, sagte er, »weißt du noch, als du noch ein kleines Hündchen warst und wir zusammen Antilopen gejagt haben?«

Es wurde kälter. Ohne seine Felljacke breitete sich die Kälte in Mars Gliedern aus, ließ seine Muskeln und Gelenke steif werden. Lugh friert bestimmt, dachte er und nahm ihn fester in die Arme, um ihn zu wärmen. Das Blut hatte Mars Hemd und seine Hose durchweicht und war in den Boden geronnen. Er merkte es gar nicht. Er sprach immer weiter.

Lughs Atemzüge wurden immer langsamer, immer flacher.

Er darf nicht sterben, dachte Mar verzweifelt.

»Lugh«, sagte er. Er beugte den Kopf, bis sein Mund direkt am Ohr des Hundes lag. Er sprach in das Ohr, und das Ohr zuckte ganz schwach.

»Ich habe die Bahre fertig«, sagte Tane.

Mar sah sich zu ihm um. »Gut.« Dann drehte er sich wieder zu Lugh.

Lugh hatte aufgehört zu atmen.

»Lugh«, sagte Mar in sein Ohr. Aber jetzt zuckte es nicht mehr.

Es war still im Wald. Tane schwieg. Mar kniete mit gesenktem Kopf neben seinem Hund. »Hab eine gute Reise«, sagte er schließlich sanft in das reglose Ohr. Dann richtete er sich auf und starrte Tane mit leeren Augen an.

»Wir bringen ihn auf jeden Fall nach Hause«, sagte Tane leise. »Dort kannst du ihn begraben. Ein Herz wie das seine verdient jede Ehre, die wir ihm erweisen können.«

Mar stand auf und preßte die Hände an die Augen. Tane schwieg, stand nur da und wartete. Mar ließ die Hände sinken. »Ich hebe ihn auf die Bahre«, sagte er. »Und dann bringen wir ihn nach Hause.«

Mar begrub Lugh ein Stückchen flußaufwärts auf dem Kiesufer des Wandflusses und häufte Steine auf das Grab, damit ihn die Aasfresser nicht ausscharren konnten.

Als der Mond voll war, feierten die Männer des Stammes die

Zeremonie des Großen Pferdes. Es wurde ein Hengst gefangen und als Opfer dargebracht. Die jungen Männer empfingen die Jünglingsweihe, und die etwas älteren wurden zu Nirum gemacht; es wurde das Feuer neu entzündet und der heilige Tanz vollzogen. Alles schien gut mit dem Stamm des Pferdes.

Zwei Tage nach der Zeremonie des Großen Pferdes kam Jes zu Mar. Er war mit den Männern draußen im Wald, östlich der Höhlen, wo sie lange dünne Zweige schnitten, um neue Fischnetze zu machen. Bald würde der Lachs den Fluß heraufkommen.

»So weit weg von zu Hause warst du schon lange nicht mehr«, sagte er gut gelaunt und lehnte sich mit dem Rücken gegen eine Eiche.

»Ja.« Sie lächelte ihn kurz und traurig an. »Ich hätte nie geglaubt, wieviel Mühe so ein kleines Kind macht.«

Er nickte und wartete, daß sie weitersprach.

»Mar«, begann sie. »Zu Beginn des neuen Mondes müssen wir die Frühlingsfeuer abhalten.«

Wieder nickte er.

»Ich bin gekommen, um mit dir zu besprechen, wer die heilige Hochzeit vollziehen soll.«

Er schaute sie überrascht an. »Ich dachte, Tane und du würden das tun.«

Die blaugrauen Augen von Jes sahen ihn prüfend an. »Ich finde, Dara und Arn sollten es tun«, sagte sie.

Er zuckte die Achseln. »Das mußt du selbst entscheiden, Jes. Ich habe keine Lust, mich in Dinge einzumischen, die Sache der Frauen sind.«

Sie antwortete nicht sofort, sondern sah ihn nur an. Dann glitt ihr Blick hinunter auf seine Füße, und sie sagte: »Ich kann mich einfach nicht daran gewöhnen, dich ohne Lugh zu sehen. Ich merke immer wieder, wie ich ihn suche.«

Sein Gesicht nahm einen anderen Ausdruck an. »Ja«, sagte er. »Ich suche ihn auch immer.«

»Du solltest dir einen neuen Hund nehmen, Mar. Bald wird es Junge geben. Such dir einen aus und nimm ihn mit zu dir, in deine Behausung.«

Er schüttelte den Kopf. »Es wird nie wieder einen wie Lugh geben.«

»Es wäre ein neuer Hund, ein anderer Hund. Lugh wirst du niemals ersetzen können. Er war einzigartig.«

»Ja. Das war er. Alin hat immer gesagt, mit Lugh zusammenzuleben, sei genauso, als würde man mit einem anderen Menschen zusammenleben.«

Bei der Erwähnung ihres Namens machte sich Schweigen breit.

»Beim Hirsch-Clan wird es auch Frühlingsfeuer geben«, sagte Jes.

Mars Gesicht wurde verschlossen.

»Seit Alin weg ist, hat niemand ihren Platz als Herrin eingenommen«, sagte Jes. »Ohne sie sind die Frauen vom Stamm des Pferdes von der Mutter abgeschnitten.«

»Ich dachte, du hättest ihren Platz eingenommen«, sagte Mar.

Jes schüttelte den Kopf. »Das will ich nicht. Ich möchte malen.«

»Willst du deshalb, daß Dara die heilige Hochzeit vollzieht?« fragte er.

»Ja. Arn wird der nächste Schamane des Stammes sein, deshalb sind er und Dara am besten geeignet. Eigentlich müßtest du es sein, Mar. Der Gott sollte der Häuptling der Jäger sein. Nicht der Schamane.«

Mar zog ironisch die Augenbrauen hoch. »Ich glaube nicht, daß Arn dem zustimmen würde. Und Dara auch nicht.«

»Das habe ich nicht gemeint«, sagte Jes.

Wieder trat Schweigen ein.

»Du hast dir keine neue Frau genommen«, brach Jes das Schweigen. »Du hast die beiden Frauen, die du bei den Herbsttreffen eingetauscht hast, anderen gegeben.« Ihr Blick war auf sein Gesicht gerichtet. »Es ist nicht richtig, wenn der Häuptling ohne Frau ist.«

Mars Gesicht war verschlossen, sogar feindselig. »Ich möchte nicht darüber reden, Jes«, sagte er.

»Wenn du selbst so empfindest, dann stell dir doch bloß einmal vor, wie Alin zumute sein mag.«

Er antwortete nicht, sondern sah nur mit zusammengekniffenem Mund, sehr weißem Gesicht, sehr blauen Augen auf sie herunter.

»Lana wird von ihr verlangen, daß sie dieses Mal die heilige Hochzeit vollzieht«, sagte Jes. »Von den Winterfeuern wird man sie befreit haben. Das Kind in ihr wird schon zu groß gewesen sein, als daß sie zu der heiligen Stätte in der Höhle hätte gehen können. Aber jetzt – jetzt wird sie es tun müssen.« Sie hielt kurz inne. »Mar, stell dir doch mal vor, wie ihr zumute sein muß.«

»Sie hat mich verlassen«, sagte Mar. Sein Gesicht war noch immer schneeweiß. »Sie wußte, was sie erwartet, wenn sie zu ihrem alten Leben zurückkehrt. Sie kannte es.«

»Ich glaube, das Leben zu kennen und es am eigenen Leib zu erfahren, sind zwei verschiedene Dinge«, sagte Jes.

Mar zuckte die Achseln. Seine Bewegung wirkte steif. »Es war ihr freier Wille.«

»Mar, ich glaube, daß du genau wie Lugh bist«, sagte Jes. »Er war ein Hund für *einen* Mann, und du bist ein Mann für *eine* Frau. Und ich glaube, daß es mit Alin auch so ist, daß sie eine Frau für *einen* Mann ist.«

Mars Kinn wurde noch härter und streckte sich nach vorn. Er antwortete nicht.

»Mar«, sagte Jes. »Warum gehst du nicht in den Süden zum Hirsch-Clan, um mit Alin die heilige Hochzeit zu vollziehen?«

Völlige Stille trat ein. Es ist, dachte Jes, als hätte er aufgehört zu atmen.

»Ich weiß nicht, was du meinst«, sagte er nach einer Weile, fast ohne die Lippen zu bewegen.

»Alin wird für den Hirsch-Clan die heilige Hochzeit vollziehen«, sagte Jes. »Und sie hat ein Recht, sich den Mann, der der Gott sein wird, selbst auszusuchen. Du solltest in den Süden gehen, damit sie dich nehmen kann.«

»Ich gehöre nicht zu ihrem Stamm«, sagte Mar. Seine Stimme klang merkwürdig verändert, tonlos. An seinem Kinn zuckte ein Muskel.

Jes hob abwehrend die Hände. »Das spielt keine Rolle. Es ist niemals gesagt worden, daß dieser Mann in unserem Stamm geboren sein muß.«

»Sie hat sich schon entschieden«, sagte Mar. Aber er klang nicht sehr überzeugend.

»Sie hatte gar keine andere Wahl, Mar«, sagte Jes. »Sie mußte mit Lana zurückgehen.«

»Und was soll sich jetzt daran geändert haben?« fragte Mar.

»Ich werde dir eine Botschaft für sie mitgeben«, sagte Jes. »Diese Botschaft könnte etwas ändern.«

»Was für eine Botschaft?«

Jes straffte die schmalen Schultern und streckte das Kinn vor. »Ich werde ihr folgende Botschaft überbringen lassen:

›Alin. Wir brauchen dich in diesem Stamm. Seit du weg bist, haben die Frauen keine Herrin mehr. Ohne dich sind wir von der Mutter getrennt. Es gibt niemanden hier, der deinen Platz einnehmen kann.

Der Hirsch-Clan hat viele junge Mädchen, die die Mutter für sich beanspruchen kann. Der Stamm des Pferdes hat niemanden.

Wir wünschen uns von ganzem Herzen, daß du zum Stamm des Pferdes zurückkehrst, wo du gebraucht wirst.‹«

Während Mar über die Botschaft nachdachte, herrschte Schweigen.

»Das hat sie gewußt, bevor sie weggegangen ist«, sagte er.

Jes schüttelte den Kopf. »Ich glaube nicht, daß sie es gewußt hat. Und es gibt noch etwas, das es ihr schwerer machen wird, meine Bitte abzulehnen.«

»Und was ist das?« fragte Mar.

»Das bist du«, sagte Jes.

Als es dunkel wurde, kehrte Mar mit den Männern zu den Höhlen in der Felsenklippe zurück und ging dann allein in seine Behausung.

Seit Lughs Tod fürchtete er sich davor, dorthin zu gehen. Ohne Alin war es schrecklich genug gewesen, aber jetzt, nachdem Lugh nicht mehr da war, war es für ihn fast unerträglich.

Er schlug die Häute vor dem Eingang hoch und trat in den dämmrigen kalten Raum. Eine verzweifelte Einsamkeit überkam ihn. Sie schnürte ihm die Kehle zu und breitete sich schmerzhaft in seinem ganzen Körper aus.

Er hätte alles darum gegeben, wenn er Alin dort neben seinem Herdfeuer sitzen sehen könnte, wie sie ihn mit ihren großen strahlenden braunen Augen ansah, mit einem Lächeln auf den Lippen, während ihre Hände ein silbriges schwarzes Bündel Fell streichelten.

Er ließ sich neben dem kalten Feuerplatz auf die Knie fallen und preßte die Hände an die Augen. Alles in ihm tat weh. Nichts hatte für ihn noch Bedeutung. Er hatte die Zeremonie des Großen Pferdes präzise, aber ohne Freude abgewickelt.

Es war nicht gut für den Stamm, einen Häuptling wie ihn zu haben.

Jes hatte recht. Er würde in den Süden gehen, um Alin zu sehen. Wenn es ihr genauso schlimm erging wie ihm, dann würde er sie vielleicht überreden können, mit ihm zurückzukehren.

Er würde ihr sagen, daß er gekommen sei, um sein Kind zu sehen, um zu erfahren, ob es ein Junge oder ein Mädchen war. Er würde ihr die Botschaft von Jes überbringen. Dann würde er sehen, was passierte.

32

Lana saß in ihrer Hütte vor dem kleinen Herdfeuer und starrte in die Glut der letzten Nacht. Die Herrin hatte einen unruhigen Schlaf gehabt, und jetzt, als es schon Tag wurde, war sie hellwach und grübelte darüber nach, was sie in der Nacht nicht hatte schlafen lassen.

Alin war nicht mehr dieselbe, seit sie im Stamm der Entführer gelebt hatte und von dort zurückgekehrt war. Zuerst hatte Lana geglaubt, daß es an der Schwangerschaft läge. Wenn das Kind erst geboren ist, dachte sie, wird Alin wieder sie selbst sein.

Das war nicht geschehen. Wenn überhaupt etwas geschehen war, dann höchstens, daß sich Alin noch mehr in sich zurückgezogen hatte. Und dann hatte sie sich auch noch geweigert, das Kind einer Pflegemutter zu überlassen.

Der Grund für Alins Veränderung war der Häuptling, den die Mädchen Mar nannten. Er war der Mann, mit dem Alin die heilige Hochzeit vollzogen hatte, er war der Vater dieses Jungen, den sie nicht weggeben wollte. Sein Name kam nur selten über ihre Lippen, obwohl die anderen Mädchen, die zurückgekehrt waren, ständig von ihm sprachen.

Lana strich sich über die Stirn und schob das weiche, mit grauen Strähnen durchzogene Haar nach hinten.

Was war zu tun?

Alin war ihre Nachfolgerin. Das hatte Lana schon gewußt, als Alin noch ganz klein gewesen war. Und zwar nicht nur deshalb, weil sie Lanas einzige Tochter war, sondern weil sie etwas ausstrahlte, das die anderen Menschen sofort wahrnahmen und auf das sie reagierten: Macht. Schon als kleines Mädchen hatte sie diese Macht besessen. Und Lana hatte darin ihr eigenes Spiegelbild gesehen.

Von dieser Kraft war Alin noch immer erfüllt. Auch wenn sie schwächer geworden war. Alin trauerte um diesen Sohn des Himmelsgottes, mit dem sie sich gepaart hatte.

Ihr erster Mann. In der Hitze der Feuer mit ihr vereint. Ein Häuptling, selbst ein Mann der Macht.

Das ist es und nicht mehr, dachte Lana. Warte, bis Alin mit einem anderen Mann zusammen war. Warte, bis sie entdeckt hatte, daß nicht nur *ein* Mann fähig war, ihr Blut in Wallung zu bringen. Warte, bis sie bei den Frühlingsfeuern einen anderen Mann in sich aufgenommen hatte und das Bild dieses Mannes vom Stamm des Pferdes in ihren Gedanken ausgelöscht war.

Der Mond des reißenden Stroms näherte sich seinem Ende. In zwei Tagen würde im Westen der erste Mond der Frühlingsfeuer aufgehen.

Alin muß entscheiden, mit welchem Mann sie die heilige Hochzeit vollziehen wird, dachte Lana. Sie hatte gesagt, daß sie ihre Entscheidung treffen würde, wenn sich der Mond verfinsterte. Heute nacht würde kein Mond am Himmel stehen. Alin konnte nicht noch länger warten.

Lana ließ zwei Mädchen aus der Frauenhöhle kommen, die ihr frisches Wasser und etwas zu essen brachten. Sie benetzte ihr Gesicht mit kaltem Flußwasser, spürte die Müdigkeit der schlaflosen Nacht auf ihrer Haut. Sie ließ sich von einem der Mädchen die Haare kämmen und zu einem Zopf flechten, den sie hinter dem Kopf zu einem Knoten wand. Als die letzte Haarklemme aus Knochen an ihrem Platz war, stand sie auf und schüttelte ihren langen Lederrock aus.

»Ich gehe zu meiner Tochter«, sagte sie zu den Mädchen und stieß die Häute an der Tür ihrer Hütte auf. Alins Hütte lag ganz in der Nähe, gegenüber dem Eingang zur Frauenhöhle. Lana hatte sie für sie errichten lassen, als sie im vergangenen Frühjahr nach Hause gekommen war.

Lana trat ins Freie und sah hinauf in den Himmel. Die Sonne war schon aufgegangen, und es war ein heller, klarer Tag. Die Luft war frisch und kalt und rein. Lana warf einen Blick über ihre Domäne.

Am Fluß bewegte sich etwas. Lana drehte den Kopf und versuchte zu erkennen, was es war. Ein Mann ging das Flußufer entlang, vom Norden her kommend, gefolgt von einem Hund. In der Hand trug er einen Speer und über der Schulter einen Bogen. Lana kniff die Augen zusammen, um ihn besser erkennen zu können.

Es war kein Mann aus ihrem Stamm. Kein Mann vom Stamm des Hirschs hatte Haare von dieser Farbe.

Er verließ das Flußufer, kam den Weg herauf, der zu den Behausungen des Stammes führte.

Erst da erkannte sie ihn wieder. Er war der Mann, der Alin entführt hatte.

Lanas Herz begann heftiger zu schlagen. Sie hatte ihn nur einmal gesehen, damals, an jenem schrecklichen Morgen, als er und seine Männer vor der heiligen Höhle über sie und ihre

Frauen hergefallen waren, aber sie würde ihn ihr ganzes Leben lang nicht vergessen.

Sie sah sich schnell um, suchte die Männer ihres Stammes. Sie mußten ihn wegschaffen, bevor Alin ihn sah!

In der gegenüberliegenden Hütte wurden die Häute hochgeschlagen.

»Mutter«, sagte Alin erstaunt. »Du bist früh auf.«

Lana starrte ihre Tochter an. »Ich möchte mit dir reden, Alin«, sagte sie. Ihre Stimme klang völlig normal. »Laß uns in deine Höhle gehen.«

Alin nickte. »Gut.« Sie wollte gerade wieder hineingehen, als sie das Gebell von Hunden hörte. Alin blieb stehen und sah sich nach der Ursache für diesen plötzlichen Lärm um.

»Komm herein«, sagte Lana laut.

Im gleichen Moment schoß ein Hund zwischen den beiden Frauen hindurch und bellte Alin freudig an. Alin starrte völlig fassungslos auf das Tier. »Roc!« sagte sie, »was machst du denn hier?« und ließ ihren Blick in die Richtung schweifen, aus der Roc gekommen war.

Lana beobachtete, wie alle Farbe aus Alins Gesicht wich. »Mar.« Ihre Lippen formten tonlos das Wort.

Der Mann mit dem goldenen Haar hatte sie jetzt auch gesehen und kam auf sie zu. Unter seinen langen Beinen schien der Boden zu verschwinden. Alin machte einen Schritt nach vorn, blieb stehen, dann ging sie ihm wieder entgegen.

Zu spät, dachte Lana verbittert, als sich ihre Tochter und der Mann gegenüberstanden und stumm in die Augen sahen.

Nach einer Weile begannen Alin und der Mann miteinander zu sprechen und kamen dann zu ihr.

»Herrin«, sagte Alin steif, »das ist Mar, der Häuptling vom Stamm des Pferdes. Er ist gekommen, um seinen Sohn zu sehen.«

Lana betrachtete den Mann von Kopf bis Fuß. Ihr war vorher gar nicht aufgefallen, wie groß er war. Sie kniff die Augen zusammen, bis sie nur noch schmale Schlitze waren und sie noch katzenhafter aussehen ließen als sonst. »Sei gegrüßt«, sagte sie mit eisiger Stimme.

Er neigte seinen blonden Kopf. Sein Haar ist zu kurz, dachte Lana kritisch, abgeschnitten, noch ehe es die Schultern berührte. Eine dicke Strähne war ihm in die Stirn gefallen. »Sei gegrüßt, Herrin«, sagte er. Seine Stimme war nicht weniger eisig als ihre.

»Ist das der einzige Grund, weswegen du gekommen bist, Mann des Pferdes?« fragte Lana. »Wegen deines Sohnes?«

»Deswegen bin ich gekommen«, erwiderte er. Der Ausdruck in seinen Augen war hart. Er ist mein Feind, dachte Lana. Er weiß es so gut wie ich. »Und wegen der Frühlingsfeuer bin ich auch gekommen.«

»Wegen der Frühlingsfeuer?« sagte Alin.

Sein Blick glitt von Lana zu Alin. »Ja«, sagte er, und seine Stimme klang plötzlich weich. »Bei mir zu Hause werde ich nicht gebraucht. Dara und Arn werden die heilige Hochzeit vollziehen. Und da dachte ich mir, daß ich hierherkommen könnte, zum Hirsch-Clan, um mit dir die heilige Hochzeit zu vollziehen.«

Der Ausdruck auf Alins Gesicht verriet Lana, wie ungemein gefährlich dieser Mann für sie war. Noch viel gefährlicher, als sie geglaubt hatte.

»Hast du den Mann schon gewählt?« fragte er Alin.

»Nein.« Sie schüttelte den Kopf und starrte ihn mit weit aufgerissenen Augen an.

»Jetzt kannst du ihn wählen«, sagte er.

»Ja«, sagte Alin. Sie lächelte, und Lana hatte das Gefühl, als würde sich eine Speerspitze in ihr Herz bohren. »Jetzt kann ich ihn wählen.«

Alin führte Mar in ihre kleine Hütte.

»Oh!« hörte sich Alin mit einem kleinen zitternden Lachen sagen. »Ich hatte ganz vergessen, wie groß du bist.«

»Ich habe nichts vergessen, Alin«, sagte er. Er streckte die Hand aus, berührte ihre Wange. »Nichts.«

Sie fühlte, wie ihre Haut unter seinen Fingern rot wurde. »Komm«, sagte sie, noch immer mit der gleichen zitternden Stimme. »Das ist dein Sohn.« Und sie zeigte auf den mit Fellen ausgelegten Korb, der neben ihrem Schlaflager stand.

Mit einem einzigen langen Schritt war Mar am Korb. Alin folgte ihm langsam, stellte sich neben ihn und sah hinein.

Das Kind war wach. Es schaute mit seinen blauen Augen zu den Gesichtern auf, die sich über seinen Korb beugten. Als es Alin erkannte, gab es einen gurrenden Ton von sich und begann zu strampeln.

»Er sieht genauso aus wie ich«, sagte Mar völlig überrascht.

»Ja«, sagte Alin mit weicher Stimme.

»Wie hast du ihn genannt?«

»Sein Name ist Tardith.«

Mars Kopf fuhr herum. Er starrte sie an. »Tardith war der Name meines Vaters«, sagte er.

»Ich weiß«, sagte Alin.

Das Kind, das zornig war, weil es nicht sofort aus dem Korb gehoben wurde, begann laut zu schreien.

»Ist er immer so laut?« fragte Mar, der bei dem Gebrüll zusammengezuckt war.

Alin lachte. »Nur wenn er Hunger hat. Was häufig der Fall ist.« Sie streckte die Arme nach dem Kind aus und hob es aus dem Korb. Es versuchte sofort, bei seiner Mutter zu trinken. »Warte, warte«, sagte Alin. Sie setzte sich auf ihre Schlaffelle, hob ihr Lederhemd hoch und legte das Kind an ihre Brust.

Es wurde still in der Hütte.

»Setz dich hin«, sagte Alin und deutete auf einen Platz vor ihrem. Der Boden der Hütte war überall mit Hirschfellen ausgelegt.

Von draußen war leises Winseln zu hören. »Du wirst Roc nicht hier drin haben wollen«, sagte Mar. Seine Stimme klang wie eine Frage.

»Er kann hereinkommen. Tardith ist an Hunde gewöhnt.«

Mar nickte, ging zur Tür und hob die Häute hoch. Roc kam sofort hereingelaufen. Mar befahl ihm, an der Tür zu bleiben, und der Hund legte sich gehorsam hin, die Nase auf den Füßen.

Alin betrachtete ihn und zog verwundert die Stirn in Falten. »Warum hast du denn Roc bei dir, Mar?« fragte sie. »Weil er mich kennt?« Die Falte auf ihrer Stirn wurde noch tiefer, und sie schaute wieder zur Tür. »Und wo ist Lugh?«

Alin sah Mar an, der schweigend in das kleine Feuer starrte.

»Mar«, sagte sie, diesmal lauter. »Was ist mit Lugh? Ist ihm etwas zugestoßen?«

Mar nickte schweigend.

Alin begann am ganzen Körper zu zittern. Tardith rutschte die Brustwarze aus dem Mund, und er schrie aus vollem Halse. Alin gab sie ihm wieder und sah abwartend zu Mar.

»Er ist tot«, sagte Mar schließlich heiser und machte die Augen zu.

Alin hatte das Gefühl, als würde ihr das Herz brechen. Sie konnte sich Mar nicht ohne Lugh vorstellen. »Ach, Mar«, sagte sie, und ihre Stimme verriet ihren tiefen Schmerz. »Es tut mir so leid. Er war so ein wunderbarer Hund. Einen Hund wie ihn findest du kein zweites Mal.«

Er nickte. »Es war ein Eber«, sagte er mit rauher Stimme.

Sie wollte ihn trösten, ihn in die Arme nehmen und seinen Kopf an ihre Brust drücken, genauso wie sie jetzt seinen Sohn hielt. Aber dazu hatte sie nicht das Recht. Sie hatte ihn verlassen, hatte ihn mit seinem Kummer allein gelassen. Es stand ihr nicht zu, ihn jetzt in den Arm zu nehmen.

»Er war dir immer treu«, sagte sie. Das Kind hatte fast aufgehört zu trinken. »Wann ist es passiert?«

»Beim Mond des Großen Pferdes.«

Das Kind schien satt zu sein, und Alin legte es an ihre Schulter und klopfte auf seinen Rücken.

Es stieß laut auf.

Mar sah auf. Ein geisterhaftes Lächeln glitt über sein angespanntes Gesicht. »Das ist aber wirklich ein lautes Kind«, sagte er.

Sie lächelte ihn an, hoffte, er würde ihre Tränen nicht bemerken. »Ja«, sagte sie, »das ist er.«

»Jes sagte mir, daß du das Kind zu einer Pflegemutter geben würdest, wenn es ein Junge ist«, sagte er.

Alin schlang ihre Arme fester um das warme Bündel an ihrer Schulter. Sie schüttelte den Kopf. »Meine Mutter wollte, daß ich das tue«, sagte sie. »Es stimmt, es ist der Weg der Herrin, ihre Söhne wegzugeben. Aber das wollte ich nicht.«

»Warum nicht, Alin?« fragte er sie mit ruhiger Stimme.

»Ich bin noch nicht die Herrin«, sagte sie.

»Und wenn du es wärst?«

Sie schluckte. »Meine Mutter sagt, daß es nur beim ersten Kind schwer ist, bei den anderen nicht mehr.« Sie hielt kurz inne. »Aber das glaube ich nicht.«

Er stöhnte, zog die Knie hoch und stützte sein Kinn darauf. »Jes hat mir für dich eine Botschaft mitgegeben«, sagte er.

»Was für eine Botschaft?«

Er wiederholte Wort für Wort, was Jes ihm aufgetragen hatte.

Als er geendet hatte, herrschte lange Zeit Schweigen.

Mar sah sich in dem kleinen Raum um, betrachtete all die Dinge, die ihn eindeutig zu Alins Raum machten: die Körbe, in denen sie ihre Kleider aufhob, ihr großer Speer und die Speerschleuder, die an der Wand lehnten, ein kleiner hübscher geflochtener Korb, in dem sie ihre Schmuckstücke aufbewahrte, ein Stoß sauberer Windeln, der neben dem Korb des Babys lag. Schließlich kehrte sein Blick zu Alins Gesicht zurück. »Es tut gut, wieder so zusammenzusein«, sagte er in das Schweigen hinein.

»Ja.« Ihr Gesicht war blaß.

»Ich möchte, daß du mit mir zurückkommst, Alin«, sagte er. »Ich brauche dich. Die Frauen vom Stamm brauchen dich. Komm zu mir zurück.«

»Ich weiß nicht«, sagte sie.

Er stieß die Luft durch die Nase aus. »Das hört sich besser an, als ich befürchtet hatte.«

»Ich weiß nicht, Mar«, sagte sie noch einmal. »Ich möchte es. Ich habe dich – so sehr vermißt. Aber ich weiß nicht, wem ich die Treue halten soll. Für mich ist das nicht so einfach, wie es für Lugh war.« Sie schluckte. »Ich kann es dir noch nicht sagen.«

Er nickte. »Ist schon gut. Ich will dich nicht drängen, Alin. Aber ich wollte, daß du weißt, warum ich gekommen bin.«

Sie nickte und lächelte. »Ich bin so froh, dich zu sehen!«

»Ich will dir noch etwas anderes sagen, was mir Jes gesagt hat.«

Sie schaute ihn fragend an.

»Sie sagte, daß ich wie Lugh bin, daß er ein Hund für nur einen Mann war, und daß ich ein Mann für nur eine Frau bin. Ich glaube, sie hat recht.«

Alin konnte nicht verbergen, wie sehr sie sich über seine Worte freute. Sie hatte zu viele Nächte wach gelegen und sich vorgestellt, wie er in den Armen einer anderen Frau lag.

»Und du?« Seine Stimme war hart, schroff. »Hast du dir bei den Winterfeuern einen Mann genommen?«

Sie schüttelte den Kopf. »Bei den Winterfeuern hatte ich das Kind in mir, und es war schon sehr groß, Mar. Da war ich mit keinem Mann zusammen.« In seinen Augen flackerte etwas auf, das sie veranlaßte, leise hinzuzufügen: »Es hat für mich keinen anderen Mann gegeben, Mar. Und ich habe mir auch keinen gewünscht.«

Seine Augen zogen sich zusammen. Er beugte sich ein wenig vor und schien sie mit seinem Blick zu verschlingen. »Müssen wir denn bis zu den Frühlingsfeuern warten?«

Ihre Mundwinkel zogen sich nach unten. »Ja. Es ist ein Tabu, sich während des dunklen Mondes vor den Feuern zu paaren. Und heute ist der Mond dunkel.«

Er blieb nach vorn gebeugt. »Heute«, sagte er. »Und morgen. Und dann sind die Frühlingsfeuer?«

»Ja. In zwei Tagen sind die Frühlingsfeuer.«

»Gut.« Er streckte die Hand aus. »Ich kann warten.«

Sie beugte sich nach vorn, streckte ihre freie Hand aus, die nicht das Baby hielt, und fühlte, wie er ihre Finger warm umschloß. »Ich kann auch so lange warten«, sagte sie lächelnd.

Zum ersten Mal in ihrem Leben fühlte sich Lana überlistet. Der Mann, der Mar hieß, hatte sie fast genauso überrumpelt wie damals, als er zum ersten Mal gekommen war. Diesmal war er am Abend vor den Frühlingsfeuern aufgetaucht, und Alin hatte gesagt, daß sie die heilige Hochzeit mit ihm vollziehen würde.

Es war alles so schnell gegangen, daß Lana gar keine Gelegenheit gehabt hatte, etwas dagegen zu tun. Und im übrigen war die Herrin auch gar nicht daran gewöhnt, sofort zu reagieren. Sie war es gewohnt, sorgfältig vorauszuplanen, die möglichen Folgen ihrer Handlungen abzuwägen. Sie war die Herrscherin eines Stammes, nicht nur ein Jäger, der sich auf seine Reflexe verlassen mußte, um zu überleben.

Sie konnte die heilige Hochzeit jetzt nicht mehr verhindern, ohne Alin zu provozieren, die sich am Ende vielleicht weigerte, die heilige Hochzeit überhaupt zu vollziehen. Das wäre nicht gut für den Stamm. Das einzig Vernünftige, was Lana vielleicht noch hätte vorbringen können, war, daß Mar zu breite Schultern hatte, um durch den Schacht zu gelangen, der in den höhergelegenen Gang und zur heiligen Stätte der Höhle führte.

Aber Alin würde die heilige Hochzeit in diesem Jahr nicht in der heiligen Stätte vollziehen. Entgegen Lanas Wunsch stillte sie noch ihr Kind, weshalb sie nicht den ganzen Tag und die ganze Nacht bei den Frühlingsfeuern sein konnte.

Lana hatte sich geweigert, einem männlichen Kind Zugang zum Heiligtum des Stammes zu gewähren. »Dich habe ich mitgenommen, als ich dich noch gestillt habe«, hatte sie zu Alin gesagt, »aber du warst auch die Auserwählte. Es war richtig, daß du mich begleitet hast. Aber nicht ein Junge. Das werde ich niemals zulassen.« Und schon gar nicht *diesen* Jungen, dachte sie, sagte es aber nicht.

Alin hatte es abgelehnt, Tardith von einer Ammenmutter stillen zu lassen. »Ich werde mich sehr unbehaglich fühlen, wenn ich ihn einen Tag und eine Nacht lang nicht stillen kann«, hatte sie zu Lana gesagt. »Das ist nicht gut, um die heilige Hochzeit zu vollziehen.«

Sie hatten einen Kompromiß geschlossen. Alin würde die heilige Hochzeit in einer Halle dicht beim Eingang der Höhle vollziehen, und das Kind würde ihr zum Stillen gebracht werden.

So war Lana überlistet worden. Sie würde Alin erlauben müssen, sich mit diesem Mann zu paaren. Ihr einziger Trost war nur, daß wenig Aussicht auf eine neue Schwangerschaft bestand, solange Alin noch stillte. Ein Sohn von einem Sohn des Himmelsgottes im Hirsch-Clan reicht völlig aus, dachte Lana.

Aber nach den Frühlingsfeuern – gleich danach – mußte sie ihn loswerden. Er war wegen Alin gekommen. Das hatte Lana sofort gesehen. Doch das machte ihr keine Angst. Viele Männer wollten Alin. Was ihr angst machte, war der Gedanke, daß Alin auch ihn wollte.

Alin war die Auserwählte. Noch nie hatte ein Mädchen deutlicher als Alin gezeigt, daß die Wahl der Erdmutter auf sie gefallen war. Und dann war sie entführt worden. In die Hände dieses Mannes gefallen. Und seither war nichts mehr so, wie es vorher gewesen war.

Der Mann mußte sterben. Lebendig war er eine Gefahr: für Lana, für Alin, für den ganzen Stamm.

Das durfte sie nicht zulassen.

Der Mann mußte sterben.

33

Die Mädchen des Hirsch-Clans, die mit Alin entführt worden und mit Lana wieder in ihren eigenen Stamm zurückgekehrt waren, begrüßten Mar wie einen alten Freund. Sogar Mora hatte ein Lächeln für ihn übrig. Und Fali war geradezu entzückt.

»Schön, dich zu sehen, Kleine«, sagte er mit entwaffnender Herzlichkeit zu ihr. »Ich schätze, du bist gut ein paar Finger breit gewachsen, seit ich dich zum letzten Mal gesehen habe.«

»Ja«, erwiderte Fali und wurde ganz rot. »So ist es, Mar.«

Cort und die Handvoll Männer vom Stamm des Pferdes, die sich entschlossen hatten, mit ihren Frauen in deren Stamm zu leben, gingen mit Mar am Tag nach seiner Ankunft auf die Jagd.

»Nun erzählt mal«, sagte Mar zu ihnen, als sie an dem Feuer saßen, das sie angemacht hatten, um ihr Mittagessen zu kochen, »wie lebt es sich denn in einem Stamm, der von einer Frau geführt wird?«

»Gar nicht so schlecht«, erwiderte Russ. »In fast jeder Hinsicht ist sie ein guter Häuptling, Mar. Dem Stamm geht es hier gut. Die Jagd ist gut. Das Wasser ist frisch. Die Hütten sind warm.« Er grinste. »Und es tut gut, wenn du in der Nacht die Hand ausstreckst und eine Frau neben dir fühlst.«

»Ja. So ist es«, pflichteten die anderen Männer mit einem zufriedenen Grinsen bei.

Mar betrachtete nachdenklich ihre Gesichter. Dann sah er wieder Russ an. »In fast jeder Hinsicht?« fragte er.

Russ sah zu Cort, und Cort antwortete: »Eigentlich in jeder Hinsicht. Mit einer Ausnahme.« Cort runzelte die Stirn. »Die Männer in diesem Stamm sind Jäger, so wie wir, aber sie haben keine Jagdzeremonien, Mar. Es gibt für die Männer keine heilige Höhle, nur für die Frauen.« In seiner Stirn bildeten sich tiefe Falten. »Das ist ein komisches Gefühl. Es gefällt mir nicht. Das ist, als hätte man keine – Achtung vor den Tieren, die man tötet, als hätte man kein Gebet für die Götter, bevor man auf eine große Jagd geht.«

»So ist es«, sagte Russ. »Sie haben Jagdlieder. Überall haben die Jäger Jagdlieder. Aber keine Jagdzeremonien.«

Mar stocherte im Feuer, über dem die Kaninchen zum Rösten hingen. »Und was für Zeremonien hat dieser Stamm?« fragte er.

»Als erstes natürlich die Feuer. Die Frühlingsfeuer und die Winterfeuer. Das sind die beiden Zeremonien, an denen die Männer beteiligt sind. Alle anderen sind nur für die Frauen. Aber ich weiß nicht, was sie da tun«, sagte Cort. »Elen will es mir nicht sagen.«

Mar blickte vom Feuer auf. »Elen ist noch schöner geworden«, sagte er zu Cort. »Die Schwangerschaft scheint ihr gut zu bekommen.«

Cort lächelte vor Stolz. »Ja.«

»Und die Männer vom Hirsch-Clan? Wie sind die?« fragte Mar als nächstes. Er legte den Stock vor sich auf den Boden. »Sind sie überhaupt richtige Männer?«

»Manche von ihnen sind gute Männer«, erwiderte Cort sachlich. »Gute Jäger. Gute Kameraden. Und sie sorgen für ihre Familien, genauso wie wir es tun. Sie sorgen für den Stamm.«

Mar nickte. Dann breitete sich Schweigen aus.

»Es ist schwer zu erklären, Mar«, sagte Cort schließlich. »Das alles stimmt. Und doch sind sie – irgendwie kleiner. Die Männer haben keine eigene heilige Welt. Ein Mann kann eigentlich kein richtiger Mann sein, wenn ihm das fehlt.«

Wieder nickte Mar.

»Wir haben oben in den Bergen eine Höhle gefunden«, sagte Russ leise. »Wir, die Männer vom Stamm des Pferdes. Und da haben wir beim letzten Vollmond unsere eigene Zeremonie abgehalten.«

»Das ist gut«, sagte Mar.

»Die Herrin weiß nichts davon«, sagte Cort. »Aber ich habe es Alin gesagt.«

»Und was hat Alin gesagt?«

»Sie sagte, es sei eine gute Sache. Sie sagte, genauso wie es für die Frauen vom Stamm des Pferdes nicht gut gewesen sei, keine Zeremonien für die Erdmutter zu haben, sei es auch für die Männer des Hirsch-Clans nicht gut, keine eigenen heiligen Rituale zu haben.«

Mar sah nachdenklich aus. Dann fragte er: »Habt ihr auch Männer vom Hirsch-Clan mit zu eurer Zeremonie genommen?«

»Ein paar von ihnen, denen wir trauen konnten, daß sie den Mund halten.«

Mar lächelte ironisch. »Ich glaube, die Herrin wäre nicht gerade begeistert, wenn sie das wüßte.«

»Nein.« Cort lächelte ebenfalls. »Das wäre sie bestimmt nicht.«

Verschwörerisches Schweigen legte sich über die Männergruppe. Dann sagte Russ: »Es tut gut, dich zu sehen, Mar. Es tut gut, dich hier zu haben.«

»Es tut gut, hier zu sein«, erwiderte Mar.

»Alin hat dich vermißt«, sagte Cort.

Mar sah ihn an.

»Die Frauen haben viel darüber geredet, als sie ihr Kind nicht einer Amme zum Stillen geben wollte«, sagte Cort. »Die Herrin behält nie ein männliches Kind.«

»Alin ist nicht die Herrin«, sagte Mar.

»Sie ist die Auserwählte. Für sie gelten die gleichen Regeln wie für die Herrin.«

»Tane war auch Huths einziger Sohn«, sagte Mar, »und trotzdem mußte sich Huth anderweitig nach einem Nachfolger umsehen. Vielleicht wird Lana das gleiche tun müssen.«

Corts Augen sahen besorgt aus. »Ich glaube nicht, daß sie Alin so leicht aufgeben wird, Mar. Sie sieht aus, als wäre sie eine weiche Frau, und sie regiert mit leichter Hand, aber ich möchte mich nicht mit ihr anlegen. Sie hat etwas an sich, das dir das Gefühl gibt, es mit einem ziemlich gefährlichen Feind zu tun zu haben.«

»Sie ist doch so klein«, sagte Mar mit einem milden Lächeln. »Klein und mit dem Gesicht eines Kätzchens.«

»Nicht eines Kätzchens«, widersprach Cort. Er sah Mar in die Augen. »Einer Löwin. Und die Löwin ist das gefährlichste Tier auf der Welt, wenn ihr Junges bedroht wird.«

Mar erwiderte ernst seinen Blick. »Ich werde bestimmt nicht den Fehler begehen, Lana zu unterschätzen«, sagte er.

Cort wirkte nicht überzeugt.

»Sie wird immer den Stamm hinter sich haben, egal was sie tut«, warnte einer der älteren Männer. »Die Männer verehren sie. So etwas habe ich noch in keinem anderen Stamm der Sippe gesehen. Sie werden tun, was sie ihnen sagt.«

»Haben sie Angst vor ihr?«

»Es ist eher so, daß sie Ehrfurcht vor ihr haben«, antwortete Russ. »Sie ist für sie die Erdmutter, Mar. Sie ist eine mächtige Führerin. Sie besitzt mehr Macht in diesem Stamm als bei uns der Häuptling.«

»Das ist also der Weg der Mutter«, sagte Mar nachdenklich.

Russ nickte. »Und das ist der Grund, warum keiner Alin so leicht aufgeben wird. Wenn du gekommen bist, um Alin zu holen, wird es dir bestimmt nicht leichtgemacht werden.«

»Und wenn Alin nun beschließt, mit mir zu kommen?«

»Tut sie das?« fragte Cort.

Mar wandte den Blick ab und sah wieder ins Feuer. »Die Kaninchen sind fertig«, sagte er und beugte sich nach vorn, um den Spieß zu nehmen, auf dem das geröstete Fleisch steckte. Dann hielt er einen Moment inne und sagte über die Schulter: »Ich weiß nicht. Sie weiß es noch nicht. Sie sagt, sie muß darüber nachdenken.«

Cort blies die Wangen auf und ließ dann langsam die Luft heraus. »Ich würde Lana auf keinen Fall den Rücken zudrehen«, sagte er offen.

Mar schaute in die Runde. Er lächelte. »Ich werde auf mich achtgeben«, sagte er. Und damit mußten sie zufrieden sein.

Cort hatte darauf bestanden, daß Mar bei ihm in der Hütte und nicht in der Männerhöhle bei den unverheirateten Männern des Hirsch-Clans schlief. In Alins Hütte konnte Mar nicht schlafen. Das Gesetz schrieb vor, daß der Mann und die Frau, die die heilige Hochzeit vollziehen würden, bis zum Tag der Frühlingsfeuer nicht zusammenkamen. Auf die Einhaltung dieses Gesetzes legte die Herrin in diesem Jahr besonders großen Wert.

»Du störst uns nicht«, versicherte Cort seinem früheren Häuptling, als er seine Einladung vorbrachte. »Elen hat dieser Tage keine Lust auf mich. Aber selbst wenn es anders wäre, unterliegen wir genauso dem Tabu, das eine Paarung beim dunklen Mond der Frühlingsfeuer verbietet, wie Alin und du.« Also legte Mar seine Schlaffelle neben Corts Tür aus, bis die beiden Nächte herum waren und der Tag anbrach, an dem die Frauen zu den Reinigungszeremonien zur heiligen Höhle hinaufstiegen.

Elen nahm nicht daran teil, denn sie stand zu kurz vor ihrer Niederkunft.

»Ich hatte in diesem Jahr eigentlich nicht vor, zu den Feuern zu gehen«, sagte Cort zu Mar, als sie mit Pfeilen auf ein Ziel schossen, das sie am Fluß aufgestellt hatten. »Sondern wollte lieber bei Elen bleiben. Aber jetzt glaube ich, daß ich besser doch komme.«

Mar zog seine dicken goldenen Augenbrauen hoch. »Kommst du etwa nur, um mich zu beschützen, Cort?«

»Du hast nicht viele Freunde in diesem Stamm, Mar«, erklärte Cort nüchtern. »Deshalb wäre es gut, wenn die wenigen dort sind.«

»Die Herrin wird nichts unternehmen, was die Frühlingsfeuer gefährden könnte«, beruhigte ihn Mar.

Cort starrte auf einen spitzen Pfeilkopf, der aus Knochen gemacht war, und dachte einen Augenblick nach. »Wahrscheinlich hast du recht.«

»Du siehst Schatten, wo keine sind, mein Freund«, sagte Mar. »Bleib zu Hause bei Elen. Sie braucht dich sicher mehr als ich.«

»Ich weiß nicht«, erwiderte Cort mit einem zaghaften Lächeln. »Sie scheint dieser Tage ganz gut ohne mich auszukommen. Aber es stimmt, daß *ich* mich wohler fühle, wenn ich in ihrer Nähe bin.«

Und dabei beließen sie es.

Über den letzten Tag vor den Feuern fiel die Dämmerung herein. Mar stand am Fluß und beobachtete den Sonnenuntergang, als der große schlanke Mann, den er schon mehrmals im Lager gesehen hatte, von den Hütten zu ihm kam.

»Sei gegrüßt, Mann des Pferdes«, sagte Tor zu Mar, als er bei ihm war.

»Sei gegrüßt«, erwiderte Mar freundlich. Er blieb stehen und musterte den Mann. Für einen Mann des Hirsch-Clans war Tor groß, aber er war nicht annähernd so groß wie Mar. »Du bist Tor«, sagte Mar mit der gleichen freundlichen Stimme wie vorher. »Alins Vater«, fügte er dann leise hinzu.

Er hätte es auch gewußt, wenn Alin es ihm nicht gesagt hätte, überlegte Mar, als er in Tors ernstes Gesicht sah. Seltsam, er hätte nicht gedacht, daß Alins große braune Augen auch einem männlichen Gesicht gut stehen würden. Auch die Art, wie der Zopf des Mannes zwischen seinen Schulterblättern herunterhing, sah irgendwie vertraut aus.

»Es ist ein merkwürdiges Gefühl«, sagte Mar offen, »in das Gesicht eines Mannes zu blicken und Alin zu sehen.«

Der Mann lächelte. Aber es war nicht Alins Lächeln. »Die Tochter der Herrin hat keinen Vater«, sagte er mit seiner tiefen weichen Stimme. »Sie ist die Auserwählte. Kein Mann darf Anspruch auf sie erheben.«

So ist das also, dachte Mar.

Er sagte nichts, sondern musterte unbeirrt das Gesicht seines Gegenübers. Seine Nase war im Gegensatz zu Alins knochig und arrogant. Tor sah nicht gerade aus wie ein Mann, der seinen Kopf unter den Fuß einer Frau legen würde.

Tors Augen hielten den Blicken von Mar stand, ohne zu zucken. »Wir haben die Männer von deinem Stamm, die gekommen waren, um Rache zu üben, verjagt«, sagte er.

»Altan? Sauk?«

»Ja. Altan und Sauk.« Die braunen und die blauen Augen hielten sich fest wie in einem Kampf. »Solchen Männern kann man nicht trauen«, sagte Tor verächtlich. »Sie kennen keine Treue gegenüber dem Stamm.«

»So ist es«, pflichtete Mar ihm bei. »Deshalb habe ich sie aus unserem Stamm vertrieben.

Tor zog die Lippen auf genau die gleiche Weise zusammen wie Alin, wenn sie sich über etwas ärgerte. »Aber uns waren sie nützlich«, sagte Tor.

»Euch vielleicht. Mir nicht«, erwiderte Mar.

Dann schwiegen sie und starrten sich weiter an. Wieder war es Tor, der zu sprechen begann. In stillschweigendem Einvernehmen wußten sie beide, daß er es schließlich gewesen war, der Mar aufgesucht hatte, so daß er auch die Last ihres Schlagabtauschs zu tragen hatte.

»Warum bist du gekommen, Mann des Pferdes?« fragte Tor.

»Ich bin gekommen, um zu sehen, wie es den Männern aus meinem Stamm ergeht«, antwortete Mar. »Ich bin gekommen, um meinen Sohn zu sehen.«

»Die Herrin will deinen Sohn nicht haben. Er trägt das Zeichen des Himmelsgottes, genau wie du. Dein Sohn ist kein Kind des Hirsch-Clans.«

»Wenn Alin ihn weggibt, werde ich ihn zu meinem eigenen Stamm bringen«, sagte Mar. »Dort wissen wir männliche Kinder, die vom Himmelsgott gezeichnet sind, zu schätzen.«

Zum ersten Mal geriet Tors starrer Blick ins Wanken. Er wandte sich von Mar ab und sah über den Fluß. »Alin wird ihn nicht weggeben.«

»Das habe ich auch gehört.«

Wieder breitete sich Schweigen aus. Tor sah weiter über den Fluß. Mar betrachtete sein Profil und sagte nachdenklich: »Wir haben in meinem Stamm einen Schamanen, Tor. Sein Name ist Huth. Er ist ein wichtiger Mann im Stamm des Pferdes. Er ist das Bindeglied zwischen uns und unserer heiligen Welt. Dieser Schamane hat nur einen Sohn, und viele Jahre lang glaubte er, sein Sohn würde sein Nachfolger sein. Dann wurde klar, daß es nicht die Bestimmung seines Sohnes war, Schamane zu werden. Die Götter hatten andere Pläne mit ihm. Und so hat sich Huth anderweitig nach einem Nachfolger umgesehen. Huth hat sich einen anderen Jungen in seine Höhle geholt, einen Jungen, der genauso träumt, wie es Schamanen tun müssen. Er heißt Arn, und jetzt bringt ihm Huth alles bei, damit er anstelle seines Sohnes der nächste Schamane unseres Stammes sein kann.«

Tor sah Mar aus den Augenwinkeln an. »Warum erzählst du mir das, Mann des Pferdes?«

»Ich glaube, du kennst die Antwort auf diese Frage, Mann des Hirschs.«

Tor verschränkte die Arme vor der Brust. »Es gibt in unserem Stamm kein anderes Mädchen, das Alins Platz einnehmen kann«, sagte er.

Der Wind kam jetzt aus einer anderen Richtung. Mar strich sich die wehenden Haare aus dem Gesicht. »Ich glaube doch, daß es jemanden gibt.«

Tor hob den Kopf. In dieser Haltung wirkte er noch arroganter als vorher. »Und wen?«

»Elen«, sagte Mar.

Tor zog die Augenbrauen hoch und sah skeptisch aus.

»Elen könnte eure nächste Herrin sein«, wiederholte Mar. »Sie besitzt die – Rücksichtslosigkeit, die der Häuptling eines Stammes haben muß.«

»Elen ist mit einem Mann aus deinem Stamm verheiratet, Mann des Pferdes. Die Herrin heiratet nicht.«

»Cort ist ein guter Mann«, sagte Mar. »Er ist jung, aber er ist ein guter Jäger, ein Mann, dem andere Männer bestimmt gern folgen würden. Er kennt die heiligen Dinge der Jagd. Aber er ist nicht rücksichtslos. Er würde niemals versuchen, sich an Elens Seite zu stellen. Er würde damit zufrieden sein, ihr zu dienen.«

»Sie sind verheiratet«, sagte Tor wieder und schüttelte den Kopf. »Das ist nicht der Weg, den wir im Hirsch-Clan gehen.«

»Ich glaube, ihr werdet andere Wege gehen müssen, ihr werdet die Dinge in eurem Stamm ein wenig ändern müssen, Tor. Ich glaube, es wird euch gar nichts anderes übrigbleiben.«

Wieder herrschte Schweigen. Mar bückte sich, hob eine Handvoll Kieselsteine auf und warf sie in den Fluß.

»Du willst, daß Alin zu dir zurückkommt«, sagte Tor schließlich. Es war weder eine Anschuldigung noch eine Frage.

»Ja, das will ich«, sagte Mar.

»Warum hast du nicht versucht, sie gleich dort zu behalten?« Der Mann des Hirschs schien ehrlich interessiert.

Mar schloß die Faust um die Kieselsteine. Sie fühlten sich geschmeidig und kalt an. »Ich werde dir sagen, was Alin damals zu mir gesagt hat, Tor, als sie mir ihren Entschluß mitteilte, mit ihrem Stamm nach Hause zurückzukehren. Nachdem ich ihr erklärt hatte, daß ich um sie kämpfen würde«, sagte er, »entgegnete sie mir, daß ihr Vater unter den Männern des Hirsch-Clans sei und daß es sie unglücklich machen würde, wenn ihr Vater bei einem Kampf mit uns ums Leben käme.«

Tor schwieg. Mar drehte sich wieder zum Fluß und warf weiter Steine hinein. Tor beobachtete ihn und fragte dann: »Und könntest du nicht in Erwägung ziehen, hier bei ihr zu bleiben?«

Mar warf ihm einen kurzen Blick zu. »Ich glaube nicht, daß die Herrin damit einverstanden wäre.«

»Aber wenn sie es nun wäre?«

Mar stieß die Luft durch die Nase aus und warf den letzten Stein ins Wasser. »Ja«, sagte er grimmig. »Dann würde ich es in Erwägung ziehen.«

»Tatsächlich? Das würdest du tun?« Tor klang erstaunt. Er starrte Mar von der Seite an. »Warum?«

»Für mich ist es ohne sie kein Leben«, sagte Mar. »Überhaupt nicht. Das habe ich im letzten Jahr herausgefunden. Es gefällt mir nicht, aber so ist es nun mal.«

Tor starrte weiter auf Mars starkes, klar geschnittenes Profil. »Du hast recht«, sagte er schließlich leise. »Die Herrin würde dir nie erlauben, hierzubleiben.«

»Ich passe nicht zu Alins Stamm, aber Alin paßt zu meinem.« Mar starrte noch immer auf die Stelle, an der der letzte Kieselstein im Wasser verschwunden war. »Und ich bin auch nicht der einzige, dem sie fehlt. Die Frauen vom Stamm haben mir eine Botschaft mitgegeben, in der sie Alin bitten, zurückzukommen.«

»Und du hast ihr diese Botschaft überbracht?«

»Ja.«

»Was hat sie gesagt?«

»Daß sie darüber nachdenken muß.«

Tor drehte sich um und starrte nun ebenfalls auf den Fluß. Die untergehende Sonne streute Tupfer aus Rot und Gold über das Wasser. »Ich glaube, Alin ergeht es nicht viel anders als dir, Mar«, sagte er traurig. »Auch für sie ist es ohne dich kein Leben.«

»So muß es sein«, sagte Mar. »Was zwischen uns war, hat uns beide berührt.«

»Elen«, sagte Tor nachdenklich und fiel wieder in Schweigen.

»Elen liebt es, Macht auszuüben«, sagte Mar.

Tor nickte mit abwesender Miene. »Und wenn Alin sich entschließt, mit dir zu gehen?« sagte er. »Wird sie dir dann dienen, so wie du gesagt hast, daß Cort Elen dienen wird?«

Ein Lächeln flog über Mars Gesicht. »Alin?« sagte er. »Mir dienen? Ich glaube, du sprichst von einer anderen Frau, Tor.«

Unerwartet, fast zögernd, lächelte Tor jetzt auch.

»Sie wird mir nicht dienen«, sagte Mar. »Sie wird mir helfen. Alin versteht so viele Dinge. Wir beide werden gemeinsam gute Führer für den Stamm des Pferdes sein. Das sind wir schon gewesen, und wir können es wieder sein.«

»Und du würdest ihr nicht im Weg stehen, der Erdmutter zu dienen?«

»Nein.«

Tor seufzte. »Das Kind hat alles so schwierig gemacht.« Er sprach wie mit sich selbst. »Sie kann das Kind nicht weggeben.« Dann sah er wieder den Mann an, der neben ihm stand. »Ich glaube, sie wird mit dir kommen, Mar. Wegen allem, was du gesagt hast, und wegen des Kindes.«

»Ich wünsche mir von ganzem Herzen, daß du recht hast.«

»Ich weiß nicht, was ich mir wünsche. Der Herrin wird es das Herz brechen, Alin zu verlieren. Dem ganzen Stamm wird es das Herz brechen, aber ich liebe Alin und wünsche mir, sie nie wieder so sehen zu müssen, wie jetzt, seit sie von dir zurückgekommen ist.« Wieder seufzte er. »Alin wird sich entscheiden müssen.«

In einem schmerzlichen Anflug von Humor sagte Mar: »Tor, ich habe im vergangenen Jahr festgestellt, daß es stets darauf hinausläuft, daß die Frauen die Entscheidung treffen. Für einen Mann ist das eine demütigende Erkenntnis. Aber so ist es nun mal.«

Tor schaute ihn lange an. »Vielleicht ist es der Wunsch der Mutter, daß Alin bei dir bleibt, Mar«, sagte er mit sehr leiser

Stimme. »Sie hat dich schon viel gelehrt, aber sie muß dich noch viel lehren.«

Tor nickte, drehte sich um und war verschwunden.

34

Alin wachte vom Geräusch leiser Schritte auf, als jemand auf dem Weg zum Fluß an ihren Schlaffellen vorbeikam. Gleich darauf dröhnte ein durchdringender Trompetenstoß durch die neblige Dämmerung. Tardith schrie aus vollem Hals.

»Scht, mein Kleiner. Scht«, murmelte Alin, während sie ihren Sohn hochnahm und an ihre Brust legte. Tardith beruhigte sich wieder, aber sein Geschrei hatte seine Wirkung nicht verfehlt. Die Mädchen und Frauen, die rund um das Feuer lagen und schliefen, fingen an, sich zu bewegen.

Alin hielt ihren Sohn fest an sich gedrückt und blickte zu der Stelle, an der Mar, ihr verhaßter Entführer, einmal gestanden hatte. Sie schüttelte den Kopf, und ein kleines Lächeln umspielte ihren Mund. Wie lange das alles schon her war!

»Alin.« Lanas Stimme klang ein wenig gereizt. »Wenn du mit diesem Kind fertig bist, brauche ich dich.«

Alins Lächeln verschwand von ihrem Gesicht. Sie nickte. »Ich habe dich gehört, Mutter«, sagte sie freundlich, ohne durch ihre Stimme oder ihren Blick ihre eigene Gereiztheit zu verraten.

Lana nannte Tardith niemals anders als »dieses Kind«, genauso wie sie von Mar niemals anders als von »diesem Mann« sprach.

Ich kann es ihr nicht verdenken, dachte Alin. Sie hat die

vergangenen drei Handvoll Jahre damit verbracht, mich darauf vorzubereiten, ihre Nachfolgerin zu werden, und jetzt muß sie befürchten, daß alles umsonst gewesen ist. Ich kann es ihr nicht verdenken, wenn sie für Mar und Tardith nichts übrig hat. Sie haben ihre Pläne durchkreuzt.

Als Tardith genug getrunken hatte, gab ihn Alin der Frau, die sich den Tag über um ihn kümmern würde, und ging zu Lana und den anderen Frauen, um ihnen bei den Vorbereitungen für die Zeremonie zu helfen: Die Kostüme in die Höhle zu bringen und dort an ihren Platz zu legen; das Lager aus Fellen in der Nebenhöhle herzurichten, in der sie die heilige Hochzeit mit Mar vollziehen würde; das Holz für die sieben Feuer aufzustapeln, die der Zeremonie ihren Namen gaben.

Eine große Kappe mit schwarzer Mähne, die Mar an diesem Tag tragen konnte, gab es nicht, und es gab auch sonst keine vertrauten Symbole vom Stamm des Pferdes, die man seinem Häuptling hätte geben können. Heute würde Mar das große verzweigte Geweih eines Hirschs auf dem Kopf tragen, als Symbol für den Clan, und einen langen Umhang aus Hirschhaut über seinen Schultern. Das waren die Kleider des Gottes, die sie für Mar im Gang bereitlegten und die er irgendwann, während der Tanz der Feuer stattfand, anziehen würde.

Alin würde, wie alle Tänzerinnen, einen Glockenrock tragen und ein Kopfband und Armbänder aus weißen Muschelschalen. Alles würde viel reicher und schöner sein als der Notbehelf, den sie bei den Frühlingsfeuern vor einem Jahr getragen hatte, als die Mädchen vom Hirsch-Clan die Zeremonie für den Stamm des Pferdes improvisieren mußten.

Alins Gedanken waren voll von Erinnerungen, während sie an diesem kühlen Frühlingsmorgen in der Berghöhle, die ihrem Stamm heilig war und den Ritualen der Erdmutter diente, ihren Aufgaben nachging. Sie liebte diese Erinnerungen, versuchte mit ihrer Hilfe ihre Erregung zu verdrängen, die sie immer stärker erfaßte, je näher der Augenblick vorrückte, an dem die Männer bei der Höhle eintreffen würden.

Wenn sie an Mar dachte, durchschoß sie das Verlangen wie ein glühender Blitz.

Denk an die Mammutjagd, ermahnte sie sich, als sie die Felle für ihr Lager in der kleinen Nebenhöhle ausbreitete, die sie in diesem Jahr benutzen sollte. Denk an den Augenblick, als wir die beiden jungen Mammuts auf der Waldlichtung miteinander kämpfen sahen. Denk an die Mammutmutter, die wir an jenem Morgen auf dem Wildpfad sahen. Ich war mir ganz sicher, daß sie uns angreifen würde, daß wir zu dicht an ihrem Jungen waren, daß es für uns gefährlich war.

Nachdem die Vorbereitungen beendet waren, brachte die Frau, die sich um Tardith kümmerte, ihn im Boot in die vorderste Halle der Höhle, damit Alin ihn stillte. Anschließend trug ihn die Frau wieder hinaus, und Alin blieb nichts zu tun, als auf das Eintreffen der Männer zu warten.

Der Brauch verlangte es, daß Alin allein wartete. Auf ein Zeichen von Lana folgte sie ihrer Mutter aus der Halle, in der die sieben Feuer dem Brauch gemäß in Form eines Dreiecks angeordnet waren, durch den kleinen Gang, der in die Weiße Höhle führte. Dort war Alins Kostüm ausgebreitet, dort würde sie warten, bis Lana zurückkam, um sie abzuholen und zu den dröhnenden Schlägen der Trommeln und den hohen Tönen der Flöten zu den Feuern zu bringen.

Lana hatte Ockerfarbe mitgebracht und malte mit den Fingern die Zeichen auf Alins Gesicht und Brüste. Dann ließ sie Alin allein. Die Zeit verging. Die Frauen in der vorderen Halle schwiegen ehrerbietig in Erwartung des bevorstehenden Rituals. Schließlich wurde das unaufhörliche Rauschen des Flusses von dem Geräusch der Stimmen in der Eingangshalle übertönt. Die

Männer und die restlichen Frauen des Stammes kamen in die Höhle. Es würde eine Weile dauern, denn sie hatten nur zwei kleine Boote, um zwei Mondvoll Menschen hereinzubringen.

Nach einer Weile, die Alin sehr lang vorkam, hörte sie die Flötentöne.

Endlich.

Sie spürte, wie sie plötzlich schneller zu atmen begann, aber nicht von der Musik der Flöten, sondern von dem Bild des Mannes, das sich in ihrem Kopf geformt hatte.

Sie sah ihn vor sich, wie sie ihn bei den letzten Frühlingsfeuern gesehen hatte, in seinen Häuptlingskleidern, prächtig und mächtig wie der Hengst, den er verkörperte.

Diesmal wird er nicht der Hengst sein, dachte sie. Diesmal wird er der Hirsch sein.

In der vorderen Halle der Höhle hatten sich die Flötentöne mit dem Schlag der Trommeln vereint.

In der Weißen Höhle war alles still. Alin stand an der Öffnung, die in den Gang führte, und lauschte angestrengt den Tönen, die von der Tanzhalle am anderen Ende des Ganges zu ihr drangen.

Plötzlich veränderte sich die Musik. Die Trommeln schlugen schneller, intensiver. Ein hoher Schrei drang gellend durch den Gang in das Schweigen der Weißen Höhle. Mar muß die Halle verlassen haben, dachte Alin. Lana würde ihn in den anderen Gang führen, wo seine Kleider für ihn bereitlagen.

Alin schloß die Augen und stellte sich vor, was gleich geschehen würde. Er würde sich nackt ausziehen, das Geweih mit den neuen Sehnenbändern, die sie vor ein paar Tagen angebracht hatten, auf seinem Kopf befestigen. Er würde sich den langen Umhang um die Schultern legen.

Ein lauter Schrei der Begrüßung und der Erregung hallte durch den Gang. Die Trommelschläge wurden eindringlicher.

Der Gott! Der Gott! riefen die Tänzer.

Mar war in die Halle zurückgekehrt, um am Tanz teilzunehmen.

Das war für Alin das Zeichen, ihren Glockenrock und ihre weißen Schmuckstücke aus Muschelschalen anzuziehen. Wieder ging sie zurück zum Ende des Gangs und wartete.

Sie mußte lange warten, bis sie die Schritte ihrer Mutter im Gang näherkommen hörte. Alin sah Lana entgegen, die den gleichen Glockenrock wie die anderen Frauen trug. Ihr Haar hing ihr offen bis zur Taille herunter, und ihre Halsketten waren aus goldenen Muschelschalen. Ihre Brüste waren nicht mehr so fest, wie sie früher einmal gewesen waren, aber ihr Gesicht wirkte in dem trüben Licht der Höhle sehr jung.

»Komm«, sagte sie zu Alin. »Es ist Zeit.«

Alin nickte schweigend und folgte ihrer Mutter durch den Gang und die kleine Halle, die in den Tanzsaal führte.

Die Tänzer in der Nähe des Gangs erblickten sie als erste und blieben voller Ehrfurcht hinter der Barriere der Feuer stehen. Nacheinander drehten sich die Männer und Frauen in der Halle um und blickten zu der Öffnung im Gang, in der die schlanke Gestalt wie in einem Rahmen stand. Die Trommeln und Flöten verstummten. Die einzigen Geräusche in der großen Halle waren der keuchende Atem und das Rauschen des Flusses, der auf seinem dunklen unterirdischen Weg in die Tiefen des Berges stürzte.

Alin sah nicht den Fluß. Sie sah nicht die sieben brennenden Feuer und auch nicht die schwitzenden halbnackten Tänzer zwischen ihnen. Von all den Augen, die sie anstarrten, sah Alin nur zwei, die sie unter dem hoch aufragenden Kopfschmuck eines Hirschgeweihs anstrahlten.

Die Augen erwarteten sie. Langsam schritt Alin zu den Feuern, bewegte sich zwischen den Tänzern in einer geraden Linie direkt auf die Stelle zu, an der Mar auf sie wartete. Die anderen Tänzer machten ihr Platz, wichen aus dem Kreis der Feuer zurück, überließen die Tanzfläche der Erdmutter und ihrem Gefährten.

Die Flöten begannen wieder zu spielen.

Alin stand vor ihm, ihre Blicke hatten sich noch immer nicht voneinander gelöst. Sie hatten sich in den vergangenen zwei Tagen kaum angesehen.

Bald, Mar, dachte Alin, die die Botschaft in seinen strahlenden Augen las. Bald ist es soweit.

Sie begann zu tanzen. Es war der gleiche Tanz, den sie im vergangenen Jahr bei den Frühlingsfeuern getanzt hatten, und nach kurzem Zögern folgte ihr Mar mit der gleichen mühelosen Leichtigkeit wie schon beim letzten Mal. Die Flöten trillerten, und dann vereinte sich der Schlag der Trommeln mit den Flöten, um das Tempo zu beschleunigen und die Tänzer anzutreiben. Nach einer Weile kamen die anderen Tänzer wieder auf die Tanzfläche zwischen den Feuern zurück, um den ältesten Tanz der Mutter zu tanzen, den Fruchtbarkeitstanz der sich paarenden Tiere.

Die Körper hüpften und sprangen und drehten sich zu der immer eindringlicher werdenden Musik. Alin spürte, wie jede Faser in ihrem Körper im Rhythmus der Trommeln schlug.

Plötzlich, wie aus dem Nichts heraus, drang Lanas Stimme an ihr Ohr.

»Es ist Zeit.«

Es dauerte einen kurzen Augenblick, bis Alin begriff, daß Lana meinte, es sei nun Zeit für sie, die Halle zu verlassen.

Sie holte tief Luft, um wieder ruhiger zu werden, nickte und drehte sich um.

Mars Hand schoß nach vorn, umschloß ihr Handgelenk.

Sie drehte sich zu ihm, begegnete seinem Blick. Sie schüttelte den Kopf. »Ich muß gehen«, sagte sie zu ihm. Er konnte es nicht gehört haben, mußte es von ihren Lippen abgelesen haben. Er ließ sie los, und sie wandte sich wieder von ihm ab. Jetzt ging sie nicht zu dem Gang, der zur Weißen Höhle führte, sondern zu einem kleineren Gang, der in der linken Wand der Tanzhalle verschwand.

Es war dunkel im Gang, aber der kleine Raum an seinem Ende wurde von den beiden Steinlampen erhellt, die Alin zuvor dort aufgestellt hatte. In der Mitte des Raums waren die Felle für das Lager für die heilige Hochzeit. Dicht bei der Öffnung zum Gang war ein kleines Feuer aufgeschichtet, und daneben, in einem Geweih, lag ein glühendes Kohlestück, um es anzuzünden.

Alin sah sich in der Höhle um. Der Raum war so leer, wie sie sich in ihrem Innern fühlte, leer und voller Schmerzen.

Würde er denn nie kommen?

Alin glaubte zu hören, daß die Trommeln in der äußeren Halle langsamer wurden. Es würde eine Weile dauern, bis die Tänzer die Höhle verlassen hatten. Sie mußten die Boote benutzen, um ins Freie zu gelangen. Manche würden sich gar nicht erst die Mühe machen, auf die Boote zu warten, sondern sich in einer dunklen Ecke der Höhle verlieren, um schon dort den rituellen Akt zu vollziehen.

Alin verschränkte die Arme vor der Brust. Sie zitterte.

Würde er denn nie kommen?

Aus dem Gang war kein Laut zu hören. Doch plötzlich, wie von Geisterhand geführt, stand er vor ihr. Außer dem Umhang aus Hirschfell und dem Geweih, das auf seinem stolzen goldenen Kopf thronte, war er nackt, und seine weiße Haut glühte in dem dämmrigen Licht des Raums. Er war von einer potenten Schönheit erfüllt, und sie dachte mit keinem Gedanken, daß er der Gott war.

»Mar«, sagte sie. »Mar.«

Sie bewegten sich gleichzeitig aufeinander zu. Sie fühlte seine Arme, die sich um sie legten, preßte sich gegen ihn, schlang ihre Arme um seine Hüften und drückte ihren Mund an seine Schulter. Dann, aus irgendeinem Grund, den sie unmöglich erklären konnte, wurde ihr Körper von zitternden schluchzenden Lauten erfaßt und erschüttert.

»Nein«, sagte er heiser, den Mund in ihrem Haar vergraben. »Nicht, A-lin, nicht.«

Bei diesem A-lin schluchzte sie nur noch mehr.

Er drückte sie noch fester an sich. »Wenn du so weitermachst, fange ich gleich auch noch zu weinen an«, sagte er.

»Ich weiß gar nicht, warum ich weine«, stammelte sie, während sie mit ihren Lippen den vertrauten Geschmack seiner Haut kostete.

»Ich sollte nicht weinen. Ich bin doch glücklich.« Mit der Zunge fuhr sie über seine Haut, auf der sich der salzige Geschmack seines Schweißes mit dem ihrer Tränen vermischte.

»A-lin«, sagte er. Seine Stimme war heiser. »A-lin. Sieh mich an.«

Sie hob das Gesicht von seiner Schulter. Er beugte den Kopf zu ihr und legte seinen Mund fest und hart auf ihren Mund.

Die Trommeln dröhnten wieder in ihrem Blut. Sie öffnete ihren Mund für seine Zunge. Sie bog den Kopf weit nach hinten, und ihr langes Haar fiel über seinen Arm fast bis auf den Boden. Unter seinem Umhang glitten ihre Hände an seinem nackten Rücken auf und ab, streichelten die sanfte Haut und die kräftigen Muskeln.

Ihr Körper hatte weitergelebt, seit sie ihn verlassen hatte, aber in ihrem Innern war es Winter gewesen. Jetzt war es Frühling. Jetzt war die Kraft zu ihr gekommen, die für sie Leben bedeutete.

Mar, dachte sie. Mar.

Er hob sie hoch, legte sie auf die Felle ihres Lagers. Sie sah aus großen geweiteten Augen zu ihm auf.

»Nimm das Geweih ab«, sagte sie.

Er zog die Sehnenbänder auf, an denen sein Kopfschmuck befestigt war, nahm ihn ab und legte ihn auf die Seite. Er öffnete das Band, das den Umhang an seinem Hals zusammenhielt, und ließ ihn zu Boden fallen.

Sie sah ihn an.

Er war wunderschön.

Sie streckte ihm die Arme entgegen. Er legte sich neben sie, legte seine Hände auf sie, und als er zu ihr kam, löste sich all das Elend dieses langen leeren Jahres der Trennung auf wie ein böser Traum. Nichts um sie herum zählte mehr, nur noch sie beide allein, zusammen in dem erhellten Dunkel. Sie waren Teil des Geheimnisses, Teil der sternenerfüllten Nacht, der heißen Glut der Erde, und ihr Zusammensein war nicht nur Hunger und Leidenschaft, sondern auch tiefer heilender Frieden.

Alin wachte vom Gewicht seines Arms auf ihrem Rücken auf. Sie hatten das Feuer angezündet, bevor sie eingeschlafen waren, und es gab noch immer genügend Licht und Wärme ab, um in der Höhle Behaglichkeit zu verbreiten.

Ich war müde, dachte sie. Ich wußte gar nicht, wie müde ich war. Sie fühlte sich unbehaglich und rückte ein wenig hin und her, um eine bequeme Stellung zu finden.

»Bist du wach?« Seine Stimme war leise, aber völlig klar, nicht vom Schlaf getrübt.

»Ja.« Sie drehte sich zu ihm um. Sie lagen beide auf der Seite, mit den Wangen auf den warmen Hirschfellen, und sahen sich ernst an. Er hatte seinen Arm nicht weggenommen.

»Seit du mich verlassen hast«, sagte er schließlich, »war es in meinem Herzen Winter.«

Sie seufzte. Ein leiser, nachgiebiger Ton. »Ja. Mir ist es genauso ergangen.«

»Ich habe mit Tor gesprochen«, fuhr er nach einer Weile fort. »Wußtest du das?«

Sie schüttelte ganz leicht den Kopf. »Was hast du ihm gesagt?«

»Er hat mich gefragt, ob ich mir nicht vielleicht überlegen könnte, bei dir im Stamm zu bleiben.«

Mar war so nah bei ihr, daß er sah, wie sich ihre Pupillen weiteten. »Wirklich?« fragte sie erstaunt.

Mar nickte.

»Und was hast du ihm geantwortet?«

»Ich habe ihm gesagt, daß ich nicht glaube, daß die Herrin es zulassen würde, daß ich es aber in Erwägung ziehen würde, wenn sie es zuließe.«

Alins Pupillen wurden deutlich größer, ließen ihre Augen noch dunkler aussehen als sonst. »Das hast du gesagt?« Eine einzelne Haarsträhne hatte sich in ihren Wimpern verfangen. Mar blies sie sanft weg. Er lächelte leise und nickte.

Bei seinem zärtlichen Atemzug mußte sie blinzeln. »Und was hat Tor noch gesagt?«

»Er sagte, er glaube auch nicht, daß die Herrin es zulassen würde.«

»Nein«, sagte Alin traurig. »Ich glaube nicht, daß sie es zulassen würde.«

Mar streichelte zärtlich ihren Rücken. »Ich habe ihm von Huth und Tane erzählt«, sagte Mar. »Ich habe ihm erzählt, wie Huth gezwungen war, sich anderweitig nach einem Nachfolger umzusehen, als klarwurde, daß es Tane nicht sein würde.«

Alin lag still da und sah in seine Augen. Schließlich hob sie ihre Hand und fuhr damit über seine Augenbrauen. Er hatte am Morgen im Fluß gebadet, um sich für das Ritual zu säubern, und sein Haar war von dem Seifenkraut weich wie Federn. Ein paar Strähnen blieben an ihren Fingern hängen und umfingen sie wie Ringe aus Gold.

Sie sah auf ihre goldgesprenkelte Hand. »Mar, es wäre schrecklich für mich, mein Volk zu verlassen.«

»Ich weiß«, erwiderte er. »Und ich will es auch gar nicht kleiner machen, als es ist. Das ist eine sehr ernste Entscheidung. Aber es ist, wie ich Tor gesagt habe, Alin. Du paßt zu meinem Stamm, aber ich passe nicht zu deinem.«

Zwischen ihnen herrschte Schweigen.

»Das weiß ich«, sagte sie schließlich. Sie löste ihre Finger aus seinem Haar. »Das weiß ich.«

»Tor hat gesagt, es gäbe niemanden im Stamm, der deinen Platz einnehmen könnte«, sagte Mar zu ihr. »Aber ich habe ihm gesagt, daß es Elen sein könnte.«

»Daran habe ich auch schon gedacht«, erwiderte sie.

Er lächelte. »Ich wußte, daß du das tun würdest.«

Sie sahen sich schweigend an. Dann stieß sie einen tiefen Seufzer aus, rollte sich auf den Rücken und starrte hinauf zu der schmucklosen Kalksteindecke.

»Tane würde Bullen an diese Decke malen«, sagte sie.

»Ja. Oder Pferde.«

Alin merkte plötzlich, warum sie sich unbehaglich fühlte. Sie richtete sich auf. »Meine Brüste tun weh, Mar. Ich brauche mein Kind.«

»Ist es noch draußen vor der Höhle?«

»Ja. Wir haben ein Zelt aufgestellt. Mela paßt dort auf ihn auf.« Alin sah sich nach ihren Sachen um.

Mar streckte die Hand aus, um sie davon abzuhalten, aufzustehen. »Bleib hier. Ich werde ihn dir bringen.«

»Es ist leichter, zu Mela hinauszugehen, als sie und Tardith hierherzubringen, Mar«, sagte Alin.

»Ich habe nichts davon gesagt, daß ich Mela bringen würde«, erwiderte er. »Ich sagte, ich würde Tardith bringen. Mela kann bleiben, wo sie ist.«

Alin starrte ihn erstaunt an. »Du willst Tardith allein holen?« Sie hatte Mar noch nie ein kleines Kind halten sehen, und die angespannte Situation in den vergangenen zwei Tagen hatte ihm auch nicht gerade Gelegenheit gegeben, sich mit seinem Sohn näher bekannt zu machen.

Er lächelte ihr zu. »Endlich habe ich dich für mich«, sagte er. »Ich lasse dich nicht einfach wieder weggehen.« Er erhob sich und stand in seiner ganzen nackten Pracht vor ihr. »Ich werde ihn holen.«

»Gut«, willigte Alin etwas benommen ein und fügte, leicht amüsiert, hinzu: »Aber ich finde, du solltest dir zuerst etwas anziehen, Mar. Sonst glaubt Mela noch, der Himmelsgott wäre zu ihr herabgestiegen.«

Er sah sie mit seinen strahlenden blauen Augen an. »Meine Kleider liegen wahrscheinlich noch im Gang. Rühr dich nicht von der Stelle. Ich bin gleich wieder zurück.«

Alin lauschte, während er sich im Gang anzog. Dann war es still, bis sie das klatschende Geräusch der Ruder im Flußwasser hörte. Sie überlegte, ob sie in die Weiße Höhle gehen sollte, um ihre eigenen Sachen zu holen, dann ließ sie den Gedanken wieder fallen. Sie hatte noch keine Lust, aufzustehen. Und im übrigen würde sie – nach dem, was Mar gesagt hatte – die Kleider wahrscheinlich nicht so schnell benötigen.

Sie hatte damit gerechnet, Tardith, lange bevor sie ihn sehen konnte, zu hören, aber zu ihrem Erstaunen schlief er in den Armen seines Vaters, als Mar wieder lautlos aus der Dämmerung des Gangs in den schwachen Schein des Feuers in ihrer Höhle trat.

Alin richtete sich auf. »Ach«, sagte sie betrübt, während sie ihren friedlich schlafenden Sohn betrachtete. »Hat Mela ihn schon gefüttert?«

»Ja. Aber sie sagte, er müsse noch hungrig sein. Sie hat ihm nicht so viel gegeben, wie er wollte.« Mar kniete sich vor sie hin. Für einen frischgebackenen Vater hielt er das Kind mit einem erstaunlichen Selbstvertrauen.

»Er macht aber einen ganz zufriedenen Eindruck«, sagte Alin mit zweifelnder Miene und streckte die Arme nach ihm aus.

»Er hat geschrien, als ich dort ankam«, sagte Mar. »Und als ich mit ihm zum Boot gegangen bin, ist er still geworden, und dann ist er eingeschlafen.« Mar sah sehr zufrieden mit sich aus, als er Alin das Kind reichte. »Anscheinend habe ich eine gute Hand mit Kindern«, sagte er.

Alin lächelte. »Das werde ich mir merken.«

Als Tardith dann einen Tropfen Milch an seinen Lippen gekostet hatte, wachte er sofort auf und begann wieder zu trinken. Alin stieß einen Seufzer der Erleichterung aus.

Mar setzte sich mit gekreuzten Beinen neben sie und beobachtete fasziniert seinen Sohn. Alin sah von dem seidigen Haarschopf auf und begegnete Mars Blick.

Ihr Herz war voller Zärtlichkeit.

Das ist das erste Mal, daß wir wie eine Familie zusammen sind, dachte sie.

Tardith strampelte, stieß auf und trank weiter. Mar lächelte.

Verlange ich zuviel? Wenn ich meinen Mann und meinen Sohn bei mir haben will?

Es war mehr, als Lana je verlangt hatte.

Die Herrin gehörte der Mutter. Die Herrin gehörte dem Stamm. Sie konnte keinem Mann gehören. So war das Gesetz.

Alin wußte es, seit sie noch ein kleines Mädchen gewesen war.

Ich kann sie nicht aufgeben.

Der Gedanke formte sich in Alins Kopf, während sie in der

tiefen Stille des Morgens mit Tardith an ihrer Brust und Mar an ihrer Seite in der heiligen Höhle saß. Der Gedanke formte sich, und sie wußte, daß es die Wahrheit war. Sie konnte sie nicht aufgeben. Das brachte sie nicht fertig.

Vielleicht würde sie eines Tages dafür bezahlen müssen. Vielleicht hatte sie unrecht. Sie wußte nur das eine:

Ich kann sie nicht aufgeben.

»Er schläft schon wieder«, sagte Mar leise.

Alin wiegte ihr Kind in den Armen. »Ja. Das tut er.«

»Gut«, sagte Mar. »Und jetzt ist es Zeit für mich.«

35

Lana wachte am Morgen nach den Frühlingsfeuern mit Jus an ihrer Seite auf. Die vergangene Nacht war gut gewesen, auch wenn es nicht die heilige Hochzeit gewesen war. Sie streckte sich mit der faulen Zufriedenheit einer Katze, der sie häufig so gefährlich ähnlich war, und ließ sich wieder zurücksinken. Nachdenklich betrachtete sie den muskulösen Rücken des Mannes, der schlafend neben ihr lag.

Jus war das Instrument, das Lana sich ausgesucht hatte, um Mar ein für allemal loszuwerden. Jus war ein großer Mann und ein guter Jäger. Er betete Lana an. Er würde tun, was sie ihm sagte, und keine Fragen stellen.

Tor war auch ein guter Jäger. Genaugenommen sogar noch ein besserer Jäger als Jus. Tor verehrte Lana ebenfalls, aber Tor würde Fragen stellen.

Tor hegte eine Zuneigung für Alin. Das beste ist, Tor aus dem

Weg zu haben, wenn Jus seine Arbeit verrichtet, dachte Lana. Wieder streckte sie sich und spürte die neue Energie in ihrem Körper, die nach der wilden Paarung der Feuer immer in ihr war.

Noch einmal sah sie den schlafenden Jus an. Männer sind immer so schwerfällig nach den Feuern, dachte sie voller Verachtung. Lana selbst fühlte sich stets wie erneuert.

Tor war niemals schwerfällig gewesen.

Tor ist vom gleichen Blut wie dieser Häuptling vom Stamm des Pferdes, dachte Lana. Solche Männer waren anziehend und gefährlich.

Lana hatte die Gefahr früh erkannt, und sie war stark genug gewesen, sich vor ihr zu schützen.

Die häusliche Zufriedenheit anderer Frauen war nichts für die Herrin. Man konnte nicht über den Stamm herrschen und gleichzeitig die Pflichten einer Ehefrau ausüben. Das war die wichtigste Regel des Matriarchats, das im Hirsch-Clan die Vorherrschaft besaß. Die Herrin mußte allein bleiben.

Das wußte Alin, aber wie es schien, hatte sie es vergessen.

Das war nicht Alins Schuld, dachte Lana, indem sie ihre Tochter vor den eigenen kritischen Gedanken in Schutz nahm. Alin war entführt worden. Und während sie gegen ihren Willen festgehalten wurde, war sie unter den Einfluß dieses Mannes geraten.

Dieser Mann.

Lana starrte mit zusammengekniffenen Augen auf einen Sonnenstrahl, der durch einen Schlitz zwischen den Häuten vor dem Eingang in den Raum fiel. Mar hat Alin gerade lange genug bei sich festgehalten, dachte Lana verbittert. Alin war gefangen.

Das hatte Lana in der vergangenen Nacht endgültig begriffen, auch wenn sie es vorher schon geahnt hatte. Alin würde es nicht über sich bringen, diesen Mann wegzuschicken. Alin war im Griff ihres eigenen Verlangens gefangen. Ihm hilflos ausgeliefert.

Lana würde die Dinge für sie in die Hand nehmen müssen.

Neben ihr bewegte sich Jus.

Gut, dachte Lana. Je eher diese leidige Sache erledigt war, desto besser für den Stamm.

Am Tag nach den Frühlingsfeuern machte Jus den Männern seines Stammes den Vorschlag, auf eine große Hirschjagd zu gehen, um Mar zu beeindrucken.

»Laßt uns diesem Sohn eines Sohnes zeigen, was für gute Jäger die Söhne von Müttern sind«, sprach er zu den Männern, die am späten Nachmittag in der Männerhöhle versammelt waren. »Die Männer vom Stamm des Pferdes glauben, daß wir nicht so gute Jäger sind wie sie, nur weil wir keine Jagdbilder in unsere Höhlen malen. Wir werden draußen beim Steinsee eine große Jagd veranstalten und ihm zeigen, wieviel Fleisch ein Stamm, der mit Speeren jagt und nicht mit Bildern, für seine Feuer bekommen kann.«

Die Männer des Hirsch-Clans stimmten begeistert zu, und die Jagd wurde gleich für den nächsten Tag angesetzt.

Alin war überrascht, als sie von der Jagd hörte, die so kurzfristig anberaumt wurde, aber sie kam gar nicht auf die Idee, daß es für Mar möglicherweise gefährlich werden könnte. »Ich rede mit meiner Mutter, während du weg bist«, sagte sie zu Mar. »Ich sage ihr, daß ich mit dir und Tardith zum Stamm des Pferdes zurückkehren werde.« Alins Gesicht war blaß und angespannt, aber ihre Stimme war fest. »Es ist besser, wenn du bei dem Gespräch nicht dabei bist, Mar. Sie muß Gelegenheit haben, sich mit meiner Entscheidung abzufinden.«

Cort war nicht so arglos.

»Die Männer vom Stamm des Pferdes werden dir bei der Jagd den Rücken freihalten müssen«, sagte er grimmig zu Mar, als sie über die Einladung sprachen. »Diese Jagd ist mir zu schnell gekommen. Sie macht mich mißtrauisch.«

»Du siehst Schatten, wo keine sind, Cort«, erwiderte Mar gutgelaunt. Er war so überglücklich, seit Alin ihre Entscheidung getroffen hatte, daß er nicht einmal einen Schatten gesehen hätte, wenn die ganze Sonne bedeckt gewesen wäre. »Es ist ein friedlicher Stamm«, fuhr Mar fort. »Weißt du nicht mehr, wie erschrocken die Mädchen waren, als wir ihnen damals gesagt haben, daß wir mit jedem kämpfen würden, der in unsere Jagdgründe eindringt? Dieser Stamm würde gegen nichts und niemanden die Hand erheben als gegen das Wild, das er zum Leben braucht.«

Aber Cort war nicht zu überzeugen, und er und die fünf anderen Männer vom Stamm des Pferdes einigten sich darauf, den ganzen Tag so dicht wie möglich bei Mar zu bleiben.

Die Jäger brachen am frühen Morgen auf und sangen dabei ein Jagdlied. Weitere Vorbereitungen wurden nicht getroffen. Mar war über die mangelnde Achtung und Ehrerbietung, die sie gegenüber den Göttern der Tiere, die sie erlegen wollten, zeigten, genauso schockiert wie die anderen Männer vom Stamm des Pferdes. Fast alle Eingeführten des Stammes waren mit auf die Jagd gekommen. Nur Tor und noch ein anderer Mann waren auf Lanas Wunsch zurückgeblieben, um ein paar Dinge für sie zu erledigen.

Das Ziel der Jagdgruppe war ein kleiner See, der an einem sanft geschwungenen Berghang lag, einen Morgenweg von den Behausungen des Stammes entfernt. An der anderen Seite des Sees war eine Bergwiese, die mit wilden Blumen und dem frischen, nahrhaften Gras des ersten Frühlings übersät war. Hinter der Wiese fiel der Boden steil in eine Schlucht ab.

Als die Jäger zu dem See kamen, erblickten sie eine große Herde Hirsche auf der Wiese weiden.

Mar und die Männer vom Stamm des Pferdes sahen Jus erwartungsvoll an, um seine Anweisungen entgegenzunehmen.

»Der Steinsee ist ein günstiger Ort, um eine Hirschherde zu bekommen«, erklärte der Jagdführer Mar. »Siehst du, wie der See und der steile Berghang zwei Seiten einer Falle bilden?« Mar nickte. »Wir werden an den beiden offenen Seiten unsere Männer postieren«, sagte Jus, »und die Hirsche zwischen uns vor- und zurücktreiben, bis wir so viele von ihnen erlegt haben, wie wir nach Hause tragen können.«

Die Männer vom Hirsch-Clan hatten ihre Vorbereitungen schnell getroffen. Offensichtlich jagten sie an diesem Ort häufiger. Mar und die Männer vom Stamm des Pferdes waren bei der Gruppe, die von Jus angeführt wurde und zur Ostseite der Wiese ging. Dort bildeten sie im rechten Winkel zum Fluß eine Linie und verteilten sich auf der ganzen Strecke über die Wiese bis hin zu dem Steilhang.

Da der Wind von Westen nach Osten wehte und die Tiere zuerst den Geruch der Männer aufnehmen würden, die die westliche Linie bildeten, vergewisserten sich die Jäger, daß die Männer auf der Ostseite ihre Plätze eingenommen hatten, bevor sie ihre eigenen bezogen.

Jus und seine Jäger standen vor einer Gruppe Bergkiefern, hinter denen sich der Berghang sanft nach oben fortsetzte.

Sowie die Gruppe auf der westlichen Seite ihre Stellungen bezogen hatte, nahmen die Hirsche ihren Geruch auf und flüchteten in Richtung der Kiefern.

Die Jäger, die sich unter den Bäumen im Gras versteckt hatten, sprangen auf und warfen einen ganzen Hagel Speere und Pfeile zwischen die fliehenden Tiere, so daß sie sofort umkehrten und in die andere Richtung liefen. Inzwischen waren die Jäger auf der gegenüberliegenden Seite in Stellung gegangen, und als die Tiere sie erreichten, flogen wieder Speere und Pfeile zwischen die aufgeschreckte Herde, und viele Tiere stürzten getroffen zu Boden. Die von Panik ergriffenen Hirsche drehten sich erneut um und rasten zur ersten Gruppe der Jäger.

Einige Hirsche flohen in den See und schwammen ans andere Ufer in die Sicherheit. Alle anderen wurden zwischen den Jägern dreimal vor- und zurückgetrieben, bis die Überlebenden schließlich die menschlichen Linien durchbrachen und flüchteten.

Mar war von der Wirksamkeit dieser Jagdmethode sehr beeindruckt. Wenn sie in ihrem Stamm auch andere Wege gingen, so ließ sich nicht leugnen, daß diese Männer geübte Jäger waren. Die Männer vom Stamm des Pferdes hätten die Lage des Sees nicht klüger nutzen und ihre Waffen nicht besser einsetzen können.

Er sprach Jus sein Lob aus, der zufrieden wirkte. »Wir sind ein großer Stamm«, sagte er zu Mar. »Und es gibt viele Münder zu füttern. Wir haben gelernt, sowohl mit unserem Kopf als auch mit unseren Händen zu jagen.«

Die Männer hatten schon damit angefangen, die erlegten Hirsche zu schlachten, als Jus die Hand auf Mars Arm legte und ihn aufforderte, mit ihm zu kommen, um eine kleine Höhle zu besichtigen, die ein Stückchen weiter oben im Berg lag. »Es gibt dort ein paar Bilder«, sagte Jus. »Und vielleicht kannst du mir sagen, was sie zu bedeuten haben.«

Mar blieb gar nichts anderes übrig, als die Einladung anzunehmen, um Jus nicht zu beleidigen. Er nickte freundlich und ging zum See, um sich das Blut von den Händen und Armen zu waschen. Dann hob er seinen Speer und die Speerschleuder auf und wandte sich zum Gehen.

»Deinen Speer wirst du nicht brauchen«, sagte Jus.

»Es ist in meinem Stamm die Regel, niemals ohne Speer zu

gehen«, erwiderte Mar mit der gleichen freundlichen Stimme, mit der er schon die Einladung angenommen hatte.

Während die beiden noch dastanden und sich ansahen, kam Cort zu ihnen. »Wohin gehst du, Mar?« fragte er seinen früheren Häuptling.

Mar erklärte ihm, daß Jus ihn aufgefordert hätte, die Höhle zu besichtigen.

»Ich werde mitkommen«, sagte Cort sofort.

Jus' dichte Augenbrauen zogen sich über der Stirn zusammen. »Du mußt bei den Hirschen mithelfen«, sagte er zu Cort.

Cort streckte das Kinn vor. »Ich gehe mit Mar.«

Die Augenbrauen von Jus zogen sich noch dichter über dem Nasenrücken zusammen. »Du unterstehst jetzt nicht mehr dem Häuptling vom Stamm des Pferdes«, sagte er wütend zu Cort. »Du hast dich entschieden, im Stamm deiner Frau zu leben. Ich bin der Führer dieser Jagdgruppe, und ich sage dir, daß du hierbleiben und beim Schlachten der Tiere helfen sollst. Wenn wir morgen nach Hause zurückwollen, dürfen wir keine Zeit verlieren.«

Cort machte schon den Mund auf, um zu protestieren, aber Mar kam ihm zuvor. »Jus hat recht, Cort. Ich würde genau das gleiche sagen, wenn ich an seiner Stelle wäre.«

Cort sah seinen früheren Häuptling wütend an. Mars Gesicht war ernst. »Du hast dich aus freien Stücken entschieden, in diesem Stamm zu leben«, fuhr er fort. »Du mußt den Befehlen seines Führers folgen.« Und als Cort sich noch immer nicht zufriedengeben wollte, schüttelte Mar leicht den Kopf.

Zornig und zögernd ging Cort zurück zu den anderen, um beim Schlachten zu helfen.

Mar und Jus verließen zusammen die Wiese in Richtung der Kiefern an ihrer Ostseite. Beide trugen einen Speer in der rechten Hand.

Als sie zu der Stelle kamen, an der es steiler wurde, sagte Jus: »Die Höhle liegt auf halber Strecke den Berg hinauf. Wie du sehen kannst, gibt es hier einen Pfad, den die Steinböcke benutzen. Ich werde vorangehen, und du folgst mir.«

Mar nickte, und Jus kletterte auf dem Ziegenpfad den Berg hinauf. Mar stieg hinterher.

Schon bald kamen sie tatsächlich zu einer Höhle im Felsgestein. Der Eingang war so niedrig, daß Mar nur hineingelangen konnte, wenn er den Kopf duckte.

»Die Bilder sind von Tieren«, sagte Jus. »Möchtest du, daß ich zuerst hineingehe?«

»Ja«, sagte Mar. »Das wäre das beste. Du kennst dich in der Höhle aus.«

Jus brummte. »Ich muß mich erst mal erleichtern«, sagte er. »Warte hier, bis ich zurück bin.« Mar nickte, und Jus ging zu den Kieferbäumen, die an der linken Seite des Höhleneingangs wuchsen.

Mar wog seinen Speer in der Hand und lehnte sich an die Felswand neben der Höhle. Er kniff die Augen zusammen und musterte die Umgebung. Er konnte aber keinerlei Anzeichen für irgendwelche unwillkommenen Gäste sehen. Mar glaubte nicht, daß jemand das Lager vor ihm und Jus verlassen hatte. Er hatte extra darauf geachtet. Und wenn jemand nach ihnen das Lager verließ, würden Cort und die Männer vom Stamm des Pferdes es sehen und ihm folgen.

Irgendwo ganz in der Nähe schrie ein Vogel.

Jus tauchte am Rand des Kiefernwäldchens auf und kam zu Mar zurück, der sich sofort von dem Felsen abstieß und einen Schritt auf ihn zuging.

Und wenn sie nun schon vor der Jagd Männer hier heraufgeschickt hatten? Was dann? Wenn schon Männer in der Höhle waren?

Dieser Gedanke war es, nicht irgendein bestimmtes Geräusch, der Mar plötzlich veranlaßte, sich blitzschnell umzudrehen – eine Bewegung, die ihm das Leben rettete. Der Speer, der genau auf seinen Rücken gezielt hatte, fuhr statt dessen durch seinen Arm. Blut spritzte, und Mar ließ seinen eigenen Speer fallen. Fast im selben Augenblick stürzte er sich auf seinen Angreifer. Durch die Wucht des Aufpralls löste sich der Speer, der noch in Mars Arm gesteckt hatte.

Es war nur ein einziger Mann da. Und natürlich Jus, der hinter ihm herkam. Mit einer gewaltigen Kraftanstrengung packte Mar den Mann und warf ihn zu Boden und wälzte sich mit ihm hin und her. Sie hatten beide keinen Speer mehr, aber es war ein ungleicher Kampf. Mar konnte nur noch einen Arm bewegen. Und Jus war auch noch da.

Jus wird seinen Speer nicht benutzen können, während wir beide kämpfen, dachte Mar. Er kann sich nicht sicher sein, wen er trifft. Mar mußte also aufpassen, daß er nicht oben zu liegen kam, während sie miteinander rangen. Wenn er oben lag, würde ihn Jus mit seinem Speer durchbohren.

Wieder rollte er sich herum und lag jetzt mit seinem gesamten Gewicht auf seinem verletzten Arm. Die Welt vor seinen Augen begann sich zu drehen. Der Mann auf ihm ächzte und verlagerte sein Gewicht. Zwei Hände packten Mar an den Schultern und drückten ihn auf den Boden. Mar war ganz benommen von den Schmerzen in seinem Arm, und ihm wurde schlecht.

»Jetzt, Jus!« keuchte der Mann über ihm. »Ich hab ihn! Jetzt!«

Mar spannte die Muskeln, und mit einer ungeheuren Anstrengung seines Körpers und seines Willens gelang es ihm, den Rücken durchzubiegen und sich mit den Füßen abzustoßen. Der Mann auf ihm fiel auf die Seite, rollte sich herum und blieb ein Stück von Mar entfernt am Boden liegen.

Es war sehr still auf der Lichtung vor der Höhle. Nicht einmal die Vögel zwitscherten.

Das war gar kein Vogel vorhin, dachte Mar mit plötzlicher Klarheit. Das war Jus. Der Ruf war das Signal für den Mann in der Höhle.

Jus legte seinen Speer aus der Hand.

»Das wird dir noch leid tun«, hörte ihn Mar zu dem Jungen sagen. »Die Herrin wird sehr böse mit dir sein.«

Der Junge antwortete nicht, und auch der gespannte Bogen zitterte nicht.

Die Wunde in Mars Schenkel brannte wie Feuer, aber das bereitete ihm nicht so große Sorgen wie die Wunde in seinem Arm. Er konnte ihn nicht mehr bewegen.

»Mar.« Bans Stimme schien von sehr weit entfernt zu kommen. »Kannst du mich hören?«

»Ja«, sagte er mit zusammengebissenen Zähnen.

»Ich glaube, du solltest besser nicht in das Lager zurückgehen. Das ist nicht sicher für dich.«

»Ja«, sagte Mar wieder.

»Deine Wunden sehen schlimm aus. Ich weiß nicht, was ich mit dir machen soll.« Ban hörte sich sehr besorgt an.

»Zuerst mußt du Jus festbinden«, sagte Mar. »Solange du den Bogen hältst, kannst du nichts tun.«

»Ja«, sagte Ban fast froh. »Ich habe mir Sehnen für den Bogen um die Hüfte gewickelt. Damit werde ich Jus festbinden.«

»Gut«, sagte Mar. Seine Knie knickten unter ihm ein, und er mußte sich anstrengen, um nicht umzufallen. »Bring mir zuerst die Speere«, sagte er zu dem Jungen. Ban hob die Speere auf, die auf der kleinen Lichtung lagen, und lehnte sie gegen die Felswand. Einen gab er Mar. Dann fesselte er den wütenden Jus an Händen und Füßen.

»Ich brauche Hilfe, Ban«, sagte Mar, als der Junge wieder

zurückkam und vor ihm stehenblieb. »Du mußt ins Lager gehen und Cort und die anderen Männer vom Stamm des Pferdes zu mir bringen. Paß auf, daß es niemand merkt.«

»Ich soll dich hier mit Jus allein lassen?«

»Er ist gefesselt. Du hast doch gründliche Arbeit geleistet?«

»Ja. Das habe ich.«

»Dann kann mir nichts passieren. Geh jetzt. Schnell, Junge. Ich hab schon so viel Blut verloren. Ich weiß nicht, wie lange ich mich noch wach halten kann.«

»In Ordnung. Ich gehe, aber zuerst will ich noch die Wunden verbinden, damit sie zu bluten aufhören.«

Ban zog sein Hemd aus, zerriß es entlang den Nähten, faltete das Leder zusammen und legte es auf Mars Wunden. Dann nahm er die Sehne von seinem Bogen, um das Leder festzubinden. Mar hatte die Augen zugemacht und während der ganzen Prozedur keinen Ton von sich gegeben. Wenn er nicht aufrecht auf den Füßen gestanden hätte, hätte Ban geglaubt, daß er ohnmächtig geworden war.

Als Ban fertig war, machte Mar die Augen wieder auf. »Geh jetzt.«

Mar stand noch immer an die Felswand gelehnt, als der Junge mit Cort und den anderen Männern vom Stamm des Pferdes zurückkam.

»Mar!« rief Cort entsetzt, als er über die Lichtung gelaufen kam und vor seinem blutüberströmten früheren Häuptling stehenblieb.

»Ich bin wirklich froh, daß du hier bist, Cort«, sagte Mar und fiel nach vorn aufs Gesicht und blieb regungslos liegen.

36

Am Tag der Hirschjagd ging Alin am frühen Nachmittag zu Lana, um ihr ihre Entscheidung mitzuteilen, den Stamm zu verlassen. Tardith schlief, und sie ließ ihn in ihrer Hütte.

Aber Lana war nicht in ihrer Behausung.

Alin fühlte sich erleichtert, war aber sofort wütend auf sich. Diesen Augenblick hinauszuzögern, half nichts. Sie verließ die leere Hütte wieder und ging mit entschlossenen Schritten zur Frauenhöhle und fragte die Mädchen, ob sie wüßten, wo die Herrin war.

»Sie ist heute morgen zur heiligen Höhle gegangen«, erwiderte eines der Mädchen.

Alin runzelte die Stirn. »Warum sollte sie dort hingehen?«

»Sie sagte, eins von den Booten habe ein Leck. Sie hat Tor und Kar mitgenommen, damit sie es reparieren.«

Alin dachte einen Augenblick nach. »Ich habe Tardith in meiner Höhle gelassen, er schläft«, sagte sie. »Würdet ihr auf ihn aufpassen, bis ich zurück bin? Ich muß mit der Herrin sprechen.«

»Sicher«, erwiderten die Mädchen. »Wir passen für dich auf ihn auf, Alin.«

Alin lächelte kurz und wandte sich dann dem Fluß zu und ging auf dem vertrauten Pfad den Berg hinauf.

Lana saß auf einer Hirschhautdecke, die sie an der Sonne ausgebreitet hatte, als Alin schließlich auf der Lichtung vor der heiligen Höhle ankam. Tor und ein anderer Mann hatten eines der Boote auf dem Ufer am Fluß umgedreht und arbeiteten daran mit Leim, den sie aus Pflanzensäften gemacht hatten.

»Alin!« rief Lana überrascht, als sie ihre Tochter um die Flußbiegung näherkommen sah.

Alin trat neben ihre Mutter. »Die Mädchen in der Frauenhöhle haben mir gesagt, daß du hier bist, Mutter. Ich muß mit dir reden.«

Lana klopfte auf die Decke. »Setz dich«, sagte sie.

Alin warf einen Bick zu den Männern hinüber und entschied, daß sie weit genug entfernt waren, um ihrem Gespräch nicht zuhören zu können. Sie setzte sich zu Lana auf die Decke.

Alin hielt ihr Gesicht an die Sonne. »Es ist schön hier«, murmelte sie. »Man spürt die Wärme des Frühlings in der Sonne.«

»Ja«, war alles, was Lana darauf erwiderte. Sie wartete.

Alin seufzte resigniert. »Mutter, ich weiß nicht, wie ich es dir sagen soll, aber es muß gesagt werden.« Sie starrte auf das Wasser des kleinen Flusses, das in der hellen Nachmittagssonne glitzerte. »Ich gehe mit Mar wieder zum Stamm des Pferdes.«

Ein langes Schweigen legte sich zwischen sie.

Nach einer Weile drehte sich Alin um und sah in Lanas Gesicht. Als sie dem Blick aus den vertrauten schrägen blaugrauen Augen begegnete, spürte Alin einen scharfen Stich, eine Mischung aus Schuldgefühlen, Kummer und Enttäuschung. »Ich kann nicht ohne ihn leben, Mutter«, sagte sie. »Aber ohne meinen Sohn kann ich auch nicht leben.«

»Das ist eine egoistische Entscheidung«, sagte Lana.

»Kann sein.« Alin kniff die Lippen zusammen. »Aber so wie ich jetzt bin, tauge ich nicht für den Stamm, Mutter.«

»Da bin ich anderer Meinung.«

Alin zog die Knie hoch und legte die Stirn darauf. »Elen kann meinen Platz einnehmen«, sagte sie, und ihre Stimme klang ein bißchen gedämpft, weil sie den Kopf noch immer nach unten gebeugt hielt und auf den Boden sah. »Elen hat die Kraft, allein zu leben. Ich nicht.«

»Dieser Mann hat dich mit einem Zauberbann belegt«, sagte Lana mit kühler Stimme.

»Nicht mit einem Zauberbann«, erwiderte Alin. »Es ist nur«, sie hob das Gesicht von den Knien, »weil ich ihn liebe.«

»Du hast kein Recht, ihn zu lieben.« Lanas Stimme wurde mit jedem Wort eisiger. »Du bist die Auserwählte. Deine Liebe muß für den Stamm da sein.«

»Aber sie ist nicht mehr für den Stamm da, Mutter. Jetzt nicht mehr. Deshalb muß ich gehen.«

Lanas Gesicht war hart geworden. »Ich glaube, daß es dem Himmelsgott auf diese Weise gelungen ist, so viele Stämme der Sippe zu beherrschen«, sagte sie. »Dumme Frauen wie du, Alin, Närrinnen, haben ihre Macht an die Männer abgegeben.«

Alin straffte die Schultern. »Ich gebe meine Herrschaft über den Hirsch-Clan an eine andere Frau weiter, nicht an einen Mann«, sagte sie. »Und meine Vereinigung mit der Erdmutter habe ich auch nicht aufgegeben. Mar weiß das. Er will nicht, daß ich anders werde, als ich bin.«

»Du bist die Auserwählte. Er will, daß du etwas anderes wirst.«

»Würdest du ihm erlauben, hier bei mir zu bleiben?« fragte Alin. »Ihm erlauben, mein Mann zu sein? Mir erlauben, meinen Sohn zu behalten?« Ihre Stimme klang herausfordernd.

»Das ist unmöglich«, erwiderte Lana ungeduldig. »Die Herrin kann nicht einem Mann allein gehören, und ihr Kind ist der Stamm. Das weißt du, Alin.«

»Ja, das weiß ich. Aber in Mars Stamm kann der Häuptling eine Frau haben. Er kann nur einer Frau gehören, er kann mit seiner Familie zusammen in seiner Behausung leben. In Mars Stamm können wir zusammensein. Das ist der Grund, warum ich mit ihm gehe, Mutter. So einfach ist das.«

»Er wird dir nicht gehören, Alin«, sagte Lana. »Wenn Männer Macht besitzen, gehören sie nur sich selbst.«

Alins Kopf fuhr in die Höhe. Mit einem langen ruhigen Blick

sah sie ihre Mutter an. »Es ist wahr, daß er sich selbst gehört. Er gehört auch dem Stamm. Und er gehört mir.«

»Das ist eine Prüfung für dich, Alin«, sagte Lana nach längerem Schweigen. »Die Erdmutter hat dir diesen Mann in den Weg gestellt, um deine Stärke, deine Ergebenheit zu prüfen. Ich hätte nie geglaubt, daß du diese Prüfung nicht bestehen würdest, meine Tochter. Ich hätte mein Leben darauf gesetzt, daß du standhaft bleibst. Und es fällt mir schwer, zu glauben, daß ich mich so in dir getäuscht habe.«

Während ihre Mutter so sprach, wurde Alin sehr blaß. Lanas Worte trafen sie mitten ins Herz. Sie konnte nicht antworten. Sie brachte kein Wort heraus.

Lana versuchte, die Situation zu ihrem Vorteil zu nutzen. »Dieser Mar ist der einzige Mann, mit dem du je zusammen warst«, fuhr sie fort. »Du weißt nicht, daß er nicht der einzige Mann ist, der Hitze in dein Blut bringen kann. Nimm einen anderen Mann, meine Tochter. Prüfe, ob das, was ich sage, nicht stimmt. Du warst mit diesem Mar bei den Feuern zusammen, und er ist für dich der Gott. Aber es gibt noch andere Männer, die dir genauso Erfüllung bringen können, Alin. Das kann ich dir aus meiner langen Erfahrung versichern.«

Ganz langsam schüttelte Alin den Kopf. »Das ist es nicht allein, Mutter«, sagte sie. Sie schlug die Augen nieder, während sie Dinge sagte, die ihre intimsten Gefühle bloßlegten. »Es ist, weil ich – es ist, weil ich mich so glücklich fühle, wenn ich mit ihm zusammen bin.« Ihre Stimme war ganz weich. »Ich bin glücklich, wenn er den Kopf zurückwirft, wie es ein Hengst tut. Ich bin glücklich, wenn er mich anlächelt und wie ein kleiner Junge aussieht. Ich bin glücklich, wenn ihm seine Haare in die Stirn fallen und er sie zurückstreicht –« Sie starrte auf den Boden, weigerte sich, Lana anzusehen. »So ist es nun mal, Mutter. Es ist nicht nur das Feuer im Blut.«

Zwischen Lanas Augenbrauen entstand eine tiefe, scharfe Linie, während sie das abgewandte Gesicht ihrer Tochter anstarrte. »Es ist nicht deine Aufgabe, glücklich zu sein«, sagte sie.

Alins Kopf beugte sich noch weiter nach unten. »Vielleicht ist das so. Vielleicht könnte ich ohne Glück leben, wenn ich nie erfahren hätte, wie es ist«, erwiderte Alin. »Aber jetzt kann ich nicht mehr davon lassen.«

»Ich habe es getan«, sagte Lana. »Und du kannst es auch.«

Bei diesen Worten hob Alin den Kopf. Sie sah ihre Mutter an. »Tor?« fragte sie schließlich mit der gleichen weichen Stimme, mit der sie von Mar gesprochen hatte.

»Tor.« Lanas Katzengesicht wirkte ungewöhnlich angespannt. »Ich habe die Gefahr erkannt und mich abgewandt.«

»Vielleicht hätte ich das gleich am Anfang auch gekonnt«, entgegnete Alin. »Aber jetzt kann ich es nicht mehr. Ich schaffe es nicht, die beiden aufzugeben, Mutter.«

Es folgte langes Schweigen. Dann sagte Lana: »Also gut, Alin. Du darfst deinen Sohn behalten.«

Alins Gesicht wurde weiß wie Schnee. Sie antwortete nicht.

»Behalte den Jungen«, sagte Lana. »Und schick diesen Mann fort.«

Alin zuckte zusammen. Sie atmete tief ein und zitterte am ganzen Körper. »Das kann ich nicht«, sagte sie.

»Du bist eine Närrin«, schimpfte Lana.

Alin machte die Augen zu. Ihre Wimpern legten sich wie ein Fächer über ihre Wangen. »Nimm Elen zu deiner Nachfolgerin, Mutter. Elen hat alles, was ich nicht habe.«

»Wird Elen diesen Mann vom Stamm des Pferdes aufgeben, den sie mitgebracht hat?«

»Wenn es sein muß, wird sie es tun.« Alins Wimpern verhüllten noch immer den Schmerz in ihren Augen. »Ich glaube, daß Elen keine Frau für nur einen Mann ist.«

»Aber du glaubst, daß du das bist«, sagte Lana mit Bitterkeit in der Stimme.

Jetzt endlich sah Alin zu ihr auf. »Am ersten Tag, als Mar hierherkam«, sagte Alin, »hat Mar zu mir gesagt, daß er wie sein alter Hund sei. ›Lugh war ein Hund für nur einen Mann‹, sagte er, ›und ich bin ein Mann für nur eine Frau.‹ Ich bin auch wie Lugh, Mutter. Ich bin eine Frau für *einen* Mann, und dieser Mann ist Mar.«

Langsam, entschlossen, wandte Lana das Gesicht ab. »Ich kann dich nicht gegen deinen Willen halten, Alin. Du bist für den Stamm nur gut, wenn du ihm freiwillig dienst.«

»Es tut mir leid, Mutter.« Alin stand langsam auf. »Ich habe dich enttäuscht, und es tut mir leid.«

»Nicht mich hast du enttäsucht, Alin«, sagte Lana, und ihr Gesicht und ihre Stimme waren sehr hart. »Sondern die Erdmutter. Sie hat dich gerufen, und du hast sie im Stich gelassen.«

Alin senkte den Kopf. Sie hatte nichts zu ihrer Verteidigung zu sagen. Es stimmte. Sie drehte sich um und ging mit Kummer und Schuldgefühlen beladen auf demselben Weg zurück, auf dem sie gekommen war.

Alin kehrte mit leerem Blick und ohne ihre Umgebung und die Natur wahrzunehmen, auf dem ausgetretenen Pfad zu ihrer Hütte zurück.

Was hattest du erwartet, was sie sagen würde? Hattest du erwartet, daß sie dir ihren Segen gibt? Sie hat dich nur genannt, was du bist: eine Abtrünnige. Es gibt keinen Ausweg für mich, dachte Alin. Es gibt für mich keine Lösung, die nicht Verrat bedeuten würde.

Lana kam von der heiligen Höhle zurück, und die Mädchen in der Frauenhöhle machten das Feuer zum Kochen an. Kurz darauf erfüllte köstlicher Fenchelduft die Luft. Als hätte er das

Essen gerochen, wachte Tardith von seinem Nachmittagsschlaf auf und fing sofort an zu schreien. Nachdem Alin ihn gefüttert hatte und gerade ihr eigenes Abendessen zu sich nehmen wollte, wurde sie durch das plötzliche Auftauchen von Ban an der Tür ihrer Hütte aufgeschreckt.

»Ban!« Er keuchte und war in Schweiß gebadet. Alin wurde von Angst gepackt. »Was ist passiert?«

»Mar«, sagte Ban nur.

Nein, dachte Alin. Es kann nichts mit Mar sein. Mit weißem Gesicht und aufgerissenen Augen starrte sie Ban fassungslos an.

»Er ist verletzt«, erklärte Ban.

Alin begann wieder zu atmen.

»Komm herein«, sagte sie. »Wie verletzt? Was ist passiert?«

»Er hat schlimme Wunden«, sagte Ban und kam in die Hütte. Er wischte sich mit dem Ärmel den Schweiß vom Gesicht. »Wir haben für ihn getan, was wir konnten, aber seine Wunden müssen genäht werden. Du mußt kommen und dich um ihn kümmern, Alin.«

»Natürlich komme ich. Aber wie ist das passiert, Ban? Ihr habt doch Hirsche gejagt!«

»Nicht nur Hirsche. Jus hat Mar gejagt«, sagte Ban. »Seine Wunden sind von einem Speer, Alin. Nicht von einem Tier.«

Alin starrte ihn an. »Jus hat Mar angegriffen?«

»Ja.« Ban atmete jetzt wieder etwas gleichmäßiger. »Während wir alle die Tiere geschlachtet haben, die wir erlegt hatten, hat Jus Mar mitgenommen, um ihm Bilder in einer nahegelegenen Berghöhle zu zeigen. Cort wollte mitgehen, aber Jus hat es nicht erlaubt. Ich habe es gehört, Alin, und da habe ich mir Gedanken gemacht. Ich bin ihnen gefolgt. Und es tut mir leid, daß ich nicht rechtzeitig dort war.«

»Jus könnte Mar niemals in einem fairen Kampf schlagen«, sagte Alin.

»Es war auch kein fairer Kampf. Gul hatte sich schon in der Höhle versteckt und dort auf sie gewartet.«

Einen Augenblick herrschte Schweigen, während Alin diese Information verdaute. »Dann haben sie es also schon vor der Jagd geplant«, sagte sie langsam.

»Ja.«

»Die Herrin.«

»Ja«, antwortete Ban. »Jus hat zu mir gesagt, daß er auf Befehl der Herrin handelt.«

»Ich komme mit«, sagte Alin. »Was brauche ich außer meiner Nadelschachtel?«

»Häute, um das Blut zu stillen.«

»Wie schlimm sind die Wunden, Ban?«

»Er hat viel Blut verloren, Alin. Aber er ist stark.«

»Und die Wunden?«

»Die Wunde am Bein geht hauptsächlich durch das Fleisch. Aber die Wunde am Arm ist schlimmer. Er kann ihn nicht bewegen.«

»Welcher Arm?«

»Der rechte.«

Alin schloß die Augen. »Ich hole meine Sachen«, sagte sie. »Setz dich hin, Ban, und ruh dich ein bißchen aus.« Sie machte eine Bewegung mit der Hand. »Da drüben ist Wasser.« Dann zog sie die Stirn in Falten, überlegte, machte Pläne. »Ich lasse Tardith bei Mela.«

»Wir müssen Mars Schlafhäute mitnehmen«, sagte Ban. »Und deine auch.«

Alin nickte. Sie kniete sich auf den Boden und packte die Sachen zusammen, während Ban einen kräftigen Schluck aus der Wasserblase nahm.

»Ist Mar im Lager der Jäger?« fragte sie Ban über die Schulter.

Ban schüttelte den Kopf. »Wir dachten, das wäre nicht sicher für ihn. Wir haben ihn auf dem Berg versteckt, in einer anderen Höhle.«

»Wir? Wer ist bei ihm?«

»Cort und die anderen Männer vom Stamm des Pferdes.«

»Und Jus?«

»Wir haben Jus gefesselt und vor der Höhle liegengelassen. Die Männer im Lager haben bestimmt schon jemanden losgeschickt, um ihn zu suchen. Ich glaube nicht, daß ihm etwas zustößt.«

»Es ist mir egal, ob ihm etwas zustößt«, sagte Alin verbittert. »Ich wäre froh, wenn er von einem Höhlenbären gefressen würde.«

Ban brummte.

»Warte hier«, sagte Alin. »Ich muß Tardith zu Mela bringen, dann können wir gleich losgehen.«

Die Höhle, in der sie Mar versteckt hatten, war die Höhle, die die Männer vom Stamm des Pferdes für ihr heimliches Jagdritual benutzt hatten. Es war dunkel, als Alin und Ban dort ankamen, und so konnte Alin nicht genau erkennen, wo sich die Höhle befand. Cort hatte schon nach ihnen Ausschau gehalten, denn er wartete mit einer Fackel in der Hand auf sie.

»Wie geht es Mar?« fragte Alin sofort.

»Er schläft fest. Wir können ihn nicht wecken«, erwiderte Cort. Seine Stimme klang besorgt. »Ich wünschte, Huth wäre hier.«

»Ich sehe ihn mir gleich an«, sagte Alin. Ihre Stimme klang ruhiger, als ihr zumute war.

»Hier entlang«, sagte Cort und führte sie in die Höhle.

Sie hatten ein Feuer gemacht, damit Mar nicht fror, und ihre Pelzwesten unter ihn gelegt. Das erste, was Alin sah, war das Blut. Es klebte überall an seinen Kleidern, überall auf den Fellen, auf denen er lag. Sie kniete sich neben ihn auf den Boden. Roc winselte leise. Mars Augen blieben geschlossen.

Alin starrte auf das Blut. Er hatte so viel verloren. Sie machte für einen Augenblick die Augen zu, schluckte, machte sie wieder auf. Dann sah sie auf die blutdurchtränkte Hirschhaut, die um seinen Oberarm gebunden war.

»Ich brauche das Wasser, das wir mitgebracht haben«, sagte sie zu Ban. Sie biß die Zähne zusammen, holte ein scharfes Flintmesser aus ihrem Packen und zerschnitt die Sehne, mit der die Hirschhaut an seinem Arm befestigt war, und zog sie vorsichtig von Mars Arm. Die Wunde fing wieder an zu bluten.

Alin wußte nicht, wie lange sie in jener Nacht mit Mars Verletzungen beschäftigt gewesen war. Sie hatte die Wunden an seinem Arm und seinem Schenkel vorsichtig ausgewaschen und dann zugenäht. Es war, wie Ban ihr gesagt hatte. Die Wunde am Bein war nicht besonders besorgniserregend. Aber die am Arm war tief und hatte die Sehnen durchtrennt, die die Muskeln mit den Knochen des Arms verbanden. Selbst wenn die Wunde verheilte, war sich Alin nicht sicher, ob Mar seinen Arm je wieder würde richtig bewegen können.

Aber im Augenblick konnte sie sich deswegen keine Sorgen machen. Schlimmer wäre, wenn er Fieber bekäme und seine Seele auf die Wanderung ging.

Cort und Russ und die anderen Männer vom Stamm des Pferdes machten sich die gleichen Sorgen. »Wenn doch nur Huth hier wäre!« wiederholten sie immer wieder. Aber da war kein Huth, der seine hilfreichen Geister herbeirufen konnte, um die Reise in die andere Welt zu machen, falls der Geist von Mar am Morgen nicht in seinen Körper zurückkehrte.

Alin wünschte sich Huth genausosehr herbei wie die Männer. Ganz im Innern hegte sie die eisige Furcht, daß Mars Wunden die Strafe der Erdmutter sein könnten. Die Göttin hat keinen Grund, Mar zu lieben, dachte Alin mit erbitterter Offenheit.

Ban hatte Mars Schlafhäute aus Alins Hütte mitgebracht, doch sie versuchten nicht, ihn von der Stelle zu bewegen, an der er lag. »Nehmt sie euch, damit ihr nicht friert«, sagte Alin zu den sieben Männern, die die Höhle mit ihr teilten. »Ich lege mich neben ihn und breite meine Schlafhäute über uns beide aus.«

Vorsichtig legte sie sich an Mars linke Seite und breitete ihre Häute über ihn und sich aus. Er war so groß, er nahm weit mehr als die Hälfte der Decken in Anspruch. Alin legte sich dicht zu ihm, drehte sich auf die Seite und drückte ihre Nase an seinen gesunden Arm. Dann machte sie die Augen zu.

Es war die Tat ihrer Mutter. Lana hatte gesehen, daß sie Alin verlor, und so hatte sie gehandelt. Als Alin am Nachmittag bei ihr gewesen war, hatte Lana die Verschwörung, Mar für immer aus dem Weg zu räumen, bereits in Gang gesetzt.

Das verzeihe ich ihr nie, dachte Alin voller Bitterkeit, während sie in dem düsteren Schein des Feuers in der Höhle lag und Mars schwachen Atemzügen lauschte.

Wieder dachte sie an die Szene mit ihrer Mutter am Nachmittag. »Du kannst den Jungen behalten«, hatte Lana gesagt. »Behalte den Jungen und schick den Mann fort.« Und die ganze Zeit hatte sie gewußt, daß Mar wahrscheinlich längst tot war.

Die Tat ihrer Mutter.

Und was war mit der anderen Mutter? Was war mit der Göttin?

Erdmutter, dachte Alin. Was ist dein Wille?

Alle Dinge der Erde waren Teil der Mutter. Sie waren aus ihrem Körper geboren und kehrten im Tod wieder zu ihr zurück. Das traf für Mar genauso zu wie für alle lebenden Dinge. Am Ende gab es kein Entkommen.

Laß ihn leben, dachte Alin. Mutter. Laß ihn leben.

Sie war eine große und schreckliche Göttin, voller Liebe und voller Schmerzen. Ich habe dir immer gedient, dachte Alin jetzt, während sie dalag und ihre Nase gegen Mars gesunden Arm drückte. Und ich werde dir besser dienen können, wenn Mar am Leben bleibt.

Einer der Männer begann leise zu schnarchen. Es war das einzige Geräusch in der Höhle.

Erdmutter, betete Alin. Ihre stummen Worte zogen voller Schmerzen und Qualen mit der kalten Nachtluft zu der Göttin, die ihr ganzes moralisches Sein geformt hatte. Mutter, dies ist mein Mann. Er soll über die Dinge der Männer herrschen, ich soll die Dinge der Frauen ordnen. Keiner größer als der andere, beide nützlich für das Leben der Welt. Rette ihn für mich, Mutter. Wenn es dein Wille ist, daß ich meine Aufgabe erfülle, dann rette ihn für mich.

Mar bewegte sich leicht, murmelte etwas und fiel dann wieder zurück in seinen tiefen Schlaf.

Wenn Mars Wunden wirklich die Strafe der Erdmutter für sie waren, dann würde er sterben, und der beste Teil von ihr würde mit ihm sterben. Aber wenn er am Leben blieb, würde sie mit ihm zum Stamm des Pferdes gehen, und dort würde sie ihre Frauen führen und leiten. Und wenn die Frauen vom Stamm des Pferdes zu anderen Stämmen gingen, um dort zu heiraten, dann würden sie die Achtung und Ehrerbietung für die Göttin dorthin mitnehmen und auch weiterführen und verbreiten.

Mutter, dachte Alin mit einem fast friedlichen Seufzer, es liegt in deinen Händen.

37

Als der Morgen dämmerte, glühte Mar am ganzen Körper. Aber er erkannte Alin, als er die Augen aufschlug.

»Mein Arm?« war das erste, was er zu ihr sagte. »Ich kann meinen Arm nicht bewegen.«

»Er wird wieder gut«, beruhigte sie ihn lächelnd. »Er braucht Zeit, um zu heilen. Ruh dich jetzt aus und sammle deine Kräfte.«

Er zog die Stirn in Falten, sah sich in der Höhle um, als versuchte er festzustellen, wo er sich befand, und entdeckte Ban. Seine blauen Augen blieben auf dem Gesicht des Jungen haften. »Du bist Ban«, sagte er.

Der Junge machte ein paar Schritte nach vorn, schaute aus seinen dunklen Augen zu Mar. »Ja«, sagte er. »Ich bin Ban.«

Mar war blutverschmiert, fieberte und lag flach auf dem Rücken. Aber er sagte mit großer Würde zu Ban: »Ich danke dir für mein Leben.«

Ban beugte seinen dunklen, anmutigen Kopf.

»Trink etwas Wasser, Mar«, sagte Alin weich. »Du bist ganz heiß.«

Mar sah wieder zu ihr und nickte. Cort brachte ihm den Wasserbeutel und half ihm beim Trinken.

»Ich bin so müde«, sagte Mar, nachdem er etwas Flüssigkeit zu sich genommen hatte. Wieder runzelte er nachdenklich die Stirn. »Wo sind wir? Was ist passiert?«

»Nichts ist passiert«, sagte Alin mit fester Stimme. »Du sollst dich nicht aufregen. Du bist in Sicherheit. Wir sind alle in Sicherheit. Wenn du müde bist, dann schlafe jetzt.«

»Wo ist das Kind?« Er schaute sich suchend in der Höhle um.

»Bei Mela, in Sicherheit. Mach dir wegen Tardith keine Sorgen. Mach dir wegen nichts Sorgen. Ruh dich nur aus, Mar. Ruh dich nur aus und werde gesund.«

Sie sah, daß er noch mehr Fragen hatte, aber zu schwach war, um sie zu formulieren. Nach einer Weile machte er die Augen wieder zu und schlief ein.

Als es Nacht wurde, stieg das Fieber. Alin saß neben ihm und hielt seine gesunde Hand. Sie war zu erschöpft, um einen Gedanken fassen zu können. Sie saß einfach nur dort und sah ihn an, sein Gesicht, das vom Feuer erhellt wurde.

Sein Haar war schmutzig und voller Blut. Er muß mit der Hand darübergestrichen haben, dachte Alin. Am Kopf hatte er keine Wunde. Als er sie am Morgen verlassen hatte, um auf die Hirschjagd zu gehen, war er glattrasiert gewesen, aber jetzt waren seine Wangen und sein Kinn mit goldenen Stoppeln überzogen. Die meiste Zeit lag er still da, nur ab und zu warf er unruhig den Kopf herum, als hätte er schlechte Träume, und manchmal murmelte er etwas.

»Lugh«, sagte er einmal. Und zum ersten Mal, seit sie ihn dort liegen sah, fühlte Alin Tränen in ihre Augen steigen.

»Wie geht es ihm, Alin?« fragte Cort leise und hockte sich neben sie auf den Boden.

»Ich glaube, daß er es schaffen wird, Cort«, erwiderte sie und blinzelte, um die Tränen zu unterdrücken. Ihre Stimme hatte einen merkwürdigen Klang, und sie räusperte sich. »Er ist sehr krank, aber ich habe schon Männer gesehen, die kränker waren als er und überlebt haben. Und Mar ist stark. Wenn es nicht schlimmer wird als jetzt, wird alles gut mit ihm.«

»Du warst so gut wie Huth, Alin, mehr hätte er auch nicht tun können«, sagte Cort.

Alin lächelte und schüttelte den Kopf.

»Ich frage mich, wie lange wir hier noch in Sicherheit sind«, sagte Cort. »Die Männer vom Stamm werden Jus inzwischen gefunden haben. Die Herrin wird wissen, was passiert ist. Glaubst du, daß sie uns suchen werden?«

Alin drehte den Kopf auf die Seite und sah in Corts freundliche, aber besorgte Augen. »Wenn es Mar am Morgen bessergeht«, sagte sie, »werde ich zum Hirsch-Clan zurückgehen. Ich werde Tardith holen. Und ich werde mit der Herrin sprechen.«

Hinter ihr erklang Bans sanfte Stimme. »Ich werde dich begleiten«, sagte er.

Alin blickte über die Schultern zu dem Mann, der Mar für sie gerettet hatte. »Ja«, sagte sie. »Du solltest mit mir kommen, Ban. Auch du mußt der Herrin gegenübertreten.«

Ban nickte, seine dunklen Augen sahen sie ernst an.

»Alin –«, sagte Cort. »Wirst du Elen sehen?«

Alin gelang ein Lächeln. »Ja. Ich werde Elen sehen.«

»Sag ihr, daß ich noch hier bei Mar bleiben muß. Es geht ihm noch nicht gut genug, als daß ihn die Männer seines Stamms allein lassen könnten.«

»Ich sage es ihr.«

»Elen wird es verstehen. Sie hat Mar immer so bewundert.«

Alin nickte stumm.

Am Morgen wachte Mar mehrmals auf, schlief aber gleich wieder ein. Er schien nicht mehr ganz so heiß zu sein wie in der Nacht. Alin beschloß, zu den Behausungen ihres Stammes zurückzukehren. Ihre Brüste waren geschwollen und taten ihr weh, so daß sie ständig an die Bedürfnisse ihres Kindes erinnert wurde.

Die Höhle, in der sie Mar versteckt hielten, war warm und trocken. Sie würde dort für Tardith sorgen können. Sie würde ihn und ein paar Sachen holen und danach niemals mehr an den Ort zurückkehren, an dem ihre Mutter wohnte.

»Ban«, sagte sie zu dem Jungen, der leichtfüßig neben ihr durch den Wald ging. »Ich glaube, du würdest im Stamm des Pferdes willkommen sein.«

»Dann gehst du also dorthin zurück?«

»Ja. Das hast du gewußt.«

Er stieß einen leisen Seufzer aus. »Ja.«

»Die Herrin wird auf dich böse sein, Ban«, sagte Alin.

»Und ganz bestimmt wird Jus auf mich böse sein«, erwiderte der Junge. Alin hörte ein Lächeln in seiner Stimme.

»Warum hast du das getan?« fragte sie. »Hast du es für mich getan, Ban?«

»Ja. Für dich«, sagte er. »Und auch noch aus einem anderen Grund.«

»Ja?« fragte sie, um ihm Mut zu machen.

Zwischen den Bäumen fielen die Sonnenstrahlen auf Bans weiches braunes Haar. Er ist fast wie ein Reh, dachte Alin, als sie seinen schlanken Körper betrachtete, den er so anmutig bewegte. »Alin, weißt du noch, wie du mir von der Höhle mit den Bildern erzählt hast, die den Männern vom Stamm des Pferdes gehört, und von den Jagdzeremonien, die sie haben?«

»Ja«, sagte Alin. »Ich erinnere mich.«

»Und weißt du auch, daß die Männer vom Stamm des Pferdes, die jetzt bei uns wohnen, hier bei uns auch so eine Zeremonie abgehalten haben? In genau derselben Höhle, in der Mar jetzt liegt.«

»Ja«, sagte Alin. »Cort hat es mir erzählt.«

»Ich war bei dieser Zeremonie dabei«, sagte Ban. »Es war – ich hatte das Gefühl –« Seine Augenbrauen zogen sich über der Nase zusammen, während er nach den passenden Worten suchte. »So ein bedeutsames Gefühl«, beendete er den Satz.

Alin betrachtete sein Gesicht. Dann sagte sie mit weicher Stimme: »Es ist richtig, daß ein Jäger mit seinen Göttern spricht.«

»Ja«, stimmte ihr Ban eifrig zu. »Ich sage ja nichts gegen den Weg der Mutter, Alin. Das würde ich nie tun. Aber es gibt neben der Mutter auch noch andere Götter, um die wir uns im Hirsch-Clan nicht gekümmert haben.«

»So ist es«, sagte Alin. Sie lächelte ihn an. »Es gibt heilige Dinge für die Frauen, und es gibt heilige Dinge für die Männer. Beide sollten von den anderen geachtet werden.«

»Und im Stamm des Pferdes ist das so?«

»So wird es sein«, sagte Alin.

»Dann möchte ich gern mitkommen«, sagte Ban.

»Ich glaube, es müßte eine Ehre sein, zu einem solchen Stamm zu gehören.«

Als Alin und Ban am späten Vormittag den sonnigen Flußweg heraufkamen, schien bei der Ansiedlung aus Hütten, in denen der Hirsch-Clan wohnte, alles ruhig zu sein. Die Mädchen, die vor der Frauenhöhle Häute schabten, erblickten sie zuerst. Dann entdeckten sie einige Kinder, die vor den Hütten spielten, und schrien: »Es ist Alin! Es ist Alin!« Daraufhin kamen fünf Männer aus der Männerhöhle und starrten Alin und Ban entgegen.

»Wir gehen zuerst zu der Herrin«, sagte Alin zu Ban.

Ban nickte, und sie setzten ihren Weg fort, ohne die Aufregung zu beachten, die ihr plötzliches Erscheinen ausgelöst hatte.

Lana stand an der Tür zu ihrer Hütte. Offenbar hatte sie die Schreie der Kinder gehört. Mit teilnahmslosem Gesicht beobachtete sie Alin und Ban, die auf sie zukamen.

»So«, sagte sie, als sie vor ihr stehengeblieben waren. Ihre Augen glitten flackernd über Alin und blieben auf Ban liegen. »Du bist zurückgekommen«, sagte sie zu dem Jungen.

»Ich bin mit Alin gekommen, Herrin«, sagte Ban auf seine sanfte Art. Diese Sanftheit täuscht, dachte Alin, während sie das feingeschnittene Gesicht des Jungen betrachtete.

»Du hast meine Wünsche nicht befolgt«, sagte Lana zu ihm.

»Man hat mir deine Wünsche nicht mitgeteilt, Herrin«, erwiderte Ban. »Ich sah nur, daß Jus einen unbewaffneten Mann angriff. Ich hätte nicht geglaubt, daß ein Mann vom Hirsch-Clan so etwas tun würde.«

Lana kniff die Augen zusammen. »Jus hat dir gesagt, daß er auf meinen Befehl handelt.«

»Ja«, sagte Ban leise. »Das hat er.«

»Hast du ihm geglaubt, Ban?«

»Ja«, antwortete Ban noch leiser. »Das habe ich.«

Die beiden sahen sich an. »Du kannst jetzt gehen. Ich möchte mit Alin sprechen.«

Ban warf einen Blick zu Alin. Sie lächelte ihm fast unmerklich zu. »Warte auf mich«, sagte sie.

Dann ging Ban.

»Komm in die Hütte«, forderte Lana ihre Tochter auf. Sie drehte sich um und stieß die Häute vor dem Eingang zurück. Alin folgte ihr.

»Ich nehme an, er lebt«, sagte Lana. Die beiden Frauen standen sich gegenüber. Alin war einen halben Kopf größer als ihre Mutter, aber mangelnde Größe hatte die Herrin noch nie dazu bringen können, ihre Autorität zu verlieren.

»Er lebt.«

»Es tut mir leid, das zu hören«, sagte Lana mit kalter Stimme.

»Ich bin gekommen, um mein Kind zu holen«, sagte Alin. Ihr Herz lag wie ein Stein in ihrer Brust. »Ich werde wieder zum Stamm des Pferdes gehen, Mutter. Auch wenn Mar tot wäre, würde ich zum Stamm des Pferdes gehen. In dem Moment, als du Gul und Jus den Auftrag gegeben hast, Mar zu töten, hast du mich für immer verloren.«

»Ich hatte dich schon viel früher verloren«, sagte Lana. »Ich hatte gehofft, daß du zu deiner wahren Bestimmung zurückfändest, wenn dieser Mann tot wäre.«

»Sein Name ist Mar«, sagte Alin. Ihre Stimme klang genauso hart und kalt wie die von Lana.

Dann schwiegen beide. Lana zuckte bekümmert die Schultern. »Du kannst gehen, Alin.« Sie wirkte plötzlich sehr alt. »Dein Mann hat von mir nichts zu befürchten. Ich weiß sehr wohl, daß ich dich verloren habe. Nimm dein Kind und geh.« Lana verschränkte die Arme vor der Brust und sah von Alin zu der Asche in dem kalten Feuerplatz.

Auf diese Weise entlassen zu werden, erweckte in Alin plötzlich einen seltsamen Widerwillen, wegzugehen. Aus unerklärlichen Gründen war ihr Zorn von dem Augenblick an verflogen, in dem ihre Mutter gesagt hatte, daß Mar nichts zu befürchten habe.

»Warum hast du das getan, Mutter?« fragte sie bestürzt. »Es paßt doch gar nicht zu dir, Gewalt anzuwenden.«

»Es ist, wie ich gesagt habe: Ich wollte, daß du dem Stamm erhalten bleibst.«

Alin schüttelte den Kopf. »Wenn ich bereit gewesen wäre, dieses Opfer freiwillig zu bringen, wenn ich Mar aufgegeben hätte, dann wäre ich der Herrin recht gewesen. Aber nicht anders. Die Mutter hätte nicht gewollt, daß ich über dem toten Körper meines Mannes gezwungen worden wäre, gegen meinen Willen die Herrin zu sein. Auf diese Weise hätte ich dem Stamm gar nichts genutzt.« Alin hörte auf, den Kopf zu schütteln, und zog verwirrt die Stirn in Falten. »Das hast du doch bestimmt gewußt, Mutter? Besser als alle anderen.«

Lana seufzte und rieb sich die Augen, als würden sie brennen. »Vielleicht habe ich es gewußt«, sagte Lana.

Alin blickte in Lanas Gesicht, das sie mit den Händen bedeckte. »Aber warum nur hast du das dann getan?«

Lana ließ die Hände sinken. Sie streckte das Kinn vor und sah Alin an. »Ich habe neun Kinder geboren, Alin, und nur dich konnte ich behalten. Überleg doch einmal, welche Gefühle du für Tardith empfindest, Alin, dann wirst du vielleicht verstehen, was es für mich bedeutet hat, als ich endlich mein Kind behalten konnte. All die Liebe, die ich den anderen nicht geben konnte, habe ich dir gegeben.« In einer seltsam herzerweichenden, verletzten Bewegung hob sie die leeren Hände. »Ich konnte es nicht ertragen, dich zu verlieren, Alin. Deshalb habe ich Jus zu Mar geschickt.«

Schweigen breitete sich in der Hütte aus. Alins Kehle schmerzte. »Es tut mir leid, Mutter«, brachte sie schließlich heraus. »Das ist nicht der Weg, wie wir beide ihn uns für unser Leben vorgestellt hatten. Aber ich glaube, es ist der Wille der Erdmutter, daß ich zum Stamm des Pferdes gehe. Es gibt andere Mädchen im Hirsch-Clan, die geeignet sind, nach dir die Herrin zu sein. Aber im Stamm des Pferdes gibt es niemanden, der meinen Platz einnehmen könnte. Das war die Botschaft von Jes, die sie an mich geschickt hat, und Jes würde nicht lügen.«

»Nein«, erwiderte Lana düster. »Das glaube ich auch nicht.«

Alin zwang sich, trotz der Schmerzen in ihrer Kehle zu sprechen. »Zwischen dem Stamm des Pferdes und dem Hirsch-Clan ist keine so große Entfernung, Mutter.«

Lana sah sie überrascht an. Dann sagte sie langsam: »Nein. Keine so große.«

»Mar ist nicht nachtragend«, sagte Alin.

»Wird er wieder gesund werden?«

Alin dachte an Mars verletzten Arm; doch sie weigerte sich, die Möglichkeit zu akzeptieren, daß er nicht wieder völlig heilen würde. »Er wird wieder gesund«, sagte sie.

Lana nickte.

Alin betrachtete einen Augenblick lang das Gesicht ihrer Mutter. Sie seufzte und sagte: »Du hast das Herz eines Häuptlings, Mutter. Ich bin nicht wie du.«

»Doch, das bist du«, widersprach Lana überzeugt. »Nur ist dein Weg nicht wie mein Weg, Alin.« Zum ersten Mal während dieser Begegnung lächelte sie. »Ich glaube, der Stamm des Pferdes wird nicht derselbe bleiben, wenn du kommst.«

Alin lächelte auch. »Nein, das wird er nicht.« Mutter und Tochter fielen sich in die Arme.

Es war Lana, die sich als erste löste. »Geh und hol deinen Sohn«, sagte sie schroff. »Hol deinen Sohn und dann geh.«

»Ban kommt auch mit«, sagte Alin zögernd.

»Das habe ich mir gedacht.«

An der Tür drehte sich Alin noch einmal um. »Wen wirst du an meiner Stelle wählen?« fragte sie neugierig.

»Das weiß ich noch nicht«, erwiderte Lana. »Ich habe mehrere Mädchen im Sinn, die sich eignen würden. Ich werde sehen.«

Alin lächelte leise. Das ist ein gutes Zeichen, dachte sie, daß Lana an mehrere Mädchen denkt. Mit einer entschlossenen, abschließenden Bewegung legte sie die Hand auf die Häute, zog sie auf die Seite und trat hinaus in die Sonne.

Bevor Alin Tardith holte, ging sie zu Elen.

»Cort ist bei Mar«, sagte Alin. »Aber ich bin mir sicher, daß du dir das schon gedacht hast.«

»Ja.« Elen lächelte und rückte ein wenig auf ihrer Hirschfelldecke hin und her. Alin überlegte, wie lange es noch dauern würde, bis sie ihr Kind zur Welt bringen würde. »Als ich von der Sache mit Jus und Gul hörte, wußte ich, daß Cort dort sein würde.«

»Wir hatten Angst, daß sich Mar noch immer in Gefahr befindet«, sagte Alin. »Aber ich habe mit der Herrin gesprochen, und jetzt weiß ich, daß das nicht der Fall ist. Ich werde Cort zu dir zurückschicken, Elen. Du mußt ihn sehr vermissen in dieser Zeit.«

Elen nickte. »Cort ist gut zu mir, das ist er wirklich. Ich kann nicht aufstehen und mich hinlegen wie sonst.« Sie warf Alin einen kläglichen Blick zu. »Du weißt doch selbst, wie das ist, Alin.«

»Du siehst noch immer sehr schön aus«, sagte Alin ernst.

»Ich wünschte, es wäre endlich vorbei«, sagte Elen. »Den letzten halben Mond habe ich mir gewünscht, daß es vorbei wäre.«

Alin lachte. »Daran kann ich mich noch gut erinnern.«

»Dann gehst du also wieder zum Stamm des Pferdes zurück?« fragte Elen.

»Ja.«

»Mit Mar?«

»Mit Mar.«

Elen nickte. »Das wundert mich nicht.«

»Hast du dir je gewünscht, daß du dich anders entschieden hättest, daß du dort geblieben wärst, Elen?« fragte Alin neugierig.

Ohne zu zögern, schüttelte Elen ihren rotgoldenen Kopf. »Es hat mir Spaß gemacht damals, die Monde beim Stamm des Pferdes, als wir alle dort waren. Aber hier ist mein Zuhause«, sagte sie. »Hier ist meine Welt.«

Alin nickte. »Leb wohl«, sagte sie mit weicher Stimme.

»Leb wohl«, sagte Elen und lächelte. »Grüß Mar von mir.«

Tor erwartete sie, als sie mit Tardith auf dem Rücken aus Melas Hütte kam. Er hatte seinen Speer und seine Speerschleuder bei sich.

»Ich begleite dich, um mich zu überzeugen, daß du mit dem Kind sicher dort ankommst«, sagte er.

»Ban kommt auch mit«, sagte sie zu ihm.

»Ich weiß. Aber es ist besser, wenn wir zu zweit sind. Es wird schon dunkel sein, bis du an der Höhle bist.«

Alin lächelte. »Es wird guttun, dich an meiner Seite zu haben!«

»Papa!« Ein kleiner Junge von vielleicht drei Jahren kam auf sie zugelaufen. »Wo gehst du hin?« fragte er, blieb vor Tor stehen und streckte die Arme nach ihm aus. Seine großen braunen Augen glänzten.

Lachend hob Tor den Jungen hoch und setzte ihn auf seine Schultern. »Ich gehe mit Alin zu einem anderen Ort, Kleiner.«

»Kann ich mitkommen?«

»Nein. Aber bis zum Fluß darfst du mitkommen. Dann mußt du wieder zu deiner Mutter laufen.«

»Gut«, willigte der Junge ein wenig enttäuscht ein. Aber dann kreischte er vor Vergnügen, als Tor schnell zu laufen begann, und hielt sich an den Haaren seines Vaters fest, um nicht das Gleichgewicht zu verlieren.

Alin blieb einen Augenblick stehen und betrachtete ihren Vater und ihren Halbbruder. Sie verspürte Bedauern in ihrem Herzen, daß sie ohne ihren Vater aufgewachsen war, und hatte gleichzeitig ein schlechtes Gewissen, daß sie Lanas ganze Liebe erhalten hatte. Sie schob das Bündel auf ihrem Rücken etwas weiter nach oben, zwischen die Schulterblätter, und folgte Tor und seinem Kind.

38

Der Mond der Damkitze hatte das erste Viertel erreicht, als Alin, Mar und Ban beim Stamm des Pferdes ankamen. Tane und Huth und Bror begleiteten sie.

Als Alin zwischen den hoch aufragenden Klippen an das vertraute Ufer kam und auf die große Felsklippe mit den Höhlen und Behausungen blickte, ergriff sie ein Gefühl, das sie nie für möglich gehalten hätte: Sie fühlte sich wieder zu Hause.

»Alin!« Der Ruf erschallte von der ersten Terrasse, und als Alin hinaufsah, erkannte sie Jes, die vor der Schamanenhöhle stand. Noch während Alin zu ihr hinaufblickte, lief Jes über die Terrasse zu dem Klippenpfad, der ans Ufer führte, und kam hastig herunter. Alin lief ihr entgegen. Und dann fielen sich die beiden Mädchen in die Arme.

Schließlich ließen sie sich los und starrten sich an.

»Und wer ist das?« sagte Jes schließlich und blickte über Alins Schulter auf das Kind, das ungewöhnlich stumm auf dem Rükken seiner Mutter ausharrte.

»Das ist Tardith«, erklärte Alin.

»Oh!« rief Jes und lachte. »Er ist ein kleines Abbild von Mar.«

Hinter Alin ertönte jetzt Tanes Stimme. »Sei gegrüßt, Jes. Erinnerst du dich noch an mich? Ich bin dein Mann.«

»Sei gegrüßt, Tane«, sagte Jes fröhlich. Dann mußte sie lachen.

»Sie hat mich schon viel länger nicht gesehen als dich«, sagte Alin mit einem Lächeln und fuhr, an Jes gewandt, fort: »Tane hat mir erzählt, daß du auch einen Sohn hast.«

»Ja. Er ist genau wie sein Vater, erwartet ständig, daß man sich um ihn kümmert.«

Tane stieß lauten Protest aus.

Alin lachte. »Genau wie meiner.«

Während sie noch zusammenstanden und redeten, füllte sich das Ufer mit Menschen. Alin wurde allmählich von Frauen umringt, Mar von Männern. Alin warf einen kurzen Blick zu Mar, bevor sie sich ihren Anhängerinnen widmete.

»Er wird wieder gesund«, flüsterte Tane in ihr Ohr.

Ihre Stirn glättete sich. »Ich weiß. Es ist nur, daß –«

»Ich weiß«, sagte Tane.

Sie wechselten einen langen Blick.

»Alin!« Das war Dara, deren kleines Gesicht vor Freude strahlte. »Wie schön, daß du wieder zu Hause bist!«

Jetzt breitete sich auch auf Alins Gesicht ein Lächeln aus. »Ja«, sagte sie. »Es ist schön, wieder hier zu sein.«

Es war wirklich so, als wäre sie nach Hause gekommen, als sie in Mars kleine Behausung auf der ersten Terrasse kam und die vertrauten Büffeldecken vor sich am Boden ausgebreitet liegen sah.

Automatisch fiel Alins Blick in die Ecke. Sie kniff die Lippen zusammen. »Wir brauchen wieder einen Hund«, sagte sie zu Mar. »Sonst suche ich immer nach Lugh.«

»Wir können Roc nehmen«, sagte Mar mit ausdrucksloser Miene. »Roc ist dir immer gefolgt, Alin.«

Alin wollte keinen Hund für sich. Sie wollte einen Hund für Mar. »Roc ist ein Leithund für die Jagd«, sagte sie. »Er gehört dem Stamm. Wir brauchen einen Hund, der nur uns gehört.«

»Im Frühjahr hat es Junge gegeben«, sagte Mar nach einer Weile. »Du kannst dir einen aussuchen, wenn du willst.«

Sie nickte. »Gut. Wir werden sie uns gleich morgen früh ansehen.«

Mar zuckte die Achseln und sah sich um. »Was brauchst du für das Kind?«

»Im Augenblick nichts. Er schläft.« Alin löste das Bündel von ihrem Rücken und legte Tardith vorsichtig auf die Büffelfelldekken. Sie wollte nicht, daß er jetzt aufwachte. Sie wollte sich nur auf Mar konzentrieren.

»Es ist hier drin zu kalt für ihn«, sagte Mar. »Wir müssen Feuer machen.« Er ging zu dem kleinen Holzstoß, den er in der Ecke aufbewahrte, und hob mit der rechten Hand einen Holzspalt hoch. Dann krümmte er den linken Arm, um ein paar Holzstücke in die Beuge zu legen und zum Feuer zu bringen. Alin sah ihm zu, während er den langsamen schmerzhaften Vorgang vollzog – den rechten Arm anheben, den Ellbogen hochziehen, um die Holzspalte in den anderen Arm zu legen. Sie beobachtete, wie ihm der Schweiß auf der Stirn ausbrach, als er sich bemühte, den Arm zu heben.

Aber er schaffte es. Dann bückte er sich nach dem nächsten Holzscheit, und der schmerzhafte Vorgang begann von vorn.

Alin wandte sich ab. Er würde nicht zulassen, daß sie ihm half, und sie konnte es nicht ertragen, ihm zuzusehen. Mar, dessen Kraft unter den Männern des Stammes geradezu legendär war, mühte sich ab, ein kleines Stück Holz hochzuheben.

Nicht zum ersten Mal dachte sie: Wie soll ein Mann auf die Jagd gehen, wenn er seinen Arm nicht benutzen kann?

Und wie soll ein Mann Häuptling sein, wenn er nicht auf die Jagd gehen kann?

Und wenn er weder auf die Jagd gehen noch Häuptling sein kann, wie soll Mar dann er selbst sein?

Die Wunde am Bein war völlig verheilt. Die äußere Wunde am Arm ebenfalls. Aber innen war der Arm nicht mehr, wie er vorher gewesen war. Alin fürchtete, daß er nie wieder so sein würde.

Für Alin machte es keinen Unterschied, ob sein Arm heilte oder nicht. An ihren Gefühlen für Mar änderte sich deswegen nichts. Für sie war nur schlimm, ihn so verletzt zu sehen, mit anzusehen, wie er sich quälte und abmühte.

Sie machte sich daran, die Sachen auszupacken, die sie mitgebracht hatte, um ihm nicht bei seiner Arbeit zusehen zu müssen. Als das Feuer dann schließlich in Gang gesetzt war, blickte sie auf und sah ihn an. Sie lächelte. »Weißt du«, sagte sie, »seit wir ans Ufer gekommen sind, habe ich das komische Gefühl, wieder zu Hause zu sein.«

Er hatte in das aufflackernde Feuer gestarrt, aber jetzt wendete er den Kopf und sah sie an. »Wirklich? Und ich habe geglaubt, daß ich nie wieder nach Hause kommen werde.«

Gleich am nächsten Tag ging Mar zu der Höhle, in der die Hunde schliefen, und nahm ein Junges hoch, das gerade vom Säugen entwöhnt war. Als Alin den Vorschlag gemacht hatte, daß sie einen neuen Hund zu sich nehmen sollten, hatte er ihr zugestimmt, um sie zu beruhigen; aber in Wirklichkeit hatte er vorgehabt, ihr die Wahl zu überlassen.

Dieses Hündchen würde Alin gehören. Er konnte es nicht ertragen, einen Hund zu besitzen, der nicht Lugh war. Aber als sie gerade die Behausung verlassen wollten, um zu den Hunden zu gehen, war Jes gekommen, um Alin etwas zu zeigen, und Alin hatte darauf bestanden, daß er allein ging.

Er hatte ihr nicht eingestehen wollen, daß er es nicht ertragen konnte, einen Hund auszusuchen. Und so war er hingegangen. Und hatte Cam gefunden. Oder, genaugenommen, Cam hatte ihn gefunden. Denn kaum war er in die Höhle gekommen, da war das Hündchen auch schon auf ihn zugelaufen, hatte sich mit seinem kleinen Körper hübsch brav auf seine Zehen gelegt und ihm ins Gesicht gestarrt.

Mar hatte sich gebückt. Das Hündchen hatte ihn weiter mit intelligenten Augen angestarrt. Es hatte keinen Mucksér von sich gegeben. Mar haßte Hunde, die nicht wußten, wann sie still zu sein hatten. Er hatte den Arm ausgestreckt und vorsichtig die Schnauze des Hündchens in die Hand genommen. Der Hund hatte sofort mit dem Schwanz gewedelt.

Später an diesem Tag nahm Mar das Hündchen und ging mit ihm am Ufer spazieren.

Er verbrachte einige Zeit damit, Cam beizubringen, wie er kommen mußte, wenn er gerufen wurde. Dann setzte er sich auf den großen Felsblock, auf den sich jeder im Stamm von Zeit zu Zeit setzte, und starrte mit leerem Blick auf den Fluß.

Er hatte eine tödliche Angst davor, daß er seinen rechten Arm nie wieder würde richtig bewegen können. Alin sagte, er müsse Geduld haben, aber er merkte ganz deutlich, daß auch sie allmählich Angst hatte, der Arm könnte nie wieder werden wie früher.

Was für ein Mann würde er sein – ohne seinen rechten Arm?

O ja, ein wenig war er schon wieder zu gebrauchen. Er konnte ihn jetzt fast wieder gerade ausstrecken. Aber mehr auch nicht. Er hatte es immer wieder versucht, aber es gelang ihm nicht.

Es gibt nichts, was nicht geht. Das hatte sein Vater ihm einmal gesagt, als er noch ein kleiner Junge gewesen war und sich über etwas beklagt hatte, das ihm nicht gelingen wollte.

Schöne Worte, die man einem kleinen Jungen sagte. Worte, die er zweifellos eines Tages auch zu seinem Sohn sagen würde. Aber er war kein kleiner Junge mehr, und er wußte, daß manchmal *nicht können* eher stimmte.

Mar bückte sich, hob mit der rechten Hand einen Stein auf und wollte versuchen, ihn in den Fluß zu werfen. Dann legte er den Stein nachdenklich in die linke Hand, holte mit dem Arm nach hinten aus und warf.

Der Stein flog in einem hohen Bogen über das glitzernde Wasser. Dann fiel er mit einem zufriedenen *Platsch* hinein. Nicht weit von der Stelle, an der der Stein ins Wasser gefallen war, sprang ein Fisch in die Höhe, flog in einem Bogen durch die Luft und versank dann geräuschlos im Fluß.

Ein Zeichen, dachte Mar.

Der Stein war genauso weit geflogen, wie er auch geflogen

wäre, wenn er ihn mit dem gesunden rechten Arm geworfen hätte. Aber –

Ich habe Gul durch einen Wurf mit der linken Hand getötet, dachte er. Ich habe noch einen gesunden Arm. Ich muß also lernen, den Speer mit der linken Hand zu werfen.

Bis die Sonne am Himmel versank, stand Mar an diesem Tag am Ufer des Flusses und warf mit der linken Hand Steine hinein. Schließlich drehte er sich um, schaute am Ufer entlang und stieß einen lauten Pfiff aus. Sofort kam ein pelziger brauner Ball über den Kies gerast. Mar lächelte.

Es war gut, wieder einen Hund zu haben.

Alin wartete bis zum Ende des Mondes der Damkitze, bis sie Mar fragte: »Wann werden wir heiraten?«

Er sah sie erstaunt an. Er hatte in einer Ecke ihrer Behausung mit Cam gespielt.

»Heiraten?« fragte er bestürzt. »Du hast mal gesagt, daß du mich niemals heiraten würdest.«

»Das war vorher«, sagte Alin.

»Oh«, stammelte Mar noch bestürzter.

Alin, die gerade Tardiths saubere Wickeltücher zusammenlegte, ließ die Hände sinken: »Nachdem ich jetzt für immer im Stamm des Pferdes lebe, finde ich, daß wir heiraten sollten.«

»Alin?« Seine Stimme klang ein wenig angespannt. »Ich weiß nicht, ob ich meinen Arm je wieder richtig gebrauchen kann.«

Sie sah ihn an. »Es würde mir leid tun für dich, wenn du es nicht könntest, Mar. Aber ich verstehe nicht, was das mit uns zu tun hat.«

»Du willst doch wohl nicht einen Mann heiraten, der ein Krüppel ist«, sagte er.

Cam hörte den veränderten Ton in der Stimme seines Herrn. Er sprang sofort auf und fing leise zu knurren an.

»Egal, ob du nun deinen Arm bewegen kannst oder nicht, Mar, ich will dich heiraten«, sagte Alin. »Ich liebe dich und nicht deinen Arm.«

»So einfach ist das nicht«, sagte er und drehte sich weg.

Nein, dachte sie traurig. Für ihn war es nicht so einfach.

»Ich kann noch nicht mal richtig bei den Feuern tanzen«, sagte er böse, »wenn ich meinen Arm nicht hochheben kann!«

»Du kannst sehr wohl bei den Feuern tanzen«, widersprach sie. »Wichtiger ist doch, was nach dem Tanz kommt. Und das kannst du wirklich noch sehr gut.« Sie trat von hinten auf ihn zu, schlang die Arme um seine Hüften und lehnte die Wange an seinen Rücken. Sie fühlte, wie er unter ihrer Berührung die Muskeln spannte.

»Mar«, sagte sie und rieb sanft ihre Wange an dem Hirschhauthemd auf seinem Rücken. »Selbst mit nur einem Arm bist du noch viel männlicher als jeder andere im Stamm des Pferdes. Das weiß der Stamm. Das weiß ich. Sogar Cam weiß es. Er ist der Hund des Häuptlings, wie es noch keinen gegeben hat, und er erkennt dich auf der Stelle.«

Sie spürte, wie sich seine Muskeln verhärteten. Einen schrecklichen Augenblick lang glaubte sie, er würde sich von ihr losreißen und nach draußen ins Freie stürzen. Aber das tat er nicht. Statt dessen drehte er sich um, zog sie fest an sich und beugte den Kopf nach vorn, um seinen Mund auf ihren zu legen. Und im nächsten Augenblick sanken sie auf die Büffelfelldecke, wo Alin gerade so sorgfältig Tardiths Sachen zusammengelegt hatte, und überließen ihre Körper der Leidenschaft des Augenblicks.

Davon, daß sie heiraten würden, sagte Mar nichts mehr.

Der Mond der Damkitze verblaßte, und der Mond des neuen Jahres ging am Himmel auf. Mar vertraute sich Tane an, und fortan gingen die beiden Männer jeden Tag allein in den Wald, wo Mar übte, den Speer mit dem linken Arm zu werfen.

»Gib deinen rechten Arm nicht auf«, riet ihm Tane. »Mein Vater sagt, du mußt weiter mit ihm arbeiten. Er hat alle nötigen Zeremonien abgehalten, und er sagt, daß du jetzt selbst die Heilung zu Ende führen mußt.«

Mar arbeitete Tag für Tag. Und ganz allmählich, nach und nach, wurde auch sein rechter Arm wieder beweglicher, während er mit der linken Hand und dem linken Arm immer mehr Übung bekam.

»Laß dir Zeit«, riet Tane ihm, wenn er den Eindruck hatte, daß sich Mar in einen Zustand der Erschöpfung trieb.

Aber Mar wußte, daß seine Zeit allmählich ablief. Bis jetzt hatten die Nirum noch keine Zweifel an seiner Häuptlingsrolle angemeldet. Aber wie lange würde es noch dauern, bis die Männer des Stammes nicht mehr gewillt waren, auf ihren Häuptling als ihren Anführer bei der Jagd zu verzichten? Wie lange noch, bis sie laut aussprachen, was sie wahrscheinlich schon jetzt alle in ihrem Herzen dachten: Wird Mar jemals wieder seinen rechten Arm richtig bewegen und gebrauchen können?

Beim nächsten halben Mond würde der Stamm in sein Sommerlager ziehen, das ein ganzes Stück weiter flußaufwärts lag. Dort würden sie ihre Zelte aufstellen und während der drei Sommermonde darin leben und erst wieder nach Hause zurückkehren, wenn die Sonne wieder zeitig am Abendhimmel unterging. Das Gebiet rund um das Sommerlager war gut für die Jagd. Dort gab es noch Auerochsen und Steinböcke und auch Antilopen.

So oder so – Mar war fest entschlossen, bis zum Sommerlager wieder ein Jäger zu sein.

Die Frauen des Stamms packten die Sachen für den Umzug ins Sommerlager. Alin stellte fest, daß diese jährliche Reise keine leichte Aufgabe war. Die Männer würden die Zelte und die Waffen tragen. Die Frauen waren für die Ausrüstung zum Schlafen, sämtliche Kleidungsstücke und für alles, was zum Kochen gebraucht wurde, zuständig. Selbst die kleinen Kinder würden etwas tragen müssen. Mit dem Gepäck, das fast genauso schwer wog wie sie selbst und das sie tragen mußten, würde der Stamm vier Tage brauchen, um das Sommerlager zu erreichen.

Es war zwei Tage vor dem geplanten Umzug, als Mar und Tane zusammen am Ufer heraufkamen und an zwei Stöcken einen Hirsch zwischen sich trugen. Sie hatten beide ihre Speere bei sich.

Unter normalen Umständen hätte dieser Anblick keine besondere Aufmerksamkeit erregt, aber das hier waren keine normalen Umstände. Niemand im Stamm hatte Mar je wieder mit einem Speer in der Hand gesehen, seit er mit Alin und Tardith zurückgekommen war. Er hatte seine Waffe die ganze Zeit auf der Waldlichtung versteckt, wo er geübt hatte, und niemand außer Tane hatte ihn all die Monde mit einem Speer in der Hand gesehen.

»Ein Mann sollte einen Speer nur tragen, wenn er ihn auch benutzen kann«, hatte Mar zu Tane gesagt, als sein Pflegebruder ihn gefragt hatte, warum er immer ohne Waffen ging. Und Tane hatte verstanden, wie tief gedemütigt sich Mar wegen seines kranken Arms gefühlt hatte, und hatte nie mehr davon gesprochen.

Melior und Bror rollten am Ufer vor der Felsenklippe die Fischnetze ein. Sie sahen beide von ihrer Arbeit auf und hielten inne. Dann legten sie die Netze aus der Hand und standen auf.

Mar und Tane blieben ein paar Schritte von ihnen entfernt stehen und legten den Kadaver des Hirschs auf die Kieselsteine.

Melior und Bror betrachteten den Hirsch. »Fein«, sagte Bror mit gespielter Lässigkeit. »Die Hunde könnten heute abend noch ein bißchen Fleisch gebrauchen.« Er sah von dem Hirsch in Mars Gesicht und zog die Augenbrauen hoch, wie Mar es auch immer tat.

Mar lächelte.

Es ist gut, dachte Bror mit tiefer Zufriedenheit. Er sah das Lächeln im Gesicht seines Häuptlings, sah in seine strahlenden blauen Augen. Er lächelte zurück. Es wird alles wieder gut werden.

Die vier beeilten sich, gemeinsam den Hirsch zu zerlegen, und Mar nahm sich für Cams Abendessen ein Stück aus der Lende. Dann kletterte er den Klippenpfad hinauf und ging über die Terrasse zu seiner Behausung.

Während er für einen Augenblick vor dem Eingang stehenblieb, dachte er wieder an die düsteren Monde des vergangenen Winters zurück, in denen er Angst vor der Leere gehabt hatte, die ihn hinter den behaglich heruntergezogenen Häuten erwartete.

Cam sah ihn fragend an und gab ein kurzes Bellen von sich. Er hatte Hunger, und Mar hielt sein Abendessen in der Hand, und er konnte diese Verzögerung nicht verstehen. Mar lächelte, schob die Häute auf die Seite und ging hinein.

Tardith lag auf der Büffelfelldecke vor dem Feuer, und er bemühte sich, auf die Knie zu kommen. Das war in letzter Zeit eine Beschäftigung, die Tardiths Zeit und Aufmerksamkeit fast völlig in Anspruch nahm.

Alin kniete vor einer Rolle aus Kleidern und hatte Falten in der Stirn. Sie sah kaum auf, als Mar hereinkam. »Ich kann nicht verstehen, wie Mada so viele Sachen so ordentlich zusammenrollen und verpacken kann«, schimpfte sie wütend und zerrte böse an einem Sehnenband. »Jedesmal, wenn ich es an der einen Seite zubinde, quillt alles irgendwo anders wieder heraus.«

»Mada hat schon für mehr Sommer die Sachen gepackt, als du gelebt hast«, erwiderte Mar. Er warf Cam das Stück Fleisch in die Ecke und drehte sich wieder zu Alin um. »Laß es doch. Es sieht gar nicht so schlecht aus, wie es jetzt ist.«

»Du brauchst es ja auch nicht zu tragen«, erwiderte Alin noch wütender als vorher. Sie ließ sich nach hinten auf die Fersen sinken und sah zu ihm hoch. Er merkte, wie sich ihr Gesicht veränderte.

»Was ist geschehen?« fragte sie mit plötzlich atemloser Stimme.

Er konnte kaum die Freude zurückhalten, die seinen ganzen Körper erfaßte. »Warum glaubst du, daß etwas geschehen ist?« fragte er und gab sich Mühe, einen gelassenen Eindruck zu machen, was ihm gänzlich mißlang.

»Du siehst so – strahlend aus«, sagte sie.

Er antwortete nicht, sondern kam zu ihr, um sich das geschnürte Bündel aus der Nähe anzusehen. Es sah tatsächlich etwas unförmig aus. »Mach dir keine Sorgen, Alin«, sagte er. »Ich trage es für dich.«

Sie sagte nichts. Er sah in ihr Gesicht. »Ich habe vorhin, ehe ich hereingekommen bin, eine Weile draußen vor dem Eingang gestanden«, sagte er. »Und habe mich daran erinnert, wie sehr ich mich, nachdem du weg warst, immer davor gefürchtet habe, die leere Hütte zu betreten.«

Sie stand langsam auf. »Mar«, sagte sie, »wenn du mir nicht sofort erzählst, was geschehen ist, dann schlage ich dir dieses mißratene Bündel um die Ohren.«

Er lächelte. Voller Freude sagte er: »Ich habe gelernt, den Speer mit meiner linken Hand zu werfen, Alin. Das habe ich seit fast zwei Monaten geübt.«

Sie machte den Mund auf. Ihre großen Augen leuchteten.

Niemand sonst auf der Welt hatte Augen wie Alin.

»Ich wußte, daß du dich nicht geschlagen geben würdest«, sagte sie.

»Tane hat mir geholfen. Von morgens bis abends haben wir gearbeitet. Und heute«, wieder brach ein Lächeln auf seinem Gesicht aus, »heute habe ich einen Hirsch erlegt.«

Dieser Ausdruck auf ihrem Gesicht! Dieser Ausdruck auf ihrem Gesicht war wunderbar. »O Mar«, sagte sie.

Er fühlte sich wie der Häuptling aller Stämme der Sippe zusammen.

»Du hast mit deiner linken Hand einen Hirsch erlegt?«

Seine Freude war so groß, daß ihm fast schwindlig wurde. »In der vergangenen Woche habe ich einen Hirsch mit meiner linken Hand erlegt«, sagte er. »Aber heute, Alin, heute habe ich den Speer mit meiner rechten Hand geworfen.«

Sie starrte ihn mit weit aufgerissenen Augen an.

»Schau«, sagte er. Und hob den rechten Arm über den Kopf.

Es war noch immer eine große Anstrengung. Er bemühte sich, es ganz leicht aussehen zu lassen, aber er spürte, wie ihm auf der Stirn und zwischen den Schulterblättern der Schweiß ausbrach. Er konnte den Arm nicht sehr lange oben halten. Aber er würde es können. Heute, als er den Speer geworfen hatte und der Hirsch zu Boden gestürzt war, hatte er es in seinem Herzen gewußt, daß dieser Arm wieder ihm gehören würde.

Alin lächelte ihn an. »Jetzt strahlst du selbst«, sagte er.

Ihre Stimme zitterte. »Ich sollte dir böse sein, weil du es vor mir geheimgehalten hast. Aber ich bin viel zu glücklich, um böse zu sein.« Sie machte einen Schritt nach vorn und lag in seinen Armen.

»Ich wollte dich überraschen«, sagte er. »Ich wollte, daß du mich so ansiehst, wie du es getan hast. Dafür habe ich mich in den vergangenen Monden so angestrengt. Damit du mich so ansiehst.«

Ihre Arme legten sich fester um seinen Körper, und sie murmelte etwas, das er nicht verstand.

»Hast du mich gehört?« fragte sie und hob das Gesicht von seiner Schulter zu ihm hoch.

»Nein.« Er sah sie ein wenig verwundert an.

»Ich will wissen, wann wir heiraten können.«

Er sah sie noch erstaunter an. »Wann immer du willst«, sagte er. »Morgen.«

»Gut.« Sie lächelte über seinen Gesichtsausdruck. »Es ist in deinem Stamm der Brauch, daß Männer und Frauen nicht zusammenleben sollen, bevor sie nicht verheiratet sind«, sagte sie. »Und ich dachte mir, wenn der Häuptling selbst nicht die Bräuche des Stammes befolgt, dann kann er auch nicht erwarten, daß es die anderen tun.«

»So ist es«, sagte er und nickte. Dann nahm er ihr Gesicht in seine Hände und betrachtete sie ernst. »Hast du dir deswegen etwa Sorgen gemacht?« fragte er leise.

»Nicht direkt Sorgen. Aber – es ist mir nicht mehr aus dem Kopf gegangen«, sagte sie.

»Morgen werden wir heiraten.«

Sie lächelte. »Das ist gut.«

Er strich mit den Daumen über ihr Kinn und berührte ihre Lippen. »Weißt du, was ich jetzt gern tun möchte?« fragte er.

Ihre braunen Augen leuchteten. »Was denn?«

Er warf einen Blick zu der Büffeldecke, auf der Tardith lag. Er war müde von all den Anstrengungen und schlief fest. Mar sah wieder zu Alin.

»Rate mal«, sagte er.

»Bist du hungrig?« fragte sie mit großer Unschuld. »Ich habe dir dein Abendessen aufgehoben.«

»Ich bin hungrig«, erwiderte er. »Sehr hungrig sogar. Aber nicht auf mein Abendessen.«

Alin hob die Hände, steckte sie unter sein Hemd und streichelte die nackte Haut an seinem Rücken. »Das ist schön«, sagte er zufrieden.

Am Ende aß er noch sein Abendbrot, und Alin fütterte Tardith, und dann verschnürten sie ihr Bündel noch einmal, so daß es wenigstens einigermaßen ordentlich aussah.

Dann rollten sie sich in ihren Schlaffellen zusammen, und Mar zog Alin fest in die Beuge seines Körpers. Er schloß die Augen. Diesen Tag würde er nie vergessen.

»Mar?« Ihre Stimme klang weich, fast wehmütig.

»Ja?« antwortete er, ohne die Augen aufzumachen.

»Wenn wir eines Tages eine Tochter haben sollten, wirst du sie dann auf den Schultern herumtragen?« fragte sie. »So wie du es damals am Ufer mit Ware getan hast?«

Er machte die Augen auf, beugte den Kopf und berührte mit den Lippen ihre schimmernde braune Haarkrone.

»Ja«, sagte er. »Das werde ich.« Er lächelte. »Ich werde ihr sogar das Jagen beibringen.«

Er hörte das Lächeln in Alins Stimme. »Ach, das wird nicht nötig sein, Mar«, sagte Alin. »Sie wird ja eine Mutter haben, die das tun kann.«